高等學校文科教材

中國歷代文論選

第三册

主　編 郭紹虞
副主編 王文生

上海古籍出版社

目　　錄

明

清

文 原

〔明〕宋 濂[1]

余諱人以文生相命。丈夫七尺之軀，其所學者，獨文乎哉！雖然，余之所謂文者，乃堯、舜、文王、孔子之文，非流俗之文也，學之固宜。浦江鄭楷、義烏劉剛[2]、楷之弟柏，嘗從予學，已知以道爲文，因作《文原》二篇以貽之。

其上篇曰：人文之顯，始於何時？實肇於庖犧之世。庖犧仰觀俯察，畫奇偶以象陽陰[3]，變而通之[4]，生生不窮[5]，遂成天地自然之文。非惟至道含括無遺，而其制器尚象，亦非文不能成。如垂衣裳而治，取諸《乾》《坤》[6]；上棟下宇，取諸《大壯》[7]；書契之造，而取諸《夬》[8]；舟楫牛馬之利，而取諸《渙》《隨》[9]；杵臼棺槨之制，而取諸《小過》《大過》[10]；重門擊柝，而取諸《豫》[11]；弧矢之利，而取諸《睽》[12]。何莫非粲然之文？自是推而存之，天衷民彜[13]之敍，禮樂刑政之施，師旅征伐之法，井牧[14]州里之辨，華夷內外之別，復皆則而象之。故凡有關民用及一切彌綸範圍[15]之具，悉囿乎文，非文之外別有其他也。然而事爲既著，無以紀載之，則不能以行遠，始託諸辭翰，以昭其文。略舉一二言之：

禹敷土，隨山刊木，奠高山大川[16]。既成功矣，然後筆之爲《禹貢》之文。周制聘覲燕享，饋食昏喪諸禮，其升降揖讓之節，既行之矣，然後筆之爲《儀禮》之文[17]。孔子居鄉黨，容色言動之間，從容中道[18]，門人弟子，既習見之矣，然後筆之爲《鄉黨》之文；其他格言大訓，亦莫不然，必有其實，而後文隨之；初未嘗以徒言爲也。譬猶聆衆樂於洞庭之野[19]，而後知其音聲之抑揚，綴兆[20]之舒疾也；習大射於矍相之圃，而後見觀者如堵牆，序點之揚觶也[21]；苟踰度而臆決之，終不近也。昔者游、夏以文學名，謂觀其會通而酌其損益之宜而已[22]，非專指乎辭翰之文也。

嗚呼！吾之所謂文者，天生之，地載之，聖人宣之，本建則其末治，體著則其用章，斯所謂乘陰陽之大化，正三綱而齊六紀[23]者也；亙宇宙之始終，類萬物而周八極者也。嗚呼！非知經天緯地[24]之文者，惡足以語此！

其下篇曰：爲文必在養氣[25]，氣與天地同，苟能充之，則可配序三靈[26]，管攝萬彙。不然，則一介之小夫爾，君子所以攻內不攻外，圖大不圖小也。力可以舉鼎，人之所難也，而烏獲[27]能之，君子不貴之者，以其局乎小也；智可以搏虎，人之所難也，而馮婦[28]能之，君子不貴之者，以其騖乎外也！

氣得其養，無所不周，無所不極也；攬而爲文，無所不參，無所不包也。九天之屬[29]，其高不可窺，八柱之列[30]，其厚不可測，吾文之量得之；焸燬魄淵[31]，運行不息，基地萬熒[32]，躔次[33]弗紊，吾文之燄得之；昆侖縣圃之崇清，層城九重之嚴邃[34]，吾文之峻得之；南桂北瀚[35]，東瀛西溟[36]，杳眇而無際，涵負而不竭，魚龍生焉，波濤興焉，吾文之深得之；雷霆鼓舞之，風雲翕張之，雨露潤澤之，鬼神恍惚，曾莫窮其端倪[37]，吾文之變化得之；上下之間，自色自形，羽而飛，足而奔，潛而泳，植而茂，若洪若纖若高若卑，不可以數計，吾文之隨物賦形得之。

嗚呼！斯文也，聖人得之，則傳之萬世爲經，賢者得之，則放諸四海而準，輔相天地而不過，昭明日月而不忒，調燮四時而不愆，此豈非文之至者乎！

大道湮微，文氣日削，騖乎外而不攻其內，局乎小而不圖其大。此無他，四瑕八冥九蠹有以累之也！何謂四瑕？雅鄭[38]不分之謂荒，本末不比之謂斷，筋骸不束之謂緩，旨趣不超之謂凡，是四者賊文之形也。何謂八冥？訐者將以疾夫誠，椭者將以蝕夫圜，庸者將以混夫奇，瘠者將以勝夫腴，觕[39]者將以亂夫精，碎者將以害夫完，陋者將以革夫博，眯[40]者將以損夫明，是八者傷文之膏髓也。何謂九蠹？滑其眞，散其神，揉其氛，徇其私，滅其知，麗其蔽，違其天，昧其幾，爽其貞，是九者死文之心也。有一於此，則心受死而文喪矣。春葩秋卉之爭麗也，猨[41]號林而蛩吟砌也，水湧蹄涔[42]而火炫螢尾也，衣被土偶而不能視聽也，蠛蠓死生於甕盎，不知四海之大，六合之廣也，斯皆不知養氣之故也。

嗚呼！人能養氣，則情深而文明，氣盛而化神[43]，當與天地同功也。與天地同功，而其智卒歸之一介小夫，不亦可悲也哉！

予既作《文原》上下篇，言雖大而非誇，唯智者然後能擇焉。去古遠矣，世之論文者有二：曰載道，曰紀事。紀事之文，當本之司馬遷、班固；而載道之文，舍六籍吾將焉從？雖然，六籍者本與根也；遷、固者枝與葉也。此固近代唐子西[44]之論，而予之所見，則有異於是也。六籍之外，當以孟子爲宗，韓子次之，歐陽子又次之，此則國之通衢，無榛荆之塞，無蛇虎之禍，可以直趨聖賢之大道。去此則曲狹僻徑耳，犖确[45]邪蹊耳，胡可行哉！予竊怪世之爲文者，不爲不多，騁新奇者，鉤摘隱伏，變更庸常，甚至不可句讀，且曰，不詰曲聱牙，非古文也。樂陳腐者，一假場屋[46]委靡之文，紛揉龐雜，略不見端緒，且曰不淺易輕順，非古文也。予皆不知其何說。大抵爲文者，欲其辭達而道明耳，吾道既明，何問其餘哉？雖然，道未易明也，必能知言養氣[47]，始爲得之。予復悲世之爲文者，不知其故，頗能操觚[48]遺辭，毅然以文章家自居，所以益摧落而不自振也。今以二三子所學，日進於道，聊一言也。

嚴榮校刻本《宋文憲公全集》卷二十六

【註釋】

[1] 宋濂（公元一三一〇年——一三八一年）——字景濂，號潛溪，浦江人。元末，從吳萊、柳貫、黃溍學。明太祖徵授江南儒學提舉，官終學士承旨知制誥。濂爲古文，宗法唐、宋，爲明初文壇領袖。有《宋學士全集》三十六卷。《明史》卷一百二十八有傳。

[2] 鄭楷——字叔度，宋濂門人，曾撰《潛溪先生宋公行狀》。劉剛——宋濂門人，曾撰《國朝鐃歌十二曲》。

[3] 庖犧仰觀俯察二句——《易·繫辭下》："古者包犧氏之王天下也，仰則觀象於天，俯則觀法於地，觀鳥獸之文，與地之宜，近取諸身，遠取諸物，於是始作八卦，以通神明之德，以類萬物之情。""陽卦奇，陰卦耦"。

[4] 變而通之——《易·繫辭下》："《易》窮則變，變則通，通則久。"

[5] 生生不窮——《易·繫辭上》："生生之謂《易》。"

[6] 垂衣裳二句——《易·繫辭下》："黃帝、堯、舜垂衣裳而天下治，蓋取諸《乾》《坤》。"《乾》《坤》，二卦名。

[7] 上棟下宇二句——《易·繫辭下》："上古穴居而野處，後世聖人易之以宮室，上棟下宇，以待風雨，蓋取諸《大壯》。"《大壯》，卦名。

[8] 書契之造二句——《易·繫辭下》："上古結繩而治，後世聖人易之以書契，百官以治，萬民以察，蓋取諸《夬》。"《夬》，卦名。

[9] 舟楫二句——《易·繫辭下》："刳（剖之使空）木爲舟，剡（削）木爲楫，舟楫之利，以濟不通，致遠以利天下，蓋取諸《渙》。服牛乘馬，引重致遠，以利天下，蓋取諸《隨》。"《渙》《隨》，二卦名。

[10] 杵臼二句——《易·繫辭下》："斷木爲杵，掘地爲臼，臼杵之利，萬民以濟，蓋取諸《小過》。"又："古之葬者，厚衣之以薪，葬之中野，不封不樹，喪期無數，後世聖人易之以棺槨，蓋取諸《大過》。"《小過》《大過》，卦名。

[11] 重門擊柝二句——《易·繫辭下》："重門擊柝，以待暴客，蓋取諸《豫》。"《豫》，卦名。

[12] 弧矢之利二句——《易·繫辭下》："弦木爲弧，剡木爲矢，弧矢之利，以威天下，

蓋取諸《睽》。”《睽》,卦名。

[13] 天衷——卽天心。《左傳》定公四年:“以獎天衷。”民彝——《詩·大雅·烝民》:“民之秉彝。”《毛傳》:“彝,常。”鄭玄箋:“……民所執持有常道。”

[14] 井牧——《周禮》地官小司徒:“乃經土地而井牧其田野。”鄭玄註:“鄭司農云:井牧者,《春秋傳》所謂井衍沃,牧隰皋者也。”案:謂饒沃之地爲井,水草所在放牧。

[15] 彌綸——《易·繫辭上》:“故能彌綸天地之道。”彌謂補合,綸謂牽引。範圍——《易·繫辭上》:“範圍天地之化而不過。”

[16] 禹敷土三句——《書·禹貢》文。敷土謂布治九州之土。刊木謂斬木通道。奠,定。

[17] 聘覲五句——《儀禮》有《聘禮》《覲禮》《燕禮》《特牲饋食禮》《少牢饋食禮》《士昏禮》《士喪禮》等篇。

[18] 孔子居鄉黨三句——其詳見於《論語·鄉黨》。

[19] 聆衆樂於洞庭之野——《莊子·天運》:“(黃)帝張咸池之樂於洞庭之野。”

[20] 綴兆——舞的位置。《禮記·樂記》:“行其綴兆,要其節奏。”鄭玄註:“綴,表也,樂舞所以表行列也。兆,域也。”

[21] 矍相之圃三句——《禮記·射義》:“孔子射於矍相之圃,蓋觀者如堵牆。……又使公罔之裘、序點揚觶而語。”矍相,地名。公罔,姓;裘,名;之,語辭。序,姓;點,名。揚,擧。觶,音支,酒器。

[22] 觀其會通——《易·繫辭上》:“聖人有以見天下之動,而觀其會通,以行其典禮。”孔穎達《正義》:“觀看其物之會合變通。”酌其損益之宜——《易·損》:“損益盈虛,與時偕行。”

[23] 三綱六紀——封建秩序的名稱。《白虎通·三綱六紀》:“三綱者,何謂也?謂君臣、父子、夫婦也。……六紀者,爲三綱之紀者也。師長,君臣之紀也;諸父兄弟,父子之紀也;諸舅朋友,夫婦之紀也。”

[24] 經天緯地——猶言經營天下。《國語·周語下》:“經之以天,緯之以地。”

[25] 爲文必在養氣——參閱本書第二册韓愈《答李翊書》。

[26] 三靈——古稱天、地、人爲三靈,又稱日、月、星爲三靈。

[27] 烏獲——戰國時秦武王之臣,有大力。《孟子·告子下》《荀子·富國》《呂氏春秋·重己》《史記·秦記》都載其人。

[28] 馮婦——春秋時晉人,善搏虎,見《孟子·盡心下》。

[29] 九天之屬——《楚辭·天問》:“九天之際,安放安屬?”屬,屬繫。

[30] 八柱之列——《楚辭·天問》:"八柱何當?"王逸《章句》:"言有八山爲柱，皆何當値?"

[31] 焜燉魄淵——字書無焜字，當作晛。《詩·小雅·角弓》《毛傳》:"晛，日氣也。"《書·武成》孔穎達《正義》:"魄者，形也，謂月之輪郭無光之處名魄也。"淵，深貌，此處引申作沈沒解。

[32] 熒——指星的光明。

[33] 躔次——躔，星之所舍。躔次，星之躔舍。

[34] 昆侖縣圃二句——《楚辭·天問》:"昆侖縣圃，其尻安在?增城九重，其高幾里?"王逸《章句》:"昆侖，山名也，在西北，元氣所出。其巔曰縣圃，縣圃乃上通於天也。"

[35] 南桂北瀚——《文選》江淹《雜體·袁太尉淑從駕詩》李善註:"南海有桂，故曰桂海。"《廣韻》:"瀚，瀚海，北海。"

[36] 東瀛西溟——《史記·孟子荀卿列傳》:"乃有大瀛海環其外。"案:瀛，本泛指大海。《列子·湯問》稱"渤海之東，……其中有五山焉，……四曰瀛洲。"所以有東瀛之稱。西溟，西海。李白《大獵賦》:"拖西溟而流渠。"

[37] 端倪——邊際。

[38] 雅鄭——雅樂與鄭聲。《法言·吾子》;"中正則雅，多哇則鄭。"引申作雅俗解。

[39] 牰——通粗。

[40] 眯——《廣韻》:"眯，物入目中。"

[41] 猥——猿之俗字。

[42] 蹄涔——相當於牛馬足跡容量的水，喻微少之物。《淮南子·俶眞訓》:"牛蹄之涔無尺之鯉。"

[43] 情深而文明二句——《禮記·樂記》:"是故情深而文明，氣盛而化神。"

[44] 唐子西——唐庚(公元一〇七一年——一一二一年)，字子西，丹陵人。舉進士，擢提舉京畿常平，貶惠州。有《唐子西集》二十四卷。《宋史》卷四百四十三《文苑》五有傳。

[45] 犖确——水激石，喩峻不平之貌。

[46] 場屋——見本書第二册呂南公《與汪秘校論文書》註[25]。

[47] 知言養氣——見本書第一册《孟子》選篇。

[48] 操觚——見本書第一册陸機《文賦》註[44]。

【說明】

自從宋代道學興起以後，道學家與文章之士分立門戶；而道學家和文章之士又多脱離實際，無致用之效。宋濂論文企圖探本窮源，合義理、事功、文章三者而爲一。《文原》上、下篇較全面地闡述了這種論點。上篇推究文章的來源，論文之本體，下篇剖析文章的利病，論文之用，是就作文而説的。由體到用，都以宗經的思想作爲論述的中心。

他以爲"凡有關民用及一切彌綸範圍之具，悉囿乎文"。文的内容，無所不包，而薈萃於六經之中。所以六經是文的淵海，也是文的極則。六經之作，本於自然之道；而其用，則施之社會人事；著於竹帛，則發之而爲文章。這也就是説，文的起源，其初是自然界有規律的現象；後來，聖人取法於此，製成有條理的社會人事，如"天衷民彝之敍，禮樂刑政之施，師旅征伐之法，井牧州里之辨，華夷内外之別"等等；再後，"事爲既著"，"始託諸辭翰"，成爲有條理的文章，以傳於久遠。因此，他之所謂文，是表現物理、發明事功之文。故曰："必有其實，而後文隨之，初未嘗以徒言爲也。"離開了這個"實"而言文，就是失了文的本，就是"徒言"，亦即所謂"流俗之文"。認清了這個本，那就是"堯、舜、文王、孔子之文"，亦即"經天緯地之文"。

基於這樣的認識，他以爲文章的高下，不應該僅僅在語言文字上去追求，而是要從根本着眼。於是在下篇裏着重地提出了養氣的問題。他之所謂氣，不是古文家所説的行文的氣勢，是就作者的氣度、氣概而言的；所謂養，是指品格道德的修養。養氣，即孟子所謂"養吾浩然之氣"；而這和文章的氣，又是息息相通的。他説："氣得其養，無所不周，無所不極也；攬而爲文，無所不參，無所不包也。"所以"人能養氣，則情深而文明，氣盛而化神"；反之，“鶩乎外而不攻其內，局乎小而不圖其大”，則“文氣日削”，“四瑕”“八冥”“九蠹”就會乘虛而入了。

宋濂論文，雖然無甚新義，然而崇實務本之說，對純藝術論起了批判作用。他認爲文章期於辭達而道明，主張取逕歐陽修、韓愈、《孟子》以上窺六經，後來，歸有光、唐順之等人提倡唐、宋文，以“文從字順”來糾正七子模擬秦、漢之失，可能也是受到他的一些啓發。

附　錄

贈梁建中序(節錄)

〔明〕宋　濂

……文非學者之所急，昔之聖賢初不暇於學文。措之於身心，見之於事業，秩然而不紊，粲然而可觀者，卽所謂文也。其文之明，由其德之立，其德之立，宏深而正大，則其見於言自然光明而俊偉。此上焉者之事也。優柔於藝文之場，饜飫於今古之家，搴英而咀華，遡本而探源，其近道者則而效之，其害教者闢而絕之，俟心與理涵，行與心一，然後筆之於書，無非以明道爲務。此中焉者之事也。其閱書也，搜文而摘句，其執筆也，厭常而務新，晝夜孜孜，日以學文爲事；且曰，古之文淡乎其無味，我不可不加穠豔焉，古之文純乎其斂藏也，我不可不加馳騁焉；由是好勝之心生，誇多之習熾，務以悅人，惟日不足，縱如張錦繡於庭，列珠貝於道，佳則誠佳，其去道益遠矣。此下焉者之事也。嗚呼！上焉者吾不得而見之，得見中焉者斯可矣。奈何中焉者亦十百之中不三四見焉。而淪於下焉者，又奚其紛紛而藉藉也？此無他，爲人之念宏，爲己之功不切也。……雖然，天地之間有全文焉，具之於五經。人能於此留神焉，不作則已，作則爲天下之文，非一家之文也，其視遷、固，幾若大鵬於鷦鷯耳。建中尙勉之哉！建中尙勉之哉！

嚴榮校刻本《宋文憲公全集》卷二

曾助教文集序(節錄)

〔明〕宋　濂

……天地之間，萬物有條理而弗紊者莫不文，而三綱九法，尤爲文之著者。何也？君臣父子之倫，禮樂刑政之施，大而開物成務，小而禔身繕性，本末之相涵，終始之交貫，皆文之章章者也。所以唐、虞之時，其文寓於欽天、勤民、明物、察倫之具；三代之際，其文見於子、丑、寅之異建，貢、助、徹之殊賦；載之於籍，行之於當世，其大本旣備，而節文森然可觀。

傳有之：三代無文人，六經無文法。無文人者，動作威儀，人皆成文；無文法者，物理卽文，而非法之可拘也。秦、漢以下，則大異於斯，求文於竹帛之間，而文之功用隱矣。

雖然，此以文之至者言之爾，文之爲用，其亦溥博矣乎！何以見之？施之於朝廷，則有詔、誥、册、祝之文；行之師旅，則有露布、符、檄之文；託之國史，則有記、表、志、傳之文。他如序、記、銘、箴、贊、頌、歌、吟之屬，發之於性情，接之於事物，隨其洪纖，稱其美惡，察其倫品之詳，盡其彌綸之變。如此者，要不可一日無也。然亦豈易致哉！必也本之於至靜之中，參之於欲動之際。有弗養焉，養之無弗充也；有弗審焉，審之無不精也。然後嚴體裁之正，調律吕之和，合陰陽之化，攟古今之事，類人已之情，著之篇翰，辭旨皆無所畔背，雖未造於至文之域，而不愧於適用之文矣。嗚呼！文乎其可易言矣乎？……

嚴榮校刻本《宋文憲公全集》卷二十一

文說贈王生黼

〔明〕宋　濂

明道之謂文，立教之謂文，可以輔俗化民之謂文。斯文也，果誰之文也？聖賢之文也。非聖賢之文也，聖賢之道充乎中，著乎外，形乎言，不求其成文而文生焉者也。不求其成文而文生焉者，文之至也。故文猶水與木然，導川者不憂流之不延，而恐其源之不深；植木者不憂枝之不蕃，而慮其本之弗培。培其本，深其源，其延且蕃也孰禦？聖賢未嘗學爲文也，沛然而發之，卒然而書之，而天下之學爲文者，莫能過焉，以其爲本昌，爲源博也。

彼人曰：我學爲文也，吾必知其不能也。夫文，烏可以學爲哉？彼之以句讀順適爲正，訓詁難(疑作艱)深爲奇，竊其力而爲之，至於死而後已者，使其能至焉，亦技而已矣，況未必至乎？

聖賢非不學也，學其大，不學其細也。窮乎天地之際，察乎陰陽之妙，遠求乎千載之上，廣索乎四海之內，無不知矣，無不盡矣。而不止乎此也，及之於身以觀其誠，養之於心而欲其明，參之於氣而致其平，推之爲道而驗其恒，蓄之爲德而俟其成。德果成矣，道果至矣，視於其身，儼乎其有威，煜乎其有儀，左禮而右樂，圓規而方矩，皆文也。聽乎其言，溫恭而不卑，皎厲而不亢。大綱而纖目，中律而成章，亦皆文也。察乎其政，其政莫非文也；徵乎其家，其家莫非文也。夫如是，又從而文之，雖不求其文，文其可掩乎？此聖賢之文，所以法則乎天下，而教行乎後世也。

今之爲文者則不然，僞焉以弛其身，昧焉以汩其心，擾焉以乖其氣；其道德蔑如也，其言行棼如也；家焉而倫理謬，官焉而政教泯，而欲攻乎虛辭，以自附乎古，多見其不察諸本而不思也。

文者果何繇而發乎？發乎心也。心烏在？主乎身也。身之不脩，而欲脩其辭，心之不和，而欲和其聲，是猶擊破缶而求合乎宫商，吹折葦而冀同乎有虞氏之簫韶也，決不可致矣。曷爲不思乎？聖賢與我無異也，聖賢之文若彼，而我之文若是，豈我心之不若乎？氣之不若乎？否也，特心與氣失其養耳。聖賢之心，浸灌乎道德，涵泳乎仁義，道德仁義積而氣因以充，氣充，欲其文之不昌，不可遏也。今之人不能然，而欲其文之類乎聖賢，亦不可得也。嗚呼！甚矣今之人之惑也！聖賢之爲學，自心而身，自身而家，其爲事亦多矣，而未嘗敢先乎文；今之人未暇及乎他，自幼以至壯，一惟文焉是學，宜乎今之文勝於古之聖賢，而終不及者，豈無其故邪？不浚其源而揚其瀾，不培其本而抽其枝，弗至於槁且涸，不止也。

然則何爲而後可爲文也？蓋有方焉。聖賢不可見矣，聖賢之爲人，其道德仁義之說存乎書，取而學焉，不徒師其文而師其行，不徒識諸心而徵諸身。小則文一家，化一鄉，大則文被乎四方，漸漬生民，賁及草木，使人人改德而易行，親親而尊尊，宣之於簡册，著之於無窮，亦庶幾明道而立教，輔俗而化民者乎？嗚呼！吾何由而見斯人於斯世也，吾何爲而不思夫聖賢之盛也!

虎林王生黼,年甚少,讀《春秋》而好爲文,問法於予,予美其有志也,以其大者語之。

嚴榮校刻本《宋文憲公全集》卷二十九

答王秀才書(節錄)

〔明〕方孝孺

……雖然,世俗之文,僕雖未之學,若古人之文,僕嘗學之矣。試爲吾子言其所知:凡文之爲用,明道立政,二端而已。道以淑斯民,政以養斯民。民非養不能羣居以生,非教不能別於衆物。故聖人者出,作爲禮樂教化刑罰以治之,脩其五倫六紀天衷人極以正之,而一寓之於文。堯、舜、禹、湯、周公、孔子之心,見於《詩》《書》《易》《禮》《春秋》之文者,皆以文乎此而已。舍此以爲文者,聖賢無之,後世務焉。其弊始於晉、宋、齊、梁之間,盛於唐,甚於宋,流至於今,未知其所止也。

唐之士,最以文爲法於後世者,惟韓退之。而退之之文,言聖人之道者,舍《原道》無稱焉;言先王之政而得其要者,求其片簡之記,無有焉。舉唐人之不及退之者,可知也;舉後世之不及唐者,又可知也。漢儒之文,有益於世,得聖人之意者,惟董仲舒、賈誼。攻浮靡綺麗之辭,不根據於道理者,莫陋於司馬相如。退之屢稱古之聖賢文章之盛,相如必在其中,而董、賈不一與焉。其去取之謬如此,而不識其何說也。苟以其文未粹耶?則艱險之元結,俳諧之李觀且在所取矣,如之何其去二子也?苟以其所述者王霸之道,不敢列之於文人之後邪?則孔子、孟子固與荀卿、屈原、李斯並稱矣;安在其能尊二子也?退之以知道自居,而於董、賈獨抑之,相如獨進之,則其所知者,果何道乎?然相如雖陋,其辭賦猶皆有爲而作,非虛語也。近世則不然,一室之微,號之以美名,輒從而文之。覩其名,紛然雜出,皆古人(各本無"人"字,據下文補。)之所未聞;考其辭,輕俳巧薄,皆古人之所未有;而求者以是望於人,作者以是夸於時,似有所爲。使相如之奴隸見之,且將棄去,而今之士莫知其爲非,此又退之之時所無有者也。

僕竊悲其陋,故斷自漢以下至宋,取文之關乎道德、政教者爲書,謂之

《文統》，使學者習焉。違乎此者，雖工不錄，近乎此者，雖質不遺。庶幾人人得見古人文章之正，不眩惑於佹常可喜之論。祛千載之積蠹，爲六經之羽翼，作仁義之氣，擯浮華之習，以自進於聖人。俾世俗易心改目，以勉其遠且大者。窮居少暇，未有所成。吾子誠有志乎古人之文，則願勿溺於世俗，勿爲一時毁譽所變，勿以道德爲虚器，勿以政教爲空言，則文可得而學矣。不然，則世之能文者，孰不可問？僕之昧昧，豈足副所求邪？

《四部叢刊》影明刊本《遜志齋集》卷十一

彭躬庵文集序（節錄）

〔清〕魏　禧

躬庵先生爲文章，務以理氣自勝，不屑屑古人之法。而予少時喜議論，後乃更好講求法度，獨每見躬庵文，則顔色消沮，心怵惕而不寧。嘗譬之戰鬥，弓人聚六材以爲深弓，矢人相笴眡羽以爲兵矢，而使貫虱承挺者射，然拔山之夫，瞋目直視，則失弓矢落，反馬而入壁。夫然後知氣之盛者，法有所不得施，而躬庵之文，則又非未始有法者。故嘗譬之江河，秋高水落，隨山石爲曲折，盈科次第之跡，可指而數也。大雨時行，百川灌匯，溝澮原潦之水，注而益下，江河溢溢漫衍，亡其故道，而所爲隨山石曲折者，未嘗不在。顧人心目驚潰，而不之見。……

易堂原版《魏叔子文集》卷八

論世堂文集序

〔清〕魏　禧

地縣於天中，萬物畢載，然上下無所附，終古而不墜，所以舉之者，氣也。人之能載萬物者，莫如文章。天之文，地之理，聖人之道，非文章不傳。然而無以舉之，則文之散滅也已久。故聖人不作，六經之文絕，然其氣未嘗絕也。聖人之氣，如天之四時，分之而爲十有二月，又分之而爲二十有四氣，得其一氣，則莫不可以生物。六經以下，爲周諸子，爲秦、漢，爲唐、宋大家之文，苟非甚背於道，則其氣莫不載之以傳。《書》《詩》《易》《禮》《春秋》之氣，得其一皆足以自名。而世之言氣，則惟以浩瀚蓬勃，出而不窮，動而不止者當之，於是而蘇軾氏乃以氣特聞。子瞻之自言曰："吾文如萬斛泉源，不擇地皆可出。在平地，一日千里無難，及其與山石曲折，隨物賦形，而不自知也。行乎其所當行，止乎其所不得不止。"而乃以氣特聞。

氣之靜也，必資於理，理不實則氣餒。其動也，挾才以行，才不大則氣狹隘。然而才與理者，氣之所馮，而不可以言氣。才於氣爲尤近，能知乎才與氣者之爲異者，則知文矣。吹毛而駐於空，吹不息，則毛不下。土石至實，氣絕而朽壤，則山崩。夫得其氣則泯小大，易強弱，禽獸木石可以相爲制，而況載道之文乎！視之以形而不見，誦之以聲而不聞，求之規矩而不得其法，然後可以舉天下之物，而無所撓敗。

琅霞龔子之言文，主乎氣者也。其文浩瀚蓬勃，出而不窮，動而不止，依乎六經而不背於道。雖欲不以氣許之，夫焉得不以氣許之也！

易堂原版《魏叔子文集》卷八

唐詩品彙[1]總序

〔明〕高　棅[2]

有唐三百年詩，衆體備矣。故有往體、近體、長短篇[3]、五七言律句絶句等製，莫不興於始，成於中，流於變，而陊[4]之於終。至於聲律興象，文詞理致，各有品格高下之不同[5]。略而言之，則有初唐、盛唐、中唐、晚唐之不同[6]。詳而分之，貞觀、永徽之時[7]，虞、魏諸公，稍離舊習[8]，王、楊、盧、駱，因加美麗，劉希夷有閨帷之作[9]，上官儀有婉媚之體[10]，此初唐之始製也；神龍[11]以還，洎開元初，陳子昂古風雅正，李巨山文章宿老[12]，沈、宋之新聲，蘇、張之大手筆[13]，此初唐之漸盛也；開元、天寶間，則有李翰林[14]之飄逸，杜工部之沈鬱，孟襄陽[15]之清雅，王右丞[16]之精緻，儲光羲[17]之眞率，王昌齡[18]之聲俊，高適、岑參[19]之悲壯，李頎、常建[20]之超凡，此盛唐之盛者也；大曆、貞元中[21]，則有韋蘇州[22]之雅澹，劉隨州[23]之閑曠，錢、郎[24]之清贍，皇甫[25]之沖秀，秦公緒[26]之山林，李從一[27]之臺閣，此中唐之再盛也；下暨元和[28]之際，則有柳愚溪(原作谿)[29]之超然復古，韓昌黎[30]之博大其詞，張、王樂府[31]，得其故實，元、白序事，務在分明，與夫李賀、盧仝之鬼怪[32]，孟郊、賈島之飢寒[33]，此晚唐之變也；降而開成[34]以後，則有杜牧之[35]之豪縱，溫飛卿[36]之綺靡，李義山[37]之隱僻，許用晦(原作梅，誤)[38]之偶對，他若劉滄、馬戴、李頻、李羣玉輩[39]，尙能黽勉氣格，特邁時流，此晚唐變態之極，而遺風餘韻，猶有存者焉。

是皆名家擅場，馳騁當世。或稱才子[40]，或推詩豪[41]，或謂五言長城[42]，或爲律詩龜鑑，或號詩人冠冕，或尊海内文宗，靡不有精、粗、邪、正、長、短、高、下之不同。觀者苟非窮精闡微，超神入化，玲瓏透徹之悟[43]，則莫能得其門，而臻其壼奥矣。今試以數十百篇之詩，隱其姓名，以示學者，須要識得何者爲初唐，何者爲盛唐，何者爲中唐、爲晚唐，又何者爲王、楊、盧、駱，又何者爲沈、宋，又何者爲陳拾遺，又何者爲李、杜（原作林，據明成化本《唐詩品彙》校改），又何者爲孟爲儲，爲二王，爲高、岑，爲常、劉、韋、柳，爲韓、李、張、王、元、白、郊、島之製。辯盡諸家，剖析毫芒，方是作者。

予夙躭於詩，恆欲窺唐人之藩籬，首踵其域，如墮終南萬疊間，茫然弗知其所往。然後左攀右涉，晨躋夕覽，下上陟頓，進退周旋，歷十數年。厥中僻蹊通莊，高門邃室，歷歷可指數。故不自揆，竊願偶心前哲，採摭羣英，芟夷繁蜎[44]，裒成一集，以爲學唐詩者之門徑。載觀諸家選本，詳略不侔，《英華》[45]以類見拘，《樂府》[46]爲題所界，是皆略於盛唐，而詳於晚唐。他如《朝英》《國秀》《篋中》《丹陽》《英靈》《間氣》《極玄》《又玄》《詩府》《詩統》《三體》《衆妙》等集[47]，立意造論，各該一端，惟近代襄城楊伯謙氏《唐音》集[48]，頗能別體製之始終，審音律之正變，可謂得唐人之三尺[49]矣，然而李、杜大家不錄，岑、劉古調弗存，張籍、王建、許渾、李商隱律詩，載諸正音，勃海高適，江寧王昌齡五言，稍見遺響。每一披讀，未嘗不歎息於斯。

由是遠覽窮搜，審詳取捨，以一二大家，十數名家，與夫善鳴者，殆將數百，校其體裁，分體從類，隨類定其品目，因目別其上下、始終、正變，各立序論，以弁其端。爰自貞觀至天祐[50]，通得六百二十人，共詩五千七百六十九首，分爲九十卷，總題曰《唐詩品彙》。嗚呼！唐詩之偈（偈字疑誤），弗傳久矣。唐詩之道，或時以明。誠使吟詠性情之士，觀詩以求其人，因人以知其時，因時以辯其文章之高下，詞氣之盛衰，本乎始以達其終，審其變而歸於正，則優游敦厚之教，未必無小補云。洪武癸酉[51]春新寧高棅謹序。

明嘉靖本《唐詩品彙》

【註釋】

［1］唐詩品彙——明高棅編。凡九十卷，所錄六百二十家，詩五千七百六十九首。分體編次爲五言古詩二十四卷，七言古詩十三卷，長短句附；五言絕句八卷，六言附；七言絕句十卷，五言律詩十五卷，五言排律十一卷，七言律詩九卷，排律附。又搜補作者六十一人，詩九百五十四首，爲拾遺十卷。書成於明初洪武年代。《四庫全書總目提要》謂："宋之末年，江西一派與四靈一派，併合而爲江湖派，猥雜細碎，如出一轍，詩以大弊。元人欲以新豔奇麗矯之，迨其末流，飛卿、長吉一派與盧仝、馬異、劉叉一派，併合而爲纖體，妖冶俶詭，如出一轍，詩又大弊。百餘年中，能自拔於風氣外者，落落數十人耳。明初閩人林鴻，始以規仿盛唐立論，而棅實左右之，是集其職志也。……《明史·文苑傳》謂終明之世，館閣以此書爲宗。厥後李夢陽、何景明等，摹擬盛唐，名爲崛起，其胚胎實兆於此。平心而論，唐音之流爲膚廓者，此書實啓其弊；唐音之不絕於後世者，亦此書實衍其傳。功過並存，不能互掩。後來過毁過譽，皆門戶之見，非公論也。"

［2］高棅（公元一三五〇年——一四二三年）——字彥恢，更名廷禮，別號漫士，福建長樂人。永樂初，以布衣召入翰林爲待詔，陞典籍。工書畫，尤專於詩。與福清林鴻、閩鄭定、侯官王褒、唐泰、長樂王恭、陳亮、永福王偁、將樂黃元、閩周元等號閩中十才子。棅有《嘯臺集》二十卷、《木天清氣集》十四卷。《明史》卷二百八十六《文苑》有傳，附林鴻傳中。

［3］往體近體長短篇——往體，即古體。近體，即下面所舉的五七言律絕句。長短篇，主要指樂府詩。

［4］陊——《廣雅·釋詁》："陊，壞也。"

［5］各有品格高下之不同——《唐詩品彙》於諸體之中，各分正始、正宗、大家、名家、羽翼、接武、正變、餘響、旁流等九格。

［6］初唐盛唐中唐晚唐之不同——嚴羽《滄浪詩話》："唐初體，唐初猶襲陳、隋之體。盛唐體，景雲以後開元、天寶諸公之詩。……晚唐體。"《唐詩品彙》分唐詩爲初、盛、中、晚，大略以初唐爲正始，盛唐爲正宗，爲大家、爲名家，爲羽翼，中

唐爲接武，晚唐爲正變、爲餘響。徐師曾《文體明辯》：“至唐有四等：由高祖武德初至玄宗開元初爲初唐，由開元至代宗大曆初爲盛唐，由大曆至憲宗元和末爲中唐，自文宗開成初至五季爲晚唐。”《四庫全書總目提要》：“其分初、盛、中、晚，蓋宋嚴羽已有是說。二馮嘗以劉長卿亦盛亦中之類，力攻其謬。然限斷之例，亦論大概耳。寒溫相代，必有半冬半春之一日，遂可謂四時無別哉！”

［7］貞觀永徽之時——貞觀，唐太宗年號，自公元六二七年至六四九年。永徽，唐高宗年號，自公元六五〇年至六五五年。

［8］虞魏諸公二句——虞世南（公元五五八年——六三八年），字伯施，越州餘姚人。在隋，官秘書郎，入唐，官至弘文館學士、秘書監。《全唐詩》編其詩一卷（入卷三十六）。《舊唐書》卷七十二、《新唐書》卷一百二有傳。魏徵（公元五八〇年——六四三年），字玄成，魏州曲城人。官至檢校侍中，知門下省事。《全唐詩》編其詩一卷（入卷三十一）。唐初宮體詩的餘風，還是泛濫一時。虞、魏二家較有風骨健舉之作。

［9］劉希夷有閨帷之作——劉希夷（公元六五一年——？），字庭芝，汝州人。《全唐詩》編其詩一卷（入卷八十二）。希夷善寫閨情之作，如《春女行》《采桑》《代閨人春日》《江南曲》《擣衣篇》《公子行》《代秦女贈行人》《晚春》諸篇都是。《舊唐書》卷一百九十附喬知之傳。

［10］上官儀有婉媚之體——上官儀（公元？——六六四年），字游韶，陝州陝人。貞觀初進士，高宗時，官至西臺侍郎。《舊唐書·上官儀傳》：“工于五言詩，好以綺錯婉媚爲本，儀既貴顯，故當時多有學其體者，時人謂爲上官體。”《全唐詩》編其詩一卷（入卷四十）。《舊唐書》卷八十、《新唐書》卷一百五有傳。

［11］神龍——唐中宗年號，自公元七〇五年至七〇六年。

［12］李巨山文章宿老——李嶠，字巨山，趙州贊皇人。弱冠舉進士，中宗景龍中，以特進守兵部尚書同中書門下三品。玄宗時，貶爲滁州別駕，改廬州。嶠初與王、楊接踵，中與崔融、蘇味道齊名，晚年諸人沒，獨爲文章宿老。《全唐詩》編其詩爲五卷（入卷五十七至六十一）。《舊唐書》卷九十四、《新唐書》卷一百二十三有傳。

［13］蘇張之大手筆——蘇頲（公元六七〇年——七二七年）字廷碩，京兆武功人。官至紫薇侍郎，知政事，襲父瓌封爵，號小許公。《全唐詩》編其詩爲二卷（入卷七十三、七十四）。《舊唐書》卷八十八、《新唐書》卷一百二十五有傳。張說（公元六六七年——七三〇年），字道濟，一字說之，河南人。開元初，官中書令，封燕國公。官終尚書左丞相。朝廷大述作，多出其手，與蘇頲號燕、許大手筆。《全

唐詩》編其詩爲五卷(入卷八十五至八十九)。《舊唐書》卷九十七、《新唐書》卷一百二十五有傳。

[14] 李翰林——玄宗時,李白被召,待詔翰林。

[15] 孟襄陽——孟浩然(公元六八九年——七四〇年),隱居襄陽鹿門山。開元末爲荆州從事。工山水詩,與王維齊名,稱爲王孟。有《孟浩然集》四卷。《舊唐書》卷一百九十下《文苑》下、《新唐書》卷一百二十八《文藝》下都有傳。

[16] 王右丞——王維(公元七〇一年——七六一年),字摩詰,河東人。開元進士,官終尚書右丞。有《王右丞集》二十八卷。《舊唐書》卷一百九十下《文苑》下、《新唐書》卷一百二十七《文藝》中都有傳。

[17] 儲光羲——兗州人。開元進士,官至監察御史。其詩善寫田園風物,屬王、孟一派。《全唐詩》編其詩爲四卷(入卷一百三十六至一百三十九)。

[18] 王昌齡(公元約六九八年——七五六年)——字少伯,京兆人。開元十五年進士,官江寧令,貶龍標尉。《全唐詩》編其詩爲四卷(入卷一百四十至一百四十三)。《舊唐書》卷一百九十下《文苑》下有傳,《新唐書》卷二百〇三《文藝》下附孟浩然傳後。

[19] 高適(公元?——七六五年)——字達夫,渤海人。官至散騎常侍,有《高常侍集》八卷。《舊唐書》卷一百十一、《新唐書》卷一百四十三有傳。岑參(公元七一五年——七七〇年)——南陽人。天寶三載進士,官嘉州刺史,有《岑嘉州詩集》七卷。

[20] 李頎——東川人,家於潁陽。開元十三年進士,官新鄉尉。《全唐詩》編其詩爲三卷(入卷一百三十二至一百三十四)。常建——開元進士,大曆中,官盱眙尉。《全唐詩》編其詩一卷(入卷一百四十四)。

[21] 大曆——唐代宗年號,自公元七六六年至公元七七九年。貞元——唐德宗年號,自公元七八五年至八〇四年。

[22] 韋蘇州——見本書第二册白居易《與元九書》註[67]。

[23] 劉隨州——劉長卿,官終隨州刺史。有《劉隨州詩集》十卷、《外集》一卷。

[24] 錢郎——錢起,字仲文,吳興人。天寶十載進士,官終尚書考功郎中。大曆十才子之一。有《錢考功集》十卷。郎士元,字君胄,中山人。天寶十五載進士,官終郢州刺史。與錢起齊名,時人稱爲錢、郎。《全唐詩》編其詩爲一卷(入卷二百四十八)。

[25] 皇甫——皇甫冉,字茂政,潤州丹陽人。天寶十五載進士,官終右補闕。《全唐詩》編其詩爲二卷(入卷二百四十九、二百五十)。皇甫曾,字孝常,冉弟,官終陽

翟令。詩名與兄相上下。《全唐詩》編其詩爲一卷(入卷二百十)。

[26] 秦公緒——秦系(公元? ——八〇〇年),字公緒,會稽人。天寶末,避亂剡溪。建中初,客泉州,結廬於南安九日山中,自號東海釣客。《全唐詩》編其詩爲一卷(入卷二百六十)。《新唐書》卷一百九十六《隱逸》有傳。

[27] 李從一——李嘉祐,字從一,趙州人。天寶七年進士,在京曾官秘書正字、中臺郎。官終袁州刺史。詩婉麗有齊梁風。《全唐詩》編其詩爲二卷(入卷二百六至二百七)。

[28] 元和——見本書第二册嚴羽《滄浪詩話》註[26]。

[29] 柳愚溪——柳宗元貶永州司馬,更其地冉溪之名爲愚溪。

[30] 韓昌黎——韓愈嘗自稱昌黎,是依附當代韓姓的著名郡望,可參考岑仲勉《唐集質疑》。宋元豐七年,封愈爲昌黎伯。

[31] 張王樂府——張籍、王建以擅長樂府詩見稱。

[32] 李賀盧仝之鬼怪——李賀詩尙奇麗,以鬼才著稱。盧仝詩尙險怪,《月蝕詩》可爲代表。

[33] 孟郊賈島之飢寒——孟、賈二人之詩,蘇軾《祭柳子玉文》稱之爲"郊寒島瘦"。

[34] 開成——唐文宗年號,自公元八三六年至八四〇年。

[35] 杜牧之——杜牧,字牧之。

[36] 溫飛卿——溫庭筠,字飛卿。

[37] 李義山——李商隱,字義山。

[38] 許用晦——許渾,字用晦,系出安陸,家於丹陽。大和六年進士,官至睦、郢二州刺史。有《丁卯集》二卷、《續集》二卷、《續補》一卷、《集外遺詩》一卷。律詩工對仗,宋陸游頗學之。

[39] 劉滄——字蘊靈,魯人。大中八年進士,官終龍門令。所爲詩都是七言律,五律僅存二首及斷句一聯。《全唐詩》編爲一卷(入卷五百八十六)。馬戴——字虞臣,會昌四年進士,官終太學博士。所爲詩都是五言律與五七言絕句,七律僅存二首,五古僅存一首。《全唐詩》編爲二卷(入卷五百五十五、五百五十六)。李羣玉——字文山,澧州人。官弘文館校書郎。詩幽麗洗鍊,爲晚唐名家。有《李羣玉集》三卷、《後集》五卷。李頻——字德新,睦州壽昌人。大中八年進士,官終建州刺史。所爲詩都是近體,古詩僅存一首。有《建州刺史集》(改名《黎岳集》)一卷、附錄一卷,《新唐書》卷二百三《文藝》下有傳。

[40] 或稱才子——如錢起等十人稱大曆十才子,元稹有元才子之目。

[41] 或推詩豪——劉禹錫被白居易推爲詩豪。

[42] 五言長城——劉長卿擅長五律，有五言長城之目。

[43] 玲瓏透徹之悟——見本書第二册嚴羽《滄浪詩話·詩辨》。

[44] 繁蝟——蝟毛叢集。繁蝟，猶言繁雜。

[45] 英華——《文苑英華》一千卷，宋太平興國七年，李昉、扈蒙、徐鉉、宋白等奉敕編。繼又命蘇易簡、王祐等參修，至雍熙四年書成。其分類編輯體例，略同蕭統《文選》。唐代已經散佚的詩文，很多賴此書保存而得傳。

[46] 樂府——《樂府詩集》一百卷，宋郭茂倩編撰。是集總括歷代樂府，至五代爲斷限。凡郊廟歌詞十二卷，燕射歌詞三卷，鼓吹曲詞五卷，横吹曲詞四卷，相和歌詞十八卷，清商曲詞八卷，舞曲歌詞五卷，琴曲歌詞四卷，雜曲歌詞十八卷，近代曲詞四卷，雜謠歌詞七卷，新樂府詞十一卷。其解題徵引浩博，援據精審，宋以來考樂府者，很難越出它的範圍。

[47] 朝英國秀句——《朝英集》未詳。《國秀集》三卷，唐芮挺章選，《四部叢刊》以明翻宋本影印。《篋中集》一卷，唐元結選，《隨庵叢書》以宋尹家書舖刊本影刻。《丹陽集》一卷，唐殷璠選，見《新唐書·藝文志》、《宋史·藝文志》著錄。《河嶽英靈集》三卷，唐殷璠選，《四部叢刊》以明翻宋本影印。《中興間氣集》二卷，唐高仲武選，《四部叢刊》以明翻宋本影印。《極玄集》一卷，姚合選，有元至元刊本。《又玄集》三卷，唐韋莊選，古典文學出版社用日本江戶昌平坂學問所官板本影印。以上諸集，除《朝英集》、《丹陽集》外，均收入中華書局出版的《唐人選唐詩》十種中。《江南續又玄集》十卷，唐劉吉集，見《國史經籍志》著錄。《文林館詩府》八卷，不詳選人，見《國史經籍志》著錄。《詩統》未詳。《三體唐詩》(或作《唐詩三體》)四卷，元周弼選，見《國史經籍志》《文淵閣書目》著錄。《唐衆妙集》一卷，宋趙師秀選，見《文淵閣書目》《宋史藝文志補》著錄。

[48] 楊伯謙氏唐音集——楊士宏，字伯謙，元襄城人。選《唐音》十四卷，書成於至正四年。凡始音一卷、正音六卷、遺響七卷。始音僅錄王、楊、盧、駱四家；正音則詩以體分，而以初唐，盛唐爲一類，中唐爲一類，晚唐爲一類；遺響則諸家之作咸在，而附以僧詩、女子詩。李白、杜甫、韓愈三家的詩，因爲世多有全集，所以不入選。

[49] 三尺——漢代用三尺四寸竹簡書法律，稱爲三尺法，舉成數言，一般稱爲三尺，作爲法律條款的代稱。

[50] 天祐——唐昭宣帝年號，自公元九〇四年至九〇六年。

[51] 洪武癸酉——洪武，明太祖年號，自公元一三六八年至一三九八年。癸酉爲洪武二十六年。

【説明】

我國古代詩歌由唐到宋，是個轉變的關鍵。宋詩以理致取勝，清新刻露，語言接近散文化，和唐詩中雄渾高華的意境，已隔一塵。所以嚴羽論詩，“推原漢、魏以來，而截然謂當以盛唐爲法”(見《滄浪詩話・詩辨》)。元人已轉向唐音，到明朝初期，力宗盛唐，傾向復古，就成爲一時風氣。

高棅的《唐詩品彙》是代表閩中十子這一詩派的主張，有着廣泛影響的唐詩選集。其書分體編年，以類相從。每類選目，根據各種詩歌體製的具體情況，將入選作家分別歸納爲各種不同的類型，並綴以短論，品第其高下，其論綱則概括在這篇序言裏。它所涉及的，主要有兩個方面：

一是用歷史的眼光，把唐詩發展劃分爲初、盛、中、晚四個階段。他說：“觀詩以求其人，因人以知其時，因時以辨其文章之高下，詞氣之盛衰。”基於這樣的認識，所以“大略以初唐爲正始，盛唐爲正宗、大家、名家、羽翼，中唐爲接武，晚唐爲正變、餘響”(見原書“凡例”)。唐詩盛於開、天之際，盡變齊、梁餘習而歸於雅正。“正始”是指詩風轉變之際良好的開端，所以把初唐這將近一百年的時間作爲唐詩興盛的準備階段。正和變是相對而言的，以“正變”連綴成詞，是說由正以觀變，即文中所謂“本乎始以達其終，審其變而歸於正”的意思。他把唐詩之變，斷自元和以後，認爲“柳愚溪之超然復古，韓昌黎之博大其詞，張、王樂府，得其故實，元、白序事，務在分明，與夫李賀、盧仝之鬼怪，孟郊、賈島之飢寒”，是唐詩的變體。然而雖變而不失其正，所以名之爲“正變”。至於開成以後，是“晚唐變態之極，而遺風餘韻，猶有存者焉”，所以稱之爲“餘響”。他從正與變的關係，闡明唐詩發展的過程，在理論上把各個階段貫串起來；同時，各個階段的時間斷限，也只是就其大體而言，就個别作家來説，並不一定拘於世次，其間有互相交錯之處。這樣，就比較明確而圓通地解決了唐詩的分期問題。

二是用批評的眼光論述各個階段具有代表性的詩人。他一方面注意到各個時期有各個時期的風格，同時又强調每一時期不同詩人的藝術特色。此文第一段所説，主要是在這個方面。從他的論述，可以看出在各個時期中突出盛唐之盛；而盛唐之盛，在選目裏又有"正宗""大家""名家""羽翼"的區分；這種區分，又是因體而異的。雖然他的品題，不一定完全恰當；然而他的辨析，是相當細密。這裏值得注意的是：文中特别推尊李、杜，對楊士宏《唐音》之"李、杜大家不録"，深爲不滿。嚴羽教人學詩，"以李、杜二集枕藉觀之，……然後博取盛唐名家醖釀胸中，久之自然悟入。雖學之不至，亦不失正路"（見《滄浪詩話·詩辨》）。而高棅這部唐詩選集，指示學習唐詩者以萬户千門，大途小徑；而要其指歸，也是以盛唐爲宗，李、杜爲主。在這一點上，他不僅上承滄浪之緒論，而且可以看作下開七子之先河。

附　録

答章秀才論詩書

〔明〕宋　濂

濂白，秀才足下：承書，知學詩弗倦，且疑歷代詩人皆不相師，旁引曲證，亹亹數百言，自以爲確乎弗拔之論。濂竊以謂世之善論詩者，其有出於足下乎？敢然，不敢從也。濂非能詩者，自漢、魏以至於今，諸家之什，不可謂不攻習也。薦紳先生之前，亦不可謂不磨切也。揆於足下之論，容或有未盡者，請以所聞質之，可乎？

《三百篇》勿論已，姑以漢言之，蘇子卿、李少卿非作者之首乎？觀二子之所著，紆曲淒惋，實宗國風與楚人之辭。二子既沒，繼者絕少。下逮建安、黄初，曹子建父子，起而振之，劉公幹、王仲宣力從而輔翼之，正始之間，嵇、阮又疊作，詩道於是乎大盛，然皆師少卿而馳騁於風雅者也。自時厥後，正音衰微，至太康復中興。陸士衡兄弟則倣子建，潘安仁、張茂先、張景陽則學仲宣，左太冲、張季鷹則法公幹，獨陶元亮天分之高，其先雖出於太冲、景陽，究其所自得，直超建安而上之，高情遠韻，殆猶大羹克鉶，不假鹽醯，而至味自存者也。元嘉以還，三謝、顔、鮑爲之首。三謝亦本子建而雜参於郭景純，延之則祖士衡，明遠則效景陽，而氣骨淵然，駸駸有西漢風。餘或傷於刻鏤而乏雄渾之氣，較之太康則有間矣。永明而下，抑又甚焉。沈休文拘於聲韻，王元長局於褊迫，江文通過於摹擬，陰子堅涉於淺易，何仲言流於瑣碎，至於徐孝穆、庾子山一以婉麗爲宗，詩之變極矣。然而諸人雖或遠式子建、越石，近宗靈運、元暉，方之元嘉則又有不逮者焉。唐初承陳、隋之弊，多尊徐、庾，遂致頹靡不振。張子壽、蘇廷碩、張道濟相繼而興，各以風雅爲師；而盧昇之、王子安務欲凌跨三謝，劉希夷、王昌齡、沈雲卿、宋少連亦欲蹴駕江、薛，固無不可者。奈何溺於久習，終不能改其舊。甚至以律法相高，益有四聲八病之嫌矣。唯陳伯玉痛懲其弊，專師漢、魏，而友景純、淵明，可謂挺然不羣之士，復古之功，於是爲大。開元、天寶中，杜子美復繼出，上薄風雅，下該沈、宋，才奪蘇、李，氣吞曹、劉，掩顔、謝之孤高，雜徐、庾之流麗，眞所謂集大成者，而諸作皆廢矣。並時而作，有李太白，宗風騷及建安七子，其格極高，其變化若神龍之不可羈。有王摩詰依倣淵明，雖運詞清雅，而萎弱少風骨。有韋應物祖襲靈運，能一寄穠鮮於簡淡之中，淵明以來，蓋一人而已。他如岑參、高達夫、劉長卿、孟浩然、元次山之屬，咸以興寄相高，取法建安。至於大曆之際，錢、郎遠師沈、宋，而苗、崔、盧、耿、吉、李諸家，亦皆本伯玉而宗黄初，詩道於是爲最盛。韓、柳起於元和之間，韓初效建安，晚自成家，勢若掀雷抉電，撑決於天地之垠。柳斟酌陶、謝之中，而措辭窈眇清妍，應物而下，亦一人而已。元、白近於輕俗，王、張過於浮麗，要皆同師於古樂府。賈浪仙獨變入辟，以矯豔於元、白。劉夢得步驟少陵，而氣韻不足。杜牧之沉涵靈運，而句意尚奇。孟東野陰祖沈、謝，而流於蹇澀。盧仝則又自出新意，而涉於怪詭。至於李長吉、溫飛卿、李商隱、段成式專誇靡蔓，雖人人各有所師，而詩之變又極矣。比之大曆，尙有所不逮，況厠之開元哉？過此以往，若朱慶餘、項子遷、李文山、鄭守愚、杜彥之、吳子華輩，則又駁乎不足議也。宋初，襲晚唐五季之弊。天聖以來，晏同叔、錢希聖、劉子儀、楊大年數人，亦思有以革之，第皆師於義山，全乖古雅之風。迨王元之以邁世之豪，俯就繩尺，以樂天爲法，歐陽永叔痛矯西崑，以退之爲宗，蘇子美、梅聖俞介乎其間。梅之覃思精微，學孟東野，蘇之筆力横絕，宗杜子美，亦頗號爲詩道中興。至若王禹玉之踵徽之，盛公量之祖應物，石延年之效牧之，王介甫之原三謝，雖不絕似，皆嘗得其髣髴者。元祐之間，蘇、黄挺出，雖曰共師李、杜，而競以己意相高，而諸作又廢矣。自此以後，詩人迭起，或波瀾富而句律疎，或煅煉精而情性遠，大抵不出於二家。觀於蘇門四學士，及江西宗派諸詩，蓋可見矣。陳去非雖晚出，乃能因崔德符而歸宿於少陵，有不爲流俗之所移易。馴至隆興、乾道之時，尤延之之清婉，楊廷秀之深刻，范至能之宏麗，陸務觀之敷腴，亦皆有可觀者，然終不離天聖、元祐之故步，去盛唐爲益遠。下至蕭、趙二氏，氣局荒頽，而音節促迫，則其變又極矣。

由此觀之，詩之格力崇卑，固若隨世而變遷，然謂其皆不相師可乎？第所謂相師者，或有異焉。其上焉者，師其意，辭固不似而氣象無不同；其下焉者，師其辭，辭則似矣，求其精神之所寓，固未嘗近也。然唯深於比興者，乃能察知之爾。雖然，爲詩當自名家，然後可傳於不朽。若體規畫圓，準方作矩，終爲人之臣僕，尙烏得謂之詩哉？是何者？詩乃吟咏性情之具，而所謂風、雅、頌者，皆出於吾之一心，特因事感觸而成，非智力之所能增損也。古之人其初雖有所沿襲，末復自成一家言，又豈規規然必於相師者哉？

嗚呼！此未易爲初學道也。近來學者，類多自高，操觚未能成章，輒闊視前古爲無物。且揚言曰：曹、劉、李、杜、蘇、黄諸作雖佳，不必師；吾即師，師吾心耳。故其所作，往往猖狂無倫，以揚沙走石爲豪，而不復知有純和沖粹之音，可勝嘆哉！可勝嘆哉！濂非能詩者，因足下之言，姑略誦所聞如此，唯足下裁擇焉，不宜，濂白。

嚴榮校刻本《宋文憲公全集》卷三十七

獨庵集序(節錄)

〔明〕高 啓

詩之要:有曰格,曰意,曰趣而已。格以辯其體,意以達其情,趣以臻其妙也。體不辯,則入於邪陋,而師古之義乖;情不達,則墮於浮虛,而感人之實淺;妙不臻,則流於凡近,而超俗之風微。三者既得而後典雅沖淡,豪俊穠縟,幽婉奇險之辭,變化不一,隨所宜而賦焉。如萬物之生,洪纖各具乎天;四序之行,榮慘各適其職。又能聲不違節,言必止義,如是而詩之道備矣。

夫自漢、魏、晉、唐而降,杜甫氏之外,諸作者各以所長名家,而不能相兼也。學者譽此詆彼,各師所嗜,譬猶行者埋輪一鄉,而欲觀九州之大,必無至矣。蓋嘗論之:淵明之善曠,而不可以頌朝廷之光;長吉之工奇,而不足以詠丘園之致,皆未得爲全也。故必兼師衆長,隨事摹擬,待其時至心融,渾然自成,始可以名大方,而免夫偏執之弊矣。……

《四部叢刊》影明正統甲子長洲刊本《高太史鳧藻集》卷二

藝苑卮言(選錄)

〔明〕王世貞

六朝之末,衰颯甚矣。然其偶儷頗切,音響稍諧,一變而雄,遂爲唐始,再加整栗,便成沈、宋。人知沈、宋律家正宗,不知其權輿於三謝,橐鑰於陳、隋也。詩至大曆,高、岑、王、李之徒,號爲已盛。然才情所發,偶與境會,了不自知其墮者,如"到來函谷愁中月,歸去蟠溪夢裏山。""鴻雁不堪愁裏聽,雲山況是客中過。""草色全經細雨濕,花枝欲動春風寒。"非不佳致,隱隱逗漏錢、劉出來。至"百年强半仕三已,五畝就荒天一涯",便是長慶以後手段。吾故曰:衰中有盛,盛中有衰,各含機藏隙。盛者得衰而變之,功在創始;衰者自盛而沿之,弊繇趨下。又曰:勝國之敗材,乃興邦之隆幹;熙朝之佚事,即衰世之危端。此雖人力,自是天地間陰陽剝復之妙。

世經堂刻本《弇州山人四部稿·藝苑卮言》卷四

唐詩品彙選釋斷序

〔明〕屠　隆

夫詩由性情生者也。詩自《三百篇》而降，作者多矣，乃世人往往好稱唐人，何也？則其所托興者深也。非獨其所托興者深也，謂其猶有風人之遺也。非獨謂其猶有風人之遺也，則其生乎性情者也。

夫性情有悲有喜，要之乎可喜矣。五音有哀有樂，和聲能使人歡然而忘愁，哀聲能使人悽愴惻惻而不寧。然人不獨好和聲，亦好哀聲，哀聲至於今不廢也，其所不廢者可喜也。唐人之言，繁華綺麗，優游清曠，盛矣。其言邊塞征戍離別窮愁，率感慨沉抑，頓挫深長，足動人者，即悲壯可喜也。讀宋而下詩則悶矣，其調俗，其味短，無論哀思，即其言愉快，讀之則不快，何也？《三百篇》博大，博大則詩；漢、魏詩雄渾，雄渾則詩；唐人詩婉壯，婉壯則詩。彼宋而下何爲，詩道其亡乎。

廷禮高氏選《唐詩品彙》，其所取博則博矣，精未也。乃黄觀察公選之加精焉，而又爲之釋斷，然後唐人河嶽之精靈，歷百千載如在乎？則觀察公之勤，奈何可眇小也！

明刻本《由拳集》卷十二

錢退山詩文序

〔清〕黄宗羲

余過甬上，適退山自淮歸，出其詩文，屬余評定。閲之終卷，其家傳足補史氏之闕文，其談詩能留風雅之墜緒，蕙芷芳潔，非紅塵變埸中筆墨也。

慨自唐以前，爲詩者極其性分所至，鉥心劌腸，畢一生之力，春蘭秋菊，各自成家，以聽後世之品藻。如鍾嶸之《詩品》，辨體明宗，固未嘗墨守一家以爲準的也。至於有宋，折衷之學始大盛，江西以汗漫廣莫爲唐，永嘉以脰鳴吻决爲唐；即同一晚唐也，有謂其纖巧醸亡國之音，有謂其聲宏還正始之響；學崑體者謂之村夫子，學郊、島者謂之字面詩。入主出奴，謠諑繁興，莫不以爲折衷羣言。然良金華玉，並行而不悖，必欲銖兩以定其價，爲之去取，恐山川之靈氣，割裂於市師之手矣。

退山言作詩者，固當出之以性情，尤當擴之以才識，涵濡蘊蓄，更當俟之以火候，三者不至，不可以言詩。此與宋景濂五美之論互相發明。其於古今作者，有品藻而無折衷，蓋不欲定於一家，以隘詩路也。嗟乎！退山飄零鯨背，與蜑戶鯷人共夫烟火，十死之餘，人世富貴福澤之氣，煎銷淨盡，而後甘苦鹹酸之味始出。嗟乎！退山詩即工矣，究竟何用，不過與悲蟬啼蛩爭鳴楓林葦叢間。彼作爲雅頌，陳之廟堂者，皆時文捷徑之人物也，於退山乎何有！

耕餘樓本《南雷文定》三集卷一

懷麓堂詩話[1]〔選錄〕

〔明〕李東陽[2]

詩在六經中，別是一教，蓋六藝中之樂也。樂始於詩，終於律[3]。人聲和則樂聲和[4]，又取其聲之和者，以陶寫情性，感發志意，動盪血脈，流通精神，有至於手舞足蹈而不自覺者[5]。後世詩與樂判而爲二，雖有格律，而無音韻，是不過爲排偶之文而已。使徒以文而已也，則古之教，何必以詩律爲哉？

古詩與律不同體，必各用其體乃爲合格。然律猶可間出古意，古不可涉律。……

古律詩各有音節，然皆限於字數，求之不難。惟樂府長短句，初無定數，最難調疊。然亦有自然之聲。古所謂"聲依永"者，謂有長短之節，非徒永也。故隨其長短，皆可以播之律呂，而其太長太短之無節者，則不足以爲樂。今泥古詩之成聲，平側短長，句句字字，摹倣而不敢失，非惟格調有限，亦無以發人之情性。若往復諷詠，久而自有所得。得於心而發之乎聲，則雖千變萬化，如珠之走盤，自不越乎法度之外矣。如李太白《遠别離》、杜子美《桃竹杖》，皆極其操縱，曷嘗按古人聲調？而和順委曲乃如此。固初學所未到。然學而未至乎是，亦未可與言詩也。

觀《樂記》論樂聲處[6]，便識得詩法。

長篇中須有節奏，有操、有縱、有正、有變，若平舖穩布，雖多無益。唐詩類有委曲可喜之處，惟杜子美頓挫起伏變化不測，可駭可愕，蓋其音響與格律正相稱。回視諸作，皆在下風。然學者不先得唐調，未可遽爲杜學也。

陳公父[7]論詩專取聲，最得要領。潘禎應昌嘗謂予：詩宮聲[8]也。予訝而問之。潘言其父受於鄉先輩曰：詩有五聲，全備者少，惟得宮聲者爲最優。蓋可以兼衆聲也。李太白、杜子美之詩爲宮，韓退之之詩爲角[9]，以此例之，雖百家可知也。予初欲求聲於詩，不過心口相語，然不敢以示人。聞潘言，始自信以爲昔人先得我心。天下之理，出於自然者，固不約而同也。趙撝謙嘗作《聲音文字通》十二卷，未有刻本，本入內閣而亡其十一，止存總目一卷，以聲統字。字之於詩，亦一本而分者。於此觀之，尤信。門人輩有聞予言，必讓予曰，莫太洩漏天機否也。

詩用實字易，用虛字難。盛唐人善用虛，其開合呼喚，悠揚委曲，皆在於此。用之不善，則柔弱緩散，不復可振，亦當深戒。此予所獨得者。夏正夫嘗謂人曰：李西涯專在虛字上用工夫，如何當得？予聞而服之。

古詩歌之聲調節奏，不傳久矣。比嘗聽人歌《關雎》《鹿鳴》諸詩，不過以四字平引爲長聲，無甚高下緩急之節，意古之人不徒爾也[10]。今之詩，惟吳、越有歌。吳歌清而婉，越歌長而激，然士大夫亦不皆能。予所聞者，吳則張亨父，越則王古直仁輔，可稱名家。亨父不爲人歌，每自歌所爲詩，眞有手舞足蹈意。仁輔性亦僻，不時得其歌。予値有得意詩，或令歌之。因以驗予所作，雖不必能自爲歌，往往合律，不待強致，而亦有不容強者也。

今之歌詩者，其聲調有輕重淸濁長短高下緩急之異，聽之者不問而知其爲吳爲越也。漢以上古詩弗論。所謂律者，非獨字數之同，而凡聲之平仄，亦無不同也。然其調之爲唐爲宋爲元者，亦較然明甚。此何故耶？大匠能與人以規矩，不能使人巧。律者，規矩之謂，而其爲調，則有巧存焉。苟非心領神會，自有所得，雖日提耳而敎之，無益也。

五七言古詩仄韻者，上句末字類用平聲，惟杜子美多用仄。

如《玉華宮》《哀江頭》諸作，概亦可見。其音調起伏頓挫，獨爲遒健，似別出一格。回視純用平字者，便覺萎弱無生氣。自後則韓退之、蘇子瞻有之，故亦健於諸作。此雖細故末節，蓋舉世歷代而不之覺也。偶一啓鑰，爲知音者道之。若用此太多，過於生硬，則又矯枉之失，不可不戒也。

無錫丁氏校印本《歷代詩話續編·麓堂詩話》

【註釋】

［1］懷麓堂詩話——書一卷，明李東陽撰。《四庫全書總目提要》："李、何未出以前，東陽實以臺閣耆宿，主持文柄。其論詩主於法度音調，而極論剽竊摹擬之非，當時奉以爲宗。至何、李既出，始變其體，然贗古之病，適中其所詆訶，故後人多抑彼而伸此。此編所論，多得古人之意，雖詩家三昧，不盡於是，要亦深知甘苦之言矣。"鮑廷博《知不足齋叢書》、丁福保《歷代詩話續編》都收有此書，題作《麓堂詩話》。

［2］李東陽（公元一四四七年——一五一六年）——字賓之，茶陵人。天順八年進士，選庶吉士，授編修，官至吏部尚書、華蓋殿大學士、少師兼太子太師。以宰臣領袖文壇，海內稱爲西涯先生。其詩學杜甫、劉長卿、白居易以迨蘇軾、虞集，兼綜互出，自成面目。明七子未興起以前，號爲一大宗。有《懷麓堂集》一百卷。《明史》卷一百八十一有傳。

［3］樂始於詩終於律——《書·堯典》（僞古文《舜典》）："詩言志，歌永言，聲依永，律和聲。"僞孔傳："律，六律六呂也。"

［4］人聲和則樂聲和——《禮記·樂記》："樂者，天地之和也。"又："樂和民聲。"

［5］有至於手舞足蹈而不自覺者——《禮記·樂記》："故歌之爲言也，長言之也。說之故言之；言之不足，故長言之；長言之不足，故嗟嘆之；嗟嘆之不足，故不知手之舞之、足之蹈之也。"

［6］樂記論樂聲處——《禮記·樂記》："凡音之起，由人心生也。人心之動，物使之然也。感於物而動，故形於聲；聲相應，故生變；變成方，謂之音；比音而樂之，及干戚羽旄，謂之樂。樂者，音之所由生也，其本在人心之感於物也。是故其哀心感者，其聲噍以殺；其樂心感者，其聲嘽以緩；其喜心感者，其聲發以散；其怒心感者，其聲粗以厲；其敬心感者，其聲直以廉；其愛心感者，其聲和以柔。""凡音者，生人心者也。情動於中，故形于聲，聲成文，謂之音。是故治世之音安以樂，其政

和；亂世之音怨以怒，其政乖；亡國之音哀以思，其民困。聲音之道，與政通矣。”

［7］陳公父——陳獻章（公元一四二八年——一五〇〇年），字公甫，新會人。正統十二年舉人，特授翰林檢討。學者稱爲白沙先生。陳氏爲明代名儒，兼工詩，有《白沙集》九卷。《明史》卷二百八十三《儒林》二有傳。

［8］宮聲——五音之一，中央土之聲，爲音的基礎。《淮南子·天文》：“黄鐘爲宮。”《宋書·樂志》：“宮聲正不倍，故曰正聲。”

［9］角——五音之一，屬東方木，清濁高下中間之音。《宋書·樂志》：“宮聲正方而好義，角聲堅齊而率禮。”

［10］比嘗聽人歌關雎鹿鳴諸詩四句——文廷式《純常子枝語》：“按朱子以《關雎》《鹿鳴》十二詩譜編入《儀禮經傳通解》，豈明時尚有能歌之者，故西涯得聽之耶？”

【説明】

明七子之前，首先起來轉變一時風氣的是代表茶陵詩派的李東陽。東陽論詩，反模擬，主性情，推尊李、杜，但又不拘一格，涉及的方面很廣；而他所强調的，則是以聲調爲主。這裏選錄的《懷麓堂詩話》，就是有關這方面的理論。

李東陽論詩，從辨體入手。他强調詩與文體製不同，早在六經中就已分流。“《易》《書》《春秋》《禮》《樂》皆文也，惟風、雅、頌則謂之詩”（見《春雨堂稿序》），兩者各不相混。因爲體製不同，作者才各有宜，有人“長於記述，短於吟諷”；而“老婦稚子之所通解”的“庸言諺語”，却往往可以成爲絶妙的詩（見《滄洲詩集序》）。這和嚴羽“别材”“别趣”之説可以相映發，不過李東陽着眼之處和嚴羽不盡相同。

把詩從體製上和文區别開來，於是，他就詩論詩，探討這一文藝形式本身所具有的特點。

他推原詩歌的産生，其初詩與樂合，兩者是個不可分割的整體，因而認識到“詩在六經中别是一教”。它的“陶寫情性，感發志意”的作用，往往通過和諧的音律而顯示。詩是樂曲的歌詞，歌詞不能離開曲調的音律而存在。故曰:“樂始於詩，終於律。”此即《書·堯典》所謂“詩言志,歌永言,聲依永,律和聲”之意,而闡發得極爲具體。至於後世的詩雖與音樂分離，詩不一定都合樂，然而詩必須有聲韻節奏之美，可以詠歌。否則“不過爲排偶之文而已,……何必以詩律爲哉”?

基於這樣的認識，於是着重闡明詩歌的聲調問題。他以爲“所謂律者,非獨字數之同,而凡聲之平仄,亦無不同也”。這也就是說,格律不僅體現在篇章句式的語言結構上,而且體現在音節結構上;一篇之中,一句之內,平仄聲字都是有規定的。此之謂聲律。然而聲律僅僅是可以遵循的基本法則，如何運用這基本法則使之成調,則如工匠之於規矩方圓,神明變化,各有心裁,那就不限於平仄聲的問題了。故曰:“律者,規矩之謂，而其爲調，則有巧存焉。”

關於聲調問題,他是從下列幾個方面加以剖析的:

首先，他注意到不同的詩體應該有不同的聲調。律詩的聲調有比較明確的規定，古詩則較爲靈活。“然律猶可間出古意，古不可涉律。”古涉律調，必然流於平緩板滯。古、律詩和樂府長短句之體又有所不同，長短句是要從長短的調疊中見出自然的音節。三者在聲調上,都是各有其特點的。《詩話》中曾舉出一些具體例子,說明古詩和樂府長短句聲調的變化及其規律,對後來的王士禛、趙執信等人有所啓發。

其次,他認爲詩歌的平仄聲律,彼此相同；然而音調則有輕重、清濁，長短、高下、緩急之分，由於時代的不同,“其調之爲唐爲宋爲元者，亦較然明甚”，像各地的民歌一樣,“聽者不問而知其爲吳爲越也”。在同一個時代裏,不同的詩人又各有其獨到之處,例如杜甫的長篇,頓挫起伏,有操有縱，特别富於節奏感，就不是其他詩人所能及。可是總的說來,唐詩“類有其委曲可喜之處”，杜詩則是唐調中最富於變化的一種，所以說："學者不先得唐調，未可遽爲杜學也。"

復次，就聲調本身來說，聲有宮、商、角、徵、羽之分。五聲不可能全備，但一定要合於五聲之一，然後才能算是成調之詩。他說李、杜的詩是宮聲，韓詩是角聲，卽其例。

李東陽把聲調音節作爲開啓詩歌祕奧的一把鑰匙，至於如何悟得古人詩歌聲調之妙，唯一的方法，是反覆吟誦，久之，自然"得於心而發之聲"，千變萬化，都"不越乎法度之外"了。他認爲聲調發於情性，音節本乎自然，有一定的規律，而沒有固定的格調。因爲有一定的規律，所以聲調不同，富於節奏感則一。李白的《遠別離》、杜甫的《桃竹杖歌》不依古人聲調，"而和順委曲乃如此"，卽其例證。學者不能從變化中認識一定的規律，"亦未可與言詩"。因爲沒有固定的格調，所以反對"泥古詩之成聲，……摹仿而不敢失"。有聲調而無內容，"無以發人之情性"，結果就流爲空腔了。

附　錄

滄 洲 詩 集 序（節錄）

〔明〕李東陽

詩之體與文異，故有長於記述，短於吟諷，終其身而不能變者。其難如此。而或庸言諺語，老婦稚子之所通解，以爲絕妙，又若易然。何哉？若詩之才，復有遲速精粗之異者，而亦無所與係。杜子美以死徇癖，"語必驚人"，"斗酒百篇"者，方嘲其大苦；而秦少游之揮毫對客，乃不若閉戶覓句者之爲工也。是又將以爲易耶？以爲難耶？蓋其所謂有異於文者，以其有聲律諷詠，能使人反覆諷詠，以暢達情思，感發志氣，取類於鳥獸草木之微，而有益於名教政事之大。必其識足以知其窔奥，而才足以發之，然後爲得及天機物理之相感觸，則有不煩繩墨而合者。詩非難作，而亦不易作也。

清刻本《懷麓堂集》文卷五

春雨堂稿序(節錄)

〔明〕李東陽

靜逸先生嘗謂詩與文各有體，而每病於不能相通。意若非予鮮可與言者，予憮然感之。

夫文者言之成章，而詩又其成聲者也。章之爲用，貴乎紀述鋪敍，發揮而藻飾；操縱開闔，惟所欲爲，而必有一定之準。若歌吟咏嘆，流通動盪之用，則存乎聲，而高下長短之節，亦截乎不可亂。雖律之與度，未始不通，而其規制，則判而不合。及乎考得失，施勸戒，用於天下，則各有所宜，而不可偏廢。古之六經《易》《書》《春秋》《禮》《樂》皆文也，惟風、雅、頌則謂之詩，今其爲體固在也。近代之詩，李、杜爲極，而用之於文，或有未備。韓、歐之文，亦可謂至矣，而詩之用，議者猶有憾焉，況其下者哉！後之作者，連篇累牘，汗牛充棟，盈天地間皆是物也，而轉盼旋踵，卒歸於澌盡泯滅之地。其卓然可傳者，不過千萬之十一而已，豈不難哉！且今之科舉，純用經術，無事乎所謂古文歌詩，非有高識餘力，不能專攻而獨詣，而況於兼之者哉！……

清刻本《懷麓堂集》文後卷三

樂府廣序序丁巳

〔清〕黃宗羲

原詩之起，皆因於樂，是故《三百篇》即樂經也。儒者疑別有樂經，秦火之後無傳焉，此不知詩者之言也。《三百篇》皆可歌，若朝夕諷咏，更唱迭和，節以鐘磬鼗鼓，和以琴瑟笙簫，則感觸天機，自不容已。今學者祇玩其文，所得淺鄙，詩雖存而實亡，故樂亡也。然猶幸六義之教未亡，導以天潢，瀹其融伏，作者用者之精神，時相遇於冥漠，樂亡而詩可孤行者，僅僅藉此一端耳。《三百篇》而降，詩與樂遂判爲二，胡然而作之，胡然而用之，皆不知其故，無他，所謂六義者蓋亦亡矣。其後朱子之註《離騷》，以其寓情托意者，謂之變風；以其感今懷古者，謂之變雅；其語祀神歌舞之盛者，則謂頌之變；賦則自序，比則香草惡草，興則泛濫景物；於是《離騷》之指，燦然明備，然於他詩則未遑數數也。元末有劉履者，爲《選詩補註》，倣朱子之法，以賦、比、興論詩，亦諸家之傑出矣，然不及樂府，於風、雅、頌無當焉。夫六義而存緯去經，不亦悳乎？海昌朱岷左先生，有慨於此，取漢、魏、六朝有唐之樂府及詩，分爲三集：其相和、清商五調、雜曲、新曲爲風，其燕射、鼓吹、橫吹、舞曲、散樂爲雅，其郊祀、廟祀、明堂、封禪、雩蜡爲頌，詩附其後，而以賦、比、興三者緯之；上下千年，儼然三百篇之餘，以比文中子續經之作，蓋庶幾焉。由先生之著而論之，六義之教復矣，然而終不可用之於樂。樂之道圓而神，其妙全在散聲。散聲多者不可損，少者不可益，自然之爲天籟也。開元詩樂以一聲叶一字，朱子深疑之，而亦不能求其故。先生倘有得於篇章之外者，使不爲紙上之空言，猶望次第而復之也。先生屬余序，余不能審音，聊以答先生之意云爾。

《四部叢刊》影初刻本《南雷文案》卷二

列朝詩集小傳·李少師東陽(節錄)

〔清〕錢謙益

東陽，字賓之，茶陵人。……詩文有《懷麓堂集》及《續集》、《南行》、《東祀》諸集若干卷。國家休明之運，萃於成、弘，公以金鍾玉衡之質，振朱弦清廟之音，含咀宮商，吐納和雅，渢渢乎，洋洋乎，長離之和鳴，共命之交響也。北地李夢陽，一旦崛起，侈談復古，攻竄竊剽賊之學，詆諆先正，以劫持一世；闒闒之士，坎壈失職者，羣起附和，以擊排長沙爲能事。王、李代興，祧少陵而禰北地，目論耳食，靡然從風。吾友程孟陽讀懷麓之詩，爲之擿發其指意，洗刷其眉宇，百五十年之後，西涯一派煥然復開生面，而空同之雲霧，漸次解駮，孟陽之力也。余嘗與曲周劉敬仲論之曰："西涯之詩，原本少陵、隨州、香山，以迨宋之眉山，元之道園，兼綜而互出之。其詩有少陵，有隨州、香山，有眉山、道園，而其爲西涯者自在，試取空同之詩，汰去其吞剝尋撦吽牙齟齒者，求其所以爲空同者，而無有也。"敬仲深思久之，亦以余言爲然。今年錄西涯詩，思與孟陽、敬仲後先，揚扢之語，爲之慨然。而又念西涯北地升降之間，文章氣運，胥有繫焉，不得不詳切言之，非欲與世之君子，爭壇墠而絜短長也。

王元美《書西涯古樂府後》云："余嚮者於李賓之先生擬古樂府，病其太涉議論，過爾剪抑，以爲十不得一。自今觀之，奇旨創造，名語疊出；縱未可被之管弦，自是天地間一種文字。若使字字求諧於房中鐃吹之調，取其字句斷爛者而模倣之，以爲樂府如是，則豈非西子之顰，邯鄲之步哉！余作《藝苑卮言》時，年未四十，方與于鱗輩是古非今，此長彼短，未爲定論。至於戲學世說，比擬形似，既不切當，又傷儇薄，行世已久，不能復秘，姑隨事改正，勿令多誤後人而已。"嘉、隆之際，握持文柄，躋北地而擠長沙者，元美爲之職志。至謂長沙之啓何李，猶陳涉之啓漢高。及其晚年，氣漸平，志漸實，舊學銷亡，霜降水落，自悔其少壯之誤，而悼其不能改作也。於論西涯樂府，三致意焉。今之譚藝者，尊奉弇州《卮言》，以爲金科玉條，引繩批格，恐失尺寸。豈知元美固晚而自悔，以其言爲土苴唾餘乎？平津刻舟之人，知劍去已久，未有不爽然自失者也。微元美之言，將使誰正之哉！

古典文學出版社《列朝詩集小傳》丙集

與李空同論詩書[1]

〔明〕何景明[2]

敬奉華牘，省誦連日，初憮然若遺[3]，既渙渙然若有釋也[4]。發迷徹蔽，愛助激成，空同子功德我者厚矣！僕自念離析以來，單處寡類[5]，格人逖德[6]，程缺元龜[7]，去道符爽[8]；是故述作靡式[9]，而進退失步也。空同子曰：子必有諤諤[10]之評。夫空同子何有於僕諤諤也，然僕所自志者，何可弗一質之。

追昔爲詩，空同子刻意古範，鑄形宿鎮（疑當作模），而獨守尺寸。僕則欲富於材積，領會神情，臨景構結，不倣形迹。詩曰："惟其有之，是以似之[11]。"以有求似，僕之愚也。近詩以盛唐爲尙，宋人似蒼老而實疎鹵[12]，元人似秀峻而實淺俗。今僕詩不免元習，而空同近作，間入於宋。僕固蹇拙薄劣，何敢自列於古人？空同方雄視數代，立振古之作，乃亦至此，何也？凡物有則弗及者，及而退者，與過焉者[13]，均謂之不至。譬之爲詩，僕則可謂勿及者，若空同求之則過矣。

夫意象應曰合，意象乖曰離，是故乾坤之卦，體天地之撰[14]，意象盡矣。空同丙寅間詩爲合，江西以後詩爲離[15]。譬之樂，衆響赴會，條理乃貫；一音獨奏，成章則難。故絲竹之音要眇[16]，木革之音殺直[17]。若獨取殺直，而幷棄要眇之聲，何以窮極至妙，感情飾聽也？試取丙寅間作，叩其音，尙中金石；而江西以後之作，辭艱者意反近，意苦者辭反常，色澹黯而中理披慢，讀之若搖鞞鐸耳。空同貶清（清字原脱，據世守堂本《何大復先生集》校補）俊響亮，而明柔澹沉著含蓄典厚之義，此詩家要旨大體也。然究之作者命意敷辭，兼於諸義不設自具。若閑緩寂寞以爲柔澹，重濁剜切以爲沉著，艱詰晦塞以爲含蓄，野俚輳積以爲典厚，豈惟繆於諸義，亦併其俊語亮節，悉失之矣！

鴻荒邈矣，書契以來，人文漸朗，孔子斯爲折中之聖[18]，自餘諸子，悉成一家之言。體物雜撰，言辭各殊，君子不例而同之也，取其善焉已爾。故曹、劉、阮、陸，下及李、杜，異曲同工，各擅其時，並稱能言。何也？辭有高下，皆能擬議以成其變化也[19]。若必例其同曲，夫然後取，則既主曹、劉、阮、陸矣，李、杜即不得更登詩壇，何以謂千載獨步也？

僕嘗謂詩文有不可易之法者，辭斷而意屬，聯類而比物也[20]。上考古聖立言，中徵秦、漢緒論，下采魏、晉聲詩，莫之有易也。夫文靡於隋，韓力振之，然古文之法亡於韓；詩弱於陶，謝力振之，然古詩之法，亦亡於謝[21]。比空同嘗稱陸、謝，僕參詳其作：陸詩語俳，體不俳也；謝則體語俱俳矣；未可以其語似，遂得並例也。故法同則語不必同矣。僕觀堯、舜、周、孔、子思、孟氏之書，皆不相沿襲，而相發明，是故德日新而道廣，此實聖聖傳授之心也。後世俗儒，專守訓詁，執其一說，終身弗解，相傳之意背矣。今爲詩不推類極變，開其未發，泯其擬議之迹，以成神聖之功，徒敍其已陳，修飾成文，稍離舊本，便自杌隉[22]。如小兒倚物能行，獨趨顛仆。雖由此即曹、劉，即阮、陸，即李、杜，且何以益於道化也？佛有筏喻，言捨筏則達岸矣，達岸則捨筏矣[23]。

今空同之才，足以命世[24]，其志金石可斷，又有超代軼俗之見。自僕遊從，獲覩作述，今且十餘年來矣。其高者不能外前人也，下焉者已踐近代矣。自創一堂室，開一戶牖，成一家之言，以傳不朽者，非空同撰焉，誰也？《易·大傳》曰："神而明之"，"存乎德行"，"成性存存，道義之門。"是故可以通古今，可以攝衆妙，可以出萬有；是故殊途百慮，而一致同歸[25]。夫聲以竅生，色以質麗，虛其竅，不假聲矣，實其質，不假色矣。苟實其竅，虛其質，而求之聲色之末，則終於無有矣。

北風便，冀反復鄙說，幸甚！

賜策堂本《何大復先生全集》卷三十二

【註釋】

［1］與李空同論詩書——李夢陽（公元一四七三年——一五三〇年），字獻吉，自號空同子，慶陽人。弘治七年進士，官戶部郎中，先後上疏言事，劾宦官劉瑾，因此下獄，氣節震一時。瑾誅，起官江西提學副使。夢陽倡言文必秦、漢，詩必盛唐。與何景明、徐禎卿、邊貢、朱應登、顧璘、陳沂、鄭善夫、康海、王九思等號十才子，又與何景明、徐禎卿、邊貢、康海、王九思、王廷相號七才子。後來李攀龍、王世貞等後七子出，復奉以爲宗，天下推李、何、王、李爲四大家。但夢陽諸人，大都模擬剽竊，貌似司馬遷、杜甫而失其眞。有《空同集》六十六卷。《明史》卷二百八十六《文苑》二有傳。何、李二家，宗古的主張雖同，而作品的風格有異。李重氣骨，何主才情；李重模擬，何主變化。持論不同，所以李夢陽先有《贈景明書》，論述景明詩弊，勸其改易步趨，因而引出景明這書的反駁。其後雙方又反覆詰難，至景明不復答辯而後已。

［2］何景明（公元一四八三年——一五二一年）——字仲默，號大復，信陽人。弘治十五年進士，官至陝西提學副使。景明與李夢陽兩人爲詩文初相得，名成以後，互相詆毀。各立門戶，不相下。有《大復集》三十八卷。《明史》卷二百八十六《文苑》二有傳。

［3］憮然若遺——見本書第二册柳宗元《答韋中立論師道書》註［12］。

［4］渙渙然若有釋——杜預《春秋左氏傳序》："渙然冰釋。"謂未解決的疑難問題，象冰遇到熱一下子得到消釋。

［5］類——《易·繫辭》："方以類聚。"類，猶言同心之士。

［6］格人遜德——格，阻格。遜，遠。此句謂與朋友阻隔，遠離有德之人。

［7］程缺元龜——程，法式。元龜，古用以卜。此句意謂沒有準則可依。

［8］去道符爽——爽，過差。此句意謂離去正道，陷于過錯。

［9］述作靡式——《論語·述而》："述而不作。"述謂論述前人之說，作謂創作。靡式謂無所取法。

［10］諤諤——直言。

[11] 惟其有之二句——《左傳》襄公三年:“《詩》云:‘惟其有之,是以似之。’”

[12] 疎鹵——粗疎魯莽。

[13] 凡物有則弗及者三句——《禮記·仲尼閒居》:“子曰:師(子張),爾過;而商(子夏)也不及。”

[14] 乾坤之卦二句——孔穎達《周易正義》:“乾卦本以象天,天乃積諸陽氣而成。”“坤是陰道,當以柔順爲貞正。”《易·繫辭下》:“陰陽合德,而剛柔有體,以體天地之撰。”撰,指規律。此二句謂乾坤兩卦,是體現天地陰陽等自然現象的變化規律的。

[15] 江西以後詩爲離——李夢陽先被劉瑾所陷下獄,瑾死,起故官,還江西提學副使,被劾去官。

[16] 要眇——精微美妙。

[17] 殺直——促而小的樂聲。

[18] 孔子斯爲折中之聖——《史記·孔子世家》:“言六藝者折中於夫子。”謂儒家以孔子的思想學説爲準則。

[19] 擬議以成其變化——《易·繫辭上》語。

[20] 聯類比物——《韓非子·難言》:“多言繁稱,連類比物,則見以爲虚而無用。”連類,以類相同者而連之;比物,以物相似者而比之。

[21] 夫文靡於隋七句——宗廷輔《元好問論詩絶句注》:“明何仲默《答李獻吉書》云云,世或駭其言。然東坡亦言:‘書之美者莫如顔魯公,然書法之壞自魯公始;詩之美者莫如韓退之,然詩格之變自退之始。’語見《詩人玉屑》,何《書》卽此意耳。”陳僅《竹林答問》:“此直是英雄欺人語。古文之法亡于韓,近人猶有拾其唾餘者;至評陶詩爲弱,尤屬謬妄。此七子所以爲七子也。彼但知爲《明月篇》(何景明作)耳,又安知陶、謝。”

[22] 杌隉——不安。

[23] 佛有筏喩三句——《阿梨吒經》:“山水甚深,無有船橋,有人欲從此到彼岸,結筏乘之而度。至岸訖,作此念,此筏益我,不可捨此,當擔戴去。於意云何,爲筏有何益?比丘曰:無益。佛言:彼人更以此筏還水中,或於岸邊捨去,云何?比丘曰:有益。佛言:如是,我爲汝等長夜説筏喩法,欲使棄捨,不欲使受。若汝等知我長夜説筏喩法尙可以捨是法,況非法耶?”佛家以筏喩正法,到達涅槃彼岸,卽正法亦應捨棄。此以喩學古有得以後,應捨棄古人陳法。

[24] 命世——卽名世。李陵《答蘇武書》:“皆信命世之才。”

[25] 殊途百慮而一致同歸——《易·繫辭下》:“天下同歸而殊塗,一致而百慮。”

【說明】

明代前七子以李夢陽、何景明爲代表。七子論文的宗旨倡自李夢陽，《明史·文苑傳》說："夢陽才思雄鷙，卓然以復古自命。弘治時，宰相李東陽主文炳，天下翕然宗之，夢陽獨譏其萎弱，倡言文必秦、漢，詩必盛唐，非是者弗道。"就復古這一總傾向來說，何、李是一致的；然二人在意見上却存在着分歧。李夢陽曾有一書致何景明，譏評其詩有乖古法。原書現已不存，從夢陽《駁何氏論文書》所說，知道這篇《與李空同論詩書》是針鋒相對的答辯。

李、何以復古爲號召，轉變了一時的風氣，毫無疑問，他們都是主張從學古入手的。問題的關鍵，首先在於學古的方法：何景明以爲應該是，"領會神情"，"不做形迹"。所謂"以有求似"，也就是說，由表及裏，因內符外，不僅得其形貌，同時要得其神情；而李夢陽則"刻意古範，鑄形宿模，而獨守尺寸"，步趨於形跡法度之間。何景明並不廢棄法度，但他所謂"不可易之法"，指的是"辭斷而意屬，聯類而比物"的詩文的體勢，所以說，"法同則語不必同"。而李夢陽之所謂法古，主要是摹仿古人的語言。何景明以爲"聲以竅生，色以質麗"，過求形似，反而汩沒了才情，無異於"實其竅，虛其質"，其結果必然是"求之聲色之末"，愈即而愈離了。

由這個問題而引伸出來的是學古與創新的關係。何景明以爲學古由"領會神情"入手，則學古只是入門的途徑，而不是終極的目的，從古人入，必須從古人出。所謂"捨筏則達岸矣，達岸則捨筏矣"，意思是說，無筏不能登岸，登岸就必須捨筏；捨筏才說明得登彼岸，否則還是飄浮在中流而無所歸宿。學古的目的，爲了"自創一堂室，一戶牖，成一家之言"；倘若像李夢陽那樣，終身停留在尺寸於古法之中，正如"小兒倚物能行，獨趨顛仆"一樣，是不可能在藝術上發揮獨創精神的。他說李夢陽的近作,“間入於宋”,“宋人似蒼老而實疎鹵”,“蒼老”指盡洗丹華,以意格取勝的一種藝術境界,“疎鹵”只是個空架子;“疎鹵”而似“蒼老”,亦卽所謂“古人影子”(今本《大復集》作“其高者不能外前人也”。按:李夢陽《駁何氏論文書》所引,原文是“高處是古人影子耳”。文字不同,可能是何氏最後編集時所修改);“疎鹵”和“蒼老”,是眞僞問題。他說自已的詩,“不兔元習”,“元人似秀峻而實淺俗”,“秀峻”和“淺俗”,則是藝術水平之高下而已。其所以然,由於一個模擬形跡,學古過於求似,因而終身不捨筏,亦卽不能登岸;一個僅僅領會神情,學古有所不及。淺俗雖然淺俗,但却是捨筏而登了岸的。

李、何的詩,同樣是學盛唐的,但由於兩人氣質和生活環境的不同,作風也就不一樣。大約李重氣魄,一味追求雄奇豪放;何重才情,偏於“淸俊響亮”。李第一次致何書裏,就是貶低這種詩風,而勸之改途易轍的。何氏此文中指出,一種藝術風格的形成,必須是包涵各種不同的因素,互相調劑。“一音獨奏,成章則難”,像李夢陽那樣只知其一,不知其二,結果是雄奇變爲粗獷,豪放流於膚廓;“讀之若搖鞞鐸”,只有“殺直”之音而已。

何景明在創作實踐上和他的理論認識還存在着一段相當長的距離,是另一問題,然而本文却擊中了李夢陽的要害,可看作對七子派以擬古爲復古的理論的修正。

附　錄

詩辯坻·辯何篇

〔淸〕毛先舒

何大復嘗稱“文靡於隋,韓力振之,然古文之法亡於韓;詩溺於陶,謝力振之，然古詩之法亡於謝。"斯言世甚推其鑒，予嘗疑之。夫文至魏氏，漸啓俳體，典午以後，遂爲定制；隋卽增華，無關創始，徐、庾先鞭，波蕩已極，歸獄楊氏，議非平允。靖節淸思遙屬，筋力頹然，詩溺於陶，則誠如何說；至謂謝力振之，而古法更亡於謝，則尤爲謬悠也。何者？漢、魏以來，詩少偶句，龍躍雲津，駢仗作(疑有誤)作，此鍾嶸所謂陸機爲太康之英，安仁、景陽爲輔是也。金行一代，蕭畫守之(此句疑有誤字)，元亮瀟脫爲工，此風於變；康樂同時分路，矯焉追古，觀其穎才通度，頗能跅弛，而每抑神儁，降就駢整，潘、陸風流，賴以無墜；非如昌黎之文，旣革隋、唐之響，復祧史之漢法者也。且何以建安爲古法，則忘其法者，責在士衡，無關靈運？倘以太康爲古法，則存其法者，功在靈運，豈得云亡？衡決之談，莫甚於此。又陸詩雄整，謝詩抑揚，何謂平原"語俳體不俳"，康樂"語體俱俳"？考其名實，酷當易位。片言低昂，後來易惑，遂令謝客受此長誣，此余不得不爲之雪也。

《詩辯坻》卷二

與汪龍莊書(節錄)

〔清〕章學誠

……近日學者風氣，徵實太多，發揮太少，有如桑蠶食葉而不能抽絲。故近日頗勸同志諸君多作古文辭，而古文辭必由紀傳史學進步，方能有得。蓋古人無所謂古文之學，但論人才，則有善於辭命之科，而《經解篇》言"比事屬辭，《春秋》教也"。因悟《論語》"不學詩，無以言"、"誦詩不能專對，雖多奚爲"，乃知辭命之文出於詩教，敍事之文出於《春秋》"比事屬辭"之教也。左邱明古文之祖也，司馬因之而極其變。班、陳以降，眞古文辭之大宗。至六朝，古文中斷。韓子文起八代之衰，而古文失傳，亦始韓子。蓋韓子之學，宗經而不宗史，經之流變必入於史，又韓子之所未喻也。近世文宗八家，以爲正軌，而八家莫不步趨韓子，雖歐陽手修《唐書》與《五代史》，其實不脫學究《春秋》與《文選》史論習氣，而於《春秋》馬、班諸家，相傳所謂"比事屬辭"宗旨，則概未有聞也。八家且然，況他人遠不八家若乎！……

嘉業堂本《章氏遺書·文史通義》外編三

上朱大司馬論文

〔清〕章學誠

乙部之學，近日所見，似覺更有進步，殆於杜陵所謂"晚節漸於詩律細"者。世士以博稽言史，則史考也；以文筆言史，則史選也；以故實言史，則史纂也；以議論言史，則史評也；以體裁言史，則史例也。唐、宋至今，積學之士，不過史纂、史考、史例，能文之士，不過史選、史評，古人所爲史學，則未之聞矣。

昔曹子建薄詞賦而欲采庶官實錄，成一家言。韓退之鄙鴻辭而欲求國家遺事作唐一經。似古人著述，必以史學爲歸。蓋文辭以敘事爲難，今古人才，騁其學力所至，辭命議論，恢恢有餘，至於敘事，汲汲形其不足，以是爲最難也。前明皮傅論文，則有秦、漢、唐、宋，相與奴主出入。何信陽謂昌黎文起八代之衰，而古文失傳由昌黎始。杭堇浦氏斥其病狂。夫昌黎道德文辭，並足泰山北斗，信陽何所見聞，敢此妄議。杭氏斥之是也。然古文必推敘事，敘事實出史學，其源本於《春秋》"比事屬辭"。左、史、班、陳，家學淵源，甚於漢廷經師之授受。馬曰"好學深思，心知其意"，班曰"緯六經，綴道綱，函雅故，通古今"者，《春秋》家學，遞相祖述，雖沈約、魏收之徒，去之甚遠，而別識心裁，時有得其彷彿。而昌黎之於史學，實無所解，即其敘事之文，亦出辭章之善，而非有"比事屬辭""心知其意"之遺法也。其列敘古人，若屈、孟、馬、揚之流，直以太史百三十篇與相如、揚雄辭賦同觀，以至規矩方圓如孟堅，卓識別裁如承祚，而不屑一顧盼焉，安在可以言史學哉！歐陽步趨昌黎，故《唐書》與《五代史》雖有佳篇，不越文士學究之見，其於史學，未可言也。然則推《春秋》"比事屬辭"之教，雖謂古文由昌黎而衰，未爲不可，特非信陽諸人所可議耳。

蓋六藝之教，通於後世有三：《春秋》流爲史學，官禮諸記流爲諸子論議，詩教流爲辭章辭命。其他《樂》亡而入於《詩》，《禮》《書》亡而入於《春秋》，《易》學亦入官禮，而諸子家言，源委自可考也。昌黎之文，本於官禮，而尤近於孟、荀。荀出禮教，而孟子尤長於《詩》，故昌黎善立言而又優於辭章，無傷其爲山斗也，特不深於《春秋》，未優於史學耳。噫！此殆難以與文學士言也。

嘉業堂本《章氏遺書·補遺》

列朝詩集小傳·何副使景明（節錄）

〔清〕錢謙益

景明，字仲默，信陽人。……仲默初與獻吉創復古學，名成之後，互相詆諆，兩家堅壘，屹不相下。於是，低頭下拜，王渼陂倒前徒之戈；俊逸麤浮，薛西原分北軍之袒。則一時之軒輊已明，身後之玄黃少息矣。余獨怪仲默之論，曰："詩溺於陶，謝力振之，古詩之法亡於謝；文靡於隋，韓力振之，古文之法亡於韓。"嗚呼，詩至於陶謝，文至於韓，亦可以已矣。仲默不難以一言抹摋者，何也？淵明之詩，鍾嶸以爲古今隱逸之宗，梁昭明以爲跌宕昭彰、抑揚爽朗，橫素波而傍流，干青雲而直上。評之曰"溺"，於義何居？運世遷流，風雅代變，西京不得不變爲建安，太康不得不變爲元嘉，康樂之興會標舉，寓目即書，內無乏思，外無遺物，正所以暢漢魏之飈流，革孫許之風尙，今必欲希風枚、馬，方駕曹、劉，劃時代爲鴻溝，畫景宋爲鬼國，徒抱刻舟之愚，自違捨筏之論，昌黎佐佑六經，振起八代，"文亡於韓"，有何援據？吾不知仲默所謂"文"者，何文，所謂"法"者，何法也。昔賢論仲默之刺韓，以爲大言無當，矯誣輕毁，箴彼膏肓，允爲篤論矣。獻吉兩書駁何矛盾互陷，獨於斯言，了無評論。弘、正以後，譌謬之學，流爲種智，後生面目偭背不知向方，皆仲默謬論爲之質的也。因錄仲默之詩，略爲辨正如此。

古典文學出版社《列朝詩集小傳》丙集

駁何氏論文書

〔明〕李夢陽[1]

某再拜，大復先生足下：前屢覽君作，頗疑有乖於先法，於是爲書，敢再拜獻足下，冀足下改玉趨也。乃足下不改玉趨也，而即擿僕文之乖者以復我。其言辯以肆，其氣傲以豪，其旨軒翕而崪嵺[2]。僕始而讀之，謂君我該也；已而思之，我規也，猶我君規也。夫規人者非謂其人卑也，人之見有同不同。僕之才不高於君，天下所共聞也，乃一旦不量，而慮子乖於先法，玆其情無他也。

子擿我文曰：子高處是古人影子耳，其下者已落近代之口。又曰：未見子自築一堂奥，突開一戶牖，而以何急於不朽？此非仲默之言，短僕而諛仲默者之言也。短僕者必曰：李某豈善文者，但能守古而尺尺寸寸之耳[3]。必如仲默，出入由己，乃爲舍筏以登岸[4]。斯言也，禍子者也。古之工，如倕，如班[5]，堂非不殊，戶非同也，至其爲方也，圓也，弗能舍規矩。何也？規矩者，法也。僕之尺尺而寸寸之者，固法也。假令僕竊古之意，盜古形，剪截古辭以爲文，謂之影子誠可。若以我之情，述今之事，尺寸古法，罔襲其辭，猶班圓倕之圓，倕方班之方，而倕之木，非班之木也。此奚不可也？夫筏我二也，猶兔之蹄，魚之筌，舍之可也。規矩者，方圓之自也，即欲舍之，烏乎舍？子試築一堂，開一戶，措規矩[6]而能之乎？措規矩而能之，必并方圓而遺之可矣，何有於法？何有於規矩？故爲斯言者，禍子者也。禍乎（應作子）者，禍文之道也。不知其言禍已與禍文之道，而反規之於法者是攻，子亦謂操戈入室[7]者矣。子又曰：孔、曾、思、孟不同言而同至。誠如尺寸古人，則詩主曹、劉、阮、陸足矣，李、杜即不得更登於詩壇。詩云："人知其一，莫知其他[8]。"予之同，法也。堯、舜之道，不以仁政，不能平治天下者也。子以我之尺寸者，言也。覽子之作，於法焉蔑矣，宜其惑之靡解也。阿房之巨，靈光之巋[9]，臨春、結綺[10]之侈麗，楊亭、葛廬[11]之幽之寂，未必皆倕與班爲之也，乃其爲之也，大小鮮不中方圓也。何也？有必同者也。獲所必同，寂可也，幽可也，侈以麗可也，巋可也，巨可也。守之不易，久而推移，因質順勢，融鎔而不自知。於是爲曹爲劉爲阮爲陸，爲李爲杜，即今爲何大復，何不可哉？此變化之要也。故不泥法而法嘗由，不求異而其言人人殊。《易》曰："同歸而殊途，一致而百慮[12]。"謂此也，非自築一堂奥，自開一戶牖，而後爲道也。

故予嘗曰：作文如作字，歐、虞、顔、柳[13]，字不同而同筆。筆不同，非字矣。不同者何也？肥也、瘦也、長也、短也、疏也、密也。故六者勢也，字之體也，非筆之精也。精者何也？應諸心而本諸法者也。不窺其精，不足以爲字，而矧文之能爲？文猶不能爲，而矧能道之爲？仲默曰：夫爲文有不可易之法，辭斷而意屬，聯物而比類[14]。以茲爲法，宜其惑之難解，而誋之者易播也。假令僕即今爲文一通，能使辭不屬，意不斷，物聯而類比矣，然於中情思澀促，語嶮而硬，音生節拗，質直而麄，淺謭露骨，爰癡爰枯，則子取之乎？故辭斷而意屬者，其體也，文之勢也。聯而比之者，事也。柔澹者思，含蓄者意也，典厚者義也。高古者格，宛亮者調，沉著雄麗、淸峻閒雅者才之類也，而發於辭。辭之暢者，其氣也。中和者，氣之最也。夫然，又華之以色，永之以味，溢之以香。是以古之文者，一揮而衆善具也。然其翕闢[15]頓挫，尺尺而寸寸之，未始無法也，所謂圓規而方矩者也。且士之文也，猶醫之脈，脈之濡溺緊數遲緩[16]，相似而實不同。前予以柔澹、沉著、含蓄、典厚諸義，進規於子，而救俊亮之偏。而子則曰：必閑寂以爲柔澹，濁切以爲沉著，艱窒以爲含蓄，俚輳以爲典厚，豈惟謬於詩義，并俊語亮節，悉失之矣[17]。吾子於是乎失言矣！子以爲濡可爲溺，緊可爲數，遲可爲緩邪？濡溺緊數遲緩，不可相爲，則閑寂獨可爲柔澹，濁切可爲沉著，艱窒可爲含蓄，俚輳可爲典厚邪？吁！吾子於是乎失言矣！

以是而論文，子於文乎病矣。蓋子徒以僕規子者過言靡量，而遂四（應作肆）爲峭嵺之談，擿僕之乖以攻我，而不知僕之心無他也。僕之文千瘡百孔者，何敢以加於子也。誠使僕妄自以閑寂、濁切、艱窒、俚輳爲柔澹、沉著、含蓄、典厚，而爲言黯慘有如搖鞞擊鐸[18]。子何不求柔澹、沉著、含蓄、典厚之眞爲之，而遽以俊語亮節自安邪？此尤惑之甚者也。

僕聰明衰矣，恆念子負振世之才，而僕叨通家骨肉之列，於是規之以進其極，而復極論以冀其自反，實非自高以加於子。傳曰："改玉改行[19]。"子誠持堅白[20]不相下，願再書以復我！

明萬曆浙江思山堂本《李空同全集》卷六十一

【註釋】

［1］李夢陽——見本册《與李空同論詩書》註[1]。

［2］峭嵺——險峻貌。

［3］但能守古而尺尺寸寸之耳——何景明《與李空同論詩書》："空同子刻意古範，鑄形宿鏌（疑當作模），而獨守尺寸。"

［4］舍筏登岸——何景明《與李空同論詩書》中用此語。

［5］如倕如班——倕，黄帝時巧人名，一說堯時巧人名。魯班，春秋時魯國巧匠。

［6］措規矩——棄置規矩而不用。

［7］操戈入室——《後漢書·鄭玄傳》："（何休）曰：康成入吾室操吾矛以伐我乎！"

［8］人知其一二句——見《詩·小雅·小旻》。

［9］靈光之歸——王延壽《魯靈光殿賦》："魯靈光殿者，蓋景帝程姬之子恭王餘之所立也。……遭漢中微，……而靈光巋然獨存。"張載注："巋然，高大堅固

貌也。”

[10] 臨春結綺——臨春閣、結綺閣，皆陳後主所立。

[11] 楊亭葛廬——楊亭，楊子雲草玄之亭。葛廬，諸葛亮草廬。劉禹錫《陋室銘》："南陽諸葛廬，西蜀子雲亭。"

[12] 同歸而殊途二句——何景明《與李空同論詩書》中曾用此二語，故李氏以此反駁。

[13] 歐虞顏柳——見本書第二册趙秉文《答李天英書》註[12]。

[14] 夫爲文有不可易之法三句——何景明《與李空同論詩書》中語。

[15] 翕闢——合開。

[16] 濡溺緊數遲緩——中醫脈象名詞。濡脈，脈來細軟而浮。溺通弱，弱脈，脈來柔弱無力。緊脈，脈來緊張有力。數脈，脈來急速，一息六至。遲脈，脈來遲緩，一息三至。緩脈，一指脈來弛緩鬆懈，係病人之脈；一指脈來和緩均勻，係常人之脈。此喻文境之變化。

[17] 必閒寂以爲桑濮七句——何景明《與李空同論詩書》中語。

[18] 黯慘有如搖鞞擊鐸——何景明《與李空同論詩書》中語。

[19] 改玉改行——《左傳》定公五年："改步改玉。"意謂服飾應隨所處地位的變化而變化。

[20] 堅白——謂堅白同異之辨，《公孫龍子》有《堅白論》。

【説明】

這篇《駁何氏論文書》，是李夢陽答復何景明《與李空同論詩書》而作的。這場辯論，牽涉到文壇霸權的爭奪，雙方都不免意氣用事。何氏前文確實擊中了李夢陽的要害，夢陽負氣倔強，不肯相下，然而外強中乾，詞義支吾，已窮於應付；但也正因爲如此，就很清楚地看出他眞正的文學主張，暴露了擬古論的實質。

李夢陽攻擊何景明的詩，如"搏沙弄泥，散而不瑩"，"鮮把持"，"無鍼線"（見《再與何氏書》），究其原因，是由於"乖於先法"，故篇中所論，主要是法的問題。他認爲法之不可廢棄，如工匠之於規矩方圓。此論是原本《孟子》"不以規矩不能成方圓"之義而加以論述的。法是客觀存在着的事物的內在規律，任何一種藝術，都有其自身的規律，亦卽有其法。他在《答周子書》裏說："文必有法式，然後中諧音度，如方圓之於規矩。古人用之，非自作之，實天生之也。"强調規律的重要性，原無可非議；何氏前文，也並未否認這一點。他們兩人意見之所以分歧，其關鍵在於對法的具體內容的理解以及如何對待法的問題上面。

李、何兩人都從學古入手，何重在風神意態的規橅，因而他之所謂法，指"辭斷而意屬，聯類而比物"。這種理解，固然有其片面性，然而持以相較，則李更爲狹隘。李重在氣象格調的臨摹，氣象格調不可求，所看到的就只有語言文字方面。於是他認爲古人文章中，翕闢頓挫，都可以尺尺寸寸地去尋求。所謂法，不過是"前疎者後必密，半闊者半必細，一實者必一虛，疊景者意必二"之類的某些表現手法而已。

不僅如此，他所指的這些表現手法，還靜止地停留在古人的成法上。《答周子書》云："今人法式古人，非法式古人也，實物之自則也。"可見他所謂"物之自則"，已盡於古人法式之中。此文雖强調"不泥法而法常由，不求異而其言人人殊"，但由於他對法的理解，如上所述，實際上就是以學習古人來代替自己的創造。《再與何氏書》以爲文比之於模臨古帖，正說明了其眞正用意之所在。

何景明規橅神情，所以論法只求其大體，學古也不必太似；同時爲了自成一家計，必然以捨筏登岸爲鵠的。然而從李夢陽的眼光看來，何景明之所謂法，根本就不成其爲法，因而說他"出入由己"，"支離失眞"；而他自己所强調的法，旣是古人的成法，那就只要尺尺寸寸，守而勿失，不存什麼"捨筏登岸"的問題；當然更無須"自立一門戶"了。

《明史·文苑傳》說："華州王維楨以爲七言律自杜甫以後，善用頓挫倒插之法，惟夢陽一人。而後有譏夢陽詩文者，謂其模擬剽竊，得史遷、少陵之似而失其眞云。”一譽一毁，倘合起來看，則由於他法古甚勤，確實是學得了古人的一些藝術技巧；但另一方面，他的成績，也僅僅表現在這“頓挫倒插之法”的空頭氣派上，只能得其形貌，而不可能得精神。《列朝詩集》批評他集中著名的《石將軍戰場歌》中間忽然插入“楊石齊名”一句，以爲“突兀不相照應”，和前文脫節，非常具體地指出他對“頓挫倒插之法”，是知其然而不知其所以然的。

其實，何景明又何嘗突破模擬一關，不過他對法的理解，不像李夢陽這樣的窒實，所以，他的詩歌，頗饒風韻，以致薛蕙有“俊逸終憐何大復，粗豪不解李空同”（《戲成五絕》之一）之評；而後來的王士禛更左袒何氏，比之爲“姑射仙人”（見《戲倣元遺山論詩絕句》）。這雖然由於兩人才性之不同，但和文學思想的指導作用也是分不開的。

附　　錄

再與何氏書

〔明〕李夢陽

前書與子論文備矣，然僕猶謂不證諸事，則空言不切，不切不信。夫子近作，乖於先法者，何也？蓋其詩讀之若摶沙弄泥，散而不瑩，又麄者弗雅也。如《月蝕詩》“妖遮赤道行”是耳，然闊大者鮮把持，又無鍼線。古人之作，其法雖多端，大抵前疎者後必密，半闊者半必細，一實者必一虛，疊景者意必二。此予之所謂法，圓規而方矩者也。沈約亦云：“若前有浮聲，則後須切響，一簡之內，音韻盡殊，兩句之中，輕重悉異。”即如人身，以魄載魂，生有此體，即有此法也。《詩》云“有物有則”，故曹、劉、阮、陸、李、杜能用之而不能異，能異之而不能不同。今人止見其異，而不見其同，宜其謂守法者爲影子，而支離失眞者以舍筏登岸自寬也。夫文與字一也，今人模臨古帖，即太似不嫌，反曰能書。何獨至於文，而欲自立一門戶邪？自立一門戶，必如陶之不冶，冶之不匠，如孔之不墨，墨之不楊邪？此亦足以類推矣！

且仲默《神女賦》《帝妃篇》"南遊日"，"北上年"四句接用，古有此法乎？"水亭菡萏"，"風殿薜蘿"意不一乎？蓋君詩徒知神情會處，下筆成章爲高，而不知高而不法，其勢如搏巨蛇，駕風螭，步驟即奇，不足訓也。君詩結語太咄易，七言律與絶句等更不成篇，亦寡音節。"百年""萬里"，何其層見而疊出也。七言若剪得上二字，言何必七也。

僕非知詩者，劇談偏見，幸君自裁之耳。君必苦讀子昂、必簡詩，庶獲不遠之復，亦知予言之不妄(原作侫，誤)。不然，終身野狐外道耳。狂悖弗自覺，縷縷至此，悚懼，悚懼。

明萬曆浙江思山堂本《李空同全集》卷六十一

答周子書

〔明〕李夢陽

往聞稽山之陰，大洲之濱，多嗜古篤行獨立勇往人者。然僕北人也，莫之能知也。日者乃奉遐訊，拜腆儀，激發之音，玄要之旨，高違之識，慷慨之義，有曠世之大感，閔俗之重悲。僕捧而讀之，欽羨愧悅，內愧彌日。曰：古哉周子，篤行哉！獨哉！勇哉！《易》曰："同聲(原作氣，誤)相應，同氣相求。"僕鄙人也，嗜古無成，行之寡效，力之罔獨，往之鮮勇。足下乃奚取於僕而有斯求也，又奚所應而同僕之聲也？

僕少壯時，振翮雲路，嘗周旋鵷鸞之末，謂學不的古，苦心無益。又謂文必有法式，然後中諧音度。如方圓之於規矩，古人用之，非自作之，實天生之也。今人法式古人，非法式古人也，實物之自則也。當是時，篤行之士，翕然臻向，弘治之間，古學遂興。而一二輕俊，恃其才辯，假舍筏登岸之說，扇破前美。稍稍聞見，便横肆譏評，高下古今。謂文章家必自開一戶牖，自築一堂室；謂法古者爲蹈襲，式往者爲影子，信口落筆者爲泯其比擬之跡。而後進之士，悦其易從，憚其難趨，乃即附唱答響，風成俗變，莫可止遏，而古之學廢矣。今其流傳之辭，如搏沙弄螭，渙無紀律，古之所云開闔照應，倒插頓挫者，一切廢之矣。僕竊憂之，然莫之敢告也。又每竊嘆獨立之鮮，勇往之寡；又每傷世之人，何易之悅而難之憚也？而易之悅者，乃又不自謂其易之悅也，曰文主理已矣，何必法也？吁！“言之弗文，行而弗遠”。茲非孔子言邪？且六理（疑當作“經”）何者非理，乃其文何者非法也？斯言也，僕懷之稔矣，然莫之敢告也。今足下旣有同應之聲，又相求也，僕安敢終默也？且人情未有不忽近而務遠者，何也？知其實者少，而徇乎名者多也。世遠則論定，持定采名，則曠世相慕，故漢文帝拊髀思頗、牧，而不知李廣、魏尙者，以其近也。近則疑，疑則實昧，實昧則忽之矣。斯時俗之重悲也。

今足下於僕同時最近，涉疑而不疑，又無傾蓋之談，接衽之雅，乃一旦走千里之使，聲應而氣求之，僕以是知足下立之獨而往之勇也。以是而的古，何古之不的矣。諺有之曰：“一年二年，與佛齊肩；三年四年，佛在一邊。”言志之難久也。幸足下無悅其易，無憚其難，積久而用成，變化叵測矣。斯古之人所以始同而終異，異而未嘗不同也，非故欲開一戶牖，築一堂室也。足下誠不棄芻蕘，幸采焉察焉。《墨本賦》一通，《戰國策》一部，附獻左右者。

明萬曆浙江思山堂本《李空同全集》卷六十一

答王澹生（節錄）

〔明〕湯顯祖

弟少年無識，嘗與友人論文，以爲漢、宋文章，各極其趣者，非可易而學也。學宋文不成，不失類鶩；學漢文不成，不止不成虎也。因於敝鄉帥膳郎舍論李獻吉，於歷城趙儀郎舍論李于鱗，於金壇鄧孺孝館中論元美，各標其文賦中用事出處，及增減漢史、唐詩字面處，見此道神情聲色，已盡於昔人，今人更無可雄。妙者稱能而已。

…………

上海人民出版社《湯顯祖集·詩文集》卷四十四

答張夢澤

〔明〕湯顯祖

文書來，欲取弟長行文字以行。弟平生學爲古人文字不滿百首，要不足行於世。其大致有五：弟十七八歲時，喜爲韻語，已熟騷賦六朝之文。然亦時爲舉子業所奪，心散而不精。鄉舉後乃工韻語。三變而力窮，詩賦外無追琢功。不足行一也。我朝文字，宋學士而止。方遜志已弱，李夢陽而下，至琅邪，氣力強弱巨細不同，等贋文爾。弟何人能爲其眞？不眞不足行，二也。又其贋者，名位頗顯，而家通都要區，卿相故家求文字者道便，其文事關國體，得以冠玉欺人。且多藏書，纂割盈帙，亦借以傳。弟既名位沮落，復住臨樊僻絕之路。間求文字者，多邨翁寒儒小墓銘時義序耳。常自恨不得館閣典制著記。餘皆小文，因自頹廢。不足行三也。不得與於館閣大記，常欲作子書自見。復自循省，必參極天人微窈，世故物情，變化無餘，乃可精洞弘麗，成一家言。貧病早衰，終不能爾。時爲小文，用以自嬉。不足行四也。元以前文字，除名人外，不可多見。頗得天下郡縣志讀之，其中文字不讓名人者，往往而是。然皆湮沒無能爲名。名亦命也，如弟薄命，韻語自謂積精焦志，行未可知。韻語行，無容兼取。不行，則故命也。故時有小文，輒不自惜，多隨手散去。在者固不足行，五也。嗟夫夢澤，僕非衰病，尙思立言。茲已矣！微君知而好我，誰令言之，誰爲聽之。極知知愛，無能爲報，喟然長嘆而已。

上海人民出版社《湯顯祖集·詩文集》卷四十七

詩集自序

〔明〕李夢陽

李子曰：曹縣蓋有王叔武云，其言曰：夫詩者，天地自然之音也。今途咢[1]而巷謳，勞呻而康吟，一唱而羣和者，其眞也，斯之謂風也。孔子曰："禮失而求之野[2]。"今眞詩乃在民間。而文人學子，顧往往爲韻言，謂之詩。夫孟子謂《詩》亡然後《春秋》作者[3]，雅也。而風者亦遂棄而不采，不列之樂官。悲夫！李子曰：嗟！異哉！有是乎？予嘗聆民間音矣，其曲胡，其思淫，其聲哀，其調靡靡，是金、元之樂也，奚其眞？王子曰：眞者，音之發而情之原也。古者國異風，卽其俗成聲。今之俗既歷胡，乃其曲烏得而不胡也？故眞者，音之發而情之原也，非雅俗之辯也。且子之聆之也，亦其譜，而聲者也，不有卒然而謠，勃然而訛[4]者乎！莫之所從來，而長短疾徐無弗諧焉，斯誰使之也？李子聞之，矍然而興曰：大哉！漢以來不復聞此矣！

王子曰：詩有六義，比興要焉。夫文人學子，比興寡而直率多。何也？出於情寡而工於詞多也。夫途巷蠢蠢之夫，固無文也。乃其謳也，咢也，呻也，吟也，行咕[5]而坐歌，食咄而寤嗟，此唱而彼和，無不有比焉興焉，無非其情焉，斯足以觀義矣。故曰：詩者，天地自然之音也。李子曰：雖然，子之論者，風耳。夫雅、頌不出文人學子手乎？王子曰：是音也，不見於世久矣，雖有作者，微矣！

李子於是憮然失，已灑然醒也。於是廢唐近體諸篇，而爲李、杜歌行。王子曰：斯馳騁之技也。李子於是爲六朝詩。王子曰：斯綺麗之餘也。於是詩爲晉、魏。曰：比辭而屬義，斯謂有意。於是爲賦、騷。曰：異其意而襲其言，斯謂有蹊[6]。於是爲琴操[7]、古歌詩。曰：似矣，然糟粕也。於是爲四言，入風出雅。曰：近之矣，然無所用之矣，子其休矣。李子聞之，闇然無以難也。自錄其詩，藏篋笥中，今二十年矣，乃有刻而布者，李子聞之懼且慚。曰：予之詩，非眞也。王子所謂文人學子韻言耳，出之情寡而工之詞多者也。然又弘治、正德[8]間詩耳，故自題曰《弘德集》。每自欲改之以求其眞，然今老矣！曾子曰："時有所弗及"，學之謂哉。

是集也，凡三十三卷：賦三卷、三十五篇，四五言古體一十二卷、四百七十篇，七言歌行五卷、二百一十篇，五言律五卷、四百六十二篇，七言律四卷、二百八十三篇，七言絕句二卷、二百二十七篇，五言絕句并六言雜言一卷、一百二十篇，凡一千八百七篇。

明萬曆浙江思山堂本《李空同全集》卷五十

【註釋】

[1] 途咢——《詩·大雅·行葦》："或歌或咢。"咢，徒歌。

[2] 禮失而求之野——《漢書·藝文志》："仲尼有言：禮失而求諸野。"

[3] 詩亡然後春秋作——見《孟子·離婁下》："孟子曰：王者之迹熄而詩亡，詩亡然後春秋作。"

[4] 勃然而訛——《詩·小雅·無羊》："或寢或訛。"訛，動。這裏作發歌之意。

[5] 呫——小語聲。

[6] 有蹊——蹊，道路。有蹊，謂猶有古人的蹊徑存在。

[7] 琴操——琴操，琴曲之一種。《琴操》二卷，題爲蔡邕所撰，載漢以前的琴曲辭與本事。凡十二操：《將歸操》，《猗蘭操》，《龜山操》，《越裳操》，《拘幽操》，《岐山操》，《履霜操》，《雉朝飛操》，《别鶴操》，《殘形操》，《水仙操》，《懷陵操》。

[8] 弘治——明孝宗年號，自公元一四八八年至一五〇五年。正德——明武宗年號，自公元一五〇六年至一五二一年。

【説明】

這篇《詩集自序》是李夢陽晚年所作。文中聯繫自己詩歌的創作過程及自我評價，對民間歌謠作了極其重要的論述。

宋、元以來，是民間文學由興盛以至全面繁榮的時期。這富有生命力的生活內容及其嶄新的藝術形式，相形之下，使得文人製作黯然失色。它逐漸引起了文人的重視，而促使他們的目光不得不轉向於民間。此文所引“禮失而求之野”，“眞詩乃在民間”，正是這種文學思想的表現。歷代以來，文人重視民間歌謠的雖不乏其人，然而一般的都是高談《詩三百篇》中的國風和漢、魏、六朝樂府。不免崇古而陋今，取遠而遺近。此文轉述王叔武之言，指出人民的歌聲，從未絕息，慨嘆於採風無人；而把當時民間流行的俗調俚詞，比之於國風。認爲同是發自性情之眞，因俗成聲，只有古今之殊，而無雅俗之辨。這種見解，足以使人耳目一新。

文中把民歌和文人詩分別繫之於國風和雅、頌；指出民歌得風詩比興之遺意，而文人則徒然以韻言爲詩，並不能繼承雅、頌的傳統。要解決文人詩的根本問題，就必須吸取民間歌謠的眞實精神。他自述創作過程，是在不斷的探索和批判中逐漸加深了認識，然後才以“入風出雅”爲依歸的。可是理論上的認識，並不等於創作的實踐。最後，他終於承認自己的詩，“情寡詞工”，不是眞詩；而深深感到今是昨非，追悔不及。這樣的自我批評，比何景明說的“古人影子”說，就更爲深刻，更進一步接觸到問題的實質。

李夢陽以復古自命，從模擬入手。他曾把文學創作比之於模臨古帖。把前後的言論對照一下，不啻南轅北轍，背道而馳。他晚年思想的轉變，一方面由於受到民間文學的影響；另一方面由於他在實際政治鬥爭中受到教育。復古而錯誤地走上了擬古的道路，模擬的桎梏，在很大程度上影響到他詩文的內容。他性情比較固執，又早得大名，氣概不可一世。當李、何論爭之時，正是他予聖自雄之日，可是到了晚年，心氣漸平，回頭猛省，自然也就有所徹悟了。

附　　錄

與徐氏論文書(節錄)

〔明〕 李夢陽

……夫詩，宣志而道和者也。故貴宛不貴嶮，貴質不貴靡，貴情不貴繁，貴融洽不貴工巧。故曰："聞其樂而知其德。"故音也者，愚志之大防，莊詖簡侈浮孚之界分也。至元、白、韓、孟、皮、陸之徒爲詩，始連聯鬬押，纍纍數千百言不相下，此何異於入市攫金，登場角戲也？彼覩冠冕佩玉，有不縮䏝投竿而走者乎！何也？恥其非君子也。三代而下，漢、魏最近古，鄉使繁巧嶮靡之習，誠貴於情質宛洽，而莊詖簡侈浮孚意義，殊無大高下；漢、魏諸子，不先爲之邪？故曰：爭者士之屑也。然予獨怪夫昌黎之從數子也。請與足下論戰：世稱善戰非孫武、司馬穰苴輩乎？然特世俗論爾，何則？此變詐之兵也，荀子所謂施於暴亂昏嫚之國而後可者也。僕常謂兵莫善於《六韜》，仁以漸之，義以斷之，禮以治之，信以驅之，勇以合之，知以行之，蓄之神幽，而動之霆擊。故尙父得之佐武王，王天下。夫詩固若是已。足下將爲武與穰苴邪？抑尙父邪？且夫圖高不成，不失爲高，趨下者，未有能振者也，矧足下負伆之具哉！

夫狂夫之言，聖人取焉。足下誠幸而不棄，請間伏謁侍，更一深論，僕至願至願！

明萬曆浙江思山堂本《李空同全集》卷六十一

重刻空同先生集敍

〔明〕鄧雲霄

詩者，人籟也，而竅於天。天者，眞也。王叔武之言曰：眞詩在民間。而空同先生有味其言，至引之以自敍。夫空同先生跨轢千古，力敵元化，乃猶稱眞詩在民間。而吾夫子亦曰："斯民也，三代之所以直道而行也。"以吾夫子之聖，不能外於斯民之直。空同先生，固聖於詩也，孰能外民間眞音而徒爲韻語？

古者先王命太師陳詩以觀民風；吾夫子删詩，先風而後雅，里謠途咢，至與清廟明堂之聲同鏗鍧焉。即清廟明堂登歌賡唱，亦當時失口發籟，直布胸臆，非如後世文人墨客，抽黄對白，剪綫隋園，學步邯鄲，徒以韻語相矜詡也。自唐以詩取士，而詩道寖衰，而其眞而近古者，往往得於侘傺無聊不平之感。故眞者，音之發，而情之原。從原而觸情，從情而發音，故赴響應節，悠悠然光景屢新，與天同其氣。徐而歌之，暢然愀然，足以感耳入心，移風易俗。美愛而傳，亦與天同其久。固知空同先生所以集大成而自帝此道者，蓋有本矣。

余之梓空同先生集也，豈自附汚不至阿其所好，夫亦願同志者皈依正覺，毋踏野狐外道，抑嗤"白雪秋色""中原紫氣"等語之爲魔軍，余將倚劍空同而摧伏之矣。

是役也，潘君景升，校讐半載，深窺作者心苦。景升雅善詩，名傾江左，其欲皈依正覺，則猶余志也夫。萬曆壬寅長至後九日，古粤後學鄧雲霄敍於玉壺冰。

明萬曆重刻本《空同子集》卷首

列朝詩集小傳・李副使夢陽(節錄)

〔清〕錢謙益

夢陽，字獻吉，慶陽人，徙大梁。……獻吉生休明之代，負雄鷙之才，僴然謂漢後無文，唐後無詩，以復古爲己任。信陽何仲默起而應之。自時厥後，齊吳代興，江楚特起，北地之壇坫不改，近世耳食者至謂唐有李、杜，明有李、何，自大曆以迄成化，上下千載，無餘子焉。嗚呼，何其誖也！何其陋也！夷考其實，平心而論之，由本朝之詩，溯而上之，格律差殊，風調各別，標舉興會，舒寫性情；其源流則一而已矣。獻吉以復古自命，曰古詩必漢魏，必三謝；今體必初盛唐，必杜，舍是無詩焉。牽率模擬剽賊於聲句字之間，如嬰兒之學語，如桐子之洛誦，字則字，句則句，篇則篇，毫不能吐其心之所有，古之人固如是乎？天地之運會，人世之景物，新新不停，生生相續，而必曰漢後無文，唐後無詩，此數百年之宇宙日月盡皆缺陷晦蒙，直待獻吉而洪荒再闢乎？獻吉曰："不讀唐以後書。"獻吉之詩文，引據唐以前書，紕繆挂漏，不一而足，又何說也。國家當日中月滿，盛極孽衰，粗材笨伯，乘運而起，雄霸詞盟，流傳譌種，二百年以來，正始淪亡，榛蕪塞路，先輩讀書種子，從此斷絕，豈細故哉！後有能別裁僞體，如少陵者，殆必以斯言爲然。其以是獲罪於世之君子，則非吾所惜也。獻吉詩《弘德集》三十三卷、《空同子集》又若干卷，錄得五十二首，其有大篇長律，舉世誦習，而余所汰去者，爲存其百一，略疏其瑕纇，以申明去取之義，庶幾學北地之學者，或有省焉。

古典文學出版社《列朝詩集小傳》丙集

三國志通俗演義序[1]

〔明〕蔣大器[2]

夫史，非獨紀歷代之事。蓋欲昭往昔之盛衰，鑒君臣之善惡，載政事之得失，觀人才之吉凶，知邦家之休戚[3]，以至寒暑、災祥、褒貶、予奪，無一而不筆之者。有義存焉。吾夫子因獲麟而作《春秋》[4]，《春秋》，魯史也[5]。孔子修之，至一字予者，褒之；否者，貶之[6]。然一字之中，以見當時君臣父子之道，垂鑒後世，俾識某之善，某之惡，欲其勸懲警懼[7]，不致有前車之覆[8]。此孔子立萬萬世至公至正之大法，合天理，正彝倫[9]，而亂臣賊子懼[10]。故曰：知我者其惟《春秋》乎！罪我者其惟《春秋》乎[11]！亦不得已也。孟子見梁惠王，言仁義而不言利[12]，告時君，必稱堯舜禹湯[13]，答時臣，必及伊傅周召[14]。至朱子綱目[15]，亦由是也。豈徒紀歷代之事而已乎？然史之文，理微義奥，不如此，烏可以昭後世？《語》云："質勝文則野，文勝質則史。"[16]此則史家秉筆之法，其於衆人觀之，亦嘗病焉。故往往舍而不之顧者，由其不通乎衆人；而歷代之事，愈久愈失其傳。前代嘗以野史，作爲評話，令瞽者演說。其間言辭鄙謬又失之於野。士君子多厭之[17]。若東原羅貫中[18]，以平陽陳壽傳[19]，攷諸國史，自漢靈帝中平元年[20]，終于晉太康元年[21]之事。留心損益，目之曰：《三國志通俗演義》。文不甚深，言不甚俗，事紀其實，亦庶幾乎史[22]。蓋欲讀誦者，人人得而知之，若詩所謂里巷歌謡[23]之義也。

書成，士君子之好事者，爭相謄錄，以便觀覽[24]。則三國之盛衰治亂，人物之出處臧否[25]，一開卷，千百載之事，豁然於心胸矣。其間亦未免一二過與不及，俯而就之，欲觀者有所進益焉。予謂誦其詩，讀其書，不識其人，可乎[26]？讀書例曰，若讀到古人忠處，便思自己忠與不忠？孝處，便思自己孝與不孝？至於善惡可否，皆當如此，方是有益。若只讀過，而不身體力行，又未爲讀書也。予嘗讀《三國志》，求其所以，殆由陳蕃、竇武[27]立朝未久，而不得行其志，卒爲姦宄謀之，權柄日竊，漸浸熾盛，君子去之，小人附之，姦人乘之。當時國家紀綱法度，壞亂極矣。噫！可不痛惜乎？矧何進，識見不遠，致董卓乘釁而入，權移人主，流毒中外，自取滅亡[28]，理所當然。曹瞞[29]雖有遠圖，而志不在社稷，假忠欺世，卒爲身謀。雖得之，必失之。萬古姦賊，僅能逃其不殺而已，固不足論。孫權父子，虎視江東，固有取天下之志，而所用得人，又非老瞞可議。惟昭烈漢室之冑[30]，結義桃園，三顧草廬[31]，君臣契合[32]，輔成大業，亦理所當然。其最尙者，孔明之忠，昭如日星，古今仰之。而關、張之義，尤宜尙也。其他得失，彰彰可考。遺芳遺臭[33]，在人賢與不賢。君子小人，義與利之間而已[34]。觀演義之君子，宜致思焉。

弘治甲寅仲春幾望庸愚子拜書。

人民文學出版社影明嘉靖刻本《三國志通俗演義》

【註釋】

［1］ 三國志通俗演義——元末明初羅貫中編。描寫東漢末年從黃巾起義（公元一八四年）開始，到晉武帝司馬炎滅吳（公元二八〇年）爲止，前後九十七年的歷史故事。這些故事至遲在晚唐時期即在民間流傳，到北宋已有專門講述"三國"故事的藝人。宋元時期，金院本、元雜劇中更有大量演唱"三國"戲的劇目。羅貫中就是在有關的史書、平話、戲曲和傳聞軼事的基礎上進行再創作的。現存《三國志通俗演義》的最早版本是嘉靖元年（一五二二年）刊印的。這個刻本，共分二十四卷，二百四十則。每則有一標目，目皆單句，句有七字，如

“劉玄德斬寇立功”“諸葛亮一氣周瑜”等。是後來回目的最早形式。在嘉靖本以後，新刊本不斷出現。明末，“李卓吾先生批評”的“演義”本，把原來的二百四十則合併成一百二十回。清代康熙年間，毛綸、毛宗崗父子對全書進行加工潤飾，並添上評語。於是毛宗崗本成了三百年來通行的《三國演義》本。

[2] 蔣大器——號庸愚子，金華人。弘治甲寅（一四九四年）曾撰寫《三國志通俗演義序》。其他事迹未詳。

[3] 休戚——福和禍。

[4] 吾夫子句——夫子，指孔子。獲麟作《春秋》事見《史記·孔子世家》：“魯哀公十四年（公元前四八一年）春，……西狩見麟，曰：‘吾道窮矣。’……乃因史記作《春秋》。”

[5] 春秋魯史也——杜預《春秋左氏傳序》：“《春秋》者，魯史記之名也。”“《周禮》有史官，掌邦國四方之事，達四方之志。諸侯亦有國史。……《孟子》曰：‘楚謂之《檮杌》，晉謂之《乘》，而魯謂之《春秋》，其實一也。’”

[6] 一字予者四句——杜預《春秋左氏傳序》：“《春秋》雖以一字爲褒貶，然皆須數句以成言。”

[7] 勸懲警懼——杜預《春秋左氏傳序》：“五曰懲惡而勸善。”

[8] 前車之覆——《荀子·成相》：“前車已覆，後未知更何覺時。”《漢書·賈誼傳》：“前車覆，後車戒。”

[9] 彝倫——彝，常。倫，理。舊指人與人之間的道德關係。《書·洪範》：“我不知其彝倫攸敍。”彝倫指常道倫理。

[10] 亂臣賊子懼——《孟子·滕文公下》：“孔子成《春秋》而亂臣賊子懼。”

[11] 知我者二句——《孟子·滕文公下》：“《春秋》，天子之事也。是故孔子曰：‘知我者其惟《春秋》乎！罪我者其惟《春秋》乎！’”

[12] 孟子見梁惠王二句——《孟子·梁惠王上》：“孔子見梁惠王。王曰：‘叟！不遠千里而來，亦將有以利吾國乎？’孟子對曰：‘王！何必曰利？亦有仁義而已矣。’”

[13] 告時君二句——《孟子·滕文公上》：“滕文公爲世子，將之楚，過宋，而見孟子。孟子道性善，言必稱堯舜。”《梁惠王下》答齊宣王的話中，一次提到湯事葛，一次提到湯征葛。《孟子》全書中提到禹的地方較多，但都不是告時君的話。

[14] 答時臣二句——《孟子》全書中沒有提到召公；提到伊尹、傅說、周公的地方，都不是答時臣的話。

[15] 朱子綱目——«通鑑綱目»五十九卷，南宋朱熹撰。綱如«春秋»經，目如«春秋»傳。

[16] 語云三句——«論語·雍也»："子曰：'質勝文則野，文勝質則史。文質彬彬，然後君子。'"質，樸實；文，文采。野，粗野；史，虛浮。

[17] 前代嘗以野史五句——今所見以野史爲平話的最早本子是宋人傳下來的«五代史平話»。元至治間（公元一三二一年——一三二三年）新安虞氏刊五種全相平話，包括«武王伐紂書»、«樂毅圖齊七國春秋後集»、«秦併六國»、«呂后斬韓信前漢書續集»、«三國志»五種。每種各三卷，共十五卷。這是說書人講史的話本。鄭振鐸在«中國文學研究·三國志演義的演化»裏曾對蔣大器這段話有過分析："蔣氏所見的'評話'，或者是一種極古的本子，或者卽爲新安虞氏所刊的«全相平話三國志»。虞氏刊的«三國志平話»，老實說，也眞足以當'言辭鄙謬，又失之於野'的批評。我們猜想，蔣氏之言，十有七八是指這個元刊本«三國志平話»而發的。"

[18] 東原羅貫中——名本(約公元一三三〇年——一四〇〇年)，字貫中，號湖海散人，太原人。生活於元末明初。他寫過雜劇，而以小說的成就爲大。著有«隋唐志傳»、«平妖傳»等。«三國志通俗演義»是他的代表作。

[19] 平陽陳壽傳——陳壽(公元二二三年——二九七年)，字承祚，巴西安漢人。在蜀漢爲觀閣令史，入晉，曾爲陽平令，官至治書侍御史。著«三國志»六十五篇。有傳無志表。這裏稱陳壽傳卽«三國志»。平陽乃陽平誤倒。

[20] 中平元年——公元一八四年。中平是漢靈帝年號。

[21] 晉太康元年——公元二八〇年。太康是晉武帝年號。

[22] 文不甚深四句——鄭振鐸«中國文學研究·三國志演義的演化»對此曾有過評論："這一段話，頗能抉出羅貫中著作的本意與眞相來，對於當時的通俗平話與羅氏書的分別，也能一言而顯其要。'文不甚深，言不甚俗，事紀其實。'這幾句話便是羅氏書之所以能够'雅俗共賞'的原因，也便是前代的評話之所以漸漸消滅，而羅本通俗演義所以能够盛行於世的原因。"

[23] 里巷歌謠——«詩·魏風·園有桃»："我歌且謠。"毛傳："徒歌曰謠。"«公羊傳»宣公十五年何休«解詁»："五穀畢入，民皆居宅。男女同巷，相從夜績。從十月盡正月止。男女有所怨恨，相從而歌。飢者歌其食，勞者歌其事。男年六十，女年五十無子者，官衣食之，使之民間求詩。鄉移於邑，邑移於國，國以聞於天子。故王者不出牖戶，盡知天下。"

[24] 書成四句——鄭振鐸«中國文學研究·三國志演義的演化»："較此本(嘉靖本)

更早的《三國志通俗演義》，到今日爲止，尙未爲我們所發見。庸愚子在序上說：‘書成，士君子之好事者，爭相謄錄，以便觀覽。’並沒有說起刊刻的事來，則在這時之前，羅氏的這一部巨作乃是不曾刻過，只有傳抄本在流傳的了。這一部嘉靖壬午本的《三國志通俗演義》也許竟是羅氏此書的第一個刻本吧。”

［25］臧否——臧，善。否，不善。

［26］予謂誦其詩四句——見本書第一册《孟子》選錄。

［27］陳蕃竇武——陳蕃，東漢桓帝時鯁直派官僚。竇武，桓帝皇后的父親。二人都與太學生結合。靈帝卽位後，竇武掌朝政，與陳蕃等準備殺宦官。建寧元年（公元一六八年）宦官殺竇武陳蕃，又殺逐所有竇陳派的朝官。從此，朝政全爲宦官集團所把持。

［28］矧何進六句——何進，東漢末外戚。少帝卽位，何太后臨朝。何進掌朝政，企圖依靠大豪強董卓殺宦官。宦官先發動，殺死何進。董卓引兵到洛陽，廢少帝，立獻帝。初平三年（公元一九二年），王允殺董卓。其後各路豪強開始了割據混戰。

［29］曹瞞——曹操，小字阿瞞。

［30］惟昭烈漢室之胄——昭烈，劉備謚號。胄，指帝王或貴族的後代。劉備自稱是西漢皇族中山靖王劉勝的後代。《三國志·蜀志·諸葛亮傳》：“將軍旣帝室之胄，信義著於四海。”

［31］結義桃園三顧草廬——結義桃園，指劉備、關羽、張飛在桃園結拜爲兄弟。三顧草廬，指劉備三顧諸葛亮於草廬。《三國志通俗演義》對此都有詳細描寫。

［32］契合——意氣相投。

［33］遺芳遺臭——《晉書·桓溫傳》：“以雄武專朝，窺覦非望，曰：‘旣不能流芳後世，不足復遺臭萬載耶！’”

［34］君子小人二句——見《論語·里仁》：“子曰：‘君子喻（懂）於義，小人喻於利。’”

【說明】

我國第一部著名的長篇小說《三國演義》，是在歷史事實的基礎上，吸取民間傳說，由文人進行再創造而成的。現存此書的最早版本是嘉靖元年（一五二二年）刊印的《三國志通俗演義》。書前有金華蔣大器（庸愚子）的《三國志通俗演義序》，作於弘治七年（一四九四年），是最早的評論《三國演義》的序文。

在這篇序文裏,蔣大器首先論述了歷史與文學的關係。《三國演義》描寫漢靈帝中平元年(一八四年)至晉太康元年(二八〇年)近百年間的重大歷史事件,大量吸取了《三國志》和裴松之注的歷史材料,但是,它根據文學的特點來再現歷史,其內容並不完全符合歷史的記載。這種情況引起了人們的爭論。在那些認爲歷史事實不可妄加筆削的人看來,小說的作法是不足取的。蔣大器在這篇序文裏,則爲寫歷史題材的小說辯護。他認爲《三國演義》既"留心損益",又做到了"事紀其實"。儘管它對歷史材料有所取捨,其中個别人物和情節有很大成分的虛構,它仍然反映了由漢末到晉朝統一的基本歷史,反映了三國時期社會生活中某些眞實的東西。所以說是"亦庶幾乎史"。同時,蔣大器又指出通俗演義與過去正史的另一個不同的特點。那就是歷史"理微義奧","不通乎衆人",致使"歷代之事,愈久愈失其傳"。而小說則"文不甚深,言不甚俗","人人得而知之",它比歷史能够得到更加廣泛的傳播。

蔣大器除了指出歷史小說的特點,還進一步肯定這類小說的兩大功能。其一是它使"千百載之事,豁然於心胸",足以幫助人們認識社會生活。其二,"讀到古人忠處,便思自己忠與不忠?孝處,便思自己孝與不孝?"它足以激起人們的美感達到道德教育作用。在道德觀這個問題上,蔣大器堅持君臣父子、忠孝節義的封建立場,但他肯定文學的審美作用和教育作用則是符合文學本身的特點的。

當長篇歷史小說剛剛出現的時候,蔣大器能够突破歷來的偏見,指出了這類小說的特點,肯定它的社會作用,爲這種新興的文學開拓道路,對文學理論的發展是作出了有益的貢獻的。如果聯繫到在他以後,仍然有人指責《三國演義》把"七分實事"與"三分虛構"錯雜在一起惑亂了讀者這種情況來看,則蔣大器對歷史小說特點的認識，更有其不容忽視的價值。

附　錄

三國志通俗演義引

〔明〕張尙德

客問於余曰：劉先主，曹操，孫權，各據漢地爲三國，史已志其顚末，傳世久矣。復有所謂《三國志通俗演義》者，不幾近於贅乎？余曰：否，史氏所志，事詳而文古，義微而旨深，非通儒夙學，展卷間，鮮不便思困睡，故好事者，以俗近語，檃栝成編。欲天下之人，入耳而通其事，因事而悟其義，因義而興乎感。不待研精覃思，知正統必當扶，竊位必當誅，忠孝節義必當師，姦貪諛佞必當去。是是非非，了然於心目之下，裨益風教，廣且大焉，何病其贅耶？客仰而大噓曰：有是哉？子之不我謬也。是可謂羽翼信史而不違者矣。簡帙浩瀚，善本甚艱，請壽諸梓，公之四方，可乎？余不揣譾劣，原作者之意，綴俚語四十韻於卷端，庶幾誦詠而有所得歟。於戲！牛溲、馬勃，良醫所珍，孰謂稗官小說，不足爲世道重輕哉？

今古興亡數本天，就中人事亦堪憐，欲知三國蒼生苦，請聽通俗演義篇。忠烈赤心扶正統，姦回白首弄威權，須知善惡當師戒，遺臭流芳億萬年。獻帝仁柔漢祚衰，十常侍啓釁端開。董卓妄意窺神器，何進無謀種禍胎，渤海會兵昭日月，桃園歃血動風雷，可憐多少英雄計，不及貂蟬口舌才。曹操姦雄世無比，號令諸侯挾天子。天子心知誅不得，泣召董承受密旨。口血未乾機先洩，國母元臣束手死。幸爾玄德奔彭城，豪傑雲從期雪恥。袁紹當年亦漢臣，井蛙豈識海中鱗。不有關張龍虎將，皇孫顚沛更難論。明良遭際眞奇特，三顧草廬不厭頻。臥龍突起甘霖溥，恢復規模次第陳。孫權父子據江東，觀望中原事戰攻。謀士似雲翻白黑，長江如練列艨艟。火炎赤壁阿瞞遁，襪入荆門大耳窮。假使眞心匡漢室，何勞數計滅劉公。天相劉公詎可滅，萬死一生堪更咽。九犯中原偉丈夫，七擒酋首眞英特。梟獍誰能繼漢高，猶豫未蹀姦賊血。軍師大志不曾伸，僅創三川兩世業。沛公百戰定乾坤，司馬何人敢併吞。試看北面事讐者，漢國臣寮舊子孫。天理民彝蕩掃地，鼎味爭如蕨味馨。志士仁人空抱恨，幾番血淚漬衣痕。人言三國多才俊，我獨沉吟未深信。鷹犬鶱騰麟鳳孤，四海徒令蹈白刃。天假數年壽孔明，山河未必輕歸晉。此編非直口耳資，萬古綱常期復振。嘉靖壬午孟夏吉望，關中修髯子書于居易草亭。

人民文學出版社影明嘉靖刻本《三國志通俗演義》

三國志演義序

〔清〕金人瑞

余嘗集才子書者六，其目曰："莊"也，"騷"也，馬之《史記》也，杜之律詩也，《水滸》也，《西廂》也已。謬加評訂，海內君子皆許余以爲知音。近又取《三國志》讀之，見其據實指陳，非屬臆造，堪與經史相表裏。由是觀之，奇又莫奇于《三國》矣。

或曰：凡自周、秦而上，漢、唐而下，依史以演義者，無不與《三國》相仿，何獨奇乎《三國》？曰：三國者，乃古今爭天下之一大奇局，而演《三國》者，又古今爲小說之一大奇手也。異代之爭天下，其事較平，取其事以爲傳，其手又甚庸，故迥不得與《三國》并也。吾嘗覽三國爭天下之局，而嘆天運之變化，眞有所莫測也。當漢獻失柄，董卓擅權，羣雄并起，四海鼎沸。使劉皇叔早諧魚水之歡，先得荆襄之地，長驅河北，傳檄淮南，江東秦雍，以次略定，則仍一光武中興之局，而不見天運之善變也。惟卓不遂其簒以誅死，曹操又得挾天子以令諸侯，名位雖虛，正朔未改。皇叔宛轉避難，不得早建大義于天下，而大江南北，已爲吳、魏之所攘，獨留西南一隅，爲劉氏托足之地。然不得孔明出而東助赤壁一戰，西爲漢中一摧，則漢室亦幾折而入于曹，而吳亦不能獨立，則又成一王莽簒漢之局，而天運猶不見其善變也。逮于華容遁去，雞肋歸來，鼎足而居，權侔萬敵，而三分之勢遂成。尋彼曹操一生，罪惡貫盈，神人共怒，檄之駡之，刺之藥之，燒之劫之，割鬚折齒，墮馬落塹，瀕死者數，而卒免于死。爲敵者衆，而爲輔亦衆。此又天之若有意以成三分，而故留此奸雄以爲漢之蟊賊。且天生瑜以爲亮對，又生懿以繼曹後，似皆恐鼎足之中折，而叠出其人才以相持也。自古割據者有矣，分王者有矣，爲十二國，爲七國，爲十六國，爲南北朝，爲東西魏，爲前後漢。其間乍得乍失，或亡或存，遠或不能一紀，近或不踰歲月，從未有六十年中，興則俱興，滅則俱滅，如三國爭天下之局之奇者也。今覽此書之奇，足以使學士讀之而快，委蒼不學之人讀之而亦快，英雄豪杰讀之而快，凡夫俗子讀之而亦快也。昔者蒯通之説韓信，已有鼎足三分之説。其時信已臣漢，義不可避。項羽粗暴無謀，有一范增而不能用，勢不得不一統于羣策羣力之漢。三分之幾，雖兆于漢室方興之時，而卒成于漢室衰微之際。且高祖以王漢興，而先主以王漢亡，一能還定三秦，一不能取中原尺寸。若彼蒼之造漢，以如是起，以如是亡，早有其成局于冥冥之中。遂致當世之人之事，才謀各制，境界獨殊，以迥異于千古，此非天事之最奇者歟！作演義者，以文章之奇，而傳其事之奇。而且無所事于穿鑿，第貫穿其事實，錯綜其始末，而已無之不奇，此又人事之未經見者也。獨是事奇矣，書奇矣，而無有人焉起而評之。即或有人，而使心非錦心，口非綉口，不能一一代古人傳其胸臆，則是書亦終于周、秦而上漢、唐而下諸演義等，人亦烏乎知其奇，而信其奇哉！余嘗欲探索其奇以正諸世，會病未果。忽于友人案頭見毛子所評《三國志》之稿，觀其筆墨之快，心思之靈，先得我心之同然，因稱快者再。而今而後，知第一才子書之目，又果在《三國》也。故余序此數言付毛子，授剞之日，弁于簡端，使後之閲者知余與毛子有同心云。

時順治歲次甲申嘉平朔日，金人瑞聖嘆氏題。

兩儀堂藏板《綉像第一才子書》首卷

重刊三國志演義序

〔清〕清溪居士

昔陳承祚有良史才，所撰《魏蜀吳三國志》，凡六十五篇，已入正史。范頵稱其詞多勸戒，明乎得失，有益風化。裴松之亦謂銓敘可觀，事多審正，而惜其失在于略。復上披舊聞，旁摭遺逸，凡志所不載，事宜存錄者，畢取以爲之注，而三國事跡略備。

演義之作，濫觴于元人，以供村老談說故事。然悉本陳志裴注，絕不架空杜撰，意主忠義而旨歸勸懲。閱者參觀正史，始知語皆有本，而不與一切小說等量而齊觀矣。

咸豐三年孟夏勾吳清溪居士書。

善成堂套板《第一才子書》首卷

董中峯侍郎文集序

〔明〕唐顺之[1]

喉中以轉氣，管中以轉聲。氣有湮而復暢，聲有歇而復宣。闔之以助開，尾之以引首；此皆發於天機之自然，而凡爲樂者，莫不能然也。最善爲樂者，則不然。其妙常在於喉管之交，而其用常潛乎聲氣之表。氣轉於氣之未湮，是以湮暢百變而常若一氣；聲轉於聲之未歇，是以歇宣萬殊而常若一聲。使喉管聲氣融而爲一，而莫可以窺，蓋其機微矣。然而其聲與氣之必有所轉，而所謂開闔首尾之節，凡爲樂者，莫不皆然者，則不容異也。使不轉氣與聲，則何以爲樂？使其轉氣與聲而可以窺也，則樂何以爲神？有賤工者，見夫善爲樂者之若無所轉，而以爲果無所轉也，於是直其氣與聲而出之，戛戛然一往而不復，是擊腐木濕鼓之音也；言文者，何以異此？

漢以前之文，未嘗無法，而未嘗有法，法寓於無法之中，故其爲法也，密而不可窺。唐與近代之文，不能無法，而能毫釐不失乎法，以有法爲法，故其爲法也嚴而不可犯。密則疑於無所謂法，嚴則疑於有法而可窺，然而文之必有法，出乎自然而不可易者，則不容異也。且夫不能有法，而何以議於無法？有人焉見夫漢以前之文，疑於無法，而以爲果無法也，於是率然而出之，決裂以爲體，飣餖以爲詞[2]，盡去自古以來開闔首尾經緯錯綜之法，而别爲一種臃腫佶澀[3]浮蕩之文。其氣離而不屬，其聲離而不節，其意卑，其語澀，以爲秦與漢之文如是也，豈不猶腐木濕鼓之音，而且詫曰：吾之樂合乎神。嗚呼！今之言秦與漢者紛紛是矣，知其果秦乎漢乎否也？

中峯先生之文，未嘗言秦與漢，而能盡其才之所近。其守繩墨，謹而不肆，時出新意於繩墨之餘，蓋其所自得而未嘗離乎法。其記與序，文章家所謂法之甚嚴者，先生尤長。先生在翰林三十餘年，嘗有聞於弘治以前諸先生輩老儒[4]，而潛思以至之，故其所爲若此。然今之爲先生之文者蓋少，其知先生之文而好之者又少矣。

先生之子近思，將刻集以傳，而請序於余。近思豈亦以爲世之言秦與漢者，未必能知先生之文，而余之愚陋，稍知之也？晉江王道思、平涼趙景仁[5]其文在一時文人中最有法，皆先生丙戌[6]爲考官時所取士，近思試以先生之文與吾言質之，其必有合乎否也？

《四部叢刊》影印明萬曆本《荆川先生文集》卷十

【註釋】

[1] 唐順之(公元一五〇七年——一五六〇年)——字應德，一字義修，毘陵人。嘉靖八年進士，官翰林院編修。後罷官入陽羨山讀書十餘年，復召用，拜僉都御史，巡撫淮、揚，力疾巡海，卒於廣陵舟中。自何、李提倡文必秦、漢以後，摹擬之風，泛濫一時。嘉靖初，順之等起而爲歐、曾古文，以矯李、何之弊。順之與王愼中、陳束、李開先、熊過、任瀚、趙時春、呂高稱八才子。順之初亦高談秦、漢，與王愼中主張不合，後來趨向改變，乃互相傾倒。在八才子中，他和愼中名最高，天下稱爲王、唐。有《荆川集》十二卷。《明史》卷二百〇五有傳。

[2] 餖飣以爲詞——因襲陳言，堆砌爲文。

[3] 臃腫——指文章漫無條理，堆砌龐雜。佶澀——《正字通》："佶，同窘，亦作傹。"佶澀，指文章拘窘晦澀。

[4] 弘治以前諸先生輩老儒——弘治，明孝宗年號，自公元一四八八年至一五〇五年。明前七子興於弘治以後。在此以前的古文家如李東陽、吳寬、吳儼諸家，都不尙鉤章棘句。

[5] 晉江王道思——王愼中(公元一五〇九年——一五五九年)，字道思，晉江人。

嘉靖五年進士，官至河南布政使參事。後罷官，屏居二十年卒。爲文初學秦、漢，後取宋人集讀之，覺其味長，尤喜歐陽修、王安石、曾鞏之文，因改而學習歐、曾。壯年廢棄以後，益肆力於文，以演迤詳贍取勝，有《遵巖集》二十五卷。《明史》卷二百八十七《文苑》三有傳。平涼趙景仁——趙時春，字景仁，平涼人。嘉靖五年進士，官至右僉都御史。他以將略自命，不屑屑以詩文名，古文以豪肆勝，造詣不及王、唐。有《浚谷集》十六卷。《明史》卷二百有傳。

[6] 丙戌——即嘉靖五年，公元一五二六年。王、趙二人成進士在這年。

【説明】

介乎前後七子之間，揭櫫"文從字順"，主張學習唐、宋文以與七子文必秦、漢相對抗的，是唐順之等。《四庫全書總目提要》説："自正、嘉之後，北地、信陽聲價奔走一世，太倉、歷下流派彌長；而日久論定，言古文者均以順之及歸有光、王慎中三家爲歸。"（集部總集類論唐順之所編《文編》語）其實兩派都是從學古入手的；然而一派學古而成爲贋鼎，流爲鉤章棘句的文風，一派却能寫出宛曲流暢，比較平易近人的散文。這是因爲他們學習的對象不同，學習的方法也就不一樣。從唐順之這篇《董中峯侍郎文集序》裏就可看出問題的癥結所在。

此文全篇都圍繞一個法字立論。法，就作品來説，是組織結構的規律，即作文之法；就學者來説，是如何認識這種規律，亦即學文之法。七子並不是不講法的，李夢陽就是尺寸古法的名手；然而唐順之之所謂法，却和他名同而實異。文中所論，一方面提出了自己對法的看法，而另一方面則是針對七子之法而説的。

文學是語言的藝術，談"法"總離不開語言，這一點，是唐、宋派和秦、漢派所不能立異的；但是從什麼角度去探求古人文章的語言規律，他們之間就產生了極大的分歧。

七子論文重在格調，格調是體現在具體的語言文字之中的；

可是秦、漢的時間距離太遠，語言隔閡太大，秦、漢作者運用語言之妙，不易尋求，他們所看到的只是秦、漢文的詞彙和語法結構。於是，他們就把這些詞彙和語法結構當作古人文章之法，而膠柱鼓瑟地去生搬硬套。唐順之論文重在體態神情，體態神情當然也同樣地體現在具體的語言文字之間；然而唐、宋的時代距離不遠，語言隔閡不大，唐、宋作者運用語言之妙，讀之如見其人，如聞其聲。於是，他悟出了古人行文構思的"開闔首尾經緯錯綜之法"。而這"開闔首尾經緯錯綜之法"，完全可以於語言的氣勢和聲調中求之。文章一開頭，就用聲樂作爲比喻，正是這個意思。

從這個角度去理解法，就不妨借鑑於古，用來表現自己的思想感情，自成其體態。對於法，就看得比較靈活一些。他在《文編序》裏說："所謂法者，神明之變化也。"

由於對法的理解不同，所以他認爲七子之法，是"抉裂以爲體，餖飣以爲詞"；是"盡去自古以來開闔首尾經緯錯綜之法"。本文之所以強調法的重要性，其用意在此。

他說，唐以下之文，"以有法爲法"，所謂"氣有湮而復暢，聲有歇而復宣，闔之以助開，尾之以引首"，都是有迹可求的。漢以前之文，"法寓於無法之中"，所謂"氣轉於氣之未湮，是以湮暢百變而常若一氣；聲轉於聲之未歇，是以歇宣萬殊而常若一聲"，是無迹可求的。"然而文之必有法，出乎自然而不可易者，則不容異也"。在他看來，由唐、宋文之法以上窺秦、漢，則秦、漢文未嘗無法。七子正因爲不懂得這個道理，所以襲其形貌，失其精神，學古而流爲模擬剽竊了。

唐順之的文論對後來的桐城派頗有影響，可看作是劉大櫆於音節以求神氣之說的先聲。

附　錄

答茅鹿門知縣二

〔明〕唐順之

熟觀鹿門之文，及鹿門與人論文之書，門庭路徑，與鄙意殊有契合；雖中間小小異同，異日當自融釋，不待喋喋也。

至如鹿門所疑於我本是欲工文字之人，而不語人以求工文字者，此則有說。鹿門所見於吾者，殆故吾也，而未嘗見夫槁形灰心之吾乎？吾豈欺鹿門者哉！其不語人以求工文字者，非謂一切抹殺，以文字絕不足爲也，蓋謂學者先務，有源委本末之別耳。文莫猶人，躬行未得，此一段公案，姑不敢論，只就文章家論之。雖其繩墨布置，奇正轉摺，自有專門師法，至於中一段精神命脈骨髓，則非洗滌心源，獨立物表，具今古隻眼者，不足以與此。今有兩人，其一人心地超然，所謂具千古隻眼人也，即使未嘗操紙筆呻吟，學爲文章，但直據胸臆，信手寫出，如寫家書，雖或疎鹵，然絕無烟火酸餡習氣，便是宇宙間一樣絕好文字；其一人猶然塵中人也，雖其專專（疑衍一專字）學爲文章，其於所謂繩墨布置，則盡是矣，然番來覆去，不過是這幾句婆子舌頭語，索其所謂眞精神與千古不可磨滅之見，絕無有也，則文雖工而不免爲下格。此文章本色也。即如以詩爲諭，陶彭澤未嘗較聲律，雕句文，但信手寫出，便是宇宙間第一等好詩。何則？其本色高也。自有詩以來，其較聲律，雕句文，用心最苦而立說最嚴者，無如沈約，苦却一生精力，使人讀其詩，祗見其綑縛齷齪，滿卷累牘，竟不曾道出一兩句好話。何則？其本色卑也。本色卑，文不能工也，而況非其本色者哉？

且夫兩漢而下，文之不如古者，豈其所謂繩墨轉折之精之不盡如哉？秦、漢以前，儒家者有儒家本色，至如老、莊家有老、莊本色，縱橫家有縱橫本色，名家、墨家、陰陽家皆有本色，雖其爲術也駁，而莫不皆有一段千古不可磨滅之見。是以老家必不肯勦儒家之說，縱橫必不肯借墨家之談，各自其本色而鳴之爲言。其所言者，其本色也。是以精光注焉，而其言遂不泯於世。唐、宋而下，文人莫不語性命，談治道，滿紙炫然，一切自託於儒家，然非其涵養畜聚之素，非眞有一段千古不可磨滅之見，而影響勦説，蓋頭竊尾，如貧人借富人之衣，莊農作大賈之飾，極力裝做，醜態盡露。是以精光枵焉，而其言遂不久湮廢。然則秦、漢而上，雖其老、墨、名、法、雜家之説，而猶傳，今諸子之書是也。唐、宋而下，雖其一切語性命談治道之説，而亦不傳，歐陽永叔所見唐四庫書目百不存一焉者是也。後之文人，欲以立言爲不朽計者，可以知所用心矣。

然則吾之不語人以求工文字者，乃其語人以求工文字者也，鹿門其可以信我矣。雖然，吾槁形而灰心焉久矣，而又敢與知文乎？今復縱言至此，吾過矣，吾過矣。此後鹿門更見我之文，其謂我之求工於文者耶，非求工於文者耶？鹿門當自知我矣，一笑。鹿門東歸後，正欲待使節西上時得一面晤，傾倒十年衷曲，乃乘夜過此，不已急乎？僕三年積下二十餘篇文字債，許諾在前，不可負約，欲待秋冬間病體稍蘇，一切塗抹，更不敢計較工拙，只是了債。此後便得燒却毛穎，碎却端溪，兀然作一不識字人矣。而鹿門之文方將日進，而與古人爲徒未艾也。異日吾倘得而觀之，老耄尚能識其用意處否耶？并附一笑。

《四部叢刊》影印明萬曆本《荆川先生文集》卷七

唐宋八大家文鈔[1]總序

〔明〕茅　坤[2]

孔子之繫《易》，曰："其旨遠，其辭文。"斯固所以教天下後世爲文者之至也。然而及門之士，顏淵、子貢以下，並齊、魯間之秀傑也，或云，身通六藝者七十餘人，文學之科，並不得與，而所屬者僅子游、子夏兩人焉[3]。何哉？蓋天生賢哲，各有獨稟，譬則泉之溫，火之寒，石之結綠[4]，金之指南，人於其間，以獨稟之氣，而又必爲之專一，以致其至，伶倫之於音，裨竈之於占，養由基之於射，造父之於御，扁鵲之於醫，僚之於丸，秋之於弈，彼皆以天縱之智，加之以專一之學，而獨得其解[5]，斯固以之擅當時而名後世，而非他所得而相雄者。

孔子沒而游、夏輩各以其學授之諸侯之國，已而散逸不傳。而秦人燔經坑學士，而六藝之旨幾輟矣。漢興，招亡經，求學士，而鼂錯、賈誼、董仲舒、司馬遷、劉向、揚雄、班固輩，始乃(原作及，誤)稍稍出，而西京之文，號爲爾雅。崔、蔡以下[6]，非不矯然龍驤也，然六藝之旨漸流失。魏、晉、宋、齊、梁、陳、隋、唐之間，文日以靡，氣日以弱，強弩之末，且不及魯縞矣[7]，而況於穿札乎[8]？

昌黎韓愈，首出而振之，柳柳州又從而和之，於是始知非六經不以讀，非先秦兩漢之書不以觀[9]。其所著書、論、序、記、碑、銘、頌、辯諸什，故多所獨開門戶，然大較並尋六藝之遺略，相上下而羽翼之者。貞元[10]以後，唐且中墜，沿及五代，兵戈之際，天下寥寥矣。宋興百年，文運天啓，於是歐陽公修，從隋州故家覆瓿中，偶得韓愈書，手讀而好之[11]，而天下之士，始知通經博古爲高，而一時文人學士，彬彬然附離而起，蘇氏父子兄弟，及曾鞏、王安石之徒，其間材旨小大，音響緩亟，雖屬不同，而要之於孔子所刪六藝之遺，則共爲家習而戶眇[12]之者也。

由今觀之，譬則世之走騕褭騏驥於千里之間(原作門，據《白華樓藏稿》改)，而中及二百里三百里而輟者有之矣，謂塗之薊而轅之粤則非也。世之操觚者，往往謂文章與時相高下，而唐以後且薄不足爲。噫！抑不知文特以道相盛衰，時非所論也。其間工不工，則又係乎斯人者之稟，與其專一之致否何如耳？如所云，則必太羹玄酒[13]之尙，茅茨土簋[14]之陳，而三代而下，明堂[15]玉帶，雲罍犧樽[16]之設，皆駢枝[17]也已！孔子之所謂“其旨遠”，卽不詭於道也；“其辭文”，卽道之燦然，若象緯者之曲而布也。斯固庖犧以來人文不易之統也，而豈世之云乎哉！

我明弘治、正德[18]間，李夢陽崛起北地，豪儁輻湊，已振詩聲，復揭文軌，而曰，吾《左》吾《史》與《漢》矣，已而又曰，吾黃初[19]、建安矣。以予觀之，特所謂詞林之雄耳，其於古六藝之遺，豈不湛淫滌濫[20]，而互相剽裂已乎！

予於是手掇韓公愈、柳公宗元、歐陽公修、蘇公洵、軾、轍、曾公鞏、王公安石之文，而稍爲批評之，以爲操觚[21]者之劵，題之曰《八大家文鈔》。家各有引，條疏如左。嗟乎！之八君子者，不敢遽謂盡得古六藝之旨，而予所批評，亦不敢自以得八君子者之深，要之大義所揭，指次點綴，或於道不相盭[22]已。謹書之以質世之知我者。

明崇禎刻本《八大家文鈔》

【註釋】

[1] 八大家文鈔——《唐宋八大家文鈔》一百六十四卷，明茅坤編選。明初朱右已

曾採錄韓、柳、歐陽、曾、王、三蘇之文爲《八先生文集》，遠在坤前。然右書不傳，惟坤此書爲世所傳習。凡韓愈文十六卷、柳宗元文十二卷、歐陽修文三十二卷、附《五代史》鈔二十卷、王安石文十六卷、曾鞏文十卷、蘇洵文十卷、蘇軾文二十八卷、蘇轍文二十卷，每家之前各有小引。或謂這書本出唐順之，坤據其稿本刊版以行，攘爲己書。然坤所作序例，明言以順之及王慎中評語標入，並沒有諱所自來，盜襲之說，不免誣枉。這書原爲舉業而設，評語往往有疏舛，然選錄尙得繁簡之中，足爲初學的門徑書。

[2] 茅坤(公元一五一二年——一六〇一年)——字順甫，號鹿門，歸安人。嘉靖十七年進士，官至大名兵備副使，罷歸家居五十餘年卒。他好爲古文，於同時最佩服唐順之。然根柢稍薄，摹擬有迹。有《白華樓藏稿》十一卷、《續稿》十五卷、《吟稿》八卷、《玉芝山房稿》二十二卷。《四庫全書總目提要》說："自李夢陽《空同集》出，以字句摹秦、漢，而秦、漢爲窠臼；自坤《白華樓稿》出，以機調摹唐、宋，而唐、宋又爲窠臼。故坤嘗以書與唐順之論文，順之復書，有'尙以眉髮相山川而未以精神相山川'之語，又謂'繩墨布置，奇正轉摺，雖有專門師法，至於中間一段精神命脈，則非具今古隻眼者不足與此'云云，蓋頗不以能爲古文許之。"《明史》卷二百八十七《文苑》三有傳。

[3] 文學之科三句——《論語・先進》："文學：子游、子夏。"案：德行、言語、政事、文學爲孔門四科。

[4] 石之結綠——《史記・范睢蔡澤列傳》載睢上秦昭王書有"宋有結綠"句。

[5] 伶倫之於音十句——伶倫，傳說爲黃帝時作律之人。　裨竈，春秋時鄭國人，主占。　養由基，春秋時楚國大夫，以善射名。　造父，周穆王時人，善御。扁鵲，傳說爲黃帝時良醫名。戰國時秦越人與古之扁鵲相類，世以扁鵲號之。僚，弄丸人名。《莊子》："市南宜僚弄丸而兩家之難解。"秋，善弈人名，見《孟子》。案：這數句文意本於韓愈《送高閑上人序》："堯、舜、禹、湯治天下，養叔治射，庖丁治牛，師曠治音聲，扁鵲治病，僚之於丸，秋之於弈，伯倫之於酒，樂之終身不厭，奚暇外慕！夫外慕徙業者，皆不造其堂，不嚌其胾者也。"

[6] 崔蔡以下——崔，指崔瑗。蔡，指蔡邕。

[7] 強弩之末且不及魯縞——《史記・韓長孺列傳》："且彊弩之極矢，不能穿魯縞。"《漢書・韓安國傳》作"彊弩之末，力不能入魯縞"。

[8] 穿札——劉向《列女傳》："弓工妻者，晉繁人之女也。當平公之時，使其夫爲弓，三年乃成。平公引弓而射，不穿一札。平公怒，將殺弓人。弓人之妻請見，曰：'妾聞射之道，左手如拒石，右手如附枝，右手發之，左手不知，此蓋射之道

也。'平公以其言爲儀,而射穿七札。"《左傳》成公十六年亦有"養由基蹲甲而射之,徹七札"的故事。

[9] 非先秦兩漢之書不以觀——韓愈《答李翊書》:"始者非三代兩漢之書不敢觀。"

[10] 貞元——見本册高棅《唐詩品彙總序》註[21]。案: 貞元以後爲永貞、元和,正是韓、柳的主要活動年代。這裏把貞元敍述在韓、柳以後,未免顚倒。

[11] 於是歐陽公修四句——歐陽修《記舊本韓文後》:"予少家漢東,(案: 指隋州,在漢水之東。)漢東僻陋無學者,吾家又貧無藏書,州南有大姓李氏者,其子堯輔頗好學,予爲兒童時,多遊其家,見有敝筐貯故書在壁間,發而視之,得唐《韓昌黎先生集》六卷,脱落顚倒無次序,因乞李氏以歸,讀之。……是時天下學者,……未嘗有道韓文者。予亦方舉進士,以禮部詩賦爲事。……後七年,舉進士及第,官於洛陽,而尹師魯之徒皆在,遂相與作爲古文,因出所藏《昌黎集》而補綴之,求人家所有舊本而校定之。其後天下學者,亦漸趨於古,而韓文遂行於世。"

[12] 戶眇——眇,細視。

[13] 太羹玄酒——太羹見本書第一册《論衡·自紀篇》註[74]。玄酒,水。

[14] 茅茨土簋——茅茨,茅草屋。土簋,土製的盛黍稷之器。

[15] 明堂——《禮記·明堂位》孔穎達《正義》:"《大戴禮·盛德篇》云:'明堂者,自古有之,所以朝諸侯。'" "蔡邕《明堂月令章句》:'明堂者,天子太廟,所以祭祀,夏后氏世室,殷人重屋,周人明堂,饗功、養老、敎學、選士,皆在其中。'"

[16] 雲罍犧樽——罍,酒罇。雲罍,上刻雲紋。犧樽,酒器,上刻鳳皇之形;一說,畫牛象於樽腹。

[17] 駢枝——《莊子·駢拇》:"駢拇枝指。"足大拇指與第二指相合爲一稱駢拇,手大拇指傍枝生一指爲枝指。

[18] 正德——明武宗年號,自公元一五〇六年至一五二一年。

[19] 黃初——魏文帝年號,自公元二二〇年至二二六年。

[20] 滌濫——放蕩。《禮記·樂記》:"流辟、邪散、狄成、滌濫之音作,而民淫亂。"

[21] 操觚——見本書第一册陸機《文賦》註[44]。

[22] 盭——乖戾。

【説明】

茅坤評選唐、宋八大家文,其用意,一是溯源流以昭文統,一是明法度以示集範。關於後者，具見書中各篇評語，這篇總序所着重論述的是前一問題。

本於文道合一的論點，他以爲文章本於六經，古文之所以爲古文，首先在於它能够發明儒家的道。西漢而後，崔、蔡等人的文章，“非不矯然龍驤也，然六藝之旨漸流失”；而唐代韓、柳崛起，重新接續古文的墜緒，則由於他們能够“尋六經之遺略”，可見古文家和“詞林之雄”是不可混爲一談的。然而從另一個方面來看，古文又是一種專門之學，古文家要有“獨稟之氣，而又必爲之專一”。他說，孔門弟子，“身通六藝者七十餘人，文學之科，並不得與，而所屬者僅子游、子夏兩人焉”。可見儒學並不等於文學，後代經生和道學家又不可能廁身於古文家的行列。必須把兩者結合起來，才符合於孔子所說旨遠辭文的標準，才能算是古文家。這樣，以八家爲宗，以唐、宋爲派，由八家而上窺西漢作者，由西漢而上窺孔門文學之科的文統說，就建立起來了。

七子論文，宗主秦、漢，卑視唐、宋爲不足道。文中指出古文“以道相盛衰”，而不是“與時相高下”；就作者來說，主要是看才能和造詣，也不受時代的限制。他以爲古文雖然發源於周、秦、西漢，但正如由“太羹玄酒之尙，茅茨土簋之陳”到“明堂玉帶，雲罍犧樽”一樣，也是隨着時代而向前發展的。這種論調，頗爲通達；對七子崇古卑今的思想，能擊中其要害。

提倡唐、宋的古文，把唐、宋古文的成就局限於八家，其用意在於開闢門庭，指示途轍。當然，這只能代表某一流派的文學主張，自不免有其狹隘性。正因爲如此，所以它一方面對後世有所影響，如後來桐城派之論文，就是沿着這條道路，以八家爲主的；但另一方面也招來了許多人的非議，如袁枚《書茅氏八家文選》，就是代表反對的意見。

唐、宋派學習古人的文章，本來是重視法的；但唐順之之論法，尙重在神明變化（參看《董中峯侍郎文集序》說明），言法而不泥於法。茅坤所得較爲膚淺，其評點八家文，完全停留在抑揚開闔、起伏照應的法上。這樣，就不免重複七子的錯誤，而落入了另一窠臼。

附　錄

唐宋六家文衡序

〔明〕貝　瓊

《唐宋文衡》總三百三十篇，天台朱伯賢氏之所選也。文不止於此，而特約之，爲學文之法，如物平於衡，有不得而高下云。

嗚呼！形氣相軋而有聲，而聲出於人者爲言。雷霆之擊，非不烈也；海濤之升，非不大也；笙竽琴瑟之奏，非不和也；皆莫過於人之純。聖人之經，又純之至也，故歷千萬世之久，雖善於言者，惡能儗而爲之哉？

戰國以來，孟軻、揚雄氏發揮大道，以左右六經，然雄之去孟軻，其純已不及矣。降於六朝之浮華，不論也。昌黎韓子倡於唐，而河東柳氏次之。五季之敗腐，不論也。廬陵歐陽子倡於宋，而南豐曾氏，臨川王氏，及蜀蘇氏父子次之。蓋韓之奇，柳之峻，歐陽之粹，曾之嚴，王之潔，蘇之博，各有其體，以成一家之言，固有不可至者，亦不可不求其至也。予嘗讀之，若《原道》《原毀》，由孟軻之後，諸子未之能及；至宗元《守原議》《桐葉封弟辯》，鑿鑿乎是非之公，使聖人復作，無以易之。其他馳騁上下，先後相發，誠樂之而不厭。信言之異乎雷霆海濤，笙竽琴瑟，氣與形之相軋相成者矣！世之狃於所習，苟趍一時之好者，旣不足以語此；或知師古爲事者，又梏於昏愚怠惰，而不暇進其閫奧焉。此予之所深痛也。

伯賢工文三十餘年，寔倍於予，其定六家文衡，因損益東萊呂氏之選，將刻諸梓，使子弟讀之，而曾曲阜所作四篇，則采前人所遺，以附南豐之後，其用心可謂勤矣。間嘗挾之過予成均，與之商搉（原作確，誤）累日，且俾序其首，予何敢爲之妄議邪？

抑嘗聞儒先君子之論文者，務合於道，非徒以其詞高一世爲工也。若六家者，雖於道有淺深，皆本諸經爲說，鏇駁而復純。於此求之，其至於古無難者，是伯賢之志也。若夫振起於下，不爲蹈襲，固有望於絕人之豪傑，豈專取乎《文衡》也哉？洪武九年，歲在丙辰春正月七日，將仕佐郎國子助教檇李貝瓊序。

《四部叢刊》影明洪武本《清江貝先生文集》卷二十八

答陳定生書(節錄)

〔明〕吳應箕

……古文一道，知之者少，況洞悉源流本末，如足下者，在今日爲跫然之音矣。《八家文選》深暢鄙懷，大抵古人精神，不見於世者，皆評選者之過也。弟嘗謂張侗初之評時義，鍾伯敬之評詩，茅鹿門之評古文，最能埋沒古人精神，而世反效慕恐後，可歎也。彼其一字一句，皆有釋評，逐段逐節，皆爲圈點。自謂得古人之精髓，開後人之法程，不知所以冤古人，誤後生者，正在此。而時無深心大雅之士，爲之救正，故其書行而流禍深，詩文所以日亡也。足下獨卓然信弟之言，不獨信弟，而所選則又出弟意遠甚，史遷所謂好學深思，心知其意者，非足下其誰？拙序當稍一發明之。……

《粵雅堂叢書》本《樓山堂集》卷十五

書茅氏八家文選

〔清〕袁　枚

凡類其人而名之者，一時之稱也。如周有八士，舜有五人，漢有三傑，唐有四子是也；未有取千百世之人而强合之爲一隊者也。有之者，自鹿門八家之目始。明代門戶之習，始於國事而終於詩文，故於詩則分唐、宋，分盛、中、晚，於古文又分爲八，皆好事者之爲也，不可以爲定稱也。夫文莫盛於唐，僅占其二；文亦莫盛於宋，蘇占其三。鹿門當日其果取兩朝文而博觀之乎？抑亦就所見所知者而撮合之乎？且所謂一家者，謂其蹊逕之各異也。三蘇之文如出一手，固不得判而爲三；曾文平純，如大軒駢骨，連綴不得斷，實開南宋理學一門，又安得與半山、六一較伯仲也？若鹿門所講起伏之法，吾尤不以爲然。六經三傳，文之祖也，果誰爲之法哉？能爲文，則無法如有法；不能爲文，則有法如無法。霍去病不學孫、吳，但能取勝，是即去病之有法也；房琯學古車戰，乃致大敗，是即琯之無法也。文之爲道，亦何異焉？或問：有八家則六朝可廢歟？曰：一奇一偶，天之道也；有散有駢，文之道也。文章體製，如各朝衣冠，不妨互異，其狀貌之妍媸，固別有在也。天尊於地，偶統於奇，此亦自然之理。然而學六朝不善，不過如紈袴子弟熏香剃面，絕無風骨止矣；學八家不善，必至於村媼呶呶，頃刻萬語而斯文濫焉。讀八家者當知之。

清乾隆刻本《小倉山房文集》卷三十

市井豔詞序

〔明〕李開先[1]

憂而詞哀，樂而詞褻，此今古同情也。正德初尚《山坡羊》，嘉靖初尚《鎖南枝》[2]，一則商調，一則越調[3]。商，傷也；越，悦也[4]；時可考見矣。二詞譁於市井，雖兒女子初學言者，亦知歌之。但淫豔褻狎，不堪入耳，其聲則然矣，語意則直出肺肝，不加雕刻，俱男女相與之情，雖君臣友朋，亦多有託此者，以其情尤足感人也。故風出謠口，眞詩只在民間。《三百篇》太半（原作平，疑形近而誤。）采風者歸奏[5]，予謂今古同情者此也。嘗有一狂客，浼[6]予倣其體，以極一時謔笑，隨命筆并改竄傳歌未當者，積成一百以三，不應絃，令小僕合唱。市井聞之響應，眞一未斷俗緣也。久而僕有去者，有忘者，予亦厭而忘之矣。客有老更狂者，堅請目其曲，聆其音，不得已，羣[7]僕人於一堂，各述所記憶者，纔十之二三耳。晉川栗子，又曾索去數十，未知與此同否？復命筆補完前數。孔子嘗欲放鄭聲[8]，今之二詞可放，奚但鄭聲而已。雖然，放鄭聲，非放鄭詩也，是詞可資一時謔笑，而京韻、東韻、西路等韻[9]，則放之不可不亟，以雅易淫，是所望於今之典樂者[10]。

中華書局本《李開先集·閒居集》之六

【註釋】

〔1〕李開先（公元一五〇二年——一五六八年）——字伯華，號中麓，山東章丘人。嘉靖八年進士，官至太常寺少卿。因上疏抨擊朝政，罷官家居近二十年。與王愼

中、唐順之，陳束、趙時春、熊過、任瀚、呂高並稱嘉靖八才子。他重視戲曲和民間文藝，曾改定元人雜劇數百卷，蒐輯市井豔詞等。著有《閒居集》、《詞謔》、傳奇《寶劍記》、《斷髮記》、《登壇記》、院本《園林午夢》等。解放後輯印其作品名《李開先集》。《明史》卷二百八十七《文苑》三有傳。

[2] 正德初二句——正德，明武宗朱厚照年號，自公元一五〇六年至一五二一年，凡十六年。嘉靖，明世宗朱厚熜年號，自公元一五二二年至一五六六年，凡四十五年。《山坡羊》、《鎖南枝》，民間"時曲"調名。沈德符《野獲編·時尚小令》："自宣（宣德）、正（正統）至成（成化）、弘（弘治）後，中原又行《鎖南枝》、《傍粧臺》、《山坡羊》之屬，李崆峒（夢陽）先生初從慶陽徙居汴梁，聞之，以爲可繼《國風》之後。何大復（景明）繼至，亦酷愛之。……又《山坡羊》者，李、何二公所喜。今南北詞俱有此名。但北方惟盛愛《數落山坡羊》，其曲自宣（宣府）、大（大同）、遼東三鎮傳來。今京師妓女，慣以此充絃索北調，其語穢褻鄙賤，並桑濮之音亦離去已遠。而羈人遊士，嗜之獨深，丙夜開樽，爭相招致。"

[3] 一則商調二句——據周德清《中原音韻》所記，元劇所用曲，已有越調三十五章，商調十六章（章即曲）。按李開先《市井豔詞後序》云："《山坡羊》有二，一北一南；《鎖南枝》亦有二，有南無北。一北一南者，北簡而南繁，歌聲繁簡亦隨之然而相類；有南無北者，一則句短而碎，一則長短夾雜，而歌聲夐然不同。二詞之大致如此。"本文所謂商調，系就南曲《山坡羊》而言；所謂越調，當是指有南無北的《鎖南枝》。

[4] 商傷也越悅也——這是用同音爲訓。歐陽修《秋聲賦》："商聲主西方之音。……商，傷也，物既老而悲傷。"

[5] 采風者歸奏——見本書第二册白居易《與元九書》註[15]。

[6] 浼——央求。

[7] 聚——聚。

[8] 放鄭聲——見本書第一册《論語》註[28]。

[9] 而京韻句——參看註[2]。京韻指京師妓女所唱的《山坡羊》變體《數落山坡羊》；東韻當指遼東所傳來的這一曲調。"宣、大"指宣府、大同。明的宣府衞、大同衞皆屬山西都指揮使司，故遼東傳來者稱東韻，宣、大傳來者稱西路韻。

[10] 典樂者——掌管音樂機關的人。

【説明】

隨着資本主義生產關係的萌芽，市民意識在文學上逐漸得到表現。這種情況引起一些進步作家的重視。李開先的《市井豔詞序》從一個方面反映了這種趨勢。

市井豔詞，也就是民間歌謠。它的一個最大的特點，是"語意則直出肺肝，不加雕刻"，反映了眞實的感情。惟其是眞，才具有感人的力量。李開先重視市井豔詞，正在"以其情尤足感人也"。它説明了，文學的力量來自對生活的眞實的反映。

市井豔詞的另一個特點則是它的羣衆性。"二詞譁於市井，雖兒女子初學言者，亦知歌之。"李開先倣其體而作歌詞，"市井聞之響應"。這説明它深受羣衆的喜愛，對廣大羣衆有着深刻的影響。

在前後七子鼓吹"文必秦漢，詩必盛唐"的復古聲中，明代弘治、萬曆間的詩文創作盛行着盲目摹擬古人的習氣，李開先把眼光轉向民間文學，從事傳奇創作，他像王叔武一樣，提出"眞詩乃在民間"的意見，使文學從民間創作中吸取營養，這對"刻意古範""獨守尺寸"的剽擬文風具有極大的針砭作用。

在封建社會裏，民間文學一向受到士大夫的卑視。李開先蒐輯市井豔詞，被後來的錢謙益視爲"多流俗瑣碎，士大夫所不道者"。然而李開先却有勇氣把這種民間文學直配風雅，並對孔子的"放鄭聲"提出異議。這種文學見解有助於加強文學與現實生活的聯繫，對推動文學的發展是具有積極意義的。

附　　錄

海岱詩集序(節錄)

〔明〕李開先

世之爲詩有二,尙六朝者,失之纖靡,尙李、杜者,失之豪放,然亦以時代南北分焉。成化以前,及南人纖靡之失也;弘治以後,及北人豪放之失也。譬之畫家,工忌俗軟,大筆忌粗蕩,古有以禪喻詩者,而畫亦有詩理焉。移生動質,變態無窮,蘊彩含滋,隨心寫象,縱橫神妙,烘染虛明,此畫之大致也。詩則尤未易言者,感物造端,因聲附氣,調逸詞雄,情幽興遠,風神氣骨,超脫塵凡,非胸中備萬物者,不能爲詩之方家,而筆端有造化者,始可稱畫之國工矣。……

中華書局本《李開先集·閑居集》之五

改定元賢傳奇後序(節錄)

〔明〕李開先

傳奇凡十二科,以神仙道化居首,而隱居樂道次之,忠臣烈士,逐臣孤子又次之,終之以神佛、煙花、粉黛。要之激勸人心,感移風化,非徒作,非苟作,非無益而作之者。今所選傳奇,取其辭意高古,音調協和,與人心風教俱有激勸感移之功。尤以天分高而學力到,悟入深而體裁正者,爲之本也。……

中華書局本《李開先集·閑居集》之五

市井豔詞又序(節錄)

〔明〕李開先

學詩者,初則恐其不古,久則恐其不淡;學文者,初則恐其不奇,久則恐其不平;學書、學詞者,初則恐其不勁、不文,久則恐其不軟、不俗。唐荆川之於詩,王南江之於文,方兩江之於書,予之於詞,其事異而理同,致百而慮一者乎！荆川始登仕籍，究心漢魏，繼則四子二張，後酷愛劉隨州，而晚唐亦多取焉。南江文非漢不目，其在留都寄聲云："韓文乃爾佳，子猶笑其拘乎爾，直至喜蘇，學乃進。昨得閩中書，僕之於文，出入乎曾、王之間，蘇氏兄弟，猶以爲過於豪而失之放，蓋已喜而又過之矣。"兩江近寄字數紙，渾融無亢硬之病，聞因朱射陂字軟爲難之說，有以激成之耳。予詞散見者勿論，已行世者，辛卯春有《贈對山》，秋有《臥病江皐》，甲辰有《南吕小令》。《登壇》及《寶劍記》，脱稿於丁未夏，皆俗以漸加，而文隨俗遠。至於《市井豔詞》，鄙俚甚矣，而予安之，遠近傳之。米南宫嘗謂東坡："世皆以某爲狂，請質之。"東坡笑曰："吾從衆。"予之狂於詞，其亦從衆者歟。……

中華書局本《李開先集・閒居集》之六

西野春遊詞序

〔明〕李開先

詞與詩，意同而體異，詩宜悠遠而有餘味，詞宜明白而不難知。以詞爲詩，詩斯劣矣；以詩爲詞，詞斯乖矣。其法備於《中原韻》，其人詳於《録鬼簿》，其略載於《正音譜》，至於《務頭》、《瓊林》、《燕山》等集，與夫《天機餘錦》、《陽春白雪》、《太平樂府》、《樂府羣玉》、《羣珠》等詞，是皆韻之通用，而詞之上選者也。傳奇戲文，雖分南北，套詞小令，雖有短長，其微妙則一而已。悟入之功，存乎作者之天資學力耳。然俱以金、元爲準，猶之詩以唐爲極也。何也？詞肇於金，而盛於元，元不戍邊，賦税輕而衣食足，衣食足而歌詠作，樂於心而聲於口，長之爲套，短之爲令，傳奇戲文，於是乎侈而可準矣。穆玄菴謂："不可以胡政而少之"，亦天下之公言也。國初如劉東生、王子一、李直夫諸名家，尚有金、元風格，迺後分而兩之，用本色者爲詞人之詞，否則爲文人之詞矣。自陳大聲正德丁卯年歿後，惟有王渼陂爲最，陳乃元詞之下者，而王乃文詞之高者也，可爲等儕，有未易以軒輊者，若兼而有之，其元哉，其猶詩之唐而不可上者哉。

予與西野先生爲詞友，將四十年矣，知而守之，未敢輕以示人，恐聞者以爲談之奇而負之妄也，明珠夜投，將按劍而覗我矣。西野年愈長，詞益工，而論尤合，近作《春遊》一闋，語俊意長，俗雅俱備，聲中金石，色兼玄黄，眞如遊上林而踏青郊，淑景春葩，歷歷在目，予愛而刻之，因併序詞之源流如此。或以爲："詞，小技也，君何宅心焉？"嗟哉！是何薄視之而輕言之也！音多字少爲南詞，音字相半爲北詞，字多音少爲院本；詩餘簡於院本，唐詩簡於詩餘，漢樂府視詩餘則又簡而質矣，三百篇皆中聲，而無文可被管絃者也。由南詞而北，由北而詩餘，由詩餘而唐詩，而漢樂府，而三百篇，古樂庶幾乎可興。故曰：今之樂，猶古之樂也。嗚呼！擴今詞之眞傳，而復古樂之絕響，其在文明之世乎！

中華書局本《李開先集·閒居集》之六

葉子肅詩序

〔明〕徐　渭[1]

人有學爲鳥言者，其音則鳥也，而性則人也[2]。鳥有學爲人言者，其音則人也，而性則鳥也[3]。此可以定人與鳥之衡[4]哉。今之爲詩者，何以異於是，不出於己之所自得，而徒竊於人之所嘗言，曰，某篇是某體，某篇則否；某句似某人，某句則否；此雖極工逼肖，而已不免於鳥之爲人言矣。

若吾友子肅之詩則不然，其情坦以直，故語無晦，其情散以博，故語無拘，其情多喜而少憂，故語雖苦而能遣其情，好高而恥下，故語雖儉而實豐，蓋所謂出於己之所自得，而不竊於人之所嘗言者也。就其所自得以論其所自鳴，規其微疵而約於至純，此則渭之所獻於子肅者也。若曰某篇不似某體，某句不似某人，是烏知子肅者哉！

明萬曆本《徐文長集》卷二十

【註釋】

[1] 徐渭（公元一五二一年——一五九三年）——字文長，一字文淸，自號青藤道士、天池山人，別署田水月，山陰人。諸生。詩文戲曲書畫皆工。他的著作，詩文有《徐文長集》三十卷，《逸稿》二十四卷；戲曲有雜劇《四聲猿》和戲曲論著《南詞敍錄》。《明史》卷二百八十八《文苑》四有傳。

[2] 人有學爲鳥言者三句——鳥言，鳥的言語。《論語疏》："公冶長辨鳥語。"《後漢書·蔡邕傳》："伯翳綜聲於鳥語。"《緯略》："魏尙，高皇帝時爲太史，曉鳥語。"以上均爲人辨通鳥語的傳說。這三句謂，人能辨通鳥語，其本性仍然是人。

[3] 鳥有學爲人言者三句——人言，人的言語。《禮記·曲禮》："鸚鵡能言，不離飛

鳥。”禰衡《鸚鵡賦》:“性辨慧而能言兮。”這些都指鸚鵡能學人的語言。此三句謂,鳥類雖有能學人的語言者,其本性仍然是鳥。

[4] 衡——平。此處引伸作標準。

【說明】

明中葉,前後七子執掌文壇,提倡“文必秦漢,詩必盛唐”,復古擬古之風流行一時。嘉靖年間,王愼中、唐順之等“唐宋派”揭起反復古的旗幟,但又站在道學家的立場,主張“文特以道相盛衰”,也暴露了他們自己的弱點。直到後來,歸有光、徐渭、湯顯祖等人繼起,才眞正構成對復古派的威脅。《明史·文苑傳》說:“歸有光稍後出,以司馬、歐陽自命,力排李、何、王、李,而徐渭、湯顯祖、袁宏道、鍾惺之屬,亦各爭鳴一時,於是宗李、何、王、李者稍衰。”這說明,在反復古派的浪潮中,徐渭是起過一定積極作用的。

在這篇《葉子肅詩序》裏,徐渭表達了他的反復古主義的鮮明態度,透露了憤世嫉俗的反封建禮教的激情。他直斥專事摹倣剿襲的“今之爲詩者”,有如“鳥之爲人言”,不過是鸚鵡學舌之類。並直接揭櫫他的正面主張,詩必“出於己之所自得,而不竊於人之所嘗言者也。”也就是說,反對因襲而要求創新,反對模擬而要求抒發眞實的感情。

正是從要求創新和眞情出發,他極力推崇“天機自動,觸物發聲”的“塞曲征吟,市歌巷引”(《奉師季先生書》)一類的民間創作,提倡“果能如冷水澆背,陡然一驚,便是興、觀、羣、怨之品”(答許北□)。徐渭關於詩文的主張與他多方面的藝術實踐一樣,反映了隨着明中葉資本主義生產關係萌芽而出現的在思想上“不爲儒縛”,在文學上重視革新,重視民間創作的新趨勢。

附　錄

答許北□

〔明〕徐　渭

公之選詩，可謂一歸於正，復得其大矣。此事更無他端，即公所謂可興、可觀、可羣、可怨一訣盡之矣。試取所選者讀之，果能如冷水澆背，陡然一驚，便是興、觀、羣、怨之品；如其不然，便不是矣。然有一種直展横鋪，麤而似豪，質而似雅，可動俗眼，如頑塊大臠，入嘉筵則斥，在屠手則取者，不可不慎之也。鄙本盲於詩，偶去取，無甚異同於公，然有異同，亦恃公之知，不敢詭隨也。不妨更爾。惟子安《採蓮》、《長安》等篇，涉豔者。愚意在所必選，比之眞西山《文章正宗》，附李斯《逐客書》可也。如何如何？

明萬曆本《徐文長集》卷十七

與季友

〔明〕徐　渭

韓愈、孟郊、盧仝、李賀詩，近頗閱之，乃知李、杜之外，復有如此奇種，眼界始稍寬闊。不知近日學王、孟人，何故伎倆如此狹小，在他面前說李、杜不得，何況此四家耶，殊可怪歎！菽粟雖常嗜，不信有却龍肝鳳髓都不理耶？

明萬曆本《徐文長集》卷十七

奉師季先生書

〔明〕徐　渭

前日承夫子賜書之後，即有長啓奉獻付尊門，云待錢信去便，故尚未得達函丈，其中有不盡者，則以詩之興體起句，絕無意味。自古樂府亦已然，樂府蓋取民俗之謠，正與古國風一類。今之南北東西雖殊方，而婦女兒童，耕夫舟子，塞曲征吟，市歌巷引，若所謂竹枝詞，無不皆然。此眞天機自動，觸物發聲，以啓其下段欲寫之情，默會亦自有妙處，决不可以意義說者，不知夫子以爲何如？渭極欲恭詣函丈，以聞新解，兼得進其微愚。家事草草，遂絆此行。俟函丈脫稿後，或可得卒業也。不一。

明萬曆本《徐文長集》卷十七

肖甫詩序(節錄)

〔明〕徐　渭

古人之詩本乎情，非設以爲之者也。是以有詩而無詩人。迨於後世，則有詩人矣。乞詩之目，多至不可勝應，而詩之格，亦多至不可勝品，然其於詩，類皆本無是情，而設情以爲之。夫設情以爲之者，其趨在於干詩之名，干詩之名，其勢必至於襲詩之格而剿其華詞，審如是，則詩之實亡矣。是之謂有詩人而無詩。……

明萬曆本《徐文長集》卷二十

南詞叙錄[1]〔選錄〕

〔明〕徐渭

今南九宮[2]不知出於何人，意亦國初教坊[3]人所爲，最爲無稽可笑。夫古之樂府，皆叶宫調[4]；唐之律詩、絕句，悉可絃詠，如"渭城朝雨"演爲三疊[5]是也。至唐末，患其間有虛聲難尋，遂實之以字，號長短句[6]，如李太白《憶秦娥》《清平樂》，白樂天《長相思》，已開其端矣；五代轉繁，考之《尊前》《花間》[7]諸集可見；逮宋，則又引而伸之，至一腔數十百字，而古意頗微。徽宗[8]朝，周、柳[9]諸子，以此貫彼，號曰"側犯"、"二犯"、"三犯"、"四犯"[10]，轉輾波蕩，非復唐人之舊。晚宋而時文、叫吼，盡入宮調，益爲可厭。"永嘉雜劇"興[11]，則又卽村坊小曲而爲之，本無宮調，亦罕節奏，徒取其畸農、市女順口可歌而已，諺所謂"隨心令"者，卽其技歟？間有一二叶音律，終不可以例其餘，烏有所謂九宮？必欲窮其宮調，則當自唐、宋詞中別出十二律、二十一調[12]，方合古意。是九宮者，亦烏足以盡之？多見其無知妄作也。

以時文爲南曲，元末、國初未有也，其弊起於《香囊記》[13]。《香囊》乃宜興老生員邵文明作，習《詩經》，專學杜詩，遂以二書語句匀入曲中，賓白亦是文語，又好用故事作對子，最爲害事。夫曲本取於感發人心，歌之使奴、童、婦、女皆喻，乃爲得體；經、子之談，以之爲詩且不可，況此等耶？直以才情欠少，未免輳補成篇。吾意與其文而晦，曷若俗而鄙之易曉也。

塡詞如作唐詩，文既不可，俗又不可，自有一種妙處，要在人領解妙悟，未可言傳。名士中有作者，爲予誦之，予曰：齊、梁長短句詩，非曲子。何也？其詞麗而晦。

中國戲劇出版社本《中國古典戲曲論著集成》《南詞敍錄》

【註釋】

［1］南詞敍錄——明徐渭著，是一部專論南戲的著作。並附有劇本目錄。今收入中國戲劇出版社匯輯的《中國古典戲曲論著集成》中。

［2］南九宮——九宮是戲曲、音樂名詞，南北曲所用"宮調。"北曲據《中原音韻》等書所載，有十七宮調；南曲據蔣孝、沈璟諸家曲譜所載，有十三宮調。實際戲曲裏所常用的南北曲曲牌，大都屬於仙呂宮、南呂宮、中呂宮、黃鐘宮、正宮、大石調、雙調、商調和越調等九個宮調。通稱爲九宮或南北九宮。

［3］教坊——古代管理宮廷音樂的官署。唐代開始設置，專管雅樂以外的音樂、歌唱、舞蹈、雜技、百戲的教習、排練、演出等事務。高宗時設教坊於禁內，其官隸屬太常；玄宗開元二年，設內教坊於蓬萊宮闕，京都又設左右二教坊，以中官爲教坊史，遂不隸屬太常。宋、元兩代也有教坊。明代有教坊司，隸屬禮部。至清代雍正朝始廢。

［4］宮調——我國歷代稱宮、商、角、變徵、徵、羽、變羽爲七聲，其中以任何一聲爲主均可構成一種"調式"。凡以宮爲主的調式稱"宮"，以其他各聲爲主的則稱"調"，統稱"宮調"。

［5］渭城朝雨演爲三疊——唐詩人王維《送元二使安西》七言絕句："渭城朝雨浥輕塵，客舍青青柳色新，勸君更盡一杯酒，西出陽關無故人。"郭茂倩《樂府詩集》卷八十："《渭城》一曰《陽關》，王維之所作也。本送人使安西詩，後遂被於歌。劉禹錫《與歌者》詩云：'舊人唯有何戡在，更與殷勤唱《渭城》。'白居易《對酒》詩云：'相逢且莫推辭醉，聽唱《陽關》第四聲。'《陽關》第四聲卽'勸君更盡一杯酒，西出陽關無故人'也。《渭城》《陽關》之名，蓋因辭云。"《東坡志林》："舊傳《陽關》三疊。然今世歌者，每句再疊而已；若通一首言之，又是四疊，皆非是也。或每句三唱，以應三疊之說，則叢然無復節奏。余在密州，有文勛長官以事至密，自云得古本《陽關》，其聲宛轉淒斷，不類向之所聞，每句再唱，而第一句不疊，乃知唐本三疊蓋如此。及在黃州，偶得樂天《對酒》詩云：'相逢且莫推辭醉，聽唱《陽關》第四聲。'註云：'第四聲，勸君更盡一杯酒是也。'以此驗之，若一句再疊，則此句爲第五聲，今爲第四聲，則第一句不疊審矣。"

[6] 長短句——見本書第二册張炎《詞源》註[4]。

[7] 尊前花間——見本書第二册張炎《詞源》註[5]。

[8] 徽宗——宋徽宗趙佶，北宋末年皇帝。在位二十五年(公元一一〇一年——一一二五年)。

[9] 周柳——周邦彥，見本書第二册張炎《詞源》註[8]。周氏精通音律，創作了不少新詞調。有《淸眞集》，又名《片玉集》。《宋史》卷四百四十四《文苑》六有傳。柳永，見本書第二册李淸照《論詞》註[10]。

[10] 側犯二犯三犯四犯——明東山釣史《九宮譜定總論》犯論："犯者割此曲而合於彼之謂也。"淸周祥鈺《大成曲譜論例》："詞家標新領異，以各宮牌名彙而成曲，俗稱犯調。"張端義《貴耳集》："自宣、政間，周美成、柳耆卿出，自制樂章，有曰'側犯''尾犯''花犯''玲瓏四犯'。"《詞源》："崇甯立大晟府，命周美成諸人討論古音，審定古調，……而美成諸人又復增慢曲、引、近，或移宮換羽爲三犯、四犯之曲。"詞曲中都有所謂犯調。詞中犯調，是取各種不同宮調之聲合成一曲，使宮商相犯以增加樂曲的變化。曲中犯調，是在各宮調管色相同的曲中，取一二語合成一曲，另創新調。詞所犯的爲聲調，曲則是割裂詞句。

[11] 永嘉雜劇——卽溫州雜劇。明祝允明《猥談》："南戲出於宣和之後，南渡之際，謂之'溫州雜劇'。"溫州卽永嘉，故又稱永嘉雜劇。

[12] 則當自唐宋詞中別出十二律二十一調——十二律見本書第二册李淸照《詞論》及張炎《詞源》註。劉瑾《律呂成書》："十二律八十四聲。"姜夔《大樂議》云："八十四調者，其實則有黃鐘、大呂、夾鐘、仲呂、林鐘、夷則、無射七律之宮、商、羽而已。"七律乘三聲，恰爲二十一調，南宋時已僅存二十一調。至元代僅存十七調。

[13] 香囊記——傳奇劇本，明邵燦所作。內容以宋、金戰爭爲背景，寫張九成兄弟、夫妻在亂離中仍守封建道德的忠孝節義，終於團圓的故事。劇本結構鬆散，多用駢麗曲辭，對後來的傳奇起了消極的影響。

【説明】

《南詞敍錄》是一部專論南戲的著作，涉及到南戲的源流、發展、聲律、風格、作家作品評論以及術語、方言考釋多方面的問題。徐渭是明代杰出的戲曲作家，有豐富的創作經驗，他深愛南戲，並且很有研究，在《南詞敍錄》裏，有許多精闢的見解。我們在上面選錄了三則。

一、南戲到了晚明，作者有偏重尋宮數調的風氣，徐渭對之深表不滿。他指出南戲起於民間，“本無宮調，徒取其畸農、市女順口可歌而已”。“順口可歌”是自然音律的和諧，這是南戲作者應該遵守的原則，若過於窮究宮調，講求聲韻，必然陷入片面追求形式的弊病。

二、戲曲要感發人心，應當具有羣衆性和通俗性的特點，“與其文而晦，曷若俗而鄙之易曉也”。因此他反對以時文入曲，反對曲文引用經、子古書，反對賓白用文言等等，這都是針對當日戲曲界的弊病而發。他進一步指出造成這種弊病的原因，是由於作者缺少才情，借此輳補成篇，這批評是相當正確的。

三、曲文不在文雅，而以本色爲貴。不可過於俚俗，又要具有令人“領解妙悟，未可言傳”的妙處。他指出當日曲家作曲如作齊、梁雜詩，注意辭藻雕琢，其病在於“麗而晦”。

上面所論的那些弊病，是明代中葉以來南戲界的普遍傾向，他這些論點，具有針砭時弊的意義。

附　錄

曲　論(選錄)

〔明〕何良俊

金、元人呼北戲爲雜劇，南戲爲戲文。近代人雜劇以王實甫之《西廂記》，戲文以高則誠之《琵琶記》爲絕唱，大不然。夫詩變而爲詞，詞變而爲歌曲，則歌曲乃詩之流别。今二家之辭，即譬之李、杜，若謂李、杜之詩爲不工，固不可；苟以爲詩必以李、杜爲極致，亦豈然哉？祖宗開國，尊崇儒術，士大夫恥留心辭曲，雜劇與舊戲文本皆不傳，世人不得盡見，雖教坊有能搬演者，然古調既不諧於俗耳，南人又不知北音，聽者即不喜，則習者亦漸少，而《西廂》《琵琶記》傳刻偶多，世皆快覩，故其所知者，獨此二家。余所藏雜劇本幾三百種，舊戲本雖無刻本，然每見於詞家之書，乃知今元人之詞，往往有出於二家之上者。蓋《西廂》全帶脂粉，《琵琶》專弄學問，其本色語少。蓋塡詞須用本色語，方是作家，苟詩家獨取李、杜，則沈、宋、王、孟、韋、柳、元、白，將盡廢之耶？

中國戲劇出版社本《中國古典戲曲論著集成》《曲論》

曲　　藻（選錄）

〔明〕王世貞

《三百篇》亡而後有騷、賦，騷、賦難入樂而後有古樂府，古樂府不入俗而後以唐絕句爲樂府，絕句少宛轉而後有詞，詞不快北耳而後有北曲，北曲不諧南耳而後有南曲。

凡曲：北字多而調促，促處見筋；南字少而調緩，緩處見眼。北則辭情多而聲情少，南則辭情少而聲情多。北力在絃，南力在板；北宜和歌，南宜獨奏；北氣易粗，南氣易弱。此吾論曲三昧語。

作詞十法，亦出德淸。稍删其不切者。一、造語。謂可作者：樂府語、經史語、天下通語。予謂經史語亦有可用不可用。不可作者：俗語、蠻語、謔語、嗑語、市語、方語、書生語、譏誚語。愚謂謔、市、譏誚，亦不盡然，顧用之何如耳。又語病、語澀、語粗、語嫩，皆所當避。二、用事。明事隱使，隱事明使。三、用字。生硬字、太文字、太俗字及襯墊字太長者，皆所當避。四、陰陽。如同一東韻也，輕如東、鍾、松、冲之類爲陰，重如同、戎、龍、窮之類爲陽。喚押轉點，各有宜用。五、務頭。要知某調某句某字是務頭，可施俊語於上。楊用修乃謂務頭是部頭，可發一笑。六、對偶。有扇面對、重疊對、救尾對。七、末句。八、去上。九、定格。如仙呂、南呂、中呂、正……有子母，謂字少聲多者，聲多字少者。

則誠所以冠絕諸劇者，不唯其琢句之工，使事之美而已，其體貼人情，委曲必盡；描寫物態，彷彿如生；問答之際，了不見扭造；所以佳耳。至於腔調微有未諧，譬如見鍾、王跡，不得其合處，當精思以求詣，不當執末以議本也。

《琵琶記》之下，《拜月亭》是元人施君美撰，亦佳。元朗謂勝《琵琶》，則大謬也。中間雖有一二佳曲，然無詞家大學問，一短也；既無風情，又無裨風教，二短也；歌演終場，不能使人墮淚，三短也。

《拜月亭》之下，《荆釵》近俗而時動人，《香囊》近雅而不動人，《五倫全備》是文莊元老大儒之作，不免腐爛。何元朗極稱鄭德輝《㑳梅香》《倩女離魂》《王粲登樓》，以爲出《西廂》之上。《㑳梅香》雖有佳處，而中多陳腐措大語，且套數、出沒、賓白，全剽《西廂》。《王粲登樓》事實可笑，毋亦厭常喜新之病歟？

中國戲劇出版社本《中國古典戲曲論著集成》《曲藻》

譚曲雜箚(選錄)

〔明〕凌濛初

元曲源流古樂府之體，故方言、常語，沓而成章，着不得一毫故實；即有用者，亦其本色事，如藍橋、祆廟、陽臺、巫山之類。以拗出之爲警俊之句，决不直用詩句，非他典故塡實者也。一變而爲詩餘集句，非當行矣，而未可厭也。再變而爲詩學大成，羣書摘錦，可厭矣，而未村煞也。忽又變而文詞說唱，胡謅蓮花落，村婦惡聲，俗夫褻謔，無一不備矣。今之時行曲，求一語如唱本《山坡羊》《刮地風》《打棗竿》《吳歌》等中一妙句，所必無也。故以藻績爲曲，譬如以排律諸聯入《陌上桑》《董妖嬈》樂府諸題下，多見其不類；以鄙俚爲曲，譬如以三家村學究口號、歪詩，擬《康衢》《擊壤》，謂"自我作祖，出口成章"，豈不可笑！而又攘臂自命，日新不已，直是有靦面目。

中國戲劇出版社本《中國古典戲曲論著集成》《譚曲雜箚》

藝苑卮言[1]〔選錄〕

〔明〕王世貞[2]

世人選體，往往談西京、建安，便薄陶、謝。此似曉不曉者。毋論彼時諸公，卽齊、梁纖調，李、杜變風，亦自可采，貞元而後，方足覆瓿[3]。大抵詩以專詣爲境，以饒美爲材，師匠宜高，捃拾[4]宜博。

"物相雜故曰文"[5]，文須五色錯綜[6]，乃成華采；須經緯就緒[7]，乃成條理。

天地間無非史而已。三皇之世，若泯若没；五帝之世，若存若亡。噫！史其可以已耶？六經，史之言理者也[8]；曰編年[9]，曰本紀[10]，曰志[11]，曰表[12]，曰書[13]，曰世家[14]，曰列傳[15]，史之正文也；曰敍[16]，曰記[17]，曰碑[18]，曰碣[19]，曰銘[20]，曰述[21]，史之變文也；曰訓[22]，曰誥[23]，曰命[24]，曰册[25]，曰詔[26]，曰令[27]，曰教[28]，曰劄[29]，曰上書[30]，曰封事[31]，曰疏[32]，曰表[33]，曰啓[34]，曰牋[35]，曰彈事[36]，曰奏記[37]，曰檄[38]，曰露布[39]，曰移[40]，曰駁[41]，曰喻[42]，曰尺牘[43]，史之用也；曰論[44]，曰辨[45]，曰説[46]，曰解[47]，曰難[48]，曰議[49]，史之實也；曰贊[50]，曰頌[51]，曰箴[52]，曰哀[53]，曰誄[54]，曰悲[55]，史之華也。雖然，頌卽四詩[56]之一，贊、箴、銘、哀、誄，皆其餘音也，附之於文，吾有所未安。惟其沿也，姑從衆。

才生思，思生調，調生格；思卽才之用，調卽思之境，格卽調之界。

李獻吉勸人勿讀唐以後文，吾始甚狹之，今乃信其然耳。記問既雜，下筆之際，自然於筆端攪擾，驅斥爲難。若模擬一篇，則易於驅斥，又覺局促，痕跡宛露，非斲輪[57]手。自今而後，擬以純灰三斛細滌其腸，曰取六經《周禮》《孟子》《老》《莊》《列》《荀》《國語》《左傳》《戰國策》《韓非子》《離騷》《呂氏春秋》《淮南子》《史記》班氏《漢書》，西京以還至六朝及韓、柳，便須銓擇佳者，熟讀涵詠之，令其漸漬汪洋。遇有操觚[58]，一師心匠（以上八字原缺，據《歷代詩話續編》本校補）。氣從（原作"以"，據《歷代詩話續編》本校改）意暢，神與境合，分途策馭，默受指揮（以上五字原缺，據《歷代詩話續編》本校補），臺閣山林，絶迹大漠，豈不快哉！世亦有知是古非今者，然使招之而後來，麾之而後却，已落第二義矣[59]。

風雅《三百》，古詩《十九》，人謂無句法，非也。極自有法，無階級可尋耳。（《藝苑卮言》卷一）

"東風搖百草"[60]，搖字稍露崢嶸，便是句法爲人所窺。"朱華冒綠池"[61]，冒字更捩眼耳。"青袍似春草"[62]，復是後世巧端。（同上卷二）

曹公莽莽，古直悲涼[63]。子桓小藻，自是樂府本色。子建天才流麗，雖譽冠千古，而實遜父兄[64]。何以故？材太高，辭太華。

阮公《詠懷》，遠近之間，遇境即際，興窮即止，坐不着論宗佳耳。人乃謂陳子昂勝之,何必,子昂寧無感興乎哉?

淵明託旨沖澹,其造語有極工者,乃大入思來,琢之使無痕跡耳[65]。後人苦一切深沈,取其形似,謂爲自然,謬以千里。

"問君何爲爾,心遠地自偏"。"此還有眞意,欲辨已忘言"[66]。清悠澹永,有自然之味。然坐[67]此不得入漢、魏果中,是未莊嚴[68]佛堦級語。(同上卷三)

摩詰才勝孟襄陽[69],由工入微,不犯痕跡,所以爲佳。……

樂府之所貴者,事與情而已[70]。張籍善言情,王建善徵事,而境皆不佳[71]。

讀子瞻文,見才矣,然似不讀書者。讀子瞻詩,見學矣,然似絕無才者[72]。(同上卷四)

世經堂刻本《弇州山人四部稿》卷一百四十四、一百四十七

【註釋】

[1] 藝苑卮言——凡八卷,明王世貞撰。《弇州山人四部稿》中說部七種之一。丁福保《歷代詩話續編》收有此書。

[2] 王世貞(公元一五二六年——一五九〇年)——字元美,自號鳳洲,又號弇州山人,太倉人。嘉靖二十六年進士,官至南京刑部尚書。在京師與李攀龍、宗臣、謝榛、梁有譽、徐中行、吳國倫等稱七子,世貞與攀龍爲首領,時稱王、李。攀龍歿,獨主文壇二十年,才最高,地望最顯,海內文士,多奔走門下。其主張文必西漢,詩必盛唐,大曆以後書勿讀。晚年漸造平淡,病亟時猶諷誦蘇軾集。前後七子中,學問淹博,以世貞爲第一。所著有《弇州山人四部稿》一百七十四卷、《續稿》二百七卷、《讀書後》八卷。《明史》卷二百八十七《文苑》三有傳。

[3] 覆瓿——《漢書·揚雄傳》:“劉歆亦嘗觀之（指《太玄經》與《法言》），謂雄曰:‘空自苦！今學者有祿利,然尚不能明《易》，又如《玄》何。吾恐後人用覆醬瓿也。’”覆,蓋。瓿,音部,小瓦器。

[4] 捃拾——摘取,拾取。

[5] 物相雜故曰文——《易·繫辭上》語。

[6] 文須五色錯綜——《禮記·樂記》:“五色成文而不亂。”

[7] 經緯就緒——《左傳》昭公二十五年孔穎達《正義》:“得經緯相錯乃成文。”

[8] 六經史之言理者也——六經皆史之說,在世貞以前,有隋王通、宋陳傅良、元郝經、明宋濂、王守仁諸家；在世貞以後,有明李贄的《經史相爲表裏》說,清袁枚《隨園隨筆》謂“六經自有史耳”，章學誠《文史通義·內篇·易教上》:“六經皆史也。”汪中亦有此論。

[9] 編年——史書中的一體,從《竹書紀年》《春秋》《左傳》《公羊傳》《穀梁傳》到《資治通鑑》都是。

[10] 本紀——二十四史中記載帝王緯以國家大事的稱“本紀”,其體始於《史記》。

[11] 志——二十四史中記載名物制度水利經濟文藝等等的稱“志”，其體始於《漢書》。

[12] 表——二十四史中文體之一,有年表月表人表等之別,始於《史記》。

[13] 書——與“志”相同,《史記》不稱“志”而稱“書”。

[14] 世家——二十四史中記載諸侯王封土列爵的稱《世家》，《史記》《五代史記》中有之,偶有例外,如孔子、陳涉等。

[15] 列傳——二十四史中記載帝王諸侯以外的人物的稱《列傳》。

[16] 敍——文體名,一作序。介紹評述一部著作或一篇作品的文字,後也用作贈序體文章的名稱。一般列於卷首,也有列在全書之末的。

[17] 記——文體名。最早見於《周禮》的《考工記》、《禮記》的《樂記》等。本以敘事爲主,也有雜以議論的。

[18] 碑——文體名。古代用石立碑,宮室廟屋墓道的刻石稱爲碑。

[19] 碣——文體名。與碑相同,方的稱碑,圓的稱碣,立於墓道。

[20] 銘——文體名。或述功德，或示警戒。古代鼎鐘到一般用具都有銘，如湯的《盤銘》之類。後代凡山川宮室門井之類,常有銘詞。

[21] 述——文體名。記述人的言行,其文與行狀略同。

[22] 訓——文體名。義取訓導,如僞古文《尚書》有《伊訓》等。

[23] 誥——古文體名。義爲告語。古代下告上、上告下都有誥(見《尚書》)。

[24] 命——文體名。大曰命，古代帝王以儀物爵位賜給臣子時的詔書。

[25] 册——古文體名。古代天子用之於對臣下，後代郊祀祭享、稱尊號、加謚號、志哀，都用此體。

[26] 詔——古文體名。皇帝用以告臣下。

[27] 令——文體名。古代大曰命，小曰令。皇后、太子、諸侯王對下之詞稱令。

[28] 教——古文體名。《文選・教》李善注："蔡邕《獨斷》曰：諸侯言曰教。"

[29] 劄——古文體名。宋代羣臣奏事，非表非狀者，稱劄子。

[30] 上書——文體名。秦以後，臣下向皇帝表奏之文。

[31] 封事——古文體名。漢以後，臣下以皂囊封板的密奏。

[32] 疏——古文體名。漢以後，羣臣奏事之文，取條列數陳之義。

[33] 表——古文體名。臣下上奏的表章。

[34] 啓——文體名。奏記之類。臣下用以陳政言事，辭爵謝恩。

[35] 牋——文體名。界於表與書之間，義其表識其情。後漢郡將上奏稱牋，後來泛稱書信。

[36] 彈事——古文體名。按劾的奏章。

[37] 奏記——古文體名。漢代公府用奏記。

[38] 檄——軍書。古代以木簡爲書，長尺二寸，用以號召。如有急事則插雞羽傳送，故稱羽檄。

[39] 露布——古代捷書的別名。軍隊破賊，以帛書建於竿上，不糊封而宣布，迅速傳送，又稱露板。

[40] 移——古文體名。屬於官曹文書牋表之類。

[41] 駁——古文體名。卽駁議，臣下上於皇帝的書。雜議不純，故稱駁。

[42] 喻——文體名。喻告。

[43] 尺牘——陳懋仁《續文章緣起》："尺牘，漢文帝遺匈奴尺一牘。尺牘，書之沿也。"

[44] 論——文體名。議論文。《文心雕龍》："論也者，彌綸羣言而研一理者也。"

[45] 辨——文體名。義取判別，所以辨明是非眞僞而斷之以確當之理。韓愈、柳宗元集中始有此體。

[46] 說——文體名。說明文。義取解述。名始於《易・說卦》。

[47] 解——文體名。義取解難釋疑。揚雄始作《解嘲》，後世倣之。

[48] 難——文體名。韓非始爲《難勢》。

[49] 議——文體名。取義於宜，審事宜之意。

[50] 贊——文體名。頌的變體。

[51] 頌——原屬詩體之一，贊功德以告神之辭。後代以文體爲之，或散行，或用韻語。

[52] 箴——文體名。箴誡之辭。古有官箴、私箴二類，大都用韻語。

[53] 哀——文體名。哀辭的簡稱，對死者的悼詞。

[54] 誄——文體名。哀悼死者之文。誄取累義，累陳其德行。其文前爲傳體，後爲韻語。

[55] 悲——文體名。傷痛之文。任昉«文章緣起»："蔡邕作«悲温舒文»。"

[56] 四詩——«詩三百篇»各體之總稱。舊以國風、大雅、小雅、頌爲四詩。顧炎武«日知錄»則以爲"«周南»«召南»，南也，非風也。«豳»謂之豳詩，亦謂之雅，亦謂之頌，而非風也。南、豳、雅、頌爲四詩，而列國之風附焉。此詩之本序也"。

[57] 斲輪——見本書第一册陸機«文賦»註[125]。

[58] 操觚——見本書第一册陸機«文賦»註[44]。

[59] 已落第二義——見嚴羽«滄浪詩話·辨詩»及註[17]。

[60] 東風搖百草——«古詩十九首»"迴車駕言邁"一首中句。

[61] 朱華冒綠池——曹植«公讌詩»中句。王夫之«古詩評選»："子建'朱華冒綠池'，如彫金堆碧作佛舍莊嚴爾，天上五雲宫殿，自無彼位。"較世貞所論，更進一解。

[62] 靑袍似春草——«古詩»"穆穆清風至"一首中句。

[63] 曹公莽莽二句——鍾嶸«詩品»："曹公古直，甚有悲涼之句。"

[64] 子建天才流麗三句——王夫之«夕堂永日緒論»："建立門庭，自建安始。曹子建鋪排整飾，立階級以賺人升堂，用此致諸趨赴之客，容易成名，伸紙揮毫，雷同一律。子桓精思逸韻，以絕人攀躋，故人不樂從，反爲所掩。子建以是壓倒阿兄，奪其名譽。實則子桓天才駿發，豈子建所能壓倒耶?"又«古詩評選»於曹植«當來日大難»下評："子建而長如此，即許之天才流麗可矣。"又於«野田黄雀行»下評："子建樂府見於集者四十三篇，所可讀者，此二首耳。餘皆稾垂郎當。"皆可與世貞此論相發明。

[65] 淵明四句——宋周紫芝«竹坡詩話»："士大夫學淵明作詩，往往故爲平澹之語，而不知淵明製作之妙，已在其中矣。如«讀山海經»云：'亭亭明玕照，落落清瑶流。'豈無雕琢之功?"葛立方«韻語陽秋»："陶潛、謝朓詩，皆平淡有思致，非後來詩人怵心劌目琱琢者所爲也。……大抵欲造平淡，當自組麗中來，落其華芬，然後可造平淡之境。"世貞之論，頗與相近。此後，如明人王圻、黄文煥、鍾惺，清人趙文哲、馬星翼、朱庭珍等，也都有類似論調。惟明人許學夷«詩源辯

體》有不同意見。他説:"靖節詩,初讀之覺其平易,及其下筆,不得一語彷彿,乃是才高趣遠使然,初非琢磨所至也。王元美云:'淵明託旨沖澹,其造語有極工者,乃大入思來,琢之使無痕迹耳。'此唐人淘洗造詣之功,非所以論漢、魏、晉人,尤非所以論靖節也。朱子云'淵明詩平淡出於自然',斯得之矣。"

[66] 問君何爲爾四句——陶潛《飲酒二十首》"結廬在人境"一首中句。

[67] 坐——因。

[68] 莊嚴——法藏《華嚴經探玄記》:"莊嚴有二義:一是具德義,二是交飾義。"案:本文用交飾義。陳師道《後山詩話》:"陶淵明之詩,切於事情,但不文耳。"吳沆《環溪詩話》:"淵明得之清而失之澹。"與世貞所見略同。

[69] 摩詰——王維(公元七〇一年——七六一年),字摩詰,河東人。唐開元進士,官終尚書右丞。有《王右丞集》二十八卷。《舊唐書》卷一百九十下《文苑》下、《新唐書》卷一百二十七《文藝》中都有傳。孟襄陽——孟浩然(公元六八九年——七四〇年),隱居襄陽鹿門山。唐開元末爲荆州從事。工山水詩,與王維齊名,稱爲王、孟。有《孟浩然集》四卷。《舊唐書》卷一百九十下《文苑》下、《新唐書》卷一百二十八《文藝》下都有傳。

[70] 事與情而已——樂府詩所反映的社會現實是事,作者對待現實的態度是情。

[71] 張籍王建三句——張籍,見本書第二册《與元九書》註[60]。王建,見《歲寒堂詩話》註[11]。境,指作品的境界。世貞此論,本於《歲寒堂詩話》。

[72] 讀子瞻文六句——劉大櫆《論文偶記》:"王元美論東坡云:'觀其詩,有學矣,似無才者。觀其文,有才矣,似無學者。'此元美不知文而以陳言爲學也。東坡詩於前人事詞無所不用,以詩可用陳言也。東坡文於前人事詞一毫不用,以文不可用陳言也。正可於此悟古人行文之法與詩迥異,而元美見以爲有學無學。夫一人之詩文,何以忽有學忽無學哉? 由不知文,故其言如此。""元美所謂有學者,正古人之文所唾棄而不屑用,畏避而不敢用者也。東坡之文,如太空浩氣,何處可著一前言,以貌爲學問哉!"

【説明】

前後七子之論詩,都是主格調、講法度,以漢、魏、盛唐爲第一義。然而他們的認識和作風,並不完全相同。前七子中,李、何已有論爭;到了後七子就更有所發展。後七子中,最初提出論詩綱領的是謝榛。謝榛卽主張出入於盛唐十四家之中,兼取衆長，自成一家，取徑已較爲寬廣。後七子中聲望最高，影響最大的是王世貞。其《藝苑卮言》一書，爲中年所作，相傳晚年曾有追悔之意。然而即就《卮言》而論，也還不失爲一部具有獨到之見的詩話。從這裏選錄的各條，大致可以看出他論詩的幾個主要方面。

他認爲一切見於文字紀錄的書面語言，都應該看成是史，這也就是說，所有這些，都是表現社會生活的，而其中有“實”有“華”。就文學作品來說，必須是“五色錯綜，乃成華采”；“經緯就緒，乃成條理”。這樣，他對華與實、文與質之間的關係就有他自己的看法。他所深切向往並作爲最高藝術標準的，是漢、魏和盛唐詩中華妙而又精深的境界。他看到陶淵明的“清悠澹永，有自然之味”；然而感到不足的，是過於質朴，“是未莊嚴佛堦級語”。同時，也反對華過於實，他說曹植“譽冠千古，而實遜父兄”，正因爲“材太高，辭太華”的緣故。參證兩者，就知道他的旨趣所在了。

王世貞之論詩歌藝術，仍然以格調說爲中心，但他認爲格調本於才思。“才生思，思生調，調生格”，說明了離開才思，卽無所謂格調。這意見頗有些接近於何景明，然而却比何景明看得深透。

“思卽才之用，調卽思之境，格卽調之界”。從才思來談格調，就進一步深入到藝術意境的探討。他指出張、王樂府，善於徵事言情，而缺點是“境皆不佳”。何謂佳境？他在評論阮籍《詠懷》詩說得很清楚：“遠近之間，遇境卽際，興窮卽止，坐不着論宗佳耳。”可見境是一種成熟的藝術構思在適應情況下恰到好處的表現。意境離不開才思，而不以騁才極思爲能事；能融化一切材料，而要看不出融化的痕跡。那末像張、王專以“道得人心中事爲工”，務求其盡，意盡就不能佳；其批評蘇軾詩文，也是從這一點着眼的。

如何才能達到佳境？他不反對由功力以求工，但必須“由工入微，不犯痕迹”；也不否認法，他說《詩三百篇》和《古詩十九首》都“極自有法”，而“無階級可尋”。要“由工入微”，必須識得這無階級可尋的法，而不尺尺寸寸，停留於一字一句之法。他主張從學習古人入手，然而必須是“漸漬汪洋”，最後歸之於“一師心匠”。他認爲只有出自心匠，才能“氣從意暢，神與境合”，隨物賦形，無施不可。否則即便是善學古人，能够左右逢源，取之無礙，然而“招之而後來，麾之而後却”，終究是古人的東西，已落第二義了。這些地方，突破了前七子的擬古論，辨析得較爲精微。

然而“文必秦、漢，詩必盛唐”的古今成見，仍然頑固地盤據在王世貞的頭腦中。他所不同於前七子以及同時李攀龍的是：一方面主張“師匠宜高”，一方面主張“捃拾宜博”。不過他之所謂博，也還是斷自盛唐。盛唐以前，均有可采；而“貞元而後，方足覆瓿”。直到晚年才漸漸有所轉變，悟到了“代不能廢人，人不能廢篇，篇不能廢句”(《宋詩選序》)，而有取於宋、元之詩。但是，“此語於格之外者也”。“以彼爲我則可，以我爲彼則不可”(同上)。所謂“我”，指的是漢、魏、盛唐的高格。可見他前後期的看法雖有程度上的不同，然而其基本思想，前後是一貫的。

附　錄

宋詩選序

〔明〕王世貞

自楊、劉作而有西崑體，永叔、聖俞思以淡易裁之。魯直出而又有江西派，眉山氏睥睨其間，最號爲雄豪而不能無利鈍。南渡而後，務觀、萬里輩亦遂彬彬矣。去宋而爲元，稍以輕俊易之。明興，而諸先大夫之作，不能無兼采二季之業，而自北地、信陽顯，弘、正間，古體樂府非東京而下至三謝，近體非顯慶而下至大曆，俱亡論也。二季繇是屈矣。

吳興愼侍御子正，顧獨取宋詩選而梓之，以序屬余。余故嘗從二三君子後抑宋者也，子正何以梓之，余何以從子正之請而序之？余所以抑宋者爲惜格也。然而代不能廢人，人不能廢篇，篇不能廢句，蓋不止前數公而已。此語於格之外者也。今夫取食色之重者與禮之輕者比之，奚啻食色重。夫醫師不以參苓而捐溲勃，大官不以八珍而捐胡祿障泥，爲能善用之也。雖然以彼爲我則可，以我爲彼則不可。子正非求爲伸宋者也，將善用宋者也。然則何以不梓元，子正將有待耶？抑以其輕俊饒聲澤，不能當宋實故耶？乃信陽之評的然矣。曰："宋人似蒼老而實疎鹵，元人似秀峻而實淺俗"，之二語也，其二季之定裁乎。後之覽者，將以子正用宋、元，抑以信陽不爲宋、元入，斯可耳。

世經堂刻本《弇州山人四部續稿》卷四十一

書李西涯古樂府後

〔明〕王世貞

吾嚮者妄謂樂府發自性情，規沿風雅，大篇貴樸，天然渾成；小語雖巧，勿離本色。以故於李賓之擬古樂府，病其太涉論議，過爾抑剪，以爲十不得一。自今觀之，亦何可少？夫其奇旨創造，名語疊出，縱不可被之管絃，自是天地間一種文字。若使字字求諧於《房中》《鐃吹》之調，取其聲語斷爛者而模倣之，以爲樂府在是，毋亦西子之顰，邯鄲之步而已。

清梁溪顧氏校刻本《讀書後》卷四

四溟詩話(選錄)

〔明〕謝　榛

《三百篇》直寫性情，靡不高古，雖其逸詩，漢人尚不可及。今學之者，務去聲律，以爲高古。殊不知文隨世變，且有六朝、唐、宋影子，有意於古，而終非古也。

詩以漢、魏並言，魏不逮漢也。建安之作，率多平仄穩帖，此聲律之漸，而後流於六朝，千變萬化，至盛唐極矣。

詩文以氣格爲主，繁簡勿論。或以用字簡約爲古，未達權變。善用助語字，若孔鸞之尾，不可少也。太白深得此法。予讀《文則》《冀越記》《鶴林玉露》皆謂作古文不可去助語字，俱引《檀弓》沐浴佩玉爲證，余見略同。

作詩繁簡各有其宜。譬諸衆星麗天，孤霞捧日，無不可觀。若《孔雀東南飛》《南山有鳥》是也。

六朝以來，留連光景之弊，蓋自《三百篇》比興中來。然抽黄對白，自爲一體。

《詩》曰："覯閔既多，受侮不少。"初無意於對也。《十九首》云："胡馬依北風，越鳥巢南枝。"屬對雖切，亦自古老。六朝惟淵明得之，若"芳草何茫茫，白楊亦蕭蕭"是也。

凡作近體，誦要好，聽要好，觀要好，講要好。誦之行雲流水，聽之金聲玉振，觀之明霞散綺，講之獨繭抽絲。此詩家四關。使一關未過，則非佳句矣。

詩有造物。一句不工，則一篇不純，是造物不完也。造物之妙，悟者得之，譬諸產一嬰兒，形體雖具，不可無啼聲也。趙王枕易曰："全篇工致而不流動，則神氣索然。"亦造物不完也。

作詩雖貴古淡，而富麗不可無。譬如松篁之於桃李，布帛之於錦繡也。

《鶴林玉露》曰："詩惟拙句最難。至於拙，則渾然天成，工巧不足言矣。"若子美"雷聲忽送千峯雨，花氣渾如百和香"之類，語平意奇，何以言拙？劉禹錫《望夫石》詩："望來已是幾千載，只是當年初望時。"陳后山謂辭拙意工是也。

《餘師錄》曰："文不可無者有四：曰體、曰志、曰氣、曰韻。"作詩亦然。體貴正大，志貴高遠，氣貴雄渾，韻貴雋永。四者之本，非養無以發其眞，非悟無以入其妙。

宋人謂作詩貴先立意。李白斗酒百篇，豈先立許多意思而後措詞哉？蓋意隨筆生，不假布置。

唐人或漫然成詩，自有含蓄託諷，此爲辭前意。讀者謂之有激而作，殊非作者意也。（以上見卷一）

大篇決流，短章斂芒，李、杜得之。大篇約爲短章，涵蓄有味；短章化爲大篇，敷演露骨。

杜約夫問曰：點景寫情孰難？予曰：詩中比興固多，情景各有難易。若江湖遊宦羈旅會晤舟中，其飛揚轗軻，老少悲歡，感時話舊，靡不慨然，言情近於議論。把握住則不失唐體，否則流於宋調。此寫情難於景也，中唐人漸有之。冬夜園亭具樽俎，延社中詞流，時庭雪皓目，梅月向人，清景可愛，模寫似易。如各賦一聯，擬摩詰有聲之畫，其不雷同而超絕者，諒不多見。此點景難於情也，惟盛唐人得之。約夫曰：子能發情景之蘊，以至極致，滄浪輩未嘗道也。（以上見卷二）

《古詩十九首》平平道出，且無用工字面，若秀才對朋友說家常話，略不作意。如"客從遠方來，寄我雙鯉魚，呼童烹鯉魚，中有尺素書"是也。及登甲科，學說官話，便作腔子，昂然非復在家之時。若陳思王"遊魚潛綠水，翔鳥薄天飛，始出嚴霜結，今來白露晞"是也。此作平仄妥帖，聲調鏗鏘，誦之不免腔子出焉。魏、晉詩家常話與官話相半，迨齊、梁開口俱是官話。官話使力，家常話省力；官話勉然，家常話自然。夫學古不及，則流於淺俗矣。今之工於近體者，惟恐官話不專，腔子不大，此所以泥乎盛唐，卒不能超越魏進而追兩漢也。嗟夫!

作詩本乎情景,孤不自成,兩不相背。凡登高致思,則神交古人,窮乎遐邇,繫乎憂樂。此相因偶然,著形於絕迹,振響於無聲也。夫情景有異同,模寫有難易,詩有二要,莫切於斯者。觀則同於外,感則異於內。當自用其力,使內外如一,出入此心而無間也。景乃詩之媒,情乃詩之胚,合而爲詩。以數言而統萬形,元氣渾成,其浩無涯矣。同而不流於俗,異而不失其正,豈徒麗藻炫人而已。然才亦有異同,同者得其貌,異者得其骨,人但能同其同,而莫能異其異。吾見異其同者,代不數人爾。

自古詩人養氣,各有主焉。蘊乎內,著乎外,其隱見異同,人莫之辨也。熟讀初唐、盛唐諸家所作,有雄渾如大海奔濤,秀拔如孤峯峭壁,壯麗如層樓疊閣,古雅如瑤瑟朱絃,老健如朔漠橫鵰,清逸如九皋鳴鶴,明淨如亂山積雪,高遠如長空片雲,芳潤如露蕙春蘭,奇絕如鯨波蜃氣,此見諸家所養之不同也。學者能集衆長合而爲一,若易牙以五味調和,則爲全味矣。

古人作詩,譬諸行長安大道,不由狹斜小徑。以正爲主,則通於四海,略無阻滯。若太白、子美行皆大步,其飄逸沉重之不同,子美可法,而太白未易法也。本朝有學子美者,則未免蹈襲;亦有不喜子美者,則專避其故迹。雖由大道,跬步之間,或中或傍,或緩或急,此所以異乎李、杜而轉折多矣。夫大道乃盛唐諸公之所共由者,予則曳裾躡屩,由乎中正,縱横於古人衆跡之中。及乎成家,如蜂采百花爲蜜,其味自別,使人莫之辨也。(以上見卷三)

"若妙識所難,其易也將至;忽之爲易,其難也方來"。此劉勰明詩至要,非老於作者不能發。凡搆思當於難處用工,艱澀一通,新奇迭出,此所以難而易也;若求之容易中,雖十脫稿而無一警策,此所以易而難也。獨謫仙思無難易,而語自超絕。此朱考亭所謂聖於詩者是也。

自然妙者爲上,精工者次之。此着力不着力之分,學之者不必專一而逼眞也。專於陶者失之淺易，專於謝者失之餖飣。孰能處於陶、謝之間，易其貌，換其骨，而神存千古。子美云："安得思如陶、謝手？"此老猶以爲難，況其他者乎？（以上見卷四）

無錫丁氏校印本《歷代詩話續編·四溟詩話》

詩　　藪(選錄)

〔明〕胡應麟

四言變而《離騷》，《離騷》變而五言，五言變而七言，七言變而律詩，律詩變而絕句，詩之體以代變也。《三百篇》降而《騷》，騷降而漢，漢降而魏，魏降而六朝，六朝降而三唐，詩之格以代降也。上下千年，雖氣運推移，文質迭尙，而異曲同工，咸臻厥美。國風雅頌，溫厚和平；《離騷》《九章》，愴惻濃至；東西二京，神奇渾璞；建安諸子，雄贍高華；六朝俳偶，靡曼精工；唐人律調，淸圓秀朗；此聲歌之各擅也。風雅之規，典則居要；《離騷》之致，深永爲宗；古詩之妙，專求意象；歌行之暢，必由才氣；近體之攻，務先法律；絕句之構，獨主風神；此結撰之殊途也。兼裒總挈，集厥大成；詣絕窮微，超乎彼岸。軌筏具存，在人而已。

曰風、曰雅、曰頌，三代之音也。曰歌、曰行、曰吟、曰操、曰辭、曰曲、曰謠、曰諺，兩漢之音也。曰律、曰排律、曰絕句，唐人之音也。詩至於唐而格備，至於絕而體窮。故宋人不得不變而之詞，元人不得不變而之曲。詞勝而詩亡矣，曲勝而詞亦亡矣。明不致工於作而致工於述，不求多於專門，而求多於具體；所以度越元、宋，苞綜漢、唐也。

孔曰："草創之，討論之，脩飾之，潤色之。"千古爲文之大法也。孟曰："不以文害辭，不以辭害意，以意逆志，是爲得之。"千古談詩之妙詮也。

世謂三代無文人，六經無文法。吾以爲文人無出三代，文法無大六經：彖象大傳，一何幽也；誥頌典謨，一何雅也；《春秋》高古簡嚴，《禮》樂宏肆浩博。謂聖人無意於文乎？胡不示人以璞也。夫周之所尙，孔之所脩，四教

所先，四科所列，何物哉？（內編卷一）

五言古先熟讀國風《離騷》，源流洞徹，乃盡取兩漢雜詩、陳王全集，及子桓、公幹、仲宣佳者，枕藉諷詠。功深日遠，神動機流，一旦吮毫，天眞自露。骨格既定，然後沿迴阮、左，以窮其趣；頡頏陸、謝，以采其華；旁及陶、韋，以瀹其思；博攷李、杜，以極其變。超乘而上，可以掩迹千秋；循轍而趨，無忝名家一代。

兩漢之詩所以冠古絕今，率以得之無意。不惟里巷歌謠，匠心信口；即枚、李、張、蔡，未嘗鍛鍊求合，而神聖工巧，備出天造。今欲爲其體，非苦思力索所辦。當盡取漢人一代之詩，玩習凝會，風氣性情，纖悉具領。若楚大夫子身處莊岳，庶幾齊語。建安、黃初，才涉作意，便有階級可尋，門戶可入，匪其才不逮，時不同也。

嚴氏以禪喻詩，旨哉！禪則一悟之後，萬法皆空，棒喝怒呵，無非至理；詩則一悟之後，萬象冥會，呻吟咳唾，動觸天眞。然禪必深造而後能悟；詩雖悟後，仍須深造。自昔瑰奇之士，往往有識窺上乘，業阻半途者。（內編卷二）

自信陽有筏喻，後生秀敏，喜慕名高，信心縱筆，動欲自開堂奧，自立門戶。詰之，輒大言《三百篇》出自何典？此殊爲風雅累，余請得備論之：夫燧人邃邈，聲詩蔑聞；尼父刪修，制作斯備。夷考國風雅頌，非聖臣名世之筆，則田畯紅女之詞，大以紀其功德，微以寫厥性情，曷嘗刻意章句，步趨繩墨，而質合神明，體符造化。猶夫上棟下宇，理出自然。此道既開，後之作者，卽離朱、墨翟，奚容措手。東西二京，人文勃鬱。韋孟諸篇，無非二雅；枚乘衆作，亦本國風。迨夫建安、黃初，雲蒸龍奮。陳思藻麗，絕世無雙，攬其四言，實《三百》之遺；參其樂府，皆漢氏之韻。盛唐李、杜，氣吞一代，目無千古。然太白《古風》，步驟建安；少陵《出塞》，規模魏、晉；惟歌、行、律、絕，前人未備，始自名家。是數子者，自開堂奧，自立門戶，庸詎弗能？迺其流派根株，灼然具在。良以前規盡善，無事旁搜；不踐茲途，便爲外道。故四言未興，則《三百》啓其源；五言首創，則《十九》詣其極；歌行甫遒，則李、杜爲之冠；近體大暢，則開、寶擅其宗。使枚、李生於六代，必不能舍兩漢而別搆五言；李、杜出於五季，必不能舍開元而別爲近體。盛唐而後，樂選律絕，種種具備，無復堂奧可開，門戶可立。是以獻吉崛起成、弘，追師百代；仲默勃興河、洛，合軌一時。古惟獨造，我則兼工。集其大成，何忝名世。上下千餘年間，豈乏索隱弔詭之徒，趨異厭常之輩，大要源流旣乏，蹊徑多紆，或南面而陟冥山，或褰裳而涉大海，徒能鼓聲譽於時流，焉足爲有亡於來世。其僅存者，若唐李長吉之歌行，樊紹述之序記，堂奧門戶，竟何如哉！

今人因獻吉祖襲杜詩，輒假仲默舍筏之說，動以牛後鷄口爲辭。此未覩何集者。就仲默言，古詩全法漢、魏，歌行短篇法杜，長篇王、楊四子，五七言律法杜之宏麗，而兼取王、岑、高、李之神秀，卒於自成一家，冠冕當代。所謂門戶堂奧，不過如此。古今影子之說，以獻吉多用杜成語，故有此規，自是藥石。非欲其盡棄根源，別安面目也。今未嘗熟讀其詩，熟參其語，徒執斯言，師心信手，前人棄去，拾以自珍。一時流輩，互相標鵠；將來有識，渠可盡誣？譬操一壺，以涉溟渤，何岸之能登？（續編卷一）

中華書局本《詩藪》

童心説

〔明〕李贄[1]

龍洞山農[2]敍《西廂》，末語云:“知者勿謂我尙有童心可也。”夫童心者，眞心也，若以童心爲不可，是以眞心爲不可也。夫童心者，絕假純眞，最初一念之本心也。若失却童心，便失却眞心；失却眞心，便失却眞人。人而非眞，全不復有初矣。

童子者，人之初也；童心者，心之初也。夫心之初，曷可失也，然童心胡然而遽失也？蓋方其始也，有聞見從耳目而入，而以爲主於其內而童心失。其長也，有道理從聞見而入，而以爲主於其內而童心失。其久也，道理聞見日以益多，則所知所覺日以益廣，於是焉又知美名之可好也，而務欲以揚之而童心失；知不美之名之可醜也，而務欲以掩之而童心失。夫道理聞見，皆自多讀書識義理而來也。古之聖人，曷嘗不讀書哉！然縱不讀書，童心固自在也，縱多讀書，亦以護此童心而使之勿失焉耳，非若學者反以多讀書識義理而反障之也。夫學者旣以多讀書識義理障其童心矣，聖人又何用多著書立言以障學人爲耶？童心旣障，於是發而爲言語，則言語不由衷；見而爲政事，則政事無根柢；著而爲文辭，則文辭不能達。非內含以章美也，非篤實生輝光也，欲求一句有德之言，卒不可得。所以者何？以童心旣障，而以從外入者聞見道理爲之心也。

夫旣以聞見道理爲心矣，則所言者皆聞見道理之言，非童心自出之言也。言雖工，於我何與？豈非以假人言假言，而事假事、文假文乎？蓋其人旣假，則無所不假矣。由是而以假言與假人言，則假人喜；以假事與假人道，則假人喜；以假文與假人談，則假人喜。無所不假，則無所不喜。滿場是假，矮人（原作場，據中華書局本校改）何辯也？然則雖有天下之至文，其湮滅於假人而不盡見於後世者，又豈少哉！何也？天下之至文，未有不出於童心焉者也。苟童心常存，則道理不行，聞見不立，無時不文，無人不文，無一樣創制體格文字而非文者。詩何必古《選》，文何必先秦。降而爲六朝，變而爲近體，又變而爲傳奇[3]，變而爲院本[4]，爲雜劇[5]，爲《西廂曲》，爲《水滸傳》，爲今之舉子業[6]，大賢言聖人之道皆古今至文，不可得而時勢先後論也。故吾因是而有感於童心者之自文也，更說甚麼六經，更說甚麼《語》《孟》乎？

夫六經、《語》《孟》，非其史官過爲褒崇之詞，則其臣子極爲贊美之語。又不然，則其迂闊門徒，懵懂[7]弟子，記憶師說，有頭無尾，得後遺前，隨其所見，筆之於書。後學不察，便謂（原作爲，據中華書局本校改）出自聖人之口也，決定目之爲經矣，孰知其大半非聖人之言乎？縱出自聖人，要亦有爲而發，不過因病發藥，隨時處方，以救此一等懵懂弟子，迂闊門徒云耳。藥醫假病，方難定執，是豈可遽以爲萬世之至論乎？然則六經、《語》《孟》，乃道學之口實，假人之淵藪也，斷斷乎其不可以語於童心之言明矣。嗚呼！吾又安得眞正大聖人童心未曾失者而與之一言文（原作言，據中華書局本校改）哉！

明萬曆本《李氏焚書》卷三

【註釋】

[1] 李贄（公元一五二七年——一六〇二年）——字宏甫，號卓吾，又號溫陵居士，泉州晉江人。嘉靖三十一年舉人，官至雲南姚安知府。李氏爲明代著名思想家、文學家，公開以“異端”自居，大膽抨擊封建傳統敎條與假道學。被統治者迫害下獄而死。他的文學主張，反對剽竊摹擬，重視小說戲曲在文學上的地位，曾評點《水滸傳》（陳繼儒認爲是“後人所託”）《西廂記》《幽閨記》《浣紗記》

等。自著有《焚書》六卷、《續焚書》五卷、《藏書》六十八卷、《續藏書》二十七卷、《李氏文集》十八卷等約三十種。事迹附《明史》卷二百二十一耿定向傳。容肇祖有《李贄年譜》。

[2] 龍洞山農——當是李贄别號。

[3] 傳奇——指唐人的傳奇文。

[4] 院本——金代"行院"演劇所用的脚本名稱。

[5] 雜劇——戲曲名詞。始見於晚唐(見唐代李德裕《李文饒文集》卷十二),其後有"宋雜劇""溫州雜劇""元雜劇""南雜劇"等,特點不盡同。一般專指"元雜劇"而言。

[6] 舉子業——舉子卽科舉時被舉應試之士子,舉子業指從事於科舉之文字。

[7] 懵懂——糊塗。

【説明】

晚明社會出現了萌芽狀態的資本主義因素,左派王學成爲當日知識分子反抗封建傳統的進步力量,李卓吾的文學思想是在這樣的歷史條件和哲學基礎上產生的。《童心説》是他在這方面的重要著作。

本篇以童心爲理論基礎,針對傳統的文學觀點,提出了他自己的見解。所謂童心、眞心,也就是赤子之心和眞情實感。他認爲只有具有童心的文學才是眞文學,否則就是假文學。"天下之至文,未有不出於童心焉者也"。

讀書識理本是爲了保護童心,但封建社會裏不少的文人學士愈是讀書識理,反愈失去了童心,而以明道、載道爲名,代古人、古道立言,結果是"以假人言假言,而事假事、文假文",那末"言雖工,於我何與"?因爲滿場是假,眞的作品反而湮滅無聞。他大膽指出六經、《語》《孟》並不是"萬世之至論",而只是"道學之口實,假人之淵藪"而已。這不僅對封建經典和聖道的偶像起了破壞作用,而對於假道學的文學觀點和文學作品,作了徹底的批判。

天下之至文，既然皆出於童心，評價文學應當以童心爲準繩，不能以時勢先後爲標準。文學是隨着歷史發展的。“詩何必古《選》，文何必先秦”？他在這裏否定了貴古賤今之說，對明代的復古主義和剽竊摹擬的風氣，表示了強烈的不滿。

至文無分古今，自然也無分體格，只要具有童心，詩、文、辭、賦和傳奇、雜劇等等，都是優秀的作品。他從這裏批判了過去封建正統文人對於通俗文學的輕視，而提高了小說、戲曲的文學價值。

李卓吾以童心解釋文學現象，當然是表現了唯心觀點，但在當日的歷史條件下，他這種思想，對封建傳統的文學觀起了批判作用，對於後來袁宏道、馮夢龍諸人的文學理論，有直接影響。

附　錄

雜　說

〔明〕李　贄

《拜月》《西廂》，化工也；《琵琶》，畫工也。夫所謂畫工者，以其能奪天地之化工，而其孰知天地之無工乎？今夫天之所生，地之所長，百卉具在，人見而愛之矣，至覓其工，了不可得，豈其智固不能得之與！要知造化無工，雖有神聖，亦不能識知化工之所在，而其誰能得之？由此觀之，畫工雖巧，已落二義矣。文章之事，寸心千古，可悲也夫！

且吾聞之：追風逐電之足，決不在於牝牡驪黃之間；聲應氣求之夫，決不在於尋行數墨之士；風行水上之文，決不在於一字一句之奇。若夫結構之密，偶對之切；依於理道，合乎法度；首尾相應，虛實相生：種種禪病皆所以語文，而皆不可以語於天下之至文也。雜劇院本，遊戲之上乘也，《西廂》《拜月》，何工之有！蓋工莫工於《琵琶》矣。彼高生者，固已殫其力之所能工，而極吾才於既竭。惟作者窮巧極工，不遺餘力，是故語盡而意亦盡，詞竭而味索然亦隨以竭。吾嘗攬琵琶而彈之矣：一彈而嘆，再彈而怨，三彈而向之怨嘆無復存者。此其故何耶？豈其似眞非眞，所以入人之心者不深耶！蓋雖工巧之極，其氣力限量（原作壘，據中華書局本校改）只可達於皮膚骨血之間，則其感人僅僅如是，何足怪哉！《西廂》《拜月》，乃不如是。意者宇宙之內，本自有如此可喜之人，如化工之於物，其工巧自不可思議爾。

且夫世之眞能文者，比其初皆非有意於爲文也。其胸中有如許無狀可怪之事，其喉間有如許欲吐而不敢吐之物，其口頭又時時有許多欲語而莫可所以告語之處，蓄極積久，勢不能遏。一旦見景生情，觸目興嘆；奪他人之酒杯，澆自己之壘塊；訴心中之不平，感數奇於千載。既已噴玉唾珠，昭回雲漢，爲章於天矣，遂亦自負，發狂大叫，流涕慟哭，不能自止。寧使見者聞者切齒咬牙，欲殺欲割，而終不忍藏於名山，投之水火。余覽斯記，想見其爲人，當其時必有大不得意於君臣朋友之間者，故借夫婦離合因緣以發其端。於是焉喜佳人之難得，羨張生之奇遇，比雲雨之翻覆，嘆今人之如土。其尤可笑者：小小風流一事耳，至比之張旭、張顚、羲之、獻之而又過之。堯夫云："唐虞揖讓三杯酒，湯武征誅一局棋。"夫征誅揖讓何等也，而以一杯一局覷之，至眇小矣！

嗚呼！今古豪傑，大抵皆然。小中見大，大中見小，舉一毛端建寶王剎，坐微塵裏轉大法輪。此自至理，非干戲論。倘爾不信，中庭月下，木落秋空，寂寞書齋，獨自無賴，試取琴心一彈再鼓，其無盡藏不可思議，工巧固可思也。嗚呼！若彼作者，吾安能見之歟！

明萬曆刻本《李氏焚書》卷三

敍陳正甫會心集

〔明〕袁宏道

世人所難得者唯趣，趣如山上之色，水中之味，花中之光，女中之態，雖善說者不能下一語，唯會心者知之。今之人慕趣之名，求趣之似，於是有辨說書畫、涉獵古董以爲淸，寄意元虛、脫跡塵紛以爲遠，又其下則有如蘇州之燒香煮茶者，此等皆趣之皮毛，何關神情。

夫趣得之自然者深，得之學問者淺，當其爲童子也，不知有趣，然無往而非趣也。面無端容，目無定睛，口喃喃而欲語，足跳躍而不定，人生之至樂，眞無踰於此時者。孟子所謂不失赤子，老子所謂能嬰兒，蓋指此也。趣之正等正覺，最上乘也。山林之人，無拘無縛，得自在度日，故雖不求趣，而趣近之。愚不肖之近趣也，以無品也，品愈卑故所求愈下，或爲酒肉，或爲聲伎，率心而行，無所忌憚，自以爲絕望於世，故舉世非笑之，不顧也，此又一趣也。迨夫年漸長，官漸高，品漸大，有身如梏，有肉如棘，毛孔骨節，俱爲聞見知識所縛，入理愈深，然其去趣愈遠矣。

余友陳正甫，深於趣者也，故所述《會心集》若干人，趣居其多，不然，雖介若伯夷，高若嚴光，不錄也。噫！孰謂有品如君、官如君、年之壯如君，而能知趣如此者哉。

鍾伯敬增定本《袁中郎全集》卷一

壽存齋張公七十序

〔明〕袁宏道

山有色，嵐是也。水有文，波是也。學道有致，韻是也。山無嵐則枯，水無波則腐，學道無韻，則老學究而已。昔夫子之賢回也以樂，而其與曾點也以童冠詠歌，夫樂與詠歌，固學道人之波瀾色澤也。江左之士，喜爲任達，而至今談名理者必宗之。俗儒不知，叱爲放誕，而一一繩之以理，於是高明玄曠清虛澹遠者，一切皆歸之二氏。而所謂腐濫纖嗇卑滯扃局者，盡取爲吾儒之受用，吾不知諸儒何所師承，而冒焉以爲孔氏之學脈也。且夫任達不足以持世，是安石之談笑，不足以靜江表也；曠逸不足以出世，是白、蘇之風流，不足以談物外也。大都士之有韻者，理必入微，而理又不可以得韻。故叫跳反擲者，稚子之韻也；嬉笑怒罵者，醉人之韻也。醉者無心，稚子亦無心，無心故理無所托，而自然之韻出焉。由斯以觀，理者是非之窟宅，而韻者大解脫之場也。

郢諸生張五教從余游，的然以孔、顏之樂爲學脈，而尊人存齋公，少困膠序，老爲邑博士，未期月挂冠去，皈心禪悅，棄家蔬食，有如毗尼弟子。公蓋白首於泮宮黌舍之間者，一旦捨其窟宅，而逃虛無恍惘之鄉。公之心殆醜夫腐濫纖嗇之儒，故欲去而遠之，而不知孔門之儒非也。顏之樂，點之歌，聖門之所謂眞儒也。使公早知高明玄曠之爲眞儒，亦何必去而遠之爲快。然世之所謂儒固若此，公雖欲不去，何可得也。公今年七十，當吾夫子從心之年。從者縱也，縱小則理絕而韻始全。公若不信，則呼稚子醉人而問之。

鍾伯敬增定本《袁中郎全集》卷二

忠義水滸傳序[1]

〔明〕李　贄

太史公曰:"《說難》《孤憤》,賢聖發憤之所作也[2]。"由此觀之,古之賢聖,不憤則不作矣。不憤而作,譬如不寒而顫,不病而呻吟也,雖作何觀乎?《水滸傳》者,發憤之所作也。蓋自宋室不競,冠屨倒施,大賢處下,不肖處上。馴致[3]夷狄處上,中原處下,一時君相猶然處堂燕鵲,納幣稱臣,甘心屈膝於犬羊已矣。施、羅二公[4]身在元,心在宋;雖生元日,實憤宋事。是故憤二帝之北狩[5],則稱大破遼[6]以洩其憤;憤南渡[7]之苟安,則稱滅方臘[8]以洩其憤。敢問洩憤者誰乎?則前日嘯聚水滸之強人也,欲不謂之忠義不可也。是故施、羅二公傳《水滸》而復以忠義名其傳焉。

夫忠義何以歸於水滸也?其故可知也。夫水滸之衆何以一一皆忠義也?所以致之者可知也。今夫小德役大德,小賢役大賢[9],理也。若以小賢役人,而以大賢役於人,其肯甘心服役而不恥乎?是猶以小力縛人,而使大力者縛於人,其肯束手就縛而不辭乎?其勢必至驅天下大力大賢而盡納之水滸矣。則謂水滸之衆,皆大力大賢有忠有義之人可也,然未有忠義如宋公明者也,今觀一百單八人者,同功同過,同死同生,其忠義之心,猶之乎宋公明也。獨宋公明者身居水滸之中,心在朝廷之上,一意招安,專圖報國,卒至於犯大難,成大功,服毒自縊,同死而不辭,則忠義之烈也!眞足以服一百單八人者之心,故能結義梁山,爲一百單八人之主。最後南征方臘,一百單八人者陳亡已過半矣,又智深坐化於六和[10]，燕青涕泣而辭主[11]，二童就計於"混江"[12]。宋公明非不知也，以爲見幾明哲[13]，不過小丈夫自完之計，決非忠於君義於友者所忍屑矣。是之謂宋公明也，是以謂之忠義也。傳其可無作歟！傳其可不讀歟！

故有國者不可以不讀，一讀此傳，則忠義不在水滸，而皆在於君側矣。賢宰相不可以不讀，一讀此傳，則忠義不在水滸，而皆在於朝廷矣。兵部掌軍國之樞，督府專閫外[14]之寄，是又不可以不讀也，苟一日而讀此傳，則忠義不在水滸，而皆爲干城[15]心腹之選矣。否則不在朝廷，不在君側，不在干城腹心，烏乎在？在水滸。此傳之所爲發憤矣。若夫好事者資其談柄，用兵者藉其謀畫，要以各見所長，烏睹所謂忠義者哉！

明萬曆本《李氏焚書》卷三

【註釋】

[1] 忠義水滸傳序——李贄評點過一百回本和一百二十回本的《水滸傳》。一百回本的名爲《批評忠義水滸傳》，一百二十回本的名爲《批評忠義水滸全書》。本文是一百二十回本的序言。陳繼儒《國朝名公詩選》李贄小傳云："坊間諸家文集，多假卓吾先生選集之名，下至傳奇小說，無不稱爲卓吾批閱也。惟《坡仙集》及《水滸傳》敍，屬先生手筆，至於《水滸傳》中細評，亦屬後人所託者耳。"

[2] 太史公曰三句——《史記·太史公自序》："韓非囚秦，《說難》《孤憤》，《詩三百篇》，大抵賢聖發憤之所爲作也。"

[3] 馴致——由漸而至曰馴致。

[4] 施羅二公——施耐菴（約公元一二九六年——約一三七〇年），名子安，一說名耳，興化人，原籍蘇州。相傳爲元至順進士，曾官錢塘兩年，後又參加張士誠軍。羅貫中（約公元一三三〇年——約一四〇〇年），名本，別號湖海散人，山西太原人，一說錢塘或廬陵人。相傳爲施耐菴學生。其事迹見於明初人所撰《錄鬼簿續編》者較可信。關於《水滸傳》的作者，歷來有幾種不同的說法，有人認爲是施耐菴作，有人認爲是羅貫中作，也有人認爲是施、羅二人的合作。李贄採取了第三種說法。

[5] 二帝之北狩——指宋欽宗靖康二年(公元一一二六年)徽、欽二帝被金人所擄事。狩,古代君主冬天打獵的專稱。引申爲君主失國出亡或被擄的名稱。

[6] 破遼——宋江等被招安後,即奉旨征遼。據«水滸傳»八十三回至八十九回。

[7] 南渡——指南宋。宋自高宗南渡,保有淮以南之地,史稱南宋。

[8] 滅方臘——宋江等在征遼、平田虎和王慶後,繼滅方臘,據«水滸傳»一百十回至一百十九回。

[9] 小德役大德小賢役大賢——役,供職也,動詞。這裏作被動式用,即小德被役於大德,小賢被役於大賢之意。

[10] 智深坐化於六和——佛家稱死爲坐化。這句說魯智深死於杭州六和寺。據«水滸傳»一百十九回。

[11] 燕靑涕泣而辭主——宋江等平定方臘後回京途中,燕靑曾苦勸主人盧俊義與自己一同辭官退隱,盧未從,燕靑辭之自去。據«水滸傳»一百十九回。

[12] 二童就計於混江——二童指童威、童猛,混江指李俊。燕靑走後不久,李俊詐中風疾,乞宋江軍馬先行,留童威、童猛照看自己,宋江應允。後來三人與費保等八人出海投化外國。詳見«水滸傳»一百十九回。

[13] 見幾——事前洞察事物細微的動向。«易·繫辭下»:"君子見幾而作。"明哲——«詩·大雅·烝民»:"旣明且哲,以保其身。"

[14] 閫外——閫,音捆,特指郭門的門檻。閫外之寄,指將帥統兵于外,負軍事上的專責。«史記·馮唐傳»:"臣聞上古王者之遣將也,跪而推轂曰:閫以內者寡人制之,閫以外者將軍制之。"

[15] 干城——«詩·周南·兔罝»:"赳赳武夫,公侯干城。"干,盾牌。干和城都比喻捍衞者。

【說明】

我國白話小說,宋、元已經相當發達,到了明朝,在新興經濟情況和市民階層擴大的基礎上,得到更大的繁榮。封建統治階級和正統文人,對於它們總是予以各種誣蔑和蔑視。但新的時代,要求對於小說作出適當的評價,並給予它們在文學史上應有的地位。李卓吾的«忠義水滸傳序»,反映了這一時代的要求。

他首先指出«水滸傳»爲發憤之作,不是無病呻吟的作品,他把司馬遷的“發憤著書”說，作爲《水滸傳》的創作精神。作者“雖生元日，實憤宋事”。“宋室不競，冠屨倒施”，他一面說明作者是有感而作，同時又正確地指出：封建統治階級的腐敗荒淫和禍國殃民的對外政策，是產生《水滸傳》的根源。

在封建黑暗政治的殘酷統治下，善良人民無路可走，又不肯“束手就縛”，“其勢必至驅天下大力大賢而盡納之水滸矣”，這是“官逼民反”、“逼上梁山”的一種說明。那些“嘯聚水滸之強人”，不僅不是如封建正統文人所誣蔑的“盜賊”，而是“同功同過、同死同生”的忠義英雄，基於這樣的立場和認識，作者贊揚了水滸人物的正義精神，大大提高了《水滸傳》的社會地位和文學價值。

然而，李贄對《水滸》的評價，也有極其錯誤的一面。他把“身居水滸之中，心在朝廷之上，一意招安，專圖報國”的宋江說成“忠義之烈”，肯定“南征方臘”等鎮壓農民起義的描寫；這說明他的思想深處並沒有突破封建傳統觀念的藩籬。

附　　錄

出像評點忠義水滸全書發凡（選錄）

〔明〕李　贄

一、傳始于左氏，論者猶謂其失之誣，況稗說乎！顧意主勸懲，雖誣而不爲罪。今世小說家雜出，多離經叛道，不可爲訓。間有借題說法，以殺盜淫妄行警醒之意者，而釘拾而非全書，或捏飾而非習見，雖動喜新之目，實傷雅道之亡，何若此書之爲正耶？昔賢比於班馬，余謂進於丘明，殆有《春秋》之遺意焉，故允宜稱傳。

一、忠義者，事君處友之善物也。不忠不義，其人雖生已朽，而其言雖美弗傳。此一百八人者，忠義之聚於山林者也；此百廿回者，忠義之見於筆墨者也。失之於正史，求之於稗官；失之於衣冠，求之於草野。蓋欲以動君子，而使小人亦不得借以行其私，故李氏復加"忠義"二字，有以也夫。

一、此書曲盡情狀，已爲寫生，而復益之以繪事，不幾贅乎？雖然，于琴見文，于牆見堯，幾人哉？是以雲台淩烟之畫，豳風流民之圖，能使觀者感奮悲思，神情如對，則像固不可以已也。今別出新裁，不依舊樣，或特標于目外，或叠采于回中，但拔其尤，不以多爲貴也。

《李卓吾評忠義水滸全傳》

水滸傳序

〔明〕天都外臣

小說之興，始於宋仁宗。于時天下小康，邊釁未動。人主垂衣之暇，命教坊樂部，纂取野記，按以歌詞，與秘戲優工，相雜而奏。是後盛行，遍於朝野。蓋雖不經，亦太平樂事，含哺擊壤之遺也。其書無慮數百十家，而水滸稱爲行中第一。故老傳聞：洪武初，越人羅氏，詼詭多智，爲此書，共一百回，各以妖異之語引于其首，以爲之豔。嘉靖時，郭武定重刻其書，削去致語，獨存本傳。余猶及見燈花婆婆數種，極其蒜酪。餘皆散佚，既已可恨。自此版者漸多，復爲村學究所損益。蓋損其科諢形容之妙，而益以淮西、河北二事。赭豹之文，而畫蛇之足，豈非此書之再厄乎！

近有好事者，憾致語不能復收，乃求本傳善本校之，一從其舊，而以付梓。則有正襟而語者曰："十三經二十一史，不以是圖，奈何亟亟齊東氏之言而爲木災也？"余謂諸君得無以爲賊智而少之耶？經曰："竊鈎者誅，竊國者侯。侯之門，仁義存。"若輩俱以匹夫亡命，千里橫行，焚枘叫囂，揭竿響應。此不過竊鈎者耳。夷考當時，上有秕政，下有菜色。而蔡京、童貫、高俅之徒，壅蔽主聰，操弄神器，卒使宋室之元氣索然，厭厭不振，以就夷虜之手。此誠竊國之大盜也。有王者作，何者當誅？彼不得沾一命爲縣官出死力，而此則析圭儋爵，拖紫紆青。道君爲國，一至於此，北轅之辱，固自貽哉！如傳所稱吳軍師善運籌，公孫道人明占候，柴王孫廣結納，三婦能擐甲冑作娘子軍，盧俊義以下，俱驚發梟雄，跳梁跋扈。而江以一人主之，終始如一。夫以一人而能主衆人，此一人者，必非庸衆人也。使國家募之而起，令當七校之隊，受偏師之寄，縱不敢望嶲將軍、韓忠武、梁夫人、劉、岳二武穆，何渠不若李全、楊氏輩乎？余原其初，不過以小罪犯有司，爲庸吏所迫，無以自明。既蒿目君側之奸，拊膺以憤，而又審華夷之分，不肯右絓遼而左絓金，如酈瓊、王性之逆。遂嘯聚山林，憑陵郡邑，雖掠金帛，而不虜子女，唯翦婁墨，而不戕善良。誦義負氣，百人一心。有俠客之風，無暴客之惡。是亦有足嘉者。蓋誠如侯蒙之言，惜蒙未行而卒，終不得其用耳。後乃降張叔夜。史與《宣和遺事》俱不載所終。《夷堅志》乃有張叔夜殺降之說。叔夜儒將，余不之信。史又言淮南，不言山東。言三十六人，不言一百八人。此其虛實，不必深辨。要自可喜。載觀此書，其地則秦、晉、燕、趙、齊、楚、吳、越，名都荒落，絕塞遐方，無所不通；其人則王侯將相，官師士農，工賈方技，吏胥厮養，駔儈輿台，粉黛緇黃，赭衣左衽，無所不有；其事則天地時令，山川草木，鳥獸蟲魚，刑名法律，韜略甲兵，支干風角，圖書珍玩，市語方言，無所不解；其情則上下同異，欣戚合離，捭闔縱横，揣摩揮霍，寒暄頻笑，謔浪排調，行役獻酬，歌舞謠怪，以至大乘之偈，眞誥之文，少年之場，宵人之態，無所不該。紀載有章，煩簡有則。發凡起例，不雜易于。如良史善繪，濃淡遠近，點染盡工；又如百尺之錦，玄黄經緯，一絲不紕。此可與雅士道，不可與俗士談也。視之《三國演義》，雅俗相牽，有妨正史，固大不侔。而俗士偏賞之，坐闇無識耳。雅士之賞此書者，甚以爲太史公演義。夫《史記》上國武庫，甲仗森然，安可枚舉。而其所最稱犀利者，則無如鉅鹿破秦，鴻門張楚，高祖還沛，長卿如邛，范蔡之傾，儀秦之辯，張陳之隙，田竇之爭，衛霍之勳，朱郭之俠，與夫四豪之交，三杰之算，十吏之酷，諸吕七國之亂亡，貨殖滑稽之瑣屑，眞千秋絕調矣！傳中警策，往往似之。《藝苑》以高則誠蔡中郎傳奇比杜文貞，關漢卿崔張雜劇比李長庚，甚者以施君美《幽閨記》比漢魏詩。蓋非敢以婢作夫人，政許其中作大家婢耳。然則，即謂此書乃牛馬走之下走，亦奚不可！

或曰：子敍此書，近于誨盜矣。

余曰：息庵居士敍《豔異編》，豈爲誨淫乎？莊子盜跖，憤俗之情；仲尼删詩，偏存鄭衛。有世思者，固以正訓，亦以權教。如國醫然，但能起疾，即烏喙亦可，無須參苓也。羅氏又有《三遂平妖傳》，亦皆繫風捕影之談。蓋荒野鬼才，慣作此伎倆也。三世子孫俱瘖，當亦是口業報耳。余又惜夫人有才，上之不能著作金馬之庭，潤色鴻業，下之不能起名山之草，成一家言，乃折而作此，爲迂儒罵端，若羅氏者，可鑒也。錢塘郎仁寶載三十六人，有李英，非李應，有孫立，無林冲。田叔禾《西湖遊覽志》，又云出宋人筆。二公羅氏同邑人，别有所據。今并及之，以俟再考。

萬曆己丑孟冬天都外臣撰。

據人民文學出版社一九五四年版《水滸全傳》

聽朱生説水滸傳

〔明〕袁宏道

少年工諧謔，頗溺《滑稽傳》。後來讀《水滸》，文字益奇變。六經非至文，馬遷失組練。一雨快西風，聽君酣舌戰。

鍾伯敬增定本《袁中郎全集》卷二十七

與友人論文

〔明〕焦　竑[1]

竊謂君子之學，凡以致道也。道致矣，而性命[2]之深窅與事功之曲折，無不瞭然於中者，此豈待索之外哉。吾取其瞭然者而抒寫之，文從生焉。故性命事功其實也，而文特所以文之而已。惟文以文之，則意不能無首尾，語不能無呼應，格不能無結構者，詞與法也，而不能離實以爲詞與法也。六經、四子[3]無論已，即莊、老、申、韓、管、晏之書，豈至如後世之空言哉！莊、老之於道，申、韓、管、晏之於事功，皆心之所契，身之所履，無絲粟之疑，而其爲言也，如倒囊出物，借書於手[4]，而天下之至文在焉，其實勝也。

漢世，蒯通、隨何、酈生、陸賈，游説之文也[5]，而宗戰國。晁錯、賈誼，經濟之文也[6]，而宗申、韓、管、晏。司馬相如、東方朔、吾丘壽王，譎諫之文也[7]，而宗《楚辭》。董仲舒、匡衡、揚雄、劉向，説理之文也，而宗六經[8]。司馬遷、班固、荀悦[9]，紀載之文也，而宗《春秋》《左氏》。其詞與法可謂盛矣，而華實相副，猶爲近古，至於今稱焉。

唐之文實不勝法，宋之文法不勝詞，蓋去古遠矣，而總之實未澌盡也。

近世之文，吾不知之矣，彼其所有者道邪，德邪，事功邪？蔑其實而欲妄爲之詞，身居一室，而指顧寰海之圖，家蓋屢空，而侈談崇高之饗，非獨實不中窾[10]，乃其中疑似影響，方不自快[11]又安能瞭然於口與手乎？

夫詞非文之急也，而古之詞，又不以相襲爲美。《書》不借采於《易》，《詩》非假塗於《春秋》也。至於馬、班、韓、柳，乃不能無本祖，顧如花在蜜，蘗在酒，始也不能不藉二物以胎之。而脫棄陳骸，自標靈采，實者虛之，死者活之，臭腐者神奇之[12]，如光弼入子儀之軍，而旌旗壁壘皆爲色變[13]，斯不謂善法古者哉。近世不求其先於文者而獨詞之知，乃曰以古之詞，屬今之事[14]，此爲古文云爾。韓子不云乎："惟古於詞必己出，降而不能乃剽賊[15]。"夫古以爲賊，今以爲程，故學者類取殘膏剩馥[16]以相鱗次，天吳紫鳳，顚倒裋褐[17]，而以炫盲者之觀可不見也。蘇子云："錦繡綺穀，服之美者也，然尺寸而割之，錯雜而紐之，則綈繒之不若。"今之敝何以異此。以一二陋者爲之，不足怪也；乃悉羣盲以趨之，謬種流傳[18]，浸以成習，至有作者當其前，反忽視而不顧，斯可怪矣。學古者知有道而已，道之能致，文不文皆無意也，而況苟以冀人之知乎。

僕雅不能文，又力薄塗遠，方圖其大者，而奚暇於此。輒因執事之論，一出其狂言，惟有以敎之，幸甚。

《金陵叢書》本《澹園集》卷十二

【註釋】

[1] 焦竑（公元一五四一年——一六二〇年）——字弱侯，號澹園，江寧人。萬曆十七年狀元，官翰林修撰，謫福寧州同知。竑博極羣書，自經史至稗官雜說，無不貫通。善爲古文，講學宗羅汝芳，與耿定向、李贄相善。有《澹園集》四十九卷、《續集》三十五卷。《明史》卷二百八十八《文苑》四有傳。

[2] 性命——《易·乾》："乾道變化，各正其性命。"又《說卦》："昔者聖人之作《易》也，將以順性命之理。"《性理大全·性命》："程子曰：在天曰命，在人曰性，循性曰道。性也，命也，道也，各有所當。"案：宋、明以後人稱義理之學爲性命之學，其義本此。

[3] 四子——即四書。

[4] 借書於手——楊修《答臨淄侯箋》："若成誦在心，借書於手。"借，即。

［5］蒯通隨何酈生陸賈二句——蒯通游說韓信叛漢之辭見《史記·淮陰侯列傳》。隨何說黥布叛楚之辭見《史記·黥布列傳》。酈食其說齊王爲漢之辭、陸賈說趙佗歸漢之辭見《史記·酈生陸賈列傳》。

［6］晁錯賈誼二句——晁錯賢良文學對策、上書言皇太子宜知術數、上書言兵事、言守邊備塞務農力本當世急務二事、復言募民徙塞下，俱見《漢書·晁錯傳》；說文帝令民入粟受爵、復奏勿收農民租，俱見《漢書·食貨志》；說景帝削吳，見《漢書·吳王濞傳》。賈誼上疏陳政事、上疏請封建子弟，見《漢書·賈誼傳》；說積貯、諫除盜鑄錢令使民放鑄，見《漢書·食貨志》；《過秦論》見《史記·秦始皇本紀》；别有《新書》十卷，諸疏散在《新書》者十六篇。

［7］司馬相如二句——司馬相如《子虛賦》《上林賦》、上書諫獵，見《史記·司馬相如傳》。東方朔《七諫》見《楚辭》、諫除上林苑、化民有道對、《非有先生論》，見《漢書·東方朔傳》。吾丘壽王議禁民不得挾弓弩對，見《漢書·吾丘壽王傳》；《驃騎論功論》見《藝文類聚》五十九。都是譎諫之文。

［8］董仲舒三句——董仲舒著《春秋繁露》十七卷，《漢書·董仲舒傳》有舉賢良對策、《古文苑》有《郊事對》《雨雹對》、《漢書·五行志》有廟殿火災對，都是說理之文。匡衡有上疏言政治得失、上疏言治性正家、上疏戒妃匹勸經學威儀之則，俱見《漢書·匡衡傳》；告謝毁廟見《漢書·韋玄成傳》；俱是說理之文。揚雄說理之文，有《法言》十三卷、《太玄經》九卷。劉向說理之文較多，見於《全漢文》卷三十五所輯。向所著《說苑》二十卷，《新序》十卷，通過敘事以說理，《說苑》中也有一部分單純說理的。

［9］荀悦(公元一四八年——二〇九年)——東漢史學家，用編年體作《漢紀》三十篇。

［10］實不中聲——《史記·太史公自序》："實不中其聲者謂之窾。"窾，空。

［11］疑似影響方不自快——謂對於性命之理，所得只是模糊影響，自己還沒有搞清楚。

［12］臭腐者神奇之——《莊子·知北遊》："臭腐復化爲神奇，神奇復化爲臭腐。"

［13］光弼入子儀之軍二句——《新唐書·李光弼傳》："初與郭子儀齊名，世稱李、郭，而戰功推爲中興第一。其代子儀朔方也，營壘士卒麾幟無所更，而光弼一號令之，氣色乃益精明云。"葛立方《韻語陽秋》："葉少藴(夢得)云：詩人點化前作，正如李光弼將郭子儀之軍，重經號令，精彩數倍。"《詩人玉屑》引程泰之《考古編》："吳僧錢塘白塔院詩：'到江吳地盡，隔岸越山高。'陳後山《詩話》鄙其語不文，曰：'是分界堠子耳。'及後山在錢塘，仍有句云：'語言隨地改，吳越到江

分。'此如李光弼用郭子儀旗幟士卒,而號令所及,精采皆變者也。"

[14] 屬今之事——屬,綴輯;撰著。

[15] 惟古於詞必己出二句——韓愈《南陽樊紹述墓誌銘》句。

[16] 殘膏剩馥——《新唐書·文藝傳·杜甫傳贊》:"殘膏賸馥,沾丐後人多矣。"

[17] 天吳紫鳳二句——杜甫《北征》:"天吳及紫鳳,顛倒在裋褐。"

[18] 謬種流傳——《宋史·選舉志》:"秘書郎何澹言:……所取之士既不精,數年之後,復俾之主文,是非顛倒逾甚,時謂之繆種流傳。"

【説明】

焦竑是明代著名的學者,治學貫穿儒、釋,旁及老、莊;其論文尚變易而不主故常,袁宏道曾受他的影響。這篇《與友人論文》,猛烈攻擊七子的"謬種流傳",論調和公安派頗相近似。

此文把"性命""事功"比作文之"實","詞"與"法"比作文之"華";認爲"華"不離"實",必須"華實相副"。這雖是歷代文學思想家對文學內容和形式關係傳統的看法,並無新義;然而在具體闡明這個問題的時候,焦竑却自有其心得。

他以爲爲文必須"心之所契,身之所履,無絲粟之疑",乃是"取其瞭然者而抒寫之",而不是"索之外"的。因爲"意不能無首尾,語不能無呼應,格不能無結構",就產生了"詞"與"法"。"詞"與"法"不過是組織成章,"特所以文之而已"。從這,我們可以知道,他所重視的是身心的眞實體驗;而所謂"詞"與"法",則是從自然的語氣中探求其規律。他在《刻蘇長公外集序》裏説:"孔子曰,詞達而已矣。……心知之,口能傳之,而手又能應之,夫是謂之詞達。""達"則"詞"與"法"盡在其中。此文所謂"如倒囊出物,借書於手",正是這個意思。這樣,他論文雖不廢法,但以"詞達"爲歸,就和公安派所標舉的"口舌代心者也,文章又代口舌者也"(見袁宗道《論文》上),"能言其意之所欲言"(見袁中道《淡成集序》)的説法不期合而自合了。

從這個角度去理解詞與法，法就不成爲束縛性靈，尺尺寸寸的古法。所以主張化實爲虛，化死爲活，化臭腐爲神奇。同時，詞取達意，即使是“以古之詞，屬今之事”，也沒有必要。所以極力反對模擬，主張詞“不以相襲爲美”；他最後所得的結論，則是“脫棄陳骸，自標靈采”了。

附　錄

雅娛閣集序(節錄)

〔明〕焦　竑

古之稱詩者，率羈人怨士，不得志之人，以通其鬱結，而抒其不平，蓋《離騷》所從來矣。豈詩非在勢處顯之事，而常與窮愁困悴者直邪？詩非他，人之性靈之所寄也。苟其感不至，則情不深，情不深則無以驚心而動魄，垂世而行遠。吾觀尼父所刪，非無顯融膴厚者厝乎其間，而諷之令人低徊而不能去，必於變風雅歸焉，則詩道可知也。……

《金陵叢書》本《澹園集》卷十五

竹浪齋詩集序(節錄)

〔明〕焦　竑

詩也者，率其自道所欲言而已，以彼體物指事，發乎自然，悼逝傷離，本之襟度，蓋悲喜在內，嘯歌以宣，非強而自鳴也。以故二南無分音，列國無辨體，兩雅可小大，而不可上下，三頌可今古，而不可選擇。異調同聲，異聲同趣，遐哉旨矣！豈可謂瑟愈於琴，琴愈於磬，磬愈於柷圉，而輒差等之哉！

古賢豪者流，隱顯殊致，必欲洩千年之靈氣，勒一家之奧言，錯綜雅頌，出入古今，光不滅之名，揚未顯之蘊，乃其志也。倘如世論，於唐則推初盛而薄中晚，於宋又執李、杜而繩蘇、黃，植木索塗，縮縮焉循而無敢失，此兒童之見，何以伏元和、慶曆之強魄也。……

《金陵叢書》本《澹園續集》卷二

文壇列俎序(節録)

〔明〕焦 竑

孔子曰:“夫言豈一端而已”,言者心之變,而文其精者也。文而一端,則鼓舞不足以盡神,而言將有時而窮。《易》有之:“物相雜曰文。”相雜則錯之綜之,而不窮之用出焉。宋王介甫守其一家之説,羣天下而宗之,子瞻譏爲黄茅白葦,彌望如一,斯亦不足貴已。近代李氏倡爲古文,學者靡然從之,不得其意,而第以剽略相高,非是族也,擯爲非文。噫!何其狹也。譬之富人鼎俎,山貢其奇,海效其錯,四善八珍,三臡七菹,切如繡集,纍如霧雜,而又陸杜隰黍,嘉魴美蚶,魏國之杏,巨墅之菱,衡曲之黄梨,汶垂之蒼栗,三雅百味壘陳而遞進。乃有窶人子者,得一味以自多,忘百羞之足御,不亦悲乎!……

《金陵叢書》本《澹園續集》卷二

文　論

〔明〕屠　隆[1]

世人譚六經者，率謂六經寫聖人之心，聖人所稱道術[2]，醇粹潔白，曉告天下，萬世燦然，如揭日月而行[3]，是以天下萬世貴之也。夫六經之所貴者道術，固也，吾知之，卽其文字奚不盛哉！《易》之冲玄，《詩》之和婉，《書》之莊雅，《春秋》之簡嚴，絕無後世文人學士纖穠佻巧之態，而風骨格力，高視千古，若《禮·檀弓》《周禮·考工記》等篇[4]，則又峯巒峭拔，波濤層起，而姿態橫出，信文章之大觀也。

六經而下，《左》《國》[5]之文，高峻嚴整，古雅藻麗，而渾樸未散，含光醞靈，如江海之波，汪洋浩淼，非有跳沫揺漾之勢，而千靈萬怪，淵乎深藏。明月照之，則天高氣清；長風蕩之，則排空動地。可喜可愕哉左氏之爲文矣！賈、馬[6]之文，疏朗豪宕，雄健雋古，其蒼雅也如公孤大臣，龐眉華美，峩冠大帶，鵠立殿庭之上，而非若山夫野老之傪然淸枯也；其葩豔也，如王公后妃，珠冠繡服，華軒翠羽，光采射人，而非若妖姬豔倡之翩翩輕妙也。其他若屈大夫之詞賦，才情傅合，縱橫璀燦，蓋詞賦之聖哉！莊、列之文，播弄恣肆，鼓舞六合，如列缺乘蹻焉[7]，光怪變幻，能使人骨驚神悚，亦天下之奇作矣。譬之大造[8]，寥廓淸曠，風日熙明，時固然也。而飄風震雷，揚沙走石，以動威萬物，亦豈可少哉！諸子之風骨格力，卽言人人殊；其道術之醇粹潔白，皆不敢望六經，乃其爲古文辭一也。

由建安下逮六朝，鮑、謝、顏、沈之流，盛粉澤而掩質素，繪面目而失神情，繁枝葉而離本根，周、漢之聲，蕩焉盡矣，然而穠華色澤，比物連彙[9]，亦種種動人。譬之南威[10]、西子，麗服靚妝，雖非姜、姒之雅[11]，端人莊士，或棄而不睨，其實天下之麗，洵美且都[12]矣！八珍[13]醇醴，以視之古者太羹玄酒[14]之風，則媿矣！

蓋太上不貴而後世爭馳，天下之甘旨也。鄭、衛之聲，擬之咸池、六英[15]奚翅霄壤？不可奏諸宗廟朝廷，然而悅耳快心，則天下之繁音也。

詩自《三百篇》而下，有漢、魏古樂府。漢、魏而下，有六朝《選》詩。《選》詩而下，有唐音。唐音去《三百篇》最遠，然山林宴（原作晏，誤）遊之篇，則寄興清遠；宮闈應制之什，則體存富麗；述邊塞征戍之情，則淒惋悲壯；暢離別羈旅之懷，則沉痛感慨；即非古詩之流，其於詩人之興趣則未失也。

文體靡於六朝，而唐昌黎氏反之，然而文至於昌黎氏大壞焉[16]。詩敎變於唐人，而宋諸公反之，然而詩至於宋諸公大壞焉[17]。昌黎氏蓋所謂文起八代之衰[18]者，今讀其文，僅能摧駢儷爲散文耳。妍華雖去，而淡（原作淥，誤）乎無采也；醲腴雖除，而索乎無味也；繁音雖削，而瘖乎無聲也。其氣弱，其格卑，其情緩，其法疏，求之六經、諸子，是遵何以哉？世人厭六朝之駢儷，而樂昌黎之疏散，翕然[19]相與宗師之，是以韓氏之文，遂爲後世之楷模，建標藝壇之上，而羣趨旌干[20]之下，一夫奮臂，六合同聲，斯不亦任耳而不任目之過乎？六經而下，古文詞咸在，正變離合，總總[21]夥矣，然未有若昌黎氏者。昌黎氏之文，果何法也？藉令昌黎氏之文出於周、漢，則不得傳。何者？周、漢之文無此者，周、漢誠無用此文爲也。昌黎氏之所以爲當時宗師而名後世者，徒散文耳。今姑無論其他，卽如西漢制誥，誰非散文？冲夷平淡，都無波峭[22]之氣，而朴茂深嚴，遠而望之，則穆然光沉，迫而視之，則神采隱隱，風骨格力，往往而在。昌黎氏之文若是邪？論者謂善繪者傳其神，善書者模其意。昌黎氏之文蓋傳先哲之神，而脱其軀殼，模古人之意，而遺其形畫者也，奚必六經，必諸子哉？且風骨格力，韓子焉不有也？嗟乎！令韓子不屑屑於擬古而古意燏然具存，即奚必如六經如諸子，而自爲韓子一家之言可也；今第觀其文，卑者單弱而不振，高者詰屈而聱牙，多者裝綴而繁蕪，寡者率略而簡易，雖有他美，吾不得而知之矣，尚焉取風骨格力於其間哉？

厥後歐、蘇、曾、王之文，大都出於韓子，讀之可一氣盡也，而翫之則使人意消。余每讀諸子之文，蓋幾不能終篇也。標而趨之者，非韓子與？

宋人之詩，尤愚之所未解。古詩多在興趣，微辭隱義，有足感人。而宋人多好以詩議論[23]，夫以詩議論，即奚不爲文而爲詩哉？《詩三百篇》，多出於忠臣孝子之什，及閭閻匹夫匹婦童子之歌謡，大意主吟詠，抒性情，以風也，固非傳綜詮次以爲篇章者也，是詩之教也。唐人詩雖非《三百篇》之音，其爲主吟詠，抒性情，則均焉而已。宋人又好用故實，組織成詩[24]，夫《三百篇》亦何故實之有？用故實組織成詩，即奚不爲文而爲詩哉？甚而叫嘯怒張以爲高厲，俚俗猥下以爲自然，之數者，蘇、王諸君子皆不免焉，而又往往自謂能入詩人之室，命令當世，則吾不知其何説也。

明興，北地李獻吉、信陽何仲默、姑蘇徐昌穀[25]，始力興周、漢之文，詩自《三百篇》而下，則主初唐。厥後諸公繼起，氣昌而才雄，徒衆而力倍，古道遂以大興，可謂盛矣。然學士大夫之奮起其間者，或抱長才而乏遠識，踔厲之氣盛，而陶鎔之力淺，學《左》《國》者得其高峻而遺其和平，學《史》《漢》者得其豪宕而遺其渾博，模辭擬法，拘而不化。獨觀其一，則古色蒼然；總而讀之，則千篇一律也。愚嘗取以自諗，蓋亦時時有之。有之而思變之，猶未得其要領焉。嗟乎！文難言哉！愚意作者必取材於經史，而鎔意於心神，借聲於周、漢，而命辭於今日，不必字字而琢之，句句而擬之，而浩博雄渾，識者自知其爲周、漢之文，不作昌黎以下語，斯其至乎？今文章家獨有周、漢之句法耳，而其渾博之體未備也，變化之機未熟也，超玅之理未臻也。故吾願與海內諸君子勉之矣。

夫文不程古[26]，則不登於上品；見非超玅，則傍古人之藩籬而已。壯夫者稟靈異之氣，挺秀拔之姿，竭生平才智以從事文章家，乃不能高足遠覽，洞幽極玄，以特立千百載之下，與古人並驅而前，分道而抗旌，而徒傍人藩籬，拾人咳唾，以爲生活。彼古人且奴隸之曰：是爲我負擔而割裂我者。傳之後世，以爲何如？又非所以令韓、歐諸君子見也，令韓、歐見如是之文，彼且得而藉口曰：始二三君子姍笑我，將謂二三君子之文心標異而出之，立於太古之上也，奈何影響古人，以詫古爲如是，不於我可少寬乎？吾文卽非古，然何者非自得？而徒呫呫傚古自喜也！若然，則二三君子苟非得之超玅，無輕議古；苟非深於古，無輕訾韓、歐也。夫挾天子以令諸侯，諸侯將奔走焉；麋而虎皮，人得而寢處之矣。深於古以訾韓、歐，是挾天子以令諸侯者也；影響古人而求勝之，則麋而虎皮矣。諸君子其無爲韓、歐寢處哉！

明刻本《由拳集》卷二十三

【註釋】

[1] 屠隆（公元一五四二年——一六〇五年）——字長卿，鄞人。萬曆五年進士，官至禮部主事。隆有才華，爲詩千言立就，語多藻繪。有《白榆集》二十卷、《由拳集》二十三卷。《明史》卷二百八十八《文苑》四有傳，附徐渭傳後。

[2] 道術——《莊子·天下》："古之所謂道術者果惡乎在？曰：無乎不在。"

[3] 如揭日月而行——《莊子·達生》："昭昭乎若揭日月而行也。"成玄英疏："如擔揭日月而行於世也。"

[4] 禮檀弓——孔穎達《禮記正義》:"案《鄭目錄》云:名曰《檀弓》者,以其記人善於禮,故著姓名以顯之。姓檀名弓,今山陽有檀氏。此於《別錄》屬通論。此檀弓在六國之時,知者以仲梁子是六國時人,此篇載仲梁子,故知也。"周禮考工記——賈公彥《周禮注疏》:"《冬官》一篇,其亡已久。有人尊集舊典,錄此三十二工,以爲《考工記》,雖不知其人,又不知作在何日,要知在於秦前。"

[5] 左國——《左傳》《國語》。

[6]賈馬——賈誼、司馬遷、司馬相如。

[7] 列缺乘蹻——列缺,電光。蹻,山行所乘,以鐵如椎,施之屐下。《抱朴子·雜應》:"乘蹻可以周流天下。"

[8] 大造——指天。

[9] 連彙——猶言連類。

[10] 南威——春秋時晉國的美女。

[11] 姜——太姜,周太王之妃,文王之祖母。姒——太姒,周文王之妃,武王之母。

[12] 洵美且都——《詩·鄭風·有女同車》句,都,美盛。

[13] 八珍——八種珍味。《周禮》鄭玄注、陸佃《埤雅》、王應麟《小學紺珠》各書所載,其名稱各有不同。

[14] 太羹玄酒——太羹見本書第一册《論衡·自紀篇》註[74]。玄酒見本册茅坤《八大家文鈔總序》註[13]。

[15] 咸池六英——古樂名,咸池傳說爲黃帝所作,六英傳說爲帝嚳之樂。

[16] 文至於昌黎氏大壞焉——何景明《與李空同論詩書》:"夫文靡於隋,韓力振之,然古文之法亡於韓。"

[17] 詩至於宋諸公大壞焉——卽元好問《論詩三十首》所謂"只知詩到蘇、黃盡,滄海橫流却是誰"之意。

[18] 文起八代之衰——蘇軾《潮州韓文公廟碑》句。

[19] 翕然——統一、協調之意。

[20] 旌干——旌,旗。干,旗干。

[21] 總總——衆多貌。

[22] 波峭——同逋峭。本爲山岩屋勢傾斜屈折貌,轉以形容人物或文筆有風致。《魏書·溫子昇傳》:"詩文易作,逋峭難爲。"

[23] 宋人多好以詩議論——張戒《歲寒堂詩話》:"子瞻以議論作詩。"嚴羽《滄浪詩話》:"近代諸公……以議論爲詩。"

[24] 宋人又好用故實組織成詩——魏泰《臨漢隱居詩話》:"黃庭堅好用南朝人語,

專求古人未使之事，又一二奇字綴葺而成詩。”張戒《歲寒堂詩話》：“蘇、黄用事押韻之工，至矣盡矣，然究其實，乃詩人中一害。”

[25] 姑蘇徐昌穀——徐禎卿（公元一四七九年——一五一一年），字昌穀，吳縣人。弘治十八年進士，官終國子博士。少與祝允明、唐寅、文徵明齊名，號吳中四才子，後爲前七子之一。其爲詩喜白居易、劉禹錫，與李、何游後，改趨漢、魏、盛唐。有《迪功集》十一卷、《談藝錄》一卷。《明史》卷二百八十六《文苑》二有傳。

[26] 程古——程，法式。程古猶言法古。

【説明】

屠隆列名於王世貞所定末五子之列，是後七子的支流，他的文學思想，就其總的體系來説，雖沒有擺脱七子的影響；然而他却是擬古論的反對者。本來七子之中，何景明已不同於李夢陽，王世貞也不同於李攀龍，都不主張以模擬爲能事；屠隆更進一步發展了何、王的思想，對擬古之説，從理論上加以否定。

屠隆重視才情，不廢詞采，所以這篇《文論》評論歷代文學的發展情況，特別强調藝術風格的多樣化。他指出六經固然是“文章之大觀”，然而《左》《國》《莊》《列》的文章，屈原的詞賦，“言人人殊”，各有特色。他把周、秦、兩漢不同風格的文章，概括爲兩種類型，一是“寥廓清曠，風日熙朗”的意境，凡“冲玄”“和婉”“莊雅”“簡嚴”等皆屬之；一是“飄風震雷，揚沙走石”，“播弄恣肆，鼓舞六合”，“光怪變幻，能使人骨驚神悚”的“奇作”。這兩種文章，風格雖不相同，“其爲古文辭一也”，同樣是不可缺少的。建安而下，以至六朝，雖有“盛粉澤而掩素質”的缺點，“然而穠華色澤，比物連彙，亦種種動人”，還是能够自成風格的。

認識到風格多樣化的重要，所以他看出七子派中帶有普遍性的根本缺點，那就是“千篇一律”；包括他自己在內，也不能免此。而形成這種缺點的原因，則是由於“模辭擬法，拘而不化”的緣故。於是，他提出了“取材於經史，而鎔意於心神；借聲於周、漢，而命辭於今日”的主張。認爲只有這樣，才能免於“傍人藩籬，拾人咳唾”，而不至爲古人所奴視。

七子論文，高談格調，有個牢不可破的古今成見横梗胸中，屠隆也還是頑固地、執着地爲這種成見所囿；然而他之所以卑視韓、歐散文和宋詩，其着眼點却和七子有所不同；同時，他的內心也還存在着矛盾。

文中引用何景明“古文之法亡於韓”的説法，極力攻擊韓文，理由是“氣弱”“格卑”“情緩”“法疎”；可是在具體的論述中，實在難以證實他所提出的這幾點。大概他所祈嚮的是周、漢文章中穠郁瑰麗的詞采；而不滿於韓文的，則是昌黎一變成法而爲“疏散”“波峭”的散文。在他看來，就“淡乎無采”，“索乎無味”，“瘖乎無聲”了。這裏有一點值得注意：儘管他對韓、歐的散文抱有極端的成見和偏見，然而他却承認他們的文章是出於“自得”。由於認識到“鎔意於心神”，歸於“自得”，他把這些“獨有周、漢之句法”的擬古者比之爲“麋而虎皮”；認爲“苟非深於古，無輕訾韓、歐”。“影響古人”，“麋而虎皮”，則韓、歐得以寢處之。這是一針見血之談，正説明了在明代文壇門戶分爭之際，唐、宋派所以能够推翻秦、漢派的原因。

他説：“古詩多在興趣，微辭隱義，有足感人。”他之所以尊唐抑宋，因爲唐詩“主吟詠，抒性情”；雖然風格和《三百篇》不同，精神則是一致的；“而宋人多好以詩議論，……又好用故實”，就失去了詩的本色。這種論調，本於張戒、嚴羽，就宋詩的流弊來説，確也不爲無見。這就不是格調説所能限制了。他在《鴻苞論詩文》裏，主張論詩“各求其至”，反對“以古繩今”；指出“我明之詩，則不患其不雅，而患其太襲；不患其無辭采，而患其鮮自得”。更可看出他雖不廢辭采，而更重視的則是“自得”，是“各求其至”；“各求其至”，那就不會沿襲古人的體貌，而能自成風格了。

附　錄

與友人論詩文

〔明〕屠　隆

里中有友人見過，與僕抵掌譚詩文。自三百篇下逮唐人，若李、杜，若高、岑、王、孟，以及我朝李獻吉、李于鱗、王元美諸公，率置喙焉。而獨推宋人詩，若蘇長公輩，及我朝楊用脩，及一不知名某孝廉。謂周、漢間文字不可學，獨昌黎氏可學。唐人惟杜少陵兼雅俗文質，無所不有，比物連彙，字句皆鑿鑿有據，景與意會，情緣事起，隨地布語，不執一塗。其最可喜者，不避粗硬，不諱朴野，若無意爲詩者。李太白凌空駕語，務言言蕭灑，都不切事情，如詩何？杜萬景皆實，而李萬景皆虛；杜深於賦，而李獨長於興。然杜猶恨其時有詩人之態耳。

僕謂老杜大家，言其兼雅俗文質，無所不有，是矣。乃其所以擅場當時，稱雄百代者，則多得之悲壯瑰麗沉鬱頓挫，至其不避粗硬，不諱朴野，固云無所不有，亦其資性則然。老杜所稱擅場在此不在彼，明矣。而謂杜之妙在粗朴，何也？且杜亦自云："平生性僻耽佳句，語不驚人死不休。"良工苦心，往往形神爲索，而謂杜無意於詩，且不擊登聞鼓訟冤乎？李、杜品格，誠有辨矣。顧詩有虛，有實，有虛虛，有實實，有虛而實，有實而虛，並行錯出，何可端倪。乃右實而左虛，而謂李、杜優劣在虛實之辨，何與？且杜若《秋興》諸篇，託意深遠；《畫馬行》諸作，神情橫逸；直將播弄三才，鼓鑄羣品，安在其萬景皆實。而李如《古風》數十首，感時託物，慷慨沉著，安在其萬景皆虛。夫品格既高，風韻自遠，凌空駕語，何害大雅。屈大夫傷時眷主，見諸篇什，誠然實景。至其《遠遊》等篇，凌虛徑度，豈不高哉！大人凌雲，嚌非佳境；遊仙招隱，亦是美談。今夫登閬風，坐天姥，傍日月，挾飛仙，即不能至，言以快心，思之神王，豈必據寸壤，處蓬茨，盤跚蹴躃，食飲而已，然後爲實景可貴哉？賦之與興，六義所該，詩人何可不有。而謂杜深於賦，李獨長於興，且以此置雌黃焉何居？杜如《垂老》、《新婚》、《潼關》、《石壕》、《兵車》、《出塞》、《悲陳陶》、《哀江頭》，賦也。紀行懷古，赤霄朱鳳，秋風佳人，何謂無興也？李如飛龍、懷仙、天姥、太白，興也。大雅、蟾蜍、南箕、北斗，興也，何非賦也？

客曰：李、杜之詩之美猶可識。李、杜而下，無論其他，即如世所稱王、楊、沈、宋、高、岑、王、孟，其美安在？藉令諸公得意之詩，爲後人所遞相膾炙者，嘗試存其篇什，掩其姓名，而謂爲近世之作，人奈何能知其美也？僕曰：人奈何能不知其美也！於此不知，安用詩爲。又云：唐人安得有詩。夫天下事物無盡，情景累移。唐人都不能隨事觸景，創出胸臆，或博蒐古今奇文奥義，多所鋪陳，而徒以天地山川風雲草木數字，遞相祖述，稍變换而爲之，蓋千篇一什也，而且自謂能發抒性靈，長於興趣，安在其爲詩？且詩道大矣！鴻鉅者，纖細者，雄偉者，尖新者，雅者，俗者，虚者，實者，輕而清者，重而濁者，華而縟者，朴而野者，流利而俊響者，艱深而詰屈者，景之所觸，質直可；情之所向，俚下亦可；才之所極，博綜猥瑣亦可；如是乃稱無所不有。茲老杜之所用擅場也。而唐人徒用麗字秀語爲聲俊，取其鼓吹鏗然，如出一口，今之王、李，如足下，往往誦法唐人，務爲工緻而已。于鱗既已若此，足下何不廣心自縱，蒐隱博古，標異出奇，旁通俚俗，自爲一家言，以傑然特立諸公之上，而徒沾沾工緻自喜，學唐人不成，即文爲于鱗而已。

僕謂：何言之易也。唐人長於興趣，興趣所到，固非拘攣一途。且天地山川風雲草木止數字耳，陶鑄既深，變化若鬼，即不出此數字，而起伏頓挫，迴合正變，萬狀錯出，悲壯沉鬱，清空流利，迥乎不齊，而總之協於宫商，娴於音節，固琅然可誦也。子徒以其琅然可誦也，而謂一切工緻已爾，唐人不又稱大寃乎？誠如子云，詩道不已雜乎？詩者非他，人聲韻而成詩，以吟咏寫性情者也。固非蒐隱博古，標異出奇，旁通俚俗，以炫耀恢詭者也。即欲蒐隱博古，標異出奇，旁通俚俗，以炫耀恢詭，曷不爲汲冢《竹書》、《廣成》、《素問》、《山海經》、《爾雅》、《本草》、《水經》、《齊諧》、《博物》、《淮南》、《吕覽》諸書，何詩之爲也？且詩出於三百篇，三百篇誠多識鳥獸草木，然不過就其所見，觸物而爲之，何嘗炫奇標異。試取三百篇而讀之，大率閒雅且都，出於田夫里婦之口，何者不委宛曲折，琅然可誦，而乃務以朴野質直，爲能自脱筆墨蹊徑，不落藩籬乎？老杜語多質朴，濫觴蘇黄諸君，不知老杜之所以高妙特立，正不在此矣。如"落日照大旗，馬鳴風蕭蕭"，如"陰房鬼火青，壞道哀湍瀉"，如"青眼高歌望吾子，眼中之人吾老矣"，如"萬里悲秋長作客，百年多病獨登臺”，如“江間波浪兼天湧，塞上風煙接地陰”，如“三年笛裏關山月，萬國兵前草木風”，如“五更鼓角聲悲壯，三峽星河影動搖”，如“永夜角聲悲自語，中天月色好誰看”，如“金粟堆前松柏里，龍媒去盡鳥呼風”，如“斯須九重眞龍出，一洗萬古凡馬空”，不大悲壯乎！如“岱宗夫如何，齊魯青未了”，如“公主歌黃鵠，君王指白日”，如“中宵驅車去，飲馬寒塘流”，如“俯視但一氣，焉能辨皇州”，如“雲氣生虛壁，江聲走白沙”，如“吳楚東南坼，乾坤日夜浮”，如“星隨平野闊，月湧大江流”，如“詔從二殿去，碑到百蠻開”，如“山河扶綉戶，日月近雕梁”，如“樓雪融城濕，宮雲去殿低”，如“浮雲連海岱，平野入青徐”，如“錦江春色來天地，玉壘浮雲變古今”，如“織女機絲虛夜月，石鯨鱗甲動秋風”，如“江光隱見黿鼉窟，石勢參差烏鵲橋”，不大瑰麗乎！如“落月滿屋梁，猶疑照顏色”，如“天寒翠袖薄，日暮倚修竹”，如“勿爲新婚念，努力事戎行”，如“妾身未分明，何以拜姑嫜”，如“信美無與適，側身望川梁”，如“孰知是死別，且復傷其寒”，如“少壯幾時奈老何，問來哀樂何其多”，如“古人白骨生青苔，如何不飲令心哀”，如“青絲絡頭爲君老，何由却出横門道”，如“君王舊跡今人賞，轉見千秋萬古情”，如“野館濃花發，春帆細雨來”，如“暗水流花徑，春星帶草堂”，如“露從今夜白，月是故鄉明”，如“親朋盡一哭，鞍馬去孤城”，如“江淸歌扇底，野曠舞衣前”，如“龍武新軍深駐輦，芙蓉別殿謾焚香”，如“疎燈自照孤帆宿，新月猶懸雙杵鳴”，如“畫圖省識春風面，環珮空歸月夜魂”，不大宛轉流利乎！老杜之美，其大者灼灼若是，乃一切置不論，而獨取其粗樸以爲擅場，老杜有靈，不胡盧地下乎！

又云：今人文章，往往好學周漢，周漢之文，非不美，顧何可學？學而不成，祇增醜耳。余曰：韓昌黎何如？曰：昌黎蓋文章家之武庫也，何所不有矣。且其文大抵雅馴，不詭於大道。然則朱仲晦之註疏可學與？曰：彼蓋無意爲文者也，何論工拙。六經之文何如？曰：彼蓋有意爲文者也。美宜矣。余曰：不然。周漢之文，與昌黎文具在。業已有定品，無庸短長。且人亦何學也？脫人能立剖判之先，出六合之外，從前人之所不道，而高自出奇，又何學也？即學矣，獨奈何能舍周漢而學昌黎氏也。謂昌黎無所不有，周漢獨何所無邪？謂昌黎不詭於大道，周漢獨於大道詭邪？仲晦無意爲文，即無論工拙。六經獨有意爲邪？無論無不有也，無有也，周漢之文美也，無論美也，周漢也，無論不美也，昌黎也，無論有意爲也，無意爲也。六經之文，合大道也，無論大道合不合也。六經美也。無論美也。六經也，仲晦氏也，不同日語矣。

明秀水朱仁刻本《由拳集》卷二十三

沈嘉則先生詩選序(節錄)

〔明〕屠　隆

……夫文法司馬子長，詩法漢魏樂府，樂府而下法盛唐，以是古卑今，則人人能矣。乃取之博大而出之無窮，挹之流長而運之神應，所謂一代總統之才者，竊以謂先生是邪非邪？今人學子長，尺尺寸寸求之，字模句倣，惟恐弗肖，循牆而走，跼蹐不得展步，而先生獨從容出之。若不經意，即言言皆若出自太史公口吻中，譬如庖丁之技，提刀而立，躊躕四顧，何勇也。今之擬樂府者，徒得古樂府之字句耳。先生不屑屑於擬古，而舂容璀燦，即言言無不作漢魏聲。五言古詩亦出自機抒，而富才勁力，自令鮑、謝却走，若先生之於唐音，猶傴僂丈人之承蜩，掇之而已矣。……

明秀水朱仁刻本《由拳集》卷十二

論　詩　文(選錄)

〔明〕屠　隆

詩非博學不工，而所以工非學；詩非高才不妙，而所以妙非才。杜撰則離，離非超脫之謂，格雖自創，神契古人，則體離而意未嘗不合；程古則合，合非摹擬之謂，字句雖因，神情不傳，則體合而意未嘗不離。

詩之變隨世遞遷，天地有劫，滄桑有改，而況詩乎？善論詩者，政不必區區以古繩今，各求其至可也。論漢、魏者，當就漢、魏求其至處，不必責其不如《三百篇》；論六朝者，當就六朝求其至處，不必責其不如漢、魏；論唐人者，當就唐人求其至處，不必責其不如六朝；漢、魏悽惋如蘇、李，況至如《十九首》，高華如曹氏父子，何必《三百篇》？六朝冲玄如嗣宗，清奥如景純，深秀如康樂，平淡如光祿，婉壯如明遠，何必漢、魏？唐人清綺如沈、宋，雄大如子美，超逸如太白，閒適如右丞，幽雅如襄陽，簡質如韋、儲，俊麗如龍標，勁響如高、岑，何必鮑、謝？宋詩河漢不入品裁，非謂其不如唐，謂其不至也。如必相襲而後爲佳，詩止《三百篇》，删後果無詩矣！至我明之詩，則不患其不雅，而患其太襲；不患其無辭采，而患其鮮自得也。夫鮮自得，則不至也。即文章亦然，操觚者不可不慮也。

明萬曆本《鴻苞》卷十七

答呂姜山[1]

〔明〕湯顯祖[2]

寄吳中曲論良是。“唱曲當知，作曲不盡當知也”。此語大可軒渠[3]。凡文以意、趣、神、色爲主，四者到時，或有麗詞俊音可用，爾時能一一顧九宮四聲否[4]？如必按字摸聲，即有窒滯迸拽之苦，恐不能成句矣。弟雖郡住，一歲不再謁有司。異地同心，惟與兒輩時作磻溪[5]之想。

上海人民出版社《湯顯祖集·詩文集》卷四十七

【註釋】

[1] 呂姜山——名胤昌，號玉繩，浙江餘姚人。湯顯祖同年進士。《曲品》作者呂天成之父。

[2] 湯顯祖——(公元一五五〇年——一六一六年)明代戲曲作家，文學家。字義仍，號海若、若士，別署清遠道人，江西臨川人，所居名“玉茗堂”。萬曆十一年進士，官至浙江遂昌知縣。後歸臨川，以不附權貴被奪官，家居二十年卒。他在戲曲創作上，反對擬古和拘泥於格律。作有傳奇《紫簫記》、《紫釵記》、《還魂記》(牡丹亭)、《南柯記》、《邯鄲記》五種，後四種合稱“臨川四夢”或“玉茗堂四夢”。詩文有《紅泉逸草》、《問棘郵草》、《玉茗堂集》等。明清兩代有些戲曲作家，摹擬湯的文詞和意境，被稱爲“玉茗堂派”或“臨川派”。《明史》卷二百三十有傳。

[3] 軒渠——渠通舉，軒渠謂兒童舉手聳肩欲就父母。《後漢書·薊子訓傳》有“軒渠笑悅”句，後轉爲形容笑悅貌。

[4] 九宮四聲——宮，我國古代所稱宮、商、角、徵、羽五聲(加變徵、變商則爲七聲)之一。在元明戲曲中，凡以宮聲爲主的曲牌總稱“宮”，有仙呂宮、南呂宮、中呂宮、黃鐘宮、正宮之別；以其他各聲爲主的曲牌則總稱“調”，如商調、角調等。九宮是明代常用的仙呂宮、南呂宮、中呂宮、黃鐘宮、正宮等五宮，以及大石調、雙調、商調和越調等四調的合稱。後來又成爲對各種宮調的泛稱。四聲，指字的

平、上、去、入四聲。

[5] 磻溪——一名璜河，在今陜西寶雞縣東南，源出南山茲谷，北流入於渭。相傳呂尙(姜太公)曾垂釣於此，而遇文王。

【説明】

在明代中葉的戲劇創作中，曾出現兩大派别。一是以沈璟爲代表的格律派；一是以湯顯祖爲代表的言情派。這兩派對後代戲劇創作都有很大的影響。而就戲劇創作的成就言，湯顯祖尤爲突出。

《答呂姜山》一文反映了湯顯祖關於戲劇理論的主要觀點。其一是戲劇創作不能單純强調作曲的格律。他反對以按字摸聲來損害作者感情的表現，也否定拘泥於尋宫數調以損害麗詞俊音的運用。但是，湯顯祖並不如沈璟派所説的是曲律的反對者。他的作品本身不乏音律之美可以説明這一點。在這裏，他同意對於音律，"唱曲當知，作曲不盡當知也"，也反映了他的一個基本觀點：對一個作者來説，作品的内容比形式更爲重要。

本文另一個基本觀點，即認爲一個劇本應該包括意、趣、神、色四個方面。湯顯祖在《與宜伶羅章二書》中説："《牡丹亭》記，要依我原本，其呂家改的，切不可從。雖是增減一二字以便俗唱，却與我原做的意趣大不相同了。"由此可見，他所謂意趣，指的是作者的意旨和風趣。在《答王澹生》中，湯顯祖把神情、聲色並舉，説明他所説的神情指的是作品所表現的感情和聲韻文詞。意、趣、神、色，實際上包括了作品的内容和形式兩個方面。

湯顯祖曾經説過："世總爲情，情生詩歌。"公開宣稱："師講性，某講情。"他主張文學作品應以言情爲主。從他的劇作來看，他所表現的情具有突破封建禮教的性質，要求突破傳統的束縛，反映了個性解放的要求。而他的以情爲主的意、趣、神、色的文學主張不僅反映了社會生活中的新的思想意識，對明代的復古主義也是有力的針砭。沈際飛在《玉茗堂文集題詞》中說："言一事，極一事之意趣神色而止；言一人，極一人之意趣神色而止。何必漢宋，亦何必不漢宋"，就指出了湯顯祖提倡意趣神色以反對復古主義的特點。

附　錄

答凌初成

〔明〕湯顯祖

不佞生非吳越通，智意短陋，加以舉業之耗，道學之牽，不得一意橫絕流暢於文賦律呂之事。獨以單慧涉獵，妄意誦記操作。層積有窺，如暗中索路，闖入堂序，忽然霤光得自轉折，始知上自葛天，下至胡元，皆是歌曲。曲者，句字轉聲而已。葛天短而胡元長，時勢使然。總之，偶方奇圓，節數隨異。四六之言，二字而節，五言三，七言四，歌詩者自然而然。乃至唱曲，三言四言，一字一節，故爲緩音，以舒上下長句，使然而自然也。獨想休文聲病浮切，發乎曠聰，伯琦四聲無入，通乎朔響。安詩塡詞，率履無越。不佞少而習之，衰而未融。乃辱足下流賞，重以大製五種，緩隱濃淡，大合家門。至於才情，爛熳陸離，嘆時道古，可笑可悲，定時名手。不佞《牡丹亭》記，大受呂玉繩改竄，云便吳歌。不佞啞然笑曰：昔有人嫌摩詰之冬景芭蕉，割蕉加梅，冬則冬矣，然非王摩詰冬景也。其中駘蕩淫夷，轉在筆墨之外耳。若夫北地之於文，猶新都之於曲。餘子何道哉。

上海人民出版社《湯顯祖集·詩文集》卷四十七

牡丹亭記題詞

〔明〕湯顯祖

天下女子有情寧有如杜麗娘者乎。夢其人卽病，病卽彌連，至手畫形容傳於世而後死。死三年矣，復能溟莫中求得其所夢者而生。如麗娘者，乃可謂之有情人耳。情不知所起，一往而深，生者可以死，死可以生。生而不可與死，死而不可復生者，皆非情之至也。夢中之情，何必非眞。天下豈少夢中之人耶。必因薦枕而成親，待掛冠而爲密者，皆形骸之論也。

傳杜太守事者，彷彿晉武都守李仲文、廣州守馮孝將兒女事。予稍爲更而演之。至於杜守收考柳生，亦如漢睢陽王收考談生也。

嗟夫！人世之事，非人世所可盡。自非通人，恆以理相格耳。第云理之所必無，安知情之所必有耶。

上海人民出版社《湯顯祖集·詩文集》卷三十三

董解元西廂題詞

〔明〕湯顯祖

余於聲律之道，瞠乎未入其室也。《書》曰："詩言志，歌永言，聲依永，律和聲。"志也者，情也。先民所謂發乎情，止乎禮義者，是也。嗟乎，萬物之情，各有其志。董以董之情而索崔、張之情於花月徘徊之間，余亦以余之情而索董之情於筆墨烟波之際。董之發乎情也，鏗金戛石，可以如抗而如墜。余之發乎情也，宴酣嘯傲，可以以翺而以翔。然則余於定律和聲處，雖於古人未之逮焉，而至如《書》之所稱爲言爲永者，殆庶幾其近之矣。清遠道人書於玉茗堂。

上海人民出版社《湯顯祖集·詩文集》卷五十

牡丹亭題詞

〔明〕沈際飛

數百載以下筆墨，摹數百載以上之人之事，不必有，而有則必然之景之情而能令信疑，疑信，生死，死生，環解錐畫。後數百載而下，猶恍惚有所謂懷女、思士、陳人、迂叟，從楮間眉眼生動，此非臨川不擅也。臨川作《牡丹亭》詞，非詞也，畫也；不丹青，而丹青不能繪也；非畫也，眞也；不啼笑而啼笑，即有聲也。以爲追琢唐音乎，鞭箠宋調乎，抽翻元劇乎？當其意得，一往追之，快意而止。非唐，非宋，非元也。柳生騃絕，杜女妖絕，杜翁方絕，陳老迂絕，甄母愁絕，春香韻絕，石姑之妥，老駝之勚，小癩之密，使君之識，牝賊之機，非臨川飛神吹氣爲之，而其人遁矣。若乃眞中覓假，呆處藏黠，繹其指歸□□則柳生未嘗癡也，陳老未嘗腐也，杜翁未嘗忍也，杜女未嘗怪也。理於此確，道於此玄，爲臨川下一轉語。震峯沈際飛書於獨深居。

上海人民出版社《湯顯祖集·詩文集》附錄

譚曲雜劄(選錄)

〔明〕凌濛初

近世作家如湯義仍，頗能模倣元人，運以俏思，儘有酷肖處，而尾聲尤佳。惜其使才自造，句脚、韻脚所限，便爾隨心胡湊，尚乖大雅。至於塡調不諧，用韻龐雜，而又忽用鄉音，如"子"與"宰"叶之類，則乃拘於方土，不足深論，止作文字觀，猶勝依樣畫葫蘆而類書塡滿者也。義仍自云："駘蕩淫夷，轉在筆墨之外。佳處在此，病處亦在此。"彼未嘗不自知。祇以才足逞而律實未諳，不耐檢核，悍然爲之，未免護前。況江西弋陽土曲，句調長短，聲音高下，可以隨心入腔，故總不必合調，而終不悟矣。而一時改手，又未免有斲小巨木、規圓方竹之意，宜乎不足以服其心也。如"留一道畫不□耳的愁眉待張敞"，改爲"留着雙眉待敞"之類。

上海人民出版社《湯顯祖集·詩文集》附錄

點校虞初志[1]序

〔明〕湯顯祖

昔李太白不讀非聖之書[2]，國朝李獻吉亦勸人弗讀唐以後書[3]。語非不高，然未足以繩曠覽之士也[4]。何者？蓋神丘火穴[5]，無害山川嶽瀆之大觀；飛墓秀萼[6]，無害豫章竹箭之美殖[7]；飛鷹立鵲，無害祥麟威鳳之遊栖[8]。然則稗官小說[9]，奚害於經傳子史？遊戲墨花[10]，又奚害於涵養性情耶？東方曼倩以歲星入漢[11]，當其極諫，時雜滑稽[12]；馬季長不拘儒者之節，鼓琴吹笛，設絳紗帳，前授生徒，後列女樂[13]；石曼卿野飲狂呼，巫醫皁隸徒之遊[14]。之三子，曷嘗以調笑損氣節，奢樂墮儒行，任誕妨賢達哉！讀書可譬已。太白故頹然自放，有而不取，此天授，無假人力[15]；若獻吉者，誠陋矣！《虞初》一書，羅唐人傳記百十家，中略引梁沈約十數則，以奇僻荒誕，若滅若沒，可喜可愕之事，讀之使人心開神釋，骨飛眉舞。雖雄高不如《史》《漢》，簡澹不如《世說》[16]，而婉縟流麗，洵小說家之珍珠船也[17]。其述飛僊盜賊，則曼倩之滑稽；志佳冶窈窕[18]，則季長之絳紗；一切花妖木魅，牛鬼蛇神，則曼卿之野飲。意有所蕩激，語有所托歸，律之風流之罪人[19]，彼固歉然不辭矣。使咄咄讀古，而不知此味，即日垂衣執笏，陳寶列俎，終是三館畫手[20]，一堂木偶耳。何所討眞趣哉！余暇日特爲點校之，以借世之奇雋沈麗者。

上海人民出版社《湯顯祖集·詩文集》卷五十

【註釋】

[1] 虞初志——短篇小說集。編者不詳。虞初爲西漢小說家，作有《周說》九百四

十三篇，稱爲小説家之祖，因取以爲書名。今流行本爲十二卷，所收爲唐人《李娃傳》、《鶯鶯傳》、《虬髯客傳》等篇。

[2] 李太白不讀非聖之書——李陽冰《草堂集序》："不讀非聖之書，恥爲鄭衛之作，故其言多似天仙之辭，凡所著述，言多諷興。"

[3] 李獻吉亦勸人弗讀唐以後書——李獻吉見本册何景明《與李空同論詩書》註[1]。陳田《明詩紀事》丁籤卷一引《國寶新編》："李獻吉期暘玉立，傲睨當世，讀書斷自漢魏以上。"

[4] 以繩曠覽之士——約束博覽的人。

[5] 神丘火穴——《佩文韻府》卷二十六下引《括地圖》："神丘有火穴，光照千里。"

[6] 飛墓秀萼——疑墓爲木之誤。飛木秀萼喻異木奇花。

[7] 豫章竹箭之美殖——《史記·司馬相如列傳》："其北則有陰林巨樹，楩枏豫章。"張守節正義："按：溫活人云：'豫，今之枕木也；章，今之樟木也。二木生至七年，枕、樟乃可分别。'"《爾雅·釋地》："東南之美者，有會稽之竹箭焉。"郭璞註："竹箭，篠也。"

[8] 祥麟威鳳之遊栖——《玉海》："興國九年十月癸巳，嵐州獻牝獸一角，角端有肉。詔羣臣參驗，徐鉉等以爲祥麟。"《宋書·符瑞志》："元康四年，南郡獲威鳳。"

[9] 稗官小説——《漢書·藝文志》："小説家者流，蓋出於稗官，街談巷語、道聽塗説者之所造也。"

[10] 墨花——李賀《楊生青花紫石硯歌》："紗帷晝暖墨花春，輕漚漂沫松麝薰。"

[11] 東方曼倩句——東方朔，字曼倩。《初學記》引《漢武帝内傳》："西王母使者至，東方朔死。上以問使者。對曰：'朔是木帝精，爲歲星，下游人中，以觀天下，非陛下之臣。'"按：《太平御覽》引作《漢武故事》。

[12] 當其極諫二句——東方朔以滑稽諫漢武帝，事詳《漢書·東方朔傳》。

[13] 馬季長五句——馬融，字季長。《後漢書·馬融傳》："常坐高堂，施絳紗帳，前授生徒，後列女樂。"

[14] 石曼卿二句——石延年，字曼卿。歐陽修《釋秘演詩集序》："其後得吾亡友石曼卿。曼卿爲人，廓然有大志，時人不能用其材，曼卿亦不屈以求合，無所放其意，則往往從布衣野老，酣嬉淋漓，顛倒而不厭。……當其極飲大醉，歌吟笑呼，以適天下之樂，何其壯也。"

[15] 此天授二句——《史記·淮陰侯列傳》："陛下所謂天授，非人力也。"

［16］世說——南朝宋臨川王劉義慶撰。八卷，梁劉孝標注之爲十卷，見《隋書·經籍志》。今存者三卷，凡三十八篇，題曰《世說新語》，爲宋人晏殊所删併，不知何人加新語二字。

［17］珍珠船——王應麟《困學紀聞》："觀書每得一義，如得一眞珠船。"

［18］佳冶窈窕——裝飾漂亮，體態優美好看。李斯《諫逐客書》："而隨俗雅化，佳冶窈窕，趙女不立於側也。"

［19］風流罪人——《北齊書·邢基傳》："在官寫書，亦是風流罪過。"風流，指封建士大夫所謂風雅。

［20］三館畫手——宋代以史館、昭文館、集賢院爲三館。三館畫手，指供奉御前的畫人。

【説明】

明代傑出的戲劇家湯顯祖在思想上反對程朱理學而主張個性解放，在文學上提倡積極浪漫主義而反對模擬剿襲。這種進步的思想傾向和文學主張不僅表現在他的戲劇創作中，也體現在他對待"非正統文學"的小説的態度裏。

他的《點校虞初志序》是一篇爲傳奇小説立言的文章，一開始就把矛頭對准復古派："國朝李獻吉亦勸人弗讀唐以後書，語非不高，然未足以繩曠覽之士也。"文學上的復古派和正統派往往一身而二任焉，他們重詩文而輕視稗官小説，所以湯顯祖針鋒相對地提出："然則稗官小説，奚害於經傳子史？遊戲墨花，又奚害於涵養性情耶？"他認爲小説應當佔有與經傳子史同樣重要的位置，而李夢陽那樣復古和崇儒是不足取的。"若獻吉者，誠陋矣！"

至於文學創作中的浪漫主義，更是爲"咄咄讀古"的人所不可解。湯顯祖則認爲，其中有"眞趣"，"其述飛仙盜賊"、"花妖木魅"、"牛鬼蛇神"，皆"意有所蕩激，語有所託歸"。它們包含了作者的感情和寄託。因此，"以奇僻荒誕，若滅若沒，可喜可愕之事，讀之使人心開神釋，骨飛眉舞”，能激起人們強烈的審美感情。他把這種傳奇小説稱之爲“小説家之珍珠船”；而把那些擬古之作稱之爲“三館畫手”、“一堂木偶”；一褒一貶，態度十分明朗。

重視稗官小説，提倡浪漫主義，是這篇《點校虞初志序》的主要内容。同樣的觀點，也存在於《豔異編序》裏。那篇有疑問的《豔異編序》（湯顯祖死於一六一六年，《豔異編序》尾署寫於戊午即一六一八年）也可能出自湯顯祖的手筆，而問題或出自年代誤置。

附　錄

豔異編序

〔明〕湯顯祖

嘗聞宇宙大矣，何所不有？宣、尼不語怪，非無怪之可語也。乃齷齪老儒輒云，目不覩非聖之書。抑何坐井觀天耶？泥丸封口當在斯輩。而獨不覩乎天之風月，地之花鳥，人之歌舞，非此不成其爲三才乎？從來可欣可羡可駭可愕之事，自曲士觀之，甚奇；自達人觀之，甚平。吾嘗浮沉八股道中，無一生趣。月之夕，花之晨，啣觴賦詩之餘，登山臨水之際，稗官野史，時一展玩，諸凡神仙妖怪，國士名姝，風流得意，慷慨情深，語千轉萬變，靡不錯陳於前，亦足以送居諸而破岑寂，豈其詹詹學一先生之言而以號於人曰，此夫出自《齊諧》之口也者，而擯不復道耶？雖然，《詩》三百篇，不廢鄭、衞，要以無邪爲歸。假令不善讀《詩》者，而徒侈淫哇之詞，頓忘懲創之旨，雖多亦奚以爲！是集也，奇而法，正而葩，穠纖合度，修短中程，才情妙敏，踪跡幽玄。其爲物也多姿，其爲態也屢遷，斯亦小言中之白眉者矣。昔人云，我能轉法華，不爲法華轉。得其説而並得其所以説，則樂而不淫，哀而不傷，縱横流漫而不納于邪，詭譎浮夸而不離于正。不然，始而惑，既而溺，終而蕩。“盡信書則不如無書”，有味乎子輿氏之言哉。不佞懶如嵇，狂如阮，慢如長卿，迂如元稹，一世不可余，余亦不可一世。蕭蕭此君而外，更無知己。嘯咏時每手一編，未嘗不臨文感慨，不能喻之於人。竊謂開卷有益，夫固善取益者自爲益耳。戊午天孫渡河後三日，晏坐南窗，涼風颯至，綠筠弄影，左蟹螯，右酒杯，拍浮大呼漫興書此，以告夫世之讀《豔異編》者。玉茗居士湯顯祖題。

上海人民出版社《湯顯祖集·詩文集》卷五十

詞隱[1]先生論曲〔選錄〕

〔明〕沈　璟

〔二郎神〕何元朗[2]，一言兒啓詞宗寶藏[3]，道欲度新聲[4]休走樣，名爲樂府[5]，須教合律依腔。寧使時人不鑒賞，無使人撓喉捩嗓[6]。說不得才長，越有才越當着意斟量。

…………

〔金衣公子〕奈獨立怎提防，講得口唇乾空鬧攘，當筵幾度添惆悵。怎得詞人當行，歌客守腔[7]，大家細把音律講。自心傷，蕭蕭白髮，誰與共雌黃[8]。

〔前腔〕曾記少陵狂，道細論詩晚節詳[9]，論詞亦豈容疎放。縱使詞出繡腸，歌稱繞梁[10]，倘不諧律吕[11]，也難褒奬。耳邊廂訛音俗調，羞問短和長。

〔尾聲〕吾言料没知音賞，這《流水》《高山》逸響，直待後世鍾期也不妨[12]。

《古本戲曲叢刊》初集影明天啓三年刻本《博笑記》附録

【註釋】

[1] 詞隱——沈璟(公元一五五三年——一六一〇年)的别號。沈璟字伯英，一字聃和，號寧庵，吳江人。萬曆二年進士，曾任兵部職方司主事、考功員外郎、光祿寺丞等職。後來辭官回鄉，家居幾三十年卒。璟深通音律，善於南曲。編有《南九宫譜》二十二卷。戲曲有《屬玉堂傳奇》十七種，今存《義俠記》、《紅蕖記》等七種。

[2] 何元朗——何良俊字。松江華亭人，嘉靖中貢生，以薦授南翰林孔目。後棄官歸隱，專門從事著述。自稱和古人莊周、王維、白居易爲友，因名所居曰"四友

齋”。著有«柘湖集»二十八卷、«四友齋叢說»、«何氏語林»等。

[3] 一言兒啓詞宗寶藏——詞宗,見王勃«滕王閣序»:“騰蛟起鳳,孟學士之詞宗”,原意爲詞章之宗匠,這裏指戲曲填詞的巨子。此句意謂一言道出了戲曲家的寶貴秘密。

[4] 欲度新聲——謂欲作新曲詞。«漢書·元帝紀贊»:“自度曲,被歌聲。”應劭註:“自隱度作新曲,因持新曲以爲歌詩聲也。”

[5] 名爲樂府——«漢書·禮樂志»:“漢武帝定郊祀之禮,乃立樂府。以李延年爲協律都尉。”樂府之名始此。其後歌曲被於弦管者,皆稱樂府。戲曲也被視爲樂府的變體,所以說“名爲樂府”。

[6] 撓喉捩嗓——撓,屈。捩,拗。撓喉捩嗓指違反音律的曲詞歌唱時發生困難。

[7] 詞人當行二句——詞人當行指必須注重戲曲的聲律。歌客守腔指必須依腔合調。

[8] 雌黃——古人寫字用黃紙,如發現有誤,則塗以雌黃。顏之推曰:讀天下書未徧,不得妄下雌黃。謂不得隨意改竄也。晉王衍善談論,錯舉經籍,輒隨口改易,時謂之口中雌黃。此後引申爲妄加議論。

[9] 曾記少陵狂二句——少陵狂,見杜甫«壯遊»:“歸帆拂天姥,中歲貢舊鄉。……裘馬頗輕狂,春歌叢臺上。”道細論詩晚節詳,見杜甫«遣悶戲呈路十九曹長»:“晚節漸於詩律細。”

[10] 繞梁——«列子·湯問»:“昔韓娥……過雍門,鬻歌假食,既去而餘音繞梁欐,三日不絕。”

[11] 律吕——見本書第一册«尚書·堯典»註[12]。

[12] 吾言料沒知音賞三句——«列子·湯問»:“伯牙鼓琴,志在高山,鍾子期曰:‘善哉,峨峨兮若泰山’;志在流水,曰:‘善哉,洋洋兮若江河’。子期死,伯牙絕弦,以無知音者。”此三句謂自己的主張難以得到別人的贊賞,不妨留待以後的知音。

【説明】

萬曆年間,在傳奇創作繁榮的情况下,對戲曲音律的探討日益深入。也正是在這個問題上,產生了臨川湯顯祖和吳江沈璟的意見分歧,這就是中國戲劇史上所稱的“臨川派”和“吳江派”的對立。對於這兩個派别,王驥德曾有過概括的介紹:“臨川之於吳江,故自冰炭。吳江守法,斤斤三尺,不欲令一字乖律,而毫鋒殊拙；臨川尚趣，直是横行，組織之工，幾與天孫爭巧，而屈曲聱牙，多令歌者齚舌。”王驥德説明，兩派爭論的焦點，是在音律問題上。其實，協律只是傳奇創作中的一個重要環節，並非根本問題。湯顯祖的作品並非全不協律，他在思想上藝術上的成就也不能僅憑協律與否加以衡量。

作爲吳江派的領袖，沈璟特别強調戲曲藝術的兩個方面，主張戲曲語言的本色和講求音律。由於他對後者更爲重視，人們也就常常把吳江派稱爲“音律派”。沈璟對戲曲音律的強調，表現在下面一些話裏：“怎得詞人當行，歌客守腔，大家細把音律講。”“名爲樂府，須教合律依腔。寧使時人不鑒賞，無使人撓喉捩嗓。”“縱使詞出綉腸，歌稱繞梁，倘不諧律呂，也難褒講。”本來，在戲曲傳奇的創作中講究音律，可以促進作品的音樂美，更便於作品内容爲讀者所接受，這種主張是有積極意義的。沈璟爲了深入地貫徹自己的主張，曾整理過蔣孝的《南九宫十三調曲譜》，寫了《論詞六則》、《唱曲當知》，還考訂過《琵琶記》的曲譜。這些著述曾經對戲曲創作産生過廣泛的影響。

但是，沈璟對音律問題強調得過了頭。他説：“寧協律而調不工，讀之不成句，而謳之始協，是爲中之之巧。”這就形成了對聲律的單純追求而忽視了其它重要方面。至於被沈璟推崇爲“一言啓詞宗寶藏”的何良俊，更提出“寧聲協而辭不工，無寧辭工而聲不協”（《曲論》）。寧願犧牲文辭去遷就聲律，就更流於片面了。

吳江派作家在沈璟影響下，大都講究音律，這對戲曲藝術的發展有一定貢獻。但是，他們的過分追求也束縛了作家的思想和才能，這又使得他們的戲曲創作並不出色，其成就遠遠落在湯顯祖的後面。

附　　錄

曲　　論(選錄)

〔明〕何良俊

金、元人呼北戲爲雜劇，南戲爲戲文。近代人雜劇以王實甫之《西廂記》，戲文以高則誠之《琵琶記》爲絕唱，大不然。夫詩變而爲詞，詞變而爲歌曲，則歌曲乃詩之流別。今二家之辭，卽譬之李、杜。若謂李、杜之詩爲不工，固不可。苟以爲詩必以李、杜爲極致，亦豈然哉。祖宗開國，尊崇儒術。士大夫恥留心辭曲，雜劇與舊戲文本皆不傳，世人不得盡見。雖教坊有能搬演者，然古調既不諧於俗耳，南人又不知北音。聽者卽不喜，則習者亦漸少。而《西廂》《琵琶記》傳刻偶多，世皆快靚。故其所知者獨此二家。余所藏雜劇本幾三百種。舊戲文雖無刻本，然每見於詞家之書。乃知今元人之詞，往往有出於二家之上者。蓋《西廂》全帶脂粉，《琵琶》專弄學問，其本色語少。蓋塡詞須用本色語，方是作家。苟詩家獨取李、杜，則沈、宋、王、孟、韋、柳、元、白，將盡廢之耶？

元人樂府稱馬東籬、鄭德輝、關漢卿、白仁甫爲四大家。馬之詞老健而乏姿媚，關之詞激厲而少蘊藉，白頗簡淡，所欠者俊語，當以鄭爲第一。鄭德輝雜劇，《太和正音譜》所載總十八本，然入弦索者惟《㑳梅香》、《倩女離魂》、《王粲登樓》三本。今教坊所唱，率多時曲，此等雜劇古詞，皆不傳習，三本中獨《㑳梅香》頭一折《點絳脣》尙有人會唱，至第二折"驚飛幽鳥"，與《倩女離魂》內"人去陽臺"、《王粲登樓》內"塵滿征衣"，人久不聞，不知弦索中有此曲矣。

大抵情辭易工。蓋人生於情，所謂"愚夫愚婦可以與知者"。觀十五國風，大半皆發於情，可以知矣。是以作者既易工，聞者亦易動聽。卽《西廂記》與今所唱時曲，大率皆情詞也。至如《王粲登樓》第二折，摹寫羈懷壯志，語多慷慨，而氣亦爽烈。至後《堯民歌》、《十二月》，託物寓意，尤爲妙絕，豈作調脂弄粉語者可得窺其堂廡哉！

鄭德輝所作情詞，亦自與人不同。如《㑳梅香》頭一折《寄生草》"不爭琴操中單訴你飄零，却不道窗兒外更有個人孤零。”《六么序》“却原來群花弄影，將我來諕一驚。” 此語何等蘊藉有趣。大石調《初開口》內“又不曾薦枕席，便指望同棺槨。只想夜偸期，不記朝聞道。”《好觀音》內“上覆你箇氣咽聲絲張京兆，本待要塡還你枕剩衾薄。”語不着色相，情意獨至，眞得詞家三昧者也。

鄭德輝《倩女離魂》越調《聖藥王》內：“近蓼花，纜釣槎，有折蒲衰草綠蒹葭。過水窪，傍淺沙，遙望見烟籠寒水月籠紗，我只見茅舍兩三家。”如此等語，清麗流便，語入本色；然殊不穠郁，宜不諧於俗耳也。

…………

高則誠才藻富麗，如《琵琶記》“長空萬里”，是一篇好賦，豈詞曲能盡之！然旣謂之曲，須要有蒜酪，而此曲全無，正如王公大人之席，駝峯、熊掌，肥腯盈前，而無蔬、筍、蜆、蛤，所欠者，風味耳。

《拜月亭》是元人施君美所撰，《太和正音譜》“樂府群英姓氏”亦載此人，余謂其高出於《琵琶記》遠甚。蓋其才藻雖不及高，然終是當行。其“拜新月”二折，乃檃括關漢卿雜劇語。他如《走雨》、《錯認》、《上路》、館驛中相逢數折，彼此問答，皆不須賓白，而敍說情事，宛轉詳盡，全不費詞，可謂妙絕。《拜月亭·賞春·惜奴嬌》如“香閨掩珠簾鎖垂，不肯放燕雙飛”，《走雨》內“綉鞋兒分不得幫底，一步步提，百忙裏褪了根”，正詞家所謂“本色語”。

南戲自《拜月亭》之外，如《呂蒙正》“紅粧豔質，喜得功名遂”，《王祥》內“夏日炎炎，今日個最關情處，路遠迢遙”，《殺狗》內“千紅百翠”，《江流兒》內“崎嶇去路賒”，《南西廂》內“團團皎皎”、“巴到西廂”，《翫江樓》內“花底黃鸝”，《子母寃家》內“東野翠烟消”，《詐妮子》內“春來麗日長”，皆上絃索。此九種，卽所謂戲文，金、元人之筆也，詞雖不能盡工，然皆入律，正以其聲之和也。夫旣謂之辭，寧聲叶而辭不工，無寧辭工而聲不叶。

中國戲劇出版社本《中國古典戲曲論著集成》《曲論》

曲　律（選錄）

〔明〕王驥德

詞隱傳奇，要當以《紅蕖》稱首，其餘諸作，出之頗易，未免庸率。然嘗與余言，歉以《紅蕖》爲非本色，殊不其然。生平於聲韻、宫調，言之甚悉，顧於己作，更韻、更調，每折而是，良多自恕，殆不可曉耳。

臨川之於吳江，故自冰炭。吳江守法，斤斤三尺，不欲令一字乖律，而毫鋒殊拙；臨川尚趣，直是横行，組織之工，幾與天孫爭巧，而屈曲聱牙，多令歌者齚舌。吳江嘗謂："寧協律而不工。讀之不成句，而謳之始協，是爲中之之巧。"曾爲臨川改易《還魂》字句之不協者，呂吏部玉繩（鬱藍生尊人）以致臨川，臨川不懌，復書吏部曰："彼惡知曲意哉！余意所至，不妨拗折天下人嗓子。"其志趣不同如此。鬱藍生謂臨川近狂，而吳江近狷，信然哉！

自詞隱作詞譜，而海内斐然向風。衣鉢相承，尺尺寸寸守其榘矱者二人：曰吾越鬱藍生，曰檇李大荒逋客。鬱藍《神劍》、《二媱》等記，並其科段轉折似之；而大荒《乞麾》至終帙不用上去疊字，然其境益苦而不甘矣。

詞隱之持法也，可學而知也；臨川之脩辭也，不可勉而能也。大匠能與人規矩，不能使人巧也。其所能者，人也；所不能者，天也。

詞隱所著散曲《情癡寱語》及《詞隱新詞》各一卷，大都法勝於詞。《曲海青冰》二卷，易北爲南，用工良苦。前二種，呂勤之已爲刻行；後一種，勤之既逝，不知流落何處，惜哉！

詞隱《墜釵記》，蓋因《牡丹亭》而興起者，中轉折儘佳，特何興娘鬼魂别後，更不一見，至末折忽以成仙會合，似缺鍼線。余嘗因鬱藍之請，爲補又二十七盧二舅指點修煉一折，始覺完全。今金陵已補刻。

詞隱生平，爲挽回曲調計，可謂苦心。嘗賦《二郎神》一套，又雪夜賦《鶯啼序》一套，皆極論作詞之法。中《黄鶯兒》調，有"自心傷，蕭蕭白首，誰與共雌黄！"《尾聲》："吾言料沒知音賞，這《流水》《高山》逸響，直待後世鍾期也不妨。"二詞見勤之刻中。至今讀之，猶爲悵然。蘇長公有言："少游已矣，雖萬人何贖！"吾於詞隱亦云。

中國戲劇出版社本《中國古典戲曲論著集成》《曲律》

曲　　品（選録）

〔明〕呂天成

沈光祿金、張世裔，王、謝家風，生長三吳歌舞之鄉，沈酣勝國管絃之籍。妙解音律，花月總堪主盟；雅好詞章，僧妓時招佐酒。束髮入朝而忠鯁，壯年解組而孤高。卜業郊居，遯名詞隱。嗟曲流之泛濫，表音韻以立防；痛詞法之蓁蕪，訂全譜以闢路。紅牙館內，謄套數者百十章；屬玉堂中，演傳奇者十七種。顧盼而烟雲滿座，咳唾而珠玉在豪。運斤成風，樂府之匠石；游刃餘地，詞壇之庖丁。此道賴以中興，吾黨甘爲北面。

嬌紅　此傳盧伯生所作，而沈翁傳以曲，詞、意俱可觀。以申、嬌之不終合也而合之，誠快人意。第傳中有嬌之妬紅，紅之汙嬌，生之感鬼，嬌之遠別，種種情態，未經描寫，亦堪恨恨。

紅蕖　著意著詞，曲白工美。鄭德璘事固奇，無端巧合，結撰更宜。先生自謂：字雕句鏤，正供案頭耳。此後一變矣。

埋劍　郭飛卿事，奇。描寫交情，悲歌慷慨。此事鄭虛舟採入《大節記》矣。《大節記》以吳永固爲生。

十孝　有關風化，每事以三齣，似劇體，此自先生創之。末段徐庶返漢，曹操被擒，大快人意。

分錢　全效《琵琶》，神色逼似。第一廣文不能有其妾，事情近酸，然苦境亦可玩。

雙魚　書生坎坷之狀，令人慘動。雜取符節事，《薦福碑》劇中北調，尤佳。

合衫　苦處境界，大約雜摹古傳奇。此乃元劇《公孫合汗衫》事，曲極簡質，先生最得意作也，第不新人耳目耳。余特爲先生梓行於世。

義俠　激烈悲壯，具英雄氣色。但武松有妻，似贅。葉子盈添出，無緊要。西門慶鬥殺。先生屢貽書於余，云："此非盛世事，秘勿傳。"乃半野商君得本，已梓，吳下競演之矣。

鴛衾　聞有是事。局境頗新，妻之掠於忭也，章臺柳也，合讖無所不可。吾友桐柏生有鳳、釵二劇，亦取之。

桃符　即《後庭花》劇而敷衍之者。宛有情致，時所盛傳。聞舊亦有南戲，今不存。

分柑　男色爲佳曲。此本諢態疊出，可喜。第情境尙未激暢，不若譜董賢更善也。

四異　舊傳吳下有嫂奸事，今演之，快然。丑、淨用蘇人鄉語，亦足笑也。

鑿井　事奇，湊拍更好。通本曲腔名，俱用古戲名串合者，此先生長技處也。

珠串　崔郊狎一青衣，賦“侯門如海”詩，事足傳。寫出有情景。第其妻磨折處，不脫套耳。

奇節　正史中忠孝事，宜傳。一帙分兩卷，此變體也。

結髮　是余所作傳，致先生而譜之者。情景曲折，便覺一新。

墜釵　興、慶事，甚奇，又與賈女雲華、張倩女異。先生自遜，謂“不能作情語”，乃此情語何婉切也！

博笑　體與《十孝》類。雜取《耳談》中事譜之，輒令人絕倒。先生游戲，至此神化極矣。

中國戲劇出版社本《中國古典戲曲論著集成》《曲品》

元曲選序二

〔明〕臧懋循[1]

今南曲盛行於世，無不人人自謂作者，而不知其去元人遠也。元以曲取士，設十有二科[2]，而關漢卿[3]輩爭挾長技自見，至躬踐排場[4]，面傅粉墨，以爲我家生活偶倡優而不辭者；或西晉竹林諸賢託杯酒自放之意[5]，予不敢知。所論詩變而詞，詞變而曲，其源本出於一，而變益下，工益難，何也？詞本詩而亦取材於詩，大都妙在奪胎而止矣；曲本詞而不盡取材焉，如六經語，子史語，二藏[6]語，稗官野乘語，無所不供其採掇；而要歸斷章取義，雅俗兼收，串合無痕，乃悅人耳。此則情詞穩稱之難。宇內貴賤妍媸幽明離合之故，奚啻千百其狀，而塡詞者必須人習其方言，事肖其本色，境無旁溢，語無外假，此則關目[7]緊湊之難。北曲有十七宮調[8]，而南止九宮，已少其半；至於一曲中有突增數十句者，一句中有襯貼數十字者，尤南所絕無，而北多以是見才。自非精審於字之陰陽，韻之平仄，鮮不劣調；而況以吳儂強效傖父喉吻，焉得不至河漢[9]？此則音律諧叶之難。總之，曲有名家，有行家：名家者，出入樂府，文彩爛然，在淹通閎博之士，皆優爲之。行家者，隨所粧演，無不摹擬曲盡，宛若身當其處，而幾忘其事之烏有；能使人快者掀髯，憤者扼腕，悲者掩泣，羨者色飛，是惟優孟衣冠[10]，然後可與於此。故稱曲上乘首曰當行。不然，元何必以十二科限天下士，而天下士亦何必各占一科以應之，豈非兼才之難得而行家之不易工哉？予嘗見王元美《藝苑巵言》之論曲，有曰："北曲字多而聲調緩，其筋在弦，南曲字少而聲調繁，其力在板。”夫北之被絃索，猶南之合簫管，擢藏掩抑，頗足動人，而音亦嫋嫋與之俱流，反使歌者不能自主，是曲之別調，非其正也。若板以節曲，則南北皆有力焉。如謂北筋在弦，亦謂南力在管可乎[11]？惜哉元美之未知曲也！繇斯以評，新安汪伯玉《高唐》《洛川》四南曲[12]，非不藻麗矣，然純作綺語，其失也靡。山陰徐文長《禰衡》《玉通》四北曲[13]，非不伉儷矣，然雜出鄉語，其失也鄙。豫章湯義仍[14]，庶幾近之，而識乏通方之見，學罕協律之功，所下句字，往往乖謬[15]，其失也疎。他雖窮極才情，而面目愈離，按拍者既無繞梁遏雲之奇[16]，顧曲者復無輟味忘倦之好[17]，此乃元人所唾棄而戾家[18]畜之者也。予故選雜劇百種，以盡元曲之妙，且使今之爲南者，知有所取則云爾。

萬曆丙辰春上巳日下若里人臧晉叔書[19]。

博古堂藏板《元人百種曲》

【註釋】

[1] 臧懋循（？——公元一六二一年）——字晉叔，號顧渚，浙江長興人。萬曆八年進士，官至南京國子監博士。他精研戲曲，兼長詩文，與王世貞相友善。曾於山東王氏、湖北劉氏、福建楊氏以及家藏元人雜劇中選出一百種，加以校訂，編爲《元曲選》，對元曲的流傳，影響甚大。并修改湯顯祖的《玉茗堂四夢》；此外還輯有《古詩所》《唐詩所》；其自著的詩文集名《負苞堂稿》。

[2] 元以曲取士二句——明沈德符《萬曆野獲編》卷二十五“雜劇院本”下云：“元人未滅南宋時，以此定士子之優劣，每出一題，任人塡曲，如宋宣和畫學，出唐詩一句，恣其渲染，選其能得畫外趣者登高第，以故，宋畫、元曲，千古無匹。”明沈寵綏《度曲須知》上卷“曲運隆衰”條云：“自元人以塡詞制科，而科設十二，命題惟是韻脚以及平平仄仄譜式，又隱厥牌名，俾舉子以意揣合，而敷平配仄，塡滿詞章。折凡有四，如試牘然。合式則標甲榜，否則外孫山矣。”清人姚範《援鶉堂筆記》謂“元以曲子取士，見明寧王臞仙所刻，載《元曲子取士科錄》”。證以臧氏所言，知明人有元以曲子取士的傳說。但《四庫全書總目提要》就已指出沈德符“其論元人未滅南宋以前，以雜劇試士，核以《元史·選舉志》，絕無影響，

乃委巷之鄙談”。梁章鉅《退庵隨筆》也說:“世傳元人以詞曲取士,考《元史·選舉志》及《元典章》,皆無其事。胡震亨《讀書雜錄》,言其友秀水屠用明藏元代《皇慶三年鄉試錄》一帙,所載考試程式,與《元志》無異,則元未嘗以詞曲取士也。”梁廷枏《曲話》卷四中也說:“元人百種,佳處恆在第一、二折,……至第四折,則了無意味矣。世遂謂元人以曲試士,百種雜劇,多出於場屋,第四折爲強弩之末,故有工拙之分。然考之《元史·選舉志》,固無明文,或亦傳聞之誤也。”據此,則臧氏此說,無徵不信。惟梁紹壬《兩般秋雨盦曲說》也說:“相傳元人以詞曲取士,而考《選舉志》及《曲章》皆無之。或另設一門,如今考天文、算學一律,特以備梨園供奉耳。”可以備考。又所謂十二科,只是戲劇本事的分類,據《太和正音譜》所載“雜劇十二科”名目是:一、神化道化,二、隱居樂道,三、披袍秉笏,四、忠臣烈士,五、孝義廉節,六、叱奸罵讒,七、逐臣孤子,八、鏺刀趕棒,九、風花雪月,十、悲歡離合,十一、烟花粉黛,十二、神頭鬼臉。

[3] 關漢卿——號已齋叟,元大都人。約生於十三世紀前期,卒於宋亡之後。所作雜劇今知有六十餘種,現存十三種及殘曲三種。

[4] 排場——戲場,戲臺。也指登場演出。王季烈《螾廬曲談》“演劇者之上下動作,謂之排場。”

[5] 或西晉竹林諸賢託杯酒自放之意——晉山濤、阮籍、嵇康、向秀、劉伶、阮咸、王戎號稱竹林七賢。他們多好飲酒,借以抒發憤世嫉俗的心情。

[6] 二藏——佛藏和道藏,即佛、道二教的經典。

[7] 關目——配置於劇中各處之重要事跡。

[8] 北曲有十七宮調——據《中原音韻》記載,元代北曲用六宮十一調,故稱十七宮調。六宮爲:仙呂宮、南呂宮、中呂宮、黃鐘宮、正宮、道宮。十一調爲:大石調、小石調、高平調、般涉調、歇指調、商角調、雙調、商調、角調、宮調、越調。

[9] 河漢——原以比喻言論誇誕漫無邊際,如《莊子·逍遙遊》:“吾驚怖其言,猶河漢而無極也。”引申爲不置信或忽視之意,如《世說新語·言語》:“若郗超聞此語,必不至河漢。”

[10] 優孟衣冠——優孟,楚國優人。楚相孫叔敖死,優孟着孫叔敖衣冠,摹仿其神態,往楚莊王前爲壽。莊王驚訝,以爲孫叔敖復生。見《史記·滑稽列傳》。後因謂演戲爲優孟衣冠。

[11] 予嘗見王元美藝苑卮言之論曲以下十八句——王世貞《弇州山人四部稿》卷一百五十二《藝苑卮言》附錄一:“凡曲:北字多而調促,促處見筋;南字少而調緩,緩處見眼。北則辭情多而聲情少,南則辭情少而聲情多。北力在弦,南力在

板。北宜和歌，南宜獨奏。北氣易粗，南氣易弱。此吾論曲三昧語。”案：弦指弦索而言；板指拍板，即按節之物，故亦稱節爲板。在魏良輔的《曲律》中，有可與王氏所論相發之處。其文爲：“北曲以遒勁爲主，南曲以宛轉爲主，各有不同。至於北曲之弦索，南曲之鼓板，猶方圓之必資於規矩，其歸重一也。”周貽白注云：“此條《原始》(指《崑腔原始》)作‘北曲遒勁，以弦索傅之；南曲宛轉，以鼓板按之。猶規矩之於方圓，其相資一也’。……”又魏氏《曲律》有一條與《藝苑卮言》所云約略相同，而意義有殊，其文爲：“北曲與南曲，大相懸絶，有磨調、弦索調之分。北曲字多而調促，促處見筋，故詞情多而聲情少；南曲字少而調緩，緩處見眼，故詞情少而聲情多。北力在弦索，宜和歌，故氣易粗；南力在磨調，宜獨奏，故氣易弱。近有弦索唱作磨調，又有南曲配入弦索，誠爲方底圓蓋，亦以坐中無周郎耳。”周貽白注云：“此條《原始》作‘北曲字多調促……南曲字少調緩……北力在弦索，宜和歌，其氣忌粗……其氣忌弱，若以弦索作磨調，南北配入弦索，則方圓枘鑿之不相入，曲之魔矣。’按此條明王元美《藝苑卮言》亦有一段與之約略相同。……《藝苑卮言》明刊本，有嘉靖戊午六月王氏自序。戊午爲嘉靖三十七年(公元一五五八年)，然則《曲律》的撰成，實在《藝苑卮言》刊行以後。……但《曲律》與《卮言》不同之處，前者謂‘北力在弦索，南力在磨調’，而後者則作‘北力在弦，南力在板’。《曲律》之論弦板，僅指出‘猶方圓之必資於規矩’，與王氏之説略有出入。而此處則以‘北力在弦索，南力在磨調’作爲對比，意義更有不同，或爲對王氏之説有所修正。”

[12] 新安汪伯玉高唐洛川四南曲——汪道昆，字伯玉，歙縣人。所作雜劇，存有《高唐夢》《五湖遊》《遠山戲》《洛水悲》四種。

[13] 山陰徐文長禰衡玉通四北曲——徐渭見《南詞敍錄》注。著有雜劇劇本集《四聲猿》，包括《女狀元》《雌木蘭》《玉禪師》(即《玉通》)《漁陽弄》(即《禰衡》)四種。

[14] 豫章湯義仍——見本册《答吕姜山》選篇註[2]。

[15] 學罕協律之功三句——湯顯祖《答孫俟居書》云：“弟在此自謂知曲意，詞筆懶韻落，時時有之，正不妨拗折天下人嗓子。”王驥德《曲律》説：“湯若士婉麗妖冶，語動刺骨，獨字句平仄，多逸三尺。”又沈德符《顧曲雜言》亦謂：“湯義仍《牡丹亭》一出，家絃戶誦，幾令《西廂》減價，奈不諳曲譜，用韻多任意處，乃才情自足不朽也。”

[16] 繞梁遏雲之奇——《列子·湯問》：“昔韓娥東之齊，匱糧，過雍門，鬻歌假食，既去而餘音繞梁欐，三日不絶。”又：“薛譚學謳於秦青，未窮青之技，自謂盡之，遂辭歸。秦青弗止，餞於郊衢，撫節悲歌，聲振林木，響遏行雲。”

[17] 顧曲——《三國志·吳志·周瑜傳》:"瑜少精意於音樂，雖三爵之後，其有闕誤，瑜必知之，知之必顧，故時人謠曰:'曲有誤，周郎顧。'"後人稱聽歌爲顧曲，本此。輟味——《論語·述而》:"子在齊聞韶，三月不知肉味。曰:不圖爲樂之至於斯也。"忘倦——《禮記·樂記》:"魏文侯問於子夏曰:吾端冕而聽古樂，則唯恐臥;聽鄭衞之音，則不知倦。"

[18] 戾家——案:元代戲曲行業中有行家、戾家的名稱。行指行業，屬此行業的職業演員之團體謂之行院，引申以稱職業演員，也叫行家;相對的戾家，是指非此行業的子弟客串者。《永樂大典》卷一三九九一《宦門子弟錯立身》戲文，題目爲:"衡州擡府粧旦色，走南投北俏郎君，戾家行院學踏爨，宦門子弟錯立身。"劇中寫宦門子弟完顏延壽因戀散樂王金榜，爲父所責，逃出與王同走江湖賣藝，其題目所云"戾家行院學踏爨"，就是說子弟在行院中學踏爨。但當時文人士大夫却曾有翻案之論，謂稱職業演員爲行家之說爲非是。《太和正音譜》卷上《雜劇十二科》條云:"子昂趙先生曰:'良家子弟所扮雜劇，謂之行家生活，倡優所扮者，謂之戾家把戲。'"趙氏蓋意在抬高子弟所演之劇的地位，爲之爭行家的榮譽而推却戾家之名。臧氏此文敷衍其說而又有不同，蓋以士大夫爲名家，以職業演員之技藝高超者爲行家，而以演員技藝之低劣者爲戾家。其用意實同於趙氏，不外爲士大夫擺脫戾家之名而已。

[19] 萬曆丙辰——萬曆，明神宗年號，自公元一五七三年至一六一九年。丙辰，萬曆四十四年。下若里——在浙江長興縣。

【説明】

《元曲選》是一部選擇較精、收羅較廣的元劇選本。臧懋循在序文裏，説明了他編選本書的主旨和對元劇的意見。

他認爲:詩、詞、曲其源雖出於一，但作曲最難。一、劇中人物複雜，運用語言，必須廣泛。要做到"雅俗兼收，串合無痕"，很不容易，此乃"情詞穩稱之難"。二、劇中情節曲折，必須結構嚴密，寫人敍事，務求生動;所謂"人習其方言，事肖其本色，境無旁溢，語無外假"，此乃關目緊湊之難。三、曲文在於歌唱，必須合律，陰陽平仄，都要注意，此乃音律諧叶之難。他從戲曲文學本身的特點，論述它和詩、詞的區别以及創作上的困難，頗有見解。

其次，他把曲分爲名家與行家，而以行家爲上乘。名家只以文采見長，追求形式；行家則“摹擬曲盡”，力求眞實，表演時“能使人快者掀髯，憤者扼腕，悲者掩泣，羨者色飛”，必須如此，才能充分地發揮戲曲的效果。徐渭以來，論曲多主本色、當行之説，臧懋循所論，更爲具體。這對於明代當日曲壇貴藻麗、講格律的傾向，具有批判意義。

基於這樣的認識，他論曲尊元薄明，重北輕南，他認爲明代南曲的成就，遠不如元劇，在兩篇序文裏，都貫串了這種精神。對明代作家徐渭、湯顯祖、汪道昆的作品和王世貞的理論，都提出了批評，其中雖有偏激之處，但也有些好的意見。序中一再强調元代以曲取士，其實這是不足信的。

附　錄

元曲選序

〔明〕臧懋循

世稱宋詞元曲。夫詞在唐，李白、陳後主皆已優爲之，何必稱宋？惟曲自元始有。南北各十七宫調，而《北西廂》諸雜劇亡慮數百種，南則《幽閨》《琵琶》二記已耳。或謂元取士有填詞科，若今括帖然，取給風簷寸晷之下，故一時名士，雖馬致遠、喬孟符輩，至第四折往往彊弩之末矣。或又謂主司所定題目外，止曲名及韻耳，其賓白則演劇時伶人自爲之，故多鄙俚蹈襲之語。或又謂《西廂》亦五雜劇，皆出詞人手裁，不可增減一字，故爲諸曲之冠。此皆予所不辯。獨怪今之爲曲者，南與北聲調雖異，而過宫下韻一也。自高則誠《琵琶》首爲不尋宫數調之説，以掩覆其短，今遂藉口謂曲嚴於北而疎於南，豈不謬乎？大抵元曲妙在不工而工，其精者採之樂府，而粗者雜以方言；至鄭若庸《玉玦》，始用類書爲之；而張伯起之徒，轉相祖述爲《紅拂》等記，則濫觴極矣。曲白不欲多，唯雜劇以四折寫傳奇故事，其白有累千言者。觀《西廂》二十一折，則白少可見，尤不欲多駢偶，如《琵琶》黄門諸篇，業且厭之；而屠長卿《曇花》白終折無一曲，梁伯龍《浣紗》、梅禹金《玉盒》白終本無一散語，其謬彌甚。湯義仍《紫釵》四記，中間北曲，駸駸乎涉其藩矣，獨音韻少諧，不無鐵綽板唱大江東去之病，南曲絕無才情，若出兩手，何也？何元朗評施君美《幽閨》遠出《琵琶》上，而王元美目爲好奇之過。夫《幽閨》大半已雜贋本，不知元朗能辨此否？元美千秋士也，予嘗於酒次論及《琵琶》梁州序、念奴嬌序二曲，不類永嘉口吻，當是後人竄入，元美尙津津稱許不置，又惡知所謂《幽閨》者哉？予家藏雜劇多祕本，頃過黃從劉延伯借得二百種，云錄之御戲監，與今坊本不同。因爲參伍校訂，摘其佳者若干，以甲乙釐成十集，藏之名山而傳之通邑大都，必有賞音如元朗氏者。若曰妄加筆削，自附元人功臣，則吾豈取？萬曆旃蒙單閼之歲春上巳日書於西湖僧舍。

博古堂藏板《元人百種曲》卷首

淩波仙弔曲選

〔明〕賈仲明

珠璣語唾自然流，金玉詞源即便有，玲瓏肺腑天生就。風月情，忒慣熟。姓名香四大神物。驅梨園領袖。總編修師首。捻雜劇班頭。

——關漢卿

峨冠博帶太常卿，嬌馬輕衫館閣情，拈花摘葉風詩性。得青樓，薄倖名。洗襟懷剪雪裁冰。閒中趣，物外景。蘭谷先生。

——白仁甫

萬花叢裏馬神僊，百世集中說致遠，四方海內皆談羨。戰文場，曲狀元。姓名香貫滿梨園。《漢宮秋》，《青衫淚》，《戚夫人》，《孟浩然》。共庾白關老齊肩。

——馬致遠

風月營，密匝匝列旌旗。鶯花寨，明颩颩排劍戟。翠紅鄉，雄糾糾施謀智。作詞章風韻美。士林中等輩伏低。新雜劇，舊傳奇。《西廂記》，天下奪魁。

——王實甫

顯之前輩老先生。莫逆之交關漢卿。公末中補缺加新令。皆號爲楊補丁。有傳奇《樂府新聲》。王元鼎師叔敬，順時秀伯父稱。寰宇知名。

——楊顯之

伯成涿鹿俊丰標。公末文詞善解嘲。《天寶遺事諸宮調》。世間無，天下少。《貶夜郎》關目風騷。馬致遠忘年友，張仁卿莫逆交。超羣類一代英豪。

——王伯成

文學古籍刊行社本《錄鬼簿新校注》

胡子藏院本序

〔清〕黃宗羲

詩降而爲詞，詞降而爲曲。非曲易於詞，詞易於詩也，其間各有本色，假借不得。近見爲詩者，襲詞之嫵媚，爲詞者，侵曲之輕佻。徒爲作家之所俘剪耳。余外舅葉六桐先生，工於填詞，嘗言語入要緊處，不可着一毫脂粉，越俗越家常，越警醒。若於此一恧縮打扮，便涉分該婆婆，猶作新婦少年，正不入老眼也。至散白與整白不同，尤宜俗宜眞，不可着一文字，與扭揑一典故事，及截多補少作整句。錦糊燈籠，玉鑲刀口，非不好看，討一毫明快，不知落在何處矣。正法眼藏，似在吾越中，徐文長、史叔考、葉六桐皆是也。外此則湯義仍、梁少白、吳石渠。雖濃淡不同，要爲元人之衣鉢。張伯起、梅禹金，終是肉勝於骨。顧近日之最行者，阮大鋮之偷竊，李漁之蹇乏，全以關目轉折，遮傖父之眼，不足數矣。子藏院本，在濃與淡之間，若入詞品，如風烟花柳，眞是當行。其務頭亦得元人遺意。可笑楊升庵以務頭爲部頭，謂教坊家有色有部，部有部頭，色有色長，以之訾周伯淸，他又何論哉！

上海圖書館藏《南雷雜著手稿》

製曲枝語(選錄)

〔清〕黃周星

詩降而詞，詞降而曲，名爲愈趨愈下，實則愈趨愈難。何也？詩律寬而詞律嚴，若曲則倍嚴矣。按格填詞，通身束縛，蓋無一字不由湊泊，無一語不由扭揑而能成者。故愚謂曲之難有三:叶律一也,合調二也,字句天然三也。嘗爲之語曰:三仄更須分上去,兩平還要辨陰陽。詩與詞曾有是乎?

愚謂曲有三難,亦有三易。三易者,可用襯字襯語,一也;一折之中,韻可重押,二也;方言、俚語,皆可驅使,三也。是三者皆詩文所無,而曲所有也。然亦顧其用之何如,未可草草。即如賓白,何嘗不易?亦須順理成章,方可動聽,豈皆市井游談乎?

有一老友語余云:"製曲之難,無才學者不能爲,然才學却又用不着。"旨哉斯言。余見新舊傳奇中,多有塡砌彙書,堆垛典故及琢鍊四六句,以示博麗精工者,望之如餖飣牲筵,觸目可憎。夫文各有體,曲雖小技,亦復有曲之體。若典彙、四六,原自各成一家,何必活剝生吞,強施之於曲乎?若此者,余甚不取。

愚嘗謂:曲之體無他,不過八字盡之,曰:"少引聖籍,多發天然"而已。製曲之訣無他,不過四字盡之,曰:"雅俗共賞"而已。論曲之妙無他,不過三字盡之,曰:"能感人"而已。感人者,喜則欲歌、欲舞,悲則欲泣、欲訴,怒則欲殺、欲割,生趣勃勃,生氣凜凜之謂也。噫,興觀羣怨,盡在於斯,豈獨詞曲爲然耶?

製曲之訣,雖盡於"雅俗共賞"四字,仍可以一字括之,曰"趣"。古云:"詩有別趣。"曲爲詩之流派,且被之絃歌,自當專以趣勝。今人遇情境之可喜者,輒曰"有趣、有趣"。則一切語言文字,未有無趣而可以感人者。趣非獨於詩酒花月中見之,凡屬有情,如聖賢、豪傑之人,無非趣人;忠、孝、廉、節之事,無非趣事。知此者可與論曲。

中國戲劇出版社本《中國古典戲曲論著集成》《製曲枝語》

雜劇三集小引

〔清〕鄒式金

詩亡而後有騷,騷亡而後有樂府,樂府亡而後有詞,詞亡而後有曲,其體雖變,其音則一也。聲音之道,本諸性情,所以協幽明,和上下,在治忽,格鳥獸,故《卿雲》歌而鳳凰儀,《淋鈴》作而馬嵬走。夫子删《詩》曰:雅頌得所,然後樂正。未嘗分詩樂爲二。其後士大夫高談詩學,不復稽古永言和擘之旨，遂專以抑揚抗墜清濁長短責之優伶。淫哇相襲，大雅淪亡，而五音、六律、九宮、十三調漸作廣陵散。雖以鐵崖之才，酸齋之學，不得與王、白、關、鄭輩並驅爭先，而張打油、胡釘鉸幾幾乎廁足詞壇，亦可哂矣！

自憲府先賡，王康嗣和，士大夫始知章甫端冠外，別有此一種風流教化，於是有詞隱先生起而主持風雅，明陰洞陽，引商刻羽，爭衡於調之全半，較辨於板之寸分，窮工極巧，究竟自然，嗣後作者波委雲屬。司馬標秀於新安，玉茗稱雄於江右，山陰以瑰奇自異，荀令以尖冷鳴新，婁水王、吳，痛決（疑作快）與濃麗爭驅，吳江沈、孟，雋永與縱橫競爽，究其所得，各擅專長。邇來世變滄桑，人多懷感，或抑鬱幽憂，抒其禾黍銅駝之怨；或憤懣激烈，寫其擊壺彈鋏之思；或月露風雲，寄其飲醇近婦之情；或蛇神牛鬼，發其問天遊仙之夢。雲璈疊奏，玉屑紛飛，以至字忌重押，韻黜互犯，固足踵元人之音，奪前輩之席矣。然而北曲南詞，如車舟各有所習，北曲調長而節促，組織易工，終乖紅豆；南詞調短而節緩，柔靡傾聽，難協絲絃；又全部宏編，意在搬演，不重修詞。臨川而外，佳者寥寥，不若雜劇足以極一時之致。辟之狹巷短兵，殺人如草。東坡所云：數尺而有干霄之勢者，令人目炫眉飛也。

幽居無事，郵筒往來，得若干種，先梓行之，用公同好。或有桃花扇動，竹葉尊開，黛釋春山，齒呈皎雪，低徊宛轉，頂疊闋生，如香雲捲雨，寒玉嘶風，欲歌，欲泣，欲眦裂，欲魂銷，言之者無罪，聞之者足以戒，倘亦小雅之志，風人之遺乎。憶幼時侍家愚谷老人稍探律呂，後與叔介弟教習紅兒，每盡四折，天鼓已動。今風流雲散，舞衫歌扇，皆化爲異物矣！是刻亦過雁之一唳也，爲之三嘆！

辛丑秋，香眉主人鄒式金題。

中國戲劇出版社本《雜劇三集》

曲　律[1]〔選錄〕

〔明〕王驥德[2]

總論南北曲第二

曲之有南、北，非始今日也。關西胡鴻臚侍[3]《珍珠船》(其所著書名)引劉勰《文心雕龍》，謂：塗山歌於"候人"，始爲南音；有娀謠於"飛燕"，始爲北聲；及夏甲爲東，殷整爲西[4]。古四方皆有音，而今歌曲但統爲南、北。如《擊壤》《康衢》《卿雲》《南風》，《詩》之二南，漢之樂府，下逮關、鄭、白、馬[5]之撰，詞有雅、鄭，皆北音也；《孺子》[6]《接輿》[7]《越人》[8]《紫玉》[9]，吳歈、楚豔[10]，以及今之戲文，皆南音也。豫章左克明《古樂府》[11]載：晉馬南渡，音樂散亡，僅存江南吳歌，荊楚西聲[12]。自陳及隋，皆以《子夜》[13]《歡聞》[14]《前溪》[15]《阿子》[16]等曲屬吳，以《石城》[17]《烏棲》[18]《估客》[19]《莫愁》[20]等曲屬西。蓋吳音故統東南，而西曲則後之，人概目爲北音矣。以辭而論，則宋胡翰[21]所謂："晉之東，其辭變爲南、北；南音多豔曲，北俗雜胡戎[22]。"以地而論，則吳萊[23]氏所謂："晉、宋，六代以降，南朝之樂，多用吳音；北國之樂，僅襲夷虜[24]。"以聲而論，則關中康德涵[25]所謂："南詞主激越，其變也爲流麗；北曲主忼慨，其變也爲樸實。惟樸實故聲有矩度而難借，惟流麗故唱得宛轉而易調[26]。"吳郡王元美[27]謂：南、北二曲，"譬之同一師承，而頓、漸分教[28]；俱爲國臣，而文武異科。""北主勁切雄麗，南主清峭柔遠[29]。""北字多而調促，促處見筋；南字少而調緩，緩處見眼[30]。北辭情少而聲情多，南聲情少而辭情多[31]。北力在絃，南力在板[32]。北宜和歌，南宜獨奏。北氣易粗，南氣易弱[33]。”此其大較。康北人，故差易南調，似不如王論爲確。然陰陽、平仄之用，南、北故絕不同，詳見後說。

論須讀書第十三

詞曲雖小道哉，然非多讀書，以博其見聞，發其旨趣，終非大雅。須自《國風》、《離騷》、古樂府及漢、魏、六朝、三唐諸詩，下迨《花間》《草堂》[34]諸詞，金、元雜劇諸曲[35]，及至古今諸部類書，俱博蒐精採，蓄之胸中，於抽毫時，掇取其神情標韻，寫之律呂[36]，令聲樂自肥腸滿腦中流出，自然縱横該洽，與勦襲口耳者不同。勝國諸賢及實甫、則誠輩[37]，皆讀書人，其下筆有許多典故，許多好語襯副，所以其製作千古不磨。至賣弄學問，堆垜陳腐，以嚇三家村人，又是種種惡道。古云:“作詩原是讀書人，不用書中一個字。”吾於詞曲亦云。

論家數第十四[38]

曲之始，止本色一家[39]，觀元劇及《琵琶》《拜月》二記可見[40]。自《香囊記》以儒門手脚爲之，遂濫觴而有文詞家一體[41]。近鄭若庸《玉玦記》作[42]，而益工修詞，質幾盡掩。夫曲以模寫物情，體貼人理，所取委曲宛轉，以代說詞，一涉藻績，便蔽本來。然文人學士，積習未忘，不勝其靡，此體遂不能廢，猶古文六朝之於秦、漢也。大抵純用本色，易覺寂寥；純用文調，復傷琱鏤。《拜月》質之尤者，《琵琶》兼而用之，如小曲語語本色，大曲引子如“翠減祥鸞羅幌”、“夢遶春闈”，過曲如“新篁池閣”、“長空萬里”等調，未嘗不綺繡滿眼，故是正體。《玉玦》大曲，非無佳處；至小曲亦復塡垜學問，則第令聽者憒憒矣！故作曲者須先認其路頭，然後可徐議工拙。至本色之弊，易流俚腐；文詞之病，每苦太文。雅俗淺深之辨，介在微茫，又在善用才者酌之而已。

論章法第十六

作曲，猶造宮室者然。工師之作室也，必先定規式，自前門而廳、而堂、而樓，或三進、或五進、或七進，又自兩廂而及軒寮，以至廩庾、庖湢[43]、藩垣、苑榭之類，前後、左右、高低、遠近，尺寸無不了然胸中，而後可施斤斲。作曲者，亦必先分段數，以何意起，何意接，何意作中段敷衍，何意作後段收煞，整整在目，而後可施結撰。此法，從古之爲文，爲辭賦，爲歌詩者皆然。於曲，則在劇戲，其事頭原有步驟，作套數曲[44]，遂絕不聞有知此竅者，只漫然隨調，逐句湊泊，掇拾爲之，非不間得一二好語，顛倒零碎，終是不成格局。古曲如《題柳》"窺青眼"，久膾炙人口，然弇州亦訾爲牽強而寡次序[45]，他可知矣。至閨怨、麗情等曲，益紛錯乖迕，如理亂絲，不見頭緒，無一可當合作者。是故修辭，當自鍊格始。

論句法第十七

句法，宜婉曲不宜直致，宜藻豔不宜枯瘁，宜溜亮不宜艱澀，宜輕俊不宜重滯，宜新采不宜陳腐，宜擺脫不宜堆垛，宜溫雅不宜激烈，宜細膩不宜粗率，宜芳潤不宜噍殺[46]。又總之，宜自然不宜生造。意常則造語貴新，語常則倒換須奇。他人所道，我則引避；他人用拙，我獨用巧。平仄調停，陰陽諧叶，上下引帶，減一句不得，增一句不得。我本新語，而使人聞之，若是舊句，言機熟也；我本生曲，而使人歌之，容易上口，言音調也。一調之中，句句琢鍊，毋令有敗筆語，毋令有欺嗓音[47]，積以成章，無遺恨矣。

論字法第十八

下字爲句中之眼，古謂百鍊成字，千鍊成句，又謂前有浮聲，後須切響[48]。要極新，又要極熟；要極奇，又要極穩。虚句用實字鋪襯，實句用虚字點綴。務頭須下響字，勿令提絜不起。押韻處，要妥貼天成，換不得他韻。照管上下文，恐有重字，須逐一點勘換去。又閉口字少用，恐唱時費力。今人好奇，將戲劇標目，一一用經、史隱晦字代之。夫列標目，欲令人開卷一覽，便見傳中大義，亦且便繙閲，却用隱晦字樣，彼庸衆人何以易解！此等奇字，何不用作古文？而施之劇戲，可付一笑也。

論用事第二十一(節錄)

曲之佳處，不在用事[49]，亦不在不用事。好用事，失之堆積；無事可用，失之枯寂。要在多讀書，多識故實，引得的確，用得恰好，明事暗使，隱事顯使，務使唱去人人都曉，不須解說。又有一等事，用在句中，令人不覺，如禪家所謂撮鹽水中，飲水乃知鹹味[50]，方是妙手。《西廂》[51]、《琵琶》用事甚富，然無不恰好，所以動人。《玉玦》句句用事，如盛書櫃子，翻使人厭惡，故不如《拜月》一味淸空，自成一家之爲愈也。……

論劇戲第三十

劇之與戲，南北故自異體。北劇僅一人唱，南戲則各唱。一人唱則意可舒展，而有才者得盡其舂容[52]之致；各人唱則格有所拘，律有所限，即有才者，不能恣肆於三尺[53]之外也。於是，貴剪裁，貴鍛鍊，以全帙爲大間架，以每折爲折落，以曲白爲粉堊、爲丹雘；勿落套，勿不經，勿太蔓，蔓則局懈，而優人多刪削；勿太促，促則氣迫，而節奏不暢達；毋令一人無着落，毋令一折不照應。傳中緊要處，須重著精神，極力發揮使透。如《浣紗》遺了越王嘗膽及夫人採葛事[54]，紅拂私奔[55]，如姬竊符[56]，皆本傳大頭腦，如何草草放過？若無緊要處，只管敷演，又多惹人厭憎：皆不審輕重之故也。又用宮調，須稱事之悲歡苦樂，如遊賞則用仙呂、雙調等類[57]，哀怨則用商調、越調等類[58]，以調合情，容易感動得人。其詞格俱妙，大雅與當行參間，可演可傳，上之上也；詞藻工，句意妙，如不諧里耳[59]，爲案頭之書，已落第二義[60]；既非雅調，又非本色，掇拾陳言，湊插俚語，爲學究，爲張打油[61]，勿作可也。

論賓白第三十四

賓白，亦曰"說白"[62]。有"定場白"[63]，初出場時，以四六飾句者是也。有"對口白"，各人散語是也。"定場白"稍露才華，然不可深晦。《紫簫》[64]諸白，皆絕好四六，惜人不能識；《琵琶》黃門白，只是尋常話頭，略加貫串，人人曉得，所以至今不廢。"對口白"須明白簡質，用不得太文字；凡用之、乎、者、也，俱非當家。《浣紗》純是四六，寧不厭人！又凡"者"字，惟北劇有之，今人用在南曲白中，大非體也。句子長短平仄，須調停得好，令情意宛轉，音調鏗鏘，雖不是曲，却要美聽。諸戲曲之工者，白未必佳，其難不下於曲。《玉玦》諸白，潔淨文雅，又不深晦，與曲不同，只稍欠波瀾。大要多則取厭，少則不達，蘇長公有言："行乎其所當行，止乎其所不得不止[65]。"則作白之法也。

論插科第三十五

插科打諢[66]，須作得極巧，又下得恰好。如善說笑話者，不動聲色，而令人絕倒，方妙。大略曲冷不鬧場處，得淨、丑[67]間插一科，可博人哄堂[68]。亦是劇戲眼目。若略涉安排勉強，使人肌上生粟，不如安靜過去。古戲科諢，皆優人穿插，傳授爲之，本子上無甚佳者。惟近顧學憲《青衫記》[69]，有一二語咄咄動人，以出之輕俏，不費一毫做造力耳。黄山谷謂："作詩似作雜劇，臨了須打諢，方是出場[70]。"蓋在宋時已然矣。

雜論第三十九上（選錄）

南、北二調，天若限之。北之沉雄，南之柔婉，可畫地而知也。北人工篇章，南人工句字。工篇章，故以氣骨勝；工句字，故以色澤勝。

胡鴻臚言："元時，臺省元臣、郡邑正官，皆其國人爲之；中州人每沈抑下僚，志不獲展。如關漢卿乃太醫院尹，馬致遠江浙行省務官，宫大用釣臺山長[71]，鄭德輝杭州路吏，張小山首領官[72]，於是多以有用之才，寓於聲歌，以抒其拂鬱感慨之懷，所謂不得其平而鳴也。"然其時如貫酸齋、白無咎、楊西菴、胡紫山、盧疎齋、趙松雪、虞邵菴輩[73]，皆昔之宰執貴人也，而未嘗不工於詞。以今之宰執貴人，與酸齋諸公角而不勝；以今之文人墨士，與漢卿諸君角而又不勝也。蓋勝國時[74]，上下成風，皆以詞爲尙，於是業有專門。今吾輩操管爲時文[75]，既無暇染指[76]，迨起家爲大官，則不勝功名之念，致仕居鄉，又不勝田宅子孫之念，何怪其不能角而勝之也。

曲之尙法固矣，若僅如下算子、畫格眼、垜死屍，則趙括之讀父書[77]，故不如飛將軍之横行匈奴也[78]。當行本色之說[79]，非始於元，亦非始於曲，蓋本宋嚴滄浪之說詩。滄浪以禪喻詩，其言："禪道在妙悟，詩道亦然。惟悟乃爲當行，乃爲本色。有透徹之悟，有一知半解之悟[80]。"又云："行有未至，可加工力；路頭一差，愈騖愈遠[81]。"又云："須以大乘正法眼爲宗，不可令墮入聲聞辟支之果[82]。"知此說者，可與語詞道矣。

雜論第三十九下(選錄)

……宋詞句有長短，聲有次第矣，亦尙限邊幅，未暢人情。至金、元之南北曲，而極之長套，歛之小令，能令聽者色飛，觸者腸靡，洋洋纚纚，聲蔑以加矣！此豈人事，抑天運之使然哉。

…………

作閨情曲，而多及景語，吾知其窘矣。此在高手，持一"情"字，摸索洗發，方挹之不盡，寫之不窮，淋漓渺漫，自有餘力，何暇及眼前與我相二之花鳥煙雲，俾掩我眞性，混我寸管哉。世之曲，詠情者強半，持此律之，品力可立見矣。

古人往矣，吾取古事，麗今聲[83]，華袞其賢者[84]，粉墨其慝者[85]，奏之場上，令觀者藉爲勸懲興起，甚或扼腕裂眦，涕泗交下而不能已，此方爲有關世敎文字。若徒取漫言，旣已造化在手，而又未必其新奇可喜，亦何貴漫言爲耶？此非腐談，要是確論。故不關風化，縱好徒然，此《琵琶》持大頭腦處[86]，《拜月》祇是宣淫[87]，端士所不與也。

中國戲劇出版社本《中國古典戲曲論著集成》《曲律》

【註釋】

[1] 曲律——《方諸館曲律》，明王驥德著。內容是論述南北曲的源流、宮調、作曲和唱曲方法，兼及劇本結構、情節、賓白、科諢等；同時也評論到雜劇、傳奇、散曲等作品。

[2] 王驥德(？——一六二三年)——字伯良、伯駿，號方諸生、秦樓外史，會稽人。明代著名戲曲理論家與作家。與同時代戲曲家徐渭、沈璟等都有深厚友誼。戲曲論著有《方諸館曲律》，戲曲作品有傳奇《題紅記》，雜劇《男王后》及散曲集《方諸館樂府》；詩文集有《方諸館集》；並曾校注《西廂記》。

[3] 胡侍——字奉之，寧夏人。明正德進士，曾官鴻臚少卿。《珍珠船》是他所著的一部類書。

[4] 引文心雕龍至殷整爲西七句——引文見《文心雕龍·樂府》。《呂氏春秋·音初》：

“夏后氏孔甲田(打獵)於東陽萯山，天大風，晦盲，孔甲迷惑，入於民室，主人方乳(分娩)。或曰，后(君主)來，是良日也，之子(其子)是必大吉。或曰，不勝也，之子是必有殃。后乃取其子以歸，曰，以爲余子，誰敢殃之。子長成人，幕動坼橑，斧斫斬其足，遂爲守門者。孔甲曰：嗚呼，有疾，命矣夫！乃作爲破斧之歌，實始爲東音。禹行功，見塗山之女，禹未之遇(禮也)，而巡省南土。塗山氏之女乃令其妾候禹於塗山之陽，女乃作歌，歌曰：‘候人兮猗。’實始作爲南音。”“殷整甲徙宅西河，猶思故處，實始作爲西音。”“有娀氏有二佚女(美女)，爲之九成(九重)之臺，飲食必以鼓(鼓樂)。帝令燕往視之，鳴若謚隘(象聲詞)，二女愛而爭搏之，覆以玉筐。少選，發而視之，燕遺二卵，北飛遂不返。二女作歌，一終曰：‘燕燕往飛。’實始作爲北音。”

[5] 關鄭白馬——元代著名的四大雜劇作家。關漢卿，號己齋叟，大都人。約生於十三世紀前期，死在元滅南宋之後。所作雜劇今知有六十餘種，全存者十三種。鄭光祖，字德輝，平陽人。曾爲杭州路吏。所作雜劇今知有十八種，全存者六種。白樸(公元一二二六年——？)，字仁甫，一字太素，號蘭谷，原籍陝州，後居眞定。所作雜劇今知有十六種，全存者三種。又有《天籟集》二卷。馬致遠，號東籬，大都人。曾任江浙行省務官。所作雜劇今知有十五種，全存七種。今人又輯其散曲爲《東籬樂府》。

[6] 孺子——《孟子·離婁上》：“有孺子歌曰：‘滄浪之水清兮，可以濯我纓。滄浪之水濁兮，可以濯我足。’孔子曰：‘小子聽之，淸斯濯纓，濁斯濯足矣。’”

[7] 接輿——《論語·微子》：“楚狂接輿，歌而過孔子曰：‘鳳兮鳳兮，何德之衰！往者不可諫，來者猶可追。已而已而！今之從政者殆而！’”《莊子·人間世》亦載此，文長兩倍多，不稱歌。

[8] 越人——劉向《說苑·善說》：“君獨不聞夫鄂君子晳之泛舟於新波之中也，乘青翰之舟，……榜枻越人擁楫而歌。……於是乃召越譯而楚說之曰：‘今夕何夕兮，搴洲中流？今日何日兮，得與王子同舟？蒙羞被好兮，不訾詬恥。心幾頑而不絕兮，知得王子。山有木兮木有枝，心說君兮君不知。’”

[9] 紫玉——《搜神記》：“吳王夫差小女，名曰紫玉，年十八，才貌俱美。童子韓重年十九，有道術。女悅之，私交信問，許爲之妻。重學於齊、魯之間，臨去囑其父母，使求婚。王怒不與，女玉結氣死。……三年重歸，……具牲幣往弔於墓前。玉魂從墓出見，重流涕謂曰：‘昔爾行之後，令二親從王相求，度必克從大願，不圖別後遭命，奈何！’玉乃左顧宛頸而歌曰：‘南山有烏，北山張羅，烏旣高飛，羅將奈何！意欲從君，讒言孔多。悲結生疾，沒命黃壚。命之不造，寃如之

何！羽族之長，名爲鳳凰，一日失雄，三年感傷，雖有衆鳥，不爲匹雙。故見鄙姿，逢君輝光，身遠心近，何嘗暫忘。'"

［10］吳歈楚豔——庾信《哀江南賦》："吳歈越吟，荆豔楚舞。"又《楚辭·招魂》亦有"吳歈蔡謳"之語。

［11］左克明古樂府——左爲元末南昌人，編《古樂府》十卷。分古歌謠、鼓吹曲、横吹曲、相和曲、清商曲、舞曲、琴曲、雜曲八類。

［12］晉馬南渡四句——《古樂府》："晉武南渡，其音已散。……後魏孝文、宣武，相繼南伐，得江左所傳舊曲及江南吳歌，荆楚西聲。"郭茂倩《樂府詩集》："清商樂，一曰清樂。清樂者，九代之遺聲，其始即相和三調是也。……自晉朝播遷，其音分散，苻堅滅涼得之，傳于前後二秦。及宋武定關中，因而入南，不復存于內地。……後魏孝文討淮漢，宣武定壽春，收其聲伎，得江南所傳舊曲《明君》《聖主》《公莫》《白鳩》之屬，及江南吳歌，荆楚西聲，總謂之清商樂。"又："《晉書·樂志》曰：'吳歌雜曲，並出江南，東晉已來，稍有增廣。'其始皆徒歌，既而被之管絃。蓋自永嘉渡江之後，下及梁、陳，咸都建業，吳聲歌曲，起於此也。"

［13］子夜——郭茂倩《樂府詩集》卷四十四："《唐書·樂志》曰：'《子夜歌》者，晉曲也。晉有女子名子夜，造此聲，聲過哀苦。'……《樂府題解》曰：'後人更爲四時行樂之詞，謂之《子夜四時歌》，又有《大子夜歌》《子夜警歌》《子夜變歌》，皆曲之變也。'"

［14］歡聞——郭茂倩《樂府詩集》卷四十五："《古今樂錄》曰：'《歡聞歌》者，晉穆帝升平初，歌畢輒呼歡聞，不以爲送聲，後因此爲曲名。'"

［15］前溪——郭茂倩《樂府詩集》卷四十五："《宋書·樂志》曰：'《前溪歌》者，晉車騎將軍沈玩所製。'郗昂《樂府題解》曰：'《前溪》，舞曲也。'"

［16］阿子——郭茂倩《樂府詩集》卷四十五："《宋書·樂志》曰：'《阿子歌》者，亦因升平初歌云，"阿子汝聞不"，後人演其聲爲《阿子》《歡聞》二曲。'《樂苑》曰：'嘉興人養鴨兒，鴨兒既死，因有此歌。'未知孰是。"

［17］石城——郭茂倩《樂府詩集》卷四十七："《唐書·樂志》曰：'《石城樂》者，宋臧質所作也。石城在竟陵，質嘗爲竟陵郡，於城上眺矚，見羣少年歌謠通暢，因作此曲。'《古今樂錄》曰：'《石城樂》舊舞十六人。'"

［18］烏棲——梁簡文帝蕭綱、元帝蕭繹和蕭子顯等，都有《烏棲曲》，《樂府詩集》卷四十八，列於《西曲歌》中《烏夜啼》之後。

［19］估客——郭茂倩《樂府詩集》卷四十八："《古今樂錄》曰：'《估客樂》者，齊武帝之所製也。帝布衣時，嘗遊樊、鄧，登祚以後，追憶往事而作歌，使樂府令劉瑤管

絃被之。'《唐書·樂志》曰:'梁改其名爲《商旅行》。'"

[20] 莫愁——郭茂倩《樂府詩集》卷四十八:"《唐書·樂志》曰:'《莫愁樂》者，出於《石城樂》，石城有女子名莫愁，善歌謠。《石城樂》和中復有忘愁聲，因有此歌。'《古今樂錄》曰:'《莫愁樂》亦云《蠻樂》，舊舞十六人，梁八人。'《樂府題解》曰:'古歌亦有"莫愁洛陽女"，與此不同。'"

[21] 胡翰(公元一三〇七年——一三八一年)——字仲申，金華人。元末避地南華山，明洪武初起爲衢州敎授。著作有《胡仲子集》。《明史》卷二百八十五《文苑》一有傳。案:本文誤書作宋人。

[22] 晉之東四句——見胡翰《古樂府詩類編序》(《胡仲子集》卷四)。

[23] 吳萊(公元一二九七年——一三四〇年)——字立夫，浦陽人。元延祐中貢於鄉，試禮部不第。有《淵穎集》十二卷，附錄一卷。

[24] 晉宋六代以降五句——見吳萊:《張氏大樂玄機賦論後題》(《淵穎集》卷八)。

[25] 康德涵(公元一四七五年——一五四〇年)——名海，號對山，陝西武功人。明七子之一，詩人，又戲曲作家。弘治十五年舉進士第一，任翰林院修撰。擅長彈唱藝術，作有雜劇《中山狼》;並有詩文集《對山集》。《明史》卷二百八十六《文苑》二有傳，附李夢陽後。

[26] 南詞主激越六句——待考。語不見於《對山集》中。

[27] 王元美——卽王世貞。見本册《藝苑卮言》註[2]。下面引文見《弇州山人四部稿》卷一百五十二《藝苑卮言》附錄一。

[28] 頓漸分敎——佛敎有頓敎、漸敎的分別。有二種解釋: 一、頓成頓悟佛法的名頓敎，歷劫修行而得的名漸敎。二、一開始直說大乘法的名頓敎，先說小乘法漸次說大乘法的名漸敎。

[29] 北主勁切雄麗南主淸峭柔遠——此指南北曲曲情之別。與上文所引康海之說可互參。康氏所謂激越，卽王氏所謂淸峭;所謂慷慨，卽是勁切。前者就精神的作用說，後者就音樂的效果說。慷慨、勁切、樸實之中不失雄麗之致，是北曲剛中有柔;柔遠、流麗之中猶存激越、淸峭之氣，是南曲柔中有銳。

[30] 北字多而調促四句——指南北曲唱法的差異。每唱一字，北曲用僅少之旋律而爲短曲;南曲則引聲緩歌。其曲有緩急之別。

[31] 北辭情少而聲情多南聲情少而辭情多——《弇州山人四部稿》卷一百五十二《藝苑卮言》附錄一這二句作"北則辭情多而聲情少，南則辭情少而聲情多"。這二句指前項之差異給與聽者的效果，互有一得一失。樂曲之宛轉，北曲不及南曲，然因每字的音，少引長之故，其發音明瞭可以聽取，且曲詞亦平易，辭意容

易了解;南曲雖宛轉悅耳,然字音卻爲曲聲所蔽,難以聽取明白,並且一字之音,往往分解而唱,如果不是熟悉其曲辭,聽者竟有不能明其意義之處。

[32] 北力在絃南力在板——絃指絃索(琵琶)而言;板指拍板,即按節之物,故亦稱節爲板。北曲以絃索爲主樂而節制曲的旋律和拍子,南曲以鼓及拍板爲主樂而節制曲的緩急。在魏良輔的《曲律》中,有可與王氏所論相發之處。其文爲:“北曲以遒勁爲主,南曲以宛轉爲主,各有不同。至於北曲之絃索,南曲之鼓板,猶方圓之必資於規矩,其歸重一也。”周貽白註云:“此條《原始》(指《崑腔原始》)作‘北曲遒勁,以弦索傳之;南曲宛轉,以鼓板按之。猶規矩之於方圓,其相資一也’。……”又魏氏《曲律》有一條與《藝苑卮言》所云約略相同,而意義有殊,其文爲:“北曲與南曲,大相懸絕,有磨調(自由旋轉的歌聲)、弦索調之分。北曲字多而調促,促處見筋,故詞情多而聲情少;南曲字少而調緩,緩處見眼,故詞情少而聲情多。北力在弦索,宜和歌,故氣易粗;南力在磨調,宜獨奏,故氣易弱。近有弦索唱作磨調,又有南曲配入弦索,誠爲方底圓蓋,亦以坐中無周郎耳。”周貽白註云:“此條《原始》作‘北曲字多調促……南曲字少調緩……北力在弦索,宜和歌,其氣忌粗……其氣忌弱,若以弦索作磨調,南曲配入弦索,則方圓枘鑿之不相入,曲之魔矣。’按此條明王元美《藝苑卮言》亦有一段與之約略相同。……《藝苑卮言》明刊本,有嘉靖戊午六月王氏自序。戊午爲嘉靖三十七年(公元一五五八年),然則《曲律》的撰成,實在《藝苑卮言》刊行以後。……但《曲律》與《卮言》不同之處,前者謂‘北力在弦索,南力在磨調’,而後者則作‘北力在弦,南力在板’。《曲律》之論弦板,僅指出‘猶方圓之必資於規矩’,與王氏之說略有出入。而此處則以‘北力在弦索,南力在磨調’作爲對比,意義更有不同,或爲對王氏之說有所修正。”

[33] 北宜和歌四句——前二句是就以上觀察而得的南北曲性質不同而作的結論。後二句是就北主勁切、南主柔遠的特點而說。

[34] 草堂——《草堂詩餘》,詞總集名。不著編輯人姓名,大概是南宋人所編,共四卷,分前後二集。所選錄的作品以宋詞爲主,間有唐、五代作品。前集依春夏秋冬四景分編,後集依節序、天文、地理、人物、人事、飲饌、器用、花禽七類分編,在當時可能是一種通俗唱本。

[35] 金元雜劇——我國戲曲史上有多種以雜劇爲名的表演形式,但其特點則各有不同。陶宗儀《南村輟耕錄》:“金有院本,雜劇,諸宮調。院本雜劇,其實一也。國朝(按指元朝)院本雜劇始釐而二之。”元雜劇,是元代用北曲演唱的戲曲形式,是在金院本和諸宮調的基礎上廣泛吸收了多種詞曲和技藝發展而成。一

般每本分爲四折，每折用同一宮調的若干曲牌組成套曲，必要時另加楔子。現存作品不到二百種。

[36] 律呂——見本書第一册《尚書·堯典》註[12]。

[37] 實甫則誠輩——王實甫，名德信，元大都人。活動時期大約在元成宗元貞、大德(元公一二九五年——一三〇七年)前後。所著雜劇今知有十四種，現存《西廂記》等三種。高則誠，名明，浙江瑞安人。元至正五年進士，曾官處州錄事、福建行省都事。明太祖即位後，招致爲官，不就。以所著南戲《琵琶記》著名。詩文集名《柔克齋集》，清代有輯本。

[38] 家數——如本色家與文詞家的區別，當行家與非當行家的區別。嚴羽《答出繼叔臨安吳景仙書》："世之技藝，猶各有家數。"

[39] 本色——明代戲曲家對本色的理解，各有不同。或強調必須遵循宋元典範；或強調曲文質樸，接近生活語言。王驥德則認爲，不失眞我面目，方是本色的第一義。

[40] 琵琶——《琵琶記》，南戲劇本，高明作。取材于舊南戲《趙貞女蔡二郎》，寫蔡伯喈趙五娘夫婦事。王世貞《曲藻》："《琵琶記》其意欲以譏當時一士大夫，而托名蔡伯喈，不知其說。偶閲《說郛》載唐人小說：牛相國僧孺之子繁，與同人蔡生邂逅文字交，尋同舉進士，才蔡生，欲以女弟適之。蔡已有妻趙矣，力辭不得。後牛氏與趙處，能卑順自將。蔡仕至節度副使。其姓事相同，一至于此。則何不直舉其人，而顧誣衊賢者至此耶?"拜月——《王瑞蘭閨怨拜月亭》，南戲劇本，元末施惠作，一云出自無名氏。取材于關漢卿雜劇《閨怨佳人拜月亭》，寫書生蔣世隆在亂離中與王瑞蘭結爲夫婦的故事。

[41] 香囊記二句——《香囊記》，傳奇劇本，明邵璨作。內容以宋、金戰爭爲背景，寫張九成兄弟、夫妻在亂離中仍守封建道德的忠孝節義，終於團圓的故事。劇本結構鬆散，多用駢儷曲辭，對後來的傳奇起了消極的影響。濫觴，見本書第一册《詩品序》註[9]。

[42] 鄭若庸玉玦記——鄭若庸，字中伯，明崑山人。所作南戲三種，以《玉玦記》爲最著。內容寫南宋初期王商與妻秦氏在戰亂時離合事。劇本結構鬆散，多用典故。

[43] 湢——音必，浴室。

[44] 作套數曲——散曲中最先產生的是小令，由小令而變爲合調，再擴大其組織，由一宮調中的多數曲調連合而成爲一整體，是謂套曲，通稱爲套數。雜劇中的歌唱部分，以散曲中的套曲組成之。每一個套曲，稱爲一折。每一個雜劇，以

四折爲通例，但也有五折甚至六折的變例。

[45] 古曲三句——王世貞《曲藻》："南曲之美者，無過于《題柳》'窺青眼'，而中亦有牽強寡次序處。……大抵宋詞無累篇，而南北曲少完整，則以繁簡之故也。"弇州，王世貞號，見本册《藝苑卮言》註[2]。

[46] 噍殺——聲音急促。《禮記・樂記》："其哀心感者，其聲噍以殺。"孔穎達《正義》："謂樂聲噍蹙殺小。"

[47] 欺嗓音——指曲詞不諧韻律，不便於唱，如所謂"拗折嗓子"。

[48] 前有浮聲後須切響——沈約《宋書・謝靈運傳論》："欲使宮羽相變，低昂互節，若前有浮聲，則後須切響。"浮聲，相當於後來的平聲，切，相當於後來的仄聲。

[49] 用事——用典故。

[50] 如禪家所謂二句——《傳燈錄》："如水中著鹽，飲水不知鹹味。"

[51] 西廂——王實甫所撰雜劇《西廂記》，共五本。根據元稹《會眞記》故事，在董解元《西廂記諸宮調》基礎上改作并提高。

[52] 舂容——同從容。

[53] 三尺——漢代用三尺四寸竹簡書法律，稱爲三尺法，舉成數言，一般稱爲三尺，作爲法律條款的代稱。

[54] 浣紗遺了越王嘗膽及夫人採葛事——《浣紗記》，傳奇名，明代梁辰魚作。寫越王勾踐滅吳復國的故事。曲詞優美，排場很大，這是第一部根據魏良輔所訂崑腔格律寫作的劇本。案：嘗膽事見《史記・越王勾踐世家》，采葛事見《吳越春秋》，但采葛非越王夫人事，本文所云稍誤。

[55] 紅拂私奔——《宋史・藝文志》一百五十九載："杜光庭《虬髯客傳》一卷。"係傳李靖、紅拂、虬髯客故事，內容寫隋楊素守西京，李靖往謁，一妓持紅拂侍側，目靖久之。靖歸逆旅，夜有紫衣戴帽人叩門，延入，脫衣去帽，乃十八九美女，曰："妾楊家之紅拂妓也，絲蘿願托喬木。"乃與俱歸太原，遇虬髯客於靈石旅舍。明凌濛初《虬髯翁》雜劇，及張鳳翼、張太和《紅拂記》傳奇，均係推演此傳。

[56] 如姬竊符——事見《史記・信陵君列傳》。魏安釐王二十年，秦昭王已破趙長平軍，又進兵圍邯鄲。信陵君姊爲趙惠文王弟平原君夫人，數遺魏王及公子書，請救於魏。魏王使將軍晉鄙將十萬衆救趙，但又畏秦，不敢動，有觀望意。信陵君乃與侯生商。侯生勸信陵君托魏王如姬盜竊兵符以奪晉鄙軍，北救趙而西却秦。信陵君從其計，請如姬，如姬果盜晉鄙兵符與信陵君。明張鳳翼有《竊符記》傳奇。

[57] 如遊賞則用仙呂雙調等類——燕南芝庵《唱論》："仙呂調唱，清新綿邈。……

雙調唱，健捷激裊。”

[58] 哀怨則用商調越調等類——燕南芝庵《唱論》："商調唱，悽愴怨慕。……越調唱，陶寫冷笑。"周貽白註："這裏所註明的各個宮調的唱法，雖然在聲律上或當有其配合，但都是一些抽象的形容詞，很不容易說明其義理。如果把當時的一些散曲和劇曲的作品內容來資爲聯繫，那麼，這些宮調在歌唱上所具情調，便不一定都能吻合。"案：關于越調的情調，《曲論》與本文所云，亦不相合。

[59] 里耳——俗耳，俚耳。《莊子·天地》："大聲不入于里耳。"

[60] 第二義——見本書第二册《滄浪詩話·詩辨》註[17]。

[61] 張打油——唐人張打油《雪詩》："江上一籠統，井上黑窟籠，黃狗身上白，白狗身上腫。"此詩蓋打油戲作。後因謂俚俗之詩爲打油詩。

[62] 賓白——古典戲曲劇本中的說白。元、明的雜劇、戲文、傳奇都以唱爲主，白爲賓。見明徐渭《南詞敍錄》。一說"兩人相說曰賓，一人自說曰白"。見明姜南《抱璞簡記》。

[63] 定場白——傳統戲曲中人物自我介紹的程式之一。劇中主要人物第一次上場，念完引子或定場詩以後，念一段獨白，內容大多是介紹人物的姓名、籍貫、身世以及當時景境、事件過程等。

[64] 紫簫——《紫簫記》，傳奇劇本，明代湯顯祖作。取材唐代《霍小玉傳》，辭藻華麗。

[65] 蘇長公有言三句——見蘇軾《自評文》(《東坡題跋》卷二)，惟原文爲"常行於所當行，常止於不可不止"。

[66] 插科打諢——戲曲裏各種使觀衆發笑的穿插。科多指動作，諢多指語言。

[67] 淨——戲曲脚色名稱。即花面。丑——戲曲脚色名稱。徐渭《南詞敍錄》："以墨粉塗面，其形甚醜，今省文爲丑。"由於化裝在鼻梁上抹一小塊白粉而俗稱小花面。

[68] 哄堂——滿屋子的人同時發笑。

[69] 顧學憲青衫記——顧大典，字道行，吳江人。隆慶二年進士，官福建提學副使。著《清音閣傳奇》四種：《青衫記》、《葛衣記》、《義乳記》、《風教編》。《青衫記》敷演白居易《琵琶行》詩意，兼據馬致遠雜劇《青衫淚》而成。學憲，提學副使。

[70] 黃山谷謂四句——黃山谷，黃庭堅。"作詩"三句，見《王直方詩話·作詩如雜劇》。原文"似"作"正如"；第二句爲"初時布置"，這裏缺引。

[71] 宮大用——宮天挺，字大用，開州人。歷學官，除釣台書院山長。所作雜劇六種，現存一種。

[72] 張小山——張可久，字小山，慶元府人。以路吏轉首領官。擅長散曲，所著有《今樂府》、《蘇隄漁唱》、《吳鹽》、《新樂府》四集。

[73] 貫酸齋等——貫雲石(公元一二八六年——一三二四年)，號酸齋，畏吾兒人。曾任兩淮萬戶達魯花赤及翰林學士知制誥同修國史，謚文靖。有《酸齋集》。擅長散曲，與徐再思(甜齋)齊名，後人合輯其作品爲《酸甜樂府》。《新元史》卷一百六十有傳。白無咎，未詳。楊果，字正卿，祁州蒲陰人。金正大初進士，元時官至參知政事，謚文獻。有《西庵集》。《元史》卷一百六十四有傳。《新元史》卷一五八本傳稱其"工文章，尤長於樂府"。胡紫山，元初人。生平未詳。《玉堂嘉話》、《元詩紀事》載其《慶王承旨八秩》詩二首。盧摯(？——約公元一三一五年)，字處道，號疎齋，涿郡人。至元五年進士，官至翰林學士承旨。《新元史》卷二百三十七有傳。趙孟頫(公元一二五四年——一三二二年)，字子昂，號松雪道人，湖州人。宋宗室。入元官至翰林學士承旨。有《松雪齋文集》。《元史》卷一百七十二、《新元史》卷一百九十都有傳。虞集(公元一二七二年——一三四八年)，字伯生，號道園，室名邵庵，世稱邵庵先生，蜀郡人，僑居臨川崇仁。歷官翰林直學士兼國子祭酒、奎章閣侍書學士，謚文靖。有《道園學古錄》、《道園遺稿》。《元史》卷一百八十一、《新元史》卷二百〇六都有傳。

[74] 勝國——《周禮·地官·媒氏》鄭玄註："勝國，亡國也。"原指已亡之國，後亦稱前一朝爲勝國。

[75] 時文——卽八股文。

[76] 染指——《左傳》宣公四年載楚王請大夫們食黿，召子公而不給他。"子公怒，染指于鼎，嘗之而出。"這裏借以比喩對自己非專業的戲曲的淺嘗。

[77] 趙括句——趙括，戰國時趙國名將趙奢之子。《史記·廉頗藺相如列傳》載："趙王因以括爲將，代廉頗。藺相如曰：王以名使括，若膠柱而鼓瑟耳。括徒能讀其父書傳，不知合變也。"

[78] 飛將軍之橫行匈奴——《漢書·李廣蘇建傳》："廣在郡，匈奴號曰漢飛將軍，避之數歲，不入界。"又："(李)陵謂使者曰：吾爲漢將步卒五千人，橫行匈奴。"按：這裏以李廣事和李陵語混合爲一。

[79] 當行本色——當行，指能符合戲曲創作的特殊規律。本色，見註[39]。本文謂當行本色之說本於《滄浪詩話》，但嚴羽所謂當行本色與戲曲家所指有區别。

[80] 禪道在妙悟六句——此節引《滄浪詩話》之文。

[81] 行有未至四句——《滄浪詩話》不載。

[82] 須以大乘正法眼爲宗二句——此非《滄浪詩話》原文，乃槪括其意。

［83］取古事麗今聲——麗，附着。今聲，指當時的戲曲。此二句謂取歷史故事搬到戲劇中來。

［84］華袞其賢者——華袞，古代王公之服。范寧《春秋穀梁傳序》：“一字之褒，寵踰華袞之贈。”

［85］粉墨其慝者——慝，音忒，邪惡。周貽白《中國戲劇史長編》：“至于奸佞之徒概塗粉面，則由淨色之‘抹土搽灰’而來，習慣相沿，飾奸徒者例爲淨，乃仍以粉搽臉而另鈎眉目。元杜善夫曲所謂‘滿臉石灰，更着些黑道兒’，即指此輩。”

［86］此琵琶持大頭腦處——《琵琶記》宣傳忠孝節義思想，把劇中的男女主角，寫成爲封建道德中的完人。在劇的開場《水調歌頭》中說：“休論插科打諢，也不尋宮數調，只看子孝共妻賢。”《曲律》作者稱他爲“持大頭腦處”，表現出他們共同的文學觀點。

［87］拜月祇是宣淫——《拜月亭》敍述兩對青年夫婦種種悲歡離合的故事，表現了男女對愛情的忠貞，對封建禮教的反抗。《曲律》作者從封建道德觀點出發，故貶之爲“宣淫”。

【説明】

晚明時期，在雜劇、傳奇長期發展的基礎上，許多戲曲理論家，總結前人經驗，從事曲學研究，出現了不少這一類的著作，王驥德的《曲律》是這方面富有代表性的作品。當時所作，大都偏重形式，精求格律。何良俊謂“寧聲叶而辭不工，無寧辭工而不叶”（《曲律·雜論第三十九上》引）；沈璟謂：“寧協律而不工”（《曲律·雜論第三十九下》引），正可代表當日的風氣。王驥德雖受了沈璟的影響，《曲律》雖偏於格律一派，“自宮調以至韻之平仄，聲之陰陽，窮其元始，究厥指歸”（毛以遂《曲律跋》），而“法尤密，論尤苛”（馮夢龍《曲律敍》），但他又受到徐渭、湯顯祖的指點和感染，所以他能突破沈璟的藩籬，所見很廣，立論較精，於臨川、吳江二派，能取長棄短，持論也較公允。從上面所選的十二則中，可以歸納爲如下的一些主張：

一、他主張戲劇作家，必須廣泛學習《國風》、《離騷》以及樂府詩詞、戲曲各方面的優秀遺産，豐富文學修養。博蒐精採，在胸中消化，創作時取其神情標韻，作爲自己的血肉，方可"千古不磨"。一面要多讀書，同時又不能在創作中"賣弄學問，堆垛陳腐"。在"論聲調"、"論句法"、"論字法"、"論用事"諸篇裏，也涉及了這一問題。

二、關於戲劇結構，他主張貴剪裁、貴鍛鍊、突出重點，抓住頭腦，俱爲卓見。關於聲樂，要"以調合情"，才可加強戲劇的感染力。評價作品，以可演可傳，雅俗共賞爲上。如只辭工語妙，可讀而不可演，爲第二流。至於"掇拾陳言"爲學究，"湊插俚語"爲張打油，那就更無價值了。

三、曲家多不注意賓白，王驥德認爲不能輕視。他指出白不易作，"其難不下於曲"。一，定場白須稍露才華，不可深晦；二，對口白須明白簡直，不可太文；三，白須音調鏗鏘，"却要美聽"；四，白要多少適宜，"多則取厭，少則不達"。他既說明了賓白的作法，同時又強調了賓白在戲劇中的重要地位。

四、他認識了戲劇的社會教育作用，要求作品要重視內容；但他所強調的內容多重在風化，因此以《琵琶記》爲範例，而目《拜月》爲宣淫，這就表現了他的封建觀點。

王驥德是曲律學家，同時又是戲劇作家，他在前人經驗和自己創作的體驗中，結合研究，論述了南北曲多方面的問題，其中很有些較好的見解，對於李漁的曲論頗有影響。

附　錄

曲　律　序

〔明〕馮夢龍

凡物，以少整，以多亂，故橫議繁而一炬至，卷弜（弜字疑誤）雜而五厄乘，人事濫則天槩之，必然之勢也。近代之最濫者，詩文是已。性不必近，學未有窺，犬吠驢鳴，貽笑寒山之石；病譫夢囈，爭投苦海之箱。獨詞曲一途，竄足者少，豈非以道褻小而不爭，竅未鑿而幸免乎？數十年來，此風忽熾，人翻窠臼，家畫葫蘆，傳奇不奇，散套成套。訛非關舊，誣曰從先；格喜搬新，不思乖體。飯飣自矜其設色，齊東妄附於當行。乃若配調安腔，選聲酌韻，或略焉而弗論，或涉焉而未通。令上帝下清問於周郎，則今日之聲歌，其先詩文而受槩也必矣。余早歲曾以《雙雄》戲筆，售知於詞隱先生。先生丹頭祕訣，傾懷指授，而更諄諄爲余言王君伯良也。先生所修《南九宮譜》，一意津梁後學；而伯良《曲律》一書，近鐫於毛允遂氏，法尤密，論尤苛——釐韻則德清蒙譏，評辭則東嘉領罰。字櫛句比，則盈床無合作；敲今擊古，則積世少全才。雖有奇穎宿學之士，三復斯編，亦將咋舌而不敢輕談，韜筆而不敢漫試，洵矣攻詞之針砭，幾於按曲之申、韓。然自此律設，而天下始知度曲之難；天下知度曲之難，而後之蕪詞可以勿製，前之哇奏可以勿傳。懸完譜以俟當代之眞才，庶有興者。不然，夫安知世俗之不藉口於譜，而濫乃滋甚？且夫濫，一也。世亂則明槩於天，世治則陰槩於人。濫於曲而譜槩之，濫於藉口譜之曲而律槩之，其揆一也。而或者謂：詞闕未開，賴譜爲接引；詞瀾既倒，仗律爲隄防。是猶未知兩先生相須之深者矣。抑人有言：指石喻山，破竹杪而識應節之皆虛也。可以槩曲，不可以槩詩文乎哉。吾更願得工詩、文者補二律以備三章，則請以謀之允遂氏。天啓乙丑春二月旣望，古吳後學馮夢龍題於葑溪之不改樂庵。

中國戲劇出版社本《中國古典戲曲論著集成》《曲律》

九宮譜定・總論(選錄)

〔明〕東山釣史

套數論

套數之曲，元人謂之樂府，與古之辭賦，今之時義，同一機局，有起有止，有開有闔。須先定下間架，立下主意，排下曲調，然後造句，然後成章。切忌湊泊，切忌將就。如常山之蛇，首尾相應，又如鮫人之錦，不着一絲紕纇。務要意新語俊，字響調圓，有規有矩，有色有聲。所謂動吾天機，不知所以然而然，方是神品。下此雖循途守轍，極意敷衍，終非全璧。

用曲合情論

凡聲情既以宮分，而一宮又有悲歡文武緩急等，各異其致。如燕飲陳訴，道路車馬，酸凄調笑，往往有專曲，約略分記第一過曲之下。然通徹曲義，勿以爲拘也。

中華書局《新曲苑》第十四種

太霞曲語(選錄)

〔明〕顧曲散人

文之善達性情者無如詩。《三百篇》之可以興人者，唯其發於中情，自然而然故也。自唐人用以取士，而詩入於套。六朝用以見才，而詩入於艱。宋人用以講學，而詩入於腐。而從來性情之鬱，不得不變而之詞曲。勝國尙北，皇明專尙南，蓋易絃索而簫管，陶激烈於和柔，令聽者解煩釋滯，油然覺化日之悠長，此亦太平鳴豫之一徵矣。先輩巨儒文匠，無不兼通詞學者。而法門大啓，實始于沈銓部《九宮譜》之一修，於是海內才人，思聯臂而遊宮商之林。然傳奇就事敷演，易於轉換。散套推陳致新，戛戛乎難之。當行也，語或近于學究。本色也，腔或近於打油。又或運筆不靈，而故事塡塞，侈多聞以示博。章法不講，而飣餖拾湊，摘片語以誇工。此皆世俗之通病也。作者不能歌，每襲前人之舛謬，而莫察其腔之忤合。歌者不能作，但尊世俗之流傳，而孰辨其詞之美醜。自非知音人亟爲提其耳而開其矇，則今日之曲，又將爲昔日之詩。詞膚調亂，而不足以達人之性情，勢必再變而之《粉紅蓮》、《打棗干》矣，不亦傷乎！……

按曲品，秦大夫復菴每帶北路《粉紅蓮》腔。然北之《粉紅蓮》，南之《掛枝詞》，其佳者語多眞至，政自難得。復菴曲微帶粗豪氣，《啄木兒》"香風細"一套，其最雅者。

…………

子猶諸曲，絕無文彩，然有一字過人，曰眞。

中華書局《新曲苑》第十五種

論　文

〔明〕袁宗道[1]

上

口舌代心者也，文章又代口舌者也。展轉隔礙，雖寫得暢顯，已恐不如口舌矣；況能如心之所存乎？故孔子論文曰："辭達而已。"[2]達不達、文不文之辨也。

唐、虞、三代之文，無不達者。今人讀古書，不卽通曉，輒謂古文奇奥，今人下筆不宜平易。夫時有古今，語言亦有古今，今人所詫謂奇字奥句，安知非古之街談巷語耶？《方言》[3]謂"楚人稱知曰黨"，"稱慧曰譎"，"稱跳曰斷"，"稱取曰挻"，余生長楚國，未聞此言，今語異古，此亦一證。故《史記》五帝三王紀，改古語從今字者甚多，"疇"改爲"誰"[4]，"俾"爲"使"[5]，"格姦"爲"至姦"[6]，"厥田""厥賦"爲"其田""其賦"[7]，不可勝記。

左氏去古不遠，然傳中字句，未嘗肖《書》也。司馬去左亦不遠，然《史記》句字，亦未嘗肖左也。至於今日，逆數前漢，不知幾千年遠矣。自司馬不能同於左氏，而今日乃欲兼同左、馬，不亦謬乎？中間歷晉、唐，經宋、元，文士非乏，未有公然撏撦[8]古文，奄爲己有者。昌黎好奇，偶一爲之，如《毛穎》等傳[9]，一時戲劇，他文不然也。

空同不知，篇篇模擬，亦謂反正。後之文人，遂視爲定例，尊若令甲[10]。凡有一語不肖古者，卽大怒罵爲野路惡道。不知空同模擬，自一人創之，猶不甚可厭。迨其後以一傳百，以訛益訛，愈趨愈下，不足觀矣。且空同諸文，尙多己意，紀事述情，往往逼眞，其尤可取者，地名官銜，俱用時制。今却嫌時制不文，取秦、漢名銜以文之，觀者若不檢《一統志》[11]，幾不識爲何鄉貫矣。且文之佳惡，不在地名官銜也。司馬遷之文，其佳處在敍事如畫，議論超越，而近說乃云，西京以還，封建宮殿官師郡邑，其名不馴雅，雖子長復出，不能成史。則子長佳處，彼尙未夢見也，而況能肖子長也乎？

或曰：信如子言，古不必學耶？余曰：古文貴達，學達卽所謂學古也。學其意，不必泥其字句也。今之圓領方袍，所以學古人之綴葉蔽皮也；今之五味煎熬，所以學古人之茹毛飲血也。何也？古人之意，期於飽口腹蔽形體，今人之意亦期於飽口腹蔽形體，未嘗異也。彼摘古字句入己著作者，是無異綴皮葉於衣袂之中，投毛血於殽核之內也。大抵古人之文，專期於達，而今人之文，專期於不達。以不達學達，是可謂學古者乎？

下

爇香者沉則沉煙[12]，檀則檀氣，何也？其性異也。奏樂者鍾不藉鼓響，鼓不假鍾音，何也？其器殊也。文章亦然，有一派學問，則釀出一種意見，有一種意見，則創出一般言語。無意見則虛浮，虛浮則雷同矣。故大喜者必絕倒，大哀者必號痛，大怒者必叫吼動地，髮上指冠；惟戲場中人，心中本無可喜事而欲強笑，亦無可哀事而欲強哭，其勢不得不假借模擬耳。今之文士浮浮泛泛，原不曾的然做一項學問，叩其胸中，亦茫然不曾具一絲意見，徒見古人有立言不朽[13]之說，又見前輩有能詩能文之名，亦欲搦管伸紙，入此行市；連篇累牘，圖人稱揚。夫以茫昧之胸，而妄意鴻鉅之裁，自非行乞左、馬之側，募緣殘溺，盜竊遺矢[14]，安能寫滿卷帙乎？試將諸公一編，抹去古語陳句，幾不免於曳白[15]矣！其可媿如此，而又號於人曰，引古詞，傳今事，謂之屬文。然則二典三謨[16]，非天下至文乎？而其所引果何代之詞乎？

余少時喜讀滄溟、鳳洲二先生集[17]，二集佳處，固不可掩，其持論大謬，迷誤後學，有不容不辨者。滄溟《贈王序》謂“視古修詞，寧失諸理”。夫孔子所云“辭達”者，正達此理耳，無理則所達爲何物乎？無論典謨《語》《孟》，即諸子百氏，誰非談理者？道家則明清淨之理，法家則明賞罰之理，陰陽家則述鬼神之理，墨家則揭儉慈之理，農家則敍耕桑之理，兵家則列奇正變化之理，漢、唐、宋諸名家，如董、賈、韓、柳、歐、蘇、曾、王諸公，及國朝陽明[18]、荆川，皆理充於腹，而文隨之。彼何所見，乃强賴古人失理耶？鳳洲《藝苑卮言》不可具駁，其《贈李序》曰：“六經固理藪，已盡，不復措語矣。”滄溟强賴古人無理，而鳳洲則不許今人有理，何說乎？

此一時遁辭，聊以解一二識者模擬之嘲，而不知其流毒後學，使人狂醉，至於今，不可解喻也。然其病源，則不在模擬而在無識。若使胸中的有所見，苞塞於中，將墨不暇研，筆不暇揮，兔起鶻落[19]，猶恐或逸，況有閒力暇晷，引用古人詞句耶？故學者誠能從學生理，從理生文，雖驅之使模，不可得矣！

明刻本《白蘇齋類集》卷二十

【註釋】

[1] 袁宗道（公元一五六〇年——一六〇〇年）——字伯修，公安人。萬曆十四年會試第一，授編修，官終右庶子。與弟宏道、中道並有才名，時稱三袁。明代復古派詩文，到了萬曆中葉以後，流弊日甚。宗道在翰林，與同官黄輝力排其說，於唐好白樂天，於宋好蘇軾，名其書齋爲“白蘇”。有《白蘇齋類集》二十四卷。《明史》卷二百八十八《文苑》四有傳，附袁宏道傳中。

[2] 辭達而已——見本書第一册《論語》選篇。

［3］方言——《方言》舊題《輶軒使者絕代語釋別國方言》，凡十三卷，舊本題漢揚雄撰。

［4］疇改爲誰——如《書·堯典》："疇咨"，《史記·五帝本紀》改作"誰可"。

［5］俾爲使——如《書·堯典》："有能俾乂"，《史記·五帝本紀》改作"有能使治者"。

［6］格姦爲至姦——如《書·堯典》："不格姦"，《史記·五帝本紀》改作"不至姦"。

［7］厥田厥賦爲其田其賦——如《書·禹貢》："厥田惟上中，厥賦中中"，《史記·夏本紀》改作"其田上中，賦中中"。

［8］撏撦——摘取。胡仔《苕溪漁隱叢話》前集："《古今詩話》云：'楊大年、錢文僖、晏元獻、劉子儀，爲詩皆宗義山，號西崑體。後進效之，多竊取義山詩句。嘗內宴，優人有爲義山者，衣服敗裂，告人曰：吾爲諸館職撏撦至此。聞者大噱。'"

［9］毛穎等傳——毛穎，毛筆。《毛穎傳》，韓愈作，體裁仿《史記》。

［10］令甲——漢代天子之令，按其先後分令甲、令乙、令丙，猶近代法令之第一章、第二章、第三章。

［11］一統志——地理書名。明代所修的稱《大明一統志》，凡九十卷。

［12］沉煙——沉香木所製之煙，卽稱沉煙。

［13］立言不朽——《左傳》襄公二十四年："太上有立德，其次有立功，其次有立言，雖久不廢，此之謂不朽。"

［14］遺矢——語見《史記·廉頗藺相如列傳》。矢，同屎。

［15］曳白——《新唐書·苗晉卿傳》："(張)奭持紙終日，筆不下，人謂之曳白。"

［16］二典三謨——《尙書》之《堯典》《舜典》爲二典，《大禹謨》《益稷》《皋陶謨》爲三謨。

［17］滄溟鳳洲二先生集——《滄溟集》三十卷、附錄一卷，明李攀龍撰。《弇州山人四部稿》一百七十四卷、《續稿》二百七卷，《讀書後》八卷，明王世貞撰。世貞自號鳳洲。

［18］陽明——王守仁(公元一四七二年——一五二八年)，字伯安，餘姚人。嘗築室陽明洞，自號陽明子，學者稱陽明先生。弘治十二年進士，官至兵部尙書。陽明爲明代著名理學家，散文雅健有光采，開王愼中、唐順之、歸有光之先，是弘治、正德間不逐時風的作家。有《王文成全書》三十八卷。《明史》卷一百九十五有傳。

［19］兔起鶻落——形容動作快速。

【説明】

我國古代，文章與口語之間，距離不太遠。佶屈聱牙的《尚書》，大體還是當時的口語。先秦諸子散文，還是以口語的自然氣勢爲基礎的。這個距離，從漢以後越拉越大，嚴重地影響了文章通情達意的功能。因此，進步的文論家，曾經主張言文合一，東漢王充在《論衡・自紀篇》中，唐劉知幾在《史通・言語》中都提出過這一問題。唐代以反對不合自然語勢的駢文爲目的的古文運動，正是繼承了先秦散文的一脈，是王、劉理論在某種程度上的實踐。明代前七子以反對臺閣體文章爲目的，昌言"文必秦、漢"，形成一種句摹字擬、晦澀難解的文體。這在表面上似乎跟韓愈的古文運動同樣是志在復古，而實質上並不相同。韓愈的時代，正是駢儷文風氾濫的時代，韓愈用先秦古文爲號召，寫作上要求陳言務去，辭必己出，"言之短長與聲之高下者皆宜"，因此，當時的古文運動，在一定限度內比較縮短了文章與口語的距離，推動了我國書面文字接近自然的發展進程。明七子的時代不同了，當日雖瀰漫着臺閣體的雲霧，而就整個文體領域來説，已由宋人的平話、元人的雜劇，發展到長篇的章回小説，文章與口語的趨向統一，已有比較明朗的途徑可以遵循。而七子却倒退着，力圖恢復與當代語言距離遙遠的先秦文體。這在文體革新的歷程上，起的只能是阻礙作用。

公安派對七子的排擊，在散文方面，就是反對摹擬秦、漢。這是趨新與剽古兩條道路的鬥爭。公安袁氏所以能建立他們進步的文論，是與他們對戲曲小説的正確認識分不開的。袁宏道在《聽朱生説水滸傳》中就曾贊揚《水滸》的文章較《史記》更爲奇變；相形之下，便覺得"六經非至文，馬遷失組練"。宏道之兄宗道的《論文》二篇，在文體革新問題上，代表了公安派的主張。

《論文》上篇主要是論文章與口語的關係問題。作者認爲文章所以代口舌，而口舌所以宣心意。心意是否能暢適地表達，須以言文能否合一爲前提。他以歷史觀念去理解，指出口語有古今的殊異，從《尚書》以下到《左傳》《史記》書面語言的蛻變，透露了口語是在不斷演變的消息。“今人所詫謂奇字奥句，安知非古之街談巷語耶?”古之街談巷語，並不適合於今，爲文即不應該“摘古字句入己著作”，“嫌時制不文，取秦、漢名衔以文之”；而應該學習古人辭貴達意的精神。這是針對七子模擬剽古的贋體而發的。

《論文》下篇進一步推究七子文章的病根。文中指出，七子所以“行乞左、馬之側，募緣殘溺，盜竊遺矢”，而“抹去古語陳句，幾不免於曳白”，其原因，固然是由於他們不能認識古今語異，言文應該合一之理；而從內質上説，則是由於他們“原不曾的然做一項學問”，思想空虚，不能自創言語，欲“以茫昧之胸，而妄意鴻鉅之裁”，其勢不得不假借模擬，强飾啼笑，以艱深文淺陋。要根治病源，首先應從充實學問着手，由學而積理，“理充於腹，而文隨之”。“有一派學問，則釀出一種意見，有一種意見，則創出一種言語”。所謂辭達，“正達此理”。而李攀龍却“强賴古人失理”，王世貞“不許今人有理”，正是復古派黔驢技窮的遁辭。

宗道文論，在使散文接近口語化的發展過程上，比之唐代韓愈，又進了一步。清末黄遵憲在《雜感》中所揭櫫的主張，基本上没有越出它的範疇。特别是本文對於學問積理的强調，不容忽視。後來公安派的末流“狂瞽交扇，鄙俚公行”(錢謙益《列朝詩集》袁宏道小傳語)，是開派宗祖始料所不及的。

附　錄

士先器識而後文藝

〔明〕袁宗道

夫士，戒乎有意耀其才也。有運才之本存焉，有意耀其才，則無論其本撥而神洩於外，而其才亦齪齪趚趚，無纖毫之用於天下。夫惟杜機葆貞，凝定於淵默之中，即自弢其才，卒不得不顯。蓋其本立，其用自不可祕也。今夫花萼蕃郁，人睹木之華，而樹木者固未嘗先溉其枝葉，而先溉其根；丹雘紺碧，人睹室之華，而治室者固未嘗先營其榱棟，而先營其基者何也？所培在本也。良玉韞於石，不待剖而山自潤；明珠含於淵，不待摘而川自媚；莫邪藏於匣，不待操而精光自爍，人不可正睨者何也？有本在焉，其用自不可祕也。

而輓代文士，未窺厥本，呶呶焉日私其土苴而詑於人。單辭偶合，輒氣志淩厲，片語會意，輒傲睨千古，謂左、屈以外，別無人品，詞章以外，別無學問。是故長卿擒藻於《上林》，而聆竊貲之行者汗頰矣；子雲苦心於《太玄》，而誦《美新》之辭者靦顏矣；正平弄筆於《鸚鵡》，而誦江夏之厄者捫舌矣；楊脩鬬捷於色絲，而悲舐犢之語者驚魄矣；康樂吐奇於"春草"，而耳其逆叛之謀者穢譚矣。下逮盧、駱、王、楊，亦皆用以負俗而賈禍，此豈其才之不贍哉，本不立也。本不立者，何也？其器誠狹，其識誠卑也。

故君子者，口不言文藝，而先植其本。凝神而斂志，回光而內鑑，鍔斂而藏聲。其器若萬斛之舟，無所不載也；若喬嶽之屹立，莫撼莫震也；若大海之吐納百川，弗涸弗盈也。其識若登泰巔而瞭遠，尺寸千里也；若鏡明水止，纖芥眉鬚無留形也；若龜卜蓍筮，今古得失，凶吉脩短，無遺策也。故方其韜光養嘿，退然不勝，如田畯野夫之胸無一能，而比其不得已而鳴，則矢口皆經濟，吐咳成謨謀，振球琅之音，炳龍虎之文，星日比光，天壤不朽，豈比夫操觚屬辭，矜駢麗而誇月露，擬之塗糈土羹，無裨緩急之用者哉！

蓋昔者咎、禹、尹、虺、召、畢之徒，皆備明聖顯懿之德，其器識深沉渾厚，莫可涯涘，而乃今讀其訓誥謨典詩歌，抑何爾雅閎偉哉？千古而下，端拜頌哦，不敢以文人目之，而亦爭推爲萬世文章之祖。則吾所謂其本立，其用自不可祕者也。譬之麟之仁，鳳之德，日爲陸離炳煥之文，是爲天下瑞。而長卿以下，有意耀其才者，何異山雞而鳳毛，犬羊而麟趾，人反異而逐之，而或以賈釁，烏睹其文乎？

信乎器識文藝，表裏相須，而器識猥薄者，即文藝併失之矣。雖然，器識先矣，而識尤要焉。蓋識不宏遠者，其器必且浮淺。而包羅一世之襟度，固賴有昭晰六合之識見也。大其識者宜何如？曰：豁之以致知，養之以無欲，其庶乎？此又足以補行儉未發之意也。

明刻本《白蘇齋類集》卷七

行素園存稿引

〔明〕袁宏道

物之傳者必以質，文之不傳，非曰不工，質不至也。樹之不實，非無花葉也，人之不澤，非無膚髮也，文章亦爾。行世者必眞，悅俗者必媚，眞久必見，媚久必厭，自然之理也。故今之人所刻畫而求肖者，古人皆厭離而思去之。古之爲文者，刊華而求質，敝精神而學之，唯恐眞之不極也。博學而詳說，吾已大其蓄矣，然猶未能會諸心也；久而胸中渙然若有所釋焉，如醉之忽醒，而漲水之思決也。雖然，試諸手猶若掣也，一變而去辭，再變而去理，三變而吾爲文之意忽盡，如水之極於澹，而芭蕉之極於空，機境偶觸，文忽生焉，風高響作，月動影隨，天下翕然而文之而古之，人不自以爲文也，曰是質之至焉者矣。大都入之愈深，則其言愈質，言之愈質，則其傳愈遠。夫質猶面也，以爲不華而飾之朱粉，妍者必減，媸者必增也。噫！今之文不傳矣。

嘉、隆以來，所爲名工哲匠者，余皆誦其詩讀其書，而未有深好也。古者如贋，才者如莽，奇者如吃，模擬之所至，亦各自以爲極，而求之質無有也。最後乃得定之方先生集讀之，三復而嘆曰：質在是矣。有長慶之實，無其俗；有濂、洛之理，無其腐。百世而後，歸然獨傳者，非先生也耶！先生今年九十有四，而精神不衰，其爲詩文也益澹。夫質者，道之幹也，載于言則爲文，表于世則爲功，葆于身則爲壽，三者皆先生所餘，似未足以盡先生也。

豈古所稱得道者，而余何足以知之！

鍾伯敬增定本《袁中郎全集》卷三

東坡文選序

〔明〕鍾　惺

或曰，東坡之文似戰國。予曰，有東坡文而戰國之文可廢也。何以明之？戰國之言非縱横則名法，於先王之仁義道德禮樂刑政無當焉，而其文終古不可廢者，以其雄博高逸之氣，紆回峭拔之情，常存於天地之間也。使戰國人舍其所爲縱横名法，而以爲仁義道德禮樂刑政之言，則其心手不相習，志氣不相隨，必不能如是雄博，如是高逸，如是紆回峭拔，以成其爲戰國之文。故文之存，理之亡也，夫必亡理而後存文，則是理者事（事字疑誤）詞之祟而文之賊也。豈有是哉？今且有文於此，能全持其雄博高逸之氣，紆回峭拔之情，以出入於仁義道德禮樂刑政之中，取不窮而用不敝，體屢遷而物多姿，則吾必舍戰國之文從之，其惟東坡乎！

今之選東坡文者多矣，不察其本末，漫然以趣之一字盡之，故讀其序記、論策、奏議，則勉卒業而恐臥，及其小牘、小文，則捐寢食徇之，以李温陵心眼未免此累，況其下此者乎？夫文之於趣，無之而無之者也。譬之人，趣其所以生也，趣死則死。人之能知覺運動以生者，趣所爲也。能知覺運動以生，而爲聖賢、爲豪傑者，非盡趣所爲也，故趣者止於其足以生而已。今取其止於足以生者，以盡東坡之文，可乎哉！是故老、莊者，出世之文之妙者也，毅然斥之不疑。商、韓者，經世之文之妙者也，竟鄙其人、陋其說而已。夫東坡而非文人也則可，東坡而文人也，豈有不知其文之妙者哉！以爲吾舍此自有眞學問、眞文章，理義足乎中，而氣達乎外，膽與識，謖謖然於筆墨之下，取戰國之風調，易以己所欲言，而其淵源相去遠矣。世有病戰國之文無當於道，而愛其文終不能廢者，吾請以東坡之文代之。昔銅臺妓有妙於音而性惡者，魏武帝欲殺之，而難其才，乃選數十百人，一時俱教，久之，有一人音與之齊，卽殺惡性者。此所謂有東坡文而戰國之文可廢之說也。且夫戰國之文，亦自有等焉。人但知《國策》爲戰國之文，而不知《孟子》亦戰國之文也。老泉好《孟子》，此蘇家文出戰國之原也。

明天啓刻本《隱秀軒集·文昃集》

雪濤閣集序[1]

〔明〕袁宏道[2]

文之不能不古而今也，時使之也。妍媸之質，不逐目而逐時。是故草木之無情也，而鞓紅鶴翎[3]，不能不改觀於左紫溪緋[4]。唯識時之士爲能隄其隤[5]而通其所必變。夫古有古之時，今有今之時，襲古人語言之迹而冒以爲古，是處嚴冬而襲夏之葛者也。

騷之不襲雅也，雅之體窮於怨，不騷不足以寄也。後之人有擬而爲之者，終不肖也，何也？彼直求騷於騷之中也。至蘇、李述別及《十九》等篇，騷之音節體致皆變矣，然不謂之眞騷不可也。古之爲詩者，有泛寄之情，無直書之事；而其爲文也，有直書之事，無泛寄之情；故詩虛而文實。晉、唐以後，爲詩者，有贈別，有敍事；爲文者，有辨說，有論敍。架空而言，不必有其事與其人，是詩之體已不虛，而文之體已不能實矣。古人之法，顧安可概哉？夫法因於敝而成於過者也。矯六朝駢麗飣餖之習者，以流麗勝，飣餖者，固流麗之因也。然其過在輕纖，盛唐諸人以闊大矯之；已闊矣，又因闊而生莽，是故續盛唐者，以情實矯之；已實矣，又因實而生俚，是故續中唐者，以奇僻矯之；然奇則其境必狹，而僻則務爲不根[6]以相勝，故詩之道，至晚唐而益小。有宋歐、蘇輩出，大變晚習，於物無所不收，於法無所不有，於情無所不暢，於境無所不取，滔滔莽莽，有若江河。今之人，徒見宋之不唐法，而不知宋因唐而有法者也。如淡非濃，而濃實因於淡。然其弊至以文爲詩，流而爲理學，流而爲歌訣，流而爲偈誦，詩之弊，又有不可勝言者矣。

近代文人[7]，始爲復古之説以勝之。夫復古是已，然至以剿襲爲復古，句比字擬，務爲牽合，棄目前之景，摭腐濫之辭；有才者詘於法，而不敢自伸其才，無才者拾一二浮泛之語，幫湊成詩。智者牽於習，而愚者樂其易，一倡億和，優人騶從，共談雅道。吁！詩至此，抑可羞哉！夫卽詩而文之爲弊，蓋可知矣。

余與進之遊吳以來，每會必以詩文相勵[8]，務矯今代蹈襲之風。進之才高識遠，信腕信口，皆成律度，其言今人之所不能言與其所不敢言者。或曰：進之文超逸爽朗，言切而音遠，其爲一代才人無疑。詩窮新極變，物無遁情，然中或有一二語，近平近俚近俳，何也？余曰：此進之矯枉之作，以爲不如是不足矯浮泛之弊，而闊時人之目也。然在古亦有之，有以平而傳者，如"睫(疑當作睫)在眼前人不見"[9]之類是也；有以俚而傳者，如"一百饒一下，打汝九十九"[10]之類是也；有以俳而傳者，如"迫窘詰曲幾窮哉"[11]之類是也。古今文人爲詩所困，故逸士輩出，爲脫其粘而釋其縛。不然，古之才人何所不足，何至取一二淺易之語，不能自捨，以取世嗤哉？執是以觀進之詩，其爲大家無疑矣。詩凡若干卷，文凡若干卷。編成，進之自題曰《雪濤閣集》。而石公袁子爲之敍。

鍾伯敬增定本《袁中郎全集》卷一

【註釋】

[1] 雪濤閣集——明江盈科所著。盈科，字進之，號綠蘿山人，湖廣桃源人。萬曆進士，官至四川提學副使。

[2] 袁宏道(公元一五六八年——一六一〇年)——字中郎，號石公，宗道之弟。舉萬曆二十年進士，官終稽勳郎中。與兄宗道、弟中道並有才名，時稱三袁。宏道得名最盛，他一方面力排王、李復古派剽襲摹擬之失，一方面自創清新輕俊之體，學者多舍王、李而從之，目爲公安體。宏道有《袁中郎集》四十卷。《明史》卷

二百八十八《文苑》四有傳。

[3] 鞓紅——牡丹花名。歐陽修《洛陽牡丹記》:“鞓紅者,單葉深紅,花出青州,亦曰青州紅。……其色類腰帶鞓,謂之鞓紅。” 鶴翎——牡丹花名。歐陽修《洛陽牡丹記》:“鶴翎紅者,多葉花,其末白而本肉紅,如鴻鵠羽色。”

[4] 左紫——歐陽修《洛陽牡丹記》:“左花者,千葉紫花,葉密,而齊如截;亦謂之平頭紫。”溪緋——歐陽修《洛陽牡丹記》:“潛溪緋者,千葉緋花,出於潛溪寺。寺在龍門山後,本唐相李藩別墅。今寺中已無此花,而人家或有之,本是紫花,忽於叢中特出緋者,不過一二朵,明年,移在他枝,洛人謂之轉枝花,故其接頭尤難得。”

[5] 隄其隤——隄,作動詞用。句意謂防止其潰決横流。

[6] 不根——《漢書·嚴助傳》:“不根持論。”顏師古註:“論議委隨,不能持正,如樹木之無根柢也。”

[7] 近代文人——指明前、後七子。

[8] 遊吳以來二句——案:袁宏道於萬曆二十三年乙未爲吳縣令。江盈科《錦帆集序》:“乙未之歲,余友中郎袁君來宰吳,……踰明年,君以過勞成疾,上書乞歸,凡七請,乃得解政去。君性超悟,深於名理;才敏妙,嫻於詞賦。第一行作吏,都成廢閣,間或觸景起興,感事攄辭,有所題詠撰著,越二年,亦遂成帙,君自標曰《錦帆集》,蓋不佞嘗詣吳署謁君,君指此水矚余曰:是錦帆涇也。……”

[9] 睫在眼前人不見——杜牧《登池州九峰樓寄張祜》:“睫在眼前長不見,道非身外更何求。”

[10] 一百饒一下二句——盧仝《寄男抱孫》:“一百放一下,打汝九十九。”

[11] 廹窘詰曲幾窮哉——《柏梁詩》:“廹窘詰屈幾窮哉。”東方朔句。

【説明】

明代七子派的擬古詩潮振盪一世以後,詩道日趨於窮。窮則變,公安派出,就張變古的旗幟以與復古派抗。公安三袁,以宏道爲中堅,建立了詩論的體系。變之一字,是宏道詩論的特點。《雪濤閣集序》即是宏道詩論的代表作。

“古有古之時,今有今之時”,作者從古今時異的觀點出發,認爲“文之不能不古而今也,時使之也”。時有變,則作爲這一時代的文學也不能不變。這一前提，就根本否定了七子復古派的詩論。

變，從兩方面着眼。首先，從體製上說，不同時代不同的文學作品，有它不同的“音節、體致”和寫作方法。騷不能同於雅，蘇、李《十九首》五言古詩不能同於騷，晉、唐以前詩體虛而文體實、晉唐以後詩體亦實而文體亦虛。復次，從一種體製的風格上說，不同的時代，有不同的時代風格。“妍媸之質”的標準，“不逐目而逐時”。初唐的流麗，盛唐的闊大，中唐的情實，晚唐的奇僻，各不相襲。“鞓紅鶴翎，不能不改觀於左紫溪緋”。不論是體製或風格，陳陳相因則弊生；變則通，通則久，久而又窮則又變。流麗因於飣餖，闊大因於輕纖，情實因於莽，奇僻因於俚，宋因於唐，濃因於淡。宋人以文爲詩，以理學、歌訣、偈誦爲詩，是變久而又窮。窮而又變，只應發展而無循環。而明七子却是“棄目前之景，摭腐濫之辭”，要用擬古以救宋人之窮，則是蹈襲而非新變，是倒退而非發展。

蹈襲擬古與“窮新極變”，是創作上兩條不同的道路。七子復古的詩論，其病在於本身。公安亦有“近平近俚近俳”之處，則是寫作上的流弊而不是詩論上本原之病，是“機鋒側出，矯枉過正”（錢謙益《列朝詩集》袁宏道小傳語）之使然。當然，明代復古派的詩論家也未嘗不談變。如何景明《與空同先生論詩書》就主張“爲詩”要“推其極變，開其未發”。王世懋《藝圃擷餘》說：“唐律由初而盛，由盛而中，由中而晚，時代聲調，故自必不可同，然亦有初而逗盛，盛而逗中，中而逗晚者。何則？逗者變之漸也，非逗故無繇變。”胡應麟《詩藪》說：“四言變而爲《離騷》，《離騷》變而五言，五言變而七言，七言變而律詩，律詩變而絕句，詩之體以代變也。”“詩至於唐而格備，至於絕而體窮，故宋人不得不變而之詞，元人不得不變而之曲。”就這些話頭來說，復古派論詩，也是談到變的。問題在於景明雖談變而在具體看法上，却只承認盛唐以前的變，不承認盛唐以後亦是變。王世懋雖談變而具體主張“小詩欲作王、韋，長篇欲作老杜，便應全用其體”(《藝圃擷餘》語)，則是只在表面上承認“時代聲調”有變，而不承認變古必須創新。胡應麟雖談變，但他認爲“《三百篇》降而騷，騷降而漢，漢降而魏，魏降而六朝，六朝降而三唐，詩之格以代降也”(《詩藪》語)，則是創作上的一代不如一代論，不是用發展的觀點來理解變的。他又說：“唯不致工於作，而致工於述，……所以度越元、宋，苞綜漢、唐。”(同上)“述”正是不變，明明是說七子之不變，勝於宋、元之變。因此，復古派談變，缺陷很大。而宏道却主張“信腔信口，皆成律度”，“古人之法顧安可概哉”？衝破一切樊籬，顯然要比何、王、胡的論變徹底得多。正因爲如此，何、王、胡的詩論與李夢陽、李攀龍等一味主張摹古的，只是復古派內部的紛歧；而宏道的談變，矛頭就直接指向了整個復古派。

文論上有關變的問題的闡述，較早有《文心雕龍》的《通變》篇。《南齊書·文學傳論》也指出：“若無新變，不能代雄。”而袁氏以後，清人葉燮在《原詩》內編中有所闡發，其見解也很精闢。

附　錄

與丘長孺(節錄)

〔明〕袁宏道

……大抵物眞則貴，眞則我面不能同君面，而況古人之面貌乎？唐自有詩也，不必選體也。初、盛、中、晚自有詩也，不必初、盛也。李、杜、王、岑、錢、劉，下迨元、白、盧、鄭，各自有詩也，不必李、杜也。趙宋亦然，陳、歐、蘇、黃諸人，有一字襲唐者乎？又有一字相襲者乎？至其不能爲唐，殆是氣運使然，猶唐之不能爲《選》，《選》之不能爲漢、魏耳。今之君子，乃欲概天下而唐之，又且以不唐病宋。夫既以不唐病宋矣，何不以不《選》病唐，不漢、魏病《選》，不《三百篇》病漢，不結繩鳥跡病《三百篇》耶？果爾，反不如一張白紙，詩燈一派，掃土而盡矣。

夫詩之氣，一代減一代，故古也厚，今也薄。詩之奇之妙之工之無所不極，一代盛一代，故古有不盡之情，今無不寫之景。然則古何必高，今何必卑哉？不知此者，決不可觀丘郎詩，丘郎亦不須與觀之。

鍾伯敬增定本《袁中郎全集》卷二十一

與江進之(節錄)

〔明〕袁宏道

……近日讀古今名人諸賦，始知蘇子瞻、歐陽永叔輩見識，眞不可及。夫物始繁者終必簡，始晦者終必明，始亂者終必整，始艱者終必流麗痛快。其繁也晦也亂也艱也，文之始也。如衣之繁複，禮之周折，樂之古質，封建井田之紛紛擾擾是也。古之不能爲今者也，勢也。其簡也明也整也流麗痛快也，文之變也。夫豈不能爲繁爲亂爲艱爲晦，然已簡安用繁？已整安用亂？已明安用晦？已流麗痛快，安用聱牙之語、艱深之辭？譬如《周書》《大誥》《多方》等篇，古之告示也，今尙可作告示不？《毛詩》《鄭》《衛》等風，古之婬詞媟語也，今人所唱《銀柳絲》《掛鍼兒》之類，可一字相襲不？世道既變，文亦因之，今之不必摹古者也，亦勢也。

張、左之賦，稍異楊、馬，至江淹、庾信諸人，抑又異矣。唐賦最明白簡易。至蘇子瞻直文耳。然賦體日變，賦心亦工，古不可優，後不可劣。若使今日執筆，機軸尤爲不同。何也？人事物態，有時而更，鄉語方言，有時而易，事今日之事，則亦文今日之文而已矣。盧楠諸君不知賦爲何物，乃將經史《海篇》字眼，盡意抄謄，謬謂復古，不亦大可笑哉！

鍾伯敬增定本《袁中郎全集》卷二十二

與張幼于(節錄)

〔明〕袁宏道

……至於詩，則不肖聊戲筆耳，信心而出，信口而談。世人喜唐，僕則曰唐無詩；世人喜秦、漢，僕則曰秦、漢無文；世人卑宋黜元，僕則曰詩文在宋、元諸大家。昔老子欲死聖人，莊生譏毁孔子，然至今其書不廢；荀卿言性惡，亦得與孟子同傳。何者，見從己出，不曾依傍半個古人，所以他頂天立地，今人雖譏訕得，却是廢他不得。不然糞裏嚼查，順口接屁，倚勢欺良，如今蘇州投靠家人一般。記得幾個爛熟故事，便曰博識；用得幾個見成字眼，亦曰騷人；計騙杜工部，囤紮李空同，一個八寸三分帽子，人人戴得。以是言詩，安在而不詩哉！不肖惡之深，所以立言亦自有矯枉之過。公謂僕詩亦似唐人，此言極是。然要之幼于所取者，皆僕似唐之詩，非僕得意詩也。夫其似唐者見取，則其不取者，斷斷乎非唐詩，可知旣非唐詩，安得不謂中郎自有之詩，又安得以幼于之不取係中郎之不自得意耶？僕求自得而已，他則何敢知。近日湖上諸作，尤覺穢褻，去唐愈遠，然愈自得意。昨已爲長洲公覓去發刊，然僕逆知幼于之一抹到底，決無一句入眼也。何也，眞不似唐也，不似唐，是於唐律是大罪人也，安可復謂之詩哉？……

鍾伯敬增定本《袁中郎全集》卷二十二

序小修詩(節錄)

〔明〕袁宏道

……足跡所至，幾半天下，而詩文亦因之以日進。大都獨抒性靈，不拘格套。非從自己胸臆流出，不肯下筆。有時情與境會，頃刻千言，如水東注，令人奪魂。其間有佳處，亦有疵處。佳處自不必言，即疵處亦多本色獨造語。然予則極喜其疵處。而所謂佳者，尙不能不以粉飾蹈襲爲恨，以爲未能盡脫近代文人氣習故也。蓋詩文至近代而卑極矣。文則必欲準於秦漢，詩則必欲準於盛唐。勦襲模擬，影響步趨。見人有一語不相肖者，則共指以爲野狐外道。曾不知文準秦漢矣，秦漢人曷嘗字字學六經歟！詩準盛唐矣，盛唐人曷嘗字字學漢魏歟！秦漢而學六經，豈復有秦漢之文？盛唐而學漢魏，豈復有盛唐之詩？唯夫代有升降，而法不相沿，各極其變，各窮其趣，所以可貴。原不可以優劣論也。且夫天下之物，孤行則必不可無，必不可無，雖欲廢焉而不能。雷同則可以不有，可以不有，則雖欲存焉而不能。故吾謂今之詩文不傳矣。其萬一傳者，或今閭閻婦人孺子所唱《擘破玉》《打草竿》之類，猶是無聞無識，眞人所作，故多眞聲。不效顰於漢、魏，不學步於盛唐，任性而發，尙能通於人之喜怒哀樂嗜好情欲，是可喜也。……

鍾伯敬增定本《袁中郎全集》卷一

詩歸[1]序

〔明〕鍾　惺[2]

選古人詩，而命曰《詩歸》。非謂古人之詩，以吾所選爲歸，庶幾見吾所選者，以古人爲歸也。引古人之精神，以接後人之心目，使其心目有所止焉，如是而已矣。昭明選古詩[3]，人遂以其所選者爲古詩，因而名古詩曰選體。唐人之古詩曰唐選。嗚呼！非惟古詩亡，幾併古詩之名而亡之矣。何者？人歸之也。選者之權力，能使人歸，又能使古詩之名與實俱徇之，吾其敢易言選哉。

嘗試論之，詩文氣運，不能不代趨而下，而作詩者之意興，慮無不代求其高。高者，取異於途徑耳。夫途徑者，不能不異者也；然其變有窮也。精神者，不能不同者也；然其變無窮也。操其有窮者以求變，而欲以其異與氣運爭，吾以爲能爲異，而終不能爲高。其究途徑窮，而異者與之俱窮，不亦愈勞而愈遠乎？此不求古人眞詩之過也。

今非無學古者，大要取古人之極膚極狹極熟，便於口手者，以爲古人在是[4]。使捷者矯之，必於古人外，自爲一人之詩以爲異，要其異，又皆同乎古人之險且僻者，不則其俚者也[5]；則何以服學古者之心！無以服其心，而又堅其說以告人曰，千變萬化不出古人。問其所爲古人，則又向之極膚極狹極熟者也。世眞不知有古人矣。

惺與同邑譚子元春[6]憂之。內省諸心，不敢先有所謂學古不學古者，而第求古人眞詩所在。眞詩者，精神所爲也。察其幽情單緒，孤行靜寄於喧雜之中；而乃以其虛懷定力，獨往冥遊於寥廓之外。如訪者之幾於一逢，求者之幸於一獲，入者之欣於一至。不敢謂吾之說，非即向者千變萬化不出古人之說，而特不敢以膚者狹者熟者塞之也。

書成，自古逸至隋，凡十五卷，曰《古詩歸》；初唐五卷，盛唐十九卷，中唐八卷，晚唐四卷，凡三十六卷，曰《唐詩歸》。取而覆之，見古人詩久傳者，反若今人新作詩。見己所評古人語，如看他人語。倉卒中，古今人我，心目爲之一易，而茫無所止者，其故何也？正吾與古人之精神，遠近前後於此中，而若使人不得不有所止者也。

明天啓刻本《隱秀軒集·文昃集》

【註釋】

［1］詩歸——《四庫全書總目提要》："《詩歸》五十一卷，明鍾惺、譚元春同編。……是書凡古詩十五卷，唐詩三十六卷，大旨以纖詭幽渺爲宗，點逗一二新雋字句，矜爲玄妙，……於連篇之詩，隨意割裂，古來詩法，於是盡亡。至於古詩字句，多隨意竄改。……朱彝尊詩話謂是書乃其鄉人託名。今觀二人所作，其門徑不過如是，殆彝尊曲爲之詞也。"

［2］鍾惺（公元一五七四年——一六二四年）——字伯敬，竟陵人。萬曆三十八年進士，官至福建提學僉事。當公安派以清巧救七子的流弊，風靡一時之後，破律壞度之弊又生，鍾氏又起而矯公安之弊，意欲別出手眼，另立幽深孤峭一宗，以凌駕古人之上。同里譚元春爲之羽翼，海內談詩者稱爲鍾、譚，學之者形成爲竟陵派。錢謙益起而排斥，謂之爲"鬼趣"，爲"詩妖"（語見《列朝詩集》小傳），而竟陵的餘焰漸熄。惺有《隱秀軒集》三十二卷，《四庫全書》存目著錄其書至十一種。《明史》卷二百八十八《文苑》四有傳，附袁宏道傳後。

［3］昭明選古詩——蕭統（公元五〇一年——五三一年），字德施，南蘭陵人。梁武帝蕭衍的長子。天監三年立爲皇太子，死後諡昭明。事蹟見《梁書》卷八《昭明太子傳》。所纂《文選》凡六十卷。昭明太子時代，尚無律詩，《文選》中第十九卷至第三十一卷所選的詩，都是古詩。

［4］今非無學古者四句——指明七子贋古之作。

[5] 使捷者矯之六句——指公安派之作。

[6] 譚子元春(公元一五八六年——一六三一年)——字友夏，竟陵人。名輩稍後於鍾惺，天啓七年，始舉鄉試第一；時鍾惺已死。《列朝詩集》譚元春小傳謂"譚之才力薄於鍾，其學殖尤淺，謭陋彌甚。"有《嶽歸堂集》十卷。《明史》卷二百八十八《文苑》四有傳，附袁宏道傳後。

【説明】

明代詩歌，在弘治以前的階段，不立門戶，唐、宋兼取；而高棅諸人，則已開了宗唐的萌芽。弘治以後至萬曆，一變於前後七子，以摹擬漢、魏、盛唐爲學古；再變於公安三袁，洗蕩七子之病，主張眞情達意，而矯枉過正，以鄙俚輕率爲趨新。鍾惺、譚元春出，標舉幽深孤峭的宗旨，則是針對七子、公安二派的末流作爲補弊救偏而提出的。《詩歸》一書，具體貫徹了鍾氏的詩論。這篇序文，卽是《詩歸》論旨的概括。

作者在序文裏闡述了如下的論點：

第一，作者認爲詩家塗徑之變有盡，而精神之變無窮，因此，向上一着，不當限於塗徑上取異，而應於精神上求變，亦卽是應求古人之眞詩。

第二，據此以衡量有明一代詩風的遞變，前者是七子的學古，取徑於極膚極狹極熟，其病爲空廓；後者是公安所走的捷徑，其病爲俚僻。二者同樣只是取異於塗徑，是不求古人眞詩之過。

第三，指出選《詩歸》以救弊的用意，在於求古人眞詩所在，卽是求古人精神所在，有意識地避免走上膚熟與俚率的道路，而要使"心目爲之一易"。怎樣求眞詩？作者是要"察其幽情單緒，孤行靜寄於喧雜之中；而乃以其虛懷定力，獨往冥遊於寥廓之外"的。這就是作者所謂求變於精神。但作者所"覃思苦心，尋味古人之微言奧旨"(《列朝詩集》鍾惺小傳中語)，"潛思遐覽，深入超出，綴古今之命脈，開人我之眼界"(譚元春《退谷先生墓誌銘》語)的，仍然是在於“取異於塗徑”。他評王季友詩說：“每於古今詩文，喜拈其不著名而最少者，常有一種奇趣別理，不墮作家氣。”所謂“奇趣別理”，與本文所謂“幽情單緒”是同一意義。這種精神，要通過覃思冥搜的塗徑以表達。《詩歸》的宗趣在此。但並不能眞的從詩歌的精神上求變，而只是偏尙於一種風格，其缺點也在此。

鍾氏強調詩歌“幽情單緒”的一境，自詡爲“吾所選者，以古人爲歸”，實質上却是“古人之詩，以吾所選爲歸”。而且要“引古人之精神，以接後人之心目，使其心目有所止焉”。於是七子、公安的流弊剛有所救正，而竟陵派本身的流弊滋生得更爲嚴重。末流越來越走上魔道，“以淒聲寒魄爲致”，“以噍音促節爲能”(《列朝詩集》丁十二)，而這正是《詩歸》詩論本身的狹隘性使然的。

附　　錄

答同年尹孔昭

〔明〕鍾　惺

兄怪我文字大有機鋒，謂盡之一字有道者所不居，眞是當頭一棒。然兄書終篇機鋒二字，兄自反何如？我輩文字到極無烟火處，便是機鋒，自知之而無可奈何，亦是一業，何時與兄參之。

明天啓刻本《隱秀軒集·文往集》

與高孩之觀察

〔明〕鍾　惺

向捧讀回示，辱諭以惺所評《詩歸》，反覆於厚之一字，而下筆多有未厚者，此洞見深中之言，然而有說：

夫所謂反覆於厚之一字者，心知詩中實有此境也；其下筆未能如此者，則所謂知而未蹈，期而未至，望而未之見也。何以言之？詩至於厚而無餘事矣。然從古未有無靈心而能爲詩者，厚出於靈，而靈者不即能厚。弟嘗謂古人詩有兩派難入手處：有如元氣大化，聲臭已絕，此以平而厚者也，《古詩十九首》、蘇、李是也；有如高巖浚壑，岸壁無階，此以險而厚者也，漢《郊祀》《鐃歌》、魏武帝樂府是也。非不靈也，厚之極，靈不足以言之也。然必保此靈心，方可讀書養氣，以求其厚，若夫以頑冥不靈爲厚，又豈吾孩之所謂厚哉？

曹能始謂弟與譚友夏詩，清新而未免於痕；又言《詩歸》一書，和盤託出，未免有好盡之累。夫所謂有痕與好盡，正不厚之說也。弟心服其言。然和盤託出，亦一片婆心婆舌，爲此頑冥不靈之人設。至於痕則未可強融，須由清新入厚以救之，豈有舍其清新而即自謂無痕者哉？何時得相聚？一細論之。

明天啓刻本《隱秀軒集·文往集》

詩 歸 序

〔明〕譚元春

春未壯時，見綴緝爲詩者，以爲此浮瓜斷梗耳，烏足好。然義類不深，口輒無以奪之，乃與鍾子約爲古學，冥心放懷，期在必厚，亦旣入之、出之、參之、伍之、審之、克之矣。有教春者曰：公等所爲，創調也，夫變化盡在古矣。其言似可聽。但察其變化，特世所傳《文選》《詩删》之類，鍾嶸、嚴滄浪之語，瑟瑟然務自彫飾而不暇求於靈迥朴潤。抑其心目中，別有夙物，而與其所謂靈迥朴潤者，不能相關相對歟？夫眞有性靈之言，常浮出紙上，決不與衆言伍。而自出眼光之人，專其力，壹其思，以達於古人；覺古人亦有炯炯雙眸從紙上還矚人，想亦非苟然而已。

古人大矣！往印之輒合，遍散之各足。人咸以其所愛之格，所便之調，所易就之字句，得其滯者、熟者、木者、陋者，曰我學之古人，自以爲理長味深，而傳習之久，反指爲大家，爲正務。人之爲詩，至於爲大家，爲正務，馳海內有餘矣，而猶敢有妄者言之乎？嗚乎！此所以不信不悟。而有才者，至欲以纖與險厭之，則亦若人之過也。夫滯、熟、木、陋，古人以此數者，收渾沌之氣；今人以此數者，喪精神之原。古人不廢此數者，爲藏神奇藏靈幻之區；今人專借此數者，爲仇神奇仇靈幻之物。而甚至以代所得名之一人，與一時所同名之數人，及人所得名之篇，與篇所得名之句，皆堅守莊誦，而不敢飏言之。不過曰古今人自有篤論。夫人有孤懷，有孤詣，其名必孤行於古今之間，不肯遍滿寥廓。而世有一二賞心之人，獨爲之咨嗟徬皇者，此詩品也。譬如狼烟之上虛空，裊裊然一綫耳，風搖之，時散、時聚、時斷、時續。而風定烟接之時，卒以此亂星月而吹四遠。彼號爲大家者，終其身無異詞，終其古無異詞，而反以此失獨坐靜觀者之心。所失豈但倍也哉！

今之爲是選也，幸而有不徇名之意，若不幸而有必黜名之意，則難矣；幸而有不畏博之力，若不幸而有必勝博之力，又難矣；幸而有不隔靈之眼，若不幸而有必鶩靈之眼，又難矣。法不前定，以筆所至爲法；趣不強括，以詣所安爲趣；詞不準古，以情所迫爲詞；才不由天，以念所冥爲才。恬一時之聲臭，以動古今之波瀾。波瀾無窮，而光采有主。古人進退焉，雖一字之耀目，一言之從心，必審其輕重、深淺而安置之。凡素所得名之人，與素所得名之詩，或有不能違心而例收者，亦必其人之精神，止可至今日，而不能不落吾手眼。因而代獲無名之人，人收無名之篇。若今日始新出於紙而從此誦之將千萬口；即不能保其誦之盈千萬口，而亦必古人之精神，至今日而當一出，古人之詩之神所自爲審定安置，而選者不知也。惟春與鍾子，克慮厥始。惟春克勗厥中，惟鍾子克成厥終。《詩歸》哉！

明末刻本《唐詩歸》卷首

劉司空詩集序

〔清〕錢謙益

萬曆之季，稱詩者以淒清幽眇爲能，於古人之鋪陳終始，排比聲律者，皆訾敖抹摋，以爲陳言腐詞。海內靡然從之，迄今三十餘年。甚矣詩學之舛也！譬之於山川，連岡堕障，逶迤平遠，然後有奇峯仄澗，深岩複壁，窈窕而忘歸焉；譬之於居室，前堂後寢，弘麗靚深，然後有便房曲廊，層軒突夏，紆迴而迷復焉。使世之山川，有詭特而無平遠，不復成其爲造物；使人之居室，有突奥而無堂㝛，不復成其爲人世；又使世之覽山水造居室者，舍名山大川不遊，而必於詭特，則必將梯神山，航海市，終之於鬼國而已。舍高堂邃宇弗居，而必於突奥，則必將巢木杪，營窟室，終之於鼠穴而已。今之爲詩者，舉若是，余有憂之，而愧未有以易也。

今年與劉司空敬仲先生相見請室，得盡見其詩。盧子德水之評贊，可謂精且詳矣。而余獨喜其淵靜閒止，優柔雅淡，意有餘於匠，枝不傷其本。居今之世，所謂復聞正始之音者與！使世之學者，服習是詩，奉爲指南，必不至悼慄眩運，墮鬼國而入鼠穴，余又何憂焉！史稱陳、隋之世，新聲愁曲，樂往哀來，竟以亡國；而唐天寶樂章，曲終繁聲，名爲入破，遂有安、史之亂。今天下兵興盗起，民不堪命，識者以謂兆於近世之歌詩，類五行之詩妖。敬仲之詩，得著廊廟，庶幾槩寇子之云命宫而總四聲，慶雲流而景風翔矣乎？余將爲采詩者告焉。因敬仲寓德水視如何也。

《四部叢刊》影原刻本《牧齋初學集》卷三十一

列朝詩集小傳·鍾提學惺(節録)

〔清〕錢謙益

惺，字伯敬，竟陵人。……伯敬少負才藻，有聲公車間。擢第之後，思别出手眼，另立深幽孤峭之宗，以驅駕古人之上。而同里有譚生元春，爲之應和，海内稱詩者靡然從之，謂之鍾譚體。譬之春秋之世，天下無王，桓文不作，宋襄、徐偃德涼力薄，起而執會盟之柄，天下莫敢以爲非霸也。數年之後，所撰《古今詩歸》盛行於世，承學之士，家置一編，奉之如尼丘之删定。而寡陋無稽，錯繆叠出，稍知古學者咸能挾筴以攻其短。《詩歸》出，而鍾譚之底蘊畢露，溝澮之盈於是乎涸然無餘地矣。當其創獲之初，亦嘗覃思苦心，尋味古人之微言奥旨，少有一知半見，掠影希光，以求絶出於時俗。久之，見日益僻，膽日益粗，舉古人之高文大篇鋪陳排比者，以爲繁蕪熟爛，胥欲掃而刊之，而惟其僻見之是師。其所謂深幽孤峭者，如木客之清吟，如幽獨君之冥語，如夢而入鼠穴，如幻而之鬼國，浸淫三十餘年，風移俗易，滔滔不返。余嘗論近代之詩，抉擿洗削，以凄聲寒魄爲致，此鬼趣也。尖新割剥，以噍音促節爲能，此兵象也。鬼氣幽，兵氣殺，著見于文章，而國運從之，以一二輇才寡學之士，衡操斯文之柄，而徵兆國家之盛衰，可勝歎悼哉！鍾之才，固優于譚江行俳體。其赴公車之作，入蜀諸詩，其初第之作，習氣未深，聲調猶在，余得采而錄之。唐天寶之樂章，曲終繁聲，名爲入破；鍾譚之類，豈亦五行志所謂詩妖者乎！余豈忍以蚓竅之音，爲關雎之亂哉！

古典文學出版社《列朝詩集小傳》丁集中

詩　筏(選錄)

〔清〕賀貽孫

詩以蘊藉爲主，不得已溢爲光怪爾。蘊藉極而光生，光極而怪生焉。李、杜、王、孟及唐諸大家各有一種光怪，不獨長吉稱怪也。怪至長吉極矣，然何嘗不從蘊藉中來。

李、杜詩，韓、蘇文，但誦一二首，似可學而至焉。試更誦數十首，方覺其妙。誦及全集，愈多愈妙。反覆朗誦，至數十百過，口頷涎流，滋味無窮，咀嚼不盡。乃至自少至老，誦之不輟，其境愈熟，其味愈長。後代名家詩文，偶取數首誦之，非不賞心愜目，及誦全集，則漸令人厭，又使人不欲再誦，此則古今人厚薄之別也。

詩文之厚得之內養，非可襲而取也；博綜者謂之富，不謂之厚；穠縟者謂之肥，不謂之厚；粗僿者謂之蠻，不謂之厚。

厚之一言，可蔽風雅。《古十九首》，人知其澹，不知其厚。所謂厚者，以其神厚也，氣厚也，味厚也。即如李太白詩歌，其神氣與味皆厚，不獨少陵也。他人學少陵者，形狀龐然，自謂厚矣；及細測之，其神浮，其氣囂，其味短。盡孟賁之目，大而無威；塑項籍之貌，猛而無氣；安在其能厚哉！

莊子云："彼節者有間，而刀刃者無厚"，所謂無厚者，金之至精，鍊之至熟，刃之至神，而厚之至變至化者也。夫惟能厚，斯能無厚。古今詩文，能厚者有之，能無厚者未易覯也。無厚之厚，文惟孟、莊，詩惟蘇、李、《十九首》與淵明，後來太白之詩，子瞻之文，庶幾近之。雖然，無厚與薄，毫釐千里，不可不辨。

淸空一氣，攪之不碎，揮之不開，此化境也。然須厚養氣始得，非淺薄者所能僥倖。

陶元亮詩，淡而不厭。何以不厭，厚爲之也。詩固有濃而薄，淡而厚者矣。

嚴滄浪《詩話》，大旨不出悟字，鍾譚《詩歸》，大旨不出厚字，二書皆足長人慧根；然誦滄浪詩，亦有未盡悟者，閱鍾譚集，亦有未至厚者。以此推之，談何容易。

阮嗣宗越禮驚衆，然以口不臧否人物，司馬文王稱爲至慎，蓋晉人中極蘊藉者。其《詠懷》十七首，神韻澹蕩，筆墨之外，俱含不盡之思，政以蘊藉勝人耳。然以擬《古十九首》，則淺薄甚矣。夫詩中之厚，皆從蘊藉而出，乃有同一蘊藉，而厚薄深淺異者，此非知詩者不能别也。

詩中有畫，不獨摩詰也。浩然情景悠然，尤能寫生，其便娟之姿，逸宕之氣，似欲超王而上，然終不能出王範圍内者，王厚於孟故也。吾嘗譬之，王如一輪秋月，碧天如洗，而孟則江月一色，蕩漾空明。雖同此月，而孟所得者，特其光與影耳。

鍾伯敬云："常建詩淸微靈洞，似厚之一字，不必爲此公設。"此語甚當。但常建詩亦自有常建之厚。古人所謂溫厚者，常建之詩是也。其淸微靈洞，俱從溫厚中出，所以内外俱徹，如琉璃映月耳。

勅書樓板《詩筏》

詩辯坻·竟陵詩解駁議序

〔清〕毛先舒

敍曰：六義振響，蔚爲辭宗，五言遞創，作者景靡。後踵爲駢偶之體，變爲律絶之製。六季三唐，失得互見，初盛中晚，區畛攸分。及宋世酷尚麤厲，元音競趣佻褻，矇醉相扶，載胥及溺，四百年間，幾無詩焉。適成、弘之際，李、何崛興，號稱復古，而中原數子，鱗集仰流，又因以雕潤辭華，恢閎典制，鴻篇縟彩，蓋斌斌焉。及其敝也，庬雜古事，汩沒胸情，以方幅嘽緩爲冠裳，以剟膚綴貌爲風骨，勦説雷同，墜於浮濫，已運丁衰葉，執值未會。

楚有鍾惺、譚元春，因人心厭厭之餘，開纖兒狙喜之議，小言足以破道，技巧足以中人，而後學者乃始眩瞀楊岐，遲回襄轍，嚚然競起，穿鑿紛紜，救湯揚沸，莫之能閼。原夫前後七子，作法匪涼，徒以後起守文，職成拘蔽。假令鍾、譚能滌蕩塵滓，斟酌古原，因其羽毛，樹之骨鯁，則上可崇漢、唐之絕軌，次亦得規嘉、隆之弊法；而惜乎馳騁小慧，河伯自欣。然彼所見如竇中窺日，明雖不多，景非假借，故《詩歸》詮諦，亦有可算。至於荒才窳匠，尤易竄跡，故驵獪之猥姿，悉冒竟陵之苗裔。原其初政，未或如斯，溯厲階之由興，能無歸獄者乎？蓋鍾氏之書指義淺率，展卷即通，其便一也。持論儇倪，啓人狙智，造次捷給，易詘準繩之談，其便二也。矜巧片字，不貴閎整，龜腸蟬腹，得就操觚，其便三也。但趣新雋，不原風格，其便四也。前代短檴，屛同椎輪，便辟淋漓，一往欲盡，當巧之際，無復逡巡，其便五也。高談性靈，嗤鄙追琢，各用我法，遑知古人，則但吐由言，便稱高唱，輒復曹、劉爲拙，沈約如奴，其便六也。所以凡流瑣士，咸共寶祕，自非卓犖之英，罕能拔脚者也。

予悲躭溺者旣不見其勣，而攻瑕者將併沒其好，輒取《詩歸》一書，條其二三理解而錄之，紕繆大者則明加駁正，以次於後，庶幾覽者顯之臧否。至余於李、王諸子所論列，間有抵巇，不爲護前，今雜列他卷，亦可得並觀云爾。

《詩辯坻》卷四

醒世恆言[1]序

〔明〕可一居士[2]

六經國史而外，凡著述皆小説也。而尚理或病於艱深，修詞或傷於藻繪，則不足以觸里耳[3]而振恆心。此《醒世恆言》四十種所以繼《明言》《通言》而刻也[4]。明者，取其可以導愚也。通者，取其可以適俗也。恆則習之而不厭，傳之而可久。三刻殊名，其義一耳。夫人居恆動作言語不甚相懸，一旦弄酒，則叫號躑躅，視塹如溝，度城如檻。何則？酒濁其神也。然而斟酌有時，雖畢吏部、劉太常[5]，未有時時如濫泥者。豈非醒者恆而醉者暫乎？繇此推之，惕孺爲醒，下石爲醉[6]；卻嘑爲醒，食嗟爲醉[7]；剖玉爲醒，題石爲醉[8]。又推之，忠孝爲醒，而悖逆爲醉；節檢爲醒，而淫蕩爲醉；耳和目章，口順心貞爲醒，而即聾從昧，與頑用嚚爲醉。人之恆心，亦可思已。從恆者吉，背恆者凶。心恆心，言恆言，行恆行，入夫婦而不驚，質天地而無怍。下之巫醫可作，而上之善人君子聖人亦可見。恆之時義大矣哉。自昔濁亂之世，謂之天醉[9]。天不自醉人醉之，則天不自醒人醒之。以醒天之權與人，而以醒人之權與言。言恆而人恆，人恆而天亦得其恆。萬世太平之福，其可量乎！則茲刻者，雖與《康衢》《擊壤》之歌並傳不朽可矣[10]。崇儒之代，不廢二教[11]，亦謂導愚適俗，或有藉焉。以二教爲儒之輔可也。以《明言》《通言》《恆言》爲六經國史之輔不亦可乎？若夫淫譚褻語，取快一時，貽穢百世。夫先自醉也，而又以狂藥飲人[12]，吾不知視此三言者得失何如也？

天啓丁卯[13]中秋，隴西可一居士題於白下之棲霞山房。

人民文學出版社本《醒世恆言》卷首

【註釋】

[1] 醒世恆言——馮夢龍編纂的一部話本集，共收話本四十篇，絕大部分是明人作品，部分疑是馮氏擬作，也有少數是宋、元舊作。書刊於天啓七年。

[2] 可一居士——未詳。疑即馮夢龍。

[3] 里耳——見本册《曲律》註[59]。

[4] 明言——《喻世明言》，馮夢龍編纂的話本集，初印時名《古今小說》，再版時改爲《喻世明言》，共收話本四十篇，多宋、元舊作，也有明人擬作。通言——《警世通言》，馮夢龍編纂的話本集，收話本四十篇，有宋、元舊作，也有明人擬作。

[5] 畢吏部——畢卓，晉太興末爲吏部郎，酷嗜酒。嘗曰："得酒滿數百斛船，右手持酒盃，左手持蟹螯，拍浮酒船中，便足了一生。"劉太常——當爲劉伶，字伯倫，晉沛國人。性好酒，嘗攜酒乘車，使人荷鍤隨之，曰："死便埋我。"妻切諫，不從。劉伶未任太常官，恐作者誤記。

[6] 惕孺爲醒下石爲醉——《孟子·公孫丑上》："今人乍見孺子將入於井，皆有怵惕惻隱之心。"韓愈《柳子厚墓誌銘》："今夫平居里巷相慕悅，……誓生死不相背負，眞若可信，一旦臨小利害，僅如毛髮比，反眼若不相識，落陷穽不一引手救，反擠之，又下石焉者，皆是也。"此兩事相對比而言：人有惻隱之心是正常的，下井落石是反常的。

[7] 卻嘑爲醒食嗟爲醉——《孟子·告子上》："嘑爾而與之，行道之人弗受。"趙岐註："嘑爾，猶呼爾，咄啐之貌也。"《禮記·檀弓下》："齊大饑，黔敖爲食於路以待餓者而食之。有餓者蒙袂輯屨貿貿然來。黔敖左奉食，右執飲，曰：'嗟，來食！'揚其目而視之，曰：'予唯不食嗟來之食以至於斯也。'從而謝焉，終不食而死。"

[8] 剖玉爲醒題石爲醉——《韓非子·和氏》："楚人和氏得玉璞楚山中，奉而獻之厲王。厲王使玉人相之，玉人曰：'石也。'王以和爲誑，而刖其左足。及厲王薨，武王卽位，和又奉其璞而獻之武王，武王使玉人相之，又曰'石也'，王又以和爲誑，而刖其右足。武王薨，文王卽位，和乃抱其璞，而哭於楚山之下，三日三夜，泣盡而繼之以血。王聞之，使人問其故。……和曰：'吾非悲刖也，悲夫寶玉而題之以石，貞士而名之以誑，此吾所以悲也。'王乃使玉人理其璞，而得寶焉。"

[9] 天醉——張衡《西京賦》："昔者大帝悅秦繆公而覲之，饗以鈞天廣樂。帝有醉

焉，乃爲金策，錫用此土，而剪諸鶉首。"庾信《哀江南賦》："以鶉首而賜秦，天何爲而此醉？"

[10] 康衢擊壤——見本書第一册《文心雕龍·時序》註[1][2]。

[11] 二教——道教、佛教。

[12] 狂藥飲人——《晋書·裴楷傳》："足下飲人狂藥，責人正體，不亦乖乎？"

[13] 天啓丁卯——天啓，明熹宗年號，自公元一六二一年至一六二七年。丁卯，公元一六二七年。

【説明】

馮夢龍深受李贄的思想影響，特别重視小説、戲曲、民歌一類的通俗文學，並在這方面作出了貢獻。他所編纂的"三言"，是研究宋、元到明代話本小説的重要史料。"三言"中各有序一篇，説明小説的意義和價值。《喻世明言》（《古今小説》）署名緑天館主人，《警世通言》署名無礙居士，《醒世恆言》署名可一居士，這三個名字很可能就是馮夢龍自己，也可能另有其人。在這三篇序裹，反映出晚明時期對於小説的進步觀點。《醒世恆言》的序出於最後，帶有總結性的意義，但彼此所論，有詳略、輕重之分，研究的時候，最好把三篇序緊密結合起來，才能全面地體會到它們的精神。

在三篇序裹，一致强調小説的社會教育作用。"喻世"、"警世"和"醒世"正是這種作用的概括説明。小説能够起這種作用，因爲它具有强烈感染人心的力量。"可喜可愕，可悲可涕，可歌可舞"，"怯者勇，淫者貞，薄者敦，頑鈍者汗下"（《古今小説序》），其感人之捷且深，遠勝於讀《孝經》《論語》。"以醒天之權與人，而以醒人之權與言"，小説的教育意義遠在四書、五經以上了。在封建社會裹發出這種論調，確實是驚人的。

要使小説發生教育作用，必要注意内容；要使小説發生社會影響，必須注重形式。關於内容，要具有"導愚"、"醒世"、"振恆心”的教育意義，而“爲六經國史之輔”，萬不可“以淫譚褻語，取快一時，貽穢百世”。《警世通言》序裏，還提到“不害於風化，不謬於聖賢”，其中是滲雜着某些封建觀點的。關於形式問題，見解頗爲正確。小説要爲羣衆所理解，形式必須通俗，文言就不如白話。“尙理或病於艱深，修詞或傷於藻繪”，是不宜於小説的。“大抵唐人選言，入於文心；宋人通俗，諧於里耳。天下之文心少而里耳多，則小説之資於選言者少，而資於通俗者多”（《古今小説序》）。在這裏從小説的性質，正確説明小説語言的特點，和唐人傳奇到宋代話本小説發展的社會根源。

小説的價值，不在於其人其事的眞假，而在於寫得合情合理。“人不必有其事，事不必麗其人，……事眞而理不贋，卽事贋而理亦眞”（《警世通言序》），人和事的眞假對小説的價値無關，只要寫得“理眞”，就可“觸性性通，觸情情出”（同上），就可達到小説的感染力量。在這裏不僅認識到小説和記事文的差别，而且進一步接觸到小説的題材處理和情節創造多方面的問題。到了金聖歎，强調小説中的人物性格，更進了一步。

“三言”的序反映出晚明小説界的進步觀點，在我國小説理論史上有它的歷史意義。

附　　録

古今小説序

〔明〕綠天館主人

史統散而小説興。始乎周季，盛於唐，而浸淫於宋。韓非、列禦寇諸人，小説之祖也。《吳越春秋》等書，雖出炎漢，然秦火之後，著述猶希。迨開元以降，而文人之筆横矣。若通俗演義，不知何昉？按南宋供奉局，有説話人，如今説書之流，其文必通俗，其作者莫可攷。泥馬倦勤，以太上享天下之養。仁壽清暇，喜閲話本，命內璫日進一帙，當意，則以金錢厚酬。於是內璫輩廣求先代奇蹟及閭里新聞，倩人敷演進御，以怡天顔。然一覽輒置，卒多浮沈內庭，其傳布民間者，什不一二耳。然如《翫江樓》《雙魚墜記》等類，又皆鄙俚淺薄，齒牙弗馨焉。暨施、羅兩公，鼓吹胡元，而《三國志》《水滸》《平妖》諸傳，遂成巨觀。要以韞玉違時，銷鎔歲月，非龍見之日所暇也。

皇明文治既郁，靡流不波；即演義一斑，往往有遠過宋人者。而或以爲恨乏唐人風致，謬矣。食桃者不費杏，絺縠毳錦，惟時所適。以唐說律宋，將有以漢說律唐，以春秋、戰國說律漢，不至於盡掃羲聖之一畫不止。可若何！大抵唐人選言，入於文心；宋人通俗，諧於里耳。天下之文心少而里耳多，則小說之資於選言者少，而資於通俗者多。試令說話人當場描寫，可喜可愕，可悲可涕，可歌可舞；再欲捉刀，再欲下拜，再欲決脰，再欲捐金；怯者勇，淫者貞，薄者敦，頑鈍者汗下。雖小誦《孝經》《論語》，其感人未必如是之捷且深也。噫，不通俗而能之乎？茂苑野史氏，家藏古今通俗小說甚富，因賈人之請，抽其可以嘉惠里耳者，凡四十種，畀爲一刻。余顧而樂之，因索筆而弁其首。

人民文學出版社本《古今小說》

警世通言敘

〔明〕無礙居士

野史盡眞乎？曰："不必也。"盡贋乎？曰："不必也。"然則，去其贋而存其眞乎？曰："不必也。"《六經》、《語》、《孟》，譚者紛如，歸於令人爲忠臣，爲孝子，爲賢牧，爲良友，爲義夫，爲節婦，爲樹德之士，爲積善之家，如是而已矣。經書著其理，史傳述其事，其揆一也。理著而世不皆切磋之彥，事述而世不皆博雅之儒。於是乎村夫稚子，里婦估兒，以甲是乙非爲喜怒，以前因後果爲勸懲，以道聽途說爲學問。而通俗演義一種，遂足以佐經書史傳之窮。而或者曰："村醪市脯，不入賓筵，烏用是齊東娓娓者爲？"嗚呼！《大人》、《子虛》，曲終奏雅，顧其旨何如耳！人不必有其事，事不必麗其人。其眞者可以補金匱石室之遺，而贋者亦必有一番激揚勸誘，悲歌感慨之意。

事眞而理不贋，即事贋而理亦眞，不害於風化，不謬於聖賢，不戾於詩書經史，若此者其可廢乎？里中兒代庖而創其指，不呼痛，或怪之。曰：“吾頃從玄妙觀聽說《三國志》來，關雲長刮骨療毒，且談笑自若，我何痛爲！”夫能使里中兒有刮骨療毒之勇，推此說孝而孝，說忠而忠，說節義而節義，觸性性通，導情情出。視彼切磋之彥，貌而不情，博雅之儒，文而喪質，所得而未知孰贋而孰眞也。隴西君海內畸士，與余相遇於棲霞山房，傾蓋莫逆，各敍旅況，因出其新刻數卷佐酒。且曰：“尙未成書，子盍先爲我命名。”余閱之，大抵如僧家因果說法度世之語，譬如村醪市脯，所濟者衆，遂名之曰《警世通言》，而從臾其成。時天啓甲子臘月，豫章無礙居士題。

世界文庫本《警世通言》

二刻拍案驚奇序

〔明〕睡鄉居士

嘗記《博物志》云：“漢劉褒畫雲漢圖，見者覺熱，又畫北風圖，見者覺寒。”竊疑畫本非眞，何緣至是？然猶曰：人之見，爲之也。甚而僧繇點睛，雷電破壁；吳道玄畫殿內五龍，大雨輒生煙霧。是將執畫爲眞則旣不可，若云贋也，不已勝於眞者乎？然則操觚之家，亦若是焉則已矣。

今小說之行世者，無慮百種，然而失眞之病，起於好奇。知奇之爲奇，而不知無奇之所以爲奇。舍目前可紀之事，而馳騖於不論不議之鄉。如畫家之不圖犬馬，而圖鬼魅者，曰：吾以駭聽而止耳。夫劉越石淸嘯吹笳，尙能使羣胡流涕解圍而去。今舉物態人情，恣其點染，而不能使人欲歌欲泣於其間，此其奇與非奇，固不待智者而後知之也。則爲之解曰：文自《南華》《沖虛》，已多寓言，下至非有先生、馮虛公子，安所得其眞者而尋之？不知此以文勝，非以事勝也。至演義一家，幻易而眞難，固不可相衡而論矣。有如《西遊》一記，怪誕不經，讀者皆知其謬。然據其所載，師弟四人，各一性情，各一動止，試摘取其一言一事，遂使暗中摹索，亦知其出自何人，則正以幻中有眞，乃爲傳神阿堵，而已有不如《水滸》之譏，豈非眞不眞之關，固奇不奇之大較也哉。

即空觀主人者，其人奇，其文奇，其遇亦奇，因取其抑塞磊落之才，出緒餘以爲傳奇，又降而爲演義。此《拍案驚奇》之所以兩刻也。其所捃摭，大都眞切可據，而間及神天鬼怪。故如史遷紀事，摹寫逼眞，而龍之踞腹，蛇之當道，鬼神之理，遠而非無，不妨點綴域外之觀，以破俗儒之隅見耳。若夫妖豔風流一種，集中亦所必存。唯汚衊世界之談，則戛戛乎其務去。鹿門子常怪宋廣平之爲人，言其鐵心石腸，而爲《梅花賦》則淸便豔發，得南朝徐、庾體。繇此觀之，凡託於椎陋以眩世，殆有不足信者。夫主人之言固曰：使世有能得吾說者，以爲忠臣孝子無難，而不能者，不至爲宣淫而已矣。此則作者之苦心，又出於平平奇奇之外者也。時剞劂告成，而主人薄遊未返，肆中急欲行世，徵言於余。未知搦管，毋乃刻畫無鹽，唐突西子哉！亦曰簸之揚之，穅粃在前云爾。

壬申冬日，睡鄉居士題並書。

古典文學出版社本《二刻拍案驚奇》

今古奇觀序

〔明〕笑花主人

小說者，正史之餘也。《莊》《列》所載化人、傴僂丈人等（原作昔，誤）事，不列於史。《穆天子》《四公傳》《吳越春秋》皆小說之類也，《開元遺事》《紅綫》《無雙》《香丸》《隱娘》諸傳，《輶車》《夷堅》各誌，名爲小說，而其文雅馴，閭閻罕能道之。優人黃繙綽、敬新磨等，搬演雜劇，隱諷時事，事屬烏有。雖通於俗，其本不傳。至有宋孝皇以天下養太上，命侍從訪民間奇事，日進一回，謂之說話人。而通俗演義一種，乃始盛行。然事多鄙俚，加以忌諱，讀之嚼蠟，殊不足觀。元施、羅二公，大暢斯道，《水滸》《三國》，奇奇正正，河漢無極。論者以二集配伯喈、《西廂》傳奇，號四大書，厥觀偉矣。迄於皇明，文治聿新，作者競爽。勿論廊廟鴻編，即稗官野史，卓然敻絕千古。說書一家，亦有耑門。然《金瓶》書麗，貽譏於誨淫，《西遊》《西洋》，逞臆於畫鬼。無關風化，奚取連篇。墨憨齋增補《平妖》，窮工極變，不失本末，其技在《水滸》《三國》之間。至所纂《喻世》《警世》《醒世》三言，極摹人情世態之歧，備寫悲歡離合之致，可謂欽異拔新，洞心駴目。而曲終奏雅，歸於厚俗。即空觀主人壺矢代興，爰有《拍案驚奇》兩刻。頗費蒐獲，足供談麈。合之共二百種。卷帙浩繁，觀覽難周。且羅輯取盈，安得事事皆奇。譬如印纍纍，綬若若，雖公選之世，寧無一二具臣充位。余擬拔其尤百回，重加繡梓，以成巨覽。而抱甕老人先得我心，選刻四十種，名爲《今古奇觀》。夫蜃(原本作唇，誤)樓海市，餤山火井，觀非不奇，然非耳目經見之事，未免爲疑冰之蟲。故夫天下之眞奇，在未有不出於庸常者也。仁義禮智，謂之常心；忠孝節烈，謂之常行；善惡果報，謂之常理；聖賢豪傑，謂之常人。然常心不多葆，常行不多修，常理不多顯，常人不多見，則相與驚而道之。聞者或悲或嘆，或喜或愕。其善者知勸，而不善者亦有所慚恧悚惕，以共成風化之美。則夫動人以至奇者，乃訓人以至常者也。吾安知閭閻之務不通於廊廟，稗秕之語不符於正史？若作吞刀吐火、冬雷夏冰例觀，是引人雲霧，全無是處。吾以望之善讀小說者。

姑蘇笑花主人漫題。

明刻本《今古奇觀》卷首

序山歌[1]

〔明〕馮夢龍[2]

書契以來，代有歌謠，太史所陳[3]，並稱[4]風雅，尚矣。自楚騷唐律，爭妍競暢，而民間性情之響，遂不得列於詩壇，於是別之曰山歌，言田夫野豎矢口寄興之所爲，薦紳學士家不道也。唯詩壇不列，薦紳學士不道，而歌之權愈輕，歌者之心亦愈淺[5]。今所盛行者，皆私情譜耳。雖然，桑間、濮上[6]，國風刺之，尼父錄焉，以是爲情眞而不可廢也。山歌雖俚甚矣，獨非鄭、衛之遺歟？且今雖季世，而但有假詩文，無假山歌，則以山歌不與詩文爭名，故不屑假。苟其不屑假，而吾藉以存眞，不亦可乎？抑今人想見上古之陳於太史者如彼，而近代之留於民間者如此，倘亦論世之林云爾。若夫借男女之眞情，發名敎之僞藥[7]，其功於《掛枝兒》[8]等，故錄《掛枝詞》而次及《山歌》。

明崇禎刻本《山歌》

【註釋】

［1］山歌——是明末馮夢龍所編纂而成的一部民歌專集，又名《童癡二弄》，十卷。卷一至卷九爲山歌，實收吳歌三百五十六首；卷十爲桐城時興歌，凡二十四首。

［2］馮夢龍(公元一五七四年——一六四五年)——字猶龍，別署龍子猶、顧曲散人、墨憨齋主人，長洲人。崇禎三年貢生，曾任福建壽寧縣知縣。其思想受李贄等人的影響頗深，特別重視小說戲曲和民間文學，故畢生從事通俗文學的搜集、整理和編輯工作，貢獻很大。最著名的如編輯話本集《喻世明言》《警世通言》《醒世恆言》，民歌集《童癡一弄·掛枝兒》，散曲集《太霞新奏》等，并改寫小說《平妖傳》《新列國志》。此外他也從事創作，著有傳奇《雙雄記》，并修改湯顯

祖、李玉、袁于令諸人作品多種，合稱《墨憨齋定本傳奇》。

[3] 太史所陳——《禮記·王制》："天子五年一巡守（狩）。歲二月……巡守（狩）……，命太師陳詩以觀民風。"鄭玄註："陳詩，謂采其詩而觀之。"

[4] 穪——即稱之俗字称的誤刻。

[5] 而歌之權愈輕兩句——這兩句承上數句而來，意思是說山歌既爲封建士大夫所不道，故山歌在詩壇上的地位愈來愈被輕視，因而歌者也自輕，內容也愈淺俗。

[6] 桑間濮上——《禮記·樂記》："桑間濮上之音，亡國之音也。"鄭玄註："濮水之上，地有桑間者，亡國之音於此水出也。昔殷紂使師延作靡靡之樂，已而自沈於濮水，後師涓過焉，夜聞而寫之，爲平公鼓之，是之謂也。"案：桑間濮上本地名，由于有了上述的故事傳說，所以就成爲淫靡之俗的代稱，下文說"國風刺之"，指的就是《鄭風·溱洧》、《衞風·氓》一類的詩。《詩序》以爲刺"淫風大行"，馮氏則以爲是情眞。

[7] 若夫借男女之眞情二句——意思說借男女之眞情來揭發封建禮教的虛僞性。

[8] 《掛枝兒》——又名《童癡一弄》，是馮夢龍編的另一部民歌集。作品大都經過文人和編者自己的加工，內容也大多描寫封建禮教束縛下的男女愛情生活。

【說明】

明代，尤其是明代中葉，在當時的社會歷史條件下，民歌非常繁榮。由於這些作品的優美技巧，引起文人們的重視。卽如復古派的李夢陽、何景明輩，也不得不承認它們的價值。袁宏道謂明代民歌爲可傳之作（《敍小修詩》），卓人月謂民歌爲明代一絕，可與唐詩、宋詞、元曲並美（陳宏緒《寒夜錄》引），這種意見，不是抽象的贊賞，而是具體地給予明代民歌以文學史上的地位。因此，從事民歌的整理和研究，成爲當日進步文學工作者的新任務。馮夢龍所編纂的《童癡一弄·掛枝兒》和《童癡二弄·山歌》，是他在這方面的貢獻。《序山歌》說明了他對民歌的見解。

他認爲《詩三百篇》中的風雅，大都是民間歌謠，情愛之作，孔子所錄；今日的民歌實與鄭、衞之風相類，是可存而不可廢的。但自騷、詩以來，詩文爲文人學士所掌握，民歌出自田夫野豎之口，辭語俚俗，“遂不得列於詩壇”。但民歌特色，貴在眞情。旣不宣揚名教，無意作僞；也不與詩文爭名，不尙辭華，只是“民間性情之響”，故多眞聲。所謂“有假詩文，無假山歌”，正確而又概括地說明了民間歌謠和正統詩文本質上的一般區別，和民歌在封建社會裏爲統治階級所鄙視而又爲人民所喜愛的原因。因此，他整理和出版《山歌》，是想借男女之眞情，揭發名教之虛僞，同時，又具有批判“假詩文”，提高民歌文學價值、促進民歌發展的意義。但必須說明，書中所收，除一些諷刺性作品外，有不少是輕薄庸俗的。

附　　錄

詞謔·論時調

〔明〕李開先

有學詩文於李崆峒者，自旁郡而之汴省。崆峒教以：“若似得傳唱《鎖南枝》，則詩文無以加矣。”請問其詳，崆峒告以：“不能悉記也。只在街市上閒行，必有唱之者。”越數日，果聞之，喜躍如獲重寶，即至崆峒處謝曰：“誠如尊教！”何大復繼至汴省，亦酷愛之，曰：“時調（原作“詞”，依陸貽典鈔本《一笑散》改）中狀元也。如十五國風，出諸里巷婦女之口者，情詞婉曲，自非（原作“有非”，依陸本改）後世詩人墨客操觚染翰刻骨流血所能及者，以其眞也。”每唱一遍，則進一盃酒。終席唱數十遍，酒數亦如之。更不及他詞而散。崔後渠、熊南沙、唐荆川、王遵巖、陳後岡謂：《水滸傳》委曲詳盡，血脈貫通，《史記》而下，便是此書。且古來更無有一事而二十册者。倘以奸盜詐僞病之，不知敍事之法、史學之妙者也。若以李、何所取時詞爲鄙俚淫褻，不知作詞之法、詩文之妙者也。詞錄於後，以竢識者鑒裁：“傻酸角，我的哥，和塊黃泥兒揑咱兩個。揑一個兒你，揑一個兒我。揑的來一似活托，揑的來同床上歇臥。將泥人兒摔碎，着水兒重和過，再揑一個你，再揑一個我——哥哥身上也有妹妹，妹妹身上也有哥哥。”

中國戲劇出版社本《中國古典戲曲論著集成》三《詞謔》二十七

顧曲雜言·時尚小令

〔明〕沈德符

元人小令行於燕、趙後，浸淫日盛。自宣、正至化、治後，中原又行《鎖南枝》《傍妝臺》《山坡羊》之屬。李崆峒先生初自慶陽徙居汴梁，聞之，以爲可繼國風之後。何大復繼至，亦酷愛之。今所傳《泥捏人》及《鞋打卦》《熬䯼髻》三闋，爲三牌名之冠，故不虛也。自茲以後，又有《耍孩兒》《駐雲飛》《醉太平》諸曲，然不如三曲之盛。嘉、隆間乃興《鬧五更》《寄生草》《羅江怨》《哭皇天》《乾荷葉》《粉紅蓮》《桐城歌》《銀紐絲》之屬，自兩淮以至江南，漸與詞曲相遠，不過寫淫媟情態，略具抑揚而已。比年以來，又有《打棗乾》《掛枝兒》二曲，其腔調約略相似，則不問南、北，不問男、女，不問老、幼、良、賤，人人習之，亦人人喜聽之，以至刊布成帙，舉世傳誦，沁人心腑，其譜不知從何來，眞可駭歎！又《山坡羊》者，李、何二公所喜。今南、北詞俱有此名。但北方惟盛愛《數落山坡羊》。其曲自宣、大、遼東三鎭傳來。今京師妓女，慣以此充絃索北調。其語穢褻鄙賤，並桑、濮之音亦離去已遠。而羈人游壻，嗜之獨深，丙夜開尊，爭先招致；而教坊所隸箏、纂等色，及九宮十二則，皆不知爲何物矣！俗樂中之雅樂，尙不諧里耳如此，況眞雅樂乎？

中國戲劇出版社本《中國古典戲曲論著集成》四《顧曲雜言》

詩　筏(節錄)

〔清〕賀貽孫

近日吳中山歌《掛枝兒》語近風謠，無理有情，爲近日眞詩一綫所存。如漢古詩云：“客從北方來，欲到到交趾，遠行無他貨，惟有鳳凰子。”句似迂鄙，想極荒唐，而一種眞樸之氣，有張、蔡諸人所不能道者。晉、宋間《子夜》《讀曲》及《清商曲》亦爾。安知歌謠中遂無佳詩乎？每欲取吳謳入情者，彙爲風雅別調，想知詩者不以爲河漢也。

勅書樓板《詩筏》

詩　論

〔明〕陳子龍[1]

稱人之美，未有不喜也。言人之非，未有不怒也。爲人所喜，未有非諛也。爲人所怒，未有弗罪也。嗚呼！三代以後，文章之士，不亦難乎！欲稱引盛德贊宣顯人，雖典頌裒雅乎[2]，卽何得非諂。其或慷慨陳辭，譏切當世，朝脱於口，暮嬰[3]其戮。嗚呼！當今之世，其可以有言者鮮矣。我觀於詩，而知古者之易易也。國有賢士大夫，其民未嘗不歌詠其德。雖其同列，相與稱道，不爲比周[4]。至於幽厲之世，監謗拒言[5]，可謂極亂矣，而刺譏之文多於曩時，亦未聞以此見法。豈風俗尙醇而忌忮不作歟！蓋古之君子，誠心爲善，而無所修飾。古之小人，亦誠心爲惡，而不冀善名。今之君子，爲善而不能必其後，今之小人爲惡而不欲居其聲。是以古者頌刺皆易，而今者善惡難斷也。且夫古之時貴有常而善可顯，故不藉延譽而無所拘忌。後世之人旣沾沾焉務矯聲名，又況隆望所趨，詆誣相加，卽褒嘉不爽，諛難避矣。人惟無所顧其身，而惟務爲惡，則必不顧乎其名。若知其身之可以無患，則雖甚惡，又惡人之名之也。古者是非在人，不可以終欺世也。故雖遇絕痛之言，若曰：我旣已知之耳。後世混雜日甚，雖小人有終其身倖免者矣。而獨有人焉，布其隱慝，著爲文詞，其遭賊禍，不其宜乎！

夫居今之世，爲頌則傷其行，爲譏則殺其身，豈能復如古之詩人哉。雖然頌可已也。事有所不獲於心，何能終鬱鬱耶。我觀於詩，雖頌皆刺也。時衰而思古之盛王[6]，《嵩高》之美申[7]，

《生民》之譽甫[8]，皆宣王之衰也[9]。至於寄之離人思婦，必有甚深之思，而過情之怨，甚於後世者。故曰皆聖賢發憤之所爲作也[10]。後之儒者，則曰忠厚[11]，又曰居下位不言上之非[12]，以自文其縮[13]。然自儒者之言出，而小人以文章殺人也日益甚。

辥山草堂本《陳忠裕全集》卷二十一

【註釋】

[1] 陳子龍(公元一六〇八年——一六四七年)——字臥子，號大樽，松江華亭人。崇禎丁丑(公元一六三七年)進士，官兵科給事中。與同邑夏允彝都負重名，組織幾社。文學主張，批判繼承前後七子。子龍詩、詞駢散文都工。南明時，受魯王部院職，結太湖兵抗清，事露，被捕，乘間投水死。清乾隆間，追謚忠裕。有《陳忠裕全集》三十卷。《明史》卷二百七十七有傳。

[2] 典頌裒雅——《文心雕龍·頌讚》："原夫頌惟典雅，辭必清鑠。"裒，同褒，《遺橋碑》："一以裒賢君。"

[3] 嬰——同攖，觸犯。

[4] 比周——植黨營私。《荀子·臣道》："朋黨比周，以環主圖私爲務。"

[5] 幽厲之世監謗拒言——《國語·周語上》："厲王虐，國人謗王。召公告王曰：'民不堪命矣。'王怒。得衞巫，使監謗者。以告，則殺之。國人莫敢言，道路以目。"幽王亦周之暴君，故連舉。

[6] 時衰而思古之盛王——《詩·小雅·瞻彼洛矣》毛序："《瞻彼洛矣》，刺幽王也；思古明王能爵命諸侯焉。"又《鴛鴦》毛序："《鴛鴦》，刺幽王也；思古明王交於萬物有道，自奉養有節焉。"又《魚藻》毛序："《魚藻》，刺幽王也；言萬物失其性，王居鎬京，將不能以自樂，故君子思古之武王焉。"

[7] 嵩高之美申——《詩·大雅·崧高》："崧(字又作嵩)高維嶽，駿極于天。維嶽降神，生甫及申。維申及甫，維周之翰。四國于蕃，四方于宣。"鄭玄箋："申，申伯也。甫，甫侯也。皆以賢知入爲周楨幹之臣。"毛序："《崧高》，尹吉甫美宣王也。天下復平，能建國親諸侯，褒賞申伯焉。"

[8] 生民之譽甫——按：《大雅·生民之什》諸詩中無譽甫之詩，"生"字是"烝"字之誤。《詩·大雅·烝民》："保茲天子，生仲山甫。""仲山甫之德，柔嘉維則。""王命仲山甫，式是百辟。""肅肅王命，仲山甫將之。邦國若否，仲山甫明之。""維仲山甫，柔亦不茹，剛亦不吐。""維仲山甫舉之，愛莫助之。衮職有闕，維仲山

甫補之。”“仲山甫出祖，四牡業業。”“王命仲山甫，城彼東方。”“仲山甫徂齊，式遄其歸。”“仲山甫永懷，以慰其心。”毛傳：“仲山甫，樊侯也。”

[9] 皆宣王之衰也——按《烝民》毛序：“《烝民》，吉甫美宣王也，任賢使能，周室中興焉。”陳氏以爲宣王之衰，是比對文、武、成王之世而言，與毛序所云，角度不同。

[10] 皆聖賢發憤之所爲作也——司馬遷《報任安書》：“《詩》三百篇，大抵聖賢發憤之所爲作也。”

[11] 忠厚——《詩·大雅·行葦》毛序：“《行葦》，忠厚也。”按：此用毛序字面，意則用《禮記·經解》：“溫柔敦厚，詩教也。”

[12] 居下位句——《孝經序》：“居下位者褒貶無作。”

[13] 縮——直。《孟子·公孫丑上》：“自反而縮，雖千萬人，吾往矣。”

【説明】

明末詩壇上最有成就的作家是陳子龍。他是復社的主將，又是幾社的組織者。復社和幾社既是政治結社，又是文學團體。他們參與反對宦官魏忠賢黨羽的鬬爭，後來又堅持抗清，像陳子龍等人甚至捐軀赴難。在血與火的年代裏，進步詩人的作品注進了充實的內容，在文學主張上也有自己的特色。

陳子龍的文學主張有一定的代表性，可以《佩月堂詩稿序的兩句話來概括：“情以獨至爲眞，文以範古爲美。”從這點出發，他對詩歌創作的原則作了進一步的闡述：“蓋詩之爲道，不必專意爲同，亦不必強求其異。既生於古人之後，其體格之雅，音調之美，此前哲之所已備，無可獨造者也。至於色彩之有鮮美，豐姿之有妍拙，寄寓之有淺深，此天致人工，各不相借也。”（《彷彿樓詩稿序》）他認爲，詩歌創作在格調方面宜於法古，在寄寓方面應有獨創。由於“不必專意爲同”，他認爲前後七子固有“其功不可掩，其宗尙不可非”的一面，但又恨“摹擬之功多，而天然之資少”。由於“不必強求其異”，他也反對公安、竟陵派“師心詭貌，惟求自別於前人”。總的說來，陳子龍的詩論，是傾向於繼承前後七子而立意和公安、竟陵派相對抗的。但是，他對於前後七子並不是一味盲從，而是有所批判，有所繼承，有所發展的。

至於在文學內容方面，陳子龍則要求爲當時的政治鬭爭服務："夫作詩而不足以導揚盛美，刺譏當時，託物聯類而見其志，則是《風》不必列十五國，而《雅》不必分大小也。雖工而余不好也。"（《六子詩序》）爲了反映那個動亂的時代，他要求進一步發揚"發憤著書"說的傳統，提倡寫"甚深之思"，"過情之怨"。而對儒者提倡的"忠而婉娩以順上"進行了尖銳的批評："後之儒者，則曰忠厚，又曰居下位不言上之非，以自文其縮。然自儒者之言出，而小人以文章殺人也日益甚。"（《詩論》）在《莊周論》裏，他公開提出"聖賢不足慕"而主張發抒"深切之怨"。陳子龍把沉痛的感情注進他的"憂憤念亂"的詩歌裏，也把抒發這種感情的要求體現在他的文論裏。這使得他的文論富有現實意義和戰鬭精神。

附　　錄

莊　周　論（節錄）

〔明〕陳子龍

……莊子，亂世之民也，而能文章，故其言傳耳。夫亂世之民，情懣怨毒，無所聊賴，其怨旣深，則於當世反若無所見者。忠厚之士未嘗不歌詠先王而思其盛，今之詩歌是也。而辨激悲抑之人，則反刺詬古先以蕩達其不平之心，若莊子者是也。二者其文異觀而其情一致也。嗟乎！亂世之民，其深切之怨，非不若莊氏者，特以無所著見，故憒憒作亂，甘爲盜賊，豈非以聖賢爲不足慕，而萬物者皆可齊耶。……

嶭山草堂本《陳忠裕全集》卷二十一

六子詩序

〔明〕陳子龍

余幼而好詩，頗有張率限日之僻，於今十餘年矣。始未嘗不見其甚易，而後未嘗不見其甚難也。樂府謠誦，調古而旨近，似其音節側筆可追，然而太文則弱，太率則俗，太達則膚，太堅則訛，太合則襲，太離則野，此一難也。五言古詩，蘇、李而下，潘、陸而上，意存溫厚，辭本婉淡，聲調上口，便欲揣摹，然集彼常談，侈爲新製，宛然成章，實見少味。至於宗六季者，多組已謝之華；法盛唐者，每溢格外之語，此一難也。七言古詩，初唐四家，極爲靡沓。元和而後，亦無足觀。所可法者，少陵之雄健低昂；供奉之輕揚飄舉；李頎之雋逸婉孌。然學甫者近拙，學白者近俗，學頎者近弱，要之體兼風雅，意主深勁，是爲工耳，此一難也。五七言律用意貴隱約而每至露直，使事欲變奧而每至平顯，輕與重必均而殊少合作，雄與逸並美而未見兼能，此一難也。五七言絕句，盛唐之妙在於無意可尋而風旨深永，中晚主於警快亦自斐然。今之法開元者，取諸聲貌，而無動人之情；學西崑者頗涉議論，而有好盡之累，去宋人一間耳，此一難也。今人但取給便，未嘗深求，故自薦紳以至負販，莫不洋洋授辭。余向不解事，朝歌夕吟，便已自置上坐。研精以來，益自愧不如古人遠也。獻吉、仲默、于鱗、元美，才氣要亦大過人，規摹昔製，不遺餘力，苦加榷駁，可議甚多。今人之才又不如諸子，而放乎規矩，猥云超乘，後世可盡欺耶！

周、徐輩六子，皆與余同學詩者也。其才情雄駿，用功深微，十倍於余。然覽其詩，可以渺獨立而儷古人者，人不數篇耳。則甚哉其難言之也。雖然，昔劉知幾作《史通》以駁諸史，馬、班而下，皆無完人。卽使自己操筆，徒自縛耳。予之言詩，無乃類是。然此相勉之辭也。而詩之本不在是，蓋憂時託志者之所作也。苟比興道備，而褒刺義合，雖塗歌巷語，亦有取焉。今以六子之所託，大概可覩矣。使得一旦去經生之業，而翱翔廟堂之上，流放山澤之中，其悲喜盛衰，豈復如今日所歷乎。卽至於古人，非難也。一人有盛名，余讀其詩，謂之曰：君之詩甚善。然傳之後世，不知君爲何代人，奈何？夫作詩而不足以導揚盛美，刺譏當時，託物聯類而見其志，則是《風》不必列十五國，而《雅》不必分大小也。雖工而余不好也。

幹山草堂本《陳忠裕全集》卷二十五

彷彿樓詩稿序（節錄）

〔明〕陳子龍

……蓋詩之爲道，不必專意爲同，亦不必强求其異。既生於古人之後，其體格之雅，音調之美，此前哲之所已備，無可獨造者也。至於色采之有鮮萎，豐姿之有妍拙，寄寓之有淺深，此天致人工，各不相借者也。譬之美女焉，其託心於窈窕，流媚於盼倩者，雖南威不假顔於夷光，各有動人之處耳。若必異其眉目，殊其玄素，以爲古今未有之麗，則有駭而走矣。

夫詩衰於宋，而明興尚沿餘習，北地、信陽，力返風雅；歷下、瑯琊，復長壇坫，其功不可掩，其宗尚不可非也。特數君子者，摹擬之功多，而天然之資少，意主博大，差減風逸；氣極沈雄，未能深永。空同壯矣，而每多累句。滄溟精矣，而好襲陳華。弇州大矣，而時見卑詞。惟大復奕奕，頗能潔秀，而弱篇靡響，概乎不免。後人自矜其能，欲矯斯弊者，惟宜盛其才情，不必廢此簡格。發其眑渺，豈得蕩然律吕。不意一時師心詭貌，惟求自别於前人，不顧見笑於來祀。此萬曆以還數十年間，文苑有罔兩之狀，詩人多侏儷之音也。……

幹山草堂本《陳忠裕全集》卷二十五

佩月堂詩稿序

〔明〕陳子龍

宋子梓其詩成以授予曰：某雅好之，而未知所尚也，子爲我論之。予讀之竟而嘆曰：思深哉其有情也，曄乎其有文也。《記》有之，情動於中，故形於聲；聲成文，謂之音。蓋古者民間之詩，多出於紝織井臼之餘，勞苦怨慕之語，動於情之不容已耳。至其文辭，何其婉麗而雋永也，得非經太史之采，欲以譜之管弦，登之燕享，而有所潤飾其間歟。若夫後世之詩，大都出於學士家，宜其易於兼長而不逮古者何也？貴意者率直而抒寫則近於鄙樸，工詞者黽勉而雕繪則苦於繁褥。蓋詞非意則無所動盪而盼倩不生；意非詞則無所附麗而委制不立。此如形神既離，則一爲游氣，一爲腐材，均不可用。夫三代以後之作者，情莫深於十九首，文莫盛於陳思王，今讀其“青青河畔草”、“燕趙多佳人”，遂爲靡麗之始。至《贈白馬王彪》、《棄婦》、《情詩》諸作，凄惻之旨，溢於詞調矣。故二者不可偏至也。

若今之言詩者，體象既變，源流復殊。故情以獨至爲眞，文以範古爲美。今子之詩，大而悼感世變，細而馳賞閨襟，莫不措思微茫，俯仰深至，其情眞矣。上自漢魏，下訖三唐，斟酌摹擬，皆供麾染，其文合矣。卓然爲盛明之一家，何疑焉。宋子曰：雖然，子必有以進我。予曰：唯唯。我與若欲以馳藝林之聲，雄晚近之內，則庶幾乎。若以繼風雅應休明，則其道微矣。取材之雅也，辨體之嚴也，依聲之諧也，連類之廣也，託興之永也，此皆我力之所能爲者。若乃蕩軼而不失其貞，頹怨而不失其厚，寓意遠而比物近，發詞淺而蓄旨深，其在志氣之間乎。今我與若偶流逸焉諧漫輕俊則入於淫，淫則弱；偶振發焉壯健剛激則入於武，武則厲。求其和平而合於大雅，蓋其難哉！宋子曰：如子言，則是有正而無變也。予曰：不然，和平者志也。其不能無正變者，時也。夫子野之樂，即古先王之樂也。奏之而雷霆驟作，風雨大至，豈非時爲之乎？詩則猶是也。我豈曰有靜而無慕也，有褒而無刺也。非然，則左徒何爲者而曰不淫不怒，乃兼之也。

嶭山草堂本《陳忠裕全集》卷二十五

白雲草自序(節錄)

〔明〕陳子龍

……文章之道，既以其才，又以其遇，不其然哉。我嘗與李子言之矣，詩者，非僅以適己，將以施諸遠也。《詩三百篇》，雖愁喜之言不一，而大約必極於治亂盛衰之際，遠則怨，怨則愛；近則頌，頌則規；怨之與頌，其文異也。愛之與規，其情均也。……今之爲詩者，我惑焉，當其放形山澤之中，意不在遠，適境而止，又曰：我恐以言爲戮也。一旦歷玉階，登清廟，則詳緩其步，坐論公卿，彼柔翰徒滑我神，何益殿最，爲如是，則國家之文，安能燦然與三代比隆，而人主何所採風存褒刺哉！……

嶭山草堂本《陳忠裕全集》卷二十六

屬玉堂集序(節錄)

〔明〕李雯

……然而臥子獨好與余言詩，方其得意，撫掌竟日。大約以爲詩貴沈壯，又須神明。能沈壯而無神明者，如大將軍統軍刁斗精嚴，及其鼓角旣動，戰如風雨而無旌旆悠揚之色。有神明而不能沈壯者，如王夷甫、衞叔寶諸人，握麈談道，望若神仙，而不可以涉山川冒險難，此所謂英雄之分也。以樂府古詩論之，曹孟德雄而不英，曹子桓英而不雄，而子建獨兼之。以唐詩言之，則高達夫雄而不英，李頎英而不雄，王右丞則英中之雄，王龍標則雄中之英，而子美獨兼之。此臥子之才，縱横間出，凡此諸家，命意卽合，而獨於二子深有宗尚也。……

篛山草堂本《陳忠裕全集》卷首

岳起堂稿序

〔明〕周立勳

詩者，性情之作，而有學問之事焉。凡論美刺非，感微記遠，皆一時託寄之言。學士大夫賦以見志，一經之士，不能獨知其辭，豈固可以不學哉！自聲律代變，體各人殊，古詩十九章遂爲擅響，後之比肩詩衢者，惟才所安以爲華實，蓋聲勢相沿而通圓鮮矣。唐興，沈宋之流，研練精切，號爲律詩。而意義格力能兼昔人之所專者，必稱子美。亦由其博極羣書，周行萬里，觀覽之際，哀樂交貫，不自知其所變化，而才無拘長也。

今臥子出，而言詩之家又爲一變。縱横浩達，于學無所不窺。雄深悽惋，干預風化，尤極于古。所撰著樂府以下諸體備存，旨概多爾雅之文，斌斌有作者之象矣。人之才有至分，不可強同，或激于感遇，或溺于風尙，故曹氏父子賦詩鞍馬間，雖哀怨悲離，往往遒壯。他若王、徐、應、劉，述恩寵，敍遊宴，亦多慷慨任氣之作。齊、宋之放蕩聲情，梁、陳之刻飾豔口，則又教失本根而才不逮夫古者也。臥子脫棄凡近，口浪縱恣于文翰之間，無不以奇古取稱，及爲歌詩，本于性情，該以學問，其言無不似古人，而又無古人得似之。所謂古人之才必有總萃，非臥子之謂歟。余故因詩以言其詩，而天下之觀臥子之詩者，亦可以得其志之所存矣。

辥山草堂本《陳忠裕全集》卷首

讀第五才子書[1]法〔選錄〕

〔清〕金人瑞[2]

大凡讀書，先要曉得作書之人，是何心胸。如《史記》，須是太史公[3]一肚皮宿怨發揮出來，所以他於游俠、貨殖傳[4]，特地着精神，乃至其餘諸記傳中，凡遇揮金殺人之事，他便嘖嘖賞歎不置。一部《史記》，只是"緩急人所時有"六個字，是他一生著書旨意。《水滸傳》却不然，施耐庵本無一肚皮宿怨要發揮出來，只是飽暖無事，又值心閒，不免伸紙弄筆，尋個題目，寫出自家許多錦心綉口[5]，故其是非皆不謬於聖人。後來人不知，却於《水滸》上加忠義字，遂並比於史公發憤著書一例，正是使不得。

或問施耐庵尋題目寫出自家錦心綉口，題目儘有，何苦定要寫此一事？答曰：只是貪他三十六個人，便有三十六樣出身。三十六樣面孔，三十六樣性格，中間便結撰得來。

《水滸傳》方法，都從《史記》出來，却有許多勝似《史記》處。若《史記》妙處，《水滸》已是件件有。

《水滸傳》不是輕易下筆，只看宋江出名，直在第十七回，便知他胸中已算過百十來遍。若使輕易下筆，必要第一回就寫宋江，文字便一直帳，無擒放[6]。

某嘗道《水滸》勝似《史記》，人都不肯信。殊不知某却不是亂說，其實《史記》是以文運事，《水滸》是因文生事。以文運事，是先有事生成如此如此，却要算計出一篇文字來，雖是史公高才，也畢竟是吃苦事。因文生事卽不然，只是順着筆性去，削高補低都由我。

《水滸傳》並無之乎者也等字，一樣人，便還他一樣說話，眞是絕奇本事。

《水滸傳》一個人出來，分明便是一篇列傳，至於中間事蹟，又逐段逐段自成文字。亦有兩三卷成一篇者，亦有五六句成一篇者。

《水滸傳》寫一百八個人性格，眞是一百八樣。若別一部書，任他寫一千個人，也只是一樣，便只寫得兩個人，也只是一樣。

《宣和遺事》[7]，具載三十六人姓名，可見三十六人是實有。只是七十回中許多事蹟，須知都是作書人憑空造謊出來，如今却因讀此七十回，反把三十六個人物都認得了，任憑提起一個，都似舊時熟識，文字有氣力如此。

《水滸傳》只是寫人粗鹵處，便有許多寫法：如魯達粗鹵是性急，史進粗鹵是少年任氣，李逵粗鹵是蠻，武松粗鹵是豪杰不受羈靮，阮小七粗鹵是悲憤無説處，焦挺粗鹵是氣質不好。

李逵是上上人物，寫得眞是一片天眞爛熳到底。看他意思，便是山泊中一百七人，無一個入得他眼。孟子富貴不能淫，貧賤不能移，威武不能屈，正是他好批語。

看來作文，全要胸中先有緣故，若有緣故時，便隨手所觸，都成妙筆。若無緣故時，直是無動手處，便作得來，也是嚼蠟[8]。

只如寫李逵，豈不段段都是妙絕文字，却不知正為段段都在宋江事後，故便妙不可言。蓋作者只是痛恨宋江奸詐，故處處緊接出一段李逵樸誠來，做個形擊。其意思自在顯宋江之惡，却不料反成李逵之妙也。此譬如刺槍，本要殺人，反使出一身家數。

阮小七是上上人物，寫得另是一樣氣色，一百八人中，眞要算做第一個快人，心快口快，使人對之，齷齪都銷盡。

吾最恨人家子弟，凡遇讀書，都不理會文字。只記得若干事蹟，便算讀過一部書了。雖《國策》[9]、《史記》，都作事蹟搬過去，何況《水滸傳》。

中華書局影印金聖嘆批改貫華堂原本《水滸傳》卷一

【註釋】

[1] 第五才子書——明末清初文學批評家金聖嘆，曾以《離騷》、《莊子》、《史記》、杜詩、《水滸》、《西廂》合稱六才子書。而列《水滸》為第五才子書。

[2] 金人瑞（公元一六〇八年——一六六一年）——本姓張，名采。後改姓金，名喟，字聖嘆，明亡後更名人瑞。吳縣人。明諸生。明亡，絕意仕進。清順治末，以哭廟案被殺。少有才名，曾評點《西廂》《水滸》等書，流傳甚廣。

[3] 太史公——指司馬遷。漢武帝時，司馬遷曾官太史令。

[4] 游俠貨殖傳——《史記》有《游俠列傳》、《貨殖列傳》。《史記·太史公自序》云："救人於厄，振人不贍，仁者有采；不既信，不倍言，義者有取焉。作《游俠列傳》第六十四。""布衣匹夫之人，不害於政，不妨百姓，取與以時而息財富，智者有采焉。作《貨殖列傳》第六十九。"

[5] 錦心綉口——言寫文章巧於構思而措詞華麗。柳宗元《乞巧文》："駢四儷六，

錦心綉口。”

[6] 文字便一直帳二句——二句謂直接鋪敍文字，無收放。

[7] 宣和遺事——一作《大宋宣和遺事》。書出宋、元之間。作者不詳。書分四集，或作前後二集。按年演述史事，乃編抄舊籍而成。內容敍述北宋衰亡和高宗南遷臨安的經過。暴露君主荒淫、權奸禍國的罪行，並寫了金兵的殘暴和人民的苦難。書中的梁山故事，敍述宋江等三十六人聚義，多采民間傳說，反映了早期水滸故事的基本面貌。魯迅先生說它“近講史而非口談，似小說而無捏合”(《中國小說史略》)。

[3] 嚼蠟——謂毫無趣味。《楞嚴經》卷八：“當橫陳時，味如嚼蠟。”後多用來形容文章或言辭枯燥無味。

[9] 國策——漢劉向集先秦各國所記戰國時事，名《戰國策》，亦稱《國策》。

【說明】

我國著名的小說《水滸》曾有過各種不同的版本。僅就我們現在能見到的繁本而言，比較重要的有明萬曆年間翻刻的附天都外臣序的百回本，萬曆末年楊定見刻印的百二十回本，和明崇禎十四年(一六四一年)左右金聖嘆删改評點的七十回本。金本出版後，“風行海內”，成爲三百餘年來最流行的《水滸》通行本。

當前，對於金本《水滸》的評價，頗有分歧。但較普遍地認爲，它保存了《水滸》的大部分精華；全書經過修改後，文字上較其他版本精鍊和統一；其圈點和評語可以幫助讀者深入了解《水滸》的文學價值；而金本《水滸》的最大貢獻還在於評語中包含許多有價值的藝術見解。

金聖嘆在《讀第五才子書法》裏，認爲作爲文學作品的小說與史傳文有着不同的特點。他把《水滸》與《史記》作了一個比較，認爲它們的區別在於：“史記是以文運事”；“水滸是因文生事”。“以文運事，是先有事生成如此如此，却要算計出一篇文字來。”“因文生事卽不然，只是順着筆性去，削高補低都由我。”這也就是說，歷史必須嚴格尊重事實，小說則可以在事實的基礎上進行虛構和誇張。同時，他又認爲，“一部《史記》，只是緩急人所時有六個字，是他一生著書旨意。”《水滸》“只是貪他三十六個人便有三十六樣出身，三十六樣面孔，三十六樣性格，中間便結撰得來。”它們的另一個不同點在於：《史記》只是從事件出發；《水滸》則以人物性格爲中心。歷史只能在事實的基礎上斟酌損益；而小說可以“結撰”，即容許綴合抒寫。

金聖嘆還十分重視典型形象的塑造。“獨有《水滸傳》，只是看不厭，無非爲他把一百八個人性格，都寫出來。”他認爲，塑造出衆多的人物形象，正是《水滸》的價値所在。而典型形象的塑造，又需要概括化與個性化的統一。“《水滸》所敍，敍一百八人，人有其性情，人有其氣質，人有其形狀，人有其聲口。”“《水滸傳》寫一百八個人性格，眞是一百八樣。”這說明其人物形象是充分個性化了的。同時，“任憑提起一個，都似舊時熟識。”又說明每一人物形象概括了某一類型人的本質特徵，因而能引起人的聯想。他還根據典型化的水平把作品中人物區分爲上上、上中、中上、中下幾個等級。把“粗鹵而性急”的魯達、“粗鹵而蠻”的李逵、“粗鹵而放蕩不羈”的武松等列爲上上。至於戴宗，“除却神行，一件不足取，則是中下人物。”這說明，個性化具有性格的統一性而不是什麼附加的東西。

在金聖嘆的評語中，還不止一次提到語言的性格化的重要性。“《水滸傳》並無之乎者也等字，一樣人，便還他一樣說話，眞是絕奇本事。”所謂一人一樣語言，也就是符合人物性格化的語言。如阮小七是一個快人。“心快口快”，突出一個快字，說明語言與性格是一致的。他因而得到金聖嘆的肯定。

除此以外，金批中還論述到景物描寫與心理描寫的關係，對《水滸》的結構作了深入的分析，總結出許多重要的藝術規律。這在以前的小說理論中頗爲罕見，値得我們足够的重視。至於他在序文和評點中宣揚了一些迂腐的封建觀念，又是應該批判的。

附　錄

水滸傳序一(節錄)

〔清〕金人瑞

……曰：吾聞之，聖人之作書也以德，古人之作書也以才。知聖人之作書以德，則知六經皆聖人之糟粕，讀者貴乎神而明之，而不得櫛比字句以爲從事於經學也。知古人之作書以才，則知諸家皆鼓舞其菁華，覽者急須搴裳去之，而不得捃拾齒牙，以爲譚言之微中也。於聖人之書而能神而明之者，吾知其而今而後，始不敢於《易》之下作易傳，《書》之下作書傳，《詩》之下作詩傳，《禮》之下作禮傳，《春秋》之下作春秋傳也。何也？誠愧其德之不合，而懼章句之未安，皆當大拂於聖人之心也。於諸家之書而誠能搴裳去之者，吾知其而今而後，始不肯於《莊》之後作廣莊，《騷》之後作續騷，史之後作後史，詩之後作擬詩，稗官之後作新稗官也。何也？誠恥其才之不逮而徒唾沫之相襲，是眞不免於古人之奴也。夫揚湯而不得冷，則不如且莫進薪；避影而影愈多，則不如教之勿趨也。惡人作書，而示之以聖人之德，與夫古人之才者，蓋爲游於聖門者難爲言，觀於才子之林者難爲文，是亦止薪勿趨之道也。

然聖人之德，實非夫人之能事，非夫人之能事，則非予小子今日之所敢及也。彼古人之才，或猶夫人之能事，猶夫人之能事，則庶幾予小子不揣之所得及也。夫古人之才也者，世不相延，人不相及。莊周有莊周之才，屈平有屈平之才，馬遷有馬遷之才，杜甫有杜甫之才，降而至於施耐菴有施耐菴之才，董解元有董解元之才。才之爲言材也，凌雲蔽日之姿，其初本於破荄分莢，於破荄分莢之時，具有凌雲蔽日之勢，於凌雲蔽日之時，不出破荄分莢之勢，此所謂材之說也。又才之爲言裁也，有全錦在手，無全錦在目；無全衣在目，有全衣在心；見其領知其袖，見其襟知其帔也。夫領則非袖，而襟則非帔，然左右相就，前後相合，離然各異，而宛然共成者，此所謂裁之說也。

今天下之人，徒知有才者始能搆思，而不知古人用才乃繞乎搆思以後；徒知有才者始能立局，而不知古人用才乃繞乎立局以後；徒知有才者始能琢句，而不知古人用才乃繞乎琢句以後；徒知有才者始能安字，而不知古人用才乃繞乎安字以後。此苟且與慎重之辯也。言有才始能搆思、立局、琢句而安字者，此其人，外未嘗矜式於珠玉，內未嘗經營於慘淡，隤然放筆，自以爲是，而不知彼之所爲才，實非古人之所爲才，正是無法於手而又無恥於心之事也。言其才繞乎搆思以前，搆思以後，乃至繞乎布局，琢句，安字，以前以後者，此其人，筆有左右，墨有正反，用左筆不安換右筆，用右筆不安換左筆，用正墨不現換反墨，用反墨不現換正墨。心之所至，手亦至焉；心之所不至，手亦至焉；心之所不至，手亦不至焉。心之所至手亦至焉者，文章之聖境也；心之所不至手亦至焉者，文章之神境也；心之所不至手亦不至焉者，文章之化境也。夫文章至於心手皆不至，則是其紙上無字無句無局無思者也，而獨能令千萬世下人之讀吾文者，其心頭眼底，乃窅窅有思，乃搖搖有局，乃鏗鏗有句，而燁燁有字，則是其提筆臨紙之時，才以繞其前，才以繞其後，而非徒然卒然之事也。故依世人之所謂才，則是文成於易者才子也；依古人之所謂才，則必文成於難者才子也。依文成於易之說，則是迅疾揮掃、神氣揚揚者才子也；依文成於難之說，則必心絕氣盡面猶死人者才子也。故若莊周、屈平、馬遷、杜甫以及施耐菴、董解元之書，是皆所謂心絕氣盡面猶死人，然後其才前後繚繞得成一書者也。莊周、屈平、馬遷、杜甫，其妙如彼，不復具論。若夫施耐菴之書，而亦必至於心盡氣絕面猶死人，而後其才前後繚繞，始得成書。夫而後知古人作書，眞非苟且也者。而世之人，猶尙不肯審己量力，廢然歇筆。……

中華書局影印金聖嘆批改貫華堂原本《水滸傳》卷一

水滸傳序二

〔清〕金人瑞

觀物者審名，論人者辨志，施耐菴傳宋江，而題其書曰《水滸》，惡之至，迸之至，不與同中國也。而後世不知何等好亂之徒，乃謬加以忠義之目。嗚呼？忠義而在水滸乎哉！忠者，事上之盛節也；義者，使下之大經也。忠以事其上，義以使其下，斯宰相之材也。忠者，與人之大道也；義者，處己之善物也；忠以與乎人，義以處乎己，則聖賢之徒也。若夫耐庵所云水滸也者，王土之濱則有水，又在水外則曰滸，遠之也。遠之也者，天下之凶物，天下之所共擊也；天下之惡物，天下之所共棄也。若使忠義而在水滸，忠義爲天下之凶物、惡物乎哉！且水滸有忠義，國家無忠義耶！夫君則猶是君也，臣則猶是臣也，夫何至於國而無忠義？此雖惡其臣之辭，而已難乎爲吾之君解也。父則猶是父也，子則猶是子也，夫何至於家而無忠義？此雖惡其子之辭，而已難乎爲吾之父解也。故夫以忠義予水滸者，斯人必有懟其君父之心，不可以不察也。且亦不思宋江等一百八人，則何爲而至於水滸者乎？其幼皆豺狼虎豹之姿也，其壯皆殺人奪貨之行也，其後皆敲朴劓刖之餘也，其卒皆揭竿斬木之賊也。有王者作，比而誅之，則千人亦快，萬人亦快者也，如之何而終亦倖免於宋朝之斧鑕。彼一百八人而得倖免於宋朝者，惡知不將有若干百千萬人，思得復試於後世者乎？耐庵有憂之，於是奮筆作傳，題曰《水滸》。意若以爲之一百八人，即得逃於及身之誅僇，而必不得逃於身後之放逐者，君子之志也。而又妄以忠義予之，是則將爲戒者而反將爲勸耶！豺狼虎豹，而有祥麟威鳳之目；殺人奪貨，而有伯夷顔淵之譽；劓刖之餘，而有上流清節之榮；揭竿斬木，而有忠順不失之稱；旣已名實牴牾，是非乖錯，至於如此之極，然則幾乎其不胥天下後世之人，而惟宋江等一百八人，以爲高山景行，其心嚮往者哉！是故由耐庵之《水滸》言之，則如史氏之有《檮杌》是也。備書其外之權詐，備書其內之凶惡，所以誅前人旣死之心者，所以防後人未然之心也。由今日之忠義《水滸》言之，則直與宋江之賺入夥，吳用之說撞籌，無以異也。無惡不歸朝廷，無美不歸綠林，已爲盜者，讀之而自豪；未爲盜者，讀之而爲盜也。嗚呼！名者，物之表也；志者，人之表也。名之不辨，吾以疑其書也；志之不端，吾以疑其人也。削忠義而仍水滸者，所以存耐庵之書其事小，所以存耐庵之志其事大。雖在稗官，有當世之憂焉。後世之恭愼君子，苟能明吾之志，庶幾不易吾言矣哉。

中華書局影印金聖嘆批改貫華堂原本《水滸傳》卷一

水滸傳序三

〔清〕金人瑞

施耐菴《水滸正傳》七十卷，又《楔子》一卷，《原序》一篇亦作一卷，共七十二卷。今與汝釋之。

序曰：吾年十歲，方入鄉塾，隨例讀《大學》《中庸》《論語》《孟子》等書，意惛如也。每與同塾兒竊作是語：不知習此將何爲者？又窺見大人徹夜吟誦，其意樂甚，殊不知其何所得樂？又不知盡天下書當有幾許其中皆何所言不雷同耶？如是之事，總未能明於心。

明年十一歲，身體時時有小病，病作，輒得告假出塾。吾既不好弄，大人又禁不許弄，仍以書爲消息而已。吾最初得見者，是《妙法蓮華經》，次之，則見屈子《離騷》，次之，則見太史公《史記》，次之，則見俗本《水滸傳》，是皆十一歲病中之創獲也。《離騷》苦多生字，好之而不甚解，記其一句兩句，吟唱而已；《法華經》《史記》解處爲多，然而膽未堅剛，終亦不能嘗讀；其無晨無夜不在懷抱者，吾於《水滸傳》可謂無間然矣。吾每見今世之父兄，類不許其子弟讀一切書，亦未嘗引之見於一切大人先生，此皆大錯。夫兒子十歲，神智生矣，不縱其讀一切書，且有他好；又不使之列於大人先生之間，是驅之與婢僕爲伍也。汝昔五歲時，吾即容汝出坐一隅，今年始十歲，便以此書相授者，非過有所寵愛，或者教汝之道當如是也。

吾猶自記十一歲讀《水滸》後，便有於書無所不窺之勢。吾實何曾得見一書，心知其然則有之耳。然就今思之，誠不謬矣。天下之文章，無有出《水滸》右者；天下之格物君子，無有出施耐菴先生右者。學者誠能澄懷格物，發皇文章，豈不一代文物之林，然但善讀《水滸》而已，爲其人綽綽有餘也。

《水滸》所敍，敍一百八人，人有其性情，人有其氣質，人有其形狀，人有其聲口。夫以一手而畫數面，則將有兄弟之形；一口而吹數聲，斯不免再映也。施耐菴以一心所運，而一百八人各自入妙者，無他，十年格物而一朝物格，斯以一筆而寫百千萬人，固不以爲難也。格物亦有法，汝□（原本空）應知之。格物之法，以忠恕爲門。何謂忠？天下因緣生法，故忠不必學而至於忠，天下自然無法不忠。火亦忠，眼亦忠，故吾之見忠；鐘忠耳忠，故聞無不忠；吾既忠，則人亦忠，盜賊亦忠，犬鼠亦忠。盜賊犬鼠無不忠者，所謂恕也。夫然後物格，夫然後能盡人之性，而可以贊化育，參天地。今世之人，吾知之，是先不知因緣生法；不知因緣生法，則不知忠；不知忠，烏知恕哉！是人生二子而不能自解也。謂其妻曰：眉猶眉也，目猶目也，鼻猶鼻，口猶口，而大兒非小兒，小兒非大兒者何故？而不自知實與其妻親造作之也。夫不知子，問之妻，夫妻因緣，是生其子，天下之忠，無有過於夫妻之事者，天下之忠，無有過於其子之面者，審知其理，而覩天下人之面，察天下夫妻之事，彼萬面不同，豈不甚宜哉！忠恕，量萬物之斗斛也，因緣生法，裁世界之刀尺也。施耐菴左手握如是斗斛，右手持如是刀尺，而僅乃叙一百八人之性情氣質形狀聲口者，是猶小試其端也。若其文章，字有字法，句有句法，章有章法，部有部法，又何異哉！吾既喜讀《水滸》，十二歲便得貫華堂所藏古本，吾日夜手鈔，謬自評釋，歷四五六七八月，而其事方竣，即今此本是已。如此者，非吾有讀《水滸》之法，若《水滸》固自為讀一切書之法矣。

吾舊聞有人言，莊生之文放浪，《史記》之文雄奇，始亦以之為然，至是忽啞然其笑，古今之人，以瞽語瞽，眞可謂一無所知，徒令小兒腸痛耳。夫莊生之文何嘗放浪，《史記》之文何嘗雄奇，彼殆不知莊生之所云，而徒見其忽言化魚，忽言解牛，尋之不得其端，則以為放浪。徒見《史記》所記皆劉、項爭鬥之事，其他又不出於殺人報仇，捐金重義為多，則以為雄奇也。若誠以吾讀《水滸》之法讀之，正可謂莊生之文精嚴，《史記》之文亦精嚴。不寧惟是而已，蓋天下之書，誠欲藏之名山，傳之後人，即無有不精嚴者。何謂之精嚴？字有字法，句有句法，章有章法，部有部法，是也。夫以莊生之文，雜之《史記》，不似《史記》，以《史記》之文，雜之莊生，不似莊生者，莊生意思欲言聖人之道，《史記》攄其怨憤而已。其志不同，不相為謀。有固然者，毋足怪也。若復置其中之所論而直取其文心，則惟莊生能作《史記》，惟子長能作莊生。吾惡乎知之，吾讀《水滸》而知之矣。夫文章小道，必有可觀，吾黨斐然，尚須裁奪，古來至聖大賢，無不以其筆墨為身光耀。只如《論語》一書，豈非仲尼之微言，潔淨之篇節。然而善論道者論道，善論文者論文，吾嘗觀其製作，又何其甚妙也。《學而》一章，三唱“不亦”；《歎觚》之篇，有四“觚”字，餘者一“不”兩“哉”而已；“質勝文則野，文勝質則史”，其文交互而成；"知之者不如好之者，好之者不如樂之者"，其法傳接而出；山水動靜樂壽，譬禁樹之對生；子路問聞斯行，如晨鼓之頻發。其他不可悉數，約略皆佳搆也。彼莊子《史記》各以其書獨步萬年，萬年之人，莫不歎其何處得來，若自吾觀之，彼亦豈能有其多才者乎？皆不過以此數章引而伸之、觸類而長之者也。

《水滸》所敍，敍一百八人，其人不出綠林，其事不出劫殺，失教喪心，誠不可訓，然而吾獨欲略其形跡，伸其神理者，蓋此書七十回，數十萬言，可謂多矣，而舉其神理，正如《論語》之一節兩節，瀏然以清，湛然以明，軒然以輕，濯然以新。彼豈非《莊子》《史記》之流哉，不然何以有此。如必欲苛其形跡，則夫十五國風，淫汚居半，《春秋》所書，弒奪十九，不聞惡神奸而棄禹鼎，憎檮杌而誅倚相，此理至明，亦易曉矣。

嗟乎！人生十歲，耳目漸吐，如日在東，光明發揮。如此書，吾即欲禁汝不見，亦豈可得？今知不可相禁，而反出其舊所批釋，脫然授之於手也。夫固以爲《水滸》之文精嚴，讀之即得讀一切書之法也。汝眞能善得此法，而明年經業既畢，便以之遍讀天下之書，其易果如破竹也者，夫而後歎施耐菴《水滸傳》眞爲文章之總持。不然，而猶如常兒之汎覽者而已。是不惟負施耐菴，亦殊負吾。汝試思之，吾如之何其不鬱鬱乎哉！

皇帝崇禎十四年二月十五日。

中華書局影印金聖嘆批改貫華堂原本《水滸傳》卷一

西遊記題詞

〔清〕幔亭過客[1]

文不幻[2]不文，幻不極不幻。是知天下極幻之事，乃極眞之事；極幻之理，乃極眞之理。故言眞不如言幻，言佛不如言魔。魔非他，卽我也。我化爲佛，未佛皆魔。魔與佛力齊而位逼，絲髮之微，關頭匪細。摧挫之極，心性不驚。此《西遊》之所以作也。說者以爲寓五行生尅之理[3]，玄門[4]修煉之道。余謂三教[5]已括於一部，能讀是書者，于其變化横生之處引而伸之，何境不通？何道不洽？而必問玄機於玉匱[6]，探禪蘊於龍藏[7]，乃始有得於心也哉？至於文章之妙，《西遊》、《水滸》實並馳中原。今日雕空鑿影，畫脂鏤冰，嘔心瀝血，斷數莖髭而不得驚人隻字者；何如此書駕虛游刃[8]，洋洋灑灑數百萬言，而不複一境，不離本宗；日見聞之，厭飫[9]不起，日誦讀之，穎悟自開也！故閑居之士，不可一日無此書。

據孫楷第《日本東京所見小説書目》引日本內閣文庫本《李卓吾先生批評西遊記一百回》

【註釋】

[1] 幔亭過客——袁于令(？——約一六七四年)別名。袁于令原名韞玉，又名晉，字令昭，一字凫公，號籜菴，又號幔亭、白賓、吉衣主人。吳縣人。明末爲生員。清兵南下，吳地豪紳挽于令草降表進呈，因功，授荆州太守，後因忤監司免官。晚年寓居會稽，年逾七十卒。于令工曲，作有雜劇《雙鶯傳》，傳奇《西樓記》、《金鎖記》、《玉符記》、《鷫鸘裘》、《長生樂》、《瑞玉記》，亦作通俗小説，有《隋史遺文》十二卷六十回。

[2] 幻——指憑空虛構的東西，如幻象、夢幻。

[3] 五行生尅之理——五行指水、火、木、金、土五種物質。我國古代思想家用日常生活中習見的上述五種物質來說明世界上萬物的起源和多樣的統一。戰國時，五行相生相尅的學說頗爲流行。相生，意味着互相促進，如木生火，火生土，土生金，金生水，水生木等。相尅，意味着互相排斥，如水勝火，火勝金，金勝木，木勝土，土勝水等。

[4] 玄門——《老子》有"玄之又玄，衆妙之門"語，因又以玄門稱道家。

[5] 三教——指儒、道、佛三教。

[6] 問玄機於玉匱——玄機，道家語，謂奧妙之理。玉匱，指道家修煉的書。

[7] 探禪蘊於龍藏——禪，佛家用語。禪蘊，指佛理。龍藏，指佛家的經典。沈約《內典序》："足蹈慧門，學通龍藏。"相傳大乘經典藏於龍宮，故稱龍藏。

[8] 游刃——《莊子·養生主》："今臣之刀十九年矣，所解數千牛矣，而刀刃若新發於硎。彼節者有間，而刀刃者無厚。以無厚入有間，恢恢乎，其於游刃必有餘地矣。"後因以游刃有餘形容做事熟練，解決問題輕鬆利落。

[9] 厭飫——同饜飫，飽食之意。此處喻大量閱讀。

【說明】

明中葉嘉靖、萬曆年間，吳承恩（公元一五〇〇？——一五八一年？）在民間流行的神話、傳說和《西遊記平話》、《雜劇》的基礎上，寫成了一百回本的《西遊記》。它以豐富的想像、神奇的故事開拓了幻想小說的領域，是我國小說史上一個重要的成就。然而，對這部浪漫主義小說如何評價却成了問題。一些封建士大夫把這部反映人民鬬爭、人民理想的作品說成是"寓五行生尅之理，玄門修煉之道"；或以爲它幻而不眞，純屬作者的虛構。這就大大損害了作品的思想意義，未能正確回答作品提出的理論問題。

袁于令在這篇《西遊記題詞》裏，闡明幻與眞的關係。他認爲"文不幻不文"，沒有虛構就沒有文學。並提出"極幻之事，乃極眞之事"，透露了《西遊記》的幻想的情節與生活眞實之間的關係。然而，他對於這一方面，沒有作出詳細的論述。在我們看來,《西遊記》的情節雖然以幻想的形式出現,孫悟空的形象也塗上了理想化的色彩, 但都是以現實生活爲基礎的。大鬧天宮是農民起義、農民戰爭的昇華, 孫悟空的形象則是敢於反抗、敢於鬬爭的人物性格的概括。袁于令沒有清楚認識這一點, 但指出《西遊記》不是"雕空鑿影,畫脂鏤冰"的向壁虛構,可與現實主義的《水滸》並馳中原,對浪漫主義的文學作品給予積極肯定,這無論對文學理論和文學實踐都是有積極意義的。

其次是關於魔與佛的關係。《西遊記》的作者使孫悟空由魔歷經千辛萬苦而成爲"鬬戰勝佛"; 取經師徒在西行路上與羣魔鬬爭, 也總是佛戰勝魔。這反映了作者世界觀中的宗敎迷信色彩。一些衞道者常以此來宣揚佛法無邊的迷信思想。袁于令却利用佛家的學說, 強調"我化爲佛""未佛皆魔", "魔與佛力齊而位逼", 甚至提倡"言佛不如言魔", 而不是突出《西遊記》的佛魔鬬爭的一面。它有助於使人認識《西遊記》描寫的內容別具人間的性質。

袁于令的《西遊記題詞》對闡述《西遊記》的思想意義和藝術特點有一定的價値。然立論仍掩蓋在宗敎色彩之下。所謂 "三敎已括於一部", "洋洋灑灑數百萬言不離本宗"等等, 都有可能把對小說的理解引到談玄悟道的方向, 因而未能剝落《西遊記》的雜質而充分展現其精華,這又是《題詞》的局限性所在。

附　錄

新說西遊記圖象序

〔清〕王　韜

《西遊記》一書,出悟一子乎,專在養性修眞,煉成內丹,以證大道而登仙籍。所歷三災八難,無非外魔。其足以召外魔者,由於六賊,其足以制六賊者，一心而已。一切魔刼由心生，即由心滅，此其全書之大旨也。唐三藏玄奘法師取經西域，實有其事。此貞觀三年仲秋朔旦，褰裳遵路，杖錫遙征，旣得經象，薄言旋軔。以十九年春正月，達於京邑，謁帝洛陽，曾譯《大唐西域記》十二卷，經歷一百三十八國，多述佛典因果之事。今以新舊《唐書》核之，所序諸國皆所不載。蓋史所錄者，朝貢之邦。記所言者，經行之地也。記中於俗尙土風民情物產，槪在所略。惟是侈陳靈怪，詛漫無稽，儒者病之。後世《西遊記》之作，並不以此爲藍本。所歷諸國，亦無一同者。卽山川道里，亦復各異。誠以作者惟憑意造，自有心得。其所述神仙鬼怪，變幻奇詭，光怪陸離，殊出於見見聞聞之外，伯益所不能窮，夷堅所不能志，能於山經海錄中，別樹一幟，一若宇宙間，自有此種異事。俗語不實，流爲丹青，至今膾炙人口。演說者又爲之推波助瀾，於是人人心中皆有孫悟空在，世俗無知至有爲之立廟者。而鬬戰勝佛，固明明載於佛經也。不知齊諧志怪，多屬寓言。洞冥述奇，半皆臆創。莊周昔日以荒唐之詞鳴於楚，鯤鵬變化，椿靈老壽此等皆是也，虞初九百因之益廣已。

邗江味潛齋石印本《新説西遊記圖象》

新説西遊記自序(節錄)

〔清〕張書紳

此書由來已久，讀者茫然不知其旨。雖有數家批評，或以爲講禪，或以爲談道，更又以爲金丹採煉，多捕風捉影，究非西遊之正旨。將古人如許之奇文，無邊之妙旨，有根有據之學，更目爲荒唐無益之談，良可嘆也。予欲以數月之暇，注明指趣，破其迷罔，喚醒將來之學者，此亦往者不可惜，來者猶可追也，不知有當否？

…………

邗江味潛齋石印本《新説西遊記圖象》

縮齋文集[1]序

〔清〕黄宗羲[2]

《縮齋集》者，余弟澤望[3]所著之詩文也。自澤望亡後，余教授於外。今歲甲寅，四方兵起[4]，偃息衡門，始發大牛篋，出其所著課數十束[5]。雖體例各異，而散之日記中，不相條貫。余乃離而件繫之，以爲各錄，取其詩文，選定爲茲集。

序曰：澤望之爲詩文，高厲遐清，其在於山，則鐵壁鬼谷也；其在於水，則瀑布亂礁也；其在於聲，則猿吟而鸛鶴欬且笑也；其在平原曠野，則蓬斷草枯之戰場，狐鳴鴟嘯之蕪城荒殿也；其在於樂，則變徵而絕絃也。蓋其爲人，勁直而不能屈己，清剛而不能善世，介特寡徒，古之所謂隘人也。隘則胸不容物，並不能自容。其以孤憤絕人，徬徨痛哭於山巔水澨[6]之際，此耿耿者，終不能下，至於彭脹而卒，宜矣！獨怪古之爲文章者，及其身而顯於世者，無論矣。即或憔悴終生，其篇章未有不流傳身後，亦是榮辱屈伸之相折。澤望死十二年矣，所有篇章，亦與其骨俱委於草莽，無敢有明其書者。蓋驚世駭俗之言，非今之地上所宜有也。蘇子瞻所謂"能折困其身而不能屈其言"[7]者，至澤望而又爲文人之一變焉。

雖然，澤望之文，可以棄之使其不顯於天下，終不可滅之使其不留於天地。其文蓋天地之陽氣也。陽氣在下，重陰錮之，則擊而爲雷[8]；陰氣在下，重陽包之，則搏而爲風[9]。商之亡也，《采薇》之歌[10]，非陽氣乎？然武王之世，陽明[11]之世也。以陽遇陽，則不能爲雷。宋之亡也，謝皋羽、方韶卿、龔聖予之文[12]，陽氣也，其時遁於黄鍾之管，微不能吹纊轉雞羽[13]，未百年而發爲迅雷。元之亡也，有席帽、九靈之文[14]，陰氣也，包以開國之重陽，蓬蓬然起於大隧[15]，風落山爲蠱[16]，未幾而散矣。今澤望之文，亦陽氣也，無視葭灰，不啻千鈞之壓也。錮而不出，豈若劉蜕之文冢[17]，腐爲墟壤，蒸爲芝菌[18]，文人之文而已乎。

耕餘樓本«南雷文定»卷一

【註釋】

[1] 縮齋文集——黄宗會所著，凡十卷。

[2] 黄宗羲(公元一六一〇年——一六九五年)——字太冲，學者稱梨洲先生，餘姚人。明御史黄尊素的長子，與弟宗炎、宗會，並負異才，有東浙三黄之目。宗羲早年曾參加反對閹黨的鬥爭，繼而參加抗清的鬥爭，魯王監國，授左副都御史。明亡不仕，講學著書以終。其學出于劉宗周，而又淹貫經史百家、天文算術，爲清初著名大儒。著作多至數十種，而以«明儒學案»六十二卷、«明夷待訪錄»一卷爲最重要。詩文行世者，有«南雷文案»十卷、«外集»一卷、«吾悔集»四卷、«撰杖集»一卷、«子劉子行狀»二卷、«南雷詩曆»三卷。又有«南雷文定前集»十一卷、«後集»四卷、«三集»三卷、«四集»四卷、«五集»即«病榻集»、«南雷文約»、«南雷餘集»等。«文定»«文約»皆摘本，非全書。«清史稿»卷四百八十«儒林»一有傳。

[3] 澤望——黄宗會(公元一六一八年——一六六三年)，字澤望，明拔貢生。明亡後不仕。宗羲所撰«前鄉進士澤望黄君壙誌»說："澤望少無師，以余爲師。……冥搜博覽，天官、地誌、金石、算數、卦影、革軌、藝術、雜學，蓋無勿與予同者。其詩初喜僻奥，余一變而之冷淡，澤望亦變。其文華藻錯落，頗以王微、范曄爲則。余謂此一種文，寧以音節不同六朝，便高擡其氣骨耶？澤望不以爲然，已亦日就刊落，而蹊徑頓盡。此詩文之無勿同也。"«清史稿»卷四百八十六«儒林»一有傳，附黄宗羲傳後。

[4] 今歲甲寅四方兵起——甲寅爲清康熙十三年。十二年吳三桂起兵于雲南，十三年耿精忠、鄭經起兵應之。

[5] 其所著課數十束——宗羲«前鄉進士澤望黄君壙誌»："其所著書，«縮齋文集»若干卷、«縮齋日記»若干卷、«學御錄»一卷、«瑜伽師地論注»若干卷、«成唯識論注»若干卷。"

［6］澨——音試，水涯。

［7］能折困其身而不能屈其言——蘇軾《六一居士集敍》語。

［8］陽氣在下三句——此用《易》震卦之義。震卦，陽在下，陰在上。《説卦》："震爲雷。"

［9］陰氣在下三句——此用《易》巽卦之義。巽卦，陰在下，陽在上。《説卦》："巽爲木爲風。"

［10］采薇之歌——《史記·伯夷列傳》："武王已平殷亂，天下宗周。而伯夷、叔齊恥之，義不食周粟，隱于首陽山，采薇而食之。及餓且死，作歌，其辭曰：'登彼西山兮，采其薇矣！以暴易暴兮，不知其非矣！神農、虞、夏，忽焉没兮，我安適歸矣！于嗟徂兮，命之衰矣！'"

［11］陽明——猶言光明。束皙《補亡詩》："玉燭陽明。"

［12］謝皋羽——謝翺（公元一二四九年——一二九五年），字皋羽，一字皋父，閩長溪人。咸淳中試進士不第，後入文天祥幕府，爲咨議參軍。宋亡後，避地浙東。有《晞髮集》十卷、《晞髮遺集》二卷、《遺集補》一卷。《新元史》卷二百四十一有傳。方韶卿——方鳳（公元一二四一年——一三二二年），字韶卿，一字景山，浦江人。試太學，舉禮部不第，特授容州文學。宋亡，隱居仙華山不出。有《存雅堂遺稾》五卷。《新元史》卷二百四十一有傳。龔聖予——龔開（公元一二二二年——？），字聖予，又字聖與，號翠巖，淮陰人。嘗與陸秀夫同居廣陵幕府。宋亡，不出。《新元史》卷二百四十一有傳。

［13］其時逼於黄鍾之管——古時候驗節氣變化之法，把蘆葦莖中的薄膜製成灰，即所謂葭灰，放在十二樂律的玉管内，置玉管于木案上，每月當節氣，則中律的樂管内灰即飛出。冬至之律爲黄鍾。纊，音曠，棉絮。

［14］席帽——王逢（公元一三一九年——一三八八年），字原吉，號最閒園丁，又號最賢園丁、梧溪子、席帽山人，江陰人。至正間，被薦不就，避地上海之烏涇。明洪武初，徵召甚迫，以老疾辭。有《梧溪集》七卷。《新元史》卷二百三十八有傳。《明史》卷二百八十五《文苑》一有傳，附戴良傳後。九靈——戴良（公元一三一七年——一三八三年），字叔能，號九靈山人，浦江人。元順帝時，官淮南、江北等處行中書省儒學提舉。明洪武十五年，徵入京，欲官之，以老疾辭。有《九靈山房集》三十卷、《補編》二卷。《明史》卷二百八十五《文苑》一有傳。

［15］蓬蓬然起於大隧——《莊子·秋水》："蓬蓬然起於北海，蓬蓬然入於南海。"陸德明釋文："李云：'風貌。'"《詩·大雅·桑柔》："大風有隧。"毛傳："隧，道也。"

［16］風落山爲蠱——《易·蠱》："象曰：山下有風，蠱。"

[17] 劉蜕之文冢——劉蜕，字復愚，自號文泉子，長沙人。唐大中時舉進士，官終商州刺史。《全唐文》收其文入卷七百八十九。其《梓州兜率寺文冢銘》云："文冢者，長沙劉蜕復愚爲文不忍去其草，聚而封之也。"

[18] 腐爲墟壤蒸爲芝菌——柳宗元《與蕭翰林俛書》："使受天澤餘潤，雖朽枿敗腐，不能生植，猶足蒸出芝菌，以爲瑞物。……朝夕諷誦，使成文章。"

【説明】

黄宗羲處在明末清初民族矛盾表現得極爲尖鋭的時代，他親身經歷國破家亡的慘痛，不肯屈身清朝，氣節凛然。他的文學思想是和民族思想緊密結合在一起的。他以爲"凡情之至者，其文未有不至者也"（見《明文案序》上）。這話好像説得很泛，但是假使把他所謂"情"，和他所經歷的國破家亡之痛，連結在一起，那就可知情之"至""不至"是怎樣的關係了。詩歌，更是情感直接的產兒，所以强調情感的眞實性，就成爲黄宗羲詩論的核心。

"詩以道性情"（見《馬雪航詩序》），這話本是人所習知的，然而黄宗羲本於切身的體會，却有其獨到的見解。在這篇《縮齋文集序》裏可以看出他之所謂眞實的情感，也是和他的民族思想結合在一起的。

他説黄宗會的詩文，"蓋天地之陽氣也"，這"陽氣"是指正義的民族氣節。"陽氣在下，重陰錮之，則擊而爲雷。"當民族災難深重，遭受到外族壓迫的時候，湮鬱不宣的民族情感發於詩文，就必然具有震動人心的强烈的感染力。這樣的文字，即使在當時環境之下，無法流傳，然而"終不可滅之使其不留於天地"。因爲其中貫注了作者"孤憤絶人，徬徨痛哭"的眞實情感，它具有足以感發興起的精神，這精神是不可磨滅的。所以他稱這一種精神爲陽氣。

大抵在當時，一般人受了國破家亡之痛，要求在詩中抒發性情，也是很自然的。即如錢謙益之論詩，也重在"結轖於君臣夫婦朋友之間，而發作於身世偪側時命連蹇之會。”（《有學集》十七《周元亮賴古堂合刻序》）似乎與黃氏所言，沒有多少分別，但是同樣言性情可有眞僞之分。所以他認爲性情有“至”有“不至”。他在《黃孚先詩序》中說：“今人亦何情之有！情隨事轉，事因世變，乾啼濕哭，總爲膚受。……其發於心著于聲者，未可便謂之情也。”這話，恐是指當時一般人的惺惺作態。照說，“發于心著于聲”，可以算是眞情實感了，然而“未可便謂之情”，這卽因只是一種“習心幻結，俄頃銷亡”的假象。這類的人，“情隨事轉”，根本就無眞的性情可言。黃宗羲於《魯葦庵墓誌銘》（《南雷文約》一）中論到錢氏之文，也稱爲“不能入情”，正是同樣意思。所以他感慨地說：“今人之詩，非不出于性情也，以無性情之可出也。”這話何等沈痛。所以黃氏對於其弟宗會之詩，知其人，論其世，覺得只有像宗會這樣勁直淸剛的性格，“孤憤絕人，徬徨痛哭於山巔水澨之際”，才能有一段可歌可泣之精神，長留天壤，成爲“天地之陽氣”。

黃宗羲的詩論，往往結合着他的民族思想的。這一篇是比較更爲突出的例子。

附　錄

黃孚先詩序

〔淸〕黃宗羲

吾族之在四明山中者，自菊東先生以來代有聞人，近雖中衰，而孚先、禹平茁焉秀出。兩人嘗以詩文過余，而孚先往來尤數。中更亂離，五六年不見，則以詩一編寄余請序。歲盡自來促之。孚先論詩，大意謂聲音之正變，體制之懸殊，不特中、晚不可爲初、盛，卽風雅頌亦自有迥然不同者；若身之所歷，目之所觸，發于心著于聲，迫於中之不能自已，一倡而三嘆，不嗇金石縣而宫商鳴也；斯亦奚有今昔之間，蓋情之至眞，時不我限也。斯論美矣。然而正自有說，嗟乎，蓋難言之矣！情者，可以貫金石動鬼神。古之人情與物相遊，而不能相舍，不但忠臣之事其君，孝子之事其親，思婦勞人結不可解，即風雲月露，艸木蟲魚，無一非眞意之流通，故無溢言曼辭以入章句，無諂笑柔色以資應酬，唯其有之，是以似之。今人亦何情之有，情隨事轉，事因世變，乾啼濕哭，總爲膚受，即其父母兄弟亦若敗梗飛絮，適相遭於江湖之上。勞苦倦極，未嘗不呼天也；疾痛慘怛，未嘗不呼父母也。然而習心幻結，俄頃銷亡，其發於心著於聲者，未可便謂之情也。由此論之，今人之詩非不出於性情也，以無性情之可出也。孚先情意眞摯，不隨世俗波委。余避地海濱，孚先憫其流離，形諸夢寐，作詩見懷："旅月仍圓夜，秋風獨臥身。"讀之恍然見古人之性情焉。是故有孚先之性情，而後可持孚先之議論耳。不然，以不及情之情與情至之情較，其離合於長吟高嘯之間，以爲同出於情也，竊恐似之而非矣。

《四部叢刊》影印初刻本《南雷文案》卷二

謝皋羽年譜遊錄注序（節錄）

〔清〕黄宗羲

徐野公刻《晞髮集》，且創爲《皋羽年譜》，注其《遊錄》。讀皋羽集者，於是無遺憾矣。寓書於余，俾序之。余於戊寅歲曾注《西臺慟哭記》《冬青引》，此時不過喜其文詞耳，然無故而爲之，豈知其遂爲身世之讖耶！今日之序野公書，固昔日之書也，而意非昔日之意矣。夫文章，天地之元氣也。元氣之在平時，昆侖旁薄，和聲順氣，發自廊廟，而鬯浹於幽遐，無所見奇。逮夫厄運危時，天地閉塞，元氣鼓盪而出，擁勇鬱遏，坌憤激訐，而後至文生焉。故文章之盛，莫盛於亡宋之日，而皋羽其尤也。然而世之知之者鮮矣。故皋羽身後八十餘年而張丁始注其《慟哭記》，又三百餘年而野公始爲之《年譜》。數百年之中，知之者不過數人。信夫，後世子雲之難也。……

《四部叢刊》影印初刻本《南雷文案》附《吾悔集》卷一

陳葦庵年伯詩序(節錄)

〔清〕黃宗羲

風自《周南》《召南》，雅自《鹿鳴》《文王》之屬以及三頌，謂之正經，懿王、夷王而下訖于陳靈公淫亂之事，謂之變風、變雅，此說詩者之言也。而季札聽詩，論其得失，未嘗及變；孔子教小子以可羣可怨，亦未嘗及變。然則正變云者，亦言其時耳，初不關于作詩者之有優劣也。美而非諂，刺而非訐，怨而非憤，哀而非私，何不正之有？夫以時而論，天下之治日少而亂日多，事父事君，治日易而亂日難。韓子曰："和平之音淡薄，而愁思之聲要妙；讙愉之辭難工，而窮苦之言易好。"向令風雅而不變，則詩之爲道，狹隘而不及情，何以感天地而動鬼神乎？是故漢之後，魏、晉爲盛；唐自天寶而後，李、杜始出；宋之亡也，其詩又盛。無他，時爲之也。卽時不甚亂，而其發言哀斷，不與枯荄變謝者，亦必逐臣、棄婦、孽子、勞人；愚慧相傾，憎算相制者也。此則一人之時也。蓋詩之爲道，從性情而出，人之性情，其甘苦辛酸之樂未盡，則世智所限，易容埋沒。卽所遇之時同，而其間有盡不盡者，不盡者終不能與盡者較其貞脆。謝皋羽、鄭所南同爲亡宋之人，皋羽之詩，皎潔當年，所南沉井之時，年四十三歲，至七十八歲而卒，沉井以後三十五年，豈其斷手絕筆，乃竟無一篇傳者。苟其井渫不食，羵羊失護，寧保《心史》之不終錮乎？詩之爲教，溫厚和平，至使開卷絡咨，寄心冥漠，亦是甘苦辛酸之迹未泯也。……

《四部叢刊》影印初刻本《南雷文案》附《撰杖集》

論文管見(選錄)

〔清〕黃宗羲

文以理爲主。然而情不至則亦理之郛廓耳。廬陵之誌交友，無不嗚咽；子厚之言身世，莫不悽愴。郝陵川之處眞州，戴剡源之入故都，其言皆能惻惻動人。古今自有一種文章不可磨滅，眞是"天若有情天亦老"者。而世不乏堂堂之陣，正正之旗，皆以大文目之。顧其中無可以移人之情者，所謂匇然無物者也。

所謂文者，未有不寫其心之所明者也。心苟未明，劬勞憔悴於章句之間，不過枝葉耳，無所附之而生。故古今來，不必文人始有至文，凡九流百家以其所明者，沛然隨地湧出，便是至文。故使子美而談劍器，必不能如公孫之波瀾；柳州而敍宮室，必不能如梓人之曲盡。此豈可強者哉!

耕餘樓本《南雷文定》三集卷三

金介山詩序

〔清〕黄宗羲

古人不言詩而有詩，今人多言詩而無詩。其故何也？其所求之者非也。上者求之於景，其次求之於古，又其次求之於好尚。以花鳥爲骨，烟月爲精神，詩思得之壩橋驢背，此求之於景者也。贈别必欲如蘇、李，酬答必欲如元、白，遊山必欲如謝，飲酒必欲如陶，憂悲必欲如杜，閑適必欲如李，此求之於古者也。世以開元、大曆之格繩作者，則迎之而爲浮響；世以公安、竟陵爲解脱，則迎之而爲率易，爲混淪，此求之於一時之好尚者也。夫以己之性情，顧使之耳目口鼻皆非我有，徒爲殉物之具，寧復有詩乎！吾友金介山之詩，清冷竟體，姿韻欲絶，如毛嬙、西施，淨洗卻面，與天下婦人鬥好，一舉一動，無非詩景詩情，從何處容其模擬？讀之者知其爲介山之人，知其爲介山之詩而已。昔人不欲作唐以後一語，吾謂介山直不欲作明以前一語也。故介山胸中所欲嘿之語，無有不盡，不以博溫柔敦厚之名，而蘄世人之好也。雖然，介山其亦何能盡乎？雷霆焚槐，天地大絃，萬物之摧拉搖盪者，翏翏而爲窮苦愁怨之聲，不啻風泉之滿聽矣。介山能無動乎？將一一寫之以爲變風，無有也。且不特介山，古之能自盡其情者，莫如淵明，然而《述酒》等作，未嘗不爲廋辭矣，此亦溫柔敦厚之教，見於詩外者也。

耕餘樓本《南雷文定》四集卷一

馬雪航詩序

〔清〕黃宗羲

詩以道性情，夫人而能言之。然自古以來，詩之美者多矣，而知性者何其少也。蓋有一時之性情，有萬古之性情。夫吳歈越唱，怨女逐臣，觸景感物，言乎其所不得不言，此一時之性情也。孔子刪之以合乎興、觀、羣、怨、思無邪之旨，此萬古之性情也。吾人誦法孔子，苟其言詩，亦必當以孔子之性情爲性情。如徒逐逐于怨女逐臣，逮其天機之自露，則一偏一曲，其爲性情亦末矣。故言詩者不可以不知性。夫性豈易知也？先儒之言性者，大略以鏡爲喻：百色妖露，鏡體澄然，其澄然不動者爲性。此以空寂言性。而吾人應物處事，如此則安，不如此則不安。若是乎有物于中，此安不安之處，乃是性也。鏡是無情之物，不可爲喻。又以人物同出一原，天之生物有參差，則惡亦不可不謂之性。遂以疑物者疑及于人。夫人與萬物並立于天地，亦與萬物各受一性。如薑桂之性辛，稼穡之性甘，鳥之性飛，獸之性走，或寒或熱，或有毒無毒，古今之言性者，未有及于本草者也。故萬物有萬性，類同則性同。人之性則爲不忍，亦猶萬物所賦之專一也。物尙不與物同，而況同人于物乎？程子言"性卽理也"，差爲近之。然當其澄然在中，滿腔子皆惻隱之心，無有條理可見，感之而爲四端，方可言理。理卽"率性之爲道也"，寧可竟指道爲性乎？晦翁以爲天以陰陽五行化生萬物，而理亦賦焉，亦是兼人物而言。夫使物而率其性，則爲觸爲嚙爲蠢爲婪，萬有不齊，亦可謂之道乎？故自性說不明，後之爲詩者，不過一人偶露之性情。彼知性者，則吳、楚之色澤，中原之風骨，燕、趙之悲歌慷慨，盈天地間，皆惻隱之流動也，而況于所自作之詩乎！秣陵馬雪航介余族象一請序其詩，余讀之，淸裁駿發，牘映篇流，不爲雅而爲風。余從象一得其爲人，以心之安不安者定其出處，其得于性情者深矣。如是則宋景濂之五美，又何必拘拘而擬之也。

耕餘樓本《南雷文定》四集卷一

閒情偶寄[1]〔選錄〕

〔清〕李　漁[2]

結構第一

塡詞一道，文人之末技也，然能抑而爲此，猶覺愈于馳馬試劍，縱酒呼盧[3]。孔子有言："不有博弈者乎？爲之，猶賢乎已。"[4]博弈雖戲具，猶賢于飽食終日，無所用心；塡詞雖小道[5]，不又賢于博弈乎？吾謂：技無大小，貴在能精；才乏纖洪，利于善用。能精善用，雖寸長尺短[6]，亦可成名，否則才誇八斗[7]，胸號五車[8]，爲文僅稱點鬼之談[9]，著書惟供覆瓿[10]之用，雖多，亦奚以爲[11]！塡詞一道，非特文人工此者足以成名，即前代帝王，亦有以本朝詞曲擅長，遂能不泯其國事者。請歷言之：高則誠、王實甫諸人[12]，元之名士也，舍塡詞一無表見。使兩人不撰《西廂》《琵琶》[13]，則沿至今日，誰復知其姓字？是則誠、實甫之傳，《琵琶》《西廂》傳之也。湯若士[14]，明之才人也，詩文尺牘，儘有可觀，而其膾炙人口者[15]，不在尺牘詩文，而在《還魂》一劇[16]。使若士不草《還魂》，則當日之若士，已雖有而若無，況後代乎？是若士之傳，《還魂》傳之也。此人以塡詞而得名者也。歷朝文字之盛，其名各有所歸，漢史、唐詩、宋文、元曲，此世人口頭語也。《漢書》《史記》，千古不磨，尙矣。唐則詩人濟濟，宋有文士蹌蹌，宜其鼎足文壇，爲三代後之"三代"也。元有天下，非特政刑禮樂，一無可宗，即語言文字之末，圖書翰墨之微，亦少概見。使非崇尙詞曲，得《琵琶》《西廂》以及《元人百種》[17]諸書傳于後代，則當日之元，亦與五代、金、遼同其泯滅焉，能附三朝驥尾而掛學士文人之齒頰哉[18]！此帝王國事以塡詞而得名者也。由是觀之，塡詞非末技，乃與史傳詩文同源而異派者也。近日雅慕此道，刻欲追踪元人、配饗若士者儘多，而究竟作者寥寥，未聞絕唱。其故維何？止因詞曲一道，但有前書堪讀，並無成法可宗，暗室無燈，有眼皆同瞽目，無怪乎覓途不得，問津無人，半途而廢者居多，差毫釐而謬千里者亦復不少也。嘗怪天地之間，有一種文字，即有一種文字之法脈準繩，載之于書者，不異耳提面命。獨于塡詞製曲之事，非但略而未詳，亦且置之不道。揣摩其故，殆有三焉。一則爲此理甚難，非可言傳，止堪意會。想入雲霄之際，作者神魂飛越，如在夢中，不至終篇，不能返神收魂。談眞則易，說夢爲難，非不欲傳，不能傳也。若是則誠異誠難，誠爲不可道矣。吾謂此等至理，皆言最上一乘[19]，非塡詞之學節節皆如是也，豈可爲精者難言，而麤者亦置弗道乎！一則爲塡詞之理，變幻不常，言當如是，又有不當如是者。如塡生、旦[20]之詞，貴于莊雅，製淨、丑[21]之曲，務帶詼諧；此理之常也。乃忽遇風流放佚之生、旦，反覺莊雅爲非；作迂腐不情之淨、丑，轉以詼諧爲忌；諸如此類者，悉難膠柱[22]，恐以一定之陳言，誤泥古拘方之作者，是以寧爲闕疑[23]，不生蛇足[24]。若是，則此種變幻之理，不獨詞曲爲然，帖括[25]詩文皆若是也。豈有執死法爲文，而能見賞于人，相傳于後者乎？一則爲從來名士以詩賦見重者，十之九；以詞曲相傳者，猶不及什一，蓋千百人一見者也。凡有能此者，悉皆剖腹藏珠，務求自祕，謂此法無人授我，我豈獨肯傳人！使家家製曲，戶戶塡詞，則無論《白雪》盈車，《陽春》徧世[26]，淘金選玉者，未必不使後來居上[27]，而覺糠粃在前[28]，且使周郎漸出，顧曲者多攻出瑕疵[29]，令前人無可藏拙，是自爲后羿而教出無數逢蒙，環執干戈而害我也[30]，不如仍做前人緘口不提之爲是。吾揣摩不傳之故，雖三者並列，竊恐此意居多。以我論之：文章者，天下之公器[31]，非我之所能私；是非者，千古之定評，豈人之所能倒！不若出我所有，公之于人，收天下後世之名賢，悉爲同調。勝我者，我師之，仍不失爲起予之高足[32]；類我者，我友之，亦不媿爲攻玉之他山[33]。持此爲心，遂不覺以生平底裏，和盤托出。併前人已傳之書，亦爲取長棄短，別出瑕瑜，使人知所從違，而不爲誦讀所誤。知我罪我，憐我殺我，悉聽世人，不復能顧其後矣。但恐我所言者，自以爲是，而未必果是；人所趨者，我以爲非，而未必盡非。但矢一字之公，可謝千秋之罰。意元人可作，當必貰予。

塡詞首重音律，而予獨先結構者，以音律有書可考，其理彰明較著。自《中原音韻》一出[34]，則陰陽、平仄，畫有塍區，如舟行水中，車推岸上，稍知率由者，雖欲故犯而不能矣。《嘯餘》《九宮》二譜一出[35]，則葫蘆有樣[36]，粉本昭然[37]。前人呼製曲爲塡詞。塡者，布也，猶棋枰之中，畫有定格，見一格布一子，止有黑白之分，從無出入之弊。彼用韻而我叶之，彼不用韻而我縱横流蕩之。至于引商刻羽[38]，戛玉敲金[39]，雖曰神而明之，匪可言喻，亦由勉強而臻自然，蓋遵守成法之化境也。至于結構二字，則在引商刻羽之先，拈韻抽毫之始，如造物之賦形，當其精血初凝，胞胎未就，先爲制定全形，使點血而具五官百骸之勢。倘先無成局，而由頂及踵，逐段滋生，則人之一身，當有無數斷續之痕，而血氣爲之中阻矣。工師之建宅亦然，基址初平，間架未立，先籌何處建廳，何方開戶，棟需何木，梁用何材，必俟成局了然，始可揮斤運斧。倘造成一架，而後而籌一架，則便于前者不便于後，勢必改而就之，未成先毁，猶之築舍道旁，兼數宅之匠資，不足供一廳一堂之用矣。故作傳奇[40]者，不宜卒急拈毫。袖手于前，始能疾書于後。有奇事，方有奇文。未有命題不佳，而能出其錦心，揚爲繡口者也。嘗讀時髦所撰，惜其慘澹經營，用心良苦，而不得被管絃、副優孟者[41]，非審音協律之難，而結構全部規模之未善也。

詞采似屬可緩，而亦置音律之前者，以有才、技之分也。文詞稍勝者，卽號才人；音律極精者，終爲藝士。師曠[42]止能審樂，不能作樂；龜年[43]但能度詞，不能製詞；使與作樂製詞者同堂，吾知必居末席矣。事有極細，而亦不可不嚴者，此類是也。

立主腦

古人作文一篇，定有一篇之主腦。主腦非他，卽作者立言之本意也[44]。傳奇亦然。一本戲中，有無數人名，究竟俱屬陪賓；原其初心，止爲一人而設[45]。卽此一人之身，自始至終，離合悲歡，中具無限情由，無窮關目[46]，究竟俱屬衍文；原其初心，又止爲一事而設[47]。此一人一事，卽作傳奇之主腦也。然必此一人一事，果然奇特，實在可傳，而後傳之，則不媿傳奇之目，而其人其事與作者姓名，皆千古矣。如一部《琵琶》，止爲蔡伯喈一人；而蔡伯喈一人，又止爲重婚牛府一事。其餘枝節，皆從此一事而生——二親之遭凶，五娘之盡孝，拐兒之騙財匿書，張大公之疎財仗義，皆由於此。是“重婚牛府”四字，卽作《琵琶記》之主腦也。一部《西廂》止爲張君瑞一人；而張君瑞一人，又止爲白馬解圍一事。其餘枝節，皆從此一事而生——夫人之許婚，張生之望配，紅娘之勇於作合，鶯鶯之敢於失身，與鄭恆之力爭原配而不得，皆由於此。是“白馬解圍”四字，卽作《西廂記》之主腦也[48]。餘劇皆然，不能悉指。後人作傳奇，但知爲一人而作，不知爲一事而作，盡此一人所行之事，逐節鋪陳，有如散金碎玉。以作零齣[49]則可，謂之全本，則爲斷線之珠，無梁之屋，作者茫然無緒，觀者寂然無聲，無怪乎有識梨園[50]望之而却走也。此語未經提破，故犯者孔多。而今而後，吾知鮮矣。

密　針　線[51]

編戲有如縫衣，其初則以完全者剪碎，其後又以剪碎者湊成。剪碎易，湊成難。湊成之工，全在針線緊密；一節偶疎，全篇之破綻出矣。每編一折，必須前顧數折，後顧數折。顧前者，欲其照映；顧後者，便於埋伏。照映埋伏，不止照映一人，埋伏一事，凡是此劇中有名之人，關涉之事，與前此後此所說之話，節節俱要想到。寧使想到而不用，勿使有用而忽之。吾觀今日之傳奇，事事皆遜元人，獨於埋伏照映處，勝彼一籌。非今人之太工，以元人所長，全不在此也。若以針線論，元曲之最疎者，莫過於《琵琶》，無論大關節目，背謬甚多——如子中狀元三載，而家人不知；身贅相府，享盡榮華，不能自遣一僕，而附家報於路人；趙五娘千里尋夫，隻身無伴，未審果能全節與否，其誰證之；諸如此類，皆背理妨倫之甚者。再取小節論之，如五娘之剪髮，乃作者自爲之，當日必無其事。以有疎財仗義之張大公在，受人之託，必能忠人之事，未有坐視不顧，而致其剪髮者也。然不剪髮不足以見五娘之孝，以我作《琵琶》，《剪髮》一折亦必不能少，但須回護張大公，使之自留地步。吾讀《剪髮》之曲，並無一字照管大公，且若有心譏刺者。據五娘云：“前日婆婆沒了，虧大公周濟。如今公公又死，無錢資送，不好再去求他，只得剪髮”云云。若是，則剪髮一事，乃自願爲之，非時勢迫之使然也；奈何曲中云：“非奴苦要孝名傳，只爲上山擒虎易，開口告人難。”此二語雖屬恆言，人人可道，獨不宜出五娘之口。彼自不肯告人，何以言其難也？觀此二語，不似懟怨大公之詞乎？然此猶屬背後私言，或可免於照顧；迨其哭倒在地，大公見之，許送錢米相資，以備衣衾棺槨，則感之頌之，當有不啻口出者矣。奈何曲中又云：“只恐奴身死也兀自沒人埋，誰還你恩債？”試問：公死而埋者何人？姑死而埋者何人？對埋殯公姑之人而自言暴露，將置大公於何地乎？且大公之相賚，尙義也，非圖利也，“誰還恩債”一語，不幾抹倒大公，將一片熱腸付之冷水乎？此等詞曲，幸而出自元人；若出我輩，則羣口訕之，不識置身何地矣。予非敢於讐古。既爲詞曲，立言必使人知取法；若扭於世俗之見，謂事事當法元人，吾恐未得其瑜，先有其瑕。人或非之，卽舉元人藉口，烏知聖人千慮，必有一失；聖人之事猶有不可盡法者，況其他乎？《琵琶》之可法者原多，請舉所長以蓋短：如《中秋賞月》一折，同一月也，出於牛氏之口者，言言歡悅；出於伯喈之口者，字字淒涼；一座兩情，兩情一事，此其針線之最密者。瑕不掩瑜，何妨並舉其略。然傳奇，一事也，其中義理，分爲三項：曲也，白也，穿插聯絡之關目也。元人所長者，止居其一，曲是也；白與關目，皆其所短。吾於元人，但守其詞中繩墨[52]而已矣。

減頭緒[53]

頭緒繁多，傳奇之大病也。荊、劉、拜、殺[54]之得傳於後，止爲一線到底，並無旁見側出之情。三尺童子，觀演此劇，皆能了了於心，便便[55]於口，以其始終無二事，貫串只一人也。後來作者，不講根源，單籌枝節，謂多一人可增一人之事。事多則關目亦多，令觀場者如入山陰道中，人人應接不暇[56]。殊不知戲場脚色[57]，止此數人；使換千百箇姓名，也只此數人裝扮。止在上場之勤不勤，不在姓名之換不換。與其忽張忽李，令人莫識從來，何如只扮數人，使之頻上頻下，易其事而不易其人，使觀者各暢懷來，如逢故物之爲愈乎？作傳奇者，能以“頭緒忌繁”四字刻刻關心，則思路不分，文情專一。其爲詞也，如孤桐勁竹，直上無枝，雖難保其必傳，然已有荊、劉、拜、殺之勢矣。

審虛實

傳奇所用之事,或古或今,有虛有實,隨人拈取。古者,書籍所載,古人現成之事也;今者,耳目傳聞,當時僅見之事也;實者就事敷陳,不假造作,有根有據之謂也;虛者,空中樓閣,隨意構成,無影無形之謂也。人謂古事多實,近事多虛。予曰:不然。傳奇無實,大半皆寓言耳。欲勸人爲孝,則舉一孝子出名,但有一行可紀,則不必盡有其事,凡屬孝親所應有者,悉取而加之,亦猶紂之不善不如是之甚也。一居下流,天下之惡皆歸焉[58]。其餘表忠表節,與種種勸人爲善之劇,率同於此。若謂古事皆實,則《西廂》《琵琶》,推爲曲中之祖,鶯鶯果嫁君瑞乎?蔡邕之餓莩其親,五娘之幹蠱[59]其夫,見於何書,果有實據乎?《孟子》云:"盡信書不如無書。"蓋指《武成》而言也[60],經史且然,矧雜劇乎?凡閱傳奇而必考其事從何來,人居何地者,皆說夢之癡人,可以不答者也。然作者秉筆,又不宜盡作是觀。若紀目前之事,無所考究,則非特事跡可以幻生,並其人之姓名,亦可以憑空揑造,是謂虛則虛到底也。若用往事爲題,以一古人出名,則滿場脚色,皆用古人,揑一姓名不得;其人所行之事,又必本於載籍,班班可考,創一事實不得。非用古人姓字爲難,使與滿場脚色同時共事之爲難也;非查古人事實爲難,使與本等情由貫串合一之爲難也。予既謂傳奇無實,大半寓言,何以又云姓名事實,必須有本,要知古人塡古事易,今人塡古事難。古人塡古事,猶之今人塡今事,非其不慮人,考無可考也;傳至於今,則其人其事,觀者爛熟於胸中,欺之不得,罔之不能,所以必求可據,是謂實則實到底也。若用一二古人作主,因無陪客,幻設姓名以代之,則虛不似虛,實不成實,詞家之醜態也。切忌犯之。

戒浮泛

詞貴顯淺之説，前已道之詳矣。然一味顯淺，而不知分别，則將日流粗俗，求爲文人之筆而不可得矣。元曲多犯此病，乃矯艱深隱晦之弊而過焉者也。極粗極俗之語，未嘗不入塡詞，但宜從脚色起見。如在花面[61]口中，則惟恐不粗不俗；一涉生、旦之曲，便宜斟酌其詞。無論生爲衣冠、仕宦，旦爲小姐、夫人，出言吐詞，當有雋雅舂容[62]之度；即使生爲僕從，旦作梅香，亦須擇言而發，不與淨、丑同聲；以生、旦有生、旦之體，淨、丑有淨、丑之腔故也。元人不察，多混用之。觀《幽閨記》[63]之陀滿興福，乃小生[64]脚色，初屈後伸之人也，其《避兵》曲云："遥觀巡捕卒，都是棒和槍。"此花面口吻，非小生曲也。均是常談俗語，有當用於此者，有當用於彼者。又有極粗極俗之語，止更一二字，或增減一二字，便成絶新絶雅之文者，神而明之，只在一熟。當存其説，以俟其人。

塡詞義理無窮，説何人肖何人，議某事切某事，文章頭緒之最繁者，莫塡詞若矣。予謂總其大綱，則不出情景二字。景書所睹，情發欲言。情自中生，景有外得。二者難易之分，判如霄壤。以情乃一人之情，説張三要像張三，難通融於李四；景乃衆人之景，寫春夏盡是春夏，止分别於秋冬。善塡詞者，當爲所難，勿趨其易。批點傳奇者，每遇游山、玩水、賞月、觀花等曲，見其止書所見不及中情者，有十分佳處，只好算得五分，以風雲月露之詞，工者儘多，不從此劇始也。善詠物者，妙在即景生情。如前所云《琵琶·賞月》四曲[65]，同一月也，牛氏有牛氏之月，伯喈有伯喈之月。所言者月，所寓者心。牛氏所説之月可移一句於伯喈，伯喈所説之月可挪一字於牛氏乎？夫妻二人之語，猶不可挪移混用，況他人乎？人謂：此等妙曲，工者有幾？強人以所不能，是塞填詞之路也。予曰：不然。作文之事，貴於專一。專則生巧，散乃入愚。專則易於奏工，散者難於責效。百工居肆，欲其專也。衆楚羣咻[66]，喻其散也。舍情言景，不過圖其省力，殊不知眼前景物繁多，當從何處説起？詠花既愁遺鳥，賦月又想兼風。若使逐件鋪張，則慮事多曲少；欲以數言包括，又防事短情長。展轉推敲[67]，已費心思幾許。何如只就本人生發，自有欲爲之事，自有待説之情，念不旁分，妙理自出。如發科發甲之人[68]，牕下作文，每日止能一篇二篇，場中[69]遂至七篇。牕下之一篇二篇，未必盡好，而場中之七篇，反能盡發所長而奪千人之幟者，以其念不旁分，舍本題之外，並無別題可做，只得走此一條路也。吾欲填詞家舍景言情，非責人以難，正欲其舍難就易耳。

忌填塞

填塞之病有三：多引古事，叠用人名，直書成句。其所以致病之由，亦有三：借典核以明博雅，假脂粉以見風姿，取現成以免思索。而總此三病，與致病之由之故，則在一語。一語維何？曰："從未經人道破。"一經道破，則俗語云"説破不值半文錢"，再犯此病者鮮矣。古來填詞之家，未嘗不引古事，未嘗不用人名，未嘗不書現成之句，而所引所用與所書者則有別焉。其事不取幽深，其人不搜隱僻，其句則採街談巷議。即有時偶涉詩書，亦係耳根聽熟之語，舌端調慣之文，雖出詩書，實與街談巷議無別者。總而言之，傳奇不比文章，文章做與讀書人看，故不怪其深；戲文[70]做與讀書人與不讀書人同看，又與不讀書之婦人小兒同看，故貴淺不貴深。使文章之設，亦爲與讀書人，不讀書人及婦人小兒同看，則古來聖賢所作之經傳，亦只淺而不深，如今世之爲小説矣。人曰：文士之作傳奇，與著書無別，假此以見其才也，淺則才於何見？予曰：能於淺處見才，方是文章高手。施耐庵之

《水滸》[71]、王實甫之《西廂》，世人盡作戲文小說看，金聖歎特標其名曰“五才子書”、“六才子書”[72]者，其意何居？蓋憤天下之小視其道，不知爲古今來絕大文章，故作此等驚人語以標其目。噫！知言哉！

賓白第四

自來作傳奇者，止重填詞，視賓白爲末着。常有《白雪陽春》其調而《巴人下里》其言者，予竊怪之。原其所以輕此之故，殆有說焉。元以塡詞擅長，名人所作，北曲多而南曲少。北曲之介白[73]者，每折不過數言。即抹去賓白而止閱塡詞，亦皆一氣呵成，無有斷續，似併此數言亦可略而不備者。由是觀之，則初時止有塡詞，其介白之文，未必不係後來添設。在元人，則以當時所重不在于此，是以輕之。後來之人又謂：元人尙在不重，我輩工此何爲！遂不覺日輕一日，而竟置此道于不講也。予則不然，嘗謂曲之有白，就文字論之，則猶經文之于傳註；就物理論之，則如棟梁之于榱桷；就人身論之，則如肢體之于血脈；非但不可相無，且覺稍有不稱，即因此賤彼，竟作無用觀者。故知賓白一道，當與曲文等視。有最得意之曲文，即當有最得意之賓白。但使筆酣墨飽，其勢自能相生。常有因得一句好白而引起無限曲情，又有因塡一首好詞而生出無窮話柄者，是文與文自相觸發，我止樂觀厥成，無所容其思議。此係作文恆情，不得幽渺其說而作化境觀也。

語求肖似

文字之最豪宕，最風雅，作之最健人脾胃者，莫過塡詞一種。若無此種，幾于悶殺才人，困死豪傑。予生憂患之中，處落魄之境，自幼至長，自長至老，總無一刻舒眉。惟于製曲塡詞之頃，非但鬱藉以舒慍爲之解，且嘗僭作兩間最樂之人，覺富貴榮華，其受用不過如此，未有眞境之爲所欲爲，能出幻境縱横之上者——我欲做官，則頃刻之間便臻榮貴；我欲致仕，則轉盼之際又入山林；我欲作人間才子，卽爲杜甫、李白之後身；我欲娶絕代佳人，卽作王嬙、西施之元配；我欲成仙作佛，則西天蓬島，卽在硯池筆架之前；我欲盡孝輸忠，則君治親年，可躋堯、舜、彭籛[74]之上。非若他種文字，欲作寓言，必須遠行曲譬，醞藉包含。十分牢騷，還須留住六七分；八斗才學，止可使出二三升。稍欠和平，略施縱送，卽謂失風人之旨[75]，犯佻達之嫌[76]。求爲家絃戶誦者，難矣。塡詞一家，則惟恐其蓄而不言，言之不盡。是則是矣，須知暢所欲言，亦非易事。言者，心之聲也[77]，欲代此一人立言，先宜代此一人立心。若非夢往神遊，何謂設身處地。無論立心端正者，我當設身處地，代生端正之想，卽遇立心邪辟者，我亦當舍經從權，暫爲邪辟之思。務使心曲隱微，隨口唾出，說一人肖一人，勿使雷同，弗使浮泛，若《水滸傳》之敍事，吳道子之寫生[78]，斯稱此道中之絕技。果能若此，卽欲不傳，其可得乎？

少用方言

塡詞中方言之多，莫過于《西廂》一種。其餘今詞古曲，在在有之。非止詞曲，卽四書之中，《孟子》一書，亦有方言。天下不知，而予獨知之。予讀《孟子》五十餘年不知，而今知之。（王宓草云："石破天驚，轟雷四起。"）請先畢其說。兒時讀"自反而縮，雖褐寬博，吾不惴焉"[79]，觀朱註云："褐，賤者之服。寬博，寬大之衣。"心甚惑之。因生南方，南方衣褐者寡。間有服者，強半富貴之家，名雖褐而實則絨也。因訊蒙師，謂褐乃貴人之衣，胡云賤者之服？旣云賤矣，則當從約，短一尺省一尺購辦之貲，少一寸免一寸縫紉之力，胡不窄小其製，而反寬大其形，是何以故？師默然不答。再詢,則顧左右而言他。具此狐疑,數十年未解。及近游秦塞,見其土著之民,人人衣褐。無論綵羅罕覯,即見一二衣布者,亦類空谷足音。因地寒不毛,止以牧養自活。織牛羊之毛以爲衣,又皆麄而不密,其形似毯。誠哉,其爲賤者之服,非若南方貴人之衣也。又見其寬則倍身,長復掃地,即而訊之。則曰:此衣之外,不復有他,衫、裳、襦、袴[80],總以一物代之。日則披之當服,夜則擁以爲衾,非寬不能周遭其身,非長不能盡覆其足。《魯論》必有寢衣,長一身有半[81],即是類也。予始幡然[82]大悟曰:太史公著書,必游名山大川[83],其斯之謂歟?蓋古來聖賢,多生西北,所見皆然,故方言隨口而出。朱文公南人也[84],彼烏知之!故但釋字義,不求甚解,使千古疑團,至今未破。非予遠遊絕塞,親覯其人,烏知斯言之不謬哉。(膽大包身,始能發此快論。然有此識,方有此膽。膽亦不易大也。)由是觀之,四書[85]之文,猶不可盡法,況《西廂》之爲詞曲乎?凡作傳奇,不宜頻用方言,令人不解。近日塡詞家見花面登場,悉作姑蘇[86]口吻,遂以此爲成律,每作淨、丑之白,即用方言。不知此等聲音,止能通于吳、越。過此以往,則聽者茫然。傳奇,天下之書,豈僅爲吳、越而設?至于他處方言,雖云入曲者少,亦視塡詞者所生之地。如湯若士生于江右[87],即當規避江右之方言;粲花主人吳石渠生于陽羨[88],即當規避陽羨之方言。蓋生此一方,未免爲一方所囿,有明是方言,而我不知其爲方言,及入他境,對人言之而人不解,始知其爲方言者,諸如此類,易地皆然。欲作傳奇,不可不存桑弧蓬矢之志[89]。

科諢第五

插科打諢,塡詞之末技也。然欲雅俗同歡,智愚共賞,則當全在此處留神。文字佳,情節佳,而科諢不佳,非特俗人怕看,即雅人韻士，亦有瞌睡之時。作傳奇者，全要善驅睡魔。睡魔一至，則後乎此者，雖有鈞天之樂[90]，霓裳羽衣之舞[91]，皆付之不見不聞，如對泥人作揖、土佛談經矣。予嘗以此告優人，謂戲文好處，全在下半本。只消三兩個瞌睡，便隔斷一部神情，瞌睡醒時，上文下文已不接續，即使抖起精神再看，只好斷章取義作零齣觀。若是，則科諢非科諢，乃看戲之人參湯也。養精益神，使人不倦，全在于此，可作小道觀乎？

大收煞

全本收場，名爲"大收煞"。此折之難，在無包括之痕，而有團圓之趣。如一部之內，要緊脚色，共有五人，其先東西南北，各自分開，到此必須會合。此理誰不知之？但其會合之故，須要自然而然，水到渠成，非由車戽[92]。最忌無因而至，突如其來，與勉強生情，拉成一處，令觀者識其有心如此，與恕其無可奈何者，皆非此道中絕技，因有包括之痕也。骨肉團聚，不過歡笑一場，以此收鑼罷鼓，有何趣味？水窮山盡之處，偏宜突起波瀾，或先驚而後喜，或始疑而終信，或喜極、信極而反致驚疑，務使一折之中，七情俱備，始爲到底不懈之筆，愈遠愈大之才，所謂有團圓之趣者也。予訓兒輩，嘗云：場中作文，有倒騙主司入彀之法。開卷之初，當以奇句奪目，使之一見而驚，不敢棄去，此一法也。終篇之際，當以媚語攝魂，使之執卷留連，若難遽別，此一法也。收場一齣，即勾魂攝魄之具，使人看過數日而猶覺聲音在耳，情形在目者，全虧此齣撒嬌，作臨去秋波那一轉也[93]。

中國戲劇出版社本《中國古典戲曲論著集成》《閒情偶寄》

【註釋】

[1] 閒情偶寄——原名《閒居偶集》，清李漁著的一部雜著，內容包括戲曲、烹飪、建

築、園藝各方面。其中戲曲理論部分分塡詞部和演習部，對戲曲結構、音律、對白、表演、歌唱等問題都有所論述，有不少獨到的見解。此書後來彙編在《笠翁一家言》之內。

[2] 李漁（公元一六一一年——約一六七九年）——字笠鴻，又字謫凡，號笠翁，浙江蘭溪人。清代著名戲曲理論家、作家，對戲曲劇本的創作和演出都有豐富的經驗。作有傳奇《比目魚》《風箏誤》等十種，合稱《笠翁十種曲》。另有短篇小說集《十二樓》等。《國朝耆獻類徵》初編卷四百二十六有傳。

[3] 呼盧——呼，博戲時呵喝之聲。盧，古代博戲以五木爲采（骰子），有梟、盧、雉、犢之形，盧爲最高之采。

[4] 不有博弈者乎三句——《論語·陽貨》："子曰：飽食終日，無所用心，難矣哉！不有博弈者乎？爲之，猶賢乎已。"博，古代的一種棋局。弈但行棋，博則擲采而後行棋。後人不行棋而專擲采，遂稱擲采爲博（賭博）。已，不動作的意思。後二句謂：幹這博弈之戲，還比閒着好。

[5] 小道——《論語·子張》："雖小道，必有可觀者焉。"

[6] 寸長尺短——《楚辭·卜居》："夫尺有所短，寸有所長。"意謂尺比寸長，但比較更長於尺的就顯得短；寸比尺短，但比較更短於寸的就顯得長。比喻人和物各有長處和短處。

[7] 才誇八斗——無名氏《釋常談·八斗之才》："文章多，謂之八斗之才。謝靈運嘗曰：天下才有一石，曹子建獨占八斗，我得一斗，天下共分一斗。"

[8] 胸號五車——《莊子·天下》："惠施多方，其書五車。"號，稱舉之意，此句意謂胸中號稱貯五車之書。

[9] 點鬼——張鷟《朝野僉載》："楊（炯）之爲文，好以古人姓名連用，……號爲點鬼簿。"

[10] 覆瓿——見本册《藝苑卮言》註[3]。

[11] 雖多二句——語見《論語·子路》。

[12] 高則誠王實甫——見本册《曲律》註[37]。

[13] 西廂——見本册《曲律》註[51]。琵琶——見本册《曲律》註[40]。

[14] 湯若士——見本册《答呂姜山》註[2]。

[15] 膾炙人口——《宣和書譜》卷十："（韓偓）所著歌詩頗多，其間綺麗得意者數百篇，往往膾炙人口。"指詩文爲人所稱美傳誦，像精美的細切肉和烤肉爲人所同嗜。

[16] 還魂一劇——見本册《答呂姜山》註[2]。

[17] 元人百種——《元人百種曲》，明臧懋循編。有博古堂本。

[18] 三朝——指漢、唐、宋。驥尾——《史記·伯夷列傳》："顏淵雖篤學，附驥尾而行益顯。"微小之物附在驥馬之尾可行千里，比喻後起者附隨先輩而成名。

[19] 最上一乘——佛教分大小二乘，以大乘爲上乘。自禪宗興起，自謂超乎二乘之上，别立上乘禪之各名，即所謂最上一乘。這裏是借喻。

[20] 生——戲劇脚色男性人物的統稱。　旦——戲劇脚色女性人物的統稱。

[21] 淨丑——見本册《曲律》註[67]。

[22] 膠柱——瑟上有柱張弦，柱被膠住，則弦不能調節音調。比喻拘泥不知變通。《史記·廉頗藺相如列傳》："藺相如曰：王以名使(趙)括，若膠柱而鼓瑟耳。"

[23] 闕疑——《論語·爲政》："多聞闕疑，愼言其餘，則寡尤。"

[24] 蛇足——畫蛇添足故事，出《戰國策·齊策二》，比喻節外生枝。

[25] 帖括——《文獻通考·選舉二》："凡舉司課試之法，帖經者，以所習之經，掩其兩端，中間惟開一行，裁紙爲帖。"明清人稱八股文爲帖括。

[26] 白雪二句——《白雪》、《陽春》，古代楚國歌曲名。宋玉《對楚王問》："客有歌于郢中者，其始曰《下里》、《巴人》，國中屬而和者數千人……其爲《陽春》、《白雪》，國中屬而和者不過數十人。"後人用以比喻高級的文學藝術作品。

[27] 後來居上——《史記·汲鄭列傳》："陛下用羣臣，如積薪耳，後來者居上。"

[28] 糠粃在前——《晉書·孫綽傳》："嘗與習鑿齒共行，綽在前，顧謂鑿齒曰：'沙之汰之，瓦石在後。'鑿齒曰：'簸之揚之，糠粃在前。'"

[29] 周郎二句——《三國志·吳書·周瑜傳》："瑜少精意于音樂，雖三爵之後，其有闕誤，瑜必知之，知之必顧。故時人謠曰：'曲有誤，周郎顧。'"後人稱聽歌爲顧曲，本此。

[30] 自爲后羿二句——《孟子·離婁下》："逢蒙學射於羿，盡羿之道，思天下惟羿爲愈己，於是殺羿。"

[31] 天下之公器——《莊子·天運》："名，公器也，不可多取。"《舊唐書·張九齡傳》："官爵者，天下之公器。"

[32] 起予——起，同啓，啓發之意。《論語·八佾》："子曰：起予者商(子夏)也！始可與言詩已矣。"　高足——高才學生。《世説新語·文學》："鄭玄在馬融門下，三年不得相見，高足弟子傳授而已。"

[33] 攻玉之他山——别的山上的石頭可以用來琢磨玉器，一般借指朋友。《詩·小雅·鶴鳴》："它山之石，可以攻玉。"

[34] 中原音韻——元朝人周德清著有《中原音韻》二卷，根據當時北方通行語音，以

平聲分爲陰陽，以入聲配隸三聲，分爲十九韻目。這書本爲北曲而作，標名中原，是以北音爲正音。

[35] 嘯餘句——《嘯餘譜》十一卷，明程明善編。《南九宫譜》三十二卷，明沈璟編。

[36] 葫蘆有樣——宋太祖說："頗聞翰林草制，皆檢前人舊本，改換詞語，此乃俗所謂依樣畫葫蘆耳。"見魏泰《東軒筆錄》卷一。

[37] 粉本——夏文彥《圖繪寶鑑》卷一："古人畫稿謂之粉本。"

[38] 引商刻羽——指講究音律。商、羽，五音中之二。宋玉《對楚王問》："引商刻羽，雜以流徵，國中屬而和者，不過數人而已。"

[39] 戛玉敲金——形容聲調鏗鏘悦耳。

[40] 傳奇——明清以唱南曲爲主的劇種，由宋、元南戲發展而來，也兼用少數北曲。

[41] 副優孟句——優孟，春秋時代楚國優人。楚相孫叔敖死，優孟着孫叔敖衣冠，摹仿其神態，往楚莊王前爲壽。莊王驚訝，以爲孫叔敖復生。見《史記·滑稽列傳》。副優孟，謂曲本適合藝人演唱。

[42] 師曠——春秋時代晋國著名的樂師，精辨音律。

[43] 龜年——李龜年，唐玄宗至代宗年代樂師。

[44] 主腦非他即作者立言之本意也——周貽白《閒情偶寄演習部注釋引言》："這意思，按現在的說法，應即一篇文章的主題思想。"

[45] 止爲一人而設——指全劇中主要人物。周貽白《閒情偶寄演習部注釋引言》："其所謂'止爲一人而設'，因爲傳奇的本意，即根據歷史的列傳體而來，亦即紀載其人事迹以傳于世之意。故傳奇之傳，應讀去聲(作撰音，不作船音)。"

[46] 關目——配置於劇中各處之重要情節。

[47] 止爲一事而設——周貽白《閒情偶寄演習部注釋引言》："至于'止爲一事而設'，則指主要事件。"

[48] 如一部琵琶起至即作西廂記之主腦也二十六句——周貽白《閒情偶寄演習部注釋引言》："這裏所說的'主腦'，按今日看法，實爲劇情發展中'主要關鍵'，和他前面所說的'主腦非他，即作者立言之本意'實有不同之處。……如按'作者立言之本意'而言，《琵琶記》實爲'敎忠敎孝'而作，《西廂記》則爲'反抗名教'而作。若按'主要關鍵'而言，《琵琶記》的'重婚牛府'，……《西廂記》的'白馬解圍'，……只能作爲劇情發展中'主要關鍵'來看。……因此，李漁之所謂'立主腦'，在今日看來，雖可作爲參考，但非一定的圭臬。"這裏所提到的兩書的許多情節，內容過繁，不能扼要作詮，可參看兩書本文。

[49] 零齣——齣，音出，戲曲名詞。傳奇劇本結構上的一個段落。也有寫作"折"

的。零齣，指某些情節集中有時可以單獨演出的齣頭戲，也稱折子戲。

［50］梨園——唐玄宗時敎練歌舞藝人的地方，一在長安光化門北禁苑中，一在蓬萊宮側宜春苑。後人因此稱劇場、戲班爲梨園，戲曲演員爲梨園子弟。亦有稱業餘之良家子弟演劇爲梨園者，如《太和正音譜》云："良家之子，有通於音律者，又生當太平之盛，樂雍熙之治，欲返古感今，以飾太平。所扮者隋謂之康衢戲，唐謂之梨園樂。"

［51］針線——劇中事蹟起伏前後照應之方法。

［52］繩墨——猶言法度規矩。《離騷》："背繩墨以追曲兮。"王逸《章句》："繩墨所以正曲直。"

［53］頭緒——事蹟之條理。

［54］荆劉拜殺——卽《荆釵記》《白兔記》（一名《劉知遠》）《拜月記》《殺狗記》等四個南戲。

［55］便便——同辯辯，言論明晰暢達。《論語·鄉黨》："便便言。"

［56］山陰道中人人應接不暇——《世說新語·言語》："從山陰道上行，山川自相映發，使人應接不暇。"

［57］脚色——我國戲曲中根據劇中人不同的性别、年齡、身份、性格等而劃分的人物類型。如生、旦、淨、丑等。

［58］亦猶紂之不善三句——《論語·子張》："紂之不善不如是之甚也，是以君子惡居下流，天下之惡皆歸焉。"

［59］幹蠱——《易·蠱》："幹父之蠱。"舊稱兒子能擔任父親所不能擔任的事業爲"幹蠱"。本文用之於妻對夫。

［60］孟子三句——《孟子·盡心下》："孟子曰：盡信《書》，則不如無《書》。吾於《武成》，取二三策而已矣。仁人無敵於天下，以至仁伐至不仁，而何其血之流杵也？"《書》，《尚書》。《武成》，《尚書》篇名。《武成》篇在東漢光武帝建武年間已亡失。今本《尚書》的《武成》篇是僞古文，敍"血流漂杵"爲商紂士兵倒戈自相殘殺所致，與孟子原意不合，更不可信。策，竹簡。

［61］花面——傳統戲劇脚色"淨"的俗稱。扮演性格粗豪或相貌上有特異之點的男性人物。

［62］春容——見本册《曲律》註［52］。

［63］幽閨記——明代傳奇劇本。作者不詳。係《拜月記》的改編本。

［64］小生——戲劇脚色名稱。主要扮演靑少年男子。

［65］琵琶賞月四曲——《琵琶記》第二十八折《中秋望月》中《念奴嬌序》四曲，貼（牛

氏)唱二支,生(伯喈)唱二支。

[66] 衆楚羣咻——《孟子·滕文公下》:"孟子謂戴不勝曰:子欲子之王善與,我明告子。有楚大夫於此,欲其子之齊語也,則使齊人傅諸?使楚人傅諸?曰,使齊人傅之。曰,一齊人傅之,衆楚人咻之,雖日撻而求其齊也,不可得矣。"咻,音休,喧譁。衆楚人咻之,意謂許多楚人鬧紛紛地在打擾他。

[67] 推敲——胡仔《苕溪漁隱叢話》前集引劉夢得《嘉話》:"(賈)島初赴舉京師,一日於驢上得句云:'鳥宿池邊樹,僧敲月下門。'始欲着'推'字,又欲着'敲'字,鍊之未定,遂於驢上吟哦,時時引手作推敲之勢。時韓愈吏部權京兆,島不覺衝至第三節。左右擁至尹前,島具對所得詩句云云。韓立馬良久,謂島曰:作'敲'字佳矣。遂與並轡而歸。"後因謂斟酌字句、反復考慮爲推敲。

[68] 發科發甲之人——漢、唐取士都有甲乙等科,後世因稱科舉爲科甲。發科發甲之人指考試中式者。

[69] 場中——科舉考試的場所稱科場。場中謂考試場中。

[70] 戲文——戲文,宋、元時代流行于浙東的戲曲,又稱南戲、南曲戲文等。宋人周密的《癸辛雜識》別集上就有這一名稱:"乃撰爲戲文以廣其事。"發展到明代,就成爲傳奇。二者本有所區別,例如戲文結構長短不一,傳奇則較固定;又如戲文只用南曲,傳奇兼用北曲。但此處二者實爲一義。

[71] 施耐庵之水滸——見本册《忠義水滸傳序》註[5]。

[72] 金聖歎特標其名曰五才子書六才子書——見本册《讀第五才子書法》註[1][2]。

[73] 介白——傳統劇曲術語,猶言科白。介是劇本裏關於動作、表情、效果等的舞台指示,與"科"相同。白,見本册《曲律》註[62]。

[74] 彭籛——以長壽著稱的古代傳說人物,即彭祖,據說姓籛,名鏗。

[75] 風人——猶詩人。《三國志·魏書·陳思王植傳》:"雍雍穆穆,風人詠之。"風人之旨的含義見《毛詩序》。

[76] 佻達——輕薄。佻,本作挑。《詩·鄭風·子衿》:"挑兮達兮,在城闕兮。"

[77] 言者心之聲也——見本書第二册元好問《論詩三十首》註[20]。

[78] 吳道子——唐玄宗時畫家,陽翟人。後改名道玄。擅畫人物,兼長山水,對後代影響很大。

[79] 自反而縮三句——見《孟子·公孫丑上》。縮,義爲理直氣壯之直。褐,音曷,《說文》云:"粗衣。"《詩·豳風·七月》:"無衣無褐,何以卒歲?"鄭玄箋:"人之貴者無衣,賤者無褐。"可知褐爲古代所謂賤者之服。穿寬博(大)粗衣的人,孟

子卽稱之爲褐寬博。惴，驚懼。不惴焉，不使他驚懼。

[80] 衫——古指短袖的單衣。 裳——古指下身的衣服。 襦——短衣。 袴——套褲。

[81] 魯論——《論語》有古《論語》、齊《論語》、魯《論語》之別。現存的《論語》卽魯《論語》。必有寢衣長一身有半——見《論語·鄉黨》。按：寢衣，卽被。

[82] 幡然——《荀子·大略》："幡然遷之。"楊倞註："幡與翻同。"

[83] 太史公著書必游名山大川——蘇轍《上樞密韓太尉書》："太史公行天下，周覽四海名山大川。"

[84] 朱文公南人也——朱熹死後追封徽國公，諡曰文。原籍婺源，後長居建陽，都是南方。

[85] 四書——朱熹注《論語》，又從《禮記》中摘出《中庸》、《大學》，爲之章句，配以《孟子》，題稱四書。

[86] 姑蘇——本爲山名，在江蘇省吳縣西南。山上有姑蘇臺。後來亦稱蘇州爲姑蘇。

[87] 江右——這裏指江西省。

[88] 粲花主人吳石渠生于陽羨——吳炳，字石渠，號粲花主人，江蘇宜興人。明萬曆四十七年進士，桂王時官至東閣大學士，被清兵所執，自盡於衡州。所著傳奇，名《粲花別墅五種》：《綠牡丹》、《畫中人》、《療妬羹》、《西園記》、《情郵記》。宜興，秦時爲陽羨縣。

[89] 桑弧蓬矢之志——桑弧，桑木做的弓。蓬矢，蓬梗做的箭。《禮記·內則》："國君世子生，告于君……射人以桑弧蓬矢六，射天地四方。"象徵兒子長大後能抵禦四方之難，確保其統治。

[90] 鈞天之樂——神話中天上的音樂。《史記·趙世家》記載趙簡子病重回生後，自言遊于鈞天之上，百神給他演奏鈞天廣樂。張衡《西京賦》說秦繆公上見天帝，天帝饗以鈞天廣樂。

[91] 霓裳羽衣——爲唐開元中西涼節度使楊敬述所獻。全曲共十二遍，前六遍爲散板，無拍，不舞，後六遍有拍而舞，曲終以曼聲結束。

[92] 非由車戽——戽，汲水灌田之器。這一句承"水到渠成"來，謂劇情到此自然大收煞，不是像車戽車水那樣費力地去把水滙集而成渠。

[93] 臨去秋波那一轉——《西廂記》文。秋波，眼波。

【說明】

在晚明戲曲理論和表演技術的進步基礎上，清初的戲曲理論又有了新的發展。在這方面首先值得我們注意的是李漁。李漁對于戲曲，很有研究，而又具有較爲豐富的創作經驗和舞台經驗。故其所論，大都能與實踐結合。在《閒情偶寄》的塡詞部、演習部裏，他系統地論述了關于戲曲創作和表演的多方面的問題，形成一個較爲完整的戲曲理論的體系。塡詞部分較多精采。

李漁的戲曲理論，頗多超越前人水平的地方。他提出結構第一、詞采第二、音律第三、賓白第四、科諢第五、格局第六的看法。主次分明，自成一說，重視了戲曲藝術的特點和要求。他認爲戲曲作品首先在于主題鮮明，結構嚴整。詞采、音律等等，都是爲主題、結構服務的。“未有命題不佳，而能出其錦心揚爲繡口者也”；“非審音協律之難，而結構全部規模之未善也。”（《結構第一》）他強調作劇之前，必先立好間架，制定全形，若急于拈韻抽毫，“當有無數斷續之痕”，終于是要失敗的。

在論結構部分裏，除了《戒諷刺》表現了封建觀點以外，其餘各條，都有特色。《立主腦》強調主題思想的重要和主要人物事件的突出。《密針線》、《減頭緒》是要布置嚴緊，主線分明，善於聯絡穿插，不能有任何破綻和矛盾。《脫窠臼》是貴獨創，反對盜襲。《戒荒唐》是說戲曲要合於人情物理，不必以怪異爲奇。“凡作傳奇，只當求於耳目之前，不當索諸聞見之外”，已認識到戲曲現實性的重要意義。《審虛實》初步討論到古今題材的處理問題。“欲勸人爲孝，則舉一孝子出名，但有一行可紀，則不必盡有其事，凡屬孝親所應有者悉取而加之，亦猶紂之不善不如是之甚也。一居下流，天下之惡皆歸焉”，這在理論上已涉及到典型性格的問題。

關於詞采，他主張貴顯淺、重機趣、戒浮泛和忌塡塞。“文章做與讀書人看，故不怪其深；戲文做與讀書人與不讀書人同看，又與不讀書之婦人小兒同看，故貴淺不貴深”(《忌塡塞》)。但貴顯淺，並不是一味粗俗。脚色不同，用的語言也不同。語言必須適合人物的性格和身份，才能表現眞實。“如塡生、旦之詞，貴於莊雅；製淨、丑之曲，務帶詼諧，此理之常也。乃忽遇風流放佚之生、旦，反覺莊雅爲非；作迂腐不情之淨、丑，轉以詼諧爲忌”(《結構第一》)，因此不能死守陳規，必須設身處地。“欲代此一人立言，先宜代此一人立心”(《語求肖似》)，這些意見對於藝術形象的塑造，很有意義。他又論述了抒情寫景的相互關係。“情自中生，景由外得。……以情乃一人之情，說張三要像張三，難通融於李四……善詠物者，妙在卽景生情”(《戒浮泛》)。“同一月也，出於牛氏之口者，言言歡悅；出於伯喈之口者，字字凄凉”(《密針綫》)。他處處從人物性格和藝術形象來談語言技巧，同當日一般論詞采者是大不相同的。

他指出當日戲曲的詞采，缺少機趣，流于浮泛，而多有塡塞之病。“多引古事，叠用人名，直書成句”，其原因是：“借典核以明博雅，假脂粉以見風姿，取現成以免思索”(《忌塡塞》)，這種批評，針對了當日戲曲界的不良傾向，很有積極意義。在論音律、賓白、科諢方面，也有些好的意見。

李漁的戲曲理論是前人經驗和他自己實際經驗的總結。他對戲曲的社會意義，還存在着某些封建觀點，因而對戲曲的內容問題，認識不足；但關于戲曲藝術技巧的論述，確有一些獨到的見解，對當日戲曲界頗有影響。

附　　録

西堂雜俎(節錄)

〔清〕尤　侗

《名詞選勝序》云：武林李子笠翁，能爲唐人小説，尤擅金元詞曲。吳梅村祭酒嘗贈詩云：江湖笑傲誇高贅，雲雨荒唐憶楚娥。蓋實錄也。辛亥夏，來客吳門，予與把臂劇談，出其枕中秘，所見有過所聞者，乃知志怪之書，迴波之唱，未足盡我笠翁矣。今冬，復寄名詞選勝，而徵予序。予讀之，詫曰：笠翁又進矣。蓋詞之爲道，予嘗於倚聲集極論之。詩與詞合，詞與曲合，詩三百篇，皆可歌也。漢唐樂府，被之管弦，奏之宮廟，古風長短句，已爲詞之權輿。至生查子之爲五言古，玉樓春之爲七言古，瑞鷓鴣之爲律，紇那曲、竹枝、柳枝等之爲絕，皆以詞具詩之一體。故曰：詞者，詩之餘也。詞之近調，即爲曲之引子。慢詞即爲過曲。間有名同而調異者，後人增損，使合拍耳。偷聲減字，攤破哨令，不隱然爲犯曲之祖乎。太白之簫聲咽，樂天之汴水流，此以詩填詞者也。柳七之曉風殘月，坡公之大江東去，此以詞度曲者也。由詩入詞，由詞入曲，正如風起青蘋，必盛於土囊；水發濫觴，必極於覆舟；勢使然也。而説者斷欲剖而三之，不亦固乎！且今之人，往往高談詩而卑視曲。詞在季孟之間，予獨謂能爲曲者，方能爲詞。能爲詞者，方能爲詩。何者，音與韻，莫嚴於曲。陰陽開閉，一字不叶，則肉聲抗墜，絲竹隨之。詞雖稍寬於曲，然每見作者平側失銜，庚侵雜用，是徒綴其文，未諧其聲，猶然古風長短句耳。故以詩爲詞，合者十一。以曲爲詞，合者十九。若以詞曲之道，進而爲詩，則宮商相宜，金石相和，颯颯乎皆《三百篇》矣。笠翁精於曲者也，故其論詞，獨得妙解，而與予見合如此。然自此選出，人將俎笠翁於花草之間，不復呼曲子相公矣。予又曰：猶未足盡我笠翁也。試與之言詩，笠翁當更進矣。

中華書局《新曲苑·曲海揚波》卷三

曲　稗(節錄)

〔清〕徐　珂

李笠翁曲部誓詞

李笠翁家蓄伶人，嘗撰《曲部誓詞》，文曰：竊聞諸子皆屬寓言，稗官好爲曲喻。齊諧志怪，有其事豈必盡有其人；博望鑿空，詭其名焉得不詭其實。矧不肖硯言餬口，原非發憤而著書；筆蕊生心，匪託微言以諷世。不過借三寸枯管，爲聖天子粉飾太平；揭一片婆心，效老道人木鐸里巷。既有悲歡離合，難辭謔浪詼諧。加生旦以美名，旣非市恩於有託；抹淨丑以花臉，亦屬調笑於無心。凡此點綴劇場，使不岑寂而已。但慮七情以內，無境不生；六合之中，何所不有。幻設一事，卽有一事之假同；喬命一名，卽有一名之巧合。焉知不以無基之樓閣，認爲有樣之胡盧。是以瀝血鳴神，剖心告世，稍有一辜所指，甘爲三世之瘖。卽漏顯誅，難逋陰罰。作者自干於有赫，觀者幸諒其無他。

中華書局《新曲苑·曲稗》

詞餘叢話(選錄)

〔清〕楊恩壽

《笠翁十種曲》，鄙俚無文，直拙可笑。意在通俗，故命意遣辭力求淺顯。流布梨園者在此，貽笑大雅者亦在此。究之，位置、脚色之工，開合、排場之妙，科白、打諢之宛轉入神，不獨時賢罕與頡頏，卽元、明人亦所不及，宜其享重名也。

中國戲劇出版社本《中國古典戲曲論著集成》《詞餘叢話》

玉山詩集序〔節録〕

〔清〕歸　莊[1]

…………

序曰：余嘗論詩，氣、格、聲、華，四者缺一不可。譬之於人，氣猶人之氣，人所賴以生者也，一肢不貫，則成死肌，全體不貫，形神離矣；格如人五官四體，有定位，不可易，易位則非人矣；聲如人之音吐及珩璜琚瑀之節[2]；華如人之威儀及衣裳冠履之飾。近世作詩者日多，詩之爲途益雜。聲或鳥言鬼嘯；華或雕題文身[3]；按其格，有頤隱於臍，肩高於頂[4]，首下足上如倒懸者；覘其氣，有尫羸[5]欲絶，有結轖[6]臃腫，不仁如行屍者[7]。使人而如此，尚得謂之人乎哉！今讀諸君之詩，大抵皆氣達而格正，聲華亦琅琅燁燁[8]，蓋魁然膚革[9]充盈，容貌端整，雜珮鏘鳴，衣冠甚偉之丈夫也。加之膏粱[10]以助其養，濟之藥物以去其病，繼之導引服食之術以神其用[11]，吾知此魁然丈夫者，由是以遊八極，享千齡，無難也。抑吾於玉山之名，又有感焉！玉山者，崑山也[12]。元末顧仲瑛居崑山之界溪，構玉山草堂[13]，招致四方名士楊廉夫、張仲舉輩[14]，觴詠其中，有《玉山名勝集》，黃文獻公爲之序[15]。流傳至今，越三百年，諸君復有《玉山集》之刻。夫仲瑛家世豪富，又及庚申帝之初年[16]，兵革未動，方內晏然，名流勝侶，游屐接踵，故能極湖山文酒之樂。今諸君率以窮愁之士，處多難之世，亦罕有四方文人至此，僅與里中同學，嘯詠唱酬，余又愧無黃文獻之高名，不能與諸君重。然世之讀是集者，知玉山之多才，安知無文人名士如楊、張輩者，聞風而至，唱和流連，而諸君與會益到，才藻益發，則他日玉山之詩，或與昔人競爽而增華，未可知也！諸君勉之而已！

中華書局本«歸莊集»卷三

【註釋】

［1］歸莊（公元一六一三年——一六七三年）——字玄恭，號恒軒，崑山人。有光曾孫，諸生，曾舉崇禎庚辰特用榜。與同里顧炎武學行相推許，有"歸奇顧怪"之目。入清後不仕，更名祚明，從事抗清活動。晚歲僧裝，自號普明頭陀，又號圓照。著有«懸弓集»三十卷、«恒軒詩集»十二卷、«恒軒文集»十二卷，都失傳。後人刻其佚稿爲«歸元恭文續鈔»七卷。別有詩文輯本及附有«萬古愁»曲子者，刻爲«歸玄恭遺著»，不分卷。徐鼒«小腆紀傳»卷五十八«逸民»有傳，鄧之誠«清詩紀事初編»卷一有傳。

［2］珩璜琚瑀之節——珩，古代組成玉佩的一種玉，在玉佩的頂端，形似磬而小。璜，古代玉器名，形似璧的一半。琚，古代佩玉。瑀，似玉的白石。節，音節。

［3］雕題文身——雕題，在額上刺花紋。«楚辭·招魂»："雕題黑齒。"文身，在人身上刺花紋。«莊子·逍遙遊»："越人斷髮文身。"

［4］頤隱於臍肩高於頂——頤，面頰。隱，隱伏。«莊子·人間世»："支離疏者，頤隱於臍，肩高於頂，……"按：頭低下，所以頤頰伏在臍間，肩高出頂上。

［5］尪羸——瘦弱。

［6］結轖——心中鬱塞不暢。枚乘«七發»："邪氣襲逆，中若結轖。"

［7］不仁句——不仁，喪失感覺。«後漢書·班超傳»："衰老被病，頭髮無黑，兩手不仁。"行屍，活死人。王嘉«拾遺記»："不學者，雖存，謂之行尸走肉耳。"

［8］燁燁——光盛的樣子。

［9］膚革——皮膚。

［10］膏粱——精美的食品。

［11］繼之句——«莊子·刻意»："此道（同'導'）引之士，養形之人，彭祖壽考者之所好也。"陸德明音義引李頤注："導氣令和，引體令柔。"«古詩十九首»："服食求神仙，多爲藥所誤。"

［12］玉山者崑山也——楊維楨«玉山草堂記»："按郡志，崑山隸華亭，陸氏祖所窆，生機、雲，時人因以玉出崑而名崑邑。山本號馬鞍，出奇石似玉，烟雨晦明，時有佳氣，如藍田焉，故人亦呼曰玉，又曰崑。而仲瑛氏之居，去玉山一舍遠。"

[13] 元末二句——顧瑛(公元一三一〇年——一三六九年)，一名阿瑛，別名德輝，字仲瑛，崑山人。舉茂才，署會稽教諭，辟行省屬官，皆不就。著有《玉山璞稿》一卷。《明史》卷二百八十五《文苑一》有傳，附載陶宗儀傳後。《新元史》卷二百三十八《文苑下》有傳。楊維楨《玉山草堂記》："崑隱君顧仲瑛氏，其家世在崑之西界溪之上。既與其仲爲東西第，又稍爲園池別墅，治屋廬其中。名其前之軒曰釣月，中之室曰芝雲，東曰可詩齋，西曰讀書舍。後纍石爲山。山前之亭曰種玉，登山而憩住者曰小蓬萊，山邊之樓曰小遊仙，最後之堂曰碧梧翠竹，又有湖光山色之樓。過浣花之溪而草堂在焉。所謂柳塘春漁莊者，又其東偏之景也。臨池之軒曰金粟影，此虎頭之癡絕者。合而稱之，則曰玉山佳處也。余抵崑，仲瑛氏必居余佳之所，且求誌牓顏屋。"

[14] 招致句——楊廉夫，見楊維楨《趙氏詩錄序》註[1]及附錄《元故奉訓大夫江西等處儒學提舉楊君墓誌銘》。張翥(公元一二八七年——一三六八年)，字仲舉，晉寧人，家杭州。至正初，召爲國子助教，官至翰林學士承旨。有《蛻庵集》五卷。《元史》卷一百八十六、《新元史》卷二百十一都有傳。張翥《玉山亭館分題詩序》："至正十年蒼龍庚寅之歲秋仲十九日，余以代祀歸至姑蘇，顧君仲瑛延于玉山。"

[15] 有玉山名勝集二句——《玉山名勝集》八卷、《外集》一卷，顧瑛編集當時名士從瑛遊宴時所爲詩文而成。以池館的名稱爲綱，每一地各先載其題額的人，次載瑛及各人作品。黄溍(公元一二七七年——一三五七年)，字晉卿，義烏人。延祐二年進士，官至侍講學士。謚文獻。有《日損齋稿》二十五卷，今所見者爲《黄文獻集》十卷。《元史》卷一百八十一、《新元史》卷二百六都有傳。

[16] 庚申帝之初年——庚申帝，元順帝。順帝即位時，顧瑛年二十四歲。下距至正十一年劉福通紅巾軍起義，尚隔十九年，故本文謂"初年""兵革未動"。

【説明】

明末清初的進步詩人歸莊，是著名散文家歸有光的曾孫。他早年參加復社，後來又參加反清鬭爭。清王朝建立後，隱居鄉野，窮困以終。他的詩文充滿憂國傷時的感情，大多直抒胸臆，不事雕琢，絕去明人的摹擬習氣。

歸莊詩論，從正面來說，提倡"氣達而格正，聲華亦琅琅燁煒”。要求氣、格、聲、華四者兼備,文質並重。從這個標準出發,他對於明代後期百餘年間,詩派林立,壇坫自雄,“作詩者日多,詩之爲途益雜”的情況提出了批評:“百餘年來,宗派不一,互相訾謷,譬之尙質,敝必至於鬼;尙文,敝必至於僿。後之救弊者,不得其道,其趨愈下,而不可復挽。”(《顧天石詩序》)他認爲,補弊救偏的關鍵在於引導詩人關心現實。他進一步發揮司馬遷的“發憤著書”說,和歐陽修的“詩窮而後工”的立論,肯定了“遇不窮,家不貧,詩必不能如此之工。”(《許更生詩序》)並以此來說明“自古詩人之傳者,率多逐臣騷客,不遇於世之士。”(《吳余常詩稿序》)“詩窮而後工”,在他看來,不只是言詩人個人的遭遇,還必須聯繫國家民族的命運。“吾以爲一身之遭逢,其小者也,蓋亦視國家之運焉。”“詩家前稱七子,後稱杜陵,後世無其倫比。使七子不當建安之多難,杜陵不遭天寶以後之亂,……即有慨於中,未必其能寄託深遠,感動人心,使讀者流連不已如此也。”(《吳余常詩稿序》)他認爲偉大的作品之所以具有長久的生命力,其原因在於寄託了許多人的共同感情,眞實反映一個時代的現實生活。這種思想,不僅是對發憤著書說的進一步發揮,也是現實主義詩論的一個重要發展。

附　錄

吳余常詩稿序

〔清〕歸　莊

太史公言:“《詩》三百篇,大抵皆聖賢發憤之作。”韓昌黎言:“愁思之聲要妙,窮苦之言易好。”歐陽公亦云:“詩窮而後工。”故自古詩人之傳者,率多逐臣騷客,不遇於世之士。吾以爲一身之遭逢,其小者也,蓋亦視國家之運焉。詩家前稱七子,後稱杜陵,後世無其倫比。使七子不當建安之多難,杜陵不遭天寶以後之亂，盜賊羣起，攘竊割據，宗社橋阢，民生塗炭，即有慨於中，未必其能寄托深遠，感動人心，使讀者流連不已如此也。然則士雖才，必小不幸而身處阨窮，大不幸而際危亂之世，然後其詩乃工也。

杭州吳君余常，名久聞於世，而遇之阨與余同。癸未春來崑山，余得識其人，意落落，徜蕩不覊，抵掌論時事，慷慨傷悼。言及詩文，謂余粗能解者，因以其詩序相屬。索其詩，則曰："出門久，行笥無存者。"已而其壻卓君至，復固以請，臨行又致書，而不得余常之詩。卓君又不道其婦翁詩宗何代，近某家，但云爲年來積憤離憂之作。吾知其所謂積憤離憂者，蓋小不幸與大不幸兼之者也。余作詩數年不能工，然出以示人，有見賞者，率感遇之作十三四，憂時之作十六七。余之無文以兼此兩不幸，遂亦有足取者，況其才倍蓰於余者乎！是余雖不得見余常之詩，以建安七子、唐杜少陵之絕代無倫，與余之猶有足取者推之，知余常必工詩無疑也。然古稱三不朽，立言爲下。使其身名俱泰，德高功顯，尙何取雕蟲之技爲？況又視國家之治亂安危以爲工拙者乎？吾蓋日懼其詩之工也！

中華書局本《歸莊集》卷三

江位初詩序(節錄)

〔清〕歸　莊

....

余讀少陵《壯遊》詩："枕戈憶勾踐，渡浙想秦皇。剡溪蘊秀異，欲罷不能忘。放蕩齊、趙間，裘馬頗清狂。"未嘗不心羨之。今位初以少年負才氣，歷兩浙、徐、兗、燕、薊之域，帝京宮闕之盛，江、淮、黃河、泰岱、黃山之奇壯，皆收之於舟車杖屐之間，得江山之助如此，詩之工可知矣！鍾嶸評劉公幹詩，以爲仗氣愛奇，動多振絕，但氣過其文，雕潤恨少。位初之詩，亦以氣勝，有公幹之風。唐人作詩，有月鍛季鍊者，有劌鉥心目、掐擢胃腎者，此誠太過，然所謂雕潤，殆不可少也。以位初之才氣，而更加以鎔鑄藻繢，即軼東平而上之，豈難者哉。是在位初勉之耳！

中華書局本《歸莊集》卷三

眉照上人詩序

〔清〕歸　莊

情與景合而有詩。廊廟有廊廟之情景，江湖有江湖之情景，緇衣黃冠有緇衣黃冠之情景。情眞景眞，從而形之詠歌，其詞必工；如舍現在之情景，而別取目之所未嘗接，意之所不相關者，以爲能脱本色，是相率而爲僞也。昔人謂僧人詩忌蔬筍氣，然則達官之詩必忌臺閣氣，隱士之詩必忌山林氣而後可，豈通論哉！眉照上人，閒靜雅澹，凝塵滿席，又能不溺於彼家竹篦乾矢之説，案頭多置儒家書，意有所得，輒形於詩，詩之閒靜雅澹，亦似其人。至其佳句，如《寄友》詩："雙扉久閉雲能護，一榻高懸塵自生。"《買山》詩："鶴去每驚松落子，雲來時訝石生衣。"《遊山》詩："歧路每從樵子問，春光不放野人閒。"《秋日》詩："滿沼白蘋經雨長，半窗黃葉受風多。"《梅花》詩："十里寒香白到門，"又"笛裏吹殘月落時。"皆灑然出塵，蓋不求脱本色，卒不得以蔬筍氣病之也。歐陽公嘗序秘演之詩，蘇長公嘗序惠勤之詩，二人之詩名遂著。愧余之文，不足以重眉照，顧眉照之詩，自足以有聞於世，無藉於序者，特以不能漫塞其請云爾。

中華書局本《歸莊集》卷三

與人書三

〔清〕顧炎武[1]

孔子之删述六經，卽伊尹、太公救民於水火之心，而今之注蟲魚命草木[2]者，皆不足以語此也。故曰："載之空言，不如見諸行事[3]。"夫《春秋》之作，言焉而已，而謂之行事者，天下後世用以治人之書，將欲謂之空言而不可也。愚不揣，有見於此，故凡文之不關於六經之指、當世之務者，一切不爲。而旣以明道救人，則於當今之所通患，而未嘗專指其人者，亦遂不敢以辟也。

《四部叢刊》影印康熙本《亭林詩文集》卷四

【註釋】

［1］顧炎武(公元一六一三年——一六八二年)——字寧人，原名絳，學者稱亭林先生，崑山人。明諸生。明亡，不仕，墾田于山東長白山下，畜牧于山西雁門之北、五台之東。後卜居于陝西之華陰。淸初學者，以炎武爲冠冕。所著有《天下郡國利病書》百二十卷、《音論》三卷、《詩本音》十卷、《易音》三卷、《唐韻正》二十卷及《日知錄》三十卷等。其詩文有《亭林詩集》五卷、《文集》六卷、《亭林餘集》一卷。徐嘉所爲《亭林詩集箋注》極精博。《淸史稿》卷四百八十一《儒林》二有傳。

［2］注蟲魚命草木——《爾雅》第十三《釋草》、第十四《釋木》、第十五《釋蟲》、第十六《釋魚》，吳陸璣有《毛詩草木鳥獸蟲魚疏》二卷，後人稱從事于箋釋名物的工作爲箋註蟲魚草木，韓愈《讀皇甫湜公安園池詩書其後》說"《爾雅》注蟲魚，定非磊落人。"枚乘《七發》："原本山川，極命草木。"極，盡。命，名。李周翰註："陳說山川之原本，盡名草木之所出。"案：意謂考訂草木的名稱。

［3］載之空言二句——《史記·太史公自序》："子曰：我欲載之空言，不如見之於行事之深切著明也。"

【説明】

明朝一代的學風文風，總的說來，不免流于空疏。措意于經世致用之學的，並不很多；號稱博雅的，只不過以涉獵爲能事，論文也偏重于純藝術方面。到了明末清初的時候，大力扭轉這種風氣的，是顧炎武和黃宗羲。

顧炎武抱有堅強的民族氣節，他生當改朝易代，民族壓迫嚴重的時候，一方面有家亡國破的悲憤，而另一方面又難實現恢復的願望。他不願以文人學者自命，但事實上又只可能託諸空言，成爲一個文人學者。基于這樣深刻的時代認識和身世的感受，于是他治學以徵實爲本，開啓了清朝一代的學風；論文則特別着重于文學的社會作用。

此文解釋孔子作《春秋》“見之于行事”的意義，就是從《春秋》一書對後世的作用而言的。另一篇《與人書》十八之評韓文以及《日知錄》“文須有益于天下”條所反覆闡明的都是這個意思。文章有益于天下後世，能够作爲“用以治人之書”，是它的客觀價値；就作者的主觀動機來說，則必須具有像伊尹、太公一樣的“救民于水火之心”。有了這救世之心，則文章“紀政事”，“察民隱”，“樂道人之善”（見《日知錄》前條），其中就貫注了一種眞精神，足以感發興起，流傳天壤間而不廢。那末，就作者當時來說，雖是無可奈何而託之空言；就其作用和影響來說，也就是見之于行事了。因此，他所得出的結論，是“能文不爲文人，能講不爲講師”（見《與人書》二十三）。用這個標準去衡量明代文人，用這個觀點去看明代的文學，則宗秦、漢，主唐、宋，公安、竟陵，門戶標榜，都不過“欲以文名”而已。

顧炎武的見解，可說是對明代文壇純藝術論傾向的總批判。

附　錄

與人書十八

〔清〕顧炎武

《宋史》言劉忠肅每戒子弟曰：士當以器識爲先，一命爲文人，無足觀矣。僕自一讀此言，便絶應酬文字，所以養其器識而不墮於文人也。懸牌在室，以拒來請，人所共見，足下尙不知耶？抑將謂隨俗爲之，而無傷於器識耶？中孚爲其先妣求傳再三，終已辭之，蓋止爲一人一家之事，而無關於經術政理之大，則不作也。韓文公文起八代之衰，若但作《原道》《原毁》《爭臣論》《平淮西碑》《張中丞傳後序》諸篇，而一切銘狀概爲謝絶，則誠近代之泰山北斗矣，今猶未敢許也。此非僕之言，當日劉叉已譏之。

《四部叢刊》影印康熙本《亭林詩文集》卷四

與人書二十三

〔清〕顧炎武

能文不爲文人，能講不爲講師。吾見近日之爲文人、爲講師者，其意皆欲以文名、以講名者也。子不云乎，是聞也，非達也，默而識之。愚雖不敏，請事斯語矣。

《四部叢刊》影印康熙本《亭林詩文集》卷四

日知録·文須有益於天下條

〔清〕顧炎武

文之不可絶於天地間者，曰明道也，紀政事也，察民隱也，樂道人之善也。若此者有益於天下，有益於將來，多一篇多一篇之益矣。若夫怪力亂神之事，無稽之言，勦襲之説，諛佞之文，若此者有損於己，無益於人，多一篇多一篇之損矣。

《日知録集釋》卷十九

夕堂永日緒論[1]内編〔選錄〕

〔清〕王夫之[2]

無論詩歌與長行文字，俱以意爲主。意猶帥也，無帥之兵，謂之烏合。李、杜所以稱大家者，無意之詩，十不得一二也。煙雲泉石，花鳥苔林，金鋪錦帳，寓意則靈。若齊、梁綺語，宋人摶合成句之出處（原註：宋人論詩字字求出處），役心向彼掇索，而不恤己情之所自發，此之謂小家數，總在圈繢中求活計[3]也。

把定一題一人一事一物，於其上求形模、求比似、求詞采、求故實，如鈍斧子劈櫟柞，皮屑紛霏，何嘗動得一絲紋理。以意爲主，勢次之，勢者意中之神理也。唯謝康樂爲能取勢。宛轉屈伸，以求盡其意，意已盡則止，殆無賸語。夭矯連蜷，煙雲繚繞，乃眞龍，非畫龍也。

"僧敲月下門"[4]，祇是妄想揣摩，如說他人夢；縱令形容酷似，何嘗毫髮關心。知然者以其沈吟推敲二字，就他作想也。若即景會心，則或推或敲，必居其一；因景因情，自然靈妙，何勞擬議[5]哉？"長河落日圓"[6]，初無定景，"隔水問樵夫"[7]，初非想得，則禪家所謂現量[8]也。

詩文俱有主賓，無主之賓，謂之烏合。俗論以比爲賓，以賦爲主，以反爲賓，以正爲主，皆塾師賺童子死法耳。立一主以待賓，賓無非主之賓者，乃俱有情而相浹洽。若夫"秋風吹渭水，落葉滿長安"[9]，於賈島何與？"湘潭雲盡暮烟出，巴蜀雪消春水來"[10]，於許渾奚涉？皆烏合也。"影靜千官裏，心蘇七校前"[11]，得主矣，尙有痕迹；"花迎劍佩星初落"[12]，則賓主歷然，鎔合一片。

身之所歷，目之所見，是鐵門限[13]。卽極寫大景，如“陰晴衆壑殊”[14]，“乾坤日夜浮”[15]，亦必不踰此限。非按輿地圖便可云“平野入青徐”[16]也，抑登樓所見者耳。隔垣聽演雜劇，可聞其歌，不見其舞；更遠則但聞鼓聲，而可云所演何齣乎？前有齊、梁，後有晚唐及宋人，皆欺心以炫巧。

以神理相取，在遠近之間，纔著手便煞，一放手又飄忽去，如物在人亡無見期捉煞了也。如宋人詠河鲀云：“春洲生荻芽，春岸飛楊花”[17]，饒他有理，終是於河鲀沒交涉。“青青河畔草”與“緜緜思遠道”[18]，何以相因依，相含吐，神理湊合時，自然拾(原作恰，誤)得。

“海暗三山雨”，接“此鄉多寶玉”，不得迤邐；說到“花明五嶺春”[19]，然後彼句可來，又豈嘗無法哉？非皎然、高棅[20]之法耳。若果足爲法，烏容破之？非法之法，則破之不盡，終不得法。詩之有皎然、虞伯生[21]，經義之有茅鹿門、湯賓尹、袁了凡[22]，皆畫地爲牢以陷人者，有死法也。死法之立，總緣識量狹小。如演雜劇，在方丈臺上，故有花樣步位，稍移一步，則錯亂。若馳騁康莊，取塗千里，而用此步法，雖至愚者不爲也。

情景名爲二，而實不可離。神於詩者，妙合無垠。巧者則有情中景，景中情。景中情者，如“長安一片月”[23]，自然是孤棲憶遠之情；“影靜千官裏”，自然是喜達行在之情。情中景尤難曲寫，如“詩成珠玉在揮毫”[24]，寫出才人翰墨淋漓自心欣賞之景。凡此類知者遇之，非然亦鶻突看過，作等閒語耳。

不能作景語，又何能作情語邪？古人絕唱句多景語，如“高臺多悲風”[25]，“胡蝶飛南園”[26]，“池塘生春草”，“亭皋木葉下”[27]，“芙蓉露下落”[28]皆是也，而情寓其中矣。以寫景之心理言情，則身心中獨喻之微輕安拈出，謝太傅於毛詩取“訏謨定命，遠猷辰告”[29]，以此八字如一串珠，將大臣經營國事之心曲寫出次第，故與“昔我往矣，楊柳依依；今我來思，雨雪霏霏”。同一達情之妙。

一解弈者，以誨人弈爲遊資，後遇一高手與對弈，至十數子，輙揶揄之曰：“此教師碁耳。”詩文立門庭，使人學己，人一學卽似者，自詡爲大家、爲才子，亦藝苑教師而已。高廷禮、李獻吉、何大復、李于鱗、王元美、鍾伯敬、譚友夏[30]所尙異科，其歸一也。纔立一門庭，則但有其局格，更無性情，更無興會，更無思致。自縛縛人，誰爲之解者？昭代[31]風雅，自不屬此數公。若劉伯溫[32]之思理，高季迪[33]之韻度，劉彥昺[34]之高華，貝廷琚[35]之俊逸，湯義仍[36]之靈警，絕壁孤騫，無可攀躡，人固望洋而返，而後以其亭亭嶽嶽之風神，與古人相輝映。次則孫仲衍[37]之暢適，周履道[38]之蕭淸，徐昌穀之密贍，高子業[39]之戍削，李賓之[40]之流麗，徐文長[41]之豪邁，各擅勝場，沈酣自得，正以不懸牌開肆，充風雅牙行；要使光燄熊熊，莫能揜抑，豈與碌碌餘子爭市易之場哉？李文饒[42]有云：“好驢馬不逐隊行。”立門庭與依傍門庭者，皆逐隊者也。

太平洋書店重校刊本《船山遺書·夕堂永日緒論內編》

【註釋】

［1］夕堂永日緒論——王夫之著。分內編一卷、外編一卷，內編論詩，外編論時文。收入《船山遺書》中。此外他的論詩著作，還有《詩繹》一書。後來丁福保取兩書部分材料，合編爲《薑齋詩話》，收入《淸詩話》中。

［2］王夫之（公元一六一九年——一六九二年）——字而農，號薑齋，衡陽人。崇禎十五年舉人。明亡，不仕，築土室于衡陽之石船山，學者稱船山先生。爲明、淸之際著名學者，後人以與顧炎武、黃宗羲齊稱。所著書凡七十種，都三百五十八卷，收入《船山遺書》。其中集部凡三十種，都七十二卷。《淸史稿》卷四百八十六《儒林》一有傳。

[3] 圈繢——圈套。詞曲中常用語。求活計——猶言討生活。

[4] 僧敲月下門——賈島《題李凝幽居詩》句。事詳本册李漁《閒情偶寄》註[67]。

[5] 擬議——推想,假設。《易·繫辭上》:"擬之而後言，議之而後發動,擬議以成其變化。"

[6] 長河落日圓——王維《使至塞上》句。

[7] 隔水問樵夫——王維《終南山》句。

[8] 現量——印度因明術語。量是度量決定之意,凡構成知識的過程及知識本身,都叫做量。現量指由感覺取得的直接知識，即通過感覺器官對事物的直接反映。例如眼識之於色,耳識之於聲,現實量知其自相,毫無分別推求之念者,謂之現量。

[9] 秋風吹渭水二句——賈島《憶江上吳處士》句。

[10] 湘潭雲盡暮烟出二句——許渾《凌歊臺》句。原句"烟"作"山"。

[11] 影靜千官裏二句——杜甫《喜達行在所》三首中第三首句。

[12] 花迎劍佩星初落——岑參《奉和中書舍人賈至早朝大明宮》句。

[13] 鐵門限——《法書要錄》:"智永禪師住吳興永欣寺,人來覓書者如市,所居戶限爲穿穴,乃用鐵葉裹之,謂之爲鐵門限。"案:轉作限制謹嚴之用。

[14] 陰晴衆壑殊——王維《終南山》句。

[15] 乾坤日夜浮——杜甫《登岳陽樓》句。

[16] 平野入青徐——杜甫《登兗州城樓》句。

[17] 春洲生荻芽二句——梅堯臣《范饒州坐中客語食河豚魚》句。

[18] 青青河畔草綿綿思遠道——古樂府《飲馬長城窟行》起句。

[19] 海暗三山雨此鄉多寶玉花明五嶺春三句——岑參《送張子（一作楊瑗）尉南海》句。

[20] 皎然——見本書第二册皎然《詩式》註[2]。高棅（公元一三五〇年——一四二三年)——字彥恢,更名廷禮,別號漫士,福建長樂人。永樂初,爲翰林待詔,升典籍。工書畫，尤專工詩。與林鴻、鄭定、王褒、唐泰、王恭、陳亮、王偁、黃元、周元等號閩中十才子。有《嘯臺集》二十卷、《木天清氣集》十四卷。《明史》卷二百八十六《文苑》有傳,附林鴻傳中。

[21] 虞伯生——見《曲律》註[73]。《四庫全書總目提要》:"《杜律註》二卷，舊本題元虞集撰。……是編所註杜詩，凡七言近體一百四十九首。……然歐陽元撰集墓碑,不載其有此書,觀其詞意,亦皆淺近。"

[22] 茅鹿門——《夕堂永日緒論外編》："茅鹿門所批點八大家，全恃此以爲法，正與皎然《詩式》同一陋耳。"又："有《八大家文鈔》而後無文。立此法者，自謂善誘童蒙。不知引童蒙入荆棘，正在于此。"湯賓尹——字嘉賓，宣城人。萬曆進士，由編修官至南京國子監祭酒。有《睡庵集》。其評點之著未詳。袁了凡——袁黄，字坤儀，一字了凡，吳江人。萬曆進士，官兵部主事。有《兩行齋集》，曾評註《八代文宗》。

[23] 長安一片月——李白《子夜吳歌·秋歌》句。

[24] 詩成珠玉在揮毫——杜甫《奉和賈至舍人早朝大明宮》句。

[25] 高臺多悲風——曹植《雜詩》第一首起句。

[26] 胡蝶飛南園——張協《雜詩》第八首句。

[27] 亭皋木葉下——柳惲《擣衣詩》句。

[28] 芙蓉露下落——蕭愨《秋思》句。

[29] 謝太傅二句——劉義慶《世説新語》："謝公因子弟集聚，問毛詩何句最佳。遏(謝玄小字)稱曰：'昔我往矣，楊柳依依；今我來思，雨雪霏霏。'(《小雅·采薇》句)公曰：'訏謨定命，遠猷辰告。'(《大雅·抑》句。訏，大。謨，謀。猷，圖。辰，時。)謂此句偏有雅人深致。"

[30] 高廷禮——見註[20]。李獻吉何大復——見本册何景明《與李空同論詩書》註[1][2]。李于鱗——李攀龍(公元一五一四年——一五七〇年)，字于鱗，歷城人。明嘉靖二十三年進士，官至河南按察使。爲後七子的首領，其持論謂文自西京詩自天寶以下，俱無足觀。爲詩摹擬漢、魏、盛唐，所擬樂府，或更改古樂府數字，以爲己作。萬曆間，公安袁宏道兄弟始出而進行批判。有《滄溟集》三十二卷、《白雪樓詩集》十卷。《明史》卷二百八十七《文苑》三有傳。王元美——見本册王世貞《藝苑卮言》註[2]。鍾伯敬譚友夏——見本册鍾惺《詩歸序》註[1][6]。

[31] 昭代——猶言明時。封建時代人們用以稱當代的王朝。

[32] 劉伯溫——劉基(公元一三一一年——一三七五年)，字伯溫，青田人。元至順間舉進士，入明官至御史中丞，封誠意伯。詩爲明初大家，與高啓相抗。散文與宋濂並稱。有《誠意伯文集》二十卷。《明史》卷一百二十八有傳。

[33] 高季迪——高啓(公元一三三六年——一三七四年)，字季迪，長洲人。元末避兵亂居松江之青邱，自號青邱子。明太祖洪武初，召修《元史》，授翰林院國史編修，官至戶部侍郎。後因事被殺，年僅三十九。啓詩才高逸，爲明初詩人之冠。有《大全集》十八卷。《明史》卷二百八十五《文苑》一有傳。

[34] 劉彥昺——劉炳，字彥昺，以字行，鄱陽人。元至正間，從軍于浙。明太祖起淮南，獻書言事，用爲中書典籤。出爲大都督府掌記，除東阿知縣。詩格伉爽挺拔，有《春雨軒集》九卷。《明史》卷二百八十五《文苑》一有傳，附王冕傳後。

[35] 貝廷琚——貝瓊(公元?——一三七九年)，字廷琚，一名闕，字廷臣，祟德人。元末領鄉薦，明初徵修《元史》，授國子監助教。王夫之《明詩評選》謂"彥昺、廷琚，國初一雙玉管，更不令三百年來作第三座也。"有《清江詩集》十卷、《文集》三十一卷。《明史》卷二百三十七有傳，附宋訥傳後。

[36] 湯義仍——見本册湯顯祖《答呂姜山》註[2]。王夫之《明詩評選》謂其"指事發議詩……含精蓄理，上繼變雅，千年以來，若士一人而已。"又謂"三百年來，李、何、王、李、二袁、鍾、譚，人立一宗，皆敎師槍法，有花樣可學，故走死天下如騖。至于先生，無問津者；亦初無津之可問也。"

[37] 孫仲衍——孫蕡(公元一三三四年——一三八九年)，字仲衍，廣東順德人。與王佐、趙介、李德、黄哲稱五先生。洪武進士，官至蘇州經歷，坐藍玉黨被殺。有《西庵集》九卷。王夫之《明詩評選》謂"仲衍、季迪，開代兩大手筆，淩宋爭唐，不相爲下也。"《明史》卷二百八十五《文苑》一有傳。

[38] 周履道——周砥，字履道，吳人。寓居無錫，往來宜興。後客會稽，沒于兵。《歷朝詩集》甲集前編第八選存其詩二十八首。王夫之《明詩評選》選存其詩八首。

[39] 高子業——高叔嗣(公元一五〇一年——一五三七年)，字子業，祥符人。嘉靖二年進士，官至湖廣按察使。少受知于李夢陽，但自爲詩清新婉約，宗王、孟一派。有《蘇門集》八卷。《明史》卷二百八十七《文苑》三有傳。

[40] 李賓之——見本册《懷麓堂詩話》註[2]。

[41] 徐文長——徐渭，見本册《葉子肅詩序》註[1]。王夫之《明詩評選》謂"文長絕技，尤在歌行，袁中郎欲效之不得也。"

[42] 李文饒——李德裕(公元七八九年——八四九年)，字文饒，趙郡人。唐穆宗朝，官中書門下平章事；武宗朝，官門下侍郎，同中書門下平章事。宣宗朝，貶崖州司戶參軍卒。有《會昌一品集》二十卷，《別集》十卷，《外集》四卷。《舊唐書》卷一百七十四、《新唐書》卷一百八十有傳。

【説明】

王夫之論詩，強調"以意爲主"，反對"求形模，求比似，求詞采，求故實”，這是繼承傳統進步詩論對詩歌總的認識；在這總的認識下，他却有些獨到的藝術見解。在《夕堂永日緒論》中表現得較爲突出的是詩歌中情和景的問題。

他說：“烟雲泉石，花鳥苔林，金鋪錦帳，寓意則靈。”所謂“寓意”，也就是融情入景，必須是“己情之所自發”。他以爲在詩歌裏任何客觀景物的描寫，都包括詩人主觀上的感受。這主觀上的感受又是從哪裏來的呢？則“身之所歷，目之所見，是鐵門限”。有了眞實的體驗，融情入景，情景相生；主和賓“乃俱有情而相浹洽”，才能使客觀景物成爲“人化的自然”。王維不到終南山，杜甫不登岳陽樓，就不可能寫出“陰晴衆壑殊”“乾坤日夜浮”這樣的詩句。這類的詩，不僅是模寫山深水闊的形狀，而是詩人根據“身之所歷，目之所見”，描繪出一時的情景。景中有情，它就是富有生命活力的景。“寓意則靈”，其眞實意義，乃在于此。反之，沒有眞實的體驗，徒然役心搜索，縱使極其工妙，也還是像“隔垣聽演雜劇”，終于隔了一層。他批評賈島、許渾、梅堯臣等人的詩，都是從這個論點出發的。

情景互相觸發，“妙合無垠”；而就某些具體作品的境界來說，則有“情中景”“景中情”的分別。他不但精密地剖析了情和景之間的關係，而且進一步指出：“不能作景語，又何能作情語”，說明了主客觀的先後關係，也說明了“以寫景之心理言情”，才能曲盡情態的問題。

由于從情景的關係來論詩，所以他把勢看作“意中之神理”，指的是一種“宛轉屈伸”的意境，而不是如一般所理解的氣勢之勢。

怎樣才能達到情景交融的境界？他以爲是“神理湊合時，自然拾得”。因此特別強調靈感的作用。所謂“纔著手便煞，一放手又飄忽去”，那就是說，要善于把握一刹那間的感覺，不即不離地去着筆。他主張自出胸臆，反對建立門庭。這些意見，都能使人耳目一新；特別是在標榜門戶的明代，他大膽的抨擊七子、竟陵，更有其現實意義。

王夫之的這些理論和後來神韻派、性靈派的説法有其相通之處；其流弊不免墮入空虛一路。

附　錄

湘綺樓說詩（選錄）

〔清〕王闓運

看船山詩話，甚詆子建，可云有膽；然知其詩境不能高也，不離乎空靈妙寂而已。又何以賞"遠猷辰告"之句？

民國二十三年排印本《湘綺樓說詩》

論詩示黃鏐

〔清〕王闓運

詞章莫難於詩，而人皆喜爲之。詩以養性，且達難言之情，既不講格調，則不必作，專講格調，又必難作。於是人爭避難，多爲七絕、七律，以爲易成，而又易入格也。不知愈爲其難，雖名手無名篇焉。凡爲文求工便俳優，詩不求工何如斂手，故詩與諸文不同，必求動人者；動人而何以免俳優之賤，以其處于至尊至貴，而無夭冶之心也。以人求之，唐以前人，尙不徇人，宋以後人，知者稀矣。杜子美語必驚人，便有徇人之意，而所謂驚人者，只是如陶、謝，仍是論格律，非鍊字句也。陶詩可驚人乎？驚當是勝。文有朝代，詩有家數。文取通行，故一代成一代之風；詩由心聲，故一人有一人之派。論文而分班、馬，論詩而區唐、宋，非知言也。陳、隋南北絕而宗派同，王、駱家數殊而音韻近，亦有間相染者，細辨乃能分之。則詩究殊於文，文不易分，詩易分矣。明人擬古，但律詩可亂眞，古體則開口便覺。詩亦自有朝代，唐以前詩，不能僞爲，宋以後詩，大都易似，此又先辨朝代後論家數也。近人鹵莽，謬許明七子爲優孟，以楊誠齋、陸務觀配蘇、黄，不知七子之全不能《文選》，楊、陸之未足成家數也。

詩卽樂也，有五言以持其志，卽有七言以暢其氣，七言之興，在漢則樂府，在後爲歌行，樂府亦可以文法行之，亦可以彈詞代之，如盧仝、顧況是騷賦之流，居易、仲初則焦、馮之體，並李、杜分三派，而李東川能兼之。唐初四傑，則五言之增加，古無是格，不能爲七言之宗也，要亦從《行路難》《燕歌行》變成耳。七言較五言爲易工，以其有痕迹可尋，易於見好，李、杜門徑，尤易窺尋；然不先工五言，則章法不密，開合不靈，以體近於俗，先難入古，不知五言用筆法，則歌行全無步武也。旣能作五言，乃放而爲七言易矣。切記太白四言之說，四言與詩絕不相干，作詩必先學五言，五言必讀漢詩，而漢詩甚少，題目種類亦少，無可揣摩處，故必學魏、晉也。詩法備於魏、晉，宋、齊但擴充之，陳、隋則開新派矣。自來推曹子建爲大家，無一靈妙句，阮嗣宗稍後之，便高華變化不可方物，而不爲大家者，重意不重詞也。詩之旨則以詞掩意，如以意爲重，便是陶淵明一派，鍾嶸以爲陶詩出於《百一》不言出《詠懷》者，陶語句更明白易曉也。學阮、陶只可處悲憤亂世，若富貴閒適便無詩，學曹尙有可發舒，比老莊、山水、宮體爲闊大，可以應用。此外諸家皆其枝流，雖各有妙而不外此。曹以後則大陸足繼之。唐人極重五律，以爲四十賢人，此中、晚名家，專工帖括，化而爲四韻之說，與制義名家改作古文，而生義法，其所經營，皆聲希味淡，自有甘苦，他人不能喩也。自齊、梁新體興，而五律自爲一種，要以超逸取致。杜少陵乃有沉着頓挫前後照應之法。

余五律不拘一家，自謂變化。而鄧彌之乃云，不過平穩。鄧五律專學杜，而看去實勝我，專博之異也。杜所以成家者，所存詩多，而題目平易，詠景物多，恰近人情。故流俗喜傳之，易於見好矣。中、晚雖殫精極思，各有其趣，未可爲外人道也，故不必致力。而其選聲配色之方，詩家之所同，又不待言矣。

民國二十三年排印本《湘綺樓說詩》卷六

答施愚山侍讀書[1]〔節錄〕

〔清〕魏　禧[2]

……執事論人必先器識[3]，文必先根柢，此古人所以可傳者，舉世好文之士不察也。執事書中論議，往往先得我心，而立身爲文本末，具見於此。……

愚嘗以謂爲文之道，欲卓然自立於天下，在於積理而練識。積理之說，見禧敍宗子發文。所謂練識者，博學於文[4]，而知理之要；練於物務，識時之所宜。理得其要，則言不煩而躬行可踐；識時宜，則不爲高論，見諸行事而有功。是故好奇異以爲文，非眞奇也。至平至實之中，狂生小儒，皆有所不能道，是則天下之至奇已。故練識如練金，金百練則雜氣盡而精光發。善爲文者，有所不必命之題，有不屑言之理，譬猶治水者沮洳去則波流大，爇火者穢雜除而光明盛也。是故至醇而不流於弱，至清而不流於薄也。……

易堂刻本《魏叔子文集》卷六

【註釋】

［1］施愚山——施閏章（公元一六一八年——一六八三年），字尚白，號愚山，宣城人。順治六年進士，由刑部主事歷官至侍讀。工詩，與宋琬齊名。有《學餘堂文集》二十八卷、《詩集》五十卷、《外集》二卷、《蠖齋詩話》二卷。《清史稿》卷四百八十四《文苑》一有傳。

［2］魏禧（公元一六二四年——一六八〇年）——字冰叔，一字叔子，寧都人。明諸生，明亡後隱居翠微峰，所居名勺庭，學者稱勺庭先生。與兄際瑞、弟禮齊名，時稱三魏。禧於文好《左傳》和蘇洵之作，所作淩厲雄傑，表揚民族氣節事，更爲

感慨淋漓。有«魏叔子文集»二十二卷、«詩集»八卷、«日錄»三卷、«左傳經世»十卷。«清史稿»卷四百八十四«文苑»一有傳。

[3] 論人必先器識——«舊唐書·文苑·王勃傳»:"(裴)行儉曰:士之致遠,先器識而後文藝。勃等雖有文才,而浮躁淺露,豈享爵祿之器耶!……"

[4] 博學於文——«論語·顏淵»:"子曰:博學於文,約之以禮,亦可以弗畔矣夫!"

【説明】

魏禧論文,涉及的方面很廣,而綜其大要,則以"積理""練識"爲歸。積理之説,闡述于«宗子發文集序»裏;此文着重談練識。

文中首先辨明積理與練識之間的關係。«宗子發文集序»説:"人生平耳目所見聞,身所經歷,莫不有其所以然之理。"天下的事理是無窮無盡的,人的認識必須建立在一個廣博的基礎上,故積理求其富。積理爲了明理致用,明理致用在于有過人的識力,故練識求其精。"練識者,博學於文,而知理之要;練于物務,識時之所宜。"可見由積理到練識,是由博返約的過程,同時也是由認識到運用的過程。這是魏禧論文的出發點。

本于識以論文,着眼點在于練意。"善爲文者,有所不必命之題,有不屑言之理",就是指練意而説的。他以爲文章的內容經過提練,蕪雜一除,精光自發。在至平至實之中,能夠發人之所未發,言人之所不能言,表現出一種過人的識力,這才是眞正的奇文。反之,僅僅在辭采聲音上務爲炳炳烺烺,則其所謂奇,不過是一種假象而已。所以説:"識不高于庸衆,事理不足關係天下國家之故,則雖有奇文與«左»、«史»、韓、歐陽並立無二,亦可無作。"(見«宗子發文集序»)

那末文章怎樣才能"卓然自立于天下"呢?問題的歸結,在于積理而練識。"至醇而不流于弱,至清而不流于薄"是文章家最高的境界;其所以能達到這種境界,正因積理富、練識精的緣故。

附　錄

答蔡生書

〔清〕魏　禧

門下懇懇問古文之學，意良善。其言曰：文章之道，必先立本，本豐則末茂。僕覽此，慨然有大哉之歎。今日留意古學不數人，立本以學古未一二得，向門下開說詳至，然此皆本中之末，非本中之本。文章之本，必先正性情，治行誼，使吾之身不背於忠孝信義，則發之言者，必篤實而可傳。昌黎所謂"仁義之人，其言藹如也"，黃魯直《與洪甥駒父書》根本之說，最爲眞切，其與徐師川論孫思邈膽大心小語，僕讀之數年，玩繹不能已。其次則考古論今，毅然自見識力，窺人之所不及窺，言人之所不敢言，軌於義理，而無隱怪之失。如此則本立矣。於是博觀史傳以極古今人情事物之變，讀古人書卓然成一家言者，以辨文章之體，或綜其要會，自立機軸，不必求合古人，或資學所近，誦而法者一人，冥心以求其合，則固惟人之所自處也。僕嘗言曰：文章之變，於今已盡，無能離古人而自創一格者，獨識力卓越，庶足與古人相增益。是故言不關于世道，識不越于庸衆，則雖有奇文，可以無作。識定則求其暢，所謂了然于手口也。暢則求其健，不簡不鍊，則氣膚格弱，不足以經遠。三者既立，而欲進求古人之精微，窮其變化，則學至而後知之。僕於古學，游其藩籬，未登其堂戶。家姊壻邱邦士，精思高悟，能自立規矩，僕嘗從學，受益爲多。又古人自道爲學之法，如昌黎、老泉，不可殫述。僕不能勦衍陳言，以塞門下之問，惟舉僕所嘗自盡者告之門下，誠能自豐其本，及乎斐然成章，則當就學于邱先生以盡其法，僕不足再問已。

易堂刻本《魏叔子文集》卷六

惲遜菴先生文集序(節錄)

〔清〕魏　禧

…………

惟文章以明理適事，無當於理與事則無所用文。故曰，文者，載道之器。言事莫尙漢，言理莫尙宋。核事者每謬於理，宗理者迂闊不切事。其實相乖離，其文亦終無有能合者。先生以宋爲體，以漢爲氣，深切明剛，皆足見諸行事，以正人心之惑溺，而救國家之敗，此非可以文章求也。然有其志無其學，有其學無其識，有其識無其事，則文皆弗極於工。有志而無學，猶耕者之冀穗秷而不蓄畲也，是謂虛而不實。有學而無識，猶作室者固垣墉而不牖戶也，是謂塞而不通。有識而無事，猶浮海者之望三神山不至而返也，是謂似而不眞。虛而不實者，其文疎不足以徵事；塞而不通者，其文密不足以達意；似而不眞者，其文疑不足以適用。天下之文，得其一，失其一，故其爲合也甚難。非不知也，才短而學薄，不足於識，不鍊於事，志之而弗能故也。……

易堂刻本《魏叔子文集》卷八

甘健齋軸園稿序(節錄)

〔清〕魏 禧

…………

自六經孔、孟之文不可復作，天下聰明好古之士，其言或醇或雜，莫不求工於文，成一家之言以傳於後世，於是文日盛而眞意消亡，實學中絕。至於宋、明儒者，則又以文章爲玩物喪志而不屑，自二三大儒外，類取足道其意而止，卑弱膚庸漫衍拘牽之病，隨在而有。讀者不數行輒擲去，或相與揶揄厭薄之以爲戒。然吾嘗爲之求其理，初無悖於六經，考其生平，不可謂非聖賢之徒，而顧令天下後世厭絕其文，至如饐餲之食、魚肉之餒敗之陳於其前。嗚呼，則亦不文之過也矣！孔子曰："言之不文，行之不遠。"於《易》曰："脩辭立其誠。"立誠以爲質，脩之而後言可文也。聖人之於文，蓋惓惓矣。昔者先王之制禮也，敬而已矣，必且辨爲度數品物儀飾之節，有所謂以多貴者，有所謂以少貴者，有所謂以大以小以高以下以文以素貴者，聖人之於文亦然。文以明道，而繁簡華質洪纖夷險約肆之故，則必有其所以然，蓋禮不如是不足將其敬，文不如是不可以明道。孔子曰："辭達而已矣。"辭之不文，則不足以達意也。而或者以爲不然，則請觀於六經、孔子、孟子之文，其文不文，蓋可覩矣。余愧不能學道，竊謂今天下之志於道者，既心體而躬行之，必達當世之務以適於用，必工於文章，使其言可法而可傳。嘗與易堂邱而康論文，而康今之有志學道者也。禧之言曰：簡勁明切，作家之文也；波瀾激蕩，才士之文也；紆徐敦厚，儒者之文也。爲儒者之文，當先去其七弊：可深樸而不可晦重，可詳復而不可煩碎，可寬博而不可泛衍，可正大而不可方堵，可和柔而不可靡弱，語可以不驚人而不可襲古聖賢之常言，其旨可原本先聖先儒而不可搖筆伸紙，輒以聖人大儒爲發語之端。……

易堂刻本《魏叔子文集》卷八

書魏叔子文集後

〔清〕尙　鎔

取天下之文章而默以相較，廣以相師，嚴以相核，本之六經之淵懿，參之百氏之恢宏，驗之以天下古今之實用，則文章之有益者少矣。而其中卓然爲天下所宗者，或歷久而生厭，而鴻毅公方之君子，則必大聲疾呼，顯揭其人本來之面目，以正告於天下。若屈之騷，左之傳，馬之史，杜、韓之詩文，始或相推，繼或相謗，終則相奉以爲師，而其道益昭昭然而不可晦蝕。蓋文章者天下之公物，非可以一二小夫之私意爲欣厭，遂可據爲定評也。

昔者寧都魏叔子，以經濟有用之文學，顯天下百餘年。而建昌之新城，爲叔子教授之地，遵其道尤摯。乃自閩中朱梅崖出，新城人變而從之，又自上江姚姬傳出，新城人又變而從之，於是西江諸文士聞風附和，皆視叔子爲弁髦，而恥言及之。嗚呼！此於叔子何所損，吾特恐經濟有用之文學不明於世，而人別驅於虛僞之域，舉無益於時艱也。蓋嘗觀梅崖之文，好宏偉而失之艱深，且全爲應酬而作，已大失古人立言之旨。姬傳則務爲嚴謹，而不能擴充其體，變化其法，以追馬太史、韓吏部之高蹤。今奉法之吏，徧天下矣，然必用法而得法外意，乃爲超世之才，而可以持天下之大經大權以挽末流之積弊。朱、姚經濟之學何如哉？即以文論，一則直舉其胸情，不爲法所囿；一則求工於字句，而惟法是拘；其淺深虛實之别，不俟明者始知也。而梅崖乃詆叔子爲小兒叫跳，然則孟子之英氣，韓子之雄文，皆小兒叫跳矣。老蘇何以目爲溫醇耶？夫朱之所宗者揚子雲，子雲能奇而不能庸，庸則僞；

姚之所宗者方望溪，望溪能斂而不能放，放則迂。叔子本領切實，有是失乎？夫以叔子見道之宏，持節之固，育材之多，能使當時之賢人君子生死無異詞，能使身後之妻子弟姪死義死孝，遵其教而不易所守，此即文章不工，亦當取其立言之有本，舍其末而不論；而況其文宗仰之正，無體不工，而乃以小兒叫跳詆之乎？或謂以小兒之叫跳詆叔子，叔子固不受其誣，以儒者之深博求叔子，叔子究亦有可議。然近世名儒最深者莫如陸稼書，而稼書則推叔子確是一家言，直與歐、蘇相上下；最博者莫如杭堇圃，而堇圃則推叔子爲古文大家；豈所見皆出梅崖下乎？且寧都學顯，望溪亦嘗推之也。

自宋迄今，儒者之言易醇，古文之法易守，故必切萬物之情乃爲眞儒者，成一家之則乃爲眞古文。梅崖好矯揉，姬傳好脩飾，律以唐荆川所謂精光注本色高者且概乎有愧，況求以易堂經濟之學乎？而顧當舍叔子而從之乎？頃讀吾邑彭躬庵文集，如湧萬斛之源泉，以灌四方之涸澤，才情氣魄，似更在叔子之上，而人亦多相謗，以爲異於儒者之文。然則文必拘迂無用乃爲儒者乎？嗚呼！此宋後之人，文所以多不如古也。

道光刻本《持雅堂文集》卷五

復羅月川太守書（節錄）

〔清〕方東樹

……東樹前書論兩漢官文書之美，蓋偏舉所貴者言之，非謂閣下之文，盡官文書也，亦非謂兩漢官文書外便無文也。且就官文書言之，如《春秋》一經，荆公斥爲斷爛朝報，此眞官文書也。而大義炳如，聖筆謹嚴如彼。推而上之，二典、三謨，周誥、殷盤，凡聖帝明王賢臣碩輔所用明治化陳政事，孰非官文書耶？其在《易》曰："上古結繩而治，後世聖人易之以書契，百官以治，萬民以察。"則文字之用，其原亦可知矣。韓退之、柳子厚論文，必原本六經，如莊周所稱"《詩》以道志，《書》以道事，《禮》以道行，《樂》以道和，《易》以道陰陽，《春秋》以道名分，大小精粗，其用無乎不貫。"至聖不作，道德不一，於是中賢小儒始岐其用，而不能相通。要之文不能經世者，皆無用之言，大雅君子所弗爲也。諸葛武侯千古一人，而陳承祚所上《忠武集》、《出師表》外，皆手教也。閣下之文，所以經事適用者，皆足與古人媲美矣。此卽少不合於八家，亦何慚於作者哉？

又東樹前論古人文章，皆由自道所見，得閣下引賈誼書證之，益可信。蓋昔賢平日讀書考道，胸中蓄理至多，及臨事臨文舉而書之，若泉之達，火之然，江河之決，沛然無所不注。所以義愈明，思愈密，而其文層見疊出而不可窮，使待題之至而後索之，烏有此妙哉！……

同治刻本《儀衞軒文集》卷七

宗子發[1]文集序

〔清〕魏禧

今天下治古文衆矣。好古者株守[2]古人之法，而中一無所有，其弊爲優孟之衣冠[3]。天資卓犖者師心自用，其弊爲野戰無紀之師，動而取敗。蹈是二者，而主以自滿假[4]之心，輔以流俗諛言，天資學力所至，適足助其背馳，乃欲卓然並立於古人，嗚呼難哉！雖然，師心自用，其失易明；好古而終無所有，其故非一二言盡也。

吾則以爲養氣之功，在於集義[5]；文章之能事，在於積理。今夫文章，六經四書而下，周、秦諸子兩漢百家之書，於體無所不備。後之作者，不之此則之彼。而唐、宋大家，則又取其書之精者，參和雜糅，鎔鑄古人以自成，其勢必不可以更加。故自諸大家後，數百年間，未有一人獨創格調，出古人之外者。然文章格調有盡，天下事理日出而不窮，識不高於庸衆，事理不足關係天下國家之故，則雖有奇文與《左》、《史》、韓、歐陽並立無二，亦可無作。古人具在，而吾徒似之，不過古人之再見，顧必多其篇牘，以勞苦後世耳口，何爲也？且夫理固非取辦臨文之頃，窮思力索，以求其必得。鍾太傅學書法曰：每見萬彙，皆畫象之[6]。韓退之稱張旭書，變動猶鬼神不可端倪，天地事物之變，可喜可愕，一寓於書[7]。人生平耳目所見聞，身所經歷，莫不有其所以然之理，雖市儈優倡大猾逆賊之情狀，竈婢丐夫米鹽淩雜[8]鄙褻之故，必皆深思而謹識之，醞釀蓄積，沈浸而不輕發。及其有故臨文，則大小淺深，各以類觸，沛乎若決陂池之不可禦。辟之富人積財，金玉布帛竹頭木屑糞土之屬，無不豫貯，初不必有所用之。而當其必需，則糞土之用，有時與金玉同功[9]。

吾蓋嘗見及於是，恨力薄不能造其藩籬，自易堂諸子[10]外，不敢輕語人。而長安王築夫[11]、寶應朱秋厓[12]、興化宗子發，嘗相與反覆。一日子發持其文屬予敍，論旨原本六經，高者規矩兩漢，與歐陽、蘇、曾相出入。子發持高節，獨行古道，而虛懷善下人，他日所極，吾烏能測其涯涘[13]，故爲述平日所與論議者，以弁其端。嗚呼！天下之可語於此者，蓋多乎哉！

易堂刻本《魏叔子文集》卷八

【註釋】

[1] 宗子發——宗元豫(公元一六二四年——一六九六年)，字子發，上元人。明諸生，明亡後不仕。隱居昭陽土室中，窮討經史，著史論數十篇。

[2] 株守——見本書第二册趙秉文《答李天英書》註[11]。

[3] 優孟衣冠——見本册臧懋循《元曲選序二》註[10]。此處用以作貌似而實異之喻。

[4] 自滿假——僞古文《尚書·大禹謨》："不自滿假。"僞孔安國《傳》："滿，謂盈實；假，大也。"

[5] 養氣之功在於集義——《孟子·公孫丑上》："我善養吾浩然之氣。……是集義所生者，非義襲而取之也。"

[6] 鍾太傅學書法三句——張懷瓘《書斷》："魏鍾繇，字元常，潁川長社人。……遷太傅。……元常隸行入神，八分入妙。"韋續《墨藪·用筆法幷口訣第八》："魏鍾繇，……臨死乃於囊中出以授其子會，謂曰：吾精思學書三十年，……每見萬類，皆畫象之。"

[7] 韓退之稱張旭書五句——韓愈《送高閑上人序》："往時張旭善草書，……天地事物之變，可喜可愕，一寓於書。故旭之書，變動猶鬼神，不可端倪。"

[8] 米鹽淩雜——《史記·天官書》："其占驗淩雜米鹽。"《正義》："淩雜，交亂也。米鹽，細碎也。"

[9] 金玉布帛竹頭木屑糞土之屬六句——韓愈《進學解》："玉札丹砂，赤箭青芝，牛溲馬勃，敗鼓之皮，俱收並蓄，待用無遺者，醫師之良也。"案：本文略本其意。

竹頭木屑，則別有典。晉陶侃在造船時，竹頭木屑都收拾儲藏。後于雪晴之日，以木屑鋪地；桓溫伐蜀時，又以所貯竹頭作丁裝船。事見《晉書·陶侃傳》。

[10] 易堂諸子——魏禧隱居翠微峰時，名其堂爲易堂。禧與兄際瑞、弟禮及南昌彭士望、林時益、同邑李騰蛟、邱維屏、彭任、曾燦等九人號易堂九子。

[11] 王築夫——王曓，字平格，一字築夫，陝西長安人。揚州廩生，善古文辭。

[12] 朱秋厓——朱克生，字周楨，一字念義，號秋厓，寶應人。諸生。有《朱秋厓詩集》。

[13] 涯涘——邊際。

【説明】

《宗子發文集序》是魏禧有關散文理論文章中最重要的一篇，他在其他文章中屢次提到，認爲是自己論文的宗旨之所在。

此文一開端便指出今人治古文而不能“卓然並立於古人”的原因，一是優孟衣冠，一是師心自用。這兩者，都是針對明代文風的流弊而言的。由于“師心自用，其失易明”，所以本文論述的重點，在于前者。

他説：“好古者株守古人之法，而中一無所有，其弊爲優孟之衣冠。”這裏首先牽涉到對于法的理解和運用的問題。他以爲文章之法，有常有變，不變的固是法，變的也是法；變與不變，兩者之間的關係是辯證的。必須於不變之中，求其變的一面，又能于變之中知其不變的一面，才能符合于古人之法而不至拘守古人之法。《陸懸圃文序》中關于山和水的比喻，即闡明此義。

然而法究竟是文章外在的表現，即使是神而明之，極盡變化之能事，也只可能“鎔鑄古人以自成，其勢必不可以更加”，最重要的還在中有所得。于是他進一步提出了“文章之能事在於積理”。“文章格調有盡，天下事理日出而不窮”，舍本逐末，即使全似古人，也“不過古人之再見”；循本以求末，則古今事變萬殊，文章之用就可以日新而不匱了。從這個意義來説，理和法是密切關聯的；而理是文章之本，亦即法之本。

魏禧在散文創作上的主要成就，是說理論事之文，這在《與諸子世傑論文書》裏說得非常明白；其論文旨趣，也着重在這個方面。《俞右吉文集序》云："余生平論文，主有用於世。"此文也說"事理不足關係天下國家之故"的文章，可以不作。文以明理，而明理的目的，爲了經世致用，是魏禧文論的核心。這從表面看來，似乎並無新義，而且有過于強調實用的偏向。可是如何明理，如何行文，他却很有見解。他說："人生平耳目所見聞，身所經歷，莫不有其所以然之理。"他之所謂理，重在生活的實踐，其探討對象是十分廣泛的。這連"市儈優倡大猾逆賊之情狀，竈婢丐夫米鹽凌雜鄙褻之故"，也都要深入地加以體察。這樣，所窮之理，不會迂闊而遠于事情；發爲文章，"大小淺深，各以類觸"，也就生動豐富，而不至成爲抽象的概念。文中把文士之積理，比作富人之積財，認爲一切物質財富都有它們的用途，在某種情況下，"糞土之用，有時與金玉同功"。此說本之于韓愈的《進學解》，是能深得文人之用心的。他說他自己的文章之所以未能極磅礴之壯觀，一方面由于學古不深，而另一方面則由于積理未富，對"星緯、九州、形勢、聲律、飛、走、植、潛之性，不能情狀物審"（見《與諸子世傑論文書》）的緣故。由此可見，魏禧之論文，在明理致用的前提下，並不把文章的題材和內容看得十分狹窄，他的論調，和道學家、政治家之論文是有所區別的。

附　　錄

與諸子世傑論文書（節錄）

〔清〕魏　禧

……吾好窮古今治亂得失，長議論，吾文集頗工論策。吾每謂文字古人格調已盡，無復更有；唐、宋大家，率皆剸取甘觚，特出意煎烹，登俎成味，譬猶蜂采百花為蜜，裴生聚五侯之饌為鯖。然如蘇軾父子論，則古當不有是，不謂開創殊不可得。吾諸論亦私自謂蘇氏後恐無其偶。吾策文田制封建奄宦等文，不立規格，汩汩浩浩，雖文采不逮鼂、賈，亦竊希賈長沙、李忠定。其他文工拙雜呈，有學不足學，汝當以古人分別之。吾成集不能多汰，故吾前敍宗子發，言文章要在積理，吾所見地如是，非曰能至。《日錄》是吾積理之書，後輩足可玩味。要如窶人數家珍，先代留遺，不無好玩，而瓦釜脚折鐺，亦充十指所伸屈。吾少好《左傳》、蘇老泉，中年稍涉他氏。然文無專嗜，惟擇吾所雅愛賞者。至於作文，則切不喜學何人人何篇目，故文成都無專似，孔子所謂不入於室，意當在是耶？……

易堂刻本《魏叔子文集》卷六

陸懸圃文序(節錄)

〔清〕魏　禧

……予嘗與論文章之法，法譬諸規矩。規之形圓，矩之形方。而規矩所造：為髗、為㪍、為眼、為倨句磬折，一切無可名之形，紛然各出。故曰：規矩者，方圓之至也。至也者，能為方圓，能不為方圓，能為不方圓者也。使天下物形不出於方，必出於圓，則其法一再用而窮。言古文者，曰伏、曰應、曰斷、曰續。人知所謂伏應，而不知無所謂伏應者，伏應之至也；人知所謂斷續，而不知無所謂斷續者，斷續之至也。今夫入壇壝，履鬼神之室，明神肅森，拱挺異列，若生人之可怖，按以人經之法，頰胲廣狹，股脚脽尻之相距，皆不差尺寸，然卒以為不若人者，俯仰拱挺，終日累年不能自變化故也。今夫山屹然嵛岃終古而不變，此山之法也。瀉水於盂，盂方則方，盂圓則圓者，水之法也。山以不變為法，水以善變為法。今夫山，禽獸孕育飛走，草木生落，造雲雨，色四時，一日之間而數變。今夫水，瀉於平地，必注於軀，流其所不平，瀉之萬變而不失。今夫文何獨不然。故曰：變者，法之至者也。此文之法也。若夫積理以為文，則吾敍子發論備矣。

易堂刻本《魏叔子文集》卷八

答陳靄公論文書一(節錄)

〔清〕汪 琬

……嘗聞儒者之言曰:文者載道之器。又曰:未有不深於道而能文者。僕竊謂此言亦少夸矣。古之載道之文,自六經、《語》、《孟》而下,惟周子之《通書》,張子之《東、西銘》,程、朱二子之傳注,庶幾近之。雖《法言》《中說》,猶不免後人之議,而况他文乎?至於爲文之有寄託也,此則出於立言者之意也,非所謂道也。如屈原作《離騷》,則託諸美人香草,登閬風,至縣圃,以寄其佯(原作祥,誤)狂;司馬遷作《史記》,則託諸游俠、貨殖、聶政、荆卿輕生慕義之徒,以寄其感激憤懣者皆是也。今足下當浮靡之日,獨侃侃持論,以爲文非明道不可,洵乎豪傑之士超越流俗者也。而顧以寄託云云者當之,又謂惟道爲有力,則僕不能無疑。僕嘗徧讀諸子百氏大家名流與夫神仙浮屠之書矣,其文或簡鍊而精麗,或疏暢而明白,或汪洋縱恣,逶迤曲折,沛然四出而不可禦,蓋莫不有才與氣者在焉。惟其才雄而氣厚,故其力之所注,能令讀之者動心駭魄,改觀易聽,憂爲之解頤,泣爲之破涕,行坐爲之忘寢與食,斯已奇矣。而及其求之以道,則小者多支離破碎而不合,大者乃敢於披猖磔裂,盡決去聖人之畔岸,而翦拔其藩籬,雖小人無忌憚之言,亦常雜見於中,有能如周、張諸書者,固僅僅矣。然後知讀者之驚駭改易,類皆震於其才,懾於其氣而然也,非爲其於道有得也。吾不識足下愛其文將遂信其道乎?抑以其不合於道,遂并排黜其文而不之錄乎?夫文之所以有寄託者,意爲之也,其所以有力者,才與氣舉之也,於道果何與哉?

古人之爲文也,其中各有所主,有假文以明道者,有因文以求道者,有知文而不知道者。足下好古博文,孜孜肆志於詞章之學,積歲年於此。儻又能因之以闚見大道之端倪,則雖以僕之陋劣衰耗,且將欣然執鞭之不暇。如曰吾所寄託皆道也,僕未讀足下之文,不知其視周、張諸書醇疵得失相距幾何,而立說云云,則無乃近於如前之所述儒者之夸辭乎哉?故終不能無疑。……

《四部叢刊》影印林佶寫刻本《堯峰文鈔》卷三十二

水滸後傳原序[1]

〔清〕陳　忱[2]

嘗論夫水：發源之時，僅可濫觴[3]，漸而爲溪，爲澗，爲江，爲湖，汪洋亘浸而放乎四海。當其沖決，懷山襄陵[4]，莫可御遏，眞爲至神至勇也！及其恬靜，浴日沐月，澄霞吹練，鷗鳧浮于上，魚龍潛其中，漁歌擁枻，越女采蓮，又爲至文至弱矣！

文章亦然。蘇端明云："我文如萬斛泉"[5]，是也。《水滸》更似之。其序英雄，舉事實，有排山倒海之勢；曲畫細微，亦見安瀾文漪之容；故垂四百餘年，耳目常新，流覽不廢。

若近世之稗官[6]野乘，黃茅白草，一覽而盡，不可咀嚼。豈意復有後傳，機局更翻，章句不襲；大而圖王定霸，小而巷事里談，文人之舌，慧而不窮；世道之隆替，人心之險易，靡不各極其致；繪雲漢覺熱[7]，圖峨嵋則寒[8]，非一味銅將軍、鐵綽板[9]，提唱梁山泊人物已也！

嗟呼！我知古宋遺民之心矣。窮愁潦倒，滿腹牢騷，胸中塊磊，無酒可澆[10]，故藉此殘局而著成之也。然肝腸如雪，意氣如雲，秉志忠貞，不甘阿附；傲慢寓謙和，隱諷兼規正，名言成串，觸處爲奇，又非漫然如許伯哭世[11]，劉四罵人[12]而已。

昔人云：《南華》[13]是一部怒書，《西廂》[14]是一部想書，《楞嚴》[15]是一部悟書，《離騷》是一部哀書。今觀後傳之羣雄激變而起，是得《南華》之怒；婦女之含愁斂怨，是得《西廂》之想；中原陸沉[16]，海外流放[17]，是得《離騷》之哀；牡蠣灘、丹霞宮之譬喻[18]，是得《楞嚴》之悟。不謂是傳而兼四大奇書之長也！

雖然，更爲古宋遺民惜。渾沌世界，何用穿鑿[19]？使物無遁形，寧不畏爲造化小兒所忌[20]？必其垂老奇窮，顚連痼疾，孤煢絕後，而短褐不完，藜藿不繼，屢憎于人，思沉湘蹈海而死[21]；必非紆青拖紫[22]，策堅乘肥[23]，左娥右綠，阿堵堆塞[24]，飽饜酒肉之徒，能措一辭也！安得一識其人，以驗予言之不謬哉？

萬曆戊申[25]秋杪，雁宕山樵撰。

清紹裕堂刻本《水滸後傳》

【註釋】

[1] 水滸後傳——陳忱撰，託名爲古宋遺民之作。共四十回。由阮小七憑弔梁山、殺死張幹辦和李俊太湖捕魚、反抗巴山蛇兩件事寫起，以後梁山舊英雄，從各方滙集，加進一些新人物，再展開起義鬪爭。阮小七等被逼重佔山頭，李俊等受害而至海外，占暹羅國爲王。而呼延灼、關勝諸人，則盡力抗金。最後，宋高宗正式封李俊爲暹羅王，以兄弟聚會，大團圓結束。這書有紹裕堂刻本和申報館的排印本，解放後有新印本。

[2] 陳忱(公元一六一三年——一六六二年以後)——字遐心，號雁宕山樵，浙江烏程人。明亡後不仕，與愛國遺民顧炎武、歸莊等組織驚隱詩社。賣卜自給，窮餓以終。著作傳世者除《水滸後傳》外，尙有《癡世界樂府》、《廿一史彈詞》和詩文雜著，俱佚。范來庚《南潯鎭志》卷七、汪日楨《南潯鎭志》卷二十、周慶雲《南潯志》卷十八俱有傳。

[3] 濫觴——浮起酒杯，比喻事物的開始。《荀子·子道》："昔者江出于岷山，其始出也，其源可以濫觴。"

[4] 懷山襄陵——《書·堯典》："湯湯洪水方割，蕩蕩懷山襄陵。"懷，包；襄，上；陵，大阜。

[5] 蘇端明二句——蘇軾曾官端明殿學士，故稱蘇端明。萬斛泉語，見蘇軾《答謝民師書》附錄《文說》。

[6] 稗官——見湯顯祖《點校虞初志序》註[9]。

[7] 繪雲漢覺熱——張華《博物志》："劉褒，漢桓帝時人，曾畫雲漢圖，人見之覺熱。"

[8] 圖峨嵋——郭若虛《圖畫見聞志》："李昇，成都人，工畫蜀川山水，……有武陵

溪、青城、峨眉、二十四化等圖傳於世。”

[9] 銅將軍鐵綽板——俞文豹《吹劍續錄》:“東坡在玉堂日,有幕士善歌,因問:‘我詞何如柳七?’對曰:‘柳郎中詞,只合十七八女郎,執紅牙板,歌楊柳岸曉風殘月;學士詞,須關西大漢,銅琵琶鐵綽板,唱大江東去。’東坡爲之絕倒。”

[10] 胸中二句——劉義慶《世說新語·任誕》:“王孝伯問王大:‘阮籍何如司馬相如?’王大曰:‘阮籍胸中壘塊,故須酒澆之。’”

[11] 許伯哭世——南朝陳許善心,仕陳爲散騎常侍。入隋卒,贈高陽縣公。陳亡,衰服號哭。《隋書·許善心傳》:“及陳亡,高祖遣使告之。善心衰服號哭于西階之下。”用此典暗示作者對明亡的悲傷。

[12] 劉四罵人——劉四,疑指劉聰。《晉書·劉聰載記》:“元海之第四子也。”《載記》敘聰常有怒言殺人之事,用來暗斥滿清貴族入侵者。

[13] 南華——唐代稱《莊子》爲《南華眞經》。

[14] 西廂——見本册《曲律》註[51]。

[15] 楞嚴——佛經以《楞嚴》名者有多種。此指《大佛頂如來密因修證了義諸菩薩萬行首楞嚴經》。

[16] 中原陸沉——劉義慶《世說新語·輕詆》:“桓公入洛,過淮泗,踐北境,與諸僚屬登平乘樓,眺矚中原,慨然曰:‘遂使神州陸沉,百年丘墟,王夷甫諸人不得不任其責。’”陸沉,這裏作“淪陷”講。

[17] 海外流放——指本書所寫李俊至海外爲暹羅國王事。

[18] 牡蠣灘句——本書第三十七回爲“金鰲島仙客題詩,牡蠣灘忠臣救駕”,寫宋高宗在牡蠣灘得救後,有“朕已厭棄塵勞,待欲修仙”之語。關于牡蠣灘故事,涉于神奇,本於元人陶宗儀《輟耕錄》卷七《金鰲山》:“山枕海,屬臨海縣章安鎭。初,宋高宗在潛邸日,泰州人徐神翁,云能知前來事。羣閹言於徽宗,召至,以賓禮接之。一日,獻詩於帝曰:‘牡蠣灘頭一艇橫,夕陽西去待潮生。與君不負登臨約,同上金鰲背上行。’及兩宮北狩,匹馬南渡,建炎庚戌正月三日,帝航海,次章安鎭,灘淺閣舟,落帆于鎭之福濟寺前以候潮,顧問左右曰:‘此何山?’曰:‘金鰲山。’又問:‘此何所?’曰:‘牡蠣灘。’因默思神翁之詩,乃屏去警蹕,易衣徒步登岸,見此詩在寺壁間,題墨如新,方信其爲異人也。”第三十九回爲“丹霞宮三眞修靜業,金鑾殿四美結良姻”,寫公孫勝、朱武、樊瑞到暹羅國西門外丹霞山,建丹霞宮,在其中修仙事。

[19] 渾沌二句——《莊子·應帝王》:“南海之帝爲儵,北海之帝爲忽,中央之帝爲渾沌。儵與忽時相遇於渾沌之地,渾沌待之甚善。儵與忽謀報渾沌之德,曰:‘人

皆有七竅以視聽食息，此獨無有，嘗試鑿之。'日鑿一竅，七日而渾沌死。"

［20］寧不旬——《新唐書·杜審言傳》："審言病甚，宋之問、武平一等省候何如，答曰：'甚爲造化小兒相苦，尙何言！'"造化小兒，意謂主宰命運的神。

［21］沉湘蹈海而死——屈原《九章·惜往日》："臨沅湘之玄淵兮，遂自忍而沉流。"《史記·魯仲連鄒陽列傳》："魯仲連曰：'彼秦者，棄禮義而上首功之國也，權使其士，虜使其民。彼卽肆然而爲帝，過而爲政于天下，則連有蹈東海而死耳，吾不忍爲之民也。'"

［22］紆青拖紫——紆，繫結。青、紫，本爲古代公卿服飾，因借指高官顯爵。揚雄《解嘲》："紆青拖紫。"李善注引《東觀漢記》："印綬，漢制公侯紫綬，九卿青綬。"

［23］策堅乘肥——堅，堅車。肥，肥馬。《漢書·食貨志上》："乘堅策肥，履絲曳縞。"

［24］阿堵——指錢。本義爲"這""這個"。劉義慶《世說新語·規箴》："王夷甫雅尙玄遠，常嫉其婦貪濁，口未嘗言錢字。婦欲試之，令婢以錢遶牀不得行。夷甫晨起，見錢閡行，呼婢曰：'舉却阿堵物。'"

［25］萬曆戊申——萬曆爲明神宗年號。萬曆三十六年爲戊申，卽公元一六〇八年。本書寫在明亡以後，萬曆戊申，作者尙未出生，蓋此爲假託之辭。

【說明】

《水滸後傳》的作者陳忱，處明末淸初大動亂之際，哀明朝之覆亡，憤權奸之誤國，嘆忠良之銷亡，發憤著書，在百回本的《水滸傳》的基礎上鋪衍而成《水滸後傳》。它進一步發展了《水滸》的故事和某些梁山英雄人物的性格，描寫他們在受招安後再度起義，突出了漢族人民與金奴隸主貴族入侵的矛盾，具有深刻的現實意義。作者自稱"後傳爲泄憤之書"，說明他的著書宗旨。同時又指出，"憤"的後面就是"許"。"憤大臣之覆餗，而許宋江之忠；憤羣工之陰狡，而許宋江之義；憤世風之貪，而許宋江之疏財。……"他認爲，如同"刺"中有"頌"一樣，"憤"中也有"許"。無論是暴露與歌頌，都有着同一的東西，那就是作者的理想。

陳忱還認爲，小說的作者必須眞實地描寫現實生活。他稱讚《水滸》，“其序英雄，舉事實，有排山倒海之勢；曲畫細微，亦見安瀾文漪之容。”因而在自己作品中，懸出準的，要使“世道之隆替，人心之險易，靡不各極其致。”“各極其致”，也就是寫形而又傳神，具有藝術的眞實性。他認爲，只有這樣的作品，才能使人感到“繪雲漢覺熱，圖峨嵋則寒”，產生强烈的美感效果。《水滸後傳》的作者在阮小七、李應、樂和等人物性格的塑造中，實踐了這一原則，因而取得成功。然而，他筆下描寫的多數人物，大都出於想象，缺乏生活的基礎，性格並不鮮明。又因爲違反了這一宗旨，未能獲得《水滸》前傳那樣的藝術力量。他的創作實踐也證明了他的理論原則的正確性：必須强調文藝作品的眞實性。

附　　錄

水滸後傳論略（節錄）

〔清〕陳　忱

《水滸》，憤書也，宋鼎旣遷，高賢遺老，實切于中，假宋江之縱橫，而成此書，蓋多寓言也。憤大臣之覆餗，而許宋江之忠；憤羣工之陰狡，而許宋江之義；憤世風之貪，而許宋江之疏財；憤人情之悍，而許宋江之謙和；憤强鄰之啓疆，而許宋江之征遼；憤潢池之弄兵，而許宋江之滅方臘也。

後傳爲泄憤之書：憤宋江之忠義，而見鴆于奸黨，故復聚餘人，而救駕立功，開基創業；憤六賊之誤國，而加之以流貶誅戮；憤諸貴幸之全身遠害，而特表草野孤臣，重圍冒險；憤官宦之嚼民飽壑，而故使其傾倒宦囊，倍償民利；憤釋道之淫奢誑誕，而有萬慶寺之燒，還道村之斬也。

…………

後傳有難于前傳處，前傳鏤空畫影，增減自如；後傳按譜塡辭，高下不得；前傳寫第一流人，分外出色；後傳爲中材以下，苦心表微。

有高于前傳處，讀前傳者，少年子弟，易入任俠一流；讀後傳者，名教中人，不敢道豪傑二字。

並有勝前傳處，如李應、柴進、關勝等受害，偏有許多機關作用，從萬死一生救出人。嗤《西遊記》唐僧有難，便求南海大士，我亦嫌前傳中好漢被陷，除梁山泊救兵，更無別法也。

有大段轉換處，置却梁山，重創登雲飲馬，有毫髮不漏處，人如鄆哥、唐牛兒，地如東溪、還道村，馬如烏騅、玉獅，物如雁翎甲、松紋劍也。

《水滸》曾見原本，稱古杭羅貫中撰，又有歸之施耐菴者，或施、羅合筆，如王實甫、關漢卿之《西廂》是也。至遺民不知爲何許人，以時考之，當去施、羅之世未遠，或與之同時，不相爲下，亦未可知。元人以塡詞小説爲事，當時風氣如此。

文人著述，固有幸不幸焉，前傳膾炙海內，雖至屠沽負販，無不失口成誦，而此稿近三百年，無一知者。聞向藏括蒼民家，又遭傖父改竄，幾不可句讀。余懸重價久而得之，細加紬繹，滙訂成編，倘遇有心人，剞劂傳世，定勿使施、羅專美于前也。跂予望之。

清紹裕堂刻本《水滸後傳》

評刻水滸後傳序(節錄)

〔清〕蔡元枚

太上立德，其次立功，其次立言。斯三者，皆亘古而不朽者也。夫立德者，聖賢之事也；立功者，英雄豪傑之事也，其爲難能而所貴固無量矣；至于立言，則不過文人學士之事，何以與德、功並立而爲三耶？苟非以德之與功，惠澤在于一時。橫而論之，近則數里數十里，遠亦不過數百里數千里；縱而論之，近則在數年數十年，遠亦不過數百年而止耳。若夫橫則天下之大，數萬里之遙，縱則數世數十世數百世之久，非言其曷能不朽耶？即立德立功，非藉言以傳之，後人亦曷從而知之志之耶？則立言者，誠爲重大之所寄，非僅文字之長也。……故以太史公之才，爲史家之祖，而爲游俠貨殖立傳，後之人猶且訾之，獨奈何而取綠林暴客御人奪貨之行而傳之耶！如《水滸》前傳之述宋江等一百八人之事，已不可測；今茲之《水滸》後傳，獨奈何又取其殘剩諸人而鋪張揚厲之，不亦效尤而罪又甚焉者乎？而抑知其殊不然也。善讀書者，必有以深窺乎作者之用心，而後不負乎其立言之本趣。……此傳之序水泊殘剩諸人，其人則猶是前傳之人，而其事則全非前傳之事可同年而語矣！宋自靖康以後，奸佞盈朝，正人退位，以致金人蹂躪，社稷坵墟，生靈涂炭，而此數十人者，出其仁義忠信之天良，英雄豪傑之材力，誅鋤強暴，芟刈奸回，旣足以快人心而符天意，後之身都富貴，安享尊榮，正其材力之所應得；而開基僥外，海國稱王，并非有所侵損于宋室。而且救駕銘勛，愛君報國，立德而兼立功，則誠無愧于天上星辰之位，使後之讀是書者，無不歡欣鼓舞，贊頌稱揚有廉頑立懦之風，足以開愚蒙而醒流俗，則作者立言之本趣，庶幾乎有當于聖賢彰癉勸懲之言也夫。

…………

清光緒三年申報館本《水滸後傳》

水滸後傳讀法(節錄)

〔清〕蔡元枚

…………

傳中所有各種文法甚多，如相間成文法、跳身書外法、犯而不犯法，俱在前則說過；其餘仍有數種，皆是野雲主人偶然看出，今略爲點出以供世賞，其不盡者，散見各回總評、細評內。(二十五)

本傳與前傳有明點法，有暗照法，如阮小七登山祭奠，將山寨舊事指示衆人，到登雲山下失母，說李鐵牛失母；顧大嫂說孫立前日樣子，打登州時寫孫立打扮；登雲山用替天行道旗；蔣敬舟中吃酒，說張順被刼；中國衆人，船到清水澳，阮小七要泅水取魚，李應說張順、李逵潯陽舊事賦詩回，說柴進曾做方臘駙馬之類，是明點也。穆春之在雙峯廟幾個轉身，與武松在鴛鴦樓相似；到登雲山脚下酒店，與梁山泊朱貴酒店相似；牛都監拿解黃信，與清風寨黃信拿解花榮相似；公孫勝破薩頭陀，寫掣出松紋古定劍以照前傳之破高濂；六和塔下，武松見了衆人，叫聲"阿呀"，以照前傳景陽岡遇虎之類是也。至于本傳前後，自作明照暗照之處甚多，俱見各回細評下。(二十六)

有忙里偷閑法，于百忙敍事中，忽寫景物時序。如阮小七、扈成初到孫新酒店，李應兵并龍角山，郭京、張雄兵到二仙山，樂和到雨花台，李俊在清水澳賞中秋，蔡京愛妾房中，燕青村居，呼延鈺在楊劉村之類，都是于極忙中寫出許多清幽景緻，而且點出時序，令人耳目爽然一快。至于明珠峽說暹羅風水，臨安說錢塘風水，愈忙愈閑，另是一樣文情，以顯其筆妙也。（二十七）

有借樹開花法，如要寫孫氏弟兄與扈成上登雲山，便寫一毛豸是毛仲義之子，與山泊舊仇，要借鄒潤來生事陷害，以逼成之；要寫收宋清上山，便借一曾世雄是曾涂之子，與山泊舊仇，生事陷害以逼成之；要寫救呂小姐，便寫一百足蟲是趙能之子，與山泊舊仇，來山上尋事以湊合之之類，不須另起一頭，另撰一事，只借前傳所有之人之事生來，却又隨手了結，文字何等省力。（二十八）

有烘雲托月法，燕青之與盧俊義是主僕而骨肉者也，俊義既死，燕青既欲竭忠圖報，已無其由；今寫一盧俊德，是俊義嫡親瓜葛，燕青不辭勞瘁，不避艱險，盡力以救其妻女，則俊義若在，其報稱又當如何耶！此是借旁形，正如烘雲托月一般。不然，請問看官，傳中必寫此一事者，豈專爲要他女兒爲妻，乃費如許筆墨耶！（二十九）

又如山泊江忠，則教其散去伙衆，守分營生，則其不欲人爲盜可知；于鄆哥一言許過，雖相隔許久，必留心存一女子，以爲之配，則其不肯失信于一人可知；于共濤之女，方且原情救拔，則其不肯忘一有功戮一無罪可知；于武松殘廢之人，既係無功，又不入隊，亦不惜捐重資以與之，則其不貪不吝，篤于故舊可知；此皆于無文字中著文字，讀者須細心理會也。（三十）

有加一倍寫法，如虎峪寨鬪法，另外寫出三座高臺。郭京兒戲演神術，先寫在錢老家捉怪，又寫其黃河渡口叫化，又寫與汪五狗偷鷄；寫馬國主游春，先寫在宮中商量，又寫沿路看景，又寫祭墓，又寫流觴曲水之類；總要寫得十分滿足，熱鬧便熱鬧之極，出醜便出醜之極，快活便快活之極，使文字有瓊花滿瑤樹，海水泛洪濤之妙也。（三十一）

有火裏生蓮法，如蔣敬江中被刼後，寫遇茅庵老僧一段；金人擒二帝後，寫燕青獻青子一段；姚平仲兵敗後，寫入蜀遇仙一段之類；使人如在煩惱火坑之中，忽現清凉世界，令人煩心頓息也。（三十二）

有水中吐焰法，如公孫、朱武之重陽賞菊，何等幽閑自在！二人一段議論，已是脫網忘機，却頃刻便有張雄、郭京兵馬來捉；戴宗之在泰安山與安道全一段說話，與公孫、朱武一般，誰知傾刻便有童貫來取去軍前效用，使他推辭不得；又如李應、黃信等，都是安分自守，却遭人連累，以致被拿入獄，皆是陡起風波，出于意料之外。此等處使人不敢作消受清福之想。（三十三）

有灰綫草蛇法，如李俊在金鰲島救起安道全，爲後引兩寨諸人入海之綫；聞小姐患病求安道全醫治，診太素脈，說他大貴，爲後嫁與李俊爲妃之綫；鄆哥隨呼延鈺去時，說銀子原爲娶妻之用，爲後請留共濤之女賞與爲妻之綫之類；皆是遠遠生根，閑閑下着，到後來忽然照應，何等自然。（三十四）

有欲擒故縱法，如龍角山之畢豐本可殺却，却放他走脫，以爲後來借金兵，飲馬之地；鐵羅漢等三人本可同倭兵一齊了却，却放他逃回本島，以爲後來征三島之地；既獲共濤，本可將薩頭陀一齊擒獲，却放他逃去躲在塔上，以爲共濤女兒立功救死之地；如此安放，眞是七穿八透之文。（三十五）

有背面鋪粉法，如丁自燮、吕世球之貪汚狼藉，却寫一清正不准關文之蘇州太守以陪襯之；張邦昌、劉豫順金叛宋，却寫一王鐵杖刺殺奸臣之開封太守以陪襯之；有林靈素、郭京、薩頭陀之欺狂妖邪，却寫一眞仙正道之徐神翁以陪襯之；有日本倭王之貪悖不仁，却寫一忠順善良，睦鄰訪道之高麗王來以陪襯之：見得雖在亂世之中，一般也有正人君子，不肯駡煞世人，見作者存心忠厚留餘地處。（三十六）

清光緒三年申報館本《水滸後傳》

聊齋誌異自序[1]

〔清〕蒲松齡[2]

披蘿帶荔，三閭氏感而爲《騷》[3]；牛鬼蛇神，長爪郎吟而成癖[4]。自鳴天籟[5]，不擇好音[6]，有由然矣。松，落落秋螢之火[7]，魑魅爭光[8]；逐逐野馬之塵[9]，魍魎見笑[10]。才非干寶，雅愛搜神[11]；情類黄州，喜人談鬼[12]。聞則命筆，遂以成篇。久之，四方同人，又以郵筒[13]相寄，因而物以好聚[14]，所積益夥。甚者，人非化外[15]，事或奇於斷髮[16]之鄉；睫在眼前[17]，怪有過於飛頭之國[18]。遄飛逸興[19]，狂固難辭；永託曠懷，癡且不諱。展如之人[20]，得勿向我胡盧耶[21]？然五父衢頭[22]，或涉濫聽；而三生石上[23]，頗悟前因。放縱之言，有未可概以人廢者[24]。松懸弧時[25]，先大人夢一病瘠瞿曇[26]，偏袒入室，藥膏如錢，圓粘乳際，寤而松生，果符墨誌。且也，少羸多病，長命不猶[27]。門庭之淒寂，則冷淡如僧；筆墨之耕耘[28]，則蕭條似鉢。每搔頭自念，勿亦面壁人果吾前身耶[29]？蓋有漏根因，未結人天之果[30]；而隨風蕩墮，竟成藩溷之花[31]；茫茫六道[32]，何可謂其無理哉！獨是子夜[33]熒熒，燈昏欲蕊；蕭齋[34]瑟瑟，案冷疑冰。集腋爲裘[35]，妄續(續)幽冥之錄[36]；浮白[37]載筆，僅成孤憤[38]之書；寄託如此，亦足悲矣！嗟乎！驚霜寒雀，抱樹無溫[39]；弔月秋蟲，偎欄自熱[40]。知我者，其在青林黑塞[41]間乎！柳泉自題。

上海人民出版社影印本《鑄雪齋抄本聊齋誌異》上

【註釋】

［1］聊齋誌異自序——《聊齋誌異》，文言短篇小説集。清蒲松齡著。共十二卷，收四百九十一篇作品。作者從民間故事中吸取了豐富的營養，並繼承了"傳奇"與"志怪"的傳統，經過了二十年左右時間的辛勤勞動，積累而成。這篇序文，是康熙十八年春所作，時作者年四十歲。

［2］蒲松齡(公元一六四〇年——一七一五年)——字留仙，一字劍臣，號柳泉居士，山東淄川人。長期貧困不得意，除出外游學和在江蘇寶應縣作了一年多幕賓外，在家鄉爲塾師。七十一歲才補上歲貢生。著作有《聊齋誌異》及收有詩、文、俚曲等的《蒲松齡集》，長篇小説《醒世姻緣傳》相傳也是他所著。張元有《柳泉先生墓表》。

［3］披蘿帶荔二句——屈原《九歌·山鬼》:"若有人兮山之阿，被薜荔兮帶女蘿。"若有人，指山鬼。阿，角落。被，同披。薜荔，卽木蓮，香草名，常綠蔓生植物。女蘿，一名松蘿，地衣類植物。句意謂以薜荔爲衣女蘿爲帶。王逸《離騷經序》:"《離騷經》者，屈原之所作也。屈原與楚同姓，仕於懷王，爲三閭大夫。三閭之職，掌王族三姓，曰昭、屈、景。……屈原執履忠貞，而被讒邪，憂心煩亂，不知所愬，乃作《離騷經》。"

［4］牛鬼蛇神二句——杜牧《李長吉歌詩敍》:"牛鬼蛇神，不足爲其虛荒誕幻也。"李商隱《李賀小傳》:"長吉細瘦，通眉，長指爪。能苦吟疾書。"

［5］天籟——《莊子·齊物論》:"女聞人籟而未聞地籟，女聞地籟而未聞天籟夫！"人籟，謂人所吹者，如樂孔所發之聲。地籟，謂地所吹者。天籟，謂天然所吹者。籟原訓爲簫，此引申爲吹。陸德明《莊子音義》引崔(譔)云:"吹猶籟也。"

［6］好音——《詩·泮水》:"懷我好音。"

［7］秋螢之火——《晉書·車胤傳》:"胤博學多通，家貧，不常得油，夏月則練囊盛數十螢火以照書。"按:楊縉有《秋螢照帙》詩。

［8］魑魅爭光——魑魅，古代傳説中山澤的鬼怪。《靈鬼記》:"嵇康燈下彈琴，忽有一人長丈餘，著黑單衣，革帶。康熟視之，乃吹火滅之曰:恥與魑魅爭光。"

［9］逐逐——急驅的樣子。《易·頤》:"其欲逐逐。"野馬之塵——《莊子·逍遥遊》:"野馬也，塵埃也，生物之以息相吹也。"陸德明《音義》引司馬彪曰:"野馬，春日澤中游氣也。"又引崔譔曰:"天地間氣如野馬馳也。"

［10］魍魎見笑——魍魎，古代傳説中的山川精怪名。《南史·劉損傳》:"損宗人伯

龍爲武陵太守，貧窶尤甚，慨然將營什一之利，一鬼在旁拊掌大笑。伯龍曰：貧富固有命，乃復爲鬼所笑也！遂止。”

[11] 才非干寶二句——干寶，字令升，新蔡人。是晉代著名的經學家、史學家，又是小說家。《晉書》卷八十二有傳。本傳載：“寶博學多才，……撰《搜神記》三十卷，集古今神祇靈異諸變幻狀甚悉。”

[12] 情類黄州二句——蘇軾貶謫在黄州時候，常與客詼諧放蕩，有不能談的，則強之使説鬼。事見《佩文韻府》引《避暑錄》。今葉夢得《避暑錄話》不載。

[13] 郵筒——《唐語林》載：“白居易爲杭州刺史時，吳興守錢徽，吳郡守李穰，悉平生舊交，日以詩相寄贈。後元稹守會稽，參其酬唱，多以竹筒盛詩往來，謂之郵筒。”

[14] 物以好聚——歐陽修《集古錄目序》：“物常聚于所好，而常得于有力之彊。”

[15] 人非化外——封建統治者稱政令教化所達不到的地方爲“化外”。《唐律疏議》：“化外人，謂蕃夷之國，別立君長者，各有風俗，制法不同。”

[16] 斷髮——《莊子·逍遥遊》：“宋人資章甫而適諸越，越人斷髮文身無所用之。”

[17] 睫在眼前——見本册袁宏道《雪濤閣集序》註[9]。

[18] 飛頭之國——干寶《搜神記》：“秦時南方有落民，其頭能飛。”段成式《酉陽雜俎》：“嶺南溪洞中往往有飛頭者，故有飛頭獠子之號。”

[19] 遄飛逸興——王勃《秋日登洪府滕王閣餞別序》：“遥吟俯暢，逸興遄飛。”

[20] 展如之人——《詩·鄘風·君子偕老》：“展如之人兮，邦之媛也。”毛傳：“展，誠也。美女爲媛。”此處卽作美女解。

[21] 胡盧——《後漢書·應劭傳》：“掩口盧胡而笑。”

[22] 五父衢頭——《禮記·檀弓》：“殯于五父之衢。”鄭玄注：“五父，衢名。”

[23] 三生石上——唐李源與僧圓觀爲友，圓觀臨死前對李源說：後十二年，可往天竺寺外相見。李源如期赴約，有牧童歌竹枝詞而來，卽是圓觀。歌曰：“三生石上舊精魂，賞月吟風不要論。慚愧情人遠相訪，此身雖異性長存。”詳見袁郊《甘澤謠》。

[24] 放縱之言二句——《論語·衞靈公》：“子曰：君子不以言舉人，不以人廢言。”從，同縱。

[25] 懸弧——《禮記·內則》：“子生，男子設弧于門左。”表示志在四方的意思。弧，弓。

[26] 瞿曇——釋迦牟尼之姓。此作爲僧的代稱。

[27] 長命不猶——《詩·召南·小星》：“實命不猶。”毛傳：“猶，若也。”

[28] 筆墨之耕耘——任昉《爲蕭揚州作薦士表》：“前晉安郡侯官令東海王僧孺，年三十五，理尚棲約，思致恬敏，既筆耕爲養，亦傭書成學。”

[29] 面壁人——《傳燈錄》:"(達摩)師寓止於嵩山少林寺,面壁而坐,終日默然。"此處面壁人只作僧之代稱,即指上文其父夢中所見者。

[30] 有漏根因二句——《傳燈錄》:"(梁武)帝問(達摩)曰:朕造寺寫經度僧,不可勝紀,有何功德?師曰:並無功德。帝曰:何無功德?師曰:此但人天小果,有漏之因。"有漏爲佛學術語,漏是煩惱的異名,含有煩惱的事物,稱爲有漏。善惡等招三界果報的業因,名爲有漏因。有漏業因所招的果報,如人間、天上乃至地獄等,稱有漏果。

[31] 隨風蕩墮二句——《南史·范縝傳》:"竟陵王子良精信佛教,而縝盛稱無佛。子良問曰:君不信因果,何得富貴貧賤?縝答曰:人生如樹花同發,隨風而墜,自有拂簾幌墜于茵席之上,自有開藩籬落于糞溷之中。"

[32] 六道——佛家語。天道、人道、魔道、地獄道、餓鬼道、畜生道。

[33] 子夜——夜十一時到次晨一時爲子時,故稱半夜爲子夜。

[34] 蕭齋——李肇《國史補》:"梁武帝造寺,命蕭子雲飛白大書一'蕭'字。後寺燬,惟此字獨存。李約見之,買歸東洛,建小室以玩之,號曰蕭齋。"後來文人用蕭齋作爲書室的泛稱。

[35] 集腋爲裘——王褒《四子講德論》:"千金之裘,非一狐之腋。"

[36] 幽冥之錄——《幽冥錄》,三十卷,南朝宋劉義慶撰。原書已佚,《古小說鈎沈》輯其佚亡。

[37] 浮白——《說苑·善說》:"魏文侯與大夫飲酒,使公乘不仁爲觴政,曰:飲不釂(音醮,喝乾杯中酒)者浮以大白。"

[38] 孤憤——《韓非子》第十一篇。

[39] 驚霜寒雀二句——蘇軾詞:"寒雀滿疏籬,爭抱寒柯看玉蕤。"

[40] 弔月秋蟲二句——李賀《宮娃歌》:"啼蛄弔月鈎欄下。"

[41] 青林黑塞——杜甫《夢李白》詩:"魂來楓林青,魂返關塞黑。"

【說明】

著名的小說《聊齋誌異》的作者蒲松齡,以憤世嫉俗的筆觸,揭露了封建社會的無比黑暗,又用飽含熱情的語言歌頌了敢於反抗敢於鬬爭的人們。他處於封建制度的統治之下,滿腔悲憤,不可能直抒胸臆,而不得不寄託微言。"集腋爲裘,妄續幽冥之錄;浮白載筆,僅成孤憤之書。"這說明《聊齋》一書,充沛着"孤憤”的情緒。這種“孤憤”之所以產生，是因爲“仕途黑暗，公道不彰，非袖金輸璧，不能自達於聖明，眞令人憤氣塡胸，欲望望然哭向南山而去。”（《與韓刺史樾依書》）它是現實生活的反映。同時，從文學傳統說，則有鑒於“三閭氏感而爲騷”，“長爪郎吟而成癖”，是積極浪漫主義精神的進一步發揚。正因爲如此，人們感到《聊齋》所寫花妖狐魅，別具寄託。王漁洋說：“料應厭作人間語，愛聽秋墳鬼唱時。”（《聊齋誌異》題辭）余集說：“神靈怪物，琦瑋譎佹，以洩憤懣，抒寫愁思。”（《聊齋誌異》序）都道出了《聊齋誌異》的旨意。

《聊齋誌異》不僅具有進步的思想內容，而且在藝術上也達到高度的成就。其藝術成就來自對小說創作優良傳統的繼承，也由於民間文學的哺育。“才非干寶，雅愛搜神；情類黃州，喜人談鬼。聞則命筆，遂以成篇。久之，四方同人，又以郵筒相寄，因而物以好聚，所集益夥。”這說明《聊齋》的作者，是從人民口頭文學中吸取題材學習技巧的。

《聊齋誌異序》短短幾百字，却包含了小說創作必須具有進步的思想內容，繼承優良的文學傳統，學習民間口頭創作等重要內容。這幾點，是《聊齋誌異》取得杰出成就的基本經驗，也是小說創作的一般規律。

附　錄

拙　叟　行

〔清〕蒲松齡

生無逢世才，一拙心所安。我自有故步，無須羨邯鄲。世好新奇矜聚鷸，我惟古鈍（別本作拙）仍峨冠。古道不應遂泯沒，自有知己與我同鹹酸。

何況世態原無定，安能俯仰隨人爲悲歡？君不見：衣服妍媸隨時眼，我欲學長世已短。

中華書局本《蒲松齡集·聊齋詩集》卷四

聊齋誌異序

〔清〕高 珩

誌而曰異，明其不同於常也。然而聖人曰："君子以同而異。"何耶？其義廣矣、大矣。夫聖人之言，雖多主於人事，而吾謂三才之理，六經之文，諸聖之義，可一以貫之。則謂異之爲義，即易之冒道，無不可也。夫人但知居仁由義，克己復禮，足爲善人君子矣。而陟降而在帝左右，禱祀而感召風雷，乃近於巫祝之說者，何耶？神禹創鑄九鼎，而山海一經，復垂萬世，豈上古聖人而喜語怪乎？抑爭子虛烏有之賦心，而預爲分道揚鑣者地乎？後世拘墟之士，雙瞳如豆，一葉迷山，目所不見，率以仲尼"不語"爲辭，不知鷁飛石隕，是何人載筆爾爾也？倘概以左氏之誣蔽之，無異掩耳者高語無雷矣。引而申之，即"閶闔九天，衣冠萬國"之句，深山窮谷中人，亦以爲欺我無疑也。余謂：欲讀天下之奇書，須明天下之大道，蓋以人倫大道，淑世者聖人之所以爲木鐸也。然而天下有解人，則雖言孔子之不語者，皆足輔功令教化之所不及，而諾皋、夷堅，亦可與六經同功。苟非其人，則雖日述孔子之所常言，而皆足以佐慝，如讀南子之見，則以爲淫辟皆可周旋；泥佛肸之往，則以爲叛逆，不妨共事，不止詩書發塚，周官資篡已也。彼拘墟之士多疑者，其言則未嘗不近於正也。一則疑曰：政教自堪治世，因果無乃渺茫乎？曰：是也。然而陰隲上帝，幽有鬼神，亦聖人之言否乎？彼彭生覿面，申生語巫，武曌宮中，田蚡枕畔，九幽斧鉞，嚴於王章多矣。而世人往往多疑者，以報應之或爽，誠有可疑。即如聖門之士，賢雋無多，德行四人，二者夭亡，一厄繼母，幾乎同於伯奇，天道憒憒，一至此乎！是非遠洞三世，不足消釋羣憾。釋迦馬麥，袁盎人瘡，世亦安能知之？故非天道憒憒，人自憒憒故也。或再疑曰：報應示戒可矣，妖邪不宜黜乎？曰：是也。然而天地大矣，無所不有；古今變矣，未可舟膠。人世不皆君子，陰曹反皆正人乎？豈夏姬謝世，便儕共姜；榮公撤瑟，可參孤竹乎？有以知其必不然矣。且江河日下，人鬼頗多，不則幽冥之中，反是聖賢道場，日日唐虞三代，有是理乎？或又疑而且規之曰：異事，世間固有之矣，或亦不妨抵掌；而竟馳想天外，幻跡人區，無乃爲齊諧濫觴乎？曰：是也。然子長列傳，不厭滑稽；卮言寓言，蒙莊嚆矢。且二十一史果皆實錄乎？仙人之議李郭也，固有遺憾久矣。而況勃窣文心，筆補造化，不止生花，且同煉石。佳狐佳鬼之奇俊也，降福既以孔皆，敦倫更復無斁，人中大賢，猶有愧焉。是在解人不爲法縛，不死句下可也。夫中郎帳底，應饒子家之異味；鄴侯架上，何須兔册之常詮？余願爲婆娑藝林者，職調人之役焉。古人著書，其正也，則以天常民彝爲則，使天下之人，聽一事，如聞雷霆，奉一言，如親日月。外此而書或奇也，則新鬼故鬼，魯廟依稀；內蛇外蛇，鄭門躑躅，非盡矯誣也。倘盡以"不語"二字奉爲金科，則萍實、商羊、羵羊、楛矢，但當搖首閉目而謝之足矣。然乎否耶？吾願讀書之士，攬此奇文，須深慧業，眼光如電，牆壁皆通，能知作者之意，並能知聖人或雅言、或罕言、或不語之故，則六經之義，三才之統，諸聖之衡，一一貫之。異而同者，忘其異焉可矣。不然，癡人每苦情深，入耳便多濡首。一字魂飛，心月之精靈冉冉；三生夢渺，牡丹之亭下依依。檀板動而忽來，桃茢遺而不去，君將爲魍魎曹丘生，僕何辭齊諧魯仲連乎？

康熙己未春日穀旦，紫霞道人高珩題。

上海古籍出版社會校會注會評本《聊齋誌異》一

聊齋誌異序

〔清〕唐夢賚

諺有之云："見橐駝謂馬腫背"。此言雖小，可以喻大矣。夫人以目所見者爲有，所不見者爲無。曰，此其常也；倏有而倏無則怪之。至於草木之榮落，昆蟲之變化，倏有倏無，又不之怪；而獨於神龍則怪之。彼萬竅之刁刁，百川之活活，無所持之而動，無所激之而鳴，豈非怪乎？又習而安焉。獨至於鬼狐則怪之，至於人則又不怪。夫人，則亦誰持之而動，誰激之而鳴者乎？莫不曰：我實爲之。夫我之所以爲我者，目能視而不能視其所以視，耳能聞而不能聞其所以聞，而況於見聞所不及者乎？夫見聞所及以爲有，所不及以爲無，其爲見聞也幾何矣。人之言曰："有形形者，有物物者"，而不知有以無形爲形，無物爲物者。夫無形無物，則耳目窮矣，而不可謂之無也。有見蚊睫者，有不見泰山者，有聞蟻鬥者，有不聞雷鳴者。見聞之不同者，聾瞽未可妄論也。自小儒爲“人死如風火散”之說，而原始要終之道，不明於天下；於是所見者愈少，所怪者愈多，而“馬腫背”之說昌行於天下。無可如何，輒以“孔子不語”一詞了之，而齊諧志怪、虞初記異之篇，疑信之者參半矣。不知孔子之所不語者，乃中人以下不可得而聞者耳，而謂春秋盡刪怪神哉！留仙蒲子，幼而穎異，長而特達，下筆風起雲湧，能爲載記之言。於制藝舉業之暇，凡所見聞，輒爲筆記，大要多鬼狐怪異之事。向得其一卷，輒爲同人取去；今再得其一卷閱之。凡爲余所習知者，十之三四，最足以破小儒拘墟之見，而與夏蟲語冰也。余謂事無論常怪，但以有害於人者爲妖。故日食星隕，鷁飛鵒巢，石言龍鬥，不可謂異；惟土木甲兵之不時，與亂臣賊子，乃爲妖異耳。今觀留仙所著，其論斷大義，皆本於賞善罰淫與安義命之旨，足以開物而成務，正如揚雲《法言》，桓譚謂其必傳矣。

康熙壬戌仲秋既望，豹巖樵史唐夢賚題。

上海古籍出版社會校會注會評本《聊齋誌異》一

題聊齋文集後

〔清〕王士禛

八家古文辭，日趨平易，於是滄溟、弇州輩起而變之以古奥；而操觚家論文正宗，謂不若震川之雅且正也。聊齋文不斤斤宗法震川，而古折奥峭，又非擬王、李而得之，卓乎成家，其可傳於後無疑也。

漁洋老人王士禛拜題。

中華書局本《蒲松齡集·聊齋文集》附録

聊齋誌異序

〔清〕余　集

乙酉三月，山左趙公奉命守睦州，余假館於郡齋。太守公出淄川蒲柳泉先生《聊齋誌異》，請予審定而付之梓。嚴陵環郡皆崇山，郡齋又多古木奇石。時當秋飆怒號，景物睄霓，狐鼠晝跳，梟獍夜嘷，把卷坐斗室中，青燈睒睒，已不待展讀，而陰森之氣，偪人毛髮。嗚呼，同在光天化日之中，而胡乃沉冥抑塞，託志幽遐，至于此極！余蓋卒讀之而悄然有以悲先生之志矣。按縣誌稱先生少負異才，以氣節自矜，落落不偶，卒困于經生以終。平生奇氣，無所宣渫，悉寄之於書。故所載多涉諔詭荒忽不經之事，至于驚世駭俗，而卒不顧。嗟夫！世固有服聲被色，儼然人類；叩其所藏，有鬼蜮之不足比，而豺虎之難與方者。下堂見蠆，出門觸蠭，紛紛沓沓，莫可窮詰。惜無禹鼎鑄其情狀，鐲鏤決其陰霾，不得已而涉想於杳冥荒怪之域，以為異類有情，或者尚堪晤對；鬼謀雖遠，庶其警彼貪淫。嗚呼！先生之志荒，而先生之心苦矣！昔者三閭被放，彷徨山澤，經歷陵廟，呵壁問天，神靈怪物，琦瑋僪佹，以洩憤懣，抒寫愁思。釋氏憫衆生之顛倒，借因果為筏喻，刀山劍樹，牛鬼蛇神，罔非說法，開覺有情。然則是書之恍惚幻妄，光怪陸離，皆其微旨所存，殆以三閭侘傺之思，寓化人解脫之意歟？使第以媲美齊諧，希蹤述異相詫嫐，此井蠡之見，固大盭於作者；亦豈太守公傳刻之深心哉！夫易筮載鬼，傳紀降神，妖祥災異，炳于經籍。天地至大，無所不有；小儒視不越几席之外，履不出里巷之中，非以情揣，即以理格，是訫訫者又甚於井蠡之見也。太守公曰："子之說，可以傳先生矣。"遂書以為序。

乾隆三十年，歲次乙酉十一月，仁和余集撰。

上海古籍出版社會校會注會評本《聊齋誌異》一

春在堂隨筆(選錄)

〔清〕俞　樾

紀文達公嘗言：《聊齋誌異》一書，才子之筆，非著書者之筆也。先君子亦云："蒲留仙才人也。其所藻繢，未脫唐宋人小說窠臼。若紀文達《閱微草堂五種》，專為勸懲起見，敍事簡，說理透，不屑屑於描頭畫角，非留仙所及。"余著《右台仙館筆記》，以《閱微》為法，而不襲《聊齋》筆意，秉先君之訓也。然《聊齋》藻繢不失為古艷，後之繼《聊齋》而作者，則俗艷而已，甚或庸俗不堪入目，猶自詡為步武《聊齋》，何留仙之不幸也。

....

光緒十五年重定本《春在堂全書・春在堂隨筆》八

原　詩[1]〔節錄〕

〔清〕葉　燮[2]

內 篇 上

……或問于余曰：詩可學而能乎？曰：可。曰：多讀古人之詩，而求工于詩而傳焉可乎？曰：否。曰：詩旣可學而能，而又謂讀古人之詩以求工爲未可，竊惑焉。其義安在？余應之曰：詩之可學而能者，盡天下之人皆能讀古人之詩而能詩；今天下之稱詩者是也。而求詩之工而可傳者，則不在是。何則？大凡天姿人力，次敍先後，雖有生學困知之不同，而欲其詩之工而可傳，則非就詩以求詩者也。我今與子以詩言詩，子固未能知也。不若借事物以譬之，而可曉然矣。今有人焉，擁數萬金而謀起一大宅，門堂樓廡，將無一不極輪奐[3]之美，是宅也，必非憑空結撰，如海上之蜃，如三山之雲氣，以爲樓臺[4]，將必有所託基焉；而其基必不于荒江窮壑負郭僻巷湫隘卑濕之地，將必于平直高敞，水可舟楫，陸可車馬者，然後始基而經營之，大廈乃可次第而成。我謂作詩者，亦必先有詩之基焉。詩之基，其人之胸襟是也。有胸襟，然後能載其性情智慧聰明才辨以出，隨遇發生，隨生卽盛。千古詩人推杜甫，其詩隨所遇之人之境之事之物，無處不發其思君王、憂禍亂、悲時日、念友朋、弔古人、懷遠道。凡歡愉幽愁離合今昔之感，一一觸類而起，因遇得題，因題達情，因情敷句，皆因甫有其胸襟以爲基，如星宿之海[5]，萬源從出，如鑽燧之火，無處不發，如肥土沃壤，時雨一過，夭喬[6]百物，隨類而興，生意各別，而無不具足。卽如甫集中《樂遊園》七古一篇，時甫年纔三十餘，當開、寶盛時，使今人爲此，必鋪陳颺頌，藻麗雕繢，無所不極，身在少年場中，功名事業，來日未苦短也，何有乎身世之感？乃甫此詩，前半卽景事無多排場，忽轉年年人醉一段[7]，悲白髮，荷皇天，而終之以獨立蒼茫，此其胸襟之所寄託何如也！余又嘗謂晉王羲之獨以法書立極，非文辭作手也。蘭亭之集，時貴名流畢會，使時手爲序，必極力鋪寫，諛美萬端，決無一語稍涉荒涼者。而羲之此序，寥寥數語，託意于仰觀俯察，宇宙萬彙，係之感憶，而極于死生之痛[8]，則羲之之胸襟，又何如也！由是言之，有是胸襟以爲基，而後可以爲詩文。不然，雖日誦萬言，吟千首，浮響膚辭，不從中出，如剪綵之花，根蒂旣無，生意自絕，何異乎憑虛而作室也。乃作室者，旣有其基矣，必將取材。而材非培塿[9]之木，拱把之桐梓，取之近地闤闠村市之間而能勝也；當不憚遠且勞，求荆、湘之楩楠，江、漢之豫章[10]，若者可以爲棟爲榱，若者可以爲楹爲柱，方勝任而愉快，乃免支離屈曲之病。則夫作詩者，旣有胸襟，必取材于古人，原本于《三百篇》、楚騷，浸淫于漢、魏、六朝、唐、宋諸大家，皆能會其指歸，得其神理。以是爲詩，正不傷庸，奇不傷怪，麗不傷浮，博不傷僻，決無剽竊吞剝之病。乃時手每每取捷徑于近代當世之聞人，或以高位，或以虛名，竊其體裁字句，以爲祕本，謂旣得所宗主，卽可以得其人之贊揚獎借，生平未嘗見古人，而才名已早成矣。何異方寸之木，而遽高于岑樓邪[11]？若此等之材，無論不可爲大廈，卽數椽茅把[12]之居，用之亦不勝任，將見一朝墮地，腐爛而不可支。故有基之後，以善取材爲急急也。旣有材矣，將用其材，必善用之而後可。得工師大匠指揮之，材乃不枉，爲棟爲樑，爲榱爲楹，悉當而無絲毫之憾。非然者，宜方者圓，宜圓者方，枉棟之材而爲桷，枉柱之材而爲楹，天下斲小之匠人寧少邪？世固有成誦古人之詩數萬首，涉略經史集，亦不下數十萬言，逮落筆則有俚俗、庸腐、窒板、拘牽、隘小、膚冗種種諸習，此非不足于材，有其材而無匠心，不能用而枉之之故也。夫作詩者，要見古人之自命處、着眼處、作意處、命辭處、出手處，無一可苟。而痛去其自已本來面目，如醫者之治結疾，先盡蕩其宿垢，以理其清虚，而徐以古人之學識神理充之；久之，而又能去古人之面目，然後匠心而出，我未嘗摹擬古人，而古人且爲我役。彼作室者，旣善用其材而不枉，宅乃成矣；宅成不可無丹雘赭堊之功。一經俗工絢染，徒爲有識所嗤。夫詩純淡則無味，純朴則近俚，勢不能如畫家之有不設色。古稱非文辭不爲功。文辭者，斐然之章采也。必本之前人，擇其麗而則、典而古者而從事焉，則華實並茂，無夸縟鬭炫之態，乃可貴也。若徒以富麗爲工，本無奇意，而飾以奇字；本非異物，而加以異名別號，味如嚼蠟[13]，展誦未竟，但覺不堪，此鄉里小兒之技，有識者不屑爲也。故能事以設色布采終焉。然余更有進。此作室者，自始基以至設色，其爲宅也，旣成而無餘事矣。然自康衢[14]而登其門，于是而堂，而中門，又于是而中堂，而後堂，而閨闥，而曲房，而賓席東廚之室，非不井然秩然也，然使今日造一宅焉如是，明日易一地而更造一宅焉，而亦如是，將百十其宅，而無不皆如是，則亦可厭極矣。其道在于善變化。變化豈易語哉，終不可易曲房于堂之前，易中堂于樓之後，入門卽見廚，而聯賓坐于閨闥也。惟數者一一各得其所，而悉出于天然位置，終無相踵沓出之病，是之謂變化。變化而不失其正，千古詩人，惟杜甫爲能。高、岑、王、孟諸子[15]，設色止矣，皆未可語以變化也。夫作詩者，至能成一家之言足矣，此猶淸任和三子之聖[16]，各極其至。而集大成[17]，聖而不可知之之謂神[18]，惟夫子。杜甫，詩之神者也，夫惟神乃能變化。子言多讀古人之詩，而求工于詩者，乃囿于今之稱詩者論也。

或曰：今之稱詩者，高言法矣。作詩者果有法乎哉？且無法乎哉？余曰：法者，虚名也，非所論于有也。又法者，定位也，非所論于無也。子無以余言爲惝恍河漢[19]，當細爲子晰之。自開闢以來，天地之大，古今之變，萬彙之賾[20]，日星河嶽，賦物象形，兵刑禮樂，飲食男女，于以發爲文章，形爲詩賦，其道萬千，余得以三語蔽之：曰理，曰事，曰情，不出乎此而已。然則詩文一道，豈有定法哉[21]？先揆乎其理，揆之于理而不謬，則理得；次徵諸事，徵之于事而不悖，則事得；終絜諸情，絜之于情而可通，則情得。三者得而不可易，則自然之法立。故法者，當乎理，確乎事，酌乎情，爲三者之平準，而無所自爲法也。故謂之曰虚名。又法者，國家之所謂律也。自古之五刑宅就[22]，以至于今，法亦密矣。然豈無所憑而爲法哉？不過揆度于事理情三者之輕重大小上下，以爲五服五章[23]刑賞生殺之等威差別，于是事理情當于法之中。人見法而適愜其事理情之用，故又謂之曰定位。乃稱詩者不能言法所以然之故，而曉曉然曰法。吾不知其離一切以爲法乎？將有所緣以爲法乎？離一切以爲法，則法不能憑虚而立；有所緣以爲法，則法仍託他物以見矣。吾不知統提法者之于何屬也？彼曰：凡事凡物皆有法，何獨于詩而不然？是也。然法有死法，有活法[24]。若以死法論，今譽一人之美，當問之曰：若固眉在眼上乎？鼻口居中乎？若固手操作而足循履乎？夫妍媸萬態，而此數者必不渝，此死法也。彼美之絶世獨立[25]，不在是也。又朝廟享燕，以及士庶宴會，揖讓升降，敍坐獻酬，無不然者，此亦死法也。而格[26]鬼神，通愛敬，不在是也。然則彼美之絶世獨立，果有法乎？不過即耳目口鼻之常，而神明之。而神明之法，果可言乎？彼享宴之格鬼神，合愛敬，果有法乎？不過即揖讓獻酬而感通之。而感通之法，又可言乎？死法則執塗之人能言之，若曰活法，法既活，而不可執矣，又焉得泥于法？而所謂詩之法，得毋平平仄仄之拈乎？村塾中曾讀《千家詩》[27]者，亦不屑言之。若更有進，必將曰：律詩必首句如何起，三四如何承，五六如何接，末句如何結。古詩要炤應，要起伏，析之爲句法，總之爲章法。此三家村詞伯相傳久矣，不可謂稱詩者獨得之祕也。若舍此兩端，而謂作詩另有法，法在神明之中，巧力之外，是謂變化生心。變化生心之法，又何若乎？則死法爲定位，活法爲虛名。虛名不可以爲有，定位不可以爲無。不可爲無者，初學能言之；不可爲有者，作者之匠心變化，不可言也。夫識辨不精，揮霍[28]無具，徒倚法之一語，以牢籠一切，譬之國家有法，所以儆愚夫愚婦之不肖而使之不犯，未聞與道德仁義之人講論習肄，而時以五刑五罰[29]之法，恐懼之而迫脅之者也。惟理事情三語，無處不然。三者得，則胸中通達無阻，出而敷爲辭，則夫子所云辭達[30]。達者通也，通乎理，通乎事，通乎情之謂。而必泥乎法，則反有所不通矣。辭且不通，法更于何有乎？

曰理，曰事，曰情。三語大而乾坤以之定位[31]，日月以之運行，以至一草一木一飛一走，三者缺一則不成物。文章者，所以表天地萬物之情狀也。然具是三者，又有總而持之，條而貫之者曰氣。事理情之所爲用，氣爲之用也。譬之一木一草，其能發生者，理也；其既發生，則事也；既發生之後，夭矯滋植，情狀萬千，咸有自得之趣，則情也。苟無氣以行之，能若是乎？又如合抱之木，百尺千霄，纖葉微柯以萬計，同時而發，無有絲毫異同，是氣之爲也。苟斷其根，則氣盡而立萎，此時理事情俱無從施矣。吾故曰：三者藉氣而行者也。得是三者，而氣鼓行于其間，絪緼磅礴，隨其自然所至卽爲法。此天地萬象之至文也。豈先有法以馭是氣者哉？不然，天地之生萬物，舍其自然流行之氣，一切以法繩之，夭矯飛走，紛紛于形體之萬殊，不敢過于法，不敢不及于法，將不勝其勞，乾坤亦幾乎息矣[32]。

草木氣斷則立萎，理事情俱隨之而盡，固也。雖然，氣斷則氣無矣，而理事情依然在也。何也？草木氣斷則立萎，是理也；萎則成枯木，其事也；枯木豈無形狀，向背高低上下，則其情也。由是言之，氣有時而或離，理事情無之而不在。向枯木而言法，法于何施？必將曰，法將析之以爲薪，法將斲之而爲器。若果將以爲薪爲器，吾恐仍屬之事理情矣，而法又將遁而之他矣。天地之大文，風雲雨雷是也。風雲雨雷，變化不測，不可端倪[33]，大地之至神也，卽至文也。試以一端論。泰山之雲，起于膚寸，不崇朝而徧天下[34]。吾嘗居泰山之下者半載，熟悉雲之情狀，或起于膚寸，瀰淪六合；或諸峯競出，升頂卽滅；或連陰數月；或食時卽散；或黑如漆；或白如雪；或大如鵬翼；或亂如散鬈[35]；或塊然垂天，後無繼者；或聯綿纖微，相續不絕；又忽而黑雲興，土人以法占之，曰將雨，竟不雨；又晴雲出，法占者曰，將晴，乃竟雨。雨之態以萬計，無一同也；以至雲之色相，雲之性情，無一同也。雲或有時歸，或有時竟一去不歸，或有時全歸，或有時半歸，無一同也。此天地自然之文，至工也。若以法繩天地之文，則泰山之將出雲也，必先聚雲族[36]而謀之：曰吾將出雲而爲天地之文矣，先之以某雲，繼之以某雲，以某雲爲起，以某雲爲伏，以某雲爲照應爲波瀾，以某雲爲逆入，以某雲爲空翻，以某雲爲開，以某雲爲闔，以某雲爲掉尾，如是以出之，如是以歸之，一一使無爽，而天地之文成焉。無乃天地之勞于有泰山，泰山且勞于有是雲，而出雲且無日矣。蘇軾有言："我文如萬斛源泉，隨地而出[37]。"亦可與此相發明也。

或曰：先生言作詩，法非所先，言固辨矣，然古帝王治天下，必曰大經大法。然則法且後乎哉？余曰：帝王之法，卽政也。夫子言："文武之政，布在方策[38]。"此一定章程，後人守之。苟有毫髮出入，則失之矣。修德貴日新[39]，而法者舊章，斷不可使有毫髮之新。法一新，此王安石之所以亡宋也。若夫詩，古人作之，我亦作之，自我作詩，而非述詩也。故凡有詩，謂之新詩。若有法，如教條政令而遵之，必如李攀龍之擬古樂府[40]然後可。詩末技耳，必言前人所未言，發前人所未發，而後爲我之詩。若徒以效顰效步爲能事，曰此法也，不但詩亡而法亦且亡矣。余之後法，非廢法也，正所以存法也。夫古今時會不同，即政令尚有因時而變通之，若膠固不變，則新莽之行周禮[41]矣。奈何風雅一道，而踵其謬戾哉？（以上卷一）

內 篇 下

曰理，曰事，曰情，此三言者，足以窮盡萬有之變態。凡形形色色，音聲狀貌，舉不能越乎此。此舉在物者而爲言，而無一物之或能去此者也。曰才，曰膽，曰識，曰力，此四言者，所以窮盡此心之神明。凡形形色色，音聲狀貌，無不待于此而爲之發宣昭著。此舉在我者而爲言，而無一不如此心以出之者也。以在我之四，衡在物之三，合而爲作者之文章，大之經緯天地[42]，細而一動一植，詠歎謳吟，俱不能離是而爲言者矣。在物者前已論悉之，在我者雖有天分之不齊，要無不可以人力充之。其優于天者，四者具足，而才獨外見，則羣稱其才，而不知其才之不能無所憑而獨見也。其歉乎天者，才見不足，人皆曰才之歉也，不可勉强也，不知有識以居乎才之先。識爲體而才爲用，若不足於才，當先研精推求乎其識。人惟中藏[43]無識，則理事情錯陳於前，而渾然茫然，是非可否，妍媸黑白，悉眩惑而不能辨，安望其敷而出之爲才乎？文章之能事，實始乎此。今夫詩，彼無識者，既不能知古來作者之意，并不自知其何所興感觸發而爲詩。或亦聞古今詩家之論，所謂體裁格力聲調興會等語，不過影響於耳，含糊於心，附會於口，而眼光從無着處，腕力從無措處。即歷代之詩，陳於前，何所決擇？何所適從？人言是則是之，人言非則非之。夫非必謂人言之不可憑也，而彼先不能得我心之是非而是非之，又安能知人言之是非而是非之也。有人曰，詩必學漢、魏，學盛唐，彼亦曰學漢、魏，學盛唐，從而然之；而學漢、魏與盛唐所以然之故，彼不能知，不能言也。即能效而言之，而終不能知也。又有人曰，詩當學晚唐，學宋學元，彼亦曰學晚唐，學宋學元，又從而然之；而學晚唐與宋、元所以然之故，彼又終不能知也。或聞詩家有宗劉長卿[44]者矣，於是羣然而稱劉隨州矣；又或聞有崇尚陸游者矣，於是人人案頭無不有《劍南集》以爲祕本，而遂不敢他及矣。如此等類，不可枚舉，一槩人云亦云，人否亦否，何爲者邪？夫人以著作自命，將進退古人，次第前哲，必具有隻眼，而後泰然有自居之地。倘議論是非，聾瞀[45]于中心，而隨世人之影響而附會之，終日以其言語筆墨爲人使令驅役，不亦愚乎！且有不自以爲愚，旋愚成妄，妄以生驕，而愚益甚焉。原其患，始于無識，不能取舍之故也。是即吟詠不輟，累牘連章，任其塗抹，全無生氣，其爲才邪？爲不才邪？惟有識則是非明，是非明則取舍定，不但不隨世人脚跟，幷亦不隨古人脚跟，非薄古人爲不足學也。蓋天地有自然之文章，隨我之所觸而發宣之，必有克肖其自然者，爲至文以立極。我之命意發言，自當求其至極者。昔人有言：“不恨我不見古人，恨古人不見我。”又云：“不恨臣無二王法，但恨二王無臣法[46]。”斯言特論書法耳，而其人自命如此。等而上之，可以推矣。譬之學射者，盡其目力臂力，審而後發，苟能百發百中，即不必學古人。而古有后羿、養由基[47]其人者，自然來合我矣。我能是，古人先我而能是，未知我合古人歟？古人合我歟？高適有云：“乃知古時人，亦有如我者[48]。”豈不然哉？故我之著作與古人同，所謂其揆之一[49]；即有與古人異，乃補古人之所未足，亦可言古人補我之所未足，而後我與古人交爲知己也。惟如是，我之命意發言，一一皆從識見中流布，識明則膽張，任其發宣而無所於怯，横說竪說，左宜而右有，直造化在手，無有一之不肖乎物也。且夫胸中無識之人，卽終日勤于學，而亦無益。俗諺謂爲兩脚書橱[50]，記誦日多，多益爲累，及伸紙落筆時，胸如亂絲，頭緒旣紛，無從割擇，中且餒而膽愈怯，欲言而不能言，或能言而不敢言，矜持於銖兩尺矱之中，旣恐不合於古人，又恐貽譏於今人。如三日新婦，動恐失體，又如跛者登臨，舉恐失足。文章一道，本攄寫揮灑樂事，反若有物焉，以桎梏之，無處非礙矣。於是强者必曰，古人某某之作如是，非我則不能得其法也；弱者亦曰，古人某某之作如是，今之聞人某某傳其法如是，而我亦如是也；其黠者心則然而祕而不言，愚者心不能知其然，徒夸而張於人，以爲我自有所本也。更或謀篇時，有言已盡，本無可贅矣，恐方幅不足，而不合於格，於是多方拖沓以擴之，是蛇添足[51]也；又有言尚未盡，正堪抒寫，恐逾於格而失矩度，亟闔而已焉，是生割活剝也。之數者，因無識，故無膽，使筆墨不能自由。是爲操觚[52]家之苦趣，不可不察也。昔賢有言：成事在膽[53]。文章千古事[54]，苟無膽，何以能千古乎？吾故曰：無膽則筆墨畏縮。膽旣詘矣，才何由而得伸乎？惟膽能生才，但知才受於天，而抑知必待擴充於膽邪？吾見世有稱人之才，而歸美之曰能斂才就法。斯言也，非能知才之所由然者也。夫才者，諸法之蘊隆[55]發現處也。若有所斂而爲就，則未斂未就以前之才，尚未有法也，其所爲才，皆不從理事情而得，爲拂道悖德之言，與才之義相背而馳者，尚得謂之才乎？夫於人之所不能知，而惟我有才能知之；於人之所不能言，而惟我有才能言之。縱其心思之氤氲磅礴，上下縱橫，凡六合以内外，皆不得而囿之，以是措而爲文辭，而至理存焉，萬事準焉，深情托焉，是之謂有才。若欲其斂以就法，彼固掉臂遊行於法中久矣。不知其所就者，又何物也？必將曰所就者乃一定不遷之規矩，此千萬庸衆人皆可共趨之而由之，又何待於才之斂邪？故文章家止有以才御法而驅使之，決無就法而爲法之所役而猶欲詡其才者也。吾故曰：無才則心思不出，亦可曰無心思則才不出。而所謂規矩者，即心思之肆應各當之所爲也。蓋言心思則主乎內以言才，言法則主乎外以言才。主乎內，心思無處不可通，吐而爲辭，無物不可通也。夫孰得而範圍其心，又孰得而範圍其言乎？主乎外，則囿于物而反有所不得于我心，心思不靈而才銷鑠矣。吾嘗觀古之才人，合詩與文而論之（原無之字，據《清詩話》本校增），如左丘明、司馬遷、賈誼、李白、杜甫、韓愈、蘇軾之徒，天地萬物皆遞開闢于其筆端，無有不可舉，無有不能勝，前不必有所承，後不必有所繼，而各有其愉快。如是之才，必有其力以載之。惟力大而才能堅，故至堅而不可摧也。歷千百代而不朽者以此。昔人有云擲地須作金石聲[56]，六朝人非能知此義者。而言金石，喻其堅也。此可以見文家之力。力之分量，即一句一言，如植之則不可仆，橫之則不可斷，行則不可遏，住則不可遷。易曰：獨立不懼[57]。此言其人，而其人之文當亦如是也。譬之兩人焉，共適于途，而值羊腸蠶叢[58]峻棧危梁之險，其一弱者，精疲于中，形戰於外，將裹足而不前，又必不可已而進焉，于是步步有所憑藉，以爲依傍，或藉人之推之挽之，或手有所持而捫，或足有所緣而踐，即能前達，皆非其人自有之力，僅愈于木偶爲人舁之而行耳。其一爲有力者，神旺而氣足，徑往直前，不待有所攀援假借，奮然投足，反趨弱者扶掖之前，此直以神行而形隨之，豈待外求而能者。故有境必能造，有造必能成。吾故曰：立言者，無力則不能自成一家。夫家者，吾固有之家也。人各自有家，在己力而成之耳，豈有依傍想象他人之家以爲我之家乎？是猶不能自求家珍，穿窬鄰人之物以爲己有，即使盡竊其連城之璧[59]，終是鄰人之寶，不可爲我家珍，而識者窺見其裏，適供其啞然一笑而已。故本其所自有者而益充而廣大之以成家，非其力之所自致乎？然力有大小，家有巨細。吾又觀古之才人，力足以蓋一鄉，則爲一鄉之才；力足以蓋一國，則爲一國之才；力足以蓋天下，則爲天下之才；更進乎此，其力足以十世，足以百世，足以終古，則其立言不朽之業，亦垂十世，垂百世，垂終古，悉如其力以報之。試合古今之才，一一較其所就，視其力之大小遠近如分寸銖兩之悉稱焉。又觀近代著作之家，其詩文初出，一時非不紙貴[60]，後生小子，以耳爲目，互相傳誦，取爲模楷；及身沒之後，聲問卽泯，漸有起而議之者；或間能及其身後，而一世再世漸遠而無聞焉；甚且詆毁叢生，是非競起，昔日所稱其人之長，卽爲今日所指之短，可勝歎哉！卽如明三百年間，王世貞、李攀龍輩盛鳴于嘉、隆[61]時，終不如明初之高、楊、張、徐[62]猶得無毁于今日人之口也。鍾惺、譚元春[63]之矯異于末季，又不如王、李之猶可及于再世之餘也。是皆其力所至遠近之分量也。統百代而論詩，自《三百篇》而後，惟杜甫之詩，其力能與天地相終始，與《三百篇》等。自此以外，後世不能無入者主之，出者奴之，諸說之異同，操戈之不一矣。其間又有力可以百世，而百世之內，互有興衰者，或中湮而復興，或昔非而今是，又似世會使之然。生前或未有推重之，而後世忽崇尚之，如韓愈之文。當愈之時，舉世未有深知而尙之者，二百餘年後，歐陽修方大表章之，天下遂翕然宗韓愈之文，以至于今不衰。信乎文章之力有大小遠近，而又盛衰乘時之不同如是。欲成一家言，斷宜奮其力矣。夫內得之于識而出之而爲才，惟膽以張其才，惟力以克荷之，得全者其才見全，得半者其才見半，而又非可矯揉蹴至[64]之者也，蓋有自然之候焉。千古才力之大者，莫有及于神禹，神禹平成天地之功，此何等事，而孟子以爲行所無事[65]，不過順水流行坎止[66]自然之理，而行疏瀹排決之事[67]，豈別有治水之法，有所矯揉以行之者乎？不然者，是行其所有事矣。大禹之神力，遠及萬萬世，以文辭立言者，雖不敢幾此，然異道同歸，勿以篇章爲細務自逐，處于沒世無聞已也。大約才識膽力，四者交相爲濟，苟一有所歉，則不可登作者之壇。四者無緩急，而要在先之以識。使無識則三者俱無所託。無識而有膽，則爲妄，爲鹵莽，爲無知，其言背理叛道，蔑如也；無識而有才，雖議論縱横，思致揮霍，而是非淆亂，黑白顛倒，才反爲累矣；無識而有力，則堅僻[68]妄誕之辭，足以誤人而惑世，爲害甚烈。若在騷壇，均爲風雅之罪人。惟有識則能知所從，知所奮，知所決，而後才與膽力，皆確然有以自信，舉世非之，舉世譽之，而不爲其所搖[69]，安有隨人之是非以爲是非者哉？其胸中之愉快自足，寧獨在詩文一道已也。然人安能盡生而具絕人之姿，何得易言有識。其道宜如大學之始于格物[70]，誦讀古人詩書，一一以理事情格之，則前後中邊，左右向背，形形色色，殊類萬態，無不可得，不使有毫髮之罅而物得以乘我焉。如以文爲戰，而進無堅城，退無横陣矣。若舍其在我者，而徒日勞于章句誦讀，不過勦襲依傍、摹擬窺伺之術，以自躋于作者之林，則吾不得而知之矣。

或曰：先生發揮理事情三言，可謂詳且至矣。然此三言，固文家之切要關鍵；而語于詩，則情之一言，義固不易，而理與事，似于詩之義，未爲切要也。先儒云：天下之物，莫不有理[71]。若夫詩，似未可以物物[72]也。詩之至處，妙在含蓄無垠，思致微渺，其寄託在可言不可言之間，其指歸在可解不可解之會，言在此而意在彼，泯端倪而離形象，絕議論而窮思維，引人于冥漠[73]恍惚之境，所以爲至也。若一切以理概之，理者，一定之衡，則能實而不能虛，爲執而不爲化，非板則腐，如學究之說書，閭師之讀律，又如禪家之參死句，不參活句[74]，竊恐有乖于風人之旨。以言乎事,天下固有有其理,而不可見諸事者,若夫詩則理尙不可執,又焉能一一徵之實事者乎?而先生斷斷焉必以理事二者與情同律乎詩,不使有毫髮之或離,愚竊惑焉。此何也?予曰:子之言誠是也。子所以稱詩者,深有得乎詩之旨者也。然子但知可言可執之理之爲理,而抑知名言所絕[75]之理之爲至理乎?子但知有是事之爲事,而抑知無是事之爲凡事之所出乎?可言之理,人人能言之,又安在詩人之言之?可徵之事,人人能述之,又安在詩人之述之?必有不可言之理,不可述之事,遇之于默會意象之表,而理與事無不燦然于前者也。今試舉杜甫集中一二名句,爲子晰而剖之,以見其概,可乎?如《玄元皇帝廟作》"碧瓦初寒外"句,逐字論之,言乎外,與內爲界也。初寒何物,可以內外界乎?將碧瓦之外,無初寒乎?寒者,天地之氣也。是氣也,盡宇宙之內,無處不充塞,而碧瓦獨居其外,寒氣獨盤踞于碧瓦之內乎?寒而曰初,將嚴寒或不如是乎?初寒無象無形,碧瓦有物有質,合虛實而分內外,吾不知其寫碧瓦乎?寫初寒乎?寫近乎?寫遠乎?使必以理而實諸事以解之,雖稷下談天之辨[76],恐至此亦窮矣。然設身而處當時之境會,覺此五字之情景,恍如天造地設,呈于象,感于目,會于心。意中之言,而口不能言;口能言之,而意又不可解。劃然示我以默會相象之表,竟若有內有外,有寒有初寒,特借碧瓦一實相發之。有中間,有邊際,虛實相成,有無互立,取之當前而自得,其理昭然,其事的然也。昔人云:王維詩中有畫[77]。凡詩可入畫者,爲詩家能事,如(原脫如字,據《清詩話》本校增)風雲雨雪景象之至虛者,畫家無不可繪之于筆。若初寒內外之景色,即董、巨[78]復生,恐亦束手擱筆矣。天下惟理事之入神境者,固非庸凡人可摹儗而得也。又《宿左省作》"月傍九霄多"句,從來言月者,祇有言圓缺,言明暗,言升沉,言高下,未有言多少者。若俗儒,不曰"月傍九霄明",則曰"月傍九霄高",以爲景象眞而使字切矣。今曰多,不知月本來多乎?抑傍九霄而始多乎?不知月多乎?月所照之境多乎?有不可名言者。試想當時之情景,非言明言高言升可得,而惟此多字可以盡括此夜宮殿當前之景象。他人共見之,而不能知不能言,惟甫見而知之,而能言之。其事如是,其理不能不如是也。又《夔州雨濕不得上岸作》"晨鐘雲外濕"句,以晨鐘爲物而濕乎?雲外之物,何啻以萬萬計,且鐘必於寺觀,即寺觀中,鐘之外,物亦無算,何獨濕鐘乎?然爲此語者,因聞鐘聲有觸而云然也,聲無形,安能濕?鐘聲入耳而有聞,聞在耳,止能辨其聲,安能辨其濕?曰雲外,是又以目始見雲,不見鐘,故云雲外,然此詩爲雨濕而作,有雲然後有雨,鐘爲雨濕,則鐘在雲內,不應云外也。斯語也,吾不知其爲耳聞邪?爲目見邪?爲意揣邪?俗儒于此,必曰"晨鐘雲外度",又必曰"晨鐘雲外發",決無下濕字者,不知其于隔雲見鐘,聲中聞濕,妙悟天開,從至理實事中領悟,乃得此境界也。又《摩訶池泛舟作》"高城秋自落"句,夫秋何物,若何而落乎?時序有代謝,未聞云落也。即秋能落,何繫之以高城乎?而曰高城落,則秋實自高城而落,理與事俱不可易也。以上偶舉杜集四語,若以俗儒之眼觀之,以言乎理,理于何通?以言乎事,事于何有?所謂言語道斷[79],思維路絕,然其中之理,至虛而實,至渺而近,灼然心目之間,殆如鳶飛魚躍之昭著也[80]。理既昭矣,尙得無其事乎?古人妙于事理之句,如此極多,姑舉此四語,以例其餘耳。其更有事所必無者,偶舉唐人一二語,如"蜀道之難難于上青天"[81]、"似將海水添宮漏"[82]、"春風不度玉門關"[83]、"天若有情天亦老"[84]、"玉顏不及寒鴉色"[85]等句,如此者何止盈千累萬,決不能有其事實爲情至之語。夫情必依乎理,情得然後理眞,情理交至,事尙不得邪?要之作詩者,實寫理事情,可以言,言可以解,解即爲俗儒之作。惟不可名言之理,不可施見之事，不可徑達之情，則幽渺以爲理，想象以爲事，惝怳以爲情，方爲理至事至情至之語。此豈俗儒耳目心思界分中所有哉？則余之爲此三語者，非腐也，非僻也，非錮也。得此意而通之，寧獨學詩，無適而不可矣。……（以上卷二）

二棄草堂本《原詩》內篇

【註釋】

［1］原詩——葉燮著。分內外篇。丁福保編入《清詩話》中。

［2］葉燮（公元一六二七年——一七〇三年）——字星期，號已畦，學者稱橫山先生，吳江人。康熙九年進士，官寶應知縣。論詩以杜甫、韓愈、蘇軾爲宗，王士禎謂其鎔鑄古昔，自成一家。有《已畦文集》二十卷、《詩集》十卷、《原詩》內外篇一卷。《清史稿》卷四百八十四《文苑傳》有傳，附趙執信傳後。

［3］輪奐——《禮記·檀弓》："美哉輪焉，美哉奐焉。"案：輪，謂房屋之高大；奐，謂房屋之衆多。

［4］如海上之蜃三句——《史記·天官書》："海旁蜃氣象樓臺。"又《封禪書》："自威、宣、燕昭，使人入海求蓬萊、方丈、瀛洲，此三神山者，其傳（一作傅）在渤海中，……未至，望之如雲。"

［5］星宿之海——星宿海，在青海境，爲黃河之源。

［6］夭矯——原訓爲人疲倦時之頻伸，引申爲林木相連繞之狀。

［7］年年人醉一段——杜甫《樂遊園歌》："卻憶年年人醉時，只今未醉已先悲。數莖白髮那拋得，百罰深杯亦不辭。聖朝亦知賤士醜，一物自荷皇天慈。此身飲罷無歸處，獨立蒼茫自詠詩。"

［8］託意于仰觀俯察四句——王羲之《三月三日蘭亭詩序》："仰觀宇宙之大，俯察品類之盛，……及其所之既倦，情隨事遷，感慨系之矣！……況修短隨化（年命長短，隨着自然規律），終期於盡，古人云：死生亦大矣！豈不痛哉！"

［9］培塿——小土丘。

［10］荆湘之楩楠二句——司馬相如《子虛賦》："其樹楩楠豫章。"南方大木名。楩，黃楩木。楠，樟科植物。豫，枕木。章，樟木。

［11］何異方寸之木二句——《孟子·告子下》："方寸之木，可使高于岑樓（高而頂尖的樓）。"

［12］茅把——蓋在屋頂的柴草把子。《六祖大師法寶壇經》："師曰：汝向去有把茅蓋頭。"

[13] 味如嚼蠟——《楞嚴經》卷八："當横陳時，味如嚼蠟。"

[14] 康衢——大路。《爾雅·釋宮》："四達謂之衢，五達謂之康。"

[15] 高岑王孟——高適（公元？——七六五年）——字達夫，渤海人。官至散騎常侍，有《高常侍集》八卷。《舊唐書》卷一百十一、《新唐書》卷一百四十三有傳。岑參（公元七一五年——七七〇年）——南陽人。天寶三載進士，官嘉州刺史，有《岑嘉州詩集》七卷。王、孟見《藝苑卮言》註[69]。

[16] 清任和三子之聖——《孟子·萬章下》："孟子曰：伯夷，聖之清者也。伊尹，聖之任者也。柳下惠，聖之和者也。"

[17] 而集大成——《孟子·萬章下》："孔子，聖之時者也。孔子之謂集大成。"

[18] 聖而不可知之之謂神——語見《孟子·盡心下》。

[19] 河漢——原以比喻言論誇誕漫無邊際，如《莊子·逍遥遊》："吾驚怖其言，猶河漢而無極也。"引申爲不置信或忽視之意，如《世説新語·言語》："若郗超聞此語，必不至河漢。"

[20] 萬彙——萬類。賾——幽深。

[21] 然則詩文一道豈有定法哉——呂本中《夏均父集序》："是道也，蓋有定法而無定法。"

[22] 五刑宅就——《尚書·堯典》（僞古文《舜典》）："五刑有服，五服三就，五流有宅。……"僞孔安國傳："五刑：墨（用刀刺刻面額，染以黑色）、劓（疑去聲，割鼻）、剕（斷足之刑）、宮（殘害生殖器之刑）、大辟（死刑）。服，從也。""既從五刑，謂服罪也。行刑當就三處，大罪于原野，大夫于朝，士于市。""謂不忍加刑，則流放之，若四凶者。五刑之流，各有所居。"

[23] 五服五章——《尚書·臯陶謨》："五服五章哉。"僞孔安國傳："五服，天子、諸侯、卿、大夫、士之服也，尊卑彩章各異，所以命有德。"

[24] 法有死法有活法——呂本中《夏均父集序》："學詩當識活法。所謂活法者，規矩備具而能出于規矩之外，變化不測而亦不背于規矩也。"

[25] 絕世獨立——《漢書·外戚傳》載李延年歌："北方有佳人，絕世而獨立。"

[26] 格——感通。

[27] 千家詩——翟灝《通俗編》："宋劉後村克莊，有《分門纂類唐宋千家詩選》，所錄惟近體，而趣尚頗易，本爲初學設也。今村塾所謂《千家詩》者，上集，七言絕八十餘首，下集，七言律四十餘首，大半在後村選集中，蓋據其本增删之耳，故詩僅數十家，而以千家爲名。下集綴明祖《送楊文廣征南》之作，可知其增删之者，乃是明人。"

[28] 揮霍——見本書第一册陸機《文賦》註[53]。

[29] 五罰——《尙書·呂刑》:"墨罰之屬千,劓罰之屬千,剕罰之屬五百,宮罰之屬三百,大辟之罰其屬二百:五刑之屬三千。"

[30] 辭達——見《論語》選篇。

[31] 乾坤定位——《易·說卦》:"天地定位。"

[32] 乾坤亦幾乎息矣——《易·繫辭下》:"乾坤毁則無以見易,易不可見則乾坤或幾乎息矣。"

[33] 不可端倪——《莊子·大宗師》:"不知端倪。"端倪,頭緒。

[34] 泰山之雲三句——《公羊傳》僖公三十一年:"觸石而出,膚寸而合,不崇朝而徧雨乎天下者,唯泰山爾。"何休《解詁》:"側手爲膚,案指爲寸。""崇,重也。不崇朝,言一朝也。"

[35] 鬇——亂髮。

[36] 雲族——《莊子·在宥》:"雲氣不待族而雨。"族,聚。

[37] 我文如萬斛源泉二句——《東坡題跋》一:"吾文如萬斛源泉,不擇地而出,在平地,滔滔汩汩,雖一日千里無難。"

[38] 文武之政布在方策——《禮記·中庸》:"子曰:文武之政,布在方策。"孔穎達《正義》:"言文王武王爲政之道,皆布列在于方牘簡策。"

[39] 修德貴日新——《易·大畜》:"修德貴日新。"

[40] 李攀龍之擬古樂府——見本册《夕堂永日緒論內編》註[30]。

[41] 新莽之行周禮——王莽代漢,國號新。《漢書·王莽傳》:"攝皇帝遂開祕府,會羣儒,制禮作樂,……發得《周禮》,以明因監,則天稽古而損益焉。"

[42] 經緯天地——《左傳》昭公二十八年:"經緯天地曰文。"

[43] 中藏——內臟,這裏專指心。《史記·扁鵲倉公傳》:"中藏無邪氣及重病。"

[44] 劉長卿(公元七〇九年——七八〇年)——字文房,唐河間人。開元二十一年進士,官終隨州刺史。以詩有聲于中唐初期,權德輿嘗稱爲五言長城。有《劉隨州詩集》十卷、《外集》一卷。

[45] 瞀——音冒,闇昧無知。

[46] 不恨我不見古人恨古人不見我四句——《南史·張融傳》:"融善草書,常自美其能。帝(齊高帝)曰:卿書殊有骨力,但恨無二王法。答曰:非恨臣無二王法,亦恨二王無臣法。……常歎云:不恨我不見古人,所恨古人又不見我。"

[47] 養由基——春秋時楚大夫,以善射著稱。

[48] 乃知古時人二句——高適《苦雨》第四首詩句。

［49］其揆之一——《孟子·離婁下》:“先聖後聖,其揆一也。”揆,尺度,標準。

［50］兩脚書橱——趙翼《陔餘叢考》:“齊陸澄學極博,而讀《易》不解文義。王儉曰:陸公,書橱也。今人謂讀書多而不能用者爲兩脚書橱,本此。”

［51］蛇添足——見《閒情偶寄》註［24］。

［52］操觚——見本書第一册陸機《文賦》註［45］。

［53］成事在膽——強至《韓忠獻公遺事》:“公(韓琦)平日謂成大事在膽。”

［54］文章千古事——杜甫《偶題》詩句。

［55］藴隆——《詩·大雅·雲漢》:“藴隆蟲蟲。”《毛傳》:“藴藴而暑,隆隆而雷。”

［56］擲地須作金石聲——劉義慶《世説新語》:“孫興公(綽)作《天台賦》成,以示范榮期云:卿試擲地,要作金石聲。”

［57］獨立不懼——《易·大過》:“君子以獨立不懼,遯世無悶。”

［58］蠶叢——上古蜀王之名。此處借以指蜀道之艱險。

［59］連城璧——見本書第二册元好問《論詩三十首》註［30］。

［60］紙貴——左思成《三都賦》,豪貴之家,競相傳寫,洛陽爲之紙貴。見《晉書·文苑傳》。

［61］王世貞——見本册王世貞《藝苑卮言》註［2］。李攀龍——見本册王夫之《夕堂永日緒論内編》註［30］。嘉隆——嘉靖,明世宗年號,自公元一五二二年至一五六六年。隆慶,明穆宗年號,自公元一五六七年至一五七二年。

［62］高楊張徐——高啓見本册《夕堂永日緒論内編》註［33］。明初,吳下多詩人,啓與楊基、張羽、徐賁稱四傑。楊基,字孟載,其先嘉州人,遷于吳。明初,官至山西按察使。早年以詩爲楊維楨所贊賞。有《眉庵集》十二卷。《明史》卷二百八十五《文苑傳》有傳,附高啓傳後。張羽(公元一三三三年——一三八五年),字來儀,更字附鳳,本潯陽人,僑居吳興。元末領鄉薦,明初徵授太常寺丞,因事竄嶺南,投龍江死。有《靜居集》四卷。《明史》有傳,附高啓傳後。徐賁,字幼文,其先蜀人,徙常州,再徙平江。明初官河南左布政使,以事下獄死。有《北郭集》六卷。《明史》有傳,附高啓傳後。

［63］鍾惺譚元春——見本册鍾惺《詩歸序》註［2］、［6］。

［64］蹴至——一蹴而至,謂得之輕易。

［65］孟子以爲行所無事——《孟子·離婁下》:“禹之行水也,行其所無事也。”

［66］坎止——《漢書·賈誼傳》:“乘流則逝,得坎則止。”坎爲陷下之處。

［67］疏瀹排決之事——《孟子·滕文公上》:“禹疏九河,瀹濟、漯而注諸海,決汝、漢,排淮、泗而注之江。”瀹,音躍,疏通。

[68] 堅僻——《荀子·非十二子》:"行辟而堅。"楊倞註:"辟讀爲僻。"

[69] 舉世非之三句——《莊子·逍遥遊》:"且舉世而譽之而不加勸,舉世而非之而不加沮。"

[70] 始于格物——《禮記·大學》:"古之欲明明德於天下者,先治其國;欲治其國者,先齊其家;欲齊其家者,先脩其身;欲脩其身者,先正其心;欲正其心者,先誠其意;欲誠其意者,先致其知;致知在格物。"格,推究。格物,窮究事物的原理。

[71] 天下之物莫不有理——《近思錄》:"明道(程顥)曰:天地生物,各無不足之理。""伊川(程頤)曰:凡一物上有一理。"朱熹《大學章句》:"間嘗竊取程子之意以補之曰:所謂致知在格物者,言欲致吾之知,在卽物而窮其理也。蓋人心之靈,莫不有知;而天下之物,莫不有理。"

[72] 物物——《莊子·山木》:"浮遊乎萬物之祖,物物而不物於物。"上物字是動詞,句意謂以我御物而不被御於物。

[73] 冥漠——幽遠貌。顔延之《拜陵廟作詩》:"衣冠終冥漠。"

[74] 又如禪家之參死句不參活句——《五燈會元》卷十五:"(圓明禪師曰)但參活句,莫參死句。"曾幾《讀呂居仁舊詩有懷》:"學詩如參禪,愼勿參死句。"陸游《贈應秀才詩》:"我得茶山一轉語,文章切忌參死句。"嚴羽《滄浪詩話》:"須參活句,不參死句。"

[75] 名言所絶——唐譯《華嚴經》:"於一一法名言,悉得無邊無盡法藏。"王昌齡《題僧房》:"彼此名言絶。"名言,名目和言句。名目如佛經上的苦、集、滅、道等,言句如"一切法皆無自性"等。

[76] 稷下談天——見本書第一册《文心雕龍·時序》註[22]。

[77] 王維詩中有畫——《東坡題跋·書摩詰藍田烟雨圖》:"味摩詰之詩,詩中有畫;觀摩詰之畫,畫中有詩。"摩詰,王維字。

[78] 董巨——董源,字叔達,又字北苑,鍾陵人。五代南唐時官後苑副使,以善畫名。巨然,江寧人,爲本郡開元寺僧,山水師董源,人稱爲董巨。

[79] 言語道斷——《維摩經·阿閦佛品》:"一切言語道斷。"

[80] 殆如鳶飛魚躍之昭著也——《禮記·中庸》:"《詩》云:'鳶飛戾(到達)天,魚躍于淵。'言其上下察也。"朱熹《章句》:"子思引此詩,以明化育(指大自然生長萬物)流行,上下昭著,莫非此理之用。"昭著,明白顯著。

[81] 蜀道之難難于上青天——李白《蜀道難》詩句。

[82] 似將海水添宫漏——李益《宫怨》:"似將海水添宫漏,共滴長門一夜長。"

[83] 春風不度玉門關——王之渙《涼州詞》詩句。

[84] 天若有情天亦老——李賀《金銅仙人辭漢歌》詩句。

[85] 玉顏不及寒鴉色——王昌齡《長信秋詞》第三首詩句。

【説明】

葉燮的《原詩》是一部較有完整體系的論詩著作，這裏選錄的一段，闡明詩的本源，是全書理論的核心。

文中指出作詩之本，就被表現的客觀事物來説，可以用理、事、情三者來概括；就詩人的主觀來説，則以才、膽、識、力四者爲要。描寫任何對象，應該結合理、事、情而進行藝術構思；而才、識、膽、力，"所以窮盡此心之神明"，一切的理、事、情"無不待於此而爲之發宣昭著"。兩者又是互相作用的。

理、事、情是存在於事物本身的，天地間任何事物，都有其理、事、情可言，"三者缺一，則不成物"。"譬之一木一草，其能發生者，理也；其既發生，則事也；既發生之後，夭喬滋植，情狀萬千，咸有自得之趣，則情也。"理、事、情三者既無往而不在，又無往而不合，所以不應該把詩僅僅看成抒情的，而把情和事、理割裂開來。他又説：理有可言之理，也有不可名言之理；事有可徵實之事，也有不可施見之事。詩人的本領，詩歌的特點，就在於寫出"不可名言之理，不可施見之事，不可逕達之情"。文中以杜甫詩"碧瓦初寒外"、"月傍九霄多"等句爲例，説明詩歌的藝術構思，是"幽渺以爲理，想象以爲事，惝恍以爲情"。所謂"遇之於默會意象之表"，是不能膠柱鼓瑟以求之的。

就詩人的才、膽、識、力而言，他以爲才外現而識內含，"識爲體而才爲用"。四者之中，以識爲先。才和力，出之稟賦，有高下大小之分；識和膽則出之於鍛鍊，是後天的。識是一種辨別能力，無識則"理、事、情錯陳於前，而渾然茫然，是非可否，妍媸黑白，悉眩惑而不能辨”。“識明則膽張”，膽張則才思流溢，橫說豎說，左宜而右有。力是自成一家的表現。人各自奮其力，就不至依傍別人，而能自立門戶了。

本於理、事、情以論詩，對於法的問題，葉燮有着一種比較正確的看法。他以爲詩文之道，“先揆乎其理，揆之於理而不謬，則理得；次徵諸事，徵之於事而不悖，則事得；終絜諸情，絜之於情而可通，則情得。三者得而不可易，則自然之法立”。這“自然之法”，本於理、事、情。理、事、情變化萬殊，不可能預設一定的程式作爲表現的方法，運用之妙，在乎神而明之。從這個意義來說，法是活法，“活法爲虛名，虛名不可以爲有”，因爲“作者之匠心變化，不可言也”。從另一個方面來說，法本於理、事、情，“不能憑虛而立”，則“法者定位也”，“定位不可以爲無”。然而這定位之法，只不過是一種死法，如詩歌的聲律章句等等，是初學之所能言的。因此，他極力反對爲法所拘，指出泥於死法的人，正是由於“不能言法所以然”，亦即不知詩之本的緣故。其結果必然照本臨摹，墨守成規，不能恰當的表現理、事、情，也不可能見出個人和時代的面目了。

本於才、膽、識、力以論詩，而以識爲主，文中強調指出詩之工，“非就詩以求詩”，根本問題，在於詩人的胸襟。他把胸襟比作建造屋宇的基礎，而學習古人，加強藝術修養，則是材料的累積。“有胸襟，然後能載其性情智慧聰明才辨以出，隨遇發生，隨生即盛”。這樣，匠心自出，材料的運用，也就各得其宜了。由於着眼在於詩人的胸襟，所以反對模擬，反對因襲，主張在繼承傳統之中不斷地創新。

這就是葉燮詩論的簡單輪廓。他以“原詩”名書，爲的是“詩有源必有流，有本必達末”；“因流而溯源，循末以返本”（《原詩·內篇上》語）。全書都貫穿着這樣的精神。

附　　錄

原詩外篇(選錄)

〔清〕葉　燮

《虞書》稱"詩言志"，志也者，訓詁爲心之所之，在釋氏，所謂種子也。志之發端，雖有高卑大小遠近之不同，然有是志，而以我所云才識膽力四語充之，則其仰觀俯察，遇物觸景之會，勃然而興，旁見側出，才氣心思，溢於筆墨之外。志高則其言潔，志大則其辭弘，志遠則其旨永，如是者其詩必傳，正不必斤斤爭工拙於一字一句之間。乃俗儒欲炫其長以鳴於世，於片語隻字，輒攻瑕索疵，指爲何出，稍不勝，則又援前人以證；不知讀古人書，欲著作以垂後世，貴得古人大意，片語隻字稍不合無害也。必欲求其瑕疵，則古今惟吾夫子可免；《孟子》七篇，欲加之辭，豈無微有可議者？《孟子》引《詩》《書》字句，恆有錯誤，豈爲子輿氏病乎？詩聖推杜甫，若索其瑕疵而文致之，政自不少，終何損乎杜詩？俗儒於杜則不敢難，若今人爲之，則喧呶不休矣。……

作詩者在抒寫性情，此語夫人能知之，夫人能言之，而未盡夫人能然之者矣。作詩有性情必有面目，此不但未盡夫人能然之，並未盡夫人能知之而言之者也。如杜甫之詩，隨舉其一篇，篇舉其一句，無處不可見其憂國愛君，憫時傷亂，遭顛沛而不苟，處窮約而不濫，崎嶇兵戈盜賊之地，而以山川景物，友朋盃酒，抒憤陶情，此杜甫之面目也。我一讀之，甫之面目，躍然於前，讀其詩一日，一日與之對，讀其詩終身，日日與之對也，故可慕可樂而可敬也。舉韓愈之一篇一句，無處不可見其骨相稜嶒，俯視一切，進則不能容於朝，退又不肯獨善於野，疾惡甚嚴，愛才若渴，此韓愈之面目也。舉蘇軾之一篇一句，無處不可見其凌空如天馬，游戲如飛仙，風流儒雅，無入不得，好善而樂與，嬉笑怒罵，四時之氣皆備，此蘇軾之面目也。此外諸大家雖所就各有差別，而面目無不於詩見之，其中有全見者，有半見者，如陶潛、李白之詩，皆全見面目；王維五言則面目見，七言則面目不見；此外面目可見不可見，分數多寡，各各不同，然未有全不可見者。讀古人詩，以此推之，無不得也。余嘗於近代一二聞人，展其詩卷，自始至終，亦未嘗不工，乃讀之數過，卒未能覩其面目何若，竊不敢謂作者如是也。……（以上卷三）

李白天才，自然出類拔萃，然千古與杜甫齊名，則猶有間。蓋白之得此者，非以才得之，乃以氣得之也。從來節義、勳業、文章，皆得於天而足於己，然其間亦豈能無分際，雖所得或未至十分，苟有氣以鼓之，如弓之括，力至引滿，自可無堅不摧，此在彀率之外者也。如白《清平調》三首，亦平平宮豔體耳；然貴妃捧硯，力士脫靴，無論懦夫於此戰慄趦趄萬狀，秦舞陽壯士，不能不色變於秦皇殿上，則氣未有不先餒者，寧暇見其才乎？觀白揮灑萬乘之前，無異長安市上醉眠時，此何如，氣也。大之即舜、禹之巍巍不與，立勳業可以鷹揚牧野，盡節義能爲逢、比碎首。立言而爲文章，韓愈所言光燄萬丈，此正言文章之氣也。氣之所用不同，用於一事，則一事立極，推之萬事，無不可以立極。故白得與甫齊名者，非才爲之而氣爲之也。歷觀千古詩人，有大名者，舍白之外，孰能有是氣者乎？……

學詩者不可忽略古人，亦不可附會古人。忽略古人，麤心浮氣，僅獵古人皮毛。要知古人之意，有不在言者；古人之言，有藏於不見者；古人之字句，有側見者，有反見者；此可以忽略涉之者乎？不可附會古人，如古人用字句，亦有不可學者，亦有不妨自我爲之者。不可學者，即《三百篇》中極奧僻字，與《尙書》殷盤周誥中字義，豈必盡可入後人之詩？古人或偶用一字，未必盡有精義，而吠聲之徒，遂有無窮訓詁以附會之，反非古人之心矣。不妨自我爲之者，如漢、魏詩之字句，未必一一盡出於《三百篇》，六朝詩之字句，未必盡出於漢、魏，而唐及宋、元，等而下之，又可知矣。今人偶用一字，必曰本之昔人，昔人又推而上之，必有作始之人。彼作始之人，復何所本乎？不過揆之理事情，切而可，通而無礙，斯用之矣。昔人可創之於前，我獨不可創於後乎？古之人有行之者，文則司馬遷，詩則韓愈是也。苟乖於理事情，是謂不通，不通則杜撰，杜撰則斷然不可苟；不然者，自我作古，何不可之有？若腐儒區區之見，句束而字縛之，援引以附會古人，反失古人之眞矣。（以上卷四）

二棄草堂本《原詩》外篇

鬲津草堂詩集[1]序

〔清〕王士禛[2]

三十年前，予初出，交當世名輩，見夫稱詩者，無一人不爲樂府，樂府必漢《鐃歌》[3]，非是者弗屑也；無一人不爲古選，古選[4]必《十九首》、公讌[5]，非是者弗屑也。予竊惑之，是何能爲漢、魏者之多也？歷六朝而唐、宋，千有餘歲，以詩名其家者甚衆，豈其才盡不今若[6]耶？是必不然。故嘗著論，以爲唐有詩，不必建安、黄初也；元和以後有詩，不必神龍、開元也；北宋有詩，不必李、杜、高、岑也[7]。二十年來，海內賢知之流，矯枉過正，或乃欲祖宋而祧唐[8]，至於漢、魏樂府、古選之遺音，蕩然無復存者，江河日下，滔滔不返。有識者懼焉。

田子子益，鄒、魯之文學[9]，而漪亭司寇[10]之介弟也。一旦懷其近詩一編質予，予亟賞之。昔司空表聖作《詩品》凡二十四，有謂沖澹者曰："遇之匪深，卽之愈稀"；有謂自然者曰："俯拾卽是，不取諸鄰"；有謂淸奇者曰："神出古異，澹不可收。"是三者品之最上，而子益之詩有之，視世之滔滔不返者不可同日而語矣。使子益稱詩於三十年之前，其不爲雷同掮撦[11]，又可知也。故喜而書之。

康熙刻本《帶經堂集》卷六十五

【註釋】

［1］鬲津草堂詩集——淸田霢撰。霢，字子益，號樂圃，又號香城居士，德州人。康熙二十五年丙寅拔貢生，授堂邑縣教諭，以病未赴。霢與兄雯、需並以能詩著名。霢從王士禛遊。是集凡《鬲津草堂五字古體詩》一卷、《五字今體詩》一卷，

皆士禎評而序之。又《漪津草堂絕句詩》一卷，里人孫勷序之。集後又有《菊隱集》一卷、《南遊稾》一卷，總題曰《漪津草堂七十以後詩》，黃越序之。

[2] 王士禎(公元一六三四年——一七一一年)——字貽上，號阮亭，別號漁洋山人，山東新城人。清順治十五年進士，由揚州司理累官至刑部尚書。士禎初名士禛。後因避世宗諱，後人改其名爲士正，乾隆中又賜改士禎。士禎以詩領袖康熙一代文人詩壇，爲神韻說的倡導者。有《漁洋詩集》二十二卷、《續集》十六卷、《漁洋文略》十四卷、《蠶尾集》十卷、《續集》二卷、《後集》二卷、《南海集》二卷、《雍益集》一卷，合刻爲《帶經堂集》。其門人曹禾、盛符升又删掇諸集，合爲一帙，名《精華錄》，凡十卷，相傳實係士禎所手定，惠棟爲作《訓纂》，金榮爲作《註》。士禎除自寫詩外，還選有《古詩選》三十二卷、《十種唐詩選》十七卷、《唐賢三昧集》三卷、《唐人萬首絕句選》七卷、《二家詩選》二卷等。又有《漁洋詩話》《五代詩話》《古夫于亭雜錄》等。張宗柟輯其論詩之語爲《帶經堂詩話》三十卷。《清史稿》卷二百六十六有傳。

[3] 漢鐃歌——郭茂倩《樂府詩集》卷十六:"鼓吹曲，一曰短簫鐃歌。……蔡邕《禮樂志》曰:'漢樂四品，其四曰短簫鐃歌，軍樂也。'"又:"《古今樂錄》曰:'《漢鼓吹鐃歌》十八曲，字多訛誤，一曰《朱鷺》，二曰《思悲翁》，三曰《艾如張》，四曰《上之回》，五曰《擁離》，六曰《戰城南》，七曰《巫山高》，八曰《上陵》，九曰《將進酒》，十曰《君馬黃》，十一曰《芳樹》，十二曰《有所思》，十三曰《雉子班》，十四曰《聖人出》，十五曰《上邪》，十六曰《臨高臺》，十七曰《遠如期》，十八曰《石留》。又有《務成》《玄雲》《黃爵》《釣竿》，亦漢曲也;其辭亡。或云:《漢鐃歌》二十一，無《釣竿》，《擁離》亦曰《翁離》。'"

[4] 古選——謂《文選》體的古詩。

[5] 公讌——《文選》第二十卷，選錄"公讌"詩凡十四家十四首。

[6] 不今若——不如今。

[7] 唐有詩六句——黃初，魏文帝年號，自公元二二〇年至二二六年。神龍，唐中宗年號，自公元七〇五年至七〇六年。高岑，見《原詩》註[16]。《四庫全書總目提要》:"(田)雯才調縱橫，沿幾社(明末以陳子龍爲首的詩文社)之餘風，以奇偉鉅麗自喜，與王士禎同郡同時，而隱然負氣不相下。……(此)序稱'唐有詩不必建安、黃初也；元和以後有詩，不必神龍、開元也；北宋有詩，不必李、杜、高、岑也'。語蓋爲雯而發。"案:爲雯而發，實亦爲盲目追摹漢、魏、盛唐者而發。

[8] 祖宋祧唐——祧，遠祖之廟。"謂之遠廟者，言其世數遠而將遷也。"(孫希旦《禮記集解》)祖宋祧唐，謂廢唐而學宋。

[9] 鄒魯之文學——鄒、魯，山東省的代稱。文學，官名。漢時州郡皆置文學，後代因之，以五經教授諸生。田霢曾被授教諭之職，故云。

[10] 漪亭司寇——漪亭，田雯別號。司寇，刑部長官的代稱，刑部尚書稱司寇，刑部侍郎稱少司寇。田雯于康熙三十三年至三十八年官刑部左侍郎。《清史稿》卷四百八十四《文苑傳》有傳，附王士祿傳後。

[11] 捋撦——見本書袁宗道《論文》註[8]。

【說明】

王士禛是神韻說的倡導者。神韻說影響了清前期的詩壇，幾乎達百年之久。士禛的詩論，前後有過一個變化的過程；而神韻說則是他詩論的核心。士禛門弟子俞兆晟在《漁洋詩話序》中曾記載士禛晚年自述的話："吾老矣，還念平生論詩凡屢變。……少年初筮仕時，惟務博綜該洽，以求兼長，……入吾室者俱操唐音，韻勝於才，推爲祭酒。……中歲越三唐而事兩宋，良由物情厭故，筆意喜生，耳目爲之頓新，心思於焉避熟。……既而清利寖以佶屈，顧瞻世道，惄焉心憂，於是以太音希聲，藥淫哇錮習，《唐賢三昧》之選，所謂乃造平淡時也，然而境亦從茲老矣。"這裏說明士禛詩論的變化，與糾正當時的詩風有關。《鬲津草堂詩集序》所論述，除了沒有提到早年的詩論外，基本上與上述的精神相同。這篇序文，收在士禛《蠶尾集》裏，是士禛後期的作品，可據以窺測他詩論的全貌。

神韻說的產生，有它歷史的淵源。神韻這一用語，很早就見於唐人張彥遠《歷代名畫記》卷一的《論畫六法》裏。（原文爲"至於鬼神人物，有生動之可狀，須神韻而後全"。）而明末董其昌論南宗的山水畫，也直接影響了士禛的詩論。（《香祖筆記》曾引王楙論《史記》如郭忠恕畫數語，以爲得詩文三昧，即司空圖所謂"不著一字，盡得風流"。又引荆浩論山水語，以爲聞此而悟詩家三昧。《池北偶談》論王維畫，以爲古人詩畫，只取興會神到。王維、荆浩、郭忠恕都是南宗畫家。而在《芝廛集序》裏，更明白論述南宗畫和詩的關係。）至於在詩論本身的繼承發展上，士禛曾自言："余於古人論詩，最喜鍾嶸《詩品》，嚴羽《詩話》，徐禎卿《談藝錄》。"（見《漁洋詩話》）他們都是神韻說之濫觴者。而明人胡應麟實始標神韻之名，陸士雍、王夫之繼之，都在士禛之前。明代前後七子於詩，言必稱盛唐、漢、魏，其弊流於膚廓；公安派以宋人矯七子之失，其弊又流於淺率。士禛生當兩派流弊已經顯著的清初，要同時糾正兩派的偏差，所以一方面標舉唐音，一方面却又不是主張七子那樣的盛唐空套。士禛自己曾說："不佞束髮則喜誦習二家（徐禎卿、高子業）之詩，弱歲官揚州，數于役大江南北，停驂輟棹，必以《迪功》《蘇門》二集自隨。"（見《帶經堂詩話》卷四引）而徐、高二家的詩，正如士禛所說，是"明詩本有古澹一派"的"清音"，（語見《池北偶談》）因而爲士禛所喜愛。這種"清音"，也正是士禛所說神韻的特徵。因而可以看出，士禛早年宗唐，跟七子的取逕有不同，相反地這樣的神韻主張，倒是對七子宗唐說救弊補偏的產物。

士禛早年選《神韻集》專言唐音，爲時是較短的。大約在三十歲以後，士禛的創作趨向，已擴大到宋人蘇、黃以下。轉變的原因，是由於"疾夫膚附唐人者了無生氣"。（見施閏章《漁洋山人續集序》）在這篇序文前半，提出了這樣的論點："唐有詩，不必建安、黃初也；元和以後有詩，不必神龍、開元也；北宋有詩，不必李、杜、高、岑也。"這跟士禛三十一歲所寫《戲傚元遺山論詩絕句》上說的"耳食紛紛說開、寶，幾人眼見宋、元詩？"三十六歲所寫《冬日讀唐宋金元諸家詩題後》上說的"一代高名孰主賓？中天坡、谷兩嶙峋"的說法，完全相符。這種意見，實際上還是承襲公安派的舊說，（袁宏道《與邱長孺書》說："唐自有詩也，不必選體也；初、盛、中、晚自有詩也，不必初、盛也；李、杜、王、岑、錢、劉，下逮元、白、盧、鄭，各自有詩也，不必李、杜也。趙宋亦然，陳、歐、蘇、黃諸人，有一字襲唐者乎？又有一字相襲者乎？”）儘管士禛並不傾心公安派詩，但在反對墨守盛唐這一方面是一致的。士禛的參之宋、元以博其趣，並不是排斥神韻，而只是擴大了神韻的範圍，不拘囿於唐人王、孟的古澹清音一路。這只要一看他《戲倣元遺山論詩絕句》，其中楬櫫的宗旨，就是以神韻爲中心的。徐乾學序《漁洋續集》說："或乃因先生持論，遂疑先生續集，降心下師宋人，此未知先生之詩者也。”這話是有見地的。

但是，士禛在創作實踐上，畢竟是與“金翅擘滄溟”的李、杜、韓、蘇大異其趣，更有鑒於“二十年來，海內賢知之流，矯枉過正，或乃欲祖宋而祧唐，……江河日下，滔滔不返”，於是，士禛晚年論神韻，又滑到了王、孟、韋、柳“不著一字，盡得風流”的一邊去。在這篇序文的後半，他對司空圖的《二十四詩品》，不取“雄渾”、“沈著”、“勁健”、“豪放”、“悲慨”諸品，而獨標舉“有謂沖澹者曰：‘遇之匪深，即之愈稀’；有謂自然者曰：‘俯拾即是，不取諸鄰’；有謂清奇者曰：‘神出古異，澹不可收。’是三者品之最上”。證之以士禛晚年所作《唐賢三昧集序》所說的“雋永超詣”，和對《滄浪詩話》所云“羚羊掛角，無跡可求”，司空圖所云“味在酸鹹之外”的“別有會心”，論旨也完全符合。正如翁方綱在《七言詩三昧舉隅》上所指出的，“先生於唐賢獨推右丞、少伯諸家得三昧之旨，蓋專以沖和淡遠爲主，不欲以雄鷙奧博爲宗”。“漁洋之識力無所不包，漁洋之心眼抑別有在”。而士禛神韻說的偏宕之蔽，最終又不可避免地陷入於模糊影響。神韻派詩和明七子的貌爲盛唐，同樣是一種空腔。當清初民族鬥爭十分尖銳的時代，作爲封建官僚詩人代表的王士禛，對明代脫離現實的七子詩風的糾正，只是着眼于藝術形式方面。追求虛無飄渺的境界的神韻說，只能使詩人們脫離政治脫離社會，根本取消了詩歌的現實性與戰鬥性。當士禛詩論在藝術形式方面所起的一些補弊救偏作用消失了它的時代意義以後，神韻說本身也就有待於後人的補弊救偏了。

附　錄

芝廛集序

〔清〕王士禛

芝廛先生刻其詩若干卷，旣成，自江南寓書，命給事君屬予爲序。予抗塵走俗，且多幽憂之疾，久之未有以報也。一日，秋雨中給事自攜所作雜畫八幀過余，因極論畫理久之。大略以爲畫家自董、巨以來，謂之南宗，亦如禪教之有南宗。云得其傳者元人四家，而倪、黃爲之冠；明二百七十年，擅名者唐、沈諸人稱具體，而董尙書爲之冠；非是則旁門魔外而已。又曰：凡爲畫者，始貴能入，繼貴能出，要以沈著痛快爲極致。予難之曰：吾子於元推雲林，於明推文敏，彼二家者，畫家所謂逸品也，所云沈著痛快者安在？給事笑曰：否，否，見以爲古澹閒遠而中實沈著痛快，此非流俗所能知也。予聞給事之論，嗒然而思，渙然而興，謂之曰：子之論畫也至矣，雖然，非獨畫也，古今風騷流別之道，固不越此，請因子言而引伸之可乎？

唐、宋以還，自右丞以逮華原、營丘、洪谷、河陽之流，其詩之陶、謝、沈、宋、射洪、李、杜乎？董、巨其開元之王、孟、高、岑乎？降而倪、黃四家以逮近世董尙書，其大曆、元和乎？非是則旁出，其詩家之有嫡子正宗乎？入之出之，其詩家之捨筏登岸乎？沈著痛快，非惟李、杜、昌黎有之，乃陶、謝、王、孟而下莫不有之。子之論論畫也，而通於詩，詩也而幾於道矣。子之家先生方屬予論次其詩，請卽以此言爲之序，不亦可乎？且子之家世，自文肅、太史兩公以德業文章見重隆、萬兩朝，太常公風流弘長，巋然爲江左文獻，尤擅場六法，寸縑尺素，流傳海外，世之論者以比黃公望，而年壽亦如之，此非煙雲供養不能。先生幼聞過庭之訓，耳濡目染，無非教也。其詩之工也，不亦宜乎！遂書其語，復於先生，然終無加於給事之論也。

康熙刻本《帶經堂集》卷六十五

帶經堂詩話（選錄）

〔清〕王士禛

唐五言詩，開元、天寶間，大匠同時並出。王右丞而下，如孟浩然、王昌齡、岑參、常建、劉眘虛、李頎、綦毌潛、祖詠、盧象、陶翰之，數公者，皆與摩詰相頡頏。獨儲光羲詩，多龍虎鉛汞之氣，田園樵牧諸篇，又迂闊不切事情；而古今稱儲、王，何也？高適質樸，不免笨伯；杜甫沉鬱，多出變調；李白、韋應物超然復古，然李詩有古調，有唐調，要須分別觀之。（《居易錄》）

東坡謂柳柳州詩，在陶彭澤下，韋蘇州上。此言誤矣。余更其語曰：韋詩在陶彭澤下，柳柳州上。余昔在揚州作《論詩絕句》有云："風懷澄澹推韋、柳，佳句多從五字求，解識無聲弦指妙，柳州那得並蘇州。"又嘗謂：陶如佛語，韋如菩薩語，王右丞如祖師語也。（《分甘餘話》）

明詩本有古澹一派，如徐昌國、高蘇門、楊夢山、華鴻山輩。自王、李專言格調，清音中絕，同時王奉常小美作《藝圃擷餘》，有數條與其兄及濟南異者，予特拈出。如云："今之作者，但須眞才實學，本性求情，且莫理論格調。"又云："詩有必不能廢者，雖衆體未備，而獨擅一家之長。如孟浩然洮洮易盡，祇以五言雋永，千載並稱王、孟。有明則徐昌國、高子業二君，詩不同而皆巧於用短，徐有蟬蛻軒舉之風，高有秋閨愁婦之態，更千百年，李、何尙有廢興，二君必無絕響。"此眞高識逈論，令于鱗、元美早聞此語，當不開後人抨彈矣。先兄考功嚢有《題襄陽集》一絕云："魚鳥雲沙見楚天，清詩句句果堪傳。一從時世矜高唱，誰識襄陽孟浩然。"（《池北偶談》）〔以上見卷一〕

香鑪峯在東林寺東南，下即白樂天草堂故址，峯不甚高。而江文通《從冠軍建平王登香鑪峯詩》云："日落長沙渚，層陰萬里生。"長沙去廬山二千餘里，香鑪何緣見之？孟浩然《下贛石詩》："暝帆何處泊，遙指落星灣。"落星在南康府，去贛亦千餘里，順流乘風，即非一日可達。古人詩祇取興會超

妙，不似後人章句，但作記里鼓也。(《漁洋詩話》)

世謂王右丞畫雪中芭蕉，其詩亦然。如"九江楓樹幾回青，一片揚州五湖白。"下連用蘭陵鎮、富春郭、石頭城諸地名，皆寥遠不相屬。大抵古人詩畫，只取興會神到，若刻舟緣木求之，失其指矣。(《池北偶談》)

唐人五言絕句，往往入禪，有得意忘言之妙，與淨名默然，達磨得髓，同一關捩。觀王、裴《輞川集》及祖詠《終南殘雪》詩，雖鈍根初機，亦能頓悟。程石臞有絕句云："朝過青山頭，暮歇青山曲，青山不見人，猿聲聽相續。"予每歎絕以為天然不可湊泊。予少時在揚州，亦有數作，如"微雨過青山，漠漠寒煙織，不見秣陵城，坐愛秋江色。""蕭條秋雨夕，蒼茫楚江晦，時見一舟行，濛濛水雲外。""雨後明月來，照見下山路，人語隔溪煙，借問停舟處。""山堂振法鼓，江月掛寒樹，遙送江南人，雞鳴峭帆去。"又在京師有詩云："凌晨出西郭，招提過微雨，日出不逢人，滿院風鈴語。"皆一時佇興之言，知味外味者，當自得之。(《香祖筆記》)

或問"不著一字盡得風流"之說，答曰：太白詩"牛渚西江夜，青天無片雲，登高望秋月，空憶謝將軍。余亦能高詠，斯人不可聞。明朝掛帆去，楓葉落紛紛。"襄陽詩"掛席幾千里，名山都未逢，泊舟潯陽郭，始見香鑪峯。嘗讀遠公傳，永懷塵外蹤，東林不可見，日暮但聞鐘。"詩至此，色相俱空，政如羚羊掛角，無跡可求，畫家所謂逸品是也。(《分甘餘話》)

七言律聯句，神韻天然，古人亦不多見。如高季迪"白下有山皆遶郭，清明無客不思家。"楊用修"江山平遠難為畫，雲物高寒易得秋。"曹能始"春光白下無多日，夜月黃河第幾灣。"近人"節過白露猶餘熱，秋到黃州始解涼。""瓜步江空微有樹，秣稜天遠不宜秋。"釋讀徹"一夜花開湖上路，半春家在雪中山。"皆神到不可湊泊。(《香祖筆記》)

表聖論詩，有二十四品，予最喜"不著一字，盡得風流"八字。又云"采采流水，蓬蓬遠春。"二語形容詩境，亦絕妙，正與戴容州"藍田日暖，良玉生煙"八字同旨。(《香祖筆記》)

汾陽孔文谷云："詩以達性，然須清遠為尚。薛西原論詩，獨取謝康樂、王摩詰、孟浩然、韋應物，言'白雲抱幽石，綠篠媚清漣'，清也；'表靈物莫賞，蘊眞誰為傳？'遠也；'何必絲與竹，山水有清音。''景昃鳴禽集，水木湛清華。'清遠兼之也。總其妙在神韻矣。"神韻二字，予向論詩，首為學人拈

出，不知先見於此。（《池北偶談》）

夫詩之道，有根柢焉，有興會焉，二者率不可得兼。鏡中之像，水中之月，相中之色；羚羊掛角，無跡可求，此興會也。本之風雅，以導其源；泝之楚騷、漢、魏樂府詩，以達其流；博之九經、三史、諸子以窮其變；此根柢也。根柢原於學問，興會發於性情，於斯二者兼之，又斡以風骨，潤以丹青，諧以金石，故能銜華佩實，大放厥詞，自名一家。（《漁洋文》）

洪昇昉思問詩法於施愚山，先述余夙昔言詩大指。愚山曰：子師言詩，如華嚴樓閣，彈指即現，又如仙人五城十二樓，縹緲俱在天際；余即不然，譬作室者，瓴甓木石，一一須就平地築起。洪曰：此禪宗頓漸二義也。（《漁洋詩話》）

嚴滄浪以禪喻詩，余深契其說，而五言尤爲近之。如王、裴輞川絕句，字字入禪。他如"雨中山果落，燈下草蟲鳴。""明月松間照，清泉石上流。"以及太白"卻下水精簾，玲瓏望秋月。"常建"松際露微月，清光猶爲君。"浩然"樵子暗相失，草蟲寒不聞。"劉昚虛"時有落花至，遠隨流水香。"妙諦微言，與世尊拈花，迦葉微笑，等無差別。通其解者，可語上乘。（《蠶尾續文》）

捨筏登岸，禪家以爲悟境，詩家以爲化境，詩禪一致，等無差別。大復與空同書引此，正自言其所得耳；顧東橋以爲英雄欺人，誤矣。豈東橋未能到此境地，故疑之耶？（《香祖筆記》）〔以上見卷三〕

嚴滄浪論詩云："盛唐諸人，唯在興趣，羚羊掛角，無跡可求，透徹玲瓏，不可湊泊，如空中之音，相中之色，水中之月，鏡中之像，言有盡而意無窮。"司空表聖論詩，亦云："味在酸鹹之外。"康熙戊辰春杪，日取開元、天寶諸公篇什讀之，於二家之言，別有會心，錄其尤雋永超詣者，自王右丞而下四十二人，爲《唐賢三昧集》，釐爲三卷。不錄李、杜二公者，仿王介甫《百家》例也；張曲江開盛唐之始，韋蘇州殿盛唐之終，皆不錄者，已入予五言選詩，故不重出也。（《漁洋文》）〔以上見卷四〕

乾隆刻本張宗柟輯《帶經堂詩話》

坳堂詩集序

〔清〕翁方綱

司空表聖生於王官谷，元遺山在汾晉，王漁洋在濟南，皆北地詩家之秀，而皆能知神韻之所以然。今人顧專目漁洋言神韻者，何哉？獻縣戈芥舟《坳堂詩集》，不蹈格調之滯習，亦不必以神韻例之。顧其藁有任邱邊連寶一序，極口詆斥神韻之非，甚至目漁洋爲神韻家，彼蓋未熟讀古人集，不知神韻之所以然，惟口熟漁洋詩，輒專目爲神韻家而肆議之。

且又聞其嘗注杜詩，其注杜吾未見也。第就此序舉杜詩"浣花溪裹花饒笑"二句、"巡簷索共梅花笑"二句，謂杜集中只此二處是神韻，不通極矣。神韻者，非風致情韻之謂也。今人不知，妄謂漁洋詩近於風致情韻，此大誤也。神韻乃詩中自具之本然，自古作家皆有之，豈自漁洋始乎？古人蓋皆未言之，至漁洋乃明著之耳。漁洋所以拈舉神韻者，特爲明朝李、何一輩之貌襲者言之，此特亦偶舉其一端，而非神韻之全旨也。詩有於高古渾樸見神韻者，亦有於風致見神韻者，不能執一以論也。如"巡簷索共梅花笑"二句，則是於情致見神韻也；若"浣花溪裹花饒笑"笑字，則不如此，此乃竊笑取笑之笑，與笑樂之笑不同，且此二句亦與情致不同。彼舉眼但見二處皆有笑字，遂誤混而言之，可乎？即觀此語，則所謂注杜者，其謬更何待言，而以此序《坳堂詩》，其可乎？

芥舟昔爲邊君作序，亦何嘗無稍憾漁洋之意，然而不害者，芥舟之意先舉信陽以影出漁洋，則切合矣。愚囊者固已於藐姑神人之喩，微覺漁洋儗不於倫矣。漁洋又嘗謂杜吹笛一篇，爲大復所本，即此類也。神韻者，本極超詣之理，非可執迹求之，而漁洋猶未免於滯迹也。芥舟詩正妙在不滯迹，雖不滯迹，亦不踐迹，觀者聊以存其眞可矣。故削去邊君序而爲之說如此。

光緒刻本《復初齋文集》卷三

神韻論上

〔清〕翁方綱

《詩三百篇》，聖人皆弦歌之以求合於韶、武之音。韶、武，古樂也，盛德之所同也。謂《清廟》《猗》《那》合之可也，謂《節南山》《雨無正》合之可乎？謂《關雎》《鵲巢》合之可也，謂《株林》《匪風》合之可乎？是必有標乎音之本者矣。以其義言之，則聖人一言蔽之，曰："思無邪。"以其音言之，則曰："樂不淫，哀不傷"，曰："各得其所"，曰："洋洋盈耳"，而未有一言該其所以然者。音之理通於微，而音之發非一緒，在善讀者領會之而已。況乎漢、魏、六朝以後，正變愈出愈棼，而豈能撮舉其所以然。

盛唐之杜甫，詩教之繩矩也，而未嘗言及神韻。至司空圖、嚴羽之徒，乃標舉其概，而今新城王氏暢之。非後人之所詣，能言前古所未言也。天地之精華，人之性情，經籍之膏腴，日久而不得不一宣洩之也。自新城王氏一倡神韻之說，學者輒目此爲新城言詩之祕，而不知詩之所固有者，非自新城始言之也。且杜云"讀書破萬卷，下筆如有神"，此神字即神韻也。杜云"熟精文選理"，韓云"周詩三百篇，雅麗理訓誥"，杜牧謂"李賀詩使加之以理，奴僕命騷可矣"，此理字即神韻也。神韻者，徹上徹下，無所不該。其謂"羚羊掛角，無迹可求"，其謂"鏡花水月，空中之像"，亦皆即此神韻之正旨也，非墮入空寂之謂也。其謂"雅人深致"，指出"訏謨定命，遠猷辰告"二句以質之，即此神韻之正旨也，非所云理字不必深求之謂也。然則神韻者，是乃所以君形者也。昔之言格調者，吾謂新城變格調之說而衷以神韻，其實格調即神韻也。今人誤執神韻，似涉空言，是以鄙人之見，欲以肌理之說實之。其實肌理亦即神韻也。昔之人未有專舉神韻以言詩者，故今時學者若欲目神韻爲新城王氏之學，此正坐在不曉神韻爲何事耳。知神韻之所以然，則知是詩中所自具，非至新城王氏始也。其新城之專舉空音鏡像一邊，特專以針灸李、何一輩之癡肥貌襲者言之，非神韻之全也。且其誤謂理字不必深求其解，則彼新城一叟，實尚有未喻神韻之全者，而豈得以神韻屬之新城也哉？

光緒刻本《復初齋文集》卷八

神韻論中

〔清〕翁方綱

君子引而不發，躍如也。中道而立，能者從之。中道而立，非界在難易之間之謂也。朱子《集註》蓋偶用某家之說，以中爲難易遠近之中間，此中字一誤會，則而立二字，亦不得明白矣。道無邊際之可指，道無四隅之可竟，道無難易遠近之可言也。然而其中其外，則人皆見之。中道而立者，言教者之機緒，引躍不發，只在此道內，不能出道外一步，以援引學者，助之使入也。只看汝能從我否耳，其能從者，自能入來也。道是一個大圈，我只立在此大圈之內，看汝能入來與否耳。此卽詩家神韻之說也。

今以藝事言之，寫字欲運腕空靈，卽神韻之謂也。其不知古人之實得，而欲學其運腕空靈，必致手不能握筆矣。知其所以然，則吾兩手寫字，其沉鬱積力，全用於不執筆之左手，然後其執筆之右手，自然輕靈運轉如意矣。以爲文之理喻之，則卽據上游之謂也。然則何以能得神韻乎？曰：置身題上，則黃鵠一舉見山川之紆曲，再舉見天地之圓方。文之心也，文之骨也，法外之意也，夫然後可以針對癡肥貌襲之弊也。彼癡肥貌襲，正患坐在題中，舉眼不見四周之輪光，“不識廬山眞面目，只緣身在此山中。”癡肥旣不可，削枯又不可；似旣非也，不似又非也。是以李、何固謬，王、李又謬；抑湯若士、徐天池輩之矯變李、何，亦又非也；抑且公安、竟陵之矯變李、何，又無謬不出也。然而新城以三昧標舉盛唐諸家，盛唐諸家，其體盛大，貌其似者，固不能傷之，徒自敝而已矣。矯其說者，一以澄敻淡遠味之，亦不免墮一偏也。何者？盛唐元是眞詩，横看成嶺，側看成峯，隨其人自得之而已矣。至於舉明朝徐昌穀、高子業之一得，遂欲於五言截去杜、韓、蘇、黃以下，直以此接漢、魏、盛唐作者，則又非正論矣。夫陳伯玉之在初唐，以上接漢、魏可也。韋左司在中唐，以接陶，亦可也。高、徐、皇甫諸家在明，以遙接漢、魏、盛唐，則不可也。此則言神韻者之偏辭也。

綜而計之，所謂置身題上者，必先身入題中也。射者必入彀而後能心手相忘也。筌蹄者，必得筌蹄而後筌蹄兩忘也。詩必能切己切時切事，一一具有實地，而後漸能幾於化也。未有不有諸己，不充實諸己，而遽議神化者也。是故善教者必以規矩焉，必以彀率焉。神韻者以心聲言之也。心聲也者，誰之心聲哉？吾故曰先於肌理求之也。知於肌理求之，則刻刻惟規矩彀率之弗若是懼，又奚必其言神韻哉？

光緒刻本《復初齋文集》卷八

神韻論下

〔清〕翁方綱

詩以神韻爲心得之祕，此義非自漁洋始言之也，是乃自古詩家之要眇處，古人不言而漁洋始明著之也。神韻者，非風致情韻之謂也。吾謂神韻即格調者，特專就漁洋之承接李、何、王、李而言之耳。其實神韻無所不該，有於格調見神韻者，有於音節見神韻者，亦有於字句見神韻者，非可執一端以名之也。有於實際見神韻者，亦有於虛處見神韻者，有於高古渾樸見神韻者，亦有於情致見神韻者，非可執一端以名之也。此其所以然，在善學者自領之，本不必講也。

吾既爲漁洋之承李、何，而不得不析言之；乃今又爲近人之誤會者，更不得不析言之。世之不知而誤會者，吾安能一一析之。今姑就吾所近見其最不通者，莫如河間邊連寶之論詩，目漁洋爲神韻家。是先不知神韻乃自古詩家所共具，漁洋偶拈出之，而別指之曰神韻家，有是理乎？彼既不知神韻是詩中所固有矣，乃反歸咎於嚴儀卿之言鏡花水月，涉於虛無，爲貽害於後學，此非罵嚴儀卿也，特舉以罵漁洋耳。漁洋詩專取神韻而不能深切，則誠有之。然近日之譏漁洋者，持論皆不得其平也。

請申析之，詩自宋、金、元接唐人之脈，而稍變其音，此後接宋、金、元者，全恃眞才實學以濟之。乃有明一代，徒以貌襲格調爲事，無一人具眞才實學以副之者。至我國朝，文治之光，乃全歸於經術，是則造物精微之祕，衷諸實際，於斯時發洩之。然當其發洩之初，必有人焉，先出而爲之伐毛洗髓，使斯文元氣復還於沖淡淵粹之本然，而後徐徐以經術實之也，所以賴有漁洋首倡神韻以滌蕩有明諸家之塵滓也。其援嚴儀卿所云"鏡中之花，水中之月"者，正爲滌除明人塵滓之滯習言之，即所謂"詩有別才非關學"之一語，亦是專爲鶩博滯迹者偶下砭藥之詞，而非謂詩可廢學也。須知此正是爲善學者言，非爲不學者言也。司空表聖《詩品》亦云“不著一字，盡得風流”，夫謂不著一字，正是謂函蓋萬有也，豈以空寂言耶？漁洋之詩，雖非李、何之滯習，而尚有未盡化滯習者，如詠焦山鼎，只知鋪陳鐘鼎款識之料，如詠漢碑，只知敍說漢末事，此皆習作套語，所以事境偶有未能深切者，則未知鋪陳排比之即連城玉璞也。蓋漁洋未能喻“熟精文選理”理字之所以然，則必致後人誤會“詩有別才”之語，致墮於空寂，則亦當使人知神韻初不如此，而豈可反誤以神韻爲漁洋咎乎？若趙秋谷之議漁洋，謂其不切事境，則亦何嘗不中其弊乎？學者惟以讀書切己爲務，日從事於探討古人，考析古人，則正惟恐其不能徹悟於神韻矣。

神韻者，視其人能領會，非人人皆得以問津也。其不能悟及此者，奚爲而必強之？其不知而強附空閑以爲神韻，與其不知而妄駁神韻者，皆坐一不知之咎而已。不知何害，不知而妄議，則爲害滋甚耳。

光緒刻本《復初齋文集》卷八

桃花扇[1]小識

〔清〕孔尚任[2]

傳奇者，傳其事之奇焉者也，事不奇則不傳。桃花扇何奇乎？妓女之扇也，蕩子之題也，遊客之畫也[3]，皆事之鄙焉者也；爲悅己容[4]，甘剺面[5]以誓志，亦事之細焉者也；伊其相謔[6]，借血點而染花，亦事之輕焉者也；私物表情，密緘寄信，又事之猥褻而不足道者也。桃花扇何奇乎？其不奇而奇者，扇面之桃花也；桃花者，美人之血痕也；血痕者，守貞待字[7]、碎首淋漓不肯辱於權奸者也；權奸者，魏閹之餘孽[8]也；餘孽者，進聲色，羅貨利，結黨復仇，隳[9]三百年之帝基者也。帝基不存，權奸安在？惟美人之血痕，扇面之桃花，嘖嘖[10]在口，歷歷在目，此則事之不奇而奇，不必傳而可傳者也。人面耶？桃花耶？雖歷千百春，豔紅相映，問種桃之道士，且不知歸何處矣。

康熙戊子三月云亭山人漫書。

人民文學出版社一九五八年排印本《桃花扇》

【註釋】

[1] 桃花扇——傳奇劇本，清孔尚任作。寫明末弘光朝閹黨阮大鋮欲通過秦淮名妓李香君拉攏侯方域，李香君識破阮的陰謀，堅不妥協，抗拒權貴的謀略，血濺扇面，楊文驄因血點畫成桃花一枝。故取書曰《桃花扇》。通過侯、李兩人悲歡離合的愛情故事，反映了明末動蕩的社會現實及封建統治階級內部的矛盾，揭示了南明覆滅的根本原因。正如作者自己所說："借離合之情，寫興亡之恨。"

[2] 孔尚任——(公元一六四八年——一七一八年)清代詩人、戲曲作家。山東曲阜人。字季重，號東塘、岸堂，又號云亭山人，孔子六十四代孫。初隱居石門山

中，康熙帝南巡至曲阜時，被召講經，破格授國子監博士，累遷戶部主事、員外郎等職。後往淮陽一帶參加河工，並在南京訪冒辟疆、鄧孝威等遺老，在揚州憑弔史可法遇難故迹。經十餘年時間，於康熙三十八年（公元一六九九年）寫成傳奇劇本《桃花扇》。當時與《長生殿》作者洪昇有“南洪北孔”之稱。戲曲作品還有與顧彩合寫的《小忽雷》，另有詩文集《湖海集》、《岸堂文集》、《長留集》等。

[3] 妓女之扇也三句——妓女指李香君，蕩子指侯方域，遊客指楊龍友。題扇及畫扇二事見《桃花扇》第六齣及第二十三齣。

[4] 爲悦己容——司馬遷《報任安書》：“士爲知己者用，女爲悦己者容。”容，指修飾容貌。

[5] 剺面——割破面。

[6] 伊其相謔——《詩經·鄭風·溱洧》篇句，意指男女互相戲謔。

[7] 待字——即待嫁。這裏指李香君等待侯方域來迎娶。

[8] 魏閹之餘孽——魏閹指明代宦官魏忠賢，餘孽指馬士英、阮大鋮。

[9] 隳——毁壞。

[10] 嘖嘖——贊歎聲。

【説明】

孔尚任的《桃花扇》通過復社文人侯方域與秦淮名妓李香君的戀愛故事，描寫明末弘光朝廷覆亡的歷史悲劇。它由於概括了當時的許多重大歷史事件，塑造了李香君等典型人物形象，抒發了強烈的愛國主義感情，而成爲清初傳奇中的傑作。孔尚任除了創作劇本外，還在《桃花扇凡例》和每齣戲的眉批、總批中提出了一些很有價值的戲曲理論。

一、劇本中的典型人物形象具有十分重要的意義。他在《桃花扇小識》中説：“桃花扇何奇乎？其不奇而奇者，扇面之桃花也；桃花者，美人之血痕也；血痕者，守貞待字、碎首淋漓，不肯辱於權奸者也；權奸者，……隳三百年之帝基者也。帝基不存，權奸安在？惟美人之血痕，扇面之桃花，嘖嘖在口，歷歷在目，此則事之不奇而奇，不必傳而可傳者也。”他認爲，《桃花扇》之“奇”，在於扇面之桃花，它象徵着李香君不畏權貴敢於鬥爭的愛國主義精神。而這種精神是通過人物形象來表現的。因此，他十分重視在劇作中塑造典型形象，並且取得巨大的成功。同時，他又指出：“設科之嬉笑怒駡，如白描人物，鬚眉畢現。引人入勝者，全借乎此。”（《桃花扇凡例》）要求表演者也注意舞臺形象的塑造，並認爲這是劇本能否發揮影響的關鍵。

二、戲劇作品必須具有完整的結構和生動的情節。《桃花扇凡例》說：“每齣脈絡聯貫，不可更移，不可減少。非如舊劇，東拽西牽，便湊一齣。”這說明戲劇的結構不容東拽西牽，隨意湊合，而必須按照內在的聯繫，把各個部分構成一個有機的整體。至於情節，他提倡“排場有起伏轉折，俱獨闢境界，突如而來，倏然而去，令觀者不能預擬其局面。凡局面可擬者，即厭套也。”在他看來，情節的安排必須有波瀾起伏，而反對平鋪直述；必須擺脫陳俗濫套，而另創新意。至於“令觀者不能預擬其局面”，用現在的話來說，也就是反對創作中的公式化和概念化。這些見解至今還是有着現實意義的。

三、劇本的創作必須有現實的基礎，“雖稍有點染，亦非烏有子虛之比”，是不容憑空虛構的。至於談到《桃花扇》一劇，可以使人“知三百年之基業隳於何人？敗於何事？消於何年？歇於何地？不獨令觀者感慨涕零，亦可懲創人心。”（《桃花扇小引》）則又說明了劇本的社會功能，應該具有認識作用、審美作用和教育作用。

附　錄

桃花扇小引(節錄)

〔清〕孔尚任

傳奇雖小道，凡詩賦、詞曲、四六、小說家，無體不備。至於摹寫鬚眉，點染景物，乃兼畫苑矣。其旨趣實本於三百篇，而義則春秋，用筆行文，又左、國、太史公也。於以警世易俗，贊聖道而輔王化，最近且切。今之樂，猶古之樂，豈不信哉？《桃花扇》一劇，皆南朝新事，父老猶有存者。場上歌舞，局外指點，知三百年之基業，隳於何人？敗於何事？消於何年？歇於何地？不獨令觀者感慨涕零，亦可懲創人心，爲末世之一救矣。

…………

人民文學出版社一九五八年排印本《桃花扇》

桃花扇凡例(選錄)

〔清〕孔尚任

一、朝政得失，文人聚散，皆確考時地，全無假借。至於兒女鍾情，賓客解嘲，雖稍有點染，亦非烏有子虛之比。

一、排場有起伏轉折，俱獨闢境界；突如而來，倏然而去，令觀者不能預擬其局面。凡局面可擬者，卽厭套也。

一、每齣脈絡聯貫，不可更移，不可減少。非如舊劇，東拽西牽，便湊一齣。

一、舊本說白，止作三分，優人登場，自增七分，俗態惡謔，往往點金成鐵，爲文筆之累。今說白詳備，不容再添一字。篇幅稍長者，職是故耳。

一、設科之嬉笑怒駡，如白描人物，鬚眉畢現，引人入勝者，全借乎此。今俱細爲界出，其面目精神，跳躍紙上，勃勃欲生，況加以優孟摹擬乎。

云亭山人偶拈。

人民文學出版社一九五八年排印本《桃花扇》

蘅皋詞序

〔清〕孔尚任

唐以後無詩，宋以後無詞，非無詩與詞也，無歌詩與詞者也。夫三百篇，乃朝廟頌禱、里巷歌謠之言，皆可被管絃者。自漢、魏樂府出，而三百篇亡矣。迨其後，鐃歌、橫吹、房中之奏不傳，唐人始令梨園弟子歌近體絕句，即今所謂唐詩者也。歷五代至宋，而梨園部又廢，宋人乃製爲詞，又曰詩餘，謂其得唐詩之餘意也。然其格最巧，較唐詩婍妮婉轉，聲情盡致，文人尤喜爲之。乃不意再傳再變，遂有元人之南北曲，濫觴流弊，以至今日，識者莫不嘆夫樂亡。蓋自三百篇後，而周樂已亡矣。後世之樂府、近體、詩餘、南北曲，各爲其樂，各亡其代，由後而論，雖百世可知也。何也？樂之傳，傳其音節也；音節之傳，傳以口耳也；口耳一絕，則音節一變，後人雖極力摹擬，不過得其文辭體裁，而其音節不可知也。予好考歷代之樂，凡古三百篇、漢魏樂府、唐詩、宋詞、元曲，莫不細讀其文。然三百篇已著爲經典，樂府無一定之體，唐人近體，板重不化。獨詩餘調有長短，句合宮、商，按譜塡之，自成格式，在今日所演南、北劇者，猶彷彿其曲名，雖其音節不能傳以口耳，而音節自在焉。近世文人爲者頗多，偶讀宮子敍五《蘅皋詞》，愛其文采，且柔情曼致，喁喁有聲，出自行墨間。每讀一首，如月樓酒醒，花箋燈炧，令人悵然有思，久之復不能自解。蓋得《花間》、《草堂》之神髓，所謂深於言情者。夫詞，乃樂之文也。情生於文，而聲即生於情；凡不能入歌者，皆無情之文也。宮子素所爲詩，聲調高朗，吾猶把之過日，每行吟於海霧蒼茫中；況所謂詞，呑吐抑揚，情餘於文，聲溢乎情，雖不解宋人歌詞之法，吾以意爲其音節，口以傳口，耳以傳耳，成一代之樂，將自《蘅皋詞》始。

中華書局本《孔尚任詩文集》卷六

山濤詩集序(節錄)

〔清〕孔尚任

…………

予嘗論詩有二道：曰工，曰佳。工者，多出苦吟；佳者，多由快詠。古人謂詩窮而後工，特爲工者言耳；而佳詩，則必風流文采，翩翩豪邁，能發廟朝太平之音，較之窮而後工者，有風、雅、正、變之殊焉。蓋詩以言性情也，變者之情易見，正者之情難知。吾讀儲君之詩，豐腴典麗，而更有眞氣流注其中。他日載筆彤庭，鼓吹休和，必能上追三百篇之旨趣，使學詩者既不淪於窮愁枯寂，又不習爲靡縟無生氣之言，後此十五國風氣，將以海陵爲宗矣！不然，海陵之詩雖多，亦奚以爲？

中華書局本《孔尚任詩文集》卷六

長留集序(節錄)

〔清〕孔尚任

…………

既得《葛莊詩》，吟不去口，常展案頭，拉客共讀而指之曰："此詩眞，無一皮毛語；此詩新，無一窠臼調；此詩雅，無一粗鄙聲；此詩清，無一餖飣字；此詩趣，無一板腐氣。凡古今詩家，平熟無味之意，含糊不了之辭，一概洗除，令讀者動心變志，啼笑無端，眞如聲之震耳，色之眩目，五味之沁舌，興、觀、羣、怨，逐首感發而可爲學詩準的者。"余適選《長留集》，遂以此冠其端焉。

客曰："溫柔敦厚，詩人之旨也。詩雖主於感發，而尤貴乎涵蓄，盛唐以後，此境蕩然！操觚者不可不更有以進之也。"余曰："詩存乎人，患其人不文耳，文則未有不溫柔者；患其人不質耳，質則未有不敦厚者。至於性靈日新，生意無窮，凡情觸于景而無所不言者，感發之謂也；景纏于情而不能盡言者，涵蓄之謂也。非謂平熟含糊勦襲陳腐之語，不癢不痛，自欺欺人，而遽謂之涵蓄也。若持盛唐以薄近代，則人亦將持雅、頌以薄漢、魏，總之，一畫以後，文明漸啓，自然之運也；雖有聖哲，不敢以一畫之渾淪，而薄六經之詳明，風、雅變遷，亦若是爾。吾觀在園之詩，句句有本，篇篇自運。不與古人較工拙，亦不求合於古人；不與今人爭短長，亦不望知于今人。閉戶讀書，自作在園之詩，而在園之詩於是乎傳矣。"

…………

中華書局本《孔尚任詩文集》卷六

桃花扇序

〔清〕顧　彩

嘗怪百子山樵所作傳奇四種，其人率皆更名易姓，不欲以眞面目示人。而《春燈謎》一劇，尤致意於一錯二錯，至十錯而未已。蓋心有所歉，詞輒因之。乃知此公未嘗不知其生平之謬誤，而欲改頭易面以示悔過；然而清流諸君子，持之過急，絕之過嚴；使之流芳路塞，遺臭心甘。城門所殃，洊至荆棘銅駝而不顧。禍雖不始於夷門，夷門亦有不得謝其責者。嗚呼！氣節伸而東漢亡，理學熾而南宋滅；勝國晚年，雖婦人女子，亦知嚮往東林，究於天下事奚補也。當其時，偉人欲扶世祚，而權不在已；宵人能覆鼎餗，而溺於宴安；扼腕時艱者，徒屬之席帽青鞋之士，時露熱血者，或反在優伶口技之中。斯乾坤何等時耶？旣無龍門、昌黎之文，以淋漓而發揮之，又無太白、少陵之詩，以長歌而痛哭之。何意六十載後，云亭山人以承平聖裔，京國閒曹，忽然興會所至，撰出《桃花扇》一書。上不悖於淸議之是非，下可以供兒女之笑噱。吁！異乎哉！當日皖城自命以塡詞擅天下，詎意今人即以其技，還奪其席，而且不能匿其瑕，而且幾欲褫其魄哉！雖然，作者上下千古，非不鑒於當日之局，而欲餔東林之餘糟也；亦非有甚慨於青蓋黃旗之事，而爲狡童黍離之悲也。徒以署冷官閒，窗明几淨，胸有勃勃欲發之文章，而偶然借奇立傳云爾。斯時也，適然而有却奩之義姬，適然而有掉舌之二客，適然而事在興亡之際，皆所謂奇可以傳者也。彼旣奔赴於腕下，吾亦發抒其胸中，可以當長歌，可以代痛哭，可以弔零香斷粉，可以悲華屋山邱，雖人其人而事其事，若一無所避忌者，然不必目爲詞史也。猶記歲在甲戌，先生指署齋所懸唐朝樂器小忽雷，令余譜之。一時刻燭分箋，疊鼓競吹，覺浩浩落落，如午夜之聯詩，而性情加鬯。翌日而歌兒持板待韻，又翌日而旗亭已樹赤幟矣。斯劇之作，亦猶是焉。爲有所謂乎？無所謂乎？然讀至卒章，見板橋殘照、楊柳彎腰之語，雖使柳七復生，猶將下拜。而謂千古以上，千古以下，有不拍案叫絕，慷慨起舞者哉？妙矣至矣！蔑以加矣！若夫夷門復出應試，似未足當高蹈之目，而桃葉却聘一事，僅見之與中丞一書，事有不必盡實錄者。作者雖有軒輊之文,余則仍視爲太虛浮雲,空中樓閣云爾。

梁溪夢鶴居士撰。

人民文學出版社一九五八年排印本«桃花扇»

論桃花扇(選錄)

梁啓超

論曲本當首音律,余不嫻音律,但以結構之精嚴,文藻之壯麗,寄託之遙深論之,竊謂孔云亭之«桃花扇»,冠絕前古矣。其事跡本爲數千歲歷史上最大關係之事迹。惟此時代,乃能產此文章。雖然,同時代之文家亦多矣。而此蟠天際地之傑構,獨讓云亭,云亭亦可謂時代之驕兒哉。

«桃花扇»卷首之«先聲»一齣,卷末之«餘韻»一齣,皆云亭創格,前此所未有,亦後人所不能學也。一部極凄慘極哀艷極忙亂之書,而以極太平起,以極閑靜極空曠結。眞有華嚴鏡影之觀。非有道之士,不能作此結構。

«桃花扇»之老贊禮,云亭自謂也。處處點綴入場,寄無限感慨。卷首之試一齣«先聲»,卷中之加二十一齣«孤吟»,卷末之續四十齣«餘韻»,皆以老贊禮作正脚色。蓋此諸齣者,全書之脈絡也。其«先聲»一齣演白云:更可喜把老夫衰態,也拉上了排場,做了一個副末脚色,惹的俺哭一回,笑一回,怒一回,駡一回,那滿座賓客,怎曉得我老夫就是戲中之人。此一語所謂文家之畫龍點睛也。全書得此,精神便活現數倍,且使讀者加無限感動,可謂妙文。«孤吟»一齣結詩云:當年眞是戲,今日戲如眞,兩度旁觀者,天留冷眼人。«餘韻»一齣演白云:江山江山,一忙一閑,誰贏誰輸,兩鬢皆斑。凡此皆託老贊禮之口,皆作極達觀之語。然其外愈達觀者,實其內愈哀痛,愈辛酸之表徵也。云亭人格,於斯可見。

以一部哭聲淚痕之書,其開場第一演白乃云:日麗唐虞世,花開甲子年,山中無寇盜,地上總神仙。以一個家破國亡之人,其自道履歷乃云,最喜無禍無災,活了九十七年。此非打趣語,乃傷心語也。爲當時腐敗之人心寫照也。

«桃花扇»於種族之感不敢十分明言,蓋生於專制政體下,不得不爾也。然書中固往往不能自制,每一讀之,使人生故國之感。余尤愛誦者,如莫過烏衣巷，是別姓人家新畫梁(«聽稗»)。誰知歌罷賸空筵，長江一綫。吳頭楚尾路三千，盡歸別姓，雨翻雲變，寒濤東捲，萬事付空烟(«沉江»)。將五十年興亡看飽，那烏衣巷不姓王，莫愁湖鬼夜哭，鳳凰臺棲梟鳥，龍山夢最眞，舊境丢難掉，不信這輿圖換稿，謅一套哀江南，放悲聲唱到老(«餘韻»)。讀此而不油然生民族主義之思想者，必其無人心者也。

«桃花扇»沉痛之調，以«哭主»«沉江»兩齣爲最。«哭主»敍北朝之亡，«沉江»敍南朝之亡也。«哭主»中«勝如花»兩腔云：高皇帝在九京，不管亡家破鼎，那知他聖子神孫，反不如飄蓬斷梗。十七年憂國如病，呼不應天靈祖靈，調不來親兵救兵。白練無情，送君王一命。傷心煞煤山私幸，獨殉了社稷蒼生，獨殉了社稷蒼生。其二云：宮車出，廟社傾，破碎中原費整，養文臣帷幄無謀，豢武夫疆場不猛，到今日山殘水賸，對大江月明浪明，滿樓頭呼聲哭聲，這恨怎平。有皇天作證，從今後戮力併命，報國讎早復神京，報國讎早復神京。«沉江»之«普天樂»云：撇下俺斷篷船，丢下俺無家犬，叫天呼地千百遍，歸無路進又難前，那滾滾雪浪拍天，流不盡湘纍怨，勝黃土一丈江魚腹寬展，摘脫下袍靴冠冕。累死英雄，到此日看江山換主，無可留戀。其«古輪臺»云：走江邊，滿腔憤恨向誰言，揮老淚寒風吹面，孤城一片，望救目穿，使盡殘兵血戰，跳出重圍，故國苦戀。誰知歌罷賸空筵，長江一綫。吳頭楚尾路三千，盡歸別姓，雨翻雲變，寒濤東捲，萬事付空煙，精魂顯，大招聲逐海天遠。此數折者，余每一讀之，輒覺酸淚盈盈承睫而欲下，文章之感人一至此耶！

中國文學大率富有厭世思想，«桃花扇»亦其一也。而所言尤親切有味，切實動人，蓋時代精神使然耳。«修札»演白云：那熱鬧局便是冷淡的根芽，爽快事就是牽纏的枝葉，倒不如把賸水殘山，孤臣孽子，講他幾句，大家滴些眼淚罷。

中華書局版«新曲苑·曲海揚波»卷一

詞綜序[1]

〔清〕汪　森[2]

自有詩，而長短句卽寓焉。《南風》之操[3]，《五子之歌》[4]是已。周之頌三十一篇，長短句居十八[5]；漢《郊祀歌》十九篇，長短句居其五[6]；至《短簫鐃歌》十八篇，篇篇長短句[7]，謂非詞之源乎！

迄于六代，《江南》《採蓮》諸曲[8]，去倚聲不遠。其不卽變爲詞者，四聲猶未諧暢也[9]。自古詩變爲近體，而五七言絶句，傳于伶官樂部，長短句無所依，則不得不更爲詞。當開元盛日，王之渙、高適、王昌齡詩句，流播旗亭[10]；而李白《菩薩蠻》等詞，亦被之歌曲。古詩之於樂府，近體之於詞，分鑣並騁，非有先後；謂詩降爲詞，以詞爲詩之餘[11]，殆非通論矣。

西蜀、南唐[12]而後，作者日盛。宣和君臣[13]，轉相矜尚。曲調愈多[14]，流派因之亦别。短長互見，言情者或失之俚[15]，使事者或失之伉[16]。鄱陽姜夔[17]出，句琢字練，歸於醇雅。於是史達祖、高觀國[18]羽翼之；張輯[19]、吳文英[20]師之於前，趙以夫、蔣捷、周密、陳允衡、王沂孫、張炎、張翥效之於後[21]；譬之於樂，舞《箾》[22]至於九變[23]，而詞之能事畢矣。

世之論詞者，惟《草堂》[24]是規。白石、梅溪[25]諸家，或未闚其集，輒高自矜詡。予嘗病焉，顧未有以奪之也。友人朱子錫鬯[26]，輯有唐以來迄於元人所爲詞，凡一十八卷，目曰：《詞綜》，訪予梧桐鄉[27]。予覽而有契於心，請雕刻以行。朱子曰：未也。宋、元詞集傳於今者，計不下二百家。吾之所見，僅及其半而已。

子其博搜，以輔吾不足，然後可。予曰：唯唯。錫鬯仍北游京師，南至於白下[28]。逾三年歸，廣爲二十六卷。予亦往來苕、霅間[29]，從故藏書家，抄白諸集，相對參論，復益以四卷，凡三十卷。計覽宋、元詞集一百七十家，傳記小說地志共三百餘家，歷歲八稔，然後成書；庶幾一洗《草堂》之陋，而倚聲者知所宗矣。若其論世而敍次詞人爵里，勘讐同異而辨其譌，則柯子寓匏[30]，周子青士[31]力也。

歲康熙戊午嘉平之朔，休陽汪森書于裘杼樓[32]。

光緒金匱浦氏重修本《詞綜》

【註釋】

[1] 詞綜——凡三十卷，續補八卷。朱彝尊編選。採摭唐、宋、金、元詞凡五百餘家。

[2] 汪森（公元一六五三年——一七二六年）——字晉賢，號碧巢，浙江桐鄉人。貢生，官戶部郎中。有《小方壺存稿》十五卷。《碑傳集》卷五十九有儲大文所撰《戶部郎中貤封監察御史汪君森墓誌銘》。

[3] 南風之操——見本書第一册《文心雕龍·時序》註[12]。

[4] 五子之歌——見本書第二册白居易《與元九書》註[13]案：歌凡五首，其一、二、五首是長短句。

[5] 周之頌三十一篇二句——謂《清廟》《維天之命》《維新》等，見《詩·周頌》。

[6] 漢郊祀歌十九篇二句——謂《天地》《日出入》《天門》等，見《樂府詩集》卷一。

[7] 短簫鐃歌十八篇二句——謂《朱鷺》《思悲翁》《艾如張》等，見《樂府詩集》卷十六。

[8] 江南採蓮諸曲——《樂府詩集》卷五十引《古今樂錄》："梁天監十一年冬，梁武帝改西曲製《江南弄》七曲，一曰《江南弄》，二曰《龍笛曲》，三曰《採蓮曲》，……"其《江南弄》云："衆花雜色滿上林，舒芳耀綠垂輕陰，連手蹀躞舞春心。舞春心，臨歲腴，中人望，獨踟躕。"《採蓮曲》云："遊戲五湖採蓮歸，發花田葉芳襲衣，爲君儂歌世所希。世所希，有如玉，江南弄，採蓮曲。"蕭綂、沈約詞與此字句悉同。明楊慎《詞品》卷一論梁武帝《江南弄》曰："此辭絕妙，塡詞起於唐人，而六朝已濫觴矣。"

[9] 其不卽變爲詞者二句——案朱彝尊《水村琴趣序》云："《南風之詩》《五子之

歌》，此長短句之所由昉也。漢《鐃歌》《郊祀》之章，其體尙質。迨晉、宋、齊《江南》《采菱》諸調，去塡詞一間爾，詩不即變爲詞，殆時未至焉。”（《曝書亭集》卷四十）與汪森此序同意。

［10］當開元盛日三句——相傳王之渙、高適、王昌齡同往酒樓（旗亭）飲酒，恰遇梨園伶官十數人會讌，席上有四名歌妓唱歌，唱的就是王之渙“黃河遠上白雲間”一絕、高適“開篋淚霑臆”一絕（案此乃高適五古哭單九少府篇首四句）和王昌齡“寒雨連江夜入吳”“奉帚平明金殿開”二絕。見《集異記》。

［11］謂詩降爲詞二句——詳說明。今傳宋人詞集，以“詩餘”爲名的，有廖行之的《省齋詩餘》，張鎡的《南湖詩餘》等。不知是否宋人原名。吳衡照《蓮子居詞話》卷一：“詩餘名義緣起，始見宋王灼《碧雞漫志》。”

［12］西蜀南唐——西蜀指《花間集》中諸詞人（溫庭筠、皇甫松等除外），南唐指李璟、李煜與馮延己。

［13］宣和君臣——指宋徽宗趙佶與大晟府周邦彥、万俟詠諸詞人。宣和是宋徽宗年號，自公元一一一九年至一一二五年。

［14］曲調愈多——張炎《詞源》卷下：“迄於崇寧，立大晟府，命周美成諸人討論古音，審定古調，淪落之後，少得存者，由此八十四調之聲稍傳，而美成諸人又復增演慢曲引近，或移宮換羽，爲三犯、四犯之曲，按月律爲之，其曲遂繁。”

［15］言情者或失之俚——此指柳永一派詞。案《詞綜》對于黃庭堅詞亦深致不滿，《發凡》云：“言情之作，易流於穢，此宋人選詞，多以雅爲目，法秀道人語涪翁曰：‘作豔詞當墮犂舌地獄。’正指涪翁一等體製而言耳。……是集於黃九之作，去取特嚴。”

［16］使事者或失之伉——伉，高伉，猶謂粗豪。此指蘇、辛一派詞。

［17］姜夔——見本書第二册張炎《詞源》註［15］。

［18］史達祖高觀國——見本書第二册張炎《詞源》註［15］。

［19］張輯——字宗瑞，號東澤，江西鄱陽人。嘗從姜夔學詩，有《東澤綺語》。

［20］吳文英——見本書第二册張炎《詞源》註［15］。

［21］趙以夫（公元一一八九年——一二五六年）——字用父，號虛齋，趙宋宗室，居福建長樂，嘉定十年進士，有《虛齋樂府》。蔣捷——字勝欲，號竹山，陽羨人。德祐進士。宋亡，遁跡不仕。有《竹山詞》。周密（公元一二三二年——一二九八年）——字公謹，號草窗，本山東濟南人，居浙江吳興、杭州，宋末作義烏令，宋亡不仕。有《蘋洲漁笛譜》，曾選南宋人詞爲《絕妙好詞》。陳允衡——即陳允平，字君衡，號西麓，明州人。有《日湖漁唱》及《西麓繼周集》。王沂孫（公元

一二三〇年左右——約一二八九至一二九一年)——字聖與,號碧山,又號中仙,會稽人。周密、張炎的詞友。有《花外集》。張炎見本書第二册張炎《詞源》註[2]。張翥(公元一二八七年——一三六八年)——字仲舉,元晉寧人。官國子助教,還河南平章,有《蛻庵詞》。

[22] 箾——通簫,即《簫韶》,相傳是虞舜所作的舞曲,見僞古文《書·益稷》。

[23] 九變——九遍。僞古文《書·益稷》:"簫韶九成"(成即變)。至九變,即到最後一曲。

[24] 草堂——即《草堂詩餘》,見王驥德《曲律》註。朱彝尊對《草堂詩餘》深致不滿,《詞綜·發凡》云:"塡詞最雅,無過石帚(指姜夔),《草堂詩餘》不登其隻字,見胡浩立春吉席之作,密殊詠桂之章,亟收卷中,可謂無目者也。"

[25] 白石——姜夔。梅溪——史達祖。

[26] 朱子錫鬯——朱彝尊(公元一六二九年——一七〇九年),字錫鬯,號竹垞,秀水人。康熙十八年舉博學鴻詞,官檢討。爲浙派詞的初祖。有《曝書亭集》八十卷。《清史稿》卷四百八十四《文苑》一有傳。

[27] 梧桐鄉——清嘉興府桐鄉縣桐溪在鳳鳴里,一名梧桐涇。《嘉興府志》:"梧桐鄉因夾岸皆桐林,故名。"

[28] 白下——今南京市。

[29] 苕霅——溪名,在浙江省,苕溪發源於天目山,經臨安、餘杭、杭州、德清,至吳興爲霅溪,流入太湖。

[30] 柯寓匏——柯崇樸,字寓匏,浙江嘉善人,康熙間副貢,官內閣中書。有《振雅堂集》。

[31] 周青士——周篔,字青士,又字筜谷,浙江嘉興人。有《采山堂集》。

[32] 康熙戊午——康熙,清聖祖年號,自公元一六六二年至一七二一年。戊午即康熙十七年(公元一六七八年)。嘉平之朔——嘉平卽農曆十二月,《史記·秦始皇本紀》:"三十一年十二月,更名臘(臘月)曰嘉平。"朔,初一。休陽——今安徽省休寧縣。案此當是汪氏原籍。

【説明】

清代"浙派"詞創始於朱彝尊。汪森爲朱氏《詞綜》作這篇序文,可以説是"浙派"的理論依據。

全文論點有二:一、抬高詞體的地位,説不應稱詞爲"詩餘"。

二、提倡南宋姜夔詞，說它醇雅的作風，足以挽救晚唐以來的詞弊。今案“詩餘”之名，始於宋代（陳振孫《直齋書錄解題》二十一，有廖行之的《省齋詩餘》、林淳的《定齋詩餘》、蘇泂的《冷然齋詩餘》、又有《草堂詩餘》二卷、《羣公詩餘前後編》二十二卷），乃是文士鄙薄詞體之辭。汪氏駁“詩降爲詞”之說，意在推尊詞體，把它和《南風》之操《五子之歌》等相提並論；雖然理由不大充分（晚唐、五代的文人詞，一方面承用“胡夷里巷之樂”，一方面也接受唐人律詩四聲平仄的格式，若專就形式說，它完成格律是在近體詩成立之後，並不是和“近體”詩“分鑣並騁”的），但他重視詞體的用意是可肯定的。又明代一般文士詞，大都受《花間集》《草堂詩餘》的影響，摹倣晚唐人作小令，囿於閨幨兒女，花草閒題；朱彝尊提出“詞至南宋始極其工，至宋季始極其變”之說（《詞綜發凡》），這對明代詞風原是有其一定的批判意義。但他一意推尊姜夔，汪氏又把西蜀、南唐以及宣和以來詞風的轉變，歸功於姜夔的“句琢字練，歸於醇雅”，而置蘇、辛一派的作家作品於不顧，這表現浙派重格律重形式的偏向，對清詞的發展並無好影響。大抵浙派論詞，在文學思想上，對於詞體的發展缺少歷史觀點，他們不大瞭解詞由五代而北宋而南宋，是一個由新興而進展而凝固（格律化、典雅化）的過程。朱彝尊能知“至宋季始極其變”，而汪森却一味重姜、史而遺忘蘇、辛一派，並否定了五代、北宋，我們以文學發展史的眼光來看，這無疑是很不全面的。浙派諸家論詞大都缺少文學發展的觀點，汪森此序可以說是有其代表性的一篇論文了。

附　錄

陳緯雲紅鹽詞序(節錄)

〔清〕朱彝尊

……詞雖小技，昔之通儒鉅公往往爲之。蓋有詩所難言者，委曲倚之於聲，其辭愈微，而其旨益遠。善言詞者，假閨房兒女之言，通之於《離騷》變雅之義，此尤不得志於時者所宜寄情焉耳。……

原刊本《曝書亭集》卷四十

黑蝶齋詩餘序

〔清〕朱彝尊

詞莫善於姜夔，宗之者張輯、盧祖皋、史達祖、吳文英、蔣捷、王沂孫、張炎、周密、陳允平、張翥、楊基，皆具夔之一體。基之後得其門者寡矣，其惟吾友沈覃九乎？覃九鮮交遊，故無先達之譽；又所作詞不多，人或見其一二，輒忽之。然其《黑蝶齋詞》一卷，可謂學姜氏而得其神明者矣。

《白石詞》凡五卷，世已無傳，傳者惟《中興絕妙詞選》所錄，僅數十首耳。今覃九年方壯，爲之日久，其篇章必數倍於姜氏，盡出以示人，人未有不好之者。序其端，竊自喜屬和之有人，並以見予賞音之獨早也。

原刊本《曝書亭集》卷四十

紫 雲 詞 序(節錄)

〔清〕朱彝尊

……昌黎子曰："懽愉之言難工，愁苦之言易好。"斯亦善言詩矣。至於詞或不然，大都懽愉之辭，工者十九，而言愁苦者十一焉耳。故詩際兵戈俶擾流離瑣尾，而作者愈工，詞則宜於宴嬉逸樂，以歌詠太平，此學士大夫並存焉而不廢也。……

原刊本《曝書亭集》卷四十

魚計莊詞序(節錄)

〔清〕朱彝尊

……曩予與同里李十九武曾論詞於京師之南泉僧舍，謂小令宜師北宋，慢詞宜師南宋，武曾深然予言。……

原刊本《曝書亭集》卷四十

水村琴趣序(節錄)

〔清〕朱彝尊

……予嘗持論謂小令當法汴京以前，慢詞則取諸南渡。……

原刊本《曝書亭集》卷四十

詞綜發凡(節錄)

〔清〕朱彝尊

世人言詞，必稱北宋。然詞至南宋，始極其工，至宋季而始極其變。姜堯章氏最爲傑出，惜乎《白石樂府》五卷，今僅存二十餘闋也。……

……塡詞最雅，無過石帚。……

光緒金匱浦氏重修本《詞綜》發凡

張今涪紅螺詞序(節錄)

〔清〕厲鶚

……嘗以詞譬之畫，畫家以南宗勝北宗。稼軒、後村諸人，詞之北宗也，淸眞、白石諸人，詞之南宗也。……

光緒振綺堂重刻本《樊榭山房文集》卷四

雲起軒詞鈔序(節錄)

〔清〕文廷式

詞家至南宋而極盛，亦至南宋而漸衰。其衰之故，可得而言也。其聲多嘽緩，其意多柔靡，其用字則風雲月露紅紫芬芳之外，如有戒律，不敢稍有出入焉。邁往之士，無所用心。沿及元、明，而詞遂亡，亦其宜也。

有清以來，此道復振。國初諸家，頗能宏雅。邇來作者雖衆，然論韻遵律，輒勝前人，而照天騰淵之才，溯古涵今之思，磅礴八極之志，甄綜百代之懷，非窘若囚拘者所可語也。

詞者，遠繼風騷，近沿樂府，豈小道歟？自朱竹垞以玉田爲宗，所選《詞綜》，意旨枯寂。後人繼之，尤爲冗漫。以二窗爲祖禰，視辛、劉若仇讎。家法若斯，庸非巨謬。二百年來，不爲籠絆者，蓋亦僅矣。曹珂雪有俊爽之致；蔣鹿潭有沈深之思；成容若學《陽春》之作，而筆意稍輕；張皋文具子瞻之心，而才思未逮。然皆斐然有作者之意，非志不離於方罫者也。……

光緒南陵徐氏刻本《雲起軒詞鈔》

鶴道人論詞書(節錄)

〔清〕鄭文焯

……沈伯時論詞云：讀唐詩多，故語多雅淡。宋人有檃括唐詩之例。玉田謂取字當從溫、李詩中來。今觀美成、白石諸家，嘉藻紛縟，靡不取材於飛卿、玉溪；而於長爪郎奇雋語，尤多裁製。嘗究心於此，覺玉田言不我欺。……夫文者，情之華也；意者，魄之宰也。故意高則以文顯之，艱深者多澀；文榮則以意貫之，塗附者多庸。又筆欲其曲，雖放不纚；語欲其新，寧費而隱。前輩謂無理之理，無體之體，猶隔一塵。

唐、五代及兩宋詞人，皆文章爾雅。碩宿耆英，雖理學大儒，亦工爲之。可徵詞體固尊，非近世所鄙爲淫曲筵弄者，可同日而語也。自君相以逮學士大夫，畸人才流，遷客怨女，寒畯隱淪，靡不歌思泣懷，興來情往。甚至名伎高僧，頑仙豔鬼，託寄深遠，屬引湛冥。其造耑甚微，而極命風謠，感音一致，蔚爲羣雅之材，煥乎一朝之粹。至美成提舉大晟，(音盛，見徽宗宮詞。)演爲曼聲，三犯四犯，變調綦繁，美且備已。白石以沈憂善歌之士，意在復古，進《大樂議》，卒爲伶倫所阨。其志可悲，其學自足千古。叔夏論其詞，"如野雲孤飛，去留無跡"。百世興感，如見其人。……

玉田崇四家詞，黜柳以進史。蓋以梅溪聲韻鏗訇，幽約可諷，獨於律未精細；屯田則北宋專家，其高渾處不減清眞。長調尤能以沈雄之魄，清勁之氣，寫奇麗之情，作揮綽之聲。猶唐之詩家，有盛、晚之別。今學者驟語以此境，誠未易謂其細趣，不若紬繹《白石歌曲》，得其雅淡疏宕之致，一洗金釵鈿合之塵。取其全詞，日和一章，以驗孤進。其它如《絕妙好詞》，亦可選其雅句，日夕翫索，以草窗所錄，皆南宋、元初詞人也。

《國粹學報》第六十六期

蕙風詞話(選錄)

〔清〕況周頤

沈約《宋書》曰："吳歌雜曲，始皆徒歌，旣而被之絃管，又有因絃管金石作歌以被之。"按前一法，卽虞廷"依永"之遺；後一法當起於周末宋玉《對楚王問》。首言客有歌於郢中者，下云其爲《陽阿薤露》，其爲《陽春白雪》，皆曲名。是先有曲而後有歌也。塡詞家自度曲，率意爲長短句，而後協之以律，此前一法也。前人本有此調，後人按腔塡詞，此後一法也。沿流溯源，與休文之說相應。歌曲之作，若枝葉始㝃。乃至於詞，則芳華益楙。詞之爲道，智者之事。酌劑乎陰陽，陶寫乎性情。自有元音，上通雅樂。別黑白而定一尊，亘古今而不敝矣。唐、宋已還，大雅鴻達，篤好而婷精之，謂之詞學。獨造之詣，非有所附麗，若爲駢枝也。曲士以詩餘名詞，豈通論哉？

詩餘之餘，作贏餘之餘解。唐人朝成一詩，夕付管絃，往往聲希節促，則加入和聲。凡和聲皆以實字塡之，遂成爲詞。詞之情文節奏，並皆有餘於詩，故曰詩餘。世俗之說，若以詞爲詩之賸義，則誤解此餘字矣。

惜陰堂叢書本《蕙風詞話》卷一

古文約選[1]序附凡例〔節錄〕

〔清〕方　苞[2]

太史公《自序》，年十歲，誦古文，周以前書皆是也。自魏、晉以後，藻繪之文興，至唐韓氏起八代之衰[3]，然後學者以先秦、盛漢辯理論事質而不蕪者爲古文。蓋六經及孔子、孟子之書之支流餘肄也。……蓋古文所從來遠矣，六經《語》《孟》其根源也。得其支流，而義法[4]最精者，莫如《左傳》《史記》，然各自成書，具有首尾，不可以分劙[5]。其次《公羊》《穀梁傳》《國語》《國策》，雖有篇法可求，而皆通紀數百年之言與事，學者必覽其全而後可取精焉。惟兩漢書疏及（原本作兩漢書及疏，誤）唐、宋八家之文，篇各一事，可擇其尤。而所取必至約，然後義法之精可見。故於韓取者十二，於歐十一，餘六家或二十、三十而取一焉。兩漢書疏，則百之二三耳。學者能切究於此，而以求《左》《史》《公》《穀》《語》《策》之義法，則觸類而通，用爲制舉之文[6]，敷陳論策，綽有餘裕矣。雖然，此其末也。先儒謂韓子因文以見道[7]，而其自稱，則曰“學古道，故欲兼通其辭[8]。”羣士果能因是以求六經《語》《孟》之旨，而得其所歸，躬蹈仁義，自勉於忠孝，則立德立功以仰答我皇上愛育人材之至意者，皆始基於此。是則余爲是編以助流政教之本志也夫。

雍正[9]十一年春三月，和碩果親王[10]序。

古文約選凡例

一、三傳《國語》《國策》《史記》爲古文正宗，然皆自成一體，學者必熟復全書，以後能辨其門徑，入其窔奥[11]。故是編所錄，惟漢人散文及唐、宋八家專集，俾承學治古文者，先得其津梁，然後可溯流窮源，盡諸家之精蘊耳。

一、周末諸子，精深閎博，漢、唐、宋文家皆取精焉。但其著書主於指事類情[12]，汪洋自恣[13]，不可繩以篇法。其篇法完具者間亦有之，而體製亦別，故概弗採錄。覽者當自得之。

一、在昔議論者皆謂古文之衰，自東漢始，非也。西漢惟武帝以前之文，生氣奮動，倜儻排宕，不可方物，而法度自具。昭、宣[14]以後，則漸覺繁重滯澀，惟劉子政[15]傑出不羣，然亦繩趨尺步，盛漢之風，邈無存矣。是編自武帝以後至蜀漢，所錄僅三之一，然尙有以事宜講問，過而存之者。

一、韓退之云："漢朝人無不能爲文[16]。"今觀其書疏吏牘，類皆雅飭可誦。茲所錄僅五十餘篇，蓋以辨古文氣體，必至嚴乃不雜也。既得門徑，必從横百家而後能成一家之言。退之自言"貪多務得，細大不捐"[17]是也。

一、古文氣體，所貴澄清無滓。澄清之極，自然而發其光精，則《左傳》《史記》之瑰麗濃郁是也。始學而求古求典，必流爲明七子[18]之僞體，故於《客難》《解嘲》《答賓戲》《典引》之類[19]，皆不錄。雖相如《封禪書》[20]亦姑置焉。蓋相如天骨超俊，不從人間來[21]，恐學者無從窺尋，而妄摹其字句，則徒敝精神於蹇淺耳。

一、子長世表、年表、月表序[22]，義法精深變化。退之、子厚讀經子[23]，永叔史志論[24]，其源並出於此。孟堅《藝文志》七略序，淳實淵懿，子固序羣書目錄[25]，介甫序《詩》《書》《周禮》義[26]，其源並出於此，概弗編輯，以《史記》《漢書》治古文者必觀其全也。獨錄《史記·自序》，以其文雖載家傳後，而别爲一篇，非《史記》本文耳。

一、退之、永叔、介甫，俱以誌銘擅長。但序事之文，義法備於《左》《史》。退之變《左》《史》之格調，而陰用其義法；永叔摹《史記》之格調，而曲得其風神；介甫變退之之壁壘，而陰用其步伐。學者果能探《左》《史》之精藴，則於三家誌銘，無事規橅而自與之並矣。故於退之諸誌，奇崛高古清深者皆不錄，錄馬少監、柳柳州二誌[27]，皆變調，頗膚近。蓋誌銘宜實徵事迹，或事迹無可徵，乃敍述久故交親，而出之以感慨，馬誌是也；或别生議論，可興可觀，柳誌是也。於永叔獨錄其敍述親故者，於介甫獨錄其别生議論者，各三數篇，其體製皆師退之，俾學者知所從入也。

一、退之自言所學，在“辨古書之正僞，與雖正而不至焉者”[28]，蓋黑之不分，則所見爲白者非眞白也。子厚文筆古雋，而義法多疵；歐、蘇、曾、王亦間有不合，故略指其瑕，俾瑜者不爲揜耳。

一、《易》《詩》《書》《春秋》及四書，一字不可增減，文之極則也。降而《左傳》《史記》韓文，雖長篇，句字可薙芟者甚少。其餘諸家，雖舉世傳誦之文，義枝辭冗者，或不免矣。未便削去，姑鈎劃於旁，俾觀者别擇焉。

雍正刻本《古文約選》卷首

【註釋】

[1] 古文約選——不分卷，名義上是清果親王允禮所選，實則出于方苞之手。有雍正十一年初刻本、同治八年四川總督署刻本。

[2] 方苞(公元一六六八年——一七四九年)——字靈皋，號望溪，桐城人。康熙三十八年舉人，四十五年會試中式，官至禮部侍郎。苞爲學宗程、朱，究心三禮、《春秋》。爲古文自唐、宋諸大家以上窺《史記》，尤嚴于義法，袁枚稱爲“一代正宗”。(見袁枚《仿元遺山論詩》)桐城派古文家，推方苞爲初祖。有《望溪集》十八卷、《外集》十二卷。《清史稿》卷二百九十有傳。

[3] 起八代之衰——蘇軾《潮州韓文公廟碑》：“文起八代之衰，而道濟天下之溺。”

［4］義法——方苞所楬櫫的義法一詞，據他的«又書貨殖傳後»所説，是本之于«史記»。案«史記·十二諸侯年表序»："(孔子) 興于魯而次«春秋»，……約其辭文，去其煩重，以制義法。"但«史記»所説義法，相當于儀法，與方苞用以指古文的並不相同。在«史記»以前，«墨子·非命中»也已説過"凡出言談，由文學之爲道也，則不可而不先立義法"。古文家方面，在方苞以前，王慎中«曾南豐文粹序»上説："士之才庶可以有言矣，而病于法之難入，困于義之難精。"也已經提到義法了。

［5］剟——割取。

［6］制舉之文——即科場應試的時文。

［7］韓子因文以見道——«近思録»："明道曰：學本是修德，有德然後有言，退之卻倒學了，因學文日求所未至，遂有所得。"張伯行集解："退之學文而後見道，是由末以及本，卻倒學了。"

［8］學古道故欲兼通其辭——韓愈«題歐陽生哀辭後»："愈之爲古文，豈獨取其句讀不類于今者邪！思古人而不見，學古道則欲兼通其辭。通其辭者，本志乎古道者也。"

［9］雍正——清世宗年號，自公元一七二三年至一七三五年。

［10］和碩果親王——愛新覺羅允禮，清聖祖第十七子，雍正元年，封果郡王，六年進親王。«清史稿»卷二百二十六有傳。和碩，滿洲語，部落之意。清代親王、公主等名上常冠以和碩美稱。

［11］窔窔——二字同，深奥。

［12］類情——«易·繫辭下»："以類萬物之情。"案«正義»，謂係"類象萬物之情"。

［13］汪洋自恣——«史記·老莊申韓列傳»："其言洸洋自恣以適己。"

［14］昭宣——西漢昭帝劉弗陵，在位十三年，自公元前八六年至公元前七四年。宣帝劉詢，在位二十五年，自公元前七三年至公元前四九年。

［15］劉子政——劉向(公元前七七年——前六年)，字子政，豐人。漢宗室楚元王劉交四世孫，官至中壘校尉。向爲西漢經學家、目録學家、文學家，所著«五經通義»«别録»已佚，«九歎»等辭賦三十三篇，絶大部分已佚。«洪範五行傳»«新序»«説苑»«列女傳»等，今存。«隋書·經籍志»著録«漢諫議大夫劉向集»六卷，原書已佚，明人張溥輯«劉中壘集»一卷，收入«漢魏六朝百三名家集»。清人嚴可均輯«全漢文»，收其文入卷三十五至卷三十九。«漢書»卷三十六有傳。

［16］漢朝人無不能爲文——韓愈«答劉正夫書»："漢朝人莫不能爲文，獨司馬相如、太史公、劉向、揚雄爲之最。"

[17] 貪多務得二句——語見韓愈《進學解》。

[18] 明七子——前七子見本册何景明《與李空同論詩書》註[1]。後七子見本册王世貞《藝苑卮言》註[2]。

[19] 客難句——《答客難》東方朔作,《解嘲》揚雄作,《答賓戲》《典引》俱班固作。

[20] 相如封禪書——司馬相如有《封禪文》, 並非《封禪書》。《封禪書》乃是《史記》篇名。

[21] 相如天骨超俊不從人間來——《西京雜記》:"揚子雲曰:長卿賦不從人間來。"

[22] 子長世表年表月表序——《史記》有《三代世表》《十二諸侯年表》《秦楚之際月表》等凡十表,表各有序。

[23] 退之子厚讀經子——如韓愈的《讀荀子》《讀鶡冠子》《讀儀禮》《讀墨子》, 柳宗元的《辯列子》《辯文子》《論語辯》《辯鬼谷子》《辯晏子春秋》《辯亢倉子》《辯鶡冠子》等。

[24] 永叔史志論——歐陽修有《新唐書·藝文志》《五代史記·職方考》的序論等。

[25] 子固序羣書目錄——曾鞏有《戰國策目錄序》《新序目錄序》《列女傳目錄序》《徐幹中論目錄序》等。

[26] 介甫序詩書周禮義——王安石有《周禮義序》《書義序》《詩義序》等。

[27] 馬少監柳柳州二誌——韓愈有《殿中少監馬君墓誌》《柳子厚墓誌銘》。

[28] 所學在辨古書之正僞句——韓愈《答李翊書》:"然後識古書之正僞與雖正而不至焉者,昭昭然白黑分矣。"

【説明】

方苞論文以義法爲中心, 《望溪文集》中談到義法的很多。桐城派的文論, 是在義法論的基礎上逐步發展提高而形成一個體系。《古文約選》一書, 是古文義法的示範, 這篇序例, 闡明選錄標準, 綱舉目張, 可以較全面地看出義法論精神實質之所在。

方苞《答申謙居書》説, 古文"本經術而依於事物之理", "與詩賦道異"。此文一開始就强調古文源於六經《語》《孟》, 和其它文體不同。所以必須依義以立法, 才能由法而見義。韓愈之"因文見道", 正是由於"學古道"而能"通其辭"的緣故。《又書貨殖列傳後》云:"義即《易》之所謂'言有物'也, 法即《易》之所謂'言有序’也，義以爲經而法緯之，然後爲成體之文。”所謂古文義法，就其完整的概念來説，是指有內容、有條理、結構謹嚴，合乎體製的文章；分開來説，則兩者有一經一緯，相輔相成的關係。是要求形式服從於內容，內容和形式的統一，用意極爲明白的。

論文言法，學者才有規矩可尋；本於義而言法，則法才不至成爲死法，而導致生搬硬套、模擬剽竊的流弊。劉知幾所説的“貌同心異”和“貌異心同”正是這個意見（見《史通·模擬》）；方苞的義法論之所以高出於明代和清初的文論家也在於此。可是從另一個方面來看論文言法，所能够闡明的，只不過是文章的某些基本規律，謀篇、佈局、修辭的方法而已。何況，他所謂義，也還局限於封建社會的道德觀點呢？於是，方苞的義法論，事實上也就只能停留在這個階段上，並不能比明代和清初的文論家有更大的成就。

他説周末諸子，“汪洋自恣，不可繩以篇法”；對韓文中的墓誌銘，“奇崛高古清深者皆不錄”，也是因爲學者無從窺尋的緣故。他之所謂篇法，主要是指敍次的虛實詳略而言的，《與孫以寧書》説：“古之晰於文律者，所載之事必與其人之規模相稱。”辭與事稱，事與人稱，是有定法的，此之謂義法。然而題材不同，描寫的對象不同，則又有法而無定法。《與孫以寧書》中舉《史記·蕭相國世家》《曹相國世家》爲例，證以《留侯世家》中司馬遷的説明，認爲“此明示後世綴文之士以虛實詳略之權度”；本文解釋選錄韓愈《殿中少監馬君墓誌》和《柳子厚墓誌銘》二文的用意，都説明了文章有實寫，有虛敍，有當詳，有當略，有正體，有變調，因事因人而異。法的運用是變化無方的。所謂“辨古文氣體，必至嚴乃不雜”，“至嚴”，正是指這些在寫作上不可違反的基本規律。而這些基本規律，都是在義意上不得不然的。學者只有於義以求法，才能眞正地掌握法，而寫出“成體之文”，否則就雜亂而無章了。

和篇章結構緊密聯繫着的，是語言文字問題。文中指出"《易》《詩》《書》《春秋》及四書，一字不可增減"，是"文之極則"。"《左傳》《史記》韓文，雖長篇，句字可薙芟者甚少"，其餘諸家，就不免"義枝辭冗"。這裏值得注意的，是"辭冗"由於"義枝"，可見辭的問題，也就是義的問題，支蔓和繁冗，是不合乎義法的。他在《左傳義法舉要》以及評點的《史記》和唐、宋八家文中，更多地用生動具體正反兩面的例子，從文字語言的角度來談義法。要其指歸，是以删繁就簡，言簡意賅爲謀篇修辭的第一要義。由此而進，於是他提出了古文語言純潔化的問題。在他看來，古文既然不同於詩賦和其他文體，那就必須具有不同於詩賦和其他文體的語言。他說："古文中不可入語錄中語，魏、晉、六朝人藻麗俳語，漢賦中板重字法，詩歌中雋語，《南、北史》中佻巧語。"（見《沈廷芳書方望溪先生傳後》引）此文所謂"辨古文氣體，必至嚴乃不雜"，也包括有語言的問題在內。古文氣體的澄清無滓，和語言的純潔是分不開的。但也正因這樣，也就不能吸收生動活潑的口頭語言，而只能以"雅潔"自封了。

方苞義法論的主要內容就是上述幾個方面。至於如何窺尋義法，文中指出"義法最精者莫如《左傳》《史記》"，而要理解《左傳》《史記》的義法，又必須從唐、宋八家入手。他反對"求古求典"，而"流爲明七子之僞體"，立論也比較切實。

以義法論文，從內容來考慮形式，自然是正確的。然而僅僅以義法論文，是不够的。他說："古文氣體，所貴澄清無滓。澄清之極，自然而發其光精，則《左傳》《史記》之瑰麗濃郁是也。"他看出了《左傳》《史記》之瑰麗濃郁，不是由於色彩、聲音上的炳炳烺烺，而是澄清光精的自然煥發，意見是精闢的。然而澄清無滓而又瑰麗濃郁，乃是藝術上一種最高的境界，決非義法兩字所能範圍；如何"從横百家""成一家之言"，創造出獨特的藝術風格，也決不可能是在義法論中得到解決的。方苞在這些地方，理論上還是明而未融，所以就不可能作進一步的闡發了。姚鼐也承認："望溪所得，在本朝諸賢爲最深，而較之古人則淺。其閱《太史公書》，似精神不能包括其大處、遠處、疎淡處及華麗非常處，只以義法論文，則得其一端而已。"（見《與陳石士》）

附　錄

又書貨殖傳後

〔清〕方　苞

《春秋》之制義法，自太史公發之，而後之深於文者亦具焉。義即《易》之所謂"言有物"也，法即《易》之所謂"言有序"也。義以爲經而法緯之，然後爲成體之文。是篇兩舉天下地域之凡，而詳略異焉。其前獨舉地物是衣食之源，古帝王所因而利道之者也；後乃備舉山川境壤之支湊，以及人民謠俗性質作業，則以漢興海內爲一，而商賈無所不通，非此不足以徵萬貨之情，審則宜類，而施政教也。兩舉庶民經業之凡，而中別之。前所稱農田樹畜，乃本富也；後所稱販鬻僦貸，則末富也。上能富國者，太公之教誨，管仲之整齊是也；下能富家者，朱公、子贛、白圭是也。計然則雜用富家之術以施於國，故別言之而不得儕於太公、管仲也。然自白圭以上，皆各有方略，故以能試所長許之。猗頓以下，則商賈之事耳，故別言之而不得儕於朱公、子贛、白圭也。是篇大義與《平準》相表裏，而前後措注，又各有所當如此。是之謂"言有序"，所以至賾而不可惡也。夫紀事之文，成體者莫如《左氏》，又其後則昌黎韓子，然其義法，皆顯然可尋。惟太史公《禮》《樂》《封禪》三書，及《貨殖》《儒林傳》則於其言之亂雜而無章者寓焉，豈所謂定、哀之際多微辭者邪？

《四部叢刊》影咸豐本《方望溪先生文集》卷二

書韓退之平淮西碑後

〔清〕方　苞

碑記墓誌之有銘，猶史有贊論，義法創自太史公。其指意辭事，必取之本文之外。班史以下，有括終始事跡以爲贊論者，則於本文爲複矣。此意惟韓子識之，故其銘辭未有義具於碑誌者，或體制所宜，事有覆舉，則必以補本文之間缺。如此篇兵謀戰功詳於序，而既平後情事，則以銘出之。其大指然也。前幅蓋隱括序文，然序述比數世亂，而銘原亂之所生；序言官怠，而銘兼民困；序載戰降之數，銘具出兵之數；序標洄曲文城收功之由，而銘備時曲陵雲邵陵郾城新城比勝之跡。至於師道之刺，元衡之傷，兵頓於久屯，相度之後至，皆前序所未及也。歐陽公號爲入韓子之奧窔，而以此類裁之，頗有不盡合者。介甫近之矣，而氣象則過隘。夫秦、周以前，學者未嘗言文，而文之義法，無一之不備焉。唐、宋以後，步趨繩尺，猶不能無過差。東鄉艾氏乃謂文之法至宋而始備，所謂強不知以爲知者邪？

《四部叢刊》影印咸豐本《方望溪先生文集》卷五

與孫以寧書

〔清〕方　苞

昔歸震川嘗自恨足跡不出里閈，所見聞無奇節偉行可紀。承命爲徵君作傳，此吾文所託以增重也，敢不竭其愚心。所示羣賢論述，皆未得體要，蓋其大致不越三端：或詳講學宗指及師友淵源；或條舉平生義俠之跡；或盛稱門牆廣大，海內嚮仰者多。此三者，皆徵君之末跡也。三者詳而徵君之志事隱矣。古之晰於文律者，所載之事，必與其人之規模相稱。太史公傳陸賈，其分奴婢裝資，瑣瑣者皆載焉。若蕭、曹世家而條舉其治績，則文字雖增十倍，不可得而備矣。故嘗見義於《留侯世家》曰："留侯所從容與上言天下事甚衆，非天下所以存亡，故不著。"此明示後世綴文之士以虛實詳略之權度也。宋、元諸史，若市肆簿籍，使覽者不能終篇，坐此義不講耳。徵君義俠，舍楊、左之事，皆鄉曲自好者所能勉也；其門牆廣大，乃度時揣己，不敢如孔、孟之拒孺悲夷之，非得已也；至論學則爲書甚具，故並弗採著於傳上而虛言其大略。昔歐陽公作《尹師魯墓誌》至以文自辨，而退之之誌李元賓，至今有疑其太略者。夫元賓年不及三十，其德未成，業未著，而銘辭有曰"才高乎當世，而行出乎古人"，則外此尚安有可言者乎？僕此傳出，必有病其太略者。不知往者羣賢所述，惟務徵實，故事愈詳，而義愈陋。今詳者略，實者虛，而徵君所蘊蓄，轉似可得之意言之外，他日載之家乘，達於史官，慎毋以彼而易此。惟足下的然昭晰，無惑於羣言，是徵君之所賴也，於僕之文無加損焉。如別有欲商論者，則明以喻之。

《四部叢刊》影印咸豐本《方望溪先生文集》卷六

與友人書

〔清〕錢大昕

前晤吾兄，極稱近日古文家以桐城方氏爲最。予常日課誦經史，於近時作者之文，無暇涉獵，因吾兄言，取方氏文讀之，其波瀾意度，頗有韓、歐陽、王之規橅，視世俗冗蔓獶雜之作，固不可同日語，惜乎其未喻乎古文之義法爾。夫古文之體，奇正濃淡詳略，本無定法，要其爲文之旨有四：曰明道，曰經世，曰闡幽，曰正俗。有是四者，而後以法律約之，夫然後可以羽翼經史而傳之天下後世。至於親戚故舊聚散存沒之感，一時有所寄託而宣之於文，使其姓名附見集中者，此其人事跡原無足傳，故一切闕而不載，非本有可紀而略之，以爲文之義法如此也。方氏以世人誦歐公王恭武、杜祁公諸誌不若黄夢升、張子野諸誌之熟，遂謂功德之崇，不若情辭之動人心目，然則使方氏援筆而爲王、杜之誌，亦將舍其勳業之大者，而徒以應酬之空言了之乎？

六經三史之文，世人不能盡好，間有讀之者，僅以供場屋餖飣之用，求通其大義者罕矣。至於傳奇之演繹，優伶之賓白，情詞動人心目，雖里巷小夫婦人，無不爲之歌泣者，所謂曲彌高則和彌寡，讀者之熟與不熟，非文之有優劣也。以此論文，其與孫鑛、林雲銘、金人瑞之徒何異？文有繁有簡，繁者不可減之使少，猶之簡者不可增之使多。《左氏》之繁勝於《公》《穀》之簡，《史記》《漢書》互有繁簡，謂文未有繁而能工者，非通論也。太史公漢時官名，司馬談父子爲之，故《史記·自序》云"談爲太史公"，又云"卒三歲而遷爲太史公”，《報任安書》亦自稱太史公，“公”非尊其父之稱，而方以爲稱“太史公曰”者，皆褚少孫所加。《秦本紀》《田單傳》別出它說，此史家存疑之法，《漢書》亦閒有之，而方以爲後人所附綴。韓退之撰《順宗實錄》，載陸贄陽城傳，此實錄之體應爾，非退之所剏，方亦不知而妄譏之。蓋方所謂古文義法者，特世俗選本之古文，未嘗博觀而求其法也。法且不知，而義於何有？

昔劉原父譏歐陽公不讀書，原父博聞誠勝於歐陽，然其言未免太過。若方氏乃眞不讀書之甚者。吾兄特以其文之波瀾意度近於古而喜之，予以爲方所得者，古文之糟粕，非古文之神理也。王若霖言：靈皋以古文爲時文，却以時文爲古文。方終身病之。若霖可謂洞中垣一方癥結者矣。泥濘不及面質，聊述所見，吾兄以爲然否？

嘉慶刻本《潛研堂文集》卷三十三

信　摭(選錄)

〔清〕章學誠

論文以淸眞爲訓。淸之爲言不雜也，眞之爲言實有所得而著於言也；淸則就文而論，眞則未論文而先言學問也。近有强解事者，於碑誌之文，謂六朝華縟而書法多用詼辭亂之，唐、宋淸析，而藻縟不如六朝；因用唐、宋書法敍事，而參以六朝藻飾，自矜創巧，不知無此理也。文有一時體式，今古各不相襲，猶書法之眞草篆隸不相混也。假如四方鄉語不同，能作官音雅言佳矣，否則各操方音，亦成一家之言；今操燕語而忽入越吟，齊語而閒以楚咻，不成言語矣。篆文入以隸法，楷書運以草構，有是理乎？

“比事屬辭，《春秋》教也。”必具紀傳史才，乃可言古文辭。荀、袁編年之書，乃遜馬、班紀傳，而馬之列傳，實本《左氏春秋》，故曰紀傳分而《左》《國》之支流別也。司馬《通鑑》畢竟不以文辭著也。戴君之於史事，言之茫然，豈可爲古人辭乎？噫！侯商邱、魏叔子諸公似未達此義也。

嘉業堂本《章氏遺書外編》卷一

答高雨農(節錄)

〔清〕李兆洛

……古文義法之說，自望溪張之。私謂義充則法自具，不當歧而二之。文之有法，始自昌黎，蓋以酬應投贈之義無可立，假於法以立之，便文自營而已，習之者遂藉法爲文，幾於以文爲戲矣。宋之諸儒，矯之以義，而講章語錄之文出焉，則又非也。荀子曰："多言而類。"茲毋乃不類矣乎？八股義取語錄，法即古文之流弊，今又徒存其法，則不類之尤者也。抱此鄙陋，故每有所述，稱心而言，意盡輒止，不足與於古文之數也。然猶牽率時俗，爲不由中之言，祇益赧然。先生志力淳篤，辭氣雍和，而又洞明經論，深識時變，言必有益於世，眞不朽之業矣。而先生之意歉然若更求進者，此不當於文字求之也。志伊尹之所志，學顏子之所學，古之人有言之者矣，今亦有得之者焉，此又不能於人求之也。……

光緒刻本《養一齋文集》卷十八

桐城文錄序

〔清〕方宗誠

桐城文學之興，自唐曹孟徵。宋李伯時兄弟，以詩詞翰墨，名播千載。及明三百年，科第、仕宦、名臣、循吏、忠節、儒林，彪炳史志者，不可勝書。然是時風氣初開，人心醇古樸茂，士之以文名者，大都尙經濟，矜氣節，窮理博物，而於文則未盡雅馴，以復於古。鬱之久，積之厚，斯發之暢。逮於我朝，人文遂爲海內宗，理勢然也。蓋自方望溪侍郎、劉海峯學博、姚惜抱郎中三先生相繼挺出，論者以爲侍郎以學勝，學博以才勝，郎中以識勝，如大華三峯，矗立雲表，雖造就面目，各自不同，而皆足繼唐、宋八家文章之正軌，與明歸熙甫相伯仲。烏呼盛哉!

然余又嘗總觀桐城先輩文，三先生外，其前後及同時者，無慮五六十家，雖不足盡登作者之堂，而其各有所得堪以名家者復數人，其餘或長經術，或優政事，或論學論文，紀忠紀孝，亦足以廣見聞，備掌故。

今夫言天文者，以日月爲明，而恆星之熹微，亦未能或遺也。言地文者，以海嶽爲大，而泉石之幽窈，亦未能或略也。今世之言人文者，以唐、宋八家、明歸熙甫爲斗極矣，而李翺、皇甫湜、孫樵、晁無咎、唐順之、茅坤之撰著，亦未嘗不流布於後世也。然而文勝則質喪，亘帙重編，而於事理無關切要，徒亂學者之耳目，紛後人之心志，則又不可不精别慎擇，以定其指歸。

曩者，康熙間何存齋、李芥須輯《龍眠古文》數十卷，大抵多明人之文也。咸豐壬子春，余與友人戴存莊論吾桐之文，以我朝爲盛。然物盛則必反其本，然後可以久而不敝。天地之氣運，流行不能自已，畜久則必盛，盛久則必靡，亦理勢然也。去其靡以救其敝，豈非鄉後進者之責與？因相與取諸先輩文，精選得數十卷，大約以有關於義理、經濟、事實、考證者爲主，而皆必歸於雅馴，其空文無事理，或雖有事理而文鄙倍者不錄。按時代以分卷次，其大家或數卷至十餘卷，其足名一家者，或數卷至一卷，而雜家則數人一卷以附之。自城陷後，藏書之家，多被焚掠，心所知者，尚有數人，無可訪問，存莊又被賊禍。客處懷遠，自傷孤陋，無同力者。深恐此書中廢，使數百年文獻無徵，則亦古之網羅放失保殘守缺者之罪人也。避地魯洪，友人方宗屏爲訪得數人文補入之，今年授經東鄉，蕭生敬孚又爲訪得數家集，皆爲補選，於是遺逸者蓋鮮矣。

夫學問之道，非可囿於一鄉也，然而流風餘韻，足以興起後人，則惟鄉先生之言行爲最易入。而況當兵火之後，文字殘缺，學術荒陋，使聽其日就澌滅，而不集其成，删其謬，俾後之人有所觀感而則傚焉，其罪顧不重與！昔者孔子編《詩》而附《魯頌》，删《書》以附《費誓》，因魯史以作《春秋》，其惓惓於宗國文獻如此，是亦學者所當法也。今纂集麤成，將有山左之行，因以稿本歸敬孚而屬其益加搜訪校訂以成之，爰書其義例於左云。

咸豐八年秋八月，柏堂逸民方宗誠撰。

桐城之文，明三百年至錢田間先生漸就博大，蓋由深於《詩》《易》《莊》《屈》，又務經濟，尚氣節，故議論文多實際，而記事文多奇氣，雖未盡雅潔，而已開方、劉、姚之漸矣。矧其行誼，又足爲後學之師表乎！今首錄田間文五卷。

田間同時遺老之文多散軼矣，其有存者，文事雖未工，亦往往足以埤學識，廣國聞，惜不得盡見之也。今附錄方位白、方素白、陳滌岑、潘木厓、錢雁湖、楊嘉樹文一卷。

士君子窮則求志守道，垂諸文而爲後世法，達則輔仁行義，澤及萬物，而不必以文爲名。然陳謨議政之言，果有關於國計民生，是雖非文家，要亦天地間之巨文者。惟近世官文書多通俗字句，不可不加擇別。今附錄姚端恪公文一卷，張文端公、文和公文一卷。

我朝論文家者，多推望溪、海峯、惜抱三先生。而三先生實各極其能，不相沿襲。望溪先生之文，以義法爲宗，非闡道翼教，有關人倫風化者不苟作，且行身方嚴，出語樸重，論者謂取鎔六籍，方駕韓、歐，非過也。吾師植之先生曰：先生之文，靜重博厚，極天下之物賾而無不持載。泰山巖巖，魯邦所瞻，擬諸形容，象地之德焉。故能直接八家之統。今特錄方望溪文十二卷。

望溪同時友戴潛虛先生，文頗得司馬子長、歐陽永叔之生氣逸韻，其空靈超妙，往往出人意表。惟蘊畜淵懿、沈深高潔遜三家，而憤時疾俗之作尤多，用此不逮古作者。先生又以文字得禍，未能深用力如望溪，而名亦遂湮沒矣。今附錄潛虛文六卷。

潛虛同時友，方百川最有高識，望溪實受業焉。惜其文卒時俱自燬棄矣。今附錄方百川、劉古塘、胡莫齋、周聘侯、江磊齋文一卷。

文以理爲主，而說理之文易迂腐鄙俚平淡，少奇氣古味，是一病也。康熙間，桐城文學大興，望溪長於經，潛虛長於史，而其時潛德隱行，確宗朱子之學，以期至於古立言者，則有孫麻山先生。其文理正氣醇，韻長詞雅，才不及潛虛，而高潔過之；博不及望溪，而超逸過之。洵由窮理而有心得也。亦以文字牽連死，故文不傳。今附錄麻山文二卷。

望溪同時後進吳生甫、胡襲參，亦有文學名，雖皆未得文章之旨，而有可取者。今附錄吳生甫、胡襲參、胡雍則文一卷。

望溪門人在桐者，張莘農最有文名。苦心精鍊，而未能得古人之意，然其精鍊不可沒也。今附錄張莘農、葉書山、方引徐、方弢采、左雒三、馬伯逢、馬相如文一卷，方恪敏公奏議一卷。

海峯先生之文，以品藻音節爲宗，雖嘗受法於望溪，而能變化以自成一體，義理不如望溪之深厚，而藻采過之。望溪初見，即許爲今之昌黎，其傾倒極矣。吾師植之先生曰：先生之文，日麗春敷，風雲變態，言盡矣，而觀者猶若浩浩乎不可窮，擬諸形容，像太空之無際焉。今特錄劉海峯文八卷。

海峯同時友，姚南靑、方待廬最爲知文，惜抱實受業焉，而其文固未成家也。今附錄姚南靑、方待廬、張嗣扆、周汝和、方午莊、陳松田、馬一齋文一卷。

海峯門人在桐者，以王悔生文爲最，雖步趨海峯，得其形貌，而雅潔可誦，記傳尤有精采。惜其詞勝於理，少實際也。今附錄王悔生文一卷，張汲華、疏晴墅、李寶樹、許寶符、吳絅庵文一卷。

惜抱先生文，以神韻爲宗，雖受文法於海峯、南靑，而獨有心得。吾師植之先生曰：先生之文，紆徐卓犖，樽節檃括，託於筆墨者，淨潔而精微，譬如道人德士，接對之久，使人自深。因望溪之義法，而不失之愨；取海峯之品藻，而不失之滑耀而浮。經術根柢不及望溪，才思奇縱不及海峯，而超卓之識，精詣之力，則又過之。蓋深於文事者也。今特錄惜抱文十卷。

惜抱同時友及後進，雖不皆以文名，而各有撰箸，論理紀事，亦皆有可存者。今附錄汪稼門、錢白渠、吳晝溪文一卷，許春池、胡雒君、方展卿、左良宇、章子卿、姚彥印、方墨卿、許向梟、左祖山文一卷，李海帆、吳理庵、吳正行、吳朝第、張睦生、朱歌堂、張昜園、吳士表文一卷。

惜抱門人在桐者，劉孟塗之才爲最。光氣煜爚縱横，雖不免浮詞客氣，亦惜其學未成而早卒耳！今附錄劉孟塗文一卷。惜抱家學，伯子庚甫，才筆超軼出塵，雄氣過於惜抱；惟未能沈精致力，以延先緒，惜哉！今附錄姚庚甫文一卷。

自惜抱文出，桐城學者大抵奉以爲宗師，然其才氣之盛，學問之正，博大精深，未有如植之先生者也。少學於惜抱，而不爲其說所囿，能自開大，以成一格。然務爲窮理盡性之學，眞知文之精意，而未嘗專用力，故簡潔涵畜，不及惜抱，至其佳者，直追劉子政、曾子固、朱子，惜抱不及也。嘗謂文不關於世教，雖工無益。故其爲文，務盡其言之理而足乎人之心。上元管異之稱其“無不盡之意，無不達之詞”。知言也。今特錄植之先生文六卷。

植之先生同時友，才最大者，惟姚石甫先生。雖親炙惜抱，而亦能自出機杼，洞達世務，長於經濟，植之先生稱其義理多刱獲，其論議多豪宕，其辨證多浩博，而鋪陳治術，曉暢民俗，洞極人情，先生自謂其文博大昌明，誠有然也。文事雖未精，而有實用。今特錄姚石甫文五卷。附錄馬公實、徐六騠、光律元文一卷，馬元伯、姚伯山、汪鐵庸、胡克生、張愧農文一卷。

植之先生同時友，又有朱魯岑先生。志識高邁，學行文章，獨往獨來，雖不盡合義法，而奇氣精理，過人遠矣。今附錄朱魯岑文一卷。

桐城之友，自植之先生後，學者多務爲窮理之學；自石甫先生後，學者多務爲經濟之學。植之先生友許玉峯，門人蘇厚子，後進張瑞階、方魯生、馬命之，皆宗主理學者。今附錄許玉峯、蘇厚子文一卷，張瑞階、方魯生、馬命之文一卷。

植之先生門人中，以戴存莊才氣爲大。其始尙才華，繼好論理論事，有關實用之文，文雖未精，而有實得。惜年四十而卒矣。余編《桐城文錄》，義例多與存莊手訂。今錄存莊文二卷終焉。

右文錄七十六卷，爲人八十有三，標名家以爲的，所以正文統也。廣取諸家，所以擴學識也。而要之以去浮文，資實學爲主，則余區區編輯之意也。又採集諸先生行誼爲傳，冠於卷首，所以備學者之師表及考核云。

光緒刻本《柏堂集》次編卷一

古詩源[1]序

〔清〕沈德潛[2]

詩至有唐爲極盛，然詩之盛，非詩之源也。今夫觀水者，至觀海止矣，然由海而溯之，近于海爲九河，其上爲洚水，爲孟津，又其上由積石以至崑崙之源[3]。《記》曰："祭川者先河後海[4]。"重其源也。唐以前之詩，崑崙以降之水也。漢京魏氏，去風雅未遠，無異辭矣。即齊、梁之綺縟，陳、隋之輕豔，風標品格，未必不遜於唐，然緣此遂謂非唐詩所由出，將四海之水，非孟津以下所由注，有是理哉？有明之初，承宋、元遺習，自李獻吉[5]以唐詩振天下，靡然從風，前後七子[6]互相羽翼，彬彬稱盛。然其敝也，株守[7]太過，冠裳土偶，學者咎之。由守乎唐而不能上窮其源，故分門立戶者，得從而爲之辭。則唐詩者，宋、元之上流；而古詩，又唐人之發源也。

予前與樹滋陳子輯唐詩[8]成帙，窺其盛矣。玆復溯隋、陳而上，極乎黃、軒，凡《三百篇》楚騷而外，自郊廟樂章，訖童謠里諺，無不備采，書成，得一十四卷，不敢謂已盡古詩，而古詩之雅者，略盡於此，凡爲學詩者導之源也。昔河汾王氏刪漢、魏以下詩，繼孔子《三百篇》後，謂之續經[9]。天下後世羣起攻之曰僭。夫王氏之僭，以其儗聖人之經，非謂其錄刪後詩也。使誤用其說，謂漢、魏以下，學者不當蒐輯，是懲熱羹而吹韲[10]，見人噎而廢食[11]，其亦䕶䕶[12]拘拘之見爾矣。予之成是編也，於古逸存其概，于漢京得其詳，於魏、晉獵其華，而亦不廢夫宋、齊後之作者。既以編詩，亦以論世，使覽者窮本知變，以漸窺風雅之遺意，猶觀海者由逆河上之，以溯崑崙之源，於詩教未必無少助也夫！

康熙己亥[13]夏五，長洲沈德潛書於南徐之見山樓。

尊經閣本《古詩源》卷首

【註釋】

[1] 古詩源——凡十四卷，清沈德潛編選。序作于康熙五十八年（公元一七一九年）五月鎭江的見山樓。

[2] 沈德潛（公元一六七三年——一七六九年）——字確士，號歸愚，江南長洲人。乾隆四年進士，由編修歷官至禮部侍郎。德潛少受詩法于葉燮，主張格調說，選《古詩源》《唐詩別裁集》等標舉宗旨。自著有《歸愚詩文鈔》五十八卷。《清史稿》卷三百五有傳。

[3] 九河四句——《書·禹貢》："導河積石，至于龍門。南至于華陰，東至于底柱。又東至于孟津。東過洛汭，至于大伾，北過降水，至于大陸。又北播爲九河，同爲逆河，入于海。"案：九河在古兗州界，黃河水到這裏分爲九道，其名載于《爾雅·釋水》。洚水，應作降水，在古信都界。孟津，津渡名，在古河陽縣。積石，指小積石山，在甘肅境。《爾雅·釋水》："河出崑崙虛。"

[4] 先河後海——《禮記·學記》："三王之祭川也，皆先河而後海。或源也，或委也，此之謂務本。"

[5] 李獻吉——見本册何景明《與李空同論詩書》註[1]。

[6] 前後七子——前七子見本册何景明《與李空同論詩書》註[1]。後七子見本册王世貞《藝苑卮言》註[2]。

[7] 株守——見本書第二册趙秉文《答李天英書》註[2]。

[8] 輯唐詩——沈德潛編選《唐詩別裁集》二十卷，以李、杜爲宗主。凡五言古詩四卷，七言古詩四卷，五言律詩四卷，七言律詩四卷，五言長律二卷，五言絕句、七言絕句共二卷。

[9] 河汾王氏三句——隋末文中子王通講學河、汾之間。河，黃河；汾，汾水。楊炯《王勃集序》稱："文中子之居龍門也，…甄正樂府，取其雅奧，爲三百篇，以續《詩》。"

[10] 懲熱羹而吹虀——《楚辭·惜誦》："懲於羹而吹虀兮，何不變此之志也？"洪興祖補註："懲，戒也。虀，音齎。鄭康成云：凡醯醬所和，細切爲虀。一曰，擣薑蒜辛物爲之，故曰'虀曰受辛'也。"

［11］見人噎而廢食——《呂氏春秋·蕩兵》："夫有以饐死者，欲禁天下之食，悖。"饐，同噎。

［12］翦翦——淺短狹劣貌。《莊子·在宥》："佞人之心翦翦者。"

［13］康熙己亥——卽康熙五十八年(公元一七一九年)。

【說明】

沈德潛受業於葉燮之門，葉氏論詩，歷考歷代以來詩歌發展的源流得失，闡明其正變因革的關係，他一方面循源以窮流，所以反對模擬，反對復古；但另一方面也不贊成沿流而失源。其《原詩》內篇有云："執其源而遺其流者，固已非矣；得其流而棄其源者，又非之非者乎！"沈德潛推衍葉氏緒論，着重格調，特別注意的是溯源這個方面。

這篇《古詩源序》說明他之所以編選此書，旨在辨析源流，指出"唐詩所由出"。其《唐詩別裁序》云："有唐一代詩，凡流傳至今者，自大家名家而外，卽旁蹊曲徑，亦各有精神面目流行其間，不得謂正變盛衰不同，而變者衰者可盡廢也。然備一代之詩，取其宏博；而學詩者沿流討源，則必尋究其指歸。何者？人之作詩，將求詩教之本原也。"此文亦謂："旣以編詩，亦以論世，使覽者窮本知變，以漸窺風雅之遺意。"關於盛衰正變的看法，基本上符合於葉氏"論世"的精神。不過葉氏的"沿流討源"，主要是向前看的。他把上古以來詩歌，都只看作發展的過程，認爲是"道途發始之所必經，而不可謂行路者之必於此數步焉爲歸宿"(見《原詩》內篇)。沈德潛的"窮本之變"，則是"漸窺風雅之遺意"，"將求詩教之本原"，帶有復古的色彩的。從格調方面來講，他以爲"詩至有唐爲極盛"，猶之"觀水者至觀海止矣"。因此認爲宋、元以下，都"流於卑靡"(見《唐詩別裁》凡例)。這種見解，並沒有超出高棅和前後七子的範圍，是不像葉燮那樣通達的。推崇唐詩，爲什麽要溯源於唐以前的古詩呢？《說詩晬語》裏開宗明義的第一節就作了説明，正可與此文相發明。他説："詩之爲道，可以理性情，善倫物，感鬼神，設教邦國，應對諸侯，用如此其重也。秦、漢以來，樂府代興，六代繼之，流衍靡曼，至有唐而聲律日工，託興漸失，徒視爲嘲風雪，弄花草，遊歷燕衎之具，而詩教遠矣。學者但知尊唐，而不上窮其源，猶望海者指魚背爲海岸，而不自悟其見之小也。今雖不能竟越三唐之格，然必優柔漸漬，仰溯風雅，詩道始尊。"由格言，可不必超越唐人；由志言，則必須上追風雅，然後見詩道之尊。這就是沈德潛論詩旨趣之所在。

附　錄

説 詩 晬 語（選錄）

〔清〕沈德潛

詩之爲道，可以理性情，善倫物，感鬼神，設教邦國，應對諸侯，用如此其重也。秦、漢以來，樂府代興，六代繼之，流衍靡曼。至有唐而聲律日工，託興漸失，徒視爲嘲風雪，弄花草，遊歷燕衎之具，而詩教遠矣。學者但知尊唐而不上窮其源，猶望海者指魚背爲海岸，而不自悟其見之小也。今雖不能竟越三唐之格，然必優柔漸漬，仰溯《風》《雅》，詩道始尊。

事難顯陳，理難言罄，每託物連類以形之；鬱情欲舒，天機隨觸，每借物引懷以抒之；比興互陳，反覆唱歎，而中藏之懽愉慘戚，隱躍欲傳，其言淺，其情深也。倘質直敷陳，絶無蘊蓄，以無情之語而欲動人之情，難矣。王子擊好《晨風》，而慈父感悟；裴安祖講《鹿鳴》，而兄弟同食；周盤誦《汝墳》，而爲親從征。此三詩别有旨也，而觸發乃在君臣、父子、兄弟，唯其可以興也。讀前人詩而但求訓詁，獵得詞章記問之富而已，雖多奚爲？

詩以聲爲用者也，其微妙在抑揚抗墜之間。讀者静氣按節，密詠恬吟，覺前人聲中難寫、響外别傳之妙，一齊俱出。朱子云："諷咏以昌之，涵濡以體之。"眞得讀詩趣味。

古人意中有不得不言之隱，借有韻語以傳之。如屈原"江潭"，伯牙"海上”，李陵“河梁”，明妃“遠嫁”，或伉慨吐臆，或沈結含悽，長言短歌，俱成絕調；若胸無感觸，漫爾抒詞，縱辯風華，枵然無有。

有第一等襟抱，第一等學識，斯有第一等眞詩。如太空之中，不着一點；如星宿之海，萬源涌出；如土膏既厚，春雷一動，萬物發生。古來可語此者，屈大夫以下數人而已。

以詩入詩，最是凡境。經史諸子，一經徵引，都入詠歌，方別於潢潦無源之學。曹子建善用史，謝康樂善用經，杜少陵經史並用。但實事貴用之使活，熟語貴用之使新，語如已出，無斧鑿痕，斯不受古人束縛。

詩貴性情，亦須論法。亂雜而無章，非詩也。然所謂法者，行所不得不行，止所不得不止，而起伏照應，承接轉換，自神明變化於其中；若泥定此處應如何，彼處應如何，如磧沙僧解三體唐詩之類。不以意運法，轉以意從法，則死法矣。試看天地間水流雲在，月到風來，何處著得死法！

詩不學古，謂之野體。然泥古而不能通變，猶學書者但講臨摹，分寸不失，而己之神理不存也。作者積久用力，不求助長，充養既久，變化自生，可以換却凡骨也。

寫景寫情，不宜相礙，前說晴，後說雨，則相礙矣。亦不可犯複，前說沅、澧，後說衡、湘，則犯複矣。即字面亦須避忌字同義異者，或偶見之，若字義俱同，必從更易。如“暮雲空磧時驅馬”、“玉靶角弓珠勒馬”，終是右丞之累。杜詩云：“新詩改罷自長吟。”改則弊病去，長吟則神味出。

人謂詩主性情，不主議論，似也，而亦不盡然。試思二雅中何處無議論？杜老古詩中，《奉先》、《詠懷》、《北征》、《八哀》諸作，近體中，《蜀相》、《詠懷》、《諸葛》諸作，純乎議論。但議論須帶情韻以行，勿近傖父面目耳。戎昱《和蕃》云：“社稷依明主，安危託婦人。”亦議論之佳者。

性情面目，人人各具。讀太白詩，如見其脫屣千乘；讀少陵詩，如見其憂國傷時。其世不我容，愛才若渴者，昌黎之詩也；其嬉笑怒駡，風流儒雅者，東坡之詩也。即下而賈島、李洞輩，拈其一章一句，無不有賈島、李洞者存。倘詞可餽貧，工同鞶帨，而性情面目，隱而不見，何以使尚友古人者讀其書想見其爲人乎？

上海古籍出版社本《清詩話》

與江賓谷江禹九書[1]

〔清〕鄭　燮[2]

學者當自樹其幟。凡米鹽船算之事，聽氣候於商人，未聞文章學問，亦聽氣候於商人者也。吾揚之士，奔走躞蹀於其門[3]，以其一言之是非爲欣戚，其損士品而喪士氣，真不可復述矣。賢昆玉[4]悄然閉戶，寂若無人，而嶽嶽蕩蕩，如海如山，令人莫可窮測。嗟呼，其可貴也！文章有大乘法，有小乘法[5]。大乘法易而有功，小乘法勞而無謂。《五經》、《左》、《史》、《莊》、《騷》、賈、董、匡、劉[6]、諸葛武鄉侯、韓、柳、歐、曾之文，曹操、陶潛、李、杜之詩，所謂大乘法也。理明詞暢，以達天地萬物之情，國家得失興廢之故。讀書深，養氣足，恢恢游刃有餘地矣[7]。六朝靡麗，徐、庾、江、鮑、任、沈[8]，小乘法也。取青配紫，用七諧三[9]，一字不合，一句不酬，撚斷黄鬚[10]，翻空二酉[11]。究何與於聖賢天地之心，萬物生民之命？凡所謂錦繡才子者[12]，皆天下之廢物也，而況未必錦繡者乎！此真所謂勞而無謂者矣。且夫讀書作文者，豈僅文之云爾哉？將以開心明理，內有養而外有濟也。得志則加之於民，不得志則獨善其身[13]，亦可以化鄉黨而教訓子弟。切不可趨風氣，如揚州人學京師穿衣戴帽，纔趕得上，他又變了。何如聖賢精義，先輩文章，萬世不祧也[14]。賢昆玉果能自樹其幟，久而不衰，燮雖不肖，亦將戴軍勞帽，穿勇字背心[15]，執水火棍棒，奔走效力於大纛之下。豈不盛哉！豈不快哉！曹氏父子，蕭家骨肉，一門之內，大小殊軌。曹之丕、植，蕭之統、繹[16]，皆有公子秀才氣，小乘也。老瞞《短歌行》[17]，蕭衍《河中之水歌》[18]，勃勃有英氣，大乘也。彼雖毒蛇惡獸，要不同於蟋蟀之鳴，蛺蝶之舞；而況麒麟鸞鳳之翔，化雨和風之洽乎？司馬相如，大乘也，而入於小乘，以其諓詞華而媚合也。李義山，小乘也，而歸於大乘，如《重有感》[19]、《隨師東》[20]、《登安定城樓》[21]、《哭劉蕡》[22]、《痛甘露》[23]之類，皆有人心世道之憂，而《韓碑》一篇[24]，尤足以出奇而制勝。青蓮[25]多放逸，而不切事情。飛卿[26]歎老嗟卑，又好爲豔冶蕩逸之調，雖李、杜齊名，溫、李合噪，未可並也。詞與詩不同，以婉麗爲正格，以豪宕爲變格。燮竊以劇場論之：東坡爲大淨[27]，稼軒外脚[28]，永叔、邦卿正旦[29]，秦淮海、柳七則小旦也[30]；周美成爲正生[31]，南唐後主爲小生[32]，世人愛小生定過於愛正生矣。蔣竹山、劉改之是絕妙副末[33]，草窗貼旦[34]，白石貼生[35]。不知公謂然否？板橋弟鄭燮頓首賓谷七哥、禹九九哥二長兄文几。乾隆戊辰[36]九日，濰縣頓首。

中華書局本《鄭板橋集》

【註釋】

[1] 江賓谷江禹九——江昱，字賓谷，號松泉，江蘇江都人。諸生。有《松泉集》。弟恂，字禹九，貢生，官徽州知府。有《蔗畦詩鈔》。

[2] 鄭燮(公元一六九三年——一七六五年)——字克柔，號板橋，江蘇興化人。乾隆元年進士，官山東范縣知縣，調濰縣，乞疾歸。善詩，工書畫。著有《板橋詩鈔》、《詞鈔》、《家書》、《小唱》、《題畫》等。解放後滙刊的《鄭板橋集》，增《補遺》一輯。《清史稿》卷五百四《藝術三》有傳，附華嵒傳後。

[3] 吾揚之士二句——清代揚州爲鹽商聚集之地，其中頗多附庸風雅之流，文人墨客往往奔走其門。躞蹀，小步。

[4] 昆玉——稱他人弟兄的敬詞。翟灝《通俗編·昆玉》以爲出於《晉書》："陸機兄弟生華亭，並有才名，人比之昆岡出玉。"

[5] 大乘法小乘法——佛學名詞，見本書第二册嚴羽《滄浪詩話·詩辨》註[13]。本文與嚴氏同樣借佛學名詞爲喻，但所喻之義不同。嚴氏就詩歌史上的時代

先後區分大小，本文就作家作品的思想內容的高下區分大小。

[6] 賈董匡劉——賈誼、董仲舒、匡衡、劉向。

[7] 恢恢句——《莊子·養生主》："彼節者有間，而刀刃者無厚；以無厚入有間，恢恢乎其于游刃必有餘地矣。"恢恢，大，寬。游刃，動刀。這句謂寬寬的刀刃有活動的餘地。

[8] 徐庾江鮑任沈——徐陵、庾信、江淹、鮑照、任昉、沈約。

[9] 取青二句——指駢體文句子的字面要求對稱。

[10] 撚斷句——盧延遜《苦吟》："吟安一個字，撚斷數莖鬚。"

[11] 二酉——《元和郡縣志》："大酉山，有洞名大酉洞。小酉山，在酉溪口，山下有石穴，中有書千卷。舊云秦人避地隱學于此。""自酉溪北行十餘里，與大酉山相連，故曰二酉。"

[12] 錦繡才子——李白《冬日于龍門送從兄令問之淮南序》："常醉目吾曰：'兄心肝五藏(臟)皆錦繡耶？不然，何開口成文，揮翰霧散？'"

[13] 得志二句——《孟子·盡心上》："古之人，得志，澤加於民；不得志，修身見於世。窮則獨善其身，達則兼善天下。"

[14] 萬世不祧——《禮記·祭法》："遠廟爲祧。"古代帝王宗廟裏祖先神位，除始祖外，世數遠的要依次遷移於祧廟中合祭；不遷移的稱"不祧"。《宋史·禮志九》："今太祖受命開基，太宗纘承大寶，則百世不祧之廟矣。

[15] 勇字背心——清代兵勇所穿軍服，背心前部有大"勇"字。

[16] 蕭之統繹——蕭統見本書第一册蕭統《文選序》註[1]。蕭繹見本書第一册《金樓子·立言篇》註[2]。

[17] 老瞞句——老瞞，見蔣大器《三國志通俗演義序》註[29]。曹操《短歌行》是樂府四言，屬相和歌平調曲。篇中有感念友朋，歎息時光，希望得賢才幫助的意思。

[18] 蕭衍句——蕭衍，梁武帝姓名。《河中之水歌》是樂府七言，屬雜歌謠辭。本篇歌詠女子莫愁，雖然嫁給了富貴人家，却始終以沒有能嫁給東邊的鄰居王昌爲恨。

[19] 重有感——李商隱七言律詩。唐文宗大和九年(公元八三五年)，宦官大殺朝臣李訓、王涯等人。昭義軍節度使劉從諫因與宦官集團有矛盾，曾于開成元年(公元八三六年)二月、三月兩次上表，力辨王涯等無辜被殺，并揭露宦官仇士良等人罪惡。本篇感此事而作。

[20] 隨師東——李商隱七言律詩。唐文宗大和三年(公元八二九年)十一月，商隱

任天平軍節度使巡官，隨節度使令狐楚赴鄆州（今山東鄆城縣）。幾年以來朝廷命諸道討伐河北叛將李同捷遲遲無功，至本年四月，才初步平定。商隱目睹這一帶戰後景象，作此詩。因鄆州在長安東，故題爲“隨師東”。

[21] 登安定城樓——李商隱七言律詩。安定，即涇州（今甘肅涇川縣北），唐涇原節度使府所在地。唐文宗開成三年（公元八三八年），商隱在其岳父涇原節度使王茂元幕中，作此登臨感懷之詩，抒發對國事的憂憤和回天的抱負，以及當時朋黨壓抑自己的憤慨。李集此題無“登”字。

[22] 哭劉蕡——李商隱七言律詩。另有題爲《哭劉司戶二首》、《哭劉司戶蕡》的，都是五言律詩。劉蕡，字去華，唐幽州昌平人。文宗大和二年（公元八二八年），應賢良方正直言極諫科考試，在對策中猛烈抨擊宦官亂政，指出海內將亂的危機，爲宦官所忌，被黜不取。後官秘書郎，被貶柳州司戶參軍卒。此詩表示了對劉蕡被迫害的悲痛和對邪惡勢力的憤恨。

[23] 痛甘露——李商隱詩集中只有爲甘露事變而作之詩，如《有感二首》、《重有感》即是，別無題爲“痛甘露”的詩。所謂“甘露之變”是：唐文宗大和九年（公元八三五年），文宗與宰相李訓、鳳翔節度使鄭注共謀誅滅宦官。李訓使人詐稱左金吾大廳後石榴樹上夜降甘露，想誘宦官仇士良等前去察看，加以誅滅。仇至，覺有伏兵，逃回劫文宗入宮，派禁軍大殺朝官，并殺鄭注於鳳翔。從此朝廷大權進一步操于宦官之手。

[24] 韓碑——李商隱七言古詩。韓碑，指韓愈的《平淮西碑》。唐憲宗元和十二年（公元八一七年）十月，裴度率軍討平淮西藩鎮吳元濟。十二月，詔命韓愈撰《平淮西碑》。韓愈碑文，歌頌統一戰爭，着重肯定宰相裴度戰略決策之功。李商隱這詩，極力推崇韓碑。其立場和看法，和韓愈相同；藝術風格，也受韓愈七古的影響較明顯。

[25] 青蓮——李白幼時住在綿州昌隆青蓮鄉（今四川江油），故稱李青蓮。

[26] 飛卿——見高棅《唐詩品彙總序》註[35]。

[27] 大淨——戲劇脚色名稱，即大花面，參見李漁《閒情偶寄》註[61]。

[28] 外脚——生與外，爲一種脚色的主次分別，即生之外又一生，在生、末之間。生多扮演壯年人，末多扮演中年人，外或亦扮演老年人。

[29] 永叔——見本書第二册歐陽修《答吳充秀才書》註[2]。邦卿——見本書第二册張炎《詞源》註[15]。正旦——戲劇脚色名稱。《元曲選》中有此名。見本册李漁《閒情偶寄》註[20]。

[30] 秦淮海——見本書第二册李清照《論詞》註[19]。柳七——見本書第二册李

清照《論詞》註[10]。小旦——戲劇脚色名稱，扮演年輕美貌的女子。

[31] 周美成——見本書第二册張炎《詞源》註[8]。正生——見本册李漁《閒情偶寄》註[20]。

[32] 南唐後主(公元九三七年——九七八年)——李煜，字重光，在位十五年。明墨華齋刊《南唐二主詞》本，存《後主詞》三十三首。小生——見本册李漁《閒情偶寄》註[64]。

[33] 蔣竹山——蔣捷，字勝欲，號竹山，陽羡人。宋德祐間進士，宋亡不仕。有《竹山詞》一卷。劉孜之——見本書第二册張炎《詞源》註[31]。副末——戲劇脚色名稱。周貽白《中國戲劇史長編》："南戲之生，實卽元劇之末，末旣歧出，乃以末爲生之副，而稱副末。"

[34] 草窗——周密(公元一二三二年——一三〇八年)，字公謹，號草窗，濟南人，流寓吳興。淳祐間，官義烏令。有《蘋洲漁笛譜》，又題《草窗詞》。貼旦——戲劇脚色名稱，地位次于旦。

[35] 白石——見本書第二册張炎《詞源》註[15]。貼生——戲劇脚色名稱的貼，地位無定，或爲旦之次，或與旦對立。貼生，是與旦對立、地位次于生的脚色。

[36] 乾隆戊辰——清高宗乾隆十三年，公元一七四八年。這年鄭燮五十六歲。

【説明】

鄭燮是清代中葉比較關心民間疾苦、敢於面對現實的畫家和詩人。在創作成就上，他的詩不如他的畫。在理論上，不管是論畫還是論詩，他都是現實主義的提倡者。他的創作不爲當時復古主義風氣所囿，力求師法自然，面對現實。論畫主張"以造物爲師"，論詩也主張"卽景卽情，得事得理"。他出身寒苦，久居民間，思想上同情人民。認爲農夫是"天地間第一等人"，"而士爲四民(農、工、商、士)之末"。(《家書》)他帶着這種人道主義的觀點去觀察現實，認識到當時的社會是一幅貪官横行、民不聊生的圖畫。"卽景卽情"，就必須反映民間疾苦，揭露現實黑暗。他要在作品中，使"一種憂國憂民、忽悲忽喜之情，以及宗廟丘墟、關山勞戍之苦，宛然在目"，反對無"一句道着民間痛癢"。他把自己的創作原則歸結爲“抽心苗，發奥旨，繪物態，狀人情”，進一步發展了白居易的“根情、苗言、華聲、實義”的現實主義詩論。

對於文學傳統，鄭燮強調繼承建安文學和杜甫等人的現實主義精神，反對盲目復古。同時也反對趨時，反對“抄經摘史”，反對“玩其詞華”，而要求“自樹其幟”，富於獨創。正如他在《題蘭竹石二十三則》中所説的：“敢云我畫竟無師，亦有開蒙上學時。畫到天機流露處，無今無古寸心知。”鄭燮在創作中很好地實踐了自己的理論原則。他的畫不落前人窠臼，被人視而爲“怪”，其實是富有個性的創造力的表現。他的詩清新流暢，具有強烈的批判現實的精神，也是迥異流俗、不同凡響的。

附　録

濰縣署中與舍弟第五書

〔清〕鄭　燮

無論時文、古文、詩歌、詞賦，皆謂之文章。今人鄙薄時文，幾欲摒諸筆墨之外，何太甚也？將毋醜其貌而不鑑其深乎！愚謂本朝文章，當以方百川制藝爲第一，侯朝宗古文次之；其他歌詩辭賦，扯東補西，拖張拽李，皆拾古人之唾餘，不能貫串，以無眞氣故也。百川時文精粹湛深，抽心苗，發奥旨，繪物態，狀人情，千迴百折而卒造乎淺近。朝宗古文標新領異，指畫目前，絶不受古人羈紲；然語不遒，氣不深，終讓百川一席。憶予幼時，行匣中惟徐天池《四聲猿》、方百川制藝二種，讀之數十年，未能得力，亦不撒手，相與終焉而已。世人讀《牡丹亭》而不讀《四聲猿》，何故？

文章以沉着痛快爲最，《左》、《史》、《莊》、《騷》、杜詩、韓文是也。間有一二不盡之言，言外之意，以少少許勝多多許者，是他一枝一節好處，非六君子本色。而世間娖娖纖小之夫，專以此爲能，謂文章不可説破，不宜道盡，遂訾人爲刺刺不休。夫所謂刺刺不休者，無益之言，道三不着兩耳。至若敷陳帝王之事業，歌詠百姓之勤苦，剖晰聖賢之精義，描摹英傑之風猷，豈一言兩語所能了事？豈言外有言、味外取味者所能秉筆而快書乎？吾知其必目昏心亂，顛倒拖沓，無所措其手足也。王、孟詩原有實落不可磨滅處，只因務爲修潔，到不得李、杜沉雄。司空表聖自以爲得味外味，又下于王、孟一二等。至今之小夫，不及王、孟、司空萬萬，專以意外言外，自文其陋，可笑也。若絕句詩、小令詞，則必以意外言外取勝矣。

"宵寐匪禎，札闥洪庥。"以此訾人，是歐公正當處，然亦有淺易之病。"逸馬殺犬于道"，是歐公簡鍊處，然《五代史》亦有太簡之病。高密單進士烺曰："不是好議古人，無非求其至是。"

寫字作畫是雅事，亦是俗事。大丈夫不能立功天地，字養生民，而以區區筆墨供人玩好，非俗事而何？東坡居士刻刻以天地萬物爲心，以其餘閒作爲枯木竹石，不害也。若王摩詰、趙子昂輩，不過唐、宋間兩畫師耳！試看其平生詩文，可曾一句道着民間痛癢？設以房、杜、姚、宋在前，韓、范、富、歐陽在後，而以二子廁乎其間，吾不知其居何等而立何地矣！門館才情，游客伎倆，只合剪樹枝、造亭榭、辨古玩、鬬茗茶，爲掃除小吏作頭目而已，何足數哉！何足數哉！愚兄少而無業，長而無成，老而窮窘，不得已亦借此筆墨爲餬口覓食之資，其實可羞可賤。願吾弟發憤自雄，勿蹈乃兄故轍也。古人云："諸葛君眞名士。"名士二字，是諸葛纔當受得起。近日寫字作畫，滿街都是名士，豈不令諸葛懷羞，高人齒冷？

中華書局本《鄭板橋集》

范縣署中寄舍弟墨第五書

〔清〕鄭　燮

作詩非難，命題爲難。題高則詩高，題矮則詩矮，不可不愼也。少陵詩高絕千古，自不必言，即其命題，已早據百尺樓上矣。通體不能悉舉，且就一二言之：《哀江頭》、《哀王孫》，傷亡國也；《新婚別》、《無家別》、《垂老別》、《前後出塞》諸篇，悲戍役也；《兵車行》、《麗人行》，亂之始也；《達行在所》三首，慶中興也；《北征》、《洗兵馬》，喜復國望太平也。只一開卷，閱其題次，一種憂國憂民忽悲忽喜之情，以及宗廟丘墟、關山勞戍之苦，宛然在目。其題如此，其詩有不痛心入骨者乎！至于往來贈答，杯酒淋漓，皆一時豪傑，有本有用之人，故其詩信當時，傳後世，而必不可廢。放翁詩則又不然，詩最多，題最少，不過《山居》、《村居》、《春日》、《秋日》、《即事》、《遣興》而已。豈放翁爲詩與少陵有二道哉？蓋安史之變，天下土崩，郭子儀、李光弼、陳元禮、王思禮之流，精忠勇略，冠絕一時，卒復唐之社稷。在《八哀》詩中，既略敍其人；而《洗兵馬》一篇，又復總其全數而贊歎之，少陵非苟作也。南宋時，君父幽囚，棲身杭越，其辱與危亦至矣。講理學者，推極于毫釐分寸，而卒無救時濟變之才；在朝諸大臣，皆流連詩酒，沉溺湖山，不顧國之大計。是尙得爲有人乎！是尙可辱吾詩歌而勞吾贈答乎！直以《山居》、《村居》、《夏日》、《秋日》，了却詩債而已。且國將亡，必多忌，躬行桀、紂，必曰駕堯、舜而軼湯、武。宋自紹興以來，主和議、增歲幣、送尊號、處卑朝、括民膏、戮大將，無惡不作，無陋不爲。百姓莫敢言喘，放翁惡得形諸篇翰以自取戾乎！故杜詩之有人，誠有人也；陸詩之無人，誠無人也。杜之歷陳時事，寓諫諍也；陸之絕口不言，免羅織也。雖以放翁詩題與少陵並列，奚不可也！近世詩家題目，非賞花即讌集，非喜晤即贈行，滿紙人名，某軒某園，某亭某齋，某樓某巖，某村某墅，皆市井流俗不堪之子，今日纔立別號，明日便上詩箋。其題如此，其詩可知，其詩如此，其人品又可知。吾弟欲從事于此，可以終歲不作，不可以一字苟吟。愼題目，所以端人品，厲風教也。若一時無好題目，則論往古，告來今，樂府舊題，儘有做不盡處，盍爲之。哥哥字。

中華書局本《鄭板橋集》

偶然作

〔清〕鄭 燮

英雄何必讀書史，直攄血性爲文章；不仙不佛不賢聖，筆墨之外有主張，縱橫議論析時事，如醫療疾進藥方。名士之文深莽蒼，胸羅萬卷雜霸王，用之未必得實效，崇論閎議多慨慷。雕鎪魚鳥逐光景，風情亦足喜且狂。小儒之文何所長，抄經摘史餖飣強；玩其詞華頗赫爍，尋其義味無毫芒。弟頌其師客談說，居然拔幟登詞場。初驚既鄙久蕭索，身存氣盛名先亡。聳碑刻石臨大道，過者不讀倚壞牆。嗚呼文章自古通造化，息心下意毋躁忙。

中華書局本《鄭板橋集》

與丹翁書(節録)

〔清〕鄭　燮

昨有人傳老兄息辭數語，不知的否？細味之，眞非大筆不能也。冒濫領賑，當途所最忌。乃云：寫賑時原有七口，後一女出嫁，一僕在逃，只剩五口；在首者旣非無因，而領者原非虛冒。宜州尊見之而賞心，板橋聞之而擊節也。此等辭令，固非庸手所能，亦非狠手所辦，眞是解連環妙手。夫妙則何可方物乎？千古好文章，只是卽景卽情，得事得理，固不必引經斷律，稱爲辣手也。吾安能求之天下如老長兄者，日與之談文章祕妙，經史神髓乎？眞可以消長夏度寒宵矣。

…………

中華書局本《鄭板橋集》

題蘭竹石二十三則(選録)

〔清〕鄭　燮

畫竹之法，不貴拘泥成局，要在會心人深神，所以梅道人能超最上乘也。蓋竹之體，瘦勁孤高，枝枝傲雪，節節干霄，有似乎士君子豪氣凌雲，不爲俗屈。故板橋畫竹，不特爲竹寫神，亦爲竹寫生。瘦勁孤高，是其神也；豪邁凌雲，是(其)生也；依於石而不囿於石，是其節也；落於色相而不滯於梗概，是其品也。竹其有知，必能謂余爲解人；石也有靈，亦當爲余首肯。甲申秋杪，歸自邗江，居杏花樓。對雨獨酌，醉後研墨拈管，揮此一幅，留贈主人。板橋。

畫蘭之法，三枝五葉；畫石之法，叢三聚五。皆起手法，非爲蘭竹一道僅僅如此，遂了其生平學問也。古之善畫者，大都以造物爲師。天之所生，卽吾之所畫，總需一塊元氣團結而成。此幅雖屬小景，要是山脚下洞穴旁之蘭，不是盆中磊石湊栽之蘭，謂其氣整故爾。聊作二十八字以繫於後：敢云我畫竟無師，亦有開蒙上學時，畫到天機流露處，無今無古寸心知。乾隆庚辰秋，板橋鄭燮。

中華書局本《鄭板橋集》

復家魚門[1]論古文書附尺牘

〔清〕程廷祚[2]

簡齋[3]南還，蒙惠手教。文章一道，自古難言，誠有如足下所論者。抑愚竊有見夫天地雕刻衆形，而咸出于無心；文之至者，體道而出，根心而生，不煩繩削而自合[4]。

六經孔、孟之書尚矣。自聖經不復作，而左丘明[5]以華整之才，易古人之高渾簡質，文人之文，於是焉始。歧趨別出，其變無窮，亦有世運之升降焉，非盡人之所爲也。漢代人品淆雜，文反近古，如賈生、董子、鼂錯、司馬遷、相如、匡衡、劉向之徒[6]，意不在文，而文隨之。東京稍若不逮，而著作不謬于經術。下及魏、晉，漸尚詞華，雄偉不足，然其傑出如王、曹、潘、陸[7]者，猶不失厚重之意，亦非後世所易及也。末流至乎南朝之季，有不足道者矣。

韓退之崛起數千載之後，屬文章靡敝，憑陵轥轢[8]，首唱古文，而能範圍後來之作者，誠可謂文人之雄也已。然其自負太過，後之尊崇亦太過，此不可以不論。開皇[9]之世，李諤上書論文體[10]，深斥齊、梁之弊，謂宜屏黜輕浮，遏止華僞。唐之中葉，柳冕與杜黃裳書，言文雅不振，當尊經術，卑文士，以正人心，而美風俗[11]。以時考之，乃狂瀾之欲頹，百川將入于滄溟矣。退之安得自矜一人之力，其所乘之時然也。且退之以道自命，則當直接古聖賢之傳，三代可四，而六經可七矣。乃志在于“沈浸醲郁，含英咀華，作爲文章”[12]，戛戛乎去陳言[13]而造新語，以自標置，其所操抑末矣。以此與八代[14]爭短長，縱使已所言皆在于仁義道德，彼所言皆在於月露風雲，而究無以相服。莊生云："其于亡羊均也"[15]，又安得而起其衰[16]。《易》曰："君子黃中通理，正位居體，美在其中，而暢於四支，發於事業[17]。"言道充而文見也，非強道以生文也。以丘明之才，而使經降爲傳；以退之之才，而使天下唯知有記誦詞章，豈不重可嘆息哉？豈其故果在世運哉！

宋之師法退之而能名其家者，不過數人，未有及退之者也。繼之元、明以來，又未有及數家者也。由退之而前，吾見退之之任之；由退之而後，將不任乎？何文之愈降而愈衰也？葉水心之言曰："本朝歐、王、曾、蘇，雖文詞爲盛，然往往不過記序銘論，浮說閒語，而著實處，反不逮唐人遠甚，學者不可但隨聲唱和，虛文無實，終于斵喪而已[18]。"斯言也，其得曰無所見乎？

孔子曰："修辭立其誠[19]"；又曰："辭達而已矣[20]。"以"誠"爲本，以"達"爲用，蓋聖人之論文，盡于是矣。因文以見道[21]，非誠也。有意而爲之，非達也。不反其本，而惟文之求，于是體製繁興，篇章盈溢，徒敝覽者之精神，而無補于實用，亦奚以爲！此由後學見退之輕蔑往古，自爲尊大，咸欲效尤，致使然耳。

承孜孜以後人不及退之爲問，足下蓋大有疑于文之升降，而欲求其故，救其衰也。愚何人斯？文之雄如退之，輒敢萌"蚍蜉撼大樹"[22]之見，而加以雌黃[23]，愚固有說以處此。夫文之衰，至今極矣，有志者起而振之。若曰舍唐、宋人則無所問津，愚雖陋劣 未敢以爲然也。古之有至德卓行者，多不以文自見，不得已而欲自見于文，其取精用宏[24]，固自有術，而要之以進德修業[25]爲本原，以崇實黜浮爲標準，以有關係發明爲體要。理充者華采不爲累，氣盛者偶儷不爲病，陳言不足去，新語不足撰，非格式所能拘，非世運所能限，在山滿山[26]，在谷滿谷，則庶幾乎由秦而前，聖賢人之文矣。若退之之張皇號叫，永叔之纏綿悲慨，皆內不足而求工好于文，豈古人所有哉？此言非足下無與發，如曰不然，伏願有以教我。

附尺牘

字句之修飾，篇章之安頓，雖聖人爲文，不能不從事于此。左氏所以爲文人之文者，以修飾安頓處有痕跡，而聖人無痕跡也。左氏不獨修飾安頓有痕跡，且有腔調磈逕，于三代之文，特爲近時。漢人于此卻不屑講究，故渾古朴茂之風，轉勝左氏。使三代以下無西漢，久已自魏，晉而趨于六朝矣。昌黎謂“左氏浮夸”[27]，蓋亦有見于此。韓雖師古，寔則別成一派，今欲學其篇章字句，徒爲畫虎[28]，其勝人處卻在無腔調磈逕。歐、蘇以下，力量不足，則有腔調磈逕，一學而能，面目令人可憎，尤不足法。今欲專力于古文，惟沈潛于六籍，以植其根本；閱歷于古今，以達其事變；寢食于先漢，以取其氣味；不患文之不日進于高古。字句篇章，不可全學漢人，須加以修飾安頓，此則世運使然，無可如何，善會者自知之耳。

此語不足入前書，故識之別簡求正。若葉水心之言，最爲切中，尤所當三復也。

《金陵叢書》本《青溪集》卷十

【註釋】

[1] 魚門——程晉芳(公元一七一八年——一七八四年)，字魚門，號蕺園，歙縣人，徙江都。乾隆十七年進士，官編修。少問經義于程廷祚，學古文于劉大櫆，與袁枚諸人往還唱和。于《易》《書》《詩》《禮》皆有撰述，又有《蕺園詩文集》。《清史稿》卷四百八十五《文苑》二有傳，附袁枚傳後。

[2] 程廷祚(公元一六九一年——一七六七年)——原名默，字啓生，號綿莊，又號青溪，上元人。諸生，乾隆元年舉博學鴻詞，十四年舉經學，皆報罷。廷祚深于經學，兼綜漢、宋。有《青溪文集》十二卷。

[3] 簡齋——袁枚(公元一七一六年——一七九八年),字子才,號簡齋,錢塘人。乾隆四年進士,選庶吉士,官至江寧知縣,引疾家居。再起發陝西,丁父憂歸。卜築江寧小倉山,號隨園,優游其中凡五十年。論詩主張抒寫性靈,與趙翼、蔣士銓齊名,號稱三家。隨園集三十六種中,詩文有«小倉山房文集»三十卷、«詩集»三十一卷、«外集»七卷,詩話有«隨園詩話»十六卷、«補遺»八卷。«清史稿»卷四百八十五«文苑»二有傳。

[4] 不煩繩削而自合——見本書第二册黄庭堅«答洪駒父書»説明引黄庭堅«與王觀復書»。

[5] 左丘明——«史記·十二諸侯年表序»:“魯君子左丘明,懼弟子人人異端,各安其意,失其眞,故因孔子史記,具論其語,成«左氏春秋»。”

[6] 賈生——賈誼。董子——董仲舒。鼂錯(?——公元前一五四年)——西漢潁川人,官御史大夫。其文載於«漢書»。匡衡——字稚圭,西漢東海人。元帝時爲相。其文載於«漢書»。劉向——見本册方苞«古文約選序»註[15]。

[7] 王曹潘陸——見本書第一册沈約«宋書·謝靈運傳論»註[59][25]。

[8] 轥轢——«司馬相如·上林賦»:“徒車之所轥轢。”轥轢,輾。

[9] 開皇——隋高祖年號,自公元五八一年至六〇〇年。

[10] 李諤上書論文體——李諤,字士恢,趙郡人。隋時,官治書侍御史。曾上書隋高帝論文體,見«隋書»卷六十六本傳。

[11] 柳冕與杜黄裳書六句——柳冕,字敬叔,蒲州河東人。貞元中,官御史中丞、福建觀察使。主張文章必須闡發六經之道,爲韓愈文論的先驅。«全唐文»輯存其文十篇。柳冕«謝杜相公論房杜二相書»:“今風俗移人久矣,文雅不振甚矣,……相公如變其文,卽先變其俗。文章風俗,其弊一也。變之之術,在教其心,使人日用而不自知也。伏維尊經術,卑文士,經術尊則教化美,教化美則文章盛,文章盛則王道興。”杜黄裳(公元七三八年——八〇五年),字遵素,京兆萬年人。順宗時爲相。«舊唐書»卷一百四十七、«新唐書»卷一百六十九有傳。

[12] 沈浸醲郁三句——韓愈«進學解»語。

[13] 戛戛乎去陳言——韓愈«答李翊書»:“惟陳言之務去,戛戛乎其難哉。”

[14] 八代——東漢、魏、晉、宋、齊、梁、陳、隋。

[15] 其于亡羊均也——«莊子·駢拇»:“臧與穀二人相與牧羊而俱亡其羊。問臧奚事?則挾筴讀書。問穀奚事?則博塞以遊。二人者,事業不同,其於亡羊均也。”

[16] 起衰——見本册方苞«古文約選序»註[16]。

[17] 君子黄中通理五句——見«易·坤文言»。孔穎達«正義»:"黄中通理者,以黄居中,兼四方之色。奉承臣職,是通曉物理也。正位居體者,居中得正,是正位也。處上體之中,是居體也。黄中通理,是美在其中。有美在於中,必通暢於外,故云暢於四支。四支猶人手足,比于四方物務也。外内俱善,能宣發於事業。所營謂之事,事成謂之業。"

[18] 葉水心——葉適(公元一一五〇年——一二二三年),字正則,永嘉人。淳熙五年進士,官至寶文閣學士。適爲學以經制爲重,爲永嘉學派的主要人物,學者稱爲水心先生。有«水心先生文集»二十九卷、«别集»十六卷。此文引語見«習學記言»卷四十。«宋史»卷四百三十四«儒林»四有傳。

[19] 修辭立其誠——«易·乾文言»語。

[20] 辭達而已矣——見本書第一册«論語»選篇。

[21] 因文以見道——見本册方苞«古文約選序»註[7]。

[22] 蚍蜉撼大樹——韓愈«調張籍»句。

[23] 雌黄——«晋書·王衍傳»:"義理有所不安,隨即改更,世號口中雌黄。"«書言故事·書史類»:"古今寫書,皆用黄紙,用黄蘗染之,以辟蠹,故曰黄卷。有誤字,以雌黄(顔料名)滅之,與紙相類。故可否文章,謂雌黄。"

[24] 取精用宏——«左傳»昭公七年:"其用物也弘矣,其取精也多矣。"

[25] 進德修業——«易·乾文言»:"君子進德修業。"

[26] 在山滿山——«文心雕龍·神思»:"登山則情滿於山,觀海則意溢於海。"

[27] 左氏浮夸——韓愈«進學解»語。

[28] 畫虎——«後漢書·馬援傳»:"所謂畫虎不成反類狗者也。"

【説明】

程廷祚是顔(元)、李(塨)學派的信徒,顔、李之學,講求禮樂兵農,尚躬行,崇實用,既反對宋、明理學之空疎,也不同於漢學家考據之繁瑣,更看不起詞章之學。這篇«復家魚門論古文書»,説明了廷祚對文學的看法。

他推論文章的根本,在於"立誠";而其用,在於"辭達"。内容充實,言之有物,就是誠;"言之中節,則曰有序",就是達。文章是誠中形外的自然表現,凡有意爲文,都不能算是辭達。因此，他把六經孔、孟之書和文人之文劃分開來，以爲自左丘明出，“文人之文，於是焉始”。他說：“不反其本，而惟文之求，於是體製繁興，篇章盈溢，徒敝覽者之精神，而無補於實用，亦奚以爲！”基於這樣的認識，文中所涉及的具體問題，一是如何評價韓愈的古文，二是爲古文應該如何取法。

古文家之所以推尊韓愈爲“文起八代之衰”，因爲他改革了六朝浮靡的文風，變駢爲散，力去陳言，使散文的面貌一新。照程廷祚看來，文風的變革，是隋、唐以來的自然趨向，並非韓愈一人之力。韓愈雖然“以道自命”，但他所謂“因文以見道”，實際是“強道以生文”，並非“道充而文見”。他所高自標置的“沈浸醲郁，含英咀華，作爲文章，戛戛乎去陳言而造新語”，不過是“文人之雄”。從這個意義來說，儘管韓文的內容和六朝文有所不同，然而同樣是舍本而求末的。

自從明代唐順之、歸有光、茅坤等人提倡唐、宋古文之後，到清朝，由於桐城派的倡導，唐、宋八大家之文盛極一時。有志於古文的人，“舍唐、宋人，則無所問津”，正是當時的一種風氣。程晉芳就是從劉大櫆學古文的。從唐宋派的古文家看來，古文和駢文的界綫，劃分極嚴。此文則謂：“理充者華采不爲累，氣盛者偶儷不爲病，陳言不足去，新語不足撰，非格式所能拘，非世運所能限。”舉古文家的理論一掃而空之。其《與家魚門論古文書》云：“夫三代以來，聖賢經傳皆文也。其別稱古文，自近日始。……後代言文者，率以唐、宋爲依歸，而日趨於時。以日趨於時之文而自命爲古文，明者之所哂也。”可見他根本不承認唐、宋之文爲古文。他之所謂古文，指無痕跡、無腔調磎逕可尋，高渾簡質的聖賢之文。而要達到這種境界，就必須反求其本。

附　録

與家魚門論古文書

〔清〕程廷祚

讀手示，知邇日留意古文，愚前已微窺，語在嘉平望日札中。

夫三代以來，聖賢經傳皆文也。其别稱古文，自近日始。一則對科場應試之文而言，一則由唐、宋諸子自謂能復秦、漢以前之文而言。後代言文者，率以唐、宋爲依歸，而日趨於時。以日趨於時之文而自命爲古文，明者之所哂也。

夫古未有言爲文者，漢以下乃言某善屬文，某工於文，某言語妙天下。自時厥後，文乃不逮於古。有志者其何適之從乎？聞嘗考諸經傳，大《易》曰："言有序。"曰："言有物。"曰："修詞立其誠。"逸詩曰："昔吾有先正，其言明且清。"《曲禮》曰："安定辭。"孔子曰："辭達而已矣。"曰："言之不文，行而不遠。"曾子曰："出辭氣，斯遠鄙倍矣。"此皆古先聖賢之論文者也。大要以立誠爲本，有物卽誠也。言之中節，則曰："有序。"如是則容體必安定，氣象必清明，遠乎鄙倍而文之至矣。古之立言者期至於是而止，故曰："辭達而已矣。"故爲文之道，本之以誠，施之以序，終之以達。以此發揮道德，則董仲舒、揚雄不足道也；以此敷陳政事，則賈誼、鼂錯不能過也。前可以考諸先王，後可以俟諸百世，倘何規摹他人之有？是故貴求其本。足下所見，固與吾略同矣。愚其何以告足下哉！

若古文之敝，則始於宋。當時之識者，已譏其不尙實而以浮論虛詞靡敝學者之精神，可不知戒與！由宋以後，作者愈不逮宋矣，非愚所敢盱衡而論定者也。古語云："取法乎上，僅得乎中。"足下亦愼其所取法者而已。

《金陵叢書》本《靑溪集》卷十

與家魚門

〔清〕程廷祚

接來札，滔滔數百言，恍如挑燈促席，而相與共議爲學之途徑也。何快如之！足下志趣高朗，兼長衆藝，而獨以經學爲歸，所造誠未易量。惟是經學一道，不在遽有著述，亦不在遽有議論。蓋議論生於有所見，有所見生於有所疑，而有所疑在於能求古人之間。學者之於經傳，終其身而無所得者，不能求其間以生其疑者也。聞前輩善讀書者，始熟讀而明其章句，繼融會而究其義藴，積之又久，則其可疑者不覺破空而出，然後加以深湛之思；使無所見則已，有所見則雖與昔人相齟齬，而適協於人心之同然，其於著述也庶幾矣。不由是道而有作者，則剿說雷同之類也；不然，則強探力索之爲也。足下於此間先後之序，固已洞若觀火，而愚猶以是爲言者，以申足下不欲遽有著述之意，而深信將來之可以著述也。

《金陵叢書》本《青溪集》卷十二

論文偶記[1]〔選錄〕

〔清〕劉大櫆[2]

行文之道，神爲主，氣輔之。曹子桓、蘇子由論文，以氣爲主[3]，是矣。然氣隨神轉，神渾則氣灝，神遠則氣逸，神偉則氣高，神變則氣奇，神深則氣靜，故神爲氣之主。至專以理爲主者，則猶未盡其妙也。蓋人不窮理讀書，則出詞鄙倍[4]空疏；人無經濟，則言雖累牘，不適於用。故義理[5]、書卷、經濟者，行文之實；若行文自另是一事。譬如大匠操斤，無土木材料，縱有成風盡堊手段[6]，何處設施？然即土木材料，而不善設施者甚多，終不可爲大匠。故文人者，大匠也；神氣、音節者，匠人之能事也；義理、書卷、經濟者，匠人之材料也。

古人文字最不可攀處，只是文法高妙。

神者，文家之寶。文章最要氣盛[7]，然無神以主之，則氣無所附，蕩乎不知其所歸也。神者氣之主，氣者神之用。神只是氣之精處。

古人文章可告人者惟法耳。然不得其神而徒守其法，則死法而已。要在自家於讀時微會之。李翰云："文章如千軍萬馬；風恬雨霽，寂無人聲[8]。"此語最形容得氣好。論氣不論勢，文法總不備。

文章最要節奏；譬之管絃繁奏中，必有希聲窈眇處[9]。

神氣者，文之最精處也；音節者，文之稍粗處也；字句者，文之最粗處也。然論文而至於字句，則文之能事盡矣。蓋音節者，神氣之跡也；字句者，音節之矩也。神氣不可見，於音節見之；音節無可準，以字句準之[10]。

音節高則神氣必高，音節下則神氣必下，故音節爲神氣之跡。一句之中，或多一字，或少一字；一字之中，或用平聲，或用仄聲；同一平字仄字，或用陰平、陽平、上聲、去聲、入聲，則音節迥異，故字句爲音節之矩。積字成句，積句成章，積章成篇，合而讀之，音節見矣；歌而詠之，神氣出矣。

近人論文，不知有所謂音節者；至語以字句，則必笑以爲末事。此論似高實謬。作文若字句安頓不妙，豈復有文字乎？但所謂字句音節，須從古人文字中實實講貫過始得，非如世俗所云也。

文貴奇，所謂"珍愛者必非常物"[11]。然有奇在字句者，有奇在意思者，有奇在筆者，有奇在邱壑者，有奇在氣者，有奇在神者。字句之奇，不足爲奇；氣奇則眞奇矣；神奇則古來亦不多見。次第雖如此，然字句亦不可不奇，自是文家能事。揚子《太玄》《法言》，昌黎甚好之，故昌黎文奇。

奇氣最難識；大約忽起忽落，其來無端，其去無跡。讀古人文，於起滅轉接之間，覺有不可測識，便是奇氣。奇，正與平相對。氣雖盛大，一片行去，不可謂奇。奇者，於一氣行走之中，時時提起。

文貴變。《易》曰："虎變文炳，豹變文蔚[12]。"又曰："物相雜，故曰文[13]。"故文者，變之謂也。一集之中篇篇變，一篇之中段段變，一段之中句句變，神變，氣變，境變，音節變，字句變，惟昌黎能之。

文法有平有奇，須是兼備，乃盡文人之能事。上古文字初開，實字多，虛字少。典謨訓誥，何等簡奥，然文法要是未備。至孔子之時，虛字詳備[14]，作者神態畢出。《左氏》情韻並美，文彩照耀。至先秦、戰國，更加疏縱。漢人斂之，稍歸勁質，惟子長集其大成。唐人宗漢多峭硬。宋人宗秦，得其疏縱，而失其厚懋[15]，氣味亦少薄矣。文必虛字備而後神態出，何可節損？然枝蔓軟弱，少古人厚重之氣，自是後人文漸薄處。

理不可以直指也，故卽物以明理；情不可以顯出也，故卽事以寓情。卽物以明理，《莊子》之文也；卽事以寓情，《史記》之文也。

凡行文多寡短長，抑揚高下，無一定之律，而有一定之妙，可以意會，而不可以言傳。學者求神氣而得之於音節，求音節而得之於字句，則思過半矣。其要只在讀古人文字時，便設以此身代古人說話，一吞一吐，皆由彼而不由我。爛熟後，我之神氣卽古人之神氣，古人之音節都在我喉吻間，合我喉吻者，便是與古人神氣音節相似處，久之自然鏗鏘發金石聲。

光緒戊子桐城大有堂書局本《劉海峰文集》卷首

【註釋】

[1] 論文偶記——載于《劉海峰文集》卷端，人民文學出版社有單行本。

[2] 劉大櫆（公元一六九八年——一七七九年）——字才甫，一字耕南，號海峰，桐城人。諸生，官黟縣敎諭。少游方苞門，傳其古文義法。姚鼐繼起，世稱爲方、劉、姚。有《海峰先生文集》十卷、《補遺》一卷、《海峰先生詩集》八卷。《清史稿》卷四百八十五《文苑》二有傳。

[3] 曹子桓二句——曹丕論氣，見曹丕《典論論文》。蘇轍《上樞密韓太尉書》云："以爲文者，氣之所形。然文不可以學而能，氣可以養而致。孟子曰：'我善養吾浩然之氣。'今觀其文章，寬厚宏博，充乎天地之間，稱其氣之小大。太史公行天下，周覽四海名山大川，與燕、趙間豪俊交遊，故其文疎蕩，頗有奇氣。此二子者，豈嘗執筆學爲如此之文哉？其氣充乎其中，而溢乎其貌，動乎其言，而見乎其文，而不自知也。"

[4] 出詞鄙倍——《論語·泰伯》："出辭氣，斯遠鄙倍矣。"鄙，鄙惡。倍，乖戾。

[5] 義理——《近思錄》："橫渠（張載）曰：義理之學，亦須深沈方有造，非淺易輕浮之可得也。"

[6] 成風盡堊手段——《莊子·徐無鬼》:“郢人堊墁其鼻端若蠅翼,使匠石斲之。匠石運斤成風,聽而斲之。盡堊而鼻不傷,郢人立不失容。”《釋文》:“墁,本亦作漫。”堊,石灰。漫,塗汚。斤,斧。

[7] 氣盛——見本書第二册韓愈《答李翊書》註[16]。

[8] 李翰四句——李翰,字子羽,唐進士,肅宗、代宗時人。其文收入《全唐文》卷四百三十、四百三十一。李德裕《文章論》:“從兄翰常言:‘文章如千兵萬馬,風恬雨霽,寂無人聲。’”

[9] 希聲——《老子》:“大音希聲。”王弼註:“聽之不聞名曰希,不可得聞之音也。”窈眇——美妙。劉峻《辨命論》李善註:“《長楊賦》曰:愔聞鄭、衞窈眇之聲。”

[10] 蓋音節者八句——劉氏這種說法,姚鼐曾闡述之。姚氏《與陳碩甫書》:“詩古文各要從聲音證入;不知聲音,總爲門外漢耳。”又《與姚石甫書》:“文章之精妙,不出字句聲色之間,舍此便無可窺尋矣。”

[11] 珍愛者必非常物——韓愈《答劉正夫書》:“足下家中百物,皆賴而用也,然其所珍愛者,必非常物。夫君子之於文,豈異於是乎?”

[12] 虎變二句——《易·革》:“象曰:大人虎變,其文炳也。”又:“象曰:君子豹變,其文蔚也。”

[13] 物相雜二句——《易·繫辭下》句。

[14] 至孔子之時虛字詳備——如乎、也、與(歟)等虛詞,至《論語》而大備。

[15] 懋——茂。

【説明】

劉大櫆在桐城派古文理論的發展中,是承先啓後的人物。他在方苞義法論的基礎上進一步探求散文的藝術問題,頗有新的闡發。其主旨見於《論文偶記》。

首先,他認爲“義理、書卷、經濟者,行文之實;若行文自另是一事。”這就是說,文章的思想內容雖然和藝術形式有密切的關係,思想是居於首要的地位;但藝術本身却有相對的獨立意義。就行文而言,他認爲“古人文章可告人者惟法耳”;然文章“無一定之律,而有一定之妙”,藝術的深廣涵義,決不僅僅停留在法度上。即使於義理以求法度,也還只是法度而已。所以說:“專以理爲主者，則猶未盡其妙也。”由於這“一定之妙”，“可以意會，而不可以言傳”，因此他論文就着重在藝術的體會。

從藝術方面着眼，強調藝術上的體會，於是他拈出神氣作爲論文的極致。神和氣分開來講，氣在更多的地方，可以說，是指語言的氣勢；而神則是“氣之精處”，是形成一種獨特風格的不可少的東西，亦即作者性格特徵在藝術上完滿而成熟的表現。離開了神而言氣，“則氣無所附，蕩乎不知其所歸”，不免流於虛矯、矜張、浮滑和淺易。故曰：“神者氣之主，氣者神之用。”“神爲主，氣輔之。”他以爲：“古人文字最不可攀處，只是文法高妙。”這高妙的文法，正是指以神運氣，以氣行文，不恃法度而又不離法度的境界。這樣，雖不言法度，而法度自在其中。故云：“神者，文家之寶。”他說文貴奇、貴高、貴大、貴遠、貴簡、貴變、貴瘦、貴華、貴參差，都是從藝術方面着眼，在以神氣爲極致的前提下立論的。

以神氣論文，畢竟太抽象了，於是他指出了於音節以求神氣，於字句以求音節。文學是語言的藝術，人的思想感情是有激昂、平靜和起伏的，發爲聲音，就會有抗墜抑揚的自然節奏。所以說：“神氣不可見，於音節見之。”聲音的符號是文字，散文句式結構的特點，在於長短相間，錯綜配合以表達作者的語氣和神情；而漢字異音同義的又很多，更充分地提供了調聲以有利的條件。所以說：“音節無可準，以字句準之。”字句、音節、神氣，由表及裏，由粗入精，從具體到抽象，這樣，以神氣論文，就不會蹈入玄虛了。韓愈《答李翊書》曾說，“氣盛則言之短長與聲之高下者皆宜”。我國古代優秀散文之所以富於音節美，其祕奧就在於此。後來桐城派文人都把因聲以求氣奉爲不易之論；而縱聲朗誦或低聲諷誦，更成爲他們學習和欣賞文章所採用的重要手段和方法。

由音節證入，是劉大櫆論文獨到之處，但也有其片面性。因爲構成文學語言因素的不是聲音一個方面，單純的強調音節，僅僅得其一端；倘若把模擬古人的腔調當作文章能事，則流弊更不可勝言了。

附　錄

答吳至甫書（節錄）

〔清〕張裕釗

…………

古之論文者，曰：文以意爲主，而辭欲能副其意，氣欲能舉其辭。譬之車然，意爲之御，辭爲之載，而氣則所以行也。欲學古人之文，其始在因聲以求氣，得其氣，則意與辭往往因之而並顯，而法不外是矣。是故契其一而其餘可以緒引也。蓋曰意、曰辭、曰氣、曰法，之數者，非判然自爲一事，常乘乎其機而緄同以凝於一，惟其妙之一出於自然而已。自然者，無意於是而莫不備至，動皆中乎其節，而莫或知其然。日星之布列，山川之流峙是也。寧惟日星山川，凡天地之間之物之生而成文者，皆未嘗有見其營度而位置之者也；而莫不蔚然以炳，而秩然以從。夫文之至者，亦若是焉而已。觀者因其旣成而求之，而後有某者某者之可言耳。

夫作者之亡也久矣，而吾欲求至乎其域，則務通乎其微，以其無意爲之而莫不至也。故必諷誦之深且久，使吾之與古人訢合於無閒，然後能深契自然之妙，而究極其能事。若夫專以沉思力索爲事者，固時亦可以得其意，然與夫心凝形釋，冥合於言議之表者，則或有閒矣。故姚氏曁諸家因聲求氣之說，爲不可易也。吾所求於古人者，由氣而通其意，以及其辭與法，而喩乎其深。及吾所自爲文，則一以意爲主，而辭、氣與法胥從之矣。閣下以爲然乎？

閣下謂苦中氣弱，諷誦久，則氣不足載其辭。裕釗邇歲亦正病此，往在江寧聞方存之云：長老所傳，劉海峯絕豐偉，日取古人之文，縱聲讀之。姚惜抱則患氣羸，然亦不廢哦誦，但抑其聲使之下耳。是或亦一道乎？裕釗比所遇多乖舛，又迫憂患，於此事恐終無所就。閣下才高而志遠，年盛而氣銳，乇日必能紹邑中諸老盛業。用敢進其粗有解於文事者，以爲涓埃之裨，惟亮詧不宣。

光緒查氏木漸齋本«滬亭文集»卷四

紅樓夢[1]第一回[2]〔節錄〕

〔清〕曹雪芹[3]

…………

後來不知又過了幾世幾刼[4]，因有個空空道人，訪道求仙，忽從這大荒山無稽崖青埂峯下經過[5]，忽見一大石上字跡分明，編述歷歷。空空道人乃從頭一看，原來就是無材補天幻形入世，蒙茫茫大士、渺渺眞人攜入紅塵，歷盡離合悲歡、炎涼世態的一段故事。後面又有一首偈云：

無材可去補蒼天[6]，枉入紅塵若許年，

此係身前身後事，倩誰記去作奇傳。

詩後便是此石墮落之鄉，投胎之處，親自經歷的一段陳跡故事。其中家庭閨閣瑣事，以及閑情詩詞，到還全備，或可適趣解悶。然朝代年紀，地輿邦國，却反失落無考[7]。空空道人遂向石頭說道："石兄，你這一段故事，據你自己說，有些趣味，故編寫在此，意欲問世傳奇。據我看來，第一件，無朝代年紀可考，第二件，並無大賢大忠、理朝廷治風俗的善政。其中只不過幾個異樣的女子，或情或癡，或小才微善，亦無班姑、蔡女之德能[8]，我總抄去，恐世人不愛看呢。"石頭笑答道："我師何太癡也。若云無朝代可考，今我師竟假借漢、唐等年紀添綴，又有何難？但我想歷來野史，皆蹈一轍，莫如我這不借此套者，反到新奇別致，不過只取其事體情理罷了，又何必拘拘於朝代年紀哉？再者世井俗人，喜看理治之書者甚少，愛看適趣閑文者特多。歷代野史，或訕謗君相，或貶人妻女，姦淫兇惡，不可勝數；更有一種風月筆墨，其淫穢汚臭，塗毒筆墨，壞人子弟，又不可勝數。至若佳人才子等書，則又千部共出一套，且其中終不能不涉于淫濫，以致滿紙潘安、子建、西子、文君[9]，不過作者要寫出自己的那兩首情詩豔賦來，故假擬出男女二人名姓，又必傍出一小人，其間撥亂，亦如劇中之小丑然，且環婢開口，卽者也之乎，非文卽理，故逐一看去，悉皆自相矛盾，大不近情理之話。竟不如我半世親覩親聞的這幾個女子，雖不敢說強似前代書中所有之人，但事跡原委，亦可以消愁破悶也。有幾首歪詩熟話，可以噴飯供酒。至若離合悲歡，興衰際遇，則又追踪攝跡，不敢稍加穿鑿，徒爲供人之目，而反失其眞傳者。今之人，貧者日爲衣食所累，富者又懷不足之心，總（人民文學出版社影印《脂硯齋重評石頭記》作“縱然”）一時稍閑，又有貪淫戀色、好貨（人民文學出版社影印《戚蓼生序本石頭記》作“貨”）尋愁之事，那里去有工夫看那理治之書。所以我這一段事也不願世人稱奇道妙，也不定要世人喜悅檢讀，只願他們當那醉餘飽臥之時，或避世去愁之際，把此一玩，豈不省了此（些）壽命筋力，就比那謀虛逐妄去，也省了口舌是非之害，腿脚奔忙之苦。再者，亦令世人換新眼目，不比那些胡牽亂扯，忽離忽遇，滿紙才人淑女，子建、文君、紅娘、小玉等[10]，通共熟套之舊稿。我師意爲何如？”空空道人聽如此說，思忖半晌，將這“石頭記”[11]再檢閱一遍，因見上面雖有些指奸責佞、貶惡誅邪之語，亦非傷時罵世之旨；及至君仁臣良，父慈子孝，凡倫常所關之處，皆是稱功頌德，眷眷無窮，實非別書之可比。雖其中大旨談情，亦不過實錄其事，又非假擬妄稱，一味淫邀豔約，私訂偷盟之可比。因毫不干涉時世，方從頭至尾抄錄回來，問世傳奇。因空見色，由色生情，傳情入色，自色悟空，遂易名爲“情僧”，改《石頭記》爲《情僧錄》。至吳玉峯題曰《紅樓夢》[12]，東魯孔梅溪則題曰《風月寶鑑》[13]。後因曹雪芹于悼紅軒中披閱十載，增删五次[14]，纂成目錄，分出章回，則題曰《金陵十二釵》[15]，並題一絕云：

滿紙荒唐言，一把辛酸淚。

都云作者癡，誰解其中味！

…………

上海人民出版社影印本《脂硯齋重評石頭記》卷一

【註釋】

[1] 紅樓夢——長篇小說。一百二十回，前八十回曹雪芹作，後四十回高鶚所續。乾隆五十六年程偉元合曹、高兩稿以活字板排印。按照脂硯齋評，曹氏全書初稿約一百十回，曹氏逝世後，未傳抄出來的後面三十回，不久就散失。清末民初以來，先後發現在程本行世以前的乾隆時舊抄八十回本以及脂硯齋評本，有的已影印行世。

[2] 第一回——回目爲"甄士隱夢幻識通靈 賈雨村風塵懷閨秀"。

[3] 曹雪芹——名曹霑（公元一七一五年——一七六三年），字夢阮，號芹圃、芹溪、雪芹，祖籍遼陽，後遷瀋陽，原爲漢軍旗人，後歸入滿洲正白旗。康熙二年到雍正五年，曾祖曹璽、祖父曹寅、伯父曹顒、父親曹頫，相繼爲江寧織造，曹寅還兼理過蘇州織造。雍正五年，曹頫在統治集團內部的傾軋爭鬥中，被罷官抄家。次年，全家由南京遷到北京。曹雪芹三十五歲時，曾在滿洲皇室子弟的宗學裏做過職員。約在一七五〇年以後，他移居北京西郊香山一帶，不久就開始了《紅樓夢》的創作活動，長期過着貧困潦倒生活，直至病逝。著作除《紅樓夢》外，傳有《廢藝齋集稿》，眞僞尚無定論。

[4] 刼——見本書第二册《錄鬼簿序》註[11]。

[5] 大荒山無稽崖青埂峰——作者虛構的地名。《紅樓夢》第一回："原來女媧氏煉石補天之時，于大荒山（脂硯齋評："荒唐也。"）無稽崖（脂硯齋評："無稽也。"）煉成高徑十二丈，方徑二十四丈頑石三萬六千五百零一塊，媧皇氏只用了三萬六千五百塊，只單單的剩了一塊未用，便棄在此山青埂峰下。"

[6] 無材可去補蒼天——《紅樓夢》第一回："誰知此石自經鍛煉之後，靈性已通，因見衆石俱得補天，獨自己無材，不堪入選，遂自怨自嘆，日夜悲號慚愧。"

[7] 然朝代年紀三句——脂硯齋評："若用此套者，胸中必無好文字，手中斷無新筆墨。據余說，却大有考證。"

〔8〕班姑——班昭，字惠姬，扶風安陵人。東漢初班彪之女，班固之妹，曹世叔之妻，號曹大家(大姑)。有《女誡》一卷，集一卷。《後漢書·列女傳》有傳。蔡女——蔡琰，字文姬，陳留圉人。蔡邕之女。東漢末，天下大亂，她爲胡兵所擄，身陷南匈奴十二年，後爲曹操贖歸。嫁董祀。有《悲憤詩》傳世。《後漢書·列女傳》有傳。

〔9〕潘安——潘岳，字安仁。《晉書·潘岳傳》說他"美姿儀。……少時常挾彈出洛陽道，婦人遇之者，皆連手縈繞，投之以果，遂滿載以歸。"舊時小說寫男子美麗，往往有"貌似潘安"的濫調。子建——曹植字。曹植有《洛神賦》，寫和洛水神女相會的幻想，後人揑造出這是爲思念甄皇后而作的謊言。西子——西施，春秋末年越國苧蘿人。由越王勾踐獻給吳王夫差，爲夫差之妃。文君——卓文君，西漢成都人。不顧父親卓王孫的反對，嫁司馬相如爲妻，有詩《白頭吟》傳世。

〔10〕紅娘——《西廂記》中人物，崔鶯鶯家的婢女，其性格具有大膽機智、正直樂觀的特點。小玉——唐代蔣防《霍小玉傳》中人物。本是一沒落貴族的愛女，淪爲歌妓，同李益立下婚誓。後李益別娶，小玉因此憂憤而死。

〔11〕石頭記——《紅樓夢·凡例》："《石頭記》是自譬石頭所記之事也。""又如道人親眼見石上大書一篇故事，則是石頭所記之往來，此則《石頭記》之點睛處。"

〔12〕至吳玉峰題曰紅樓夢——吳玉峰，假託的人名，實即作者自己。《紅樓夢·凡例》："如寶玉作夢，夢中有曲，名曰《紅樓夢十二支》，此則《紅樓夢》之點睛。"

〔13〕東魯孔梅溪則題曰風月寶鑑——孔梅溪，假託的人名，亦即作者自己。脂硯齋評曰："雪芹舊有《風月寶鑑》之書，乃其弟棠村(周汝昌《紅樓夢新證》："亦未必即指胞弟，確切關係不詳。")序也。今棠村已逝，余覩新懷舊，故仍因之。"周汝昌《紅樓夢新證》："可證《風月寶鑑》一書，即是《石頭記》的前身初稿，作者亦即雪芹。"《紅樓夢·凡例》："賈瑞病，跛道人持一鏡來，上面即鏨'風月寶鑑'四字，此則《風月寶鑑》之點睛。"

〔14〕披閱十載增删五次——脂硯齋評曰："若云雪芹披閱增删，然後(則)開卷至此這一篇楔子又係誰撰？足見作者之筆，狡猾之甚！後文如此處者不少。這正是作者用畫家烟雲模糊處。觀者萬不可被作者瞞獘(蔽)了去，方是巨眼。"

〔15〕金陵十二釵——《紅樓夢·凡例》："然此書又名曰《金陵十二釵》，審其名則必係金陵十二女子也。然通部細搜檢去，上中下女子豈止十二人哉？若云其中自有十二個，則又未嘗指明白係某某極至(二字疑有誤)。《紅樓夢》一回(指第五回《開生面夢演紅樓夢》)中亦曾翻出金陵十二釵之簿籍，又有十二支曲可

考。”俞平伯《影印〈脂硯齋重評石頭記〉十六回後記》：“所謂十二釵，其實不止十二個女子，所謂‘正’、‘副’、‘再副’、‘三副’、‘四副’，共有六十人之多。”

【説明】

出現於十八世紀中葉的《紅樓夢》，是我國古典小説藝術成就的一個高峯。它以巨大的藝術力量，廣泛地描繪了當時的社會生活，對封建制度和封建觀念作了尖鋭的批判，堪稱我國封建社會的一部百科全書。對于這部小説，長期以來，海內外學者進行了反覆研究。我們選録了作品第一回某些段落，其中反映了作者的文學觀，它有助於我們加深對《紅樓夢》的認識和對小説創作規律的理解。

在節録的文字裏，曹雪芹對當時的“才子佳人書”痛下針砭。他認爲這些作品“胡牽亂扯，忽離忽遇，滿紙才人淑女”，盡落熟套。而小説語言“開口即者也之乎，非文即理”，也是一派舊腔。這些“千部共出一套”的作品在藝術上毫無可取，在思想內容上“涉於淫濫”“不近情理”，亦無可稱道。曹雪芹揭示他自己的創作意圖是“不借此套”，“反到新奇别致”，其目的則是“令世人換新耳目”。在這裏，曹雪芹實際上提出了小説的“創新”要求，具有一反流俗的意義。而他的《紅樓夢》確實起到使人一新耳目的作用，更使他的理論具有深刻的影響。

其次，在這第一回裏，曹雪芹雖以虛構的形式説了石頭故事的由來，但不願人們把他的小説理解爲向壁虛構的作品。他反覆强調這是“親自經歷的一段陳跡故事”，“至若離合悲歡，興衰際遇，則又追踪攝跡，不敢稍加穿鑿。”更是以生活眞實作爲基礎的。當然，尊重生活的眞實並不是要求小説創作成爲生活的實録或作者的自傳。曹雪芹在開宗明義第一回裏就寫道，作者自云“將眞事隱去”，“用假語村言敷演出一段故事”。這就清楚地說明了，小説創作是在生活經驗的基礎上進行虛構，“取其事體情理”，進行藝術概括而成的。

《紅樓夢》的另一個重要特點是“言情”。曹雪芹在第一回裏，自稱他的小説是“大旨談情”，也就是認爲小説創作的主要任務，不是描寫“淫邀豔約，私訂偷盟”的陳套故事，而在於塑造人物的性格，表現人物的思想感情。而這一點，恰恰是《紅樓夢》的突出成就。曹雪芹還進一步宣稱，他的作品“記述當日閨友閨情”，“並非怨世駡時之書”，“大旨談情”，而“毫不干涉時世”。這恰恰從另一方面透露了他的“言情”，具有極大的社會作用。“滿紙荒唐言，一把辛酸淚，都云作者癡，誰解其中味。”這固然是希望通過“用辛酸淚哭成此書”，會激起讀者感情上的共鳴，也是希望讀者能理解它對現實的批判意義。

在這第一回裏，作者也宣傳了色、空、夢、幻的思想，這又是他的世界觀的局限性之所在。

附　　錄

紅樓夢凡例（選錄）

〔清〕曹雪芹

《紅樓夢》旨義。是書題名極多，《紅樓夢》是總其全部之名也。又曰《風月寶鑑》，是戒妄動風月之情，又曰《石頭記》，是自譬石頭所記之事也。此三名皆書中曾已點睛矣。

…………

此書不敢干涉朝廷，凡有不得不用朝政者，只略用一筆帶出，蓋實不敢以寫兒女之筆墨，唐突朝廷之上也。又不得謂其不備。

此書開卷第一回也，作者自云，因曾歷過一番夢幻之後，故將眞事隱去，而撰此《石頭記》一書也。故曰“甄士隱夢幻識通靈”，但書中所記何事，又因何而撰是書哉？自云：今風塵碌碌，一事無成，忽念及當日所有之女子，一一細推了去，覺其行止見識，皆出于我之上，何堂堂之鬚眉，誠不若彼一干裙釵，實愧則有餘，悔則無益之大無可奈何之日也。當此時則自欲將已往所賴，上賴天恩，下承祖德，錦衣紈袴之時，飫甘饜美之日，背父母教育之恩，負師兄規訓之德，已致今日一事無成，半生潦倒之罪，編述一記，以告普天下人。雖我之罪，固不能免，然閨閣中本自歷歷有人，萬不可因我不肖，則一併使其泯滅也。雖今日之茆椽蓬牖，瓦竈繩床，其風晨月夕，堦柳庭花，亦未有傷于我之襟懷筆墨者，何爲不用假語村言，敷演出一段故事來，以悦人之耳目哉？故曰"風塵懷閨秀"乃是第一回題綱正義也。開卷卽云"風塵懷閨秀"，則知作者本意，原爲記述當日閨友閨情，並非怨世罵時之書矣。雖一時有涉于世態，然亦不得不敍者，但非其本旨耳。閲者切記之。詩曰：

浮生着甚苦奔忙，盛席華筵終散場。
悲喜千般同幻渺，古今一夢盡荒唐。
謾言紅袖啼痕重，更有情癡抱恨長。
字字看來皆是血，十年辛苦不尋常。

上海人民出版社影印本《脂硯齋重評石頭記》卷首

石頭記序

〔清〕戚蓼生

吾聞絳樹兩歌，一聲在喉，一聲在鼻；黄華二牘，左腕能楷，右腕能草。神乎技矣！吾未之見也。今則兩歌而不分乎喉鼻，二牘而無區乎左右，一聲也而兩歌，一手也而二牘，此萬萬所不能有之事，不可得之奇，而竟得之《石頭記》一書，嘻！異矣。夫敷華掞藻，立意遣詞，無一落前人窠臼，此固有目共賞，姑不具論。第觀其蘊於心而抒於手也。注彼而寫此，目送而手揮，似譎而正，似則而淫，如《春秋》之有微詞，史家之多曲筆。試一一讀而繹之：寫閨房則極其雍肅也，而豔冶已滿紙矣；狀閥閲則極其豐整也，而式微已盈睫矣；寫寶玉之淫而癡也，而多情善悟不減歷下琅琊；寫黛玉之妬而尖也，而篤愛深憐不啻桑娥石女。他如摹繪玉釵金屋，刻畫薌澤羅襦，靡靡焉幾令讀者心蕩神怡矣，而欲求其一字一句之粗鄙猥褻，不可得也。蓋聲止一聲，手止一手，而淫佚貞靜，悲戚歡愉，不啻雙管之齊下也。噫！異矣。其殆稗官野史中之盲左、腐遷乎？然吾謂作者有兩意，讀者當具一心。譬之繪事，石有三面，佳處不過一峯；路看兩蹊，幽處不踰一樹。必得是意，以讀是書，乃能得作者微旨。如捉水月，祇挹清輝；如雨天花，但聞香氣。庶得此書絃外音乎？

乃或者以未窺全豹爲恨，不知盛衰本是迴環，萬緣無非幻泡。作者慧眼婆心，正不必再作轉語，而萬千領悟，便具無數慈航矣。彼沾沾焉刻楮葉以求之者，其與開卷而寤者幾希！德清戚蓼生曉堂氏。

中華書局本《紅樓夢卷》卷二

紅樓夢批序

〔清〕王希廉

《南華經》曰："大言炎炎，小言詹詹。"仁義道德，羽翼經史，言之大者也；詩賦歌詞，藝術稗官，言之小者也。言而至於小說，其小之尤小者乎？士君子上不能立德，次不能立功立言，以共垂不朽，而㦁㦁焉小說之是講，不亦鄙且陋哉！雖然，物從其類，嗜有不同，麋鹿食薦，蝍蛆甘帶；其視薦、帶之味，固不異於粱肉也。

余菽、麥不分，之、無僅識，人之小而尤小者也。以最小之人，見至小之書，猶麋鹿、蝍蛆適與薦、帶相値也。則余之於《紅樓夢》，愛而讀之，讀之而批之，固有情不自禁者矣。客有笑於側者曰："子以《紅樓夢》爲小說耶？夫福善禍淫，神之司也，勸善懲惡，聖人之教也。《紅樓夢》雖小說，而善惡報施，勸懲垂誡，通其說者，且與神聖同功，而子以其言爲小，何徇其名，而不究其實也？"余曰："客亦知夫天與海乎？以管窺天，管內之天，即管外之天也；以蠡測海，蠡中之海，即蠡外之海也。謂之無所見，可乎？謂所見之非天、海可乎？並不得謂管、蠡內之天、海，別一小天、海，而管、蠡外之天、海，又一大天、海也。道一而已，語小莫破，即語大莫載，語有大小，非道有大小也。《紅樓夢》作者旣自命爲小說，吾亦小之云爾。若夫禍福自召，勸懲示儆，余於批本中已反覆言之矣。"客無以難，曰："子言是也。"即取副本藏之而去。因書其言，以弁卷首。

道光壬辰花朝日，吳縣王希廉雪薌氏書於雙清仙館。

中華書局本《紅樓夢卷》卷二

紅樓夢論贊(選錄)

〔清〕涂 瀛

《紅樓夢》論

性情嗜好之不同，如其面焉。不能强巢、許爲功名，猶巢、許不能强堯、舜爲隱逸也。但能各寶其寶，各玉其玉，斯不負耳。然世俗之見，往往以經濟文章爲眞寶玉，而以風花雪月爲假寶玉，豈知經濟文章，不本於性情，由此便生出許多不可問、不可耐之事，轉不若風花雪月，任其本色，猶得保其不彫、不鑿之天。然此風花雪月之情，可爲知者道，難與俗人言，故不得不仍世俗之見，而以經濟文章屬之眞，以風花雪月屬之假。意其初必有一人如甄寶玉者，與賈寶玉締交，其性情嗜好大抵相同，而其後爲經濟文章所染，將本來面目一朝改盡，做出許多不可問、不可耐之事，而世且豔之羨之，其爲風花雪月者，乃時時爲人指摘，用爲口實。賈寶玉傷之，故將眞事隱去，借假語村言演出此書，爲自己解嘲，而亦隶哭其友也。故寫賈寶玉種種越人，而於斷制處從無褒語，蓋自謙也。寫甄寶玉初用貶詞，嫌其與己同；後用褒語，明其與己異也。然則作書之意，斷可識已。而世人乃謂譏賈寶玉而作。夫寶玉在所譏矣，而乃費如許獅子搏象力，爲斯人撰一開天闢地絕無僅有之文，使斯人亦爲開天闢地絕無僅有之人，是譏之實以壽之也。其孰不求譏於子？吾以知《紅樓夢》之作，寶玉自況也。

....

賈寶玉贊

寶玉之情，人情也，爲天地古今男女共有之情，爲天地古今男女所不能盡之情。天地古今男女所不能盡之情，而適寶玉爲林黛玉心中、目中、意中、念中、談笑中、哭泣中、幽思夢魂中、生生死死中悱惻纏綿固結莫解之情，此爲天地古今男女之至情。惟聖人爲能盡性，惟寶玉爲能盡情。負情者多矣，微寶玉其誰與歸！孟子曰："伯夷聖之清者也，伊尹聖之任者也，柳下惠聖之和者也。"讀花人曰："寶玉聖之情者也。"

....

中華書局本《紅樓夢卷》卷三

紅樓夢論贊序

〔清〕邱　登

天地是一情氣結成，日月星辰山川動植是一情象孕成，古今上下是一情界合成。豎儒罔識情之爲用，徒以經濟文章爲眞，而以風花雪月爲假，庸詎知天地之風花雪月即天地之經濟文章，人世之經濟文章即人世之風花雪月，一而二，二而一，認眞認假，人自豐其蔀耳！然情不可滯，亦情不可流，作書者亦憂之不得已，於情界中設一上天下地未有之人，撰一上天下地未有之文，而欲於情字極其奇，遂不嫌於情字幻其想，而《紅樓夢》以作。乃讀是書者遍天下矣，而其用情之微，卒無人窺焉者。桂林涂鐵綸孝廉瀛，深情人也，嗜古篤學，閉戶不妄交，鉛槧深閒，戲取而論贊之，奇自翻空，妙惟徵實，俾知是書之作，實自人情中體貼而出，而非僅於兒女悲歡摹寫盡態，夫然天下乃始恍然於《紅樓夢》之善於言情，洵爲不可無一、不可有二之作也。彼後爲續焉者，惜不令祖龍一炬之。道光十六年春季望後一日武林邱登書於桂林寓舍。

中華書局本《紅樓夢書錄・評論》

紅樓夢論贊跋

〔清〕何炳麟

情生於才，才大則情摯；識長於學，學博則識高。二者不可偏廢。唐人云："有學無才，如良賈操金，不能置貨；有才無學，如大匠無木，持斧斤無所用之。"眞善喻也。蓋無才則無情，無情者不可與讀天地間妙文；無學則無識，無識者不可與論古今來妙事。《紅樓夢》之文，天地間之妙文也；《紅樓夢》之事，古今來之妙事也。妙文妙事，必得妙人妙筆以論贊之，斯其妙愈出，然而難矣。

桂林鐵綸涂君瀛，妙人也，幼負鼠獄雞碑之異，長搜金匱石室之奇，天資人力，各著其優。舉孝廉後，兩應禮部試，報康，遂灰心雲路，閉戶著書，作爲文章，皆恢恢乎有古大家神骨。一日偶閱《紅樓夢》而好之，課讀之暇，爰運妙腕，抒妙筆，作爲論贊若干首，錄而成帙，雖窺豹一斑，已足徵其儲八斗富五車也。深情無限，爲兒女留月旦之評；卓識非常，借稗史顯春秋之筆。才人學人固應一齊頫首矣。雖然，昔司馬子長才情學識冠絕千古，而班固乃譏其文多牴牾，鄭樵又詆其博雅不足，惟揚子雲、劉更生博極羣書，方稱爲良史才，茫茫宇宙，解人豈易索哉！目論者多不情，耳食者全無識，吾愛鐵綸文，吾轉惜鐵綸遇矣。是爲跋。古潭州梅閣何炳麟跋。

中華書局本《紅樓夢書錄·評論》

儒林外史序[1]

〔清〕閑齋老人[2]

古今稗官[3]野史不下數百千種，而《三國志》、《西遊記》、《水滸傳》及《金瓶梅演義》[4]，世稱四大奇書，人人樂得而觀之。余竊有疑焉。稗官爲史之支流[5]，善讀稗官者可進于史；故其爲書亦必善善惡惡[6]，俾讀者有所觀感戒懼，而風俗人心庶以維持不壞也。《西遊》元虚荒渺，論者謂爲談道之書[7]。所云意馬心猿，金母木公[8]，大抵心即是佛之旨[9]，予弗敢知。《三國》不盡合正史，而就中魏晉代禪，依樣葫蘆[10]，天道循環，可爲篡弑者鑒。其他蜀與吳所以廢興存亡之故，亦具可發人深省，予何敢厚非。至《水滸》、《金瓶梅》，誨盜誨淫，久干例禁[11]，乃言者津津誇其章法之奇，用筆之妙，且謂其摹寫人物事故，即家常日用米鹽瑣屑，皆各窮神盡相，畫工化工合爲一手，從來稗官無有出其右者[12]。嗚乎！其未見《儒林外史》一書乎？夫曰"外史"，原不自居正史之列也。曰"儒林"，迥異元虚荒渺之談也。其書以功名富貴爲一篇之骨，有心豔功名富貴而媚人下人者，有倚仗功名富貴而驕人傲人者，有假託無意功名富貴自以爲高，被人看破恥笑者，終乃以辭却功名富貴，品地最上一層，爲中流砥柱[13]。篇中所載之人不可枚舉，而其人之性情心術，一一活現紙上。讀之者無論是何人品，無不可取以自鏡。

傳云："善者，感發人之善心；惡者，懲創人之逸志。"是書有焉。甚矣！有《水滸》、《金瓶梅》之筆之才，而非若《水滸》、《金瓶梅》之致爲風俗人心之害也[14]。則與其讀《水滸》、《金瓶梅》，無寧讀《儒林外史》。世有善讀稗官者，當不河漢[15]予言也夫。

乾隆元年春二月，閑齋老人序。

人民文學出版社影印臥閑草堂藏板《儒林外史》—

【註釋】

[1] 儒林外史——長篇小說。原書五十回，或謂爲五十五回，都沒有流傳。通行本五十六回，末回爲他人所補。又有六十回本，末四回也是他人所補。《儒林外史》爲我國古典諷刺文學的傑作。作者吳敬梓（公元一七〇一年——一七五四年），字敏軒，晚年稱文木老人，清安徽全椒人。諸生。不善謀生，田產耗盡後，中年移家金陵。四十歲左右，開始寫作《儒林外史》。晚年生活更加困頓，病死在揚州。有《文木山房集》五卷，詩七卷。程晉芳《勉行堂文集》有《文木先生傳》，《皖志列傳稿》卷三有傳。

[2] 閑齋老人——疑爲吳敬梓本人，待考。

[3] 稗官——《漢書·藝文志》："小說家者流，蓋出於稗官，街談巷語，道聽塗說者之所爲也。"顏師古註："稗官，小官。"稗官的職責是搜集街談巷語，瞭解民情風俗。後用爲小說或小說家的代稱。

[4] 三國志——此處指《三國志通俗演義》，二十四卷，共分二百四十則，描敍東漢末年從黃巾起義開始到晉武帝司馬炎滅吳爲止，前後九十七年的歷史故事，作者羅貫中，見本册《忠義水滸傳序》註[5]。在《三國志通俗演義》二十四卷以後，刊本越來越多。清初，毛綸、毛宗崗父子又加以增删潤飾，就是三百年來一直流傳的一百二十回本《三國演義》。西遊記——一百回，寫孫悟空出世和玄奘西天取經故事。作者吳承恩（約公元一五〇〇年——約一五八一年），字汝忠，號射陽山人，明代山陽人。歲貢生，曾爲長興縣丞。現存作品除《西遊記》外，有後人輯集的《射陽先生集》。水滸傳——有一百回本和一百十五回本，名《忠義水滸傳》；又有一百二十回本，名《忠義水滸全書》。寫梁山泊農民聚義故事。作者施耐庵，見本册《忠義水滸傳序》註[5]。金瓶梅演義——一百回，借《水滸傳》"武松殺嫂"一段故事爲引子，寫當時社會情況，反映了統治階級荒淫腐朽的生活，但描繪有穢褻的地方。現存最早的本子是明萬曆版《金瓶梅詞話》。作者蘭陵笑笑生，明代嘉靖至萬曆年間人。

[5] 稗官爲史之支流——《漢書·藝文志》小說家有《青史子》五十七篇，班固自註："古史官記事也。"按《藝文志》小說家又載《周考》七十六篇、《臣壽周紀》七篇，

都屬於史之支流，所以章學誠《校讎通義》卷三《漢志諸子第十四》，也認爲這類書“亦不僃於小説”，所見與本文作者之意相同。蒲松齡《聊齋志異》於各篇之後有“異史氏曰”，是自比於《史記》的“太史公曰”。《儒林外史》之所以稱爲“外史”，取義正在於此。

[6] 善善惡惡——前一“善”、“惡”字是動詞。《公羊傳》：“君子之惡惡也疾始，善善也樂終。”又：“君子之善善也長，惡惡也短；惡惡止其身，善善及子孫。”《史記·太史公自序》：“《春秋》善善惡惡，賢賢賤不肖。”

[7] 論者謂爲談道之書——魯迅《中國小説史略》：“評議此書者有清人山陰悟一子陳士斌《西遊眞詮》(康熙丙子尤侗序)，西河張書紳《西遊正旨》(乾隆戊辰序)與悟元道人劉一明《西遊原旨》(嘉慶十五年序)，或云勸學，或云談禪，或云講道，皆闡明理法，文詞甚繁。然作者雖儒生，此書則實出于游戲，亦非語道，故全書僅偶見五行生克之常談，尤未學佛，故末回至有荒唐無稽之經目，特緣混同之敎，流行已久，故其著作，乃亦釋迦與老君同流，眞性與元神雜出，使三敎之徒，皆得隨宜附會而已。”

[8] 意馬心猿金母木公——《大慈恩寺三藏法師傳》：“制情猿之逸躁，繫意馬之奔馳。”《心地觀經》：“心如猿猴，遊五欲樹，暫不住故。”意馬心猿，比喻人的心思流蕩散亂，把捉不定。佛、道二家用語。王嘉《拾遺記》：“漢時童謠云：‘著青裙，入天門，謁金母，拜木公。’木公，東王公也。”金母爲西王母，《參同契》注：“故金母受太陽之氣而產靈汞也。”則作爲道士鍊丹的用語了。魯迅《中國小説史略》：“假欲勉求大旨，則謝肇淛(《五雜組》十五)之‘《西遊記》曼衍虛誕，而其縱横變化，以猿爲心之神，以猪爲意之馳，其始之放縱，上天下地，莫能禁制，而歸于緊箍一咒，能使心猿馴伏，至死靡他，蓋亦求放心之喻，非浪作也’數語，已足盡之。”

[9] 大抵心卽是佛之旨——《觀無量壽經》：“是心作佛，是心是佛。”魯迅《中國小説史略》：“作者所説，亦第云‘衆僧們議論佛門定旨，上西天取經的緣由，……三藏箝口不言，但以手指自心，點頭幾度，衆僧們莫解其意，……三藏道，心生種種魔生，心滅種種魔滅，……’”

[10] 依樣葫蘆——見本册《閒情偶寄》註[36]。

[11] 久干例禁——《水滸傳》最早被查禁在明崇禎十五年(公元一六四二年)六月，崇禎帝發出嚴禁《水滸傳》的詔旨，兵部根據詔旨通令全國各省“大張榜示，凡坊間家藏《水滸傳》并原版，速令盡行燒毁，不許隱匿。”至清代，《水滸傳》《金瓶梅》同屬於禁書之列。

[12] 乃言者津津七句——指金聖歎批點《水滸傳》中的話，如在第五回魯智深詰責瓦官寺僧一節中，便有"章法奇絕從古未有"的贊譽。在《讀第五才子書法》中說："中間許多事體，便是文字起承轉合之法。"在第二回批語中說："寫魯達寫出性情來，妙筆。"在《水滸傳序三》："《水滸》所敘，敘一百八人，人有其性情，人有其氣質，人有其形狀，人有其聲口。夫以一手而畫數面，則將有兄弟之形；一口而吹數聲，則不免再映也。施耐庵以一心所運，而一百八人各自入妙者，無他，十年格物而一朝物格，斯以一筆而寫百千萬人，固不以爲難也。"又說："吾於《水滸傳》可謂無間然矣。"本文所說，大致概括了這些說法。

[13] 中流砥柱——砥柱，本作"底柱"。底柱山屹立於黄河中流，後人因稱獨立不撓、支撑危局的人爲中流砥柱。

[14] 風俗人心之害——明末左懋第《請焚毁〈水滸傳〉題本》："李青山嘯聚梁山，……其說始于《水滸傳》一書。以宋江等爲梁山嘯聚之徒，其中以破城劫獄、殺人放火爲豪舉，日日破城劫獄，殺人放火，而日日講招安以爲玩弄將吏之口實。……《水滸傳》一書貽害人心，豈不可恨哉！"沈德符《顧曲雜言》："袁中郎觴政，以《金瓶梅》配《水滸傳》爲外典。……余曰：此等書必遂有人板行，但一出則家傳戶到，壞人心術。"這是沒落的地主階級維持自己的封建統治和封建道德的觀點。序文的作者在這一點上所見與之相同。

[15] 河漢——見本册《原詩》註[18]。

【說明】

十八世紀中葉，與《紅樓夢》幾乎同時產生的現實主義小說《儒林外史》，以它對現實生活的敏銳而細緻的觀察和對人物形象的典型描寫，深刻揭露和抨擊了封建社會的科舉制度和社會罪惡。魯迅在《中國小說史略》中說："迨吳敬梓《儒林外史》出，乃秉持公心，指擿時弊，機鋒所向，尤在士林；其文又戚而能諧，婉而多諷；於是說部中乃始有足稱諷刺之書。"這就是說，吳敬梓繼承發展了中國古典文學的諷刺藝術傳統而把它推向一個高峯。

閑齋老人的《儒林外史》序，疑是出自作者吳敬梓的手筆。它揭示《儒林外史》的思想意義說："其書以功名富貴爲一篇之骨。”事實也正是這樣，《儒林外史》把知識分子對於功名富貴的態度作爲區分他們的尺寸和標準，深刻揭露功名富貴對知識分子的侵蝕和毒害，尖銳地抨擊了以功名富貴爲目的的科舉制度，辛辣地鞭打了追求功名富貴的卑劣手段和可恥行徑。序言把這一主旨揭示出來，並闡明它對全書的統帥作用。也就是從理論上強調主題思想對小說創作的重要意義。

這篇序言還特別提到：“摹寫人物事故，卽家常日用米鹽瑣屑，皆各窮神盡相。”也就是要注意細節描寫的眞實性。它要求“人之性格心術，一一活現紙上。”已涉及描寫人物形象的深刻性和生動性相統一的問題。魯迅先生說《儒林外史》描寫的人物，“皆現身紙上，聲態並作，使彼世相，如在目前。”這說明序言提到的上述兩個方面，是《儒林外史》創作經驗的總結。在實際上，它也是小說創作的普遍規律的概括。

文藝作品的形象的深刻性和生動性與文藝的美感敎育作用是聯繫在一起的。《儒林外史》塑造了不少的典型形象，在社會上產生強烈的效果。惺園退士的序言說：“愼勿讀《儒林外史》，讀之乃覺身世酬應之間，無往而非《儒林外史》。”可見其影響之深。這篇閑齋老人序也說：“篇中所載之人不可枚舉”，“讀之者無論是何人品，無不可取以自鏡。”意謂以《儒林外史》的人物形象作鏡子，可以照出自己的靈魂。同時它又指出“‘善者，感發人之善心；惡者，懲創人之逸志’；是書有焉。”這說明書中正面反面典型都給人以美感敎育作用，相反相成地發揮着道德規範作用。

這篇序言從理論上涉及到有關主題思想、文藝典型及文藝作品的敎育作用等問題，但也有明顯的不足之處。如它認爲《水滸》是“誨盜”之作，“爲風俗人心之害”，就顯得很不正確。至於對《三國》《西遊》的評價，也表現出偏頗不實。這反映出它的作者的世界觀裏仍然存在着封建正統觀念的影響。

附　錄

儒林外史回評(選錄)

〔清〕佚　名

元人雜劇開卷率有楔子。楔子者借他事以引起所記之事也。然與本事毫不相涉,則是庸手俗筆,隨意塡凑,何以見筆墨之妙乎!作者以史、漢才作爲稗官。觀楔子一卷,全書之血脈經絡無不貫穿玲瓏,眞是不肯浪費筆墨。

功名富貴四字是全書第一着眼處,故開口卽叫破,却只輕輕點逗,以後千變萬化,無非從此四個字現出地獄變相,可謂一莖草化丈六金身。……《儒林外史》第一回

功名富貴四字是此書之大主腦。作者不惜千變萬化以寫之。起首不寫王侯將相,却先寫一夏總甲。夫總甲是何功名,是何富貴,而彼意氣揚揚,欣然自得,頗有官到尙書吏到都的景象。牟尼之所謂三千大千世界,莊子所謂朝菌不知晦朔,蟪蛄不知春秋也。文筆之妙,乃至於此。……《儒林外史》第二回

此篇是放筆寫嚴老大官之可惡。然行文有次第,有先後,如原泉盈科放乎四海,雖支分派別,而脈絡分明。非猶俗筆稗官,凡寫一可惡之人,便欲打欲駡,欲殺欲割,惟恐人不惡之,而究竟所記之事,皆在情理之外,並不能行之於當世者。此古人所謂畫鬼怪易,畫人物難。世間惟最平實而爲萬目所共見者爲最難得其神似也。《儒林外史》第六回

是書之用筆千變萬化,未可就一端以言其妙。如寫女子小人輿儓皁隸,莫不盡態極姸。至于斗方名士,七律詩翁,尤爲題中之正面,豈可不細細爲之寫照。上文如楊執中、權勿用等人繪聲繪影,能令閱者拍案叫絕,以爲鑄鼎象物,至此眞無以加矣。而孰知寫到趙、景諸人,又另换一副筆墨,絲毫不與楊、權諸人同。建章宮中,千門萬戶,文章奇詭,何以異玆。……《儒林外史》第十七回

……凡作一部大書,如匠石之營宮室,必先具結構于胸中,孰爲廳堂,

孰爲臥室，孰爲書齋灶廐，一一布置停當，然後可以興工。此書之祭泰伯祠，是宮室中之廳堂也。從開卷歷歷落落寫諸名士，寫到虞博士是其結穴處，故祭泰伯祠亦是其結穴處。譬如岷山導江至敷淺原是大總滙處，以下又迤邐而入于海。書中之有泰伯祠，猶之乎江漢之有敷淺原也。《儒林外史》第三十三回

此篇純用正筆直筆，不用一旁筆曲筆，是以文字無峭拔凌駕處。然細想此篇，最難措筆。虞博士是書中第一人，純正無疵，如太羹元酒，雖有易牙，無從施其烹飪之巧。故古人云：畫鬼易畫人物難。蓋人物乃人所共見，不容絲毫假借于其間，非如鬼怪可以任意增減也。

嘗謂太史公一生好奇，如程嬰立趙孤諸事，不知見自何書，極力點綴，句句欲活。及作《夏本紀》，亦不得不恭恭敬敬將《尚書》錄入。非子長之才長于寫秦、漢，短于寫三代，正是其量體裁衣，相題立格，有不得不如此者耳。《儒林外史》第三十六回

人民文學出版社影印臥閑草堂藏板《儒林外史》

儒林外史序

〔清〕惺園退士

士人束髮受書，經史子集，浩如煙海，博觀約取，曾有幾人？惟稗官野乘，往往愛不釋手。其結構之佳者，忠孝節義，聲情激越，可師可敬，可歌可泣，頗足興起百世觀感之心；而描寫奸佞，人人唾駡，視經籍牖人爲尤捷焉。至或命意荒謬，用筆散漫，街談巷語，不善點化，斯亦不足觀也已！

《儒林外史》一書，摹繪世故人情，眞如鑄鼎象物，魑魅魍魎，畢現尺幅；而復以數賢人砥柱中流，振興世教。其寫君子也，如覩道貌，如聞格言；其寫小人也，窺其肺肝，描其聲態，畫圖所不能到者，筆乃足以達之。評語尤爲曲盡情僞，一歸于正。其云："愼勿讀《儒林外史》，讀之乃覺身世酬應之間，無往而非《儒林外史》。"斯語可謂是書的評矣！

余素喜披覽，輒加批注，屢爲友人攫去。近年原版已毀，或以活字排印，惜多錯誤。偶于故紙攤頭得一舊帙，兼有增批，閑居無事，復加補輯，頓成新觀，坊友請付手民。余惟是書善善惡惡，不背聖訓。先賢不云乎：

"見賢思齊焉，見不賢而內自省也。"讀者以此意求之《儒林外史》，庶幾稗官小說亦如經籍之益人，而足以興起觀感，未始非世道人心之一助云爾。

同治甲戌十月，惺園退士書。

增補齊省堂《儒林外史》

儒林外史新評(選錄)

〔清〕天目山樵

…………

《外史》用筆，實不離《水滸》、《金瓶梅》，魄力則遠不及。然描寫世事，實情實理，不必確指其人，而遺貌取神，皆酬接中所頻見，可以鏡人，可以自鏡。……

是書特爲名士鍼砭，卽其寫官場、僧道、隸役、娼優及王太太輩，皆是烘雲托月，旁敲側擊。讀者宜處處回光返照，有則改之，無則加勉，勿負著書者一肚皮眼淚，則批書者之所望也。

光緒乙酉寶文閣藏板《儒林外史新評》

胡稚威駢體文序[1]

〔清〕袁　枚[2]

文之駢，卽數之偶也。而獨不近取諸身乎？頭，奇數也；而眉目，而手足，則偶矣。而獨不遠取諸物乎？草木，奇數也；而由蘗而瓣鄂[3]，則偶矣。山峙而雙峯，水分而交流，禽飛而並翼，星綴而連珠，此豈人爲之哉！

古聖人以文明道，而不諱修詞。駢體者，修詞之尤工者也。六經濫觴[4]，漢、魏延其緒，六朝暢其流。論者先散行後駢體，似亦尊乾卑坤[5]之義。然散行可蹈空，而駢文必徵典，駢文廢則悦學者少，爲文者多，文乃日敝。若夫四六者[6]，俗名也；《庚桑楚》及《吕覽》所稱四六[7]，非此之解；柳子稱"駢四儷六"[8]，樊南稱"六甲四數"[9]，亦偶然語耳。沿此名文，於義何當。宋人起而矯之，輕倩流轉，别開蹊徑，古人固而存之[10]之義絶焉。自是格愈降，調愈卑，靡靡然皮傅而已，雖駢其詞，仍無資於讀書，文之中，又唯駢體爲尤敝。

吾友胡稚威有意振之，得若干卷，錦摛霞駁，技至此乎！然吾謂稚威之文，雖偶實奇。何也？本朝無偶之者也。迦陵、綺園[11]非其偶也。今人不足取，於古人，偶之者玉溪生而止耳[12]。再偶則唐四家與徐、庾、燕、許也[13]。吾將偶之而恐未逮，乃先爲之序。

乾隆刻本《小倉山房文集》卷十一

【註釋】

［1］胡稚威駢體文——胡天游(公元一六九六年——一七五八年)，字稚威，山陰

人。副榜貢生，乾隆元年薦舉博學鴻詞，補試因病報罷。後舉經學，再報罷。客死于山西。駢體文自唐以後日趨頹靡，清初，陳維崧、毛奇齡稍振旗鼓。天游出，所作奧衍入古，臻于極盛。天游有«石笥山房詩集»十一卷、«補遺»四卷、«文集»六卷、«補遺»一卷。«清史稿»卷四百八十五«文苑»二有傳。

[2] 袁枚——見本册程廷祚«復家魚門論古文書»註[3]。

[3] 由蘖——«書·盤庚上»:"若顛木之有由蘖。"由，木枝生之條。蘖，傍生之條。鄂——同萼。«詩·小雅·常棣»鄭玄箋:"承華者曰鄂。"

[4] 濫觴——«荀子·子道»:"昔者江出於岷山，其始出也，其源可以濫觴。"

[5] 尊乾卑坤——«易·繫辭上»:"天尊地卑，乾坤定矣。"

[6] 四六——駢體文的俗稱。它用四字六句作對偶，平仄勻稱，辭藻華麗。四六之體，在齊、梁時代始成立。«文心雕龍·章句»:"筆句無常，而字有常數，四字密而不促，六字格而非緩，或變之以三五，蓋應變之權節也。"至晚唐始用四六之名，宋以來就成爲駢文的通名。

[7] 庚桑楚句——«莊子·庚桑楚»:"徹志之勃，解心之繆，去德之累，達道之塞。富貴顯嚴名利六者，勃志也。容動色理氣意六者，繆心也。惡欲喜怒哀樂六者，累德也。去就取與知能六者，塞道也。此四六者，不盪胸中則正。……"«呂氏春秋·先識覽»:"故王者不四，霸者不六。"

[8] 柳子稱駢四儷六——柳宗元«乞巧文»:"駢四儷六，錦心繡口。"

[9] 樊南稱六甲四數——李商隱«樊南甲集序»:"四六之名，六博格五四數六甲之取也。"馮浩註:"«禮記»:'六年敎之數與方名。'——註曰:'方名，東西。'——'九年敎之數日。'——註曰:'朔望與六甲也。'……四數，其四方四時之謂歟?"

[10] 固而存之——柳宗元«答韋中立論師道書»:"固而存之欲其重。"

[11] 迦陵——陳維崧(公元一六二五年——一六八二年)，字其年，號迦陵，宜興人。諸生，年逾五十，始舉博學鴻詞，授檢討。工駢體文及詩詞，有«陳迦陵詩文詞全集»五十四卷。駢體文別行者有程師恭所註«陳檢討四六注»十二卷。«清史稿»卷四百八十四«文苑»一有傳。綺園——吳綺(公元一六一九年——一六九四年)，字園次，江都人。順治十一年拔貢生，授中書舍人，出知湖州府。以駢文名。學李商隱，才力弱于維崧，而以秀逸勝。有«林蕙堂集»二十六卷。«清史稿»卷四百八十四«文苑»一有傳，附陳維崧傳後。

[12] 玉溪生——李商隱別號。

[13] 唐四家——王勃、楊炯、盧照鄰、駱賓王。徐庾——徐陵、庾信。燕許——燕國公張說、許國公蘇頲。

【說明】

袁枚的論文，頗能從文學藝術的本身着眼，故持論通達，不爲某種成見所拘限。這篇《胡稚威駢體文序》就是說明他對駢體文比較平允的看法。

自從唐朝中葉韓、柳倡導的"古文運動"興起以後，散文成爲和駢文互相對立的文體。人們由於不滿六朝文風的淫靡浮淺，因而也就否定了駢體文的形式。就創作的實際情況來看，在宋、元、明這一漫長時期內，駢文格調愈來而愈卑，確是處於衰落狀態中。清朝是駢體文再度興盛的時期，和袁枚同時，就出了不少著名的駢文作者，如胡天游就是其中最具有代表性的人物。然而這並不能改變人們的成見，引起對駢體文一定的重視。此文首先從語言藝術的角度分析駢文的起源，駢、散文之間的關係。他以爲一奇一偶，都是本於物理之自然。所謂"六經濫觴"，意古代文章，本無駢、散之分，在散行之中，同時也孕育有駢偶的因素。其《答友人論文第二書》中卽歷舉例證，闡明此旨。可見駢、散同源而異流。他說："駢體者，修詞之尤工也。"卽六朝人所說的踵事增華之意（見蕭統《文選序》），指出駢文在語言藝術上有它的特色，駢體的出現，是文學語言發展中的一種進化現象。但袁枚並非尊駢而抑散。《與程蕺園書》及《與友人論文第二書》論韓、柳在散文語言藝術上的創造，都是深知甘苦之談。他以爲駢、散如雙峯並峙，二水分流，體製雖殊，各有功用，兩者是應該並行而不悖的。

在乾、嘉時代裏，袁枚論詩論文，尙才情，但並不廢學問。他一方面反對考據家繁冗蕪雜的文風，同時也看到古文家空疎弇陋之失，此文謂"散行可蹈空"，正是就其弊端而言的。"駢文必徵典"，這意思是說，駢文的作者，應該具有一定的學問修養，非不學而能。可是當魏、晉駢體一變而爲宋人四六之後，駢文完全僵化於一種矯揉造作的固定形式，四六的作者妃黃儷白，以餖飣詞華，堆砌故實爲能事。在這種情况下，“雖駢其詞，仍無資於讀書，文之中，又唯駢體爲尤敝”了。

附　錄

答友人論文第二書(節錄)

〔清〕袁　枚

……足下之答綿莊曰：“散文多適用，駢體多無用，《文選》不足學。”此又誤也。夫高文典册用相如，飛書羽檄用枚皐，文章家各適其用。若以經世而論，則紙上陳言，均爲無用。古之文不知所謂散與駢也，《尚書》曰：“欽明文思安安”，此散也；而“賓於四門”，“納於大麓”，非其駢焉者乎？《易》曰：“潛龍勿用”，此散也；而“體仁足以長人，嘉會足以合禮”，非其駢焉者乎？安得以其散者爲有用，而駢者爲無用也。足下云云，蓋震於昌黎起八代之衰一語，而不知八代固未嘗衰也。何也？文章之道，如夏、殷、周之立法，窮則變，變則通。西京渾古，至東京而漸漓，一二文人不得不以奇數之窮，通偶數之變。及其靡曼已甚，豪傑代雄，則又不屑雷同，而必挽氣運以中興之，徐、庾、韓、柳亦如禹、稷、顔子，易地則皆然者也。然韓、柳亦自知其難，故鏤肝鉥腎，爲奥博無涯涘，或一兩字爲句，或數十字爲句，拗之，鍊之，錯落之，以求合乎古。人但知其戛戛獨造，而不知其功苦，其勢危也。誤於不善學者，而一瀉無餘。蓋其詞駢，則徵典隸事，勢難不讀書；其詞散，則言之無物，亦足支持句讀。吾嘗謂韓、柳爲文中五霸者此也。然韓、柳琢句，時有六朝餘習，皆宋人之所不屑爲也。惟其不屑爲，亦復不能爲，而古文之道終焉。且賢者之大患，在乎有意立功名；而文人之大患，在乎有心爲關係。古之聖人，兵農禮樂工虞水火以至贊《周易》修《春秋》，豈皆沾沾自喜哉？時至者爲之耳。若欲冒天下難成之功，必將爲深源之北征，安石之新法；欲著古今不朽之書，必將召崔浩刊史之災，熙寧僞學之禁。今天下文明久已，聖道昌而異端息矣，而於此有人焉，褎衣大袑，猶以孟軻、韓愈自居，世之人有不怪而嗤之者乎？夫物相雜謂之文。布帛菽粟，文也；珠玉錦繡，亦文也；其他濃雲震雷，奇木怪石，皆文也。足下必以適用爲貴，將使天地之大，化工之巧，其專生布帛菽粟乎？抑能使有用之布帛菽粟，貴於無用之珠玉錦繡乎？人之一身，耳目有用，鬚眉無用，足下其能存耳目而去鬚眉乎？是亦不達於理矣。韓退之晚列朝參，朝廷有大著作，多出其手，如《淮西碑》《順宗實錄》等書，以爲有絕大關係，故傳之不衰。而何以柳州一老，窮兀困悴，僅形容一石之奇，一壑之幽，偶作《天説》諸篇，又多譎詭悖傲，而不與經合，然其名卒與韓峙，而韓且推之畏之者，何哉？文之佳惡，實不係乎有用與無用也。即足下論文，如射之有志，可謂識所取舍者矣。而何以每見足下於莊、屈之荒唐，則愛之而誦之，於程、朱之語錄，則奪之而遠之？豈足下之行與言違哉？蓋以理論則語錄爲精，以文論則莊、屈爲妙。足下所愛在文而不在理，則持論雖正，有時而嗒然自忘。若夫此事之科條，薪米之雜記，其有用更百倍於古文矣，而足下不一肄業及之者，何也？三代後聖人不生，文之與道離也久矣。然文人學士必有所挾持以占地步，故一則曰明道，再則曰明道，直是文章家習氣如此。而推究作者之心，都是道其所道，未必果文王、周公、孔子之道也。夫道若大路然，亦非待文章而後明者也。仁義之人，其言藹如，則又不求合而合者。若矜矜然認門面語爲眞諦，而時時作學究塾師之狀，則持論必庸，而下筆多滯，將終其身得人之得，而不自得其得矣。竊爲足下憂之。綿莊文多説經，絕不類選體，而以之勖足下者，彼見足下筆氣近弱，不宜散文，故以六朝綿麗之體進，非得已也。足下不善用其短，而拒之過堅。僕愛足下，過於綿莊，安得不再爲忠告。

乾隆刻本《小倉山房文集》卷十九

駢體文鈔序

〔清〕李兆洛

少讀《文選》，頗知步趨齊、梁。後蒙恩入庶常，臺閣之製，例用駢體，而不能致工。因益搜輯古人遺篇，用資時習，區其鉅細，分爲三編。序而論之曰：天地之道，陰陽而已。奇偶也，方圓也，皆是也。陰陽相並俱生，故奇偶不能相離，方圓必相爲用。道奇而物偶，氣奇而形偶，神奇而識偶。孔子曰:“道有變動,故曰爻;爻有等,故曰物;物相雜,故曰文。”又曰:“分陰分陽,迭用柔剛。”故《易》六位而成章,相雜而迭用,文章之用,其盡於此乎?六經之文,班班具存,自秦迄隋,其體遞變,而文無異名。自唐以來,始有古文之目,而目六朝之文爲駢儷。而爲其學者,亦自以爲與古文殊路。既歧奇與偶爲二,而於偶之中,又歧六朝與唐與宋爲三。夫苟第較其字句,獵其影響而已,則豈徒二焉三焉而已,以爲萬有不同可也。夫氣有厚薄,天爲之也;學有純駁,人爲之也;體格有遷變,人與天參焉者也;義理無殊途,天與人合焉者也。得其厚薄純雜之故,則於其體格之變,可以知世焉;於其義理之無殊,可以知文焉。文之體至六代而其變盡矣,沿其流極而泝之,以至乎其源,則其所出者一也。吾甚惜夫歧奇偶而二之者之毗於陰陽也。毗陽則躁剽,毗陰則沉膇,理所必至也,於相雜迭用之旨,均無當也。李兆洛序。

康熙刻本《駢體文鈔》卷首

唐十二家文選序

〔清〕蔣湘南

丹木先生選唐人十二家之文,以屬湘南爲之校定。既竣事,題其端曰:於戲!道以文明,文以道賚,不明不賚,古聾今瞶。故何也?道一而二,曰陰曰陽,陽變陰化,奇隻偶雙,奇偶相間,律中宫商,物相雜,聲成音,皆謂之文,蓋猶規矩之於圓方。是以六經之語有奇有偶,文不敝而道大光也。三代以後之文,或毗於陽,或毗於陰,升降之樞,轉自唐人。唐以後之文主奇,毗於陽而道欹,此歐、蘇、曾、王之派所以久而愈漓。唐以前之文主偶,毗於陰而道柮,此潘、陸、徐、庾之派所以浮而難守。唐之文凡三變:初則王、楊、盧、駱沿六朝之格,而燕、許爲大宗;繼則元、梁、獨孤牽東漢之緒,而蕭、李爲最雄;至昌黎韓先生出,約六經之旨,然後炳焉與三代同風,雖以子厚之雄深雅健,亦俯首而居於附庸。於戲!文外無道,不誠日在天中也哉。唐文之有昌黎,猶詩之有少陵。昔人謂學少陵者須從義山入,蒙則謂學昌黎者須從牧之入。學杜從義山入,免生硬槎枒之病;學韓從牧之入,免架空掉虚之病也。牧之之外又十一家,皆文質相宜,具矯駢反古之力。試觀次山、至之開昌黎之先,而氣已旁薄;夢得、和叔與昌黎同時,而境漸恢廓;持正、習之傳昌黎之法，而派不空鑿；復愚、可之諸人，聞昌黎之風而興，而各以其才相拓。高而不槪，華而不縟，雄而不矜，兀而不餇，馬、班以還，知者落落。故以此十一家佐牧之，以牧之導昌黎，非宋代諸大家之所能角也。

今夫天之所授爲才，心之所積爲言，中宫中商中角中徵羽之異，由於和言危言徐言疾言之分，發喉出響，清濁各陳，故引上引下，許君以之作《説文》也。西漢之世，天葩日新，子長以奇，枚叔、長卿以偶，雖不黨而相羣，合文筆而各盡其致者，厥惟子雲。降及東漢，鞶帨繽紛，遂開靡麗之習，使豪傑之士，望古而嚬。唐代之復古，亦天地之會自然氤氲矣。諸君子不毗於陽，不毗於陰，金相玉振，言雅氣馴，於以醒天下之聾瞶，俾之變文以載道之云。蓋文之奇偶，卽道之陰陽，瞀儒判道於文外者，非古之聞。然則丹木先生之選此，又豈止功在韓門！

道光刻本《七經樓文鈔》卷六

答沈大宗伯論詩書

〔清〕袁　枚

先生誚浙詩，謂沿宋習敗唐風者，自樊榭爲厲階[1]。枚浙人也，亦雅憎浙詩。樊榭短於七古，凡集中此體，數典[2]而已，索索然寡眞氣，先生非之甚當。然其近體清妙，于近今少偶。先生詩論粹然，尙復何說。然鄙意有未盡同者，敢質之左右。

嘗謂詩有工拙，而無今古。自葛天氏之歌[3]至今日，皆有工有拙，未必古人皆工，今人皆拙。卽《三百篇》中，頗有未工不必學者，不徒漢、晉、唐、宋也；今人詩有極工極宜學者，亦不徒漢、晉、唐、宋也。然格律莫備於古，學者宗師，自有淵源。至於性情遭遇，人人有我在焉，不可貌古人而襲之，畏古人而拘之也。今之鶯花，豈古之鶯花乎？然而不得謂今無鶯花也。今之絲竹，豈古之絲竹乎？然而不得謂今無絲竹也。天籟一日不斷，則人籟一日不絕[4]。孟子曰："今之樂猶古之樂[5]。"樂卽詩也。唐人學漢、魏變漢、魏，宋學唐變唐，其變也，非有心於變也，乃不得不變也。使不變，則不足以爲唐，不足以爲宋也。子孫之貌，莫不本於祖父，然變而美者有之，變而醜者有之，若必禁其不變，則雖造物有所不能。先生許唐人之變漢、魏，而獨不許宋人之變唐，惑也。且先生亦知唐人之自變其詩，與宋人無與乎？初、盛一變，中、晚再變，至皮、陸二家[6]已浸淫乎宋氏矣。風會所趨，聰明所極，有不期其然而然者。故枚嘗謂變堯、舜者，湯、武也；然學堯、舜者，莫善於湯、武，莫不善於燕噲[7]。變唐詩者，宋、元也；然學唐詩者，莫善於宋、元，莫不善於明七子[8]。何也？當變而變，其相傳者心也;當變而不變,其拘守者迹也。鸚鵡能言而不能得其所以言,夫非以迹乎哉!

大抵古之人先讀書而後作詩,後之人先立門戶而後作詩。唐、宋分界之說,宋、元無有,明初亦無有,成、弘[9]後始有之。其時議禮講學皆立門戶,以爲名高。七子狃於此習,遂皮傅盛唐,搤掔[10]自矜,殊爲寡識。然而牧齋之排之[11],則又已甚。何也?七子未嘗無佳詩,卽公安、竟陵亦然[12]。使掩姓氏,偶舉其詞,未必牧齋不嘉與。又或使七子湮沉無名,則牧齋必搜訪而存之無疑也。惟其有意於摩壘奪幟,乃不暇平心公論,此亦門戶之見。先生不喜樊榭詩,而選則存之,所見過牧齋遠矣。

至所云詩貴溫柔,不可說盡,又必關係人倫日用。此數語有褒衣大袑[13]氣象,僕口不敢非先生,而心不敢是先生。何也?孔子之言,戴經不足據也[14],惟《論語》爲足據。子曰:"可以興,可以羣",此指含蓄者言之,如《柏舟》《中谷》是也[15]。曰"可以觀,可以怨",此指說盡者言之,如"豔妻煽方處""投畀豺虎"[16]之類是也。曰"邇之事父,遠之事君",此詩之有關係者也。曰"多識于鳥獸草木之名",此詩之無關係者也。僕讀詩常折衷於孔子,故持論不得不小異於先生,計必不以爲僭。

乾隆刻本《小倉山房文集》卷十七

【註釋】

[1] 先生誚浙詩三句——清代的浙派詩,以厲鶚爲宗。鶚(公元一六九二年——一七五二年),字太鴻,號樊榭,錢塘人。康熙五十九年舉人,乾隆元年舉博學鴻詞。有《樊榭山房集》二十卷。《清史稿》卷四百八十五《文苑》二有傳。沈德潛《清詩別裁集》:"樊榭徵士,學問淹洽,尤熟精兩宋典實,人無敢難者。詩亦清高,五古在劉眘虛、常建之間。今浙西談藝家專以飣餖挦撦爲樊榭流派,失樊榭之眞矣。"《詩·大雅·瞻卬》:"婦有長舌,維厲之階。"朱熹註:"厲,禍;階,梯也。"

[2] 數典——《左傳》昭公十五年:"數典而忘其祖。"

〔3〕葛天氏之歌——《呂氏春秋·古樂》:“昔葛天氏之樂,三人操牛尾投足以歌八闋。一曰:《載民》;二曰:《玄鳥》;三曰:《遂草木》;四曰:《奮五穀》;五曰:《敬天常》;六曰:《建帝功》;七曰:《依地德》;八曰:《總禽獸之極》。”

〔4〕天籟人籟——見本册《聊齋志異自序》註[5]。

〔5〕今之樂猶古之樂——《孟子·梁惠王下》:“今之樂猶古之樂也。”

〔6〕皮陸——皮日休、陸龜蒙。

〔7〕燕噲——《史記·燕召公世家》:“燕噲旣立,……子之相燕,貴重主斷。……子之因遺蘇代百金,而聽其所使鹿毛壽謂燕王,不如以國讓相子之,人之謂堯賢者,以其讓天下于許由。……燕王因屬國於子之,……子之南面行王事,而噲老不聽政,顧爲臣,國事皆決于子之。三年,國大亂。”

〔8〕明七子——前七子見何景明《與李空同論詩書》註[1]。後七子見王世貞《藝苑卮言》註[2]。

〔9〕成弘——成化,明憲宗年號,自公元一四六五年至一四八七年。弘治,明孝宗年號,自公元一四八八年至一五〇五年。

〔10〕搤掔——搤,同“扼”。掔,或作“腕”。搤腕,用手握腕,表示情緒振奮。左思《蜀都賦》:“劇談戲論,扼腕抵掌。”

〔11〕牧齋之排之——錢謙益(公元一五八三年——一六六四年),字受之,號牧齋,常熟人。明萬曆三十八年進士。官至禮部尚書。後降清。有《初學集》一百十卷、《有學集》五十卷、《投筆集》一卷。牧齋排擊明七子之論,詳于其所選《列朝詩集》七子小傳中,《初學集》《有學集》各單篇文章中亦常見。

〔12〕公安——見本册袁宏道《雪濤閣集序》註[2]。竟陵——見本册鍾惺《詩歸序》註[2]。

〔13〕褒衣大袑——褒,音包。褒衣,大衣。袑,音紹,褲子的上半部。《漢書·朱博傳》:“敕功曹官屬多褒衣大袑。”這裏指官僚空架子,形容議論空廓。

〔14〕戴經——謂《禮記》。漢代戴聖删大戴(戴德)之書爲四十六篇,稱小戴記,即《禮記》。“溫柔敦厚,詩教也”,語見《禮記·經解》,故袁枚説“戴經不足據”。

〔15〕《柏舟》《中谷》——《柏舟》,指《詩·邶風》中的一篇。《小序》説:“《柏舟》,言仁而不遇也。衞頃公之時,仁人不遇,小人在側。”《中谷有蓷》,《詩·王風》篇名。《小序》説:“《中谷有蓷》,閔周也。夫婦日以衰薄,凶年饑饉,室家相棄爾。”蓷,音推,益母草。

〔16〕豔妻煽方處——《詩·小雅·十月之交》詩中句。這是刺幽王的詩。豔妻指幽王后褒姒。煽,熾盛。處,居。這句謂妻黨的人,因后寵熾盛之時,都居于高

位。投畀豺虎——《詩·小雅·巷伯》詩中句。也是刺幽王的詩。謂欲取此進讒的人,丟給豺虎去吃。

【説明】

袁枚論詩,標舉"性靈"。"性靈"之説吸收了"神韻説"的某些論點,但却不像"神韻説"那樣的隱約朦朧,而是闡發得較爲生動和具體。在當時,它一方面批判了以翁方綱爲代表的"誤把抄書當作詩"以考據爲詩的詩風,認爲"詩之傳者,都自性靈,不關堆垛"(見《隨園詩話》)。同時,對以沈德潛爲代表的"格調説"也表示不滿。這篇《與沈大宗伯論詩書》就是針對"格調説"而發的。

文中主要論述的是詩歌内容和藝術風格的問題。

就内容來講,沈德潛認爲詩"必關係人倫日用",和封建倫理道德緊密相結合,如此方具有社會意義和教育作用,才能見出詩格之高。就藝術的表現來講,則"詩貴溫柔,不可説盡",如此方能見出韻調之深美。立論雖不盡同於明代的前、後七子,然而同樣有"褒衣大袑氣象",不免膚廓而迂拘,這和"性靈"之説恰好是格格不相入的。袁枚以性靈論詩,作爲性靈説的核心,是情感的眞摯,詩中要能見出作者的性情,因此,他以爲有關"人倫日用",所謂"邇之事父,遠之事君"的固然是性情的表現,而與"人倫日用"無關的又何嘗不是性情的表現?詩歌的内容應該像生活本身一樣的豐富,此性情之正,亦即所以見性情之眞。《再與沈大宗伯書》中歷舉例證,認爲豔體詩古今不廢,正説明了這個道理。其《續詩品》有云:"鳥啼花落,皆與神通。"可見詩人無往而不可以寓其情,而不是把詩歌的題材限制在某一個方面。

就藝術的表現來講,袁枚極力主張風格的多樣化。他以爲人的個性不同,情感的性質各異,因而表現的方式也就不會一樣。溫柔敦厚，含蓄不盡和流虹掣電、發洩無餘，因人，因時，因事，言各有宜，都是發於性情之眞；而興、觀和羣、怨，各有其感染與教育的作用。同樣地不可強調某一種風格而排斥另一種風格。

在袁枚看來，格調之說，正足以窒礙性靈。那末，袁枚是否完全廢棄格調呢？則又不然。因他所反對的格調，是被嵌在一個固定的框子裏的格調。於是，他和沈德潛意見的分歧、本文討論的重點，就在於對古和今、繼承與創新的看法的問題。

格調說者總是有時代的成見橫梗胸中，他們把我國古代詩歌的發展在唐朝劃了一個斷限，對唐代以後的詩就有所歧視。在這一點上，沈德潛雖不像明七子"詩必盛唐"那樣的把問題看得絕對化，然而仍不免帶有貴古賤今、尊唐抑宋的眼光。袁枚以性靈論詩，他所看到的是具體的詩和詩人，而不是這種抽象的詩歌史上的時代概念。"天籟一日不斷，則人籟一日不絕"。因此，衡量的標準，祇有工拙之分，而不應該有古今的區別。此其一。

所謂"詩有工拙"，指的是什麼呢？"格律莫備於古，學者宗師，自有淵源"。不可否認，詩歌的形式及其藝術技巧，有其相繼承的傳統關係；然而"性情遭遇，人人有我在焉"，不必同於古人，也不可能同於古人。所謂"不學古人，法無一可；竟似古人，何處着我？"（見《續詩品》）正因爲詩中有我，所以變是發展的自然現象，不得不然的。因此，繼承之中，同時就孕育着創新的因素，師古和師心是互相結合的。從這個意思來說，"變唐詩者，宋、元也；然學唐詩者，莫善於宋、元"。所以說："當變而變，其相傳者心也。"這"心"指的是詩人的用心，亦卽詩人的個性。反之，"當變而不變，其拘守者跡也"。泥於形跡，就會失其精神，成爲生搬硬套的明七子了。此其二。

性靈之說，不僅重視性情之眞，同時十分強調藝術上的靈感作用。他以爲祇有有了靈感作用，才能各抒襟抱，見出性情之眞；才能花様翻新，顯出層出不窮的創造力。這樣，今之鶯花，雖不是古之鶯花，“然而不得謂今無鶯花”；今之絲竹，雖不是古之絲竹，“然而不得謂今無絲竹”；那末，今之詩亦猶古之詩了。《隨園詩話》云：“熊掌豹胎，食之至珍貴者也，生吞活剝，不如一蔬一筍矣；牡丹芍藥，花之至富麗者也，剪綵爲之，不如野蓼閒葵矣。味欲其鮮，趣欲其眞，人必知此，而後可與論詩。”把眞實的感受生動活潑的表現出來，這就是性靈之說的眞諦之所在。正因爲袁枚的論詩從眞實和新鮮兩個方面着眼，所以他不以時廢人，不以人廢詩；就詩論詩，不拘一格，打破古今和門戶的限制。本篇放論歷代以來詩歌的異同得失，正體現了這一基本精神。

附　錄

再與沈大宗伯書

〔清〕袁　枚

聞《別裁》中獨不選王次回詩，以爲豔體不足垂教，僕又疑焉。夫《關雎》卽豔詩也，以求淑女之故，至於展轉反側。使文王生於今遇先生，危矣哉！《易》曰：“一陰一陽之謂道。”又曰：“有夫婦然後有父子”，陰陽夫婦，豔詩之祖也。傅鶉觚善言兒女之情，而臺閣生風，其人，君子也。沈約事兩朝佞佛，有綺語之懺，其人，小人也。次回才藻豔絕，阮亭集中時時竊之。先生最尊阮亭，不容都不考也。選詩之道，與作史同，一代人才，其應傳者，皆宜列傳，無庸拘見而狹取之。宋人謂蔡琰失節，范史不當置列女中，此陋說也。夫列女者，猶云女之列傳云爾，非必貞烈之謂，或賢或才，或關係國家，皆可列傳，猶之傳公卿不必盡死難也。詩之奇平豔樸，皆可采取，亦不必盡莊語也。杜少陵，聖於詩者也，豈屑爲王、楊、盧、駱哉，然尊四子以爲萬古江河矣。黄山谷，奥於詩者也，豈屑爲楊、劉哉，然尊西崑以爲一朝郛郭矣。宣尼至聖，而亦取滄浪童子之詩。所以然者，非古人心虛，往往舍己從人；亦非古人愛博，故意濫收之；蓋實見夫詩之道大而遠，如地之有八音，天之有萬竅，擇其善鳴者而賞其鳴足矣，不必尊宫商而賤角羽，進金石而棄絃匏也。且夫古人成名，各就其詣之所極，原不必兼衆體，而論詩者則不可不兼收之，以相題之所宜。即以唐論，廟堂典重，沈、宋所宜也；使郊、島爲之，則陋矣。山水閒適，王、孟所宜也；使溫、李爲之，則靡矣。邊風塞雲，名山古跡，李、杜所宜也；使王、孟爲之，則薄矣。撞萬石之鐘，鬭百韻之險，韓、孟所宜也；使韋、柳爲之，則弱矣。傷往悼來，感時記事，張、王、元、白所宜也；使錢、劉爲之，則仄矣。題香襟，當舞所，絃工吹師，低徊容與，溫、李、冬郎所宜也；使韓、孟爲之，則亢矣。天地間不能一日無諸題，則古今來不可一日無諸詩。人學焉而各得其性之所近，要在用其所長而藏己之所短則可，護其所短而毁人之所長則不可。豔詩宫體，自是詩家一格，孔子不删鄭、衛之詩，而先生獨删次回之詩，不已過乎？至於盧仝、李賀險怪一流，似亦不必擯斥。兩家所祖，從《大招》《天問》來，與《易》之龍戰，《詩》之天妹，同波異瀾，非臆撰也。一集中不特豔體宜收，即險體亦宜收。然後詩之體備而選之道全。謹以鄙意私於先生，願與門下諸賢共詳之也。

乾隆刻本《小倉山房文集》卷十七

答蕺園論詩書

〔清〕袁　枚

來諭諄諄教删集内緣情之作，云以君之才之學，何必以白傅、樊川自累。大哉足下之言，僕何敢當。夫白傅、樊川，唐之才學人也，僕景行之尚恐不及，而足下乃以爲規。何其高視僕卑視古人耶？足下之意，以爲我輩成名，必如濂、洛、關、閩而後可耳。然鄙意以爲得千百僞濂、洛、關、閩，不如得一二眞白傅、樊川。以千金之珠易魚之一目，而魚不樂者，何也？目雖賤而眞，珠雖貴而僞故也。

人之才性，各有所近，假如聖門四科，必使盡歸德行，雖宣尼有所不能。君子修身，先立其大，則其小者毋庸矯飾。韓昌黎《上宰相書》、杜少陵《獻哥舒翰詩》，後人頗相疵瑕，而二賢集中卒不删去，想見古人心地光明，日月之食，人皆見之。惟沈休文胸多隱慝，故有綺語之悔。竹垞存《風懷》一首，慮爲配享累，此亦一時戲言，何足爲典要。試思竹垞當時竟删此篇，今日孔廟中果能爲渠置一席否？儒者誠其意，虛其心，終日慊慊，望道未見，豈有貪後世尊崇，先掩其不善而著其善之理。僕平生見解，有不同於流俗者。聖人若在，僕身雖賤，必求登其門；聖人已往，僕鬼雖餒，不願廁其廟。何也？聖門諸人，聖人所教，必非庸流。配享諸人，後代所尊，頗多僥倖。豪傑之士，不屑與僥倖者同升。使僕集中無緣情之作，尙思借編一二以自汚，幸而半生小過，情在於斯，何忍過時抹摋。吾誰欺，自欺乎？

且夫詩者由情生者也，有必不可解之情，而後有必不可朽之詩。情所最先，莫如男女。古之人屈平以美人比君，蘇、李以夫妻喻友，由來尙矣。卽以人品論，徐摛善工（應作宮）體，能挫侯景之威；上官儀詞多浮豔，蠱忠唐室；致光香奩，楊、劉崑體，趙淸獻、文潞公亦倣爲之；皆正人也。若夫迂襲經文，貌爲理語者，雖未嘗不竄名儒林，然非頑不知道，卽竊不任事，臟私詔諛，史難屈指，白傅、樊川恥之，僕亦恥之。人能改過自佳，然必深知其非，有所不安於心，而後從諫如流，非可隨聲附和。緣情之作，縱有非是，亦不過《三百篇》中“有女同車，伊其相謔”之類，僕心已安矣，聖人復生，必不取其已安之心而掉罄之也。宋儒責白傅杭州詩憶妓者多，憶民者少，然則文王“寤寐求之”至於“展轉反側”，何以不憶王季、太王而憶淑女耶？孔子阨於陳、蔡，何以不思魯君而思及門弟子耶？沈朗又云：“《關雎》言后妃，不可爲《三百篇》之首。”故別撰堯舜詩二章。然則《易》始《乾》《坤》，亦陰陽夫婦之義，朗又將去《乾》《坤》而變置何卦耶？此種謬言，令人欲嗀（疑當作殺）善乎？

鄭夾漈曰：“千古文章，傳眞不傳僞。”古人之文，醇駁互殊，皆有獨詣處，不可磨滅。自義理之學明，而學者率多雷同附和，人之所是是之，人之所非非之，問其所以是所以非之故，而茫然莫解。歸熙甫亦云：“今科舉所舉千二百人，讀其文莫不崇王黜伯，貶蕭、曹而薄姚、宋，信如所言，是國家三年之中，例得臯、夔、周、孔千二百人也？寧有是哉！”足下來教，是千二百人所共是；僕緣情之作，是千二百人所共非。天下固有小是不必是，小非不必非者；亦有君子之非賢於小人之是者。先有寸心，後有千古。再四思之，故不如勿删也。

乾隆刻本《小倉山房文集》卷三十

與稚存論詩書

〔清〕袁　枚

文學韓，詩學杜，猶之遊山者必登岱，觀水者必觀海也。然使遊山觀水之人，終身抱一岱一海以自足，而不復知有匡廬、武夷之奇，瀟、湘、鏡湖之妙，則亦不過泰山上一樵夫，海船中一舵工而已矣。古之學杜者，無慮數千百家，其傳者皆其不似杜者也。唐之昌黎、義山、牧之、微之，宋之半山、山谷、後村、放翁，誰非學杜者？今觀其詩，皆不類杜。稚存學杜，其類杜處，乃遠出唐、宋諸公之上，此僕之所深憂也。昔人笑王朗好學華子魚，惟其即之過近，是以離之愈遠。董文敏跋張即之帖，稱其佳處不在能與古人合，而在能與古人離。詩文之道，何獨不然。足下前年學杜，今年又復學韓。鄙意以洪子之心思學力，何不爲洪子之詩，而必爲韓子、杜子之詩哉？無論儀神襲貌，終嫌似是而非，就令是韓是杜矣，恐千百世後人，仍讀韓、杜之詩，必不讀類韓類杜之詩。使韓、杜生於今日，亦必別有一番境界，而斷不肯爲從前韓、杜之詩。得人之得而不自得其得，落筆時亦不甚愉快。蕭子顯曰："若無新變，不能代雄。"莊子曰："跡，履之所出，而跡非履也。"此數語，願足下誦之而有所進焉。

乾隆刻本《小倉山房文集》卷三十一

續詩品三十二首

〔清〕袁　枚

余愛司空表聖《詩品》，而惜其祇標妙境，未寫苦心，爲若干首續之。陸士龍（案"龍"應作"衡"）云：雖隨手之妙，良難以詞諭。要所能言者，盡於是耳。

崇　意

虞舜教夔，曰："詩言志"，胡今之人，多辭寡意？意似主人，辭如奴婢，主弱奴強，呼之不至。穿貫無繩，散錢委地，開千枝花，一本所繫。

精　　思

疾行善步，兩不能全，暴長之物，其亡忽焉。文不加點，興到語耳，孔明天才，思十反矣。惟思之精，屈曲超邁，人居屋中，我來天外。

博　　習

萬卷山積，一篇吟成，詩之與書，有情無情。鐘鼓非樂，捨之何鳴，易牙善烹，先羞百牲。不從糟粕，安得精英？曰不關學，終非正聲。

相　　題

古人詩易，門戶獨開；今人詩難，羣題紛來。專習一家，硜硜小哉；宜善相之，多師爲佳。地殊景光，人各身分，天女量衣，不差尺寸。

選　　材

用一僻典，如請生客，如何選材，而可不擇？古香時豔，各有攸宜，所宜之中，且爭毫釐。錦非不佳，不可爲帽，金貂滿堂，狗來必笑。

用　　筆

思苦而晦，絲不成繩，書多而壅，膏乃滅燈。焚香再拜，拜筆一枝，星月驅使，華嶽奔馳。能剛能柔，忽斂忽縱，筆豈能然，惟吾所用。

理　　氣

吹氣不同，油然浩然，要其盤旋，總在筆先。湯湯來潮，縷縷騰煙，有餘於物，物自浮焉。如其客氣，冉猛必顚，無萬里風，莫乘海船。

布　　格

造屋先畫，點兵先派，詩雖百家，各有疆界。我用何格，如盤走丸，横斜超縱，不出於盤。消息機關，按之甚細，一律未調，八風掃地。

擇　　韻

酱百二甕，帝豈盡甘，韻八千字，人何亂探。次韻自縶，叠韻無味，斸險貪多，偶然游戲。勿瓦缶撞，而銅山鳴，食雞取跖，烹魚去丁。

尚　識

學如弓弩，才如箭鏃，識以領之，方能中鵠。善學邯鄲，莫失故步，善求仙方，不爲藥誤。我有神燈，獨照獨知，不取亦取，雖師勿師。

振　采

明珠非白，精金非黃，美人當前，爛如朝陽。雖抱仙骨，亦由嚴粧，匪沐胡潔，非熏胡香。西施蓬髮，終竟不臧。若非華羽，曷別鳳皇。

結　響

金先於石，餘響較多，竹不如肉，爲其音和。詩本樂章，按節當歌，將斷必續，如往復過。簫來天霜，琴生海波，三日繞梁，我思韓娥。

取　逕

揉直使曲，疊單使複，山愛武夷，爲遊不足。擾擾闤闠，紛紛人行，一覽而竟，倦心齊生。幽逕蠶叢，是誰開創？千秋過者，猶祀其像。

知　難

趙括小兒，兵乃易用，充國晚年，愈加遲重。問所由然，知與不知，知味難食，知脈難醫。如此千秋，萬手齊抗，談何容易，着墨紙上。

葆　眞

貌有不足，敷粉施朱，才有不足，徵典求書。古人文章，俱非得已，僞笑佯哀，吾其優矣。畫美無寵，繪蘭無香，揆厥所由，君形者亡。

安　雅

雖眞不雅，庸奴叱咤，悖矣曾規，野哉孔罵。君子不然，芳花當齒，言必先王，左圖右史。沈夸徵栗，劉怯題糕，想見古人，射古爲招。

空行

鐘厚必啞，耳塞必聾，萬古不壞，其惟虛空。詩人之筆，列子之風，離之愈遠，即之彌工。儀神黜貌，借西搖東，不階尺木，斯名應龍。

固存

酒薄易酸，棟撓易動，固而存之，骨欲其重。視民不佻，沉沉爲王，八十萬人，九鼎始扛。重而能行，乘百斛舟；重而不行，猴騎土牛。

辨微

是新非纖，是淡非枯，是樸非拙，是健非麤。急宜判分，毫釐千里，勿混淄澠，勿眩朱紫。戒之戒之，賢智之過，老手頽唐，才人膽大。

澄滓

描詩者多，作詩者少，其故云何，渣滓不掃。糟去酒清，肉去洎饋，寧可不吟，不可附會。大官筵饌，何必横陳，老生常談，嚼蠟難聞。

齋心

詩如鼓琴，聲聲見心，心爲人籟，誠中形外。我心清妥，語無煙火；我心纏綿，讀者泫然。禪偈非佛，理障非儒，心之孔嘉，其言藹如。

矜嚴

貴人舉止，咳唾生風，優曇花開，半刻而終。我飲仙露，何必千鍾！寸鐵殺人，寧非英雄。博極而約，淡蘊於濃，若徒梟獿，非浮邱翁。

藏拙

晝贏宵縮，天不兩隆，如何弱手，好彎強弓？因謇徐言，因跛緩步，善藏其拙，巧乃益露。右師取敗，敵必當王，霍王無短，是以無長。

神悟

鳥啼花落，皆與神通，人不能悟，付之飄風。惟我詩人，衆妙扶智，但見性情，不着文字。宣尼偶過，童歌滄浪，聞之欣然，示我周行。

即景

混元運物，流而不住，迎之未來，攬之已去。詩如化工，即景成趣，逝者如斯，有新無故。因物賦形，隨影換步。彼膠柱者，將朝認暮。

勇改

千招不來，倉猝忽至，十年矜寵，一朝捐棄。人貴知足，惟學不然，人功不竭，天巧不傳。知一重非，進一重境；亦有生金，一鑄而定。

著我

不學古人，法無一可；竟似古人，何處著我。字字古有，言言古無，吐故吸新，其庶幾乎！孟學孔子，孔學周公，三人文章，頗不相同。

戒偏

抱杜尊韓，托足權門；苦守陶、韋，貧賤驕人。偏則成魔，分唐界宋。霹靂一聲，鄒、魯不鬨。江海雖大，豈無瀟、湘；突夏自幽，亦須廟堂。

割忍

葉多花蔽，詞多語費，割之爲佳，非忍不濟。驪龍選珠，顆顆明麗，深夜九淵，一取萬棄。知熟必避，知生必避，入人意中，出人頭地。

求友

游山先問，參禪貴印，閉門自高，吾斯未信。聖求童蒙，而況於我，低棋偶然，一着頗可。臨池正領，倚鏡裝花，笑倩旁人，是耶非耶！

拔萃

同鏘玉珮，獨姣宋朝，同歌苕花，獨美孟姚。拔乎其萃，神理超超，布帛菽粟，終遜瓊瑤。《折楊》《皇華》，敢望鈞韶，請披采衣，飛入丹霄。

滅　跡

織錦有跡，豈曰蕙娘，脩月無痕，乃號吳剛。白傅改詩，不留一字，今讀其詩，平平無異。意深詞淺，思苦言甘，寥寥千年，此妙誰探。

乾隆刻本《小倉山房詩集》卷二十

隨園詩話（選錄）

〔清〕袁　枚

楊誠齋曰："從來天分低拙之人，好談格調而不解風趣，何也？格調是空架子，有腔口易描，風趣專寫性靈，非天才不辦。"余深愛其言。須知有性情，便有格律，格律不在性情外。《三百篇》半是勞人思婦率意言情之事，誰爲之格，誰爲之律，而今之談格調者，能出其範圍否？況皐、禹之歌，不同乎《三百篇》，國風之格，不同乎雅、頌，格豈有一定哉？許渾云："吟詩好似成仙骨，骨裏無詩莫浪吟。"詩在骨不在格也。

熊掌豹胎，食之至珍貴者也，生吞活剝，不如一蔬一筍矣，牡丹芍藥，花之至富麗者也，剪綵爲之，不如野蓼山葵矣。味欲其鮮，趣欲其眞，人必知此，而後可與論詩。（以上見卷一）

詩境最寬，有學士大夫讀破萬卷，窮老盡氣，而不能得其閒奧者：有婦人女子，村氓淺學，偶有一二句，雖李、杜復生，必爲低首者。此詩之所以爲大也。作詩者，必知此二義，而後能求詩於書中，得詩於書外。（以上見卷三）

人有滿腔書卷，無處張皇，當爲考據之學，自成一家；其次則駢體文，儘可鋪排，何必借詩爲賣弄。自《三百篇》至今日，凡詩之傳者，都是性靈，不關堆垛，惟李義山詩稍多典故，然皆用才情驅使，不專砌塡也。余續司空表聖《詩品》，第三首便曰博習，言詩之必根於學，所謂"不從糟粕，安得精英"是也。近見作詩者，全仗糟粕，瑣碎零星，如剃僧髮，如拆襪線，句句加註，是將詩當考據作矣。慮吾說之害之也，故《續元遺山論詩》末一首云："天涯有客號詅癡，誤把抄書當作詩，抄到鍾嶸《詩品》日，該他知道性靈時。"（以上見卷五）

司空表聖論詩，貴得味外味。余謂今之作詩者，味內味尙不能得，況味外味乎？要之以出新意去陳言爲第一着，《鄉黨》云：祭肉不出三日，出三日則不食之矣。能詩者其勿爲三日後之祭肉乎！（以上見卷六）

高靑邱笑古人作詩，今人描詩。描詩者，像生花之類，所謂優孟衣冠，詩中之鄉愿也。譬如學杜而竟如杜，學韓而竟如韓，人何不觀眞杜眞韓之詩，而肯觀僞韓僞杜之詩乎？孔子學周公，不如王莽之似也；孟子學孔子，不如王通之似也；唐義山、香山、牧之、昌黎同學杜者，今其詩集都是別樹一幟；杜所伏膺者，庾、鮑兩家，而集中亦絕不相似。蕭子顯云："若無新變，不能代雄。"陸放翁曰："文章切忌參死句。"黃山谷曰："文章切忌隨人後。"皆金針度人語。《漁隱叢話》笑歐公如三館畫筆，專替古人傳神，嫌其描也。五亭山人《嘲鸚鵡》云："齒牙餘慧雖偸拾，那識雷同轉可羞。"又曰："爭似流鶯當百囀，天眞還是一家言。"（以上見卷七）

詩始於虞舜，編於孔子，吾儒不奉兩聖人之教，而遠引佛老，何耶？阮亭好以禪悟比詩，人奉爲至論，余駁之曰：毛詩《三百篇》，豈非絕調，不知爾時禪在何處，佛在何方？人不能答。因告之曰：詩者，人之性情也，近取諸身而足矣，其言動心，其色奪目，其味適口，其音悅耳，便是佳詩。孔子曰："不學詩無以言"，又曰："詩可以興。"兩句相應，惟其言之工妙，所以能使人感發而興起，倘直率庸腐之言，能興者其誰耶？

近日有亘公教人作詩，必須窮經讀注疏，然後落筆，詩乃可傳。余聞之笑曰：且勿論建安、大歷、開府、參軍，其經學何如，只問"關關雎鳩"、"采采卷耳"，是窮何經何注疏，得此不朽之作？陶詩獨絕千古，而讀書不求甚解，何不讀注疏以解之。梁昭明太子（案：是梁簡文帝，袁氏誤記）《與湘東王書》云："夫六典三禮所施有地，所用有宜，未聞吟詠情性，反擬《內則》之篇，操筆寫志，更摹《酒誥》之作，遲遲春日，翻學《歸藏》，湛湛江水，竟同《大誥》。"此數言振聾發瞶，想當時必有迂儒曲士，以經學談詩者，故爲此語以曉之。

凡菱筍魚蝦從水中采得，過半個時辰，則色味俱變，其爲菱筍魚蝦之形質，依然尙在，而其天則已失矣。諺云：死蛟龍不若活老鼠。可悟作詩文之旨。然人莫不飲食也，鮮能知味也，作者難，知者尤難。（以上見補遺卷一）

孔子論詩，但云興觀羣怨，又云"溫柔敦厚"，足矣。孟子論詩，但云"以意逆志”，又云“言近而指遠”，足矣。不料今之詩流有三病焉：其一塡書塞典，滿紙死氣，自矜淹博；其一全無蘊藉，矢口而道，自夸眞率；近又有講聲調而圈平點仄以爲譜者，戒蜂腰、鶴膝、叠韻、雙聲以爲嚴者，栩栩然矜獨得之祕。不知少陵所謂“老去漸於詩律細”，其何以謂之律，何以謂之細，少陵不言。元微之云：“欲得人人服，須教面面全。”其作何全法，微之亦不言。蓋詩境甚寬，詩情甚活，總在乎好學深思，心知其意，以不失孔、孟論詩之旨而已。必欲繁其例，狹其徑，苛其條規，桎梏其性靈，使無生人之樂，不已傎乎！唐齊己有《風騷旨格》，宋吳潛溪（案：范溫有《潛溪詩眼》，此亦袁氏誤記。）有《詩眼》，皆非大家眞知詩者。（以上見補遺卷三）

乾隆刻本《隨園詩話》

與程蕺園[1]書

〔清〕袁 枚

從熊公子處接手書，云有索僕古文者，命爲馳寄。僕於此事，因孤生嬾，覺古人不作，知音甚稀。其弊一誤於南宋之理學，再誤於前明之時文，再(應作三)誤於本朝之考據。三者之中，吾以考據爲長，然以之溷古文，則大不可。何也？古文之道形而上[2]，純以神行，雖多讀書，不得妄有摭拾，韓、柳所言功苦(功苦疑當作甘苦)盡之矣。考據之學形而下，專引載籍，非博不詳，非雜不備，辭達而已，無所爲文，更無所爲古也。嘗謂古文家似水，非翻空不能見長。果有其本矣，則源泉混混，放爲波瀾，自與江海爭奇[3]。考據家似火，非附麗於物，不能有所表見。極其所至，燎於原[4]矣，焚大槐[5]矣，卒其所自得者，皆灰燼也。以考據爲古文，猶之以火爲水，兩物之不相中也久矣。《記》曰："作者之謂聖，述者之謂明[6]。"六經三傳[7]，古文之祖也，皆作者也。鄭箋孔疏[8]，考據之祖也，皆述者也。苟無經傳，則鄭、孔亦何所考據耶？《論語》曰："古之學者爲己，今之學者爲人[9]。"著作家自抒所得，近乎爲己；考據家代人辨析，近乎爲人。此其先後優劣，不待辨而明也。近見海內所推博雅大儒，作爲文章，非序事噂沓[10]，即用筆平衍，於剪裁、提挈、烹煉、頓挫諸法大都憒然。是何故哉？蓋其平素神氣沾滯於叢雜瑣碎中，翻擷[11]多而思功少，譬如人足不良，終日循牆扶杖以行，一旦失所依傍，便倀倀然[12]卧地而蛇趨，亦勢之不得不然者也。且胸多卷軸者，往往腹實而心不虛，藐視詞章，以爲不過爾爾，無能深深而細味之。劉貢父笑歐九不讀書[13]，其文具在，遠遜廬陵[14]，亦古今之通病也。前年讀足下《汪宜人傳》，紆徐層折，在《望溪集》中，爲最佳文字。此種境界，似易實難。僕深喜足下晚年有進於此。僕之文，非足下之獻而誰獻焉？倘有近作數篇，意欲增入，須明春乃來。衰年心事，類替人持錢之客，臘殘歲暮，汲汲顧景，終日䇲榷[15]簿册，爲交代後人計甚殷，豈不知假我數年，未必不再有進境，然難必主人之留客與否也？一笑。

乾隆刻本《小倉山房文集》卷三十

【註釋】

[1] 程蕺園——程晋芳號，見本册程廷祚《復家魚門論古文書》註[1]。

[2] 形而上——《易·繫辭上》："形而上者謂之道，形而下者謂之器。"

[3] 果有其本矣四句——《孟子·離婁下》："源泉混混，不舍晝夜，盈科而後進，放乎四海。有本者如是。"

[4] 燎於原——《書·盤庚上》："若火之燎于原。"

[5] 焚大槐——《莊子·外物》："水中有火，乃焚大槐。"

[6] 作者之謂聖二句——見《禮記·樂記》。

[7] 三傳——《春秋》三傳：《左傳》《公羊傳》《穀梁傳》。

[8] 鄭箋孔疏——鄭，鄭玄。孔，孔穎達。

[9] 古之學者爲己二句——見《論語·憲問》。

[10] 噂沓——《詩·小雅·十月之交》："噂沓背憎。"噂噂沓沓，謂聚語雜沓。

[11] 擷——捋取。

[12] 倀倀然——迷惘不知所措的樣子。《荀子·修身》："人無法則倀倀然。"

[13] 劉貢父笑歐九不讀書——劉攽（公元一〇二三年——一〇八九年）字貢父，新喻人。舉慶曆進士，官至中書舍人。《宋史》卷三百十九有傳，附兄敞傳後。歐九，歐陽修排行九，劉攽曾笑歐九不讀書。又胡仔《苕溪漁隱叢話前集》："《西清詩話》云：'歐公嘉祐中，見王荆公詩，黃昏風雨暝園林，殘菊飄零滿地金。笑曰：百花盡落，獨菊枝上枯耳。因戲曰：秋英不比春花落，爲報詩人子細看，荆公聞之曰：是豈不知《楚辭》夕餐秋菊之落英？歐陽九不學之過也。'"是笑歐九不學，王安石亦有此語。

[14] 廬陵——歐陽修，廬陵人。

[15] 辜榷——總括。

【説明】

乾、嘉之際，是清代考據之學極盛的時期，當時漢、宋之爭頗爲劇烈，許多文人也不免受到這種風氣的影響，總是自附於儒林之列，借學術爲文章撑門面。其絕空依傍，無所掩飾，坦然以文士詩人自命的則有袁枚。他以爲"藝苟精，雖承蜩畫筴亦傳；藝苟不精，雖兵農禮樂亦不傳。傳不傳，以實求，不以名取"。（見《答友人某論文書》）這篇《與程蕺園書》就是從文學的角度辨明古文與考據之間的關係。

文中所論，可以概括爲下列三點：第一，古文源於六經、三傳，是作不是述；考據源於鄭箋、孔疏，是述不是作。"作者之謂聖，述者之謂明"。所謂"聖"，那也就是説，必須"自抒所得"，有卓然自立的眞知灼見，所以説，"有其本"。所謂"明"，不過明其名物制度，章句訓詁而已。有六經、三傳而後有鄭箋、孔疏，有作而後有述，後者是依附於前者而存在的。故曰："此其先後優劣，不待辨而明也。"第二，他雖然認爲古文託體甚尊，源於六經、三傳，也説自已"非徒爲詩文者也"，（見《答友人某論文書》）但並沒有沾染一般古文家和道學家挾道以自重的酸腐習氣，而且他極力反對"矜矜然認門面語爲眞諦，而時時作學究塾師之狀"（《與友人論文第二書》）。此文申論古文是詞章之學，在藝術上有它自已的特點。所謂"純以神行"，"翻空見長"，"剪裁、提挈、烹煉、頓挫諸法"，都必須出之於沈思。從這個意義來説，古文旣不同於宋儒之語錄、明代的時文，卽和當時所流行的考據之學也不是一回事。文中指出考據家"翻擷多而思功少"，"專引載籍，非博不詳，非雜不備，辭達而已，無所爲文，更無所爲古"；而古文家則

“雖多讀書，不得妄有摭拾”。因此，他的結論是：古文和考據之學，如水火性質之不同，“以考據爲古文，猶之以火爲水”，兩者是格格不相入的。第三，基於這樣的認識，他以爲古文之傳，另有其能事在。“紆徐層折”的境界，“似易實難”。指出當時“海內所推博雅大儒，作爲文章，非序事噂沓，卽用筆平衍”。推其原因，都是由於“平素神氣沾滯於叢雜瑣碎中”的緣故。

義理、考據、辭章三者合一之說，在當時盛爲流行，姚鼐在《述庵文鈔序》裏就曾闡明此旨（見後選篇）。姚氏認爲考據也可以有助於行文，是就題材而言，意謂古文的內容無所不包，所以拯古文家空疎之弊；袁氏則是就古文和考據之學性質的不同而說的。兩人從不同的角度立論，但對考據家以博雜爲文，拖泥帶水的文風在當時所起的不良影響，則同表不滿。

附　錄

答友人某論文書

〔清〕袁　枚

人必有所不能也，而後有所能。世之無所不能者，世之一無所能者也。和之弓，垂之矢，非古之能者乎？垂非不能爲弓，和非不能爲矢也，然而可傳者一人一物而已也。伯夷典禮則棄樂，孔子學射則舍御，分爲四科，判爲六藝，不以其所能者傲人，不以其所不能者病己。秦學不兼方，漢亦然。宋以後人心不古，喜多爲之，沿其流而不溯其源，夫是故雖能之而與夫不能者亦無以異也。僕不敢自知天性所長，而頗自知天性所短，若箋註，若曆律，若星經地志，若詞曲家言，非吾能者，決意絕之。猶恨其多愛而少棄也，學杜、韓亦爲元、白，好韓、柳亦爲徐、庾，汲汲顧影如恐不及。方欲捐兩騖以求其精，而不謂足下之就其病而深之也。足下來教曰：詩不如文，文不如著書，人必兼數者而後傳。此誤也。夫藝苟精，雖承蜩畫筴亦傳；藝苟不精，雖兵農禮樂亦不傳。傳不傳以實求，不以名取，安在其兼不兼也？然僕意以爲專則精,精則傳,兼則不精,不精則不傳,與足下異矣。若謂詩文不如著書,僕更不謂然。周、秦以來,作詩文者無萬數,誠如尊言矣;著書者亦無萬數,足下獨未知之乎?擷《藝文志》,未必文集俱亡,而著書獨在也。僕疑足下於詩文之甘苦,尙未深歷,故覺與我爭名者在在皆是,而獨震於考訂家瑣屑斑駁,以爲其傳較可必耶?又疑詩文之格調氣韻,可一望而知,而著書之利病,非搜輯萬卷不能得其癥結,故足下渺視乎其所已知者,而震驚乎其所未知者耶?要知爲詩人,爲文人,談何容易。入文苑,入儒林,足下亦宜早自擇,寧從一而深造,毋泛涉而兩失也。嗟乎!士君子意見不宜落第二義,足下好著書,僕好詩文,此豈第一義哉?古之人,其傳也,非能爲傳也,乃不能爲不傳也。何也?使人謀傳我則易,而我自謀其傳則難也。僕與足下生盛世,不能爲國家立萬里功,活百姓,又不能伏丹墀,侃侃論天下事,並不能爲游徼嗇夫,使鄉里敬之信之,而乃欲爭名於蠹簡中,狹矣!然僕竊喜自負者。王荆公云:徒說經而已者,必不能說經。僕固非徒爲詩文者也,或與夫足下所引終身著書諸人,其容有間乎?

乾隆刻本《小倉山房文集》卷十九

與孫俌之秀才書

〔清〕袁　枚

凡人少爲壯謀則思學,老爲死謀則思傳。文章之道,傳賢不傳子。邃古文人不與日月俱逝者,恃此而已。足下才弱冠,壯猶未至,而僕年七十有七,則死愈近而傳愈急矣。奈數十年來,傳詩者多,傳文者少,傳散行文者尤少。所以然者,因此體最嚴,一切綺語、駢語、理學語、二氏語、尺牘、詞賦語、註疏考據語,俱不可以相侵,以故北宋後遂至希微而寥寂焉。足下踔厲奮發,不謀於衆,不請諸父兄,而殷殷然以此事見師,投一書一序,皆的的然具歐、曾形貌,是足下之心腹腎腸,業已非今之人,乃古之人矣。以古之人爲古之文,如以水洗水,此事非足下之傳而孰傳焉?夫古文者,卽古人立言之謂也,能字字立於紙上則古矣。今之爲文者,字字臥於紙上。夫紙上尙不能立,安望其能立於世間乎?不知者動引隋柳虬之言,以爲時有古今,文無古今。唐、宋之不能爲漢、秦,猶漢、秦之不能爲三代也。此言是也。然而韶，舜樂也，孔子云：樂則韶舞。使夫子得邦家，則韶樂未必不可復。文章之道，何獨不然。僕以爲欲奏雅者先絕俗，欲復古者先拒今。俗絕不至，今拒不傀，而古文之道思過半矣。韓子非三代兩漢之書不觀，柳子自言所得，亦不過«左»«國»«荀»«孟»«莊»«老»«太史»而已。當唐之時，所有之書，非若今之雜且夥也，然而拒之惟恐不力，況今日之僕遨相從，紛紛喋喋哉？僕願足下博心壹志，專學唐之文章，而入門則自宋之王介甫、元之姚燧始。之二人者，皆闖昌黎之室，周其匽湢，不自知爲宋、元人也。大抵唐文峭，宋文平；唐文曲，宋文直；唐文瘦，宋文肥；唐人修詞與立誠並用，而宋人或能立誠，不甚修詞。聖人論爲命，尙且重修飾潤色，所謂"言之不文，行之不遠"也。若班固序上官桀持蓋事，故意分風雨爲二，錯落之以爲古，范史書陰興持蓋，則云障翳風雨，詞非不達也，而已不古矣。昌黎志房君云，名譽益彰徹大行，故意重累之以爲古，歐公志江鄰幾，則云內行修飭，詞非不簡也，而反不古矣。凡此之類，指不勝屈。故就幼時所曾留意者書之，爲足下告。至於識解之超，見聞之闊，法度之縝密，波瀾之抑揚流宕，則又在作者之神而明之，而非先生所可教也。足下思之哉！思之哉！餘不盡。

乾隆刻本«小倉山房文集»卷三十五

覆家實堂(節錄)

〔清〕袁　枚

……札中云：爾來少年習氣好矜考據。僕又有說。從來風運所趨，歷代不一。西漢尊經，東漢窮經，魏、晉淸談，六朝駢儷，唐尙詩賦，宋尙理學，元尙詞曲，明尙時文，本朝尙考據，趨之者如一犨之駱，累萬盈千其中。忽有韓、柳、歐、曾爲古文於舉世不爲之時，此外亦無他名家歷歷鼎峙，蓋其道本至難，其境亦最狹故也。"形而上者謂之道，形而下者謂之器"。古文，道也；考據，器也。器易而道難。"作者之謂聖，述者之謂明"。古文，作也；考據，述也。述易而作難。實堂又何必以至難之事，望之今之後生小子哉？第就考據而論，亦正難言。

來札云：未明四書，便談許愼，未通八股，便事康成。嘻！彼亦知許氏«說文»、康成箋註，在當日早有非之者乎？後周黎廣從崔司徒受字學，不宗

《說文》；三國虞翻駁正康成一百六十事；孔融以父禮事康成，而深笑其麟鼓郊天之說，以爲臆造；王輔嗣詈康成爲老奴。請問今之宗許、鄭者，亦略聞其說否？至以宋儒爲學究，宋儒註經，原未必盡善，然據周、孔以背程、朱可也，挾鄭、馬以詆程、朱，不可也。以歐、曾爲空疏，即劉貢父笑歐九不讀書之說。然公是先生全集具在，散漫平蕪，不及歐公遠甚。且吾又不知作二典、三謨者，胸中有何史學？作國風、雅、頌者，胸中有何韻學也？我輩下筆所以不如歐、曾者，正爲胸中卷軸太多之故。讀韓與李翊、柳與韋中立兩書，便知原委。去冬在杭州，見朱石君侍郎，蒙其推許云：古文有十弊，惟隨園能掃而空之。余問其目，曰：談心論性，頗似宋人語錄，一弊也；俳詞偶語，學六朝靡曼，二弊也；記序不知體裁，傳志如寫賬簿，三弊也；優孟衣冠，摩秦仿漢，四弊也；謹守八家空套，不自出心裁，五弊也；餖飣成語，死氣滿紙，六弊也；措詞率易，頗類應酬尺牘，七弊也；窘於邊幅，有文無章，如枯木寒鴉，淡而可厭，且受不住一個大題目，八弊也；平弱敷衍，襲時文調，九弊也；鈎章棘句，以艱深文其淺陋，十弊也。余笑答曰：此外尙有三弊。侍郎驚問，余曰：徵書數典，瑣碎零星，誤以註疏爲古文，一弊也；馳騁雜亂，自誇氣力，甘作粗才，二弊也；尙有一弊，某不敢言。侍郎再三詢，曰：寫《說文》篆隸，教人難識，字古而文不古，又一弊也。侍郎知有所指，不覺大笑。質之實堂，以爲然否？

乾隆刻本《小倉山房尺牘》卷三

答袁簡齋前輩書

〔清〕孫星衍

兩奉手書，具承存注，侍生平知己之感，莫先於閣下。自束髮知詩，閣下即許以奇才之目，揄揚於當道之前，一登龍門，得盡交海內傀異之士，何敢一日忘之。然閣下負天下之重名，後進奉其言以爲法，閣下有爲而言，聞者不察，或阻其進學之志，亦不得不獻疑於左右也。

來書惜侍以驚采絕豔之才爲考據之學，因言形上謂之道，著作是也，形下謂之器，考據是也。侍推閣下之意，蓋以抄撫故實爲考據，抒寫性靈爲著作耳，然非經之所謂道與器也。道者謂陰陽柔剛仁義之道，器者謂卦爻象象載道之文，是著作亦器也。侍少讀書爲訓詁之學，以爲經義生於文字，文字本於六書，六書當求之篆籀古文，始知《倉頡》《爾雅》之本旨，於是博稽鐘鼎款識及漢人小學之書，而九經三史之疑義可得而釋。及壯稍通經術，又欲知聖人制作之意，以爲儒者立身出政，皆則天法地，於是考周天日月之度，明堂井田之法，陰陽五行推十合一之數，而後知人之貴於萬物，及儒者之學之所以貴於諸子百家。雖未遽能貫串，然心竊好之，此則侍因器以求道，由下而上達之學。閣下奈何分道與器爲二也。

來書又以聖作爲考據，明述爲著作（“考據”與“著作”，疑當互易），侍亦未以爲然。古人重考據甚於重著作，又不分爲二。何者？古今論著作之才，閣下必稱老、莊、班、馬，然老則述黄帝之言，莊則多解老之説，班書取之史遷，遷書取之古文《尚書》《楚漢春秋》《世本》《石氏星經》顓頊夏殷周魯歷，是四子不欲自命爲著作。又如《管子》之存《弟子職》，《吕覽》之存后稷伊尹書，董仲舒之存神農求雨書，賈誼之存《青史氏記》，大小戴之存《夏小正》《月令》《孔子三朝記》，而《月令》一篇，吕不韋、淮南王、《小戴》爭傳之，《哀公問》一篇，荀卿、《大戴》爭傳之，《文王官人》一篇，《周書》《大戴》爭傳之。他如《禮論》《樂書》《勸學》《保傅》諸篇，互見於諸子，不以爲複出。是古人之著作，即其考據，奈何閣下欲分而二之？前人不作聰明，乃至技藝亦重考據，唐人鉤摹《蘭亭敍》《內景經》，不知幾本。宋、元畫手以絹素臨舊圖，爲其便於影寫，故流傳畫本，皆有故事。今則各出新意，以爲長古亡是也。

至閣下謂考據者爲趍風氣，則又沒人之善。漢廷諸儒，多以通經致高位，唐亦以射策取士。後世試士，第一場用四書文，試官之空疏者，或不以二三場措意，然則從事於考據者，於古或有干祿欺世之學，於今必皆篤行好學之士。世人方笑其學成而無用，閣下又何以爲趍風氣乎？

古之書籍，未有板本，藏書賜書之家，不過一二名士大夫。如榷酤然，士不至其門，則無由借書，故嵇康就太學寫經，康成從馬融受業，其時好學之士，不登於朝，不能有中祕書，蓋博引爲難。宋時書籍既有板本，值汴京淪喪，金無收圖籍如蕭何之臣，南遷諸儒，囿於耳目。今覽北宋類書，如《太平御覽》、《太平寰宇記》、《事類賦》所引諸書，南宋已失之。朱晦菴、王伯厚號稱博涉，其所引據，亦無今世未有之書。近時開四庫館，得《永樂大典》，所出佚書甚多，及釋道二藏載有善本古書，前世或未之覩，而鐘鼎碑碣則歲時出於土而無窮。以此而言，考據之學，今人必當勝古。而反以爲列代考據如林，不必從而附益之，非通論矣。且《洪範》九疇陳於武王，則文王未必知周志；《穆傳》出於汲冢，則孔子所不見。人者與天地參。孔子云：“當仁不讓於師。”孟子云：“有爲者亦若是。”豈有中道而畫之時哉？閣下以侍爲韓愈可惜，惜其一枝好筆，爲愛侍太過之言則可耳。侍誠負閣下之知，苦文不逮意，故率棄之不惜。若謂其官階漸進，當尊主隆民，不可雕蟲自累，則非知侍者。孔子云：“學優則仕。”漆雕開云：“斯未能信。”侍正恐經世之疏，故汲汲不敢有暇日耳。所以言者，侍非敢與前輩矜舌辨，懼世之聰明自用之士，誤信閣下之言，不求根柢之學，他日詒儒者之恥，如劉歆所云立辟雍封禪巡狩之儀，則杳冥而莫知其原，故作此書以廣其意。幸終教之，不以爲罪也。

光緒四明是亦軒本《問字堂集》卷四

與孫淵如觀察論考據著作書

〔清〕焦　循

循讀新刻大作《問字堂集》，精言卓識，茅塞頓開。尤善者復袁太史一書，力鋤謬說，用彰聖學，功不在孟子下。反復久之，拜服拜服。惟著作考據之說，似有未盡，妄附鄙見，上諸左右。

循謂仲尼之門，見諸行事者，曰德行，曰言語，曰政事；見諸著述者，曰文學。自周、秦以至於漢，均謂之學，或謂之經學。漢時各傳其經，卽各名其學。如《易》之有施、孟、梁邱三家，《詩》之有韋、褚、匡、翼、王、食、長孫，《大戴》有徐氏，《小戴》有橋、楊氏，《公羊》《穀梁》有嚴氏、梁氏及尹、胡、申、章、房氏，均以學名，無所謂考據也。其列諸《藝文志》者，首以《易》《書》《詩》《禮》《樂》《春秋》《論語》《孝經》，小學謂之六藝，卽《儒林傳》諸君所傳之學也。次以諸子，則名之曰某家者流。又次曰詩賦家、兵家。其天文、術譜、五行、蓍龜、雜占謂之曰數術醫方，房中、神仙術謂之曰方技。當時有專守一經者，有兼他經者，各爲章句，以相授受。其學諸子者，有若楊王孫學黃、老，晁錯學刑名，于定國學法，主父偃學縱橫，趙充國學兵。其詩賦家則謂之曰詞章，枚乘、司馬相如其人也。有兼之者，則曰通某經善屬文，則曰通某經百家之書，則好古學，長於術數，未聞以通經學者爲考據，善屬文者爲著作也。賈、鄭大儒繼作，以百家諸子之書，術數讖緯之學，一切通之於經，盡化以前專家章句之習，破古今師法之爭，爲經學大成，亦仍謂之經學。經學者以經文爲主，以百家、子、史、天文、術算、陰陽五行、六書、七音等爲之輔，彙而通之，析而辨之，求其訓故，核其制度，明其道義，得聖賢立言之指，以正立身經世之法。以己之性靈，合諸古聖之性靈，並貫通於千百家著書立言者之性靈，以精汲精，非天下之至精，孰克以與此。不能得其精，竊其皮毛，敷爲藻麗，則詞章詩賦之學也。其在史曰賈山，涉獵書記，不能爲醇儒。山工於詞章，不得爲醇儒者，以習其粗不知其精也。史又曰：廣川受《易》《論語》《孝經》，皆通好文詞方技。然則文詞與方技一類，屏諸通經之外，以其於經僅有皮毛也。蓋惟經學可言性靈，無性靈不可以言經學。故以經學爲詞章者，董、賈、崔、蔡之流，其詞章有根柢無枝葉。而相如作《凡將》、終軍言《爾雅》、劉珍著《釋名》，即專以詞章顯者，亦非不考究於訓故名物之際。晉、宋以來，駢四儷六間有不本於經者，於是蕭統所選，專取詞采之悅目。歷至於唐，皆從而仿之，習爲類書，不求根柢，性情之正，或爲之汩。是又詞章之有性靈者，必由於經學，而徒取詞章者，不足語此也。趙宋以下，經學一出臆斷，古學幾亡，於是爲詞章者，亦徒以空衍爲事，並經之皮毛，亦漸至於盡，殊可閔也。王伯厚之徒，習而惡之，稍稍尋究古說，摭拾舊聞。此風既起，轉相仿效，而天下乃有補苴掇拾之學，此學視以空論爲文者，有似此粗而彼精，不知起自何人，強以考據名之，以爲不如著作之抒寫性靈。嗚呼！可謂不揣其本而齊其末矣。

本朝經學盛興，在前如顧亭林、萬充宗、胡朏明、閻潛邱，近世以來，在吳有惠氏之學，在徽有江氏之學、戴氏之學。精之又精，則程易疇名於歙，段若膺名於金壇，王懷祖父子名於高郵，錢竹汀叔姪名於嘉定，其自名一學，著書授受者，不下數十家，均異乎補苴掇拾者之所爲，是直當以經學名之，烏得以不典之稱之所謂考據者混目於其間乎？若袁太史所稱擇其新奇隨時擇錄者，此與經學絕不相蒙，止可爲詩料策料，在四部書中爲說部。世俗考據之稱，或爲此類而設，不得竊附於經學，亦不得誣經學爲此，概以考據目之也。著作之名見於班孟堅《賓戲》，其辭云："取舍者，昔人之上務，著作者，前列之餘事。"推其以著作爲餘事，倘以道與器配之，正是取舍爲道，著作爲器。今袁太史以考據爲器，著作爲道，已異於班氏之說。且漢時所謂著作者，專爲堂修國史之稱，或曰著作東觀，或曰典著作是也。魏、晉、南北朝直名掌史之官爲著作郎。乃無端設一考據之目，又無端以著作歸諸抒寫性靈之空文，此不獨考據之稱有未明，即著作之名亦未深考也。袁氏之說不足辨，而考據之名不可不除，果如補苴掇拾，不能通聖人立言之指，則袁氏之說，轉不爲無稽矣。乾隆乙卯三月二十日。

江氏文學山房本《雕菰集》卷十三

論　詩

〔清〕趙　翼[1]

作詩必此詩，定知非詩人[2]。此言出東坡，意取象外[3]神，羚羊眠掛角[4]，天馬奔絕塵。其實論過高，後學未易遵。詩文隨世運，無日不趨新，古疎後漸密，不切者爲陳。譬如覂駕馬[5]，將越而適秦，灞滻終南[6]景，何與西湖春。又如寫生手，貌施而昭君[7]，琵琶春風面[8]，何關苧蘿顰[9]。是知興會超，亦貴肌理親。吾試爲轉語，案翻老斲輪[10]，作詩必此詩，乃是眞詩人。

嘉慶壽考堂本《甌北集》卷四十六

【註釋】

[1] 趙翼(公元一七二七年——一八一四年)——字雲松，一字雲崧，又作耘松，號甌北。江蘇陽湖人。乾隆二十六年舉一甲進士，授翰林院編修。累擢貴西道，以母老乞歸。晚歲主講安定書院。詩與袁枚、蔣士銓齊名，稱三家。有《甌北詩集》五十三卷，《檐曝雜記》六卷，《甌北詩話》十二卷，《皇朝武功紀盛》四卷，《陔餘叢考》四十三卷，《廿二史劄記》三十六卷。《清史稿》卷四百八十五《文苑》二有傳。

[2] 作詩必此詩定知非詩人——蘇軾《書鄢陵王主簿所畫折枝》詩："賦詩必此詩，定知非詩人。"

[3] 象外——孫綽《遊天台山賦》："散以象外之說。"司空圖《詩品》："超以象外。"

[4] 羚羊眠掛角——見本書第二册嚴羽《滄浪詩話・詩辨》註[29]。

[5] 覂駕馬——《漢書・武帝本紀》："夫泛駕之馬，跅弛之士，亦在御之而已。"註："泛，覆也……本作覂，後通用耳。覆駕者，言馬有逸氣，不循軌轍也。"

[6] 灞滻——二水名，在陝西。終南——山名，在陝西。

[7] 施——指越西施。昭君——指漢明妃王嬙。

[8] 琵琶春風面——杜甫《詠懷古迹》詠昭君村詩:"畫圖省識春風面。""千載琵琶作胡語。"

[9] 苧蘿顰——《嘉泰會稽志》:"諸暨縣……苧羅山,在縣南五里。《輿地志》云:'諸暨縣苧羅山,西施、鄭旦所居。'"《莊子·天運》:"西施病心而矉其里,其里之醜人見而美之,歸亦捧心而矉其里。"按:矉顰古今字。

[10] 斵輪——見本書第一册《莊子》選篇。

【説明】

清中葉的詩壇,袁枚、趙翼、蔣士銓狎主詩盟,號稱乾、嘉三家。蔣士銓詩,與袁、趙異趣;而趙翼的詩論和創作,和袁枚較爲接近。他的詩論,除見於《甌北詩話》外,《甌北詩集》中有不少論詩詩,可以窺見他的宗趣所在。

趙翼詩論的主要精神,在於創新,不肯隨着古人脚步走。他在《論詩》絶句中曾説:"李、杜詩篇萬口傳,至今已覺不新鮮。江山代有才人出,各領風騷數百年。"又《甌北詩話》卷四説:"必創前古所未有而後可以傳世。"卷五説:"元遺山《論詩》云:'蘇門若有功臣在,肯放坡詩百態新。'此言似是而實非也。新豈易言,意未經人説過則新,書未經人用過則新,詩家之能新,正以此耳。若反以新爲嫌,是必拾人牙後,人云亦云,否則抱柱守株,不敢踰限一步,是尚得成家哉?尚得成家哉?"在這篇《論詩》裹,特别指出:"詩文隨世運,無日不趨新",也是這個意思。這種精神,在我國文學理論批評史上,有它長久的傳統。從劉勰《文心雕龍·通變》、蕭子顯《南齊書·文學傳論》一直到清初葉燮《原詩·内篇》,反復闡明了這一道理。葉燮之説當明代摹古餘風還存在的時候提出,趙翼之説當清中葉沈德潛重揚明七子復古餘燄的時候提出,都有它的時代意義。

在詩歌寫作的具體問題上,趙翼從文學發展的方面看,指出了後不同於前,古踈而今密;要求言必切題,陳言空套,必須抛棄。由於時代較遠的詩人，寫詩技巧不够嚴密，時代越後，前人寫作技巧的經驗積累越多，推陳出新，由疎趨密，正是一種進步的現象。（葉燮《原詩：外篇》對此亦有論述。）寫詩者就應該在深刻觀察物象的基礎上，擘肌分理地寫出面目不同的詩篇，緊緊地扣住此人此時此地此事，以形寫神，才算得是"切"。就是所謂"作詩必此詩，乃是眞詩人"。針對當時神韻派末流空談興會，格調派陳言滿紙的流弊來說，是對症發藥的。這是本篇詩論的核心所在。

當然，東坡與趙翼的不同說法，言各有當。趙翼也並不絕對否定東坡的話，而只是認爲其論過高，後學不易遵循。"是知興會超，亦貴肌理親"，不脫不黏，這才是全面的。

附　　錄

删改舊詩作

〔清〕趙　翼

食筍愛其嫩，食蔗愛其老，愛嫩則棄根，愛老則棄杪。非人情不常，物固難兩好。何況詩文境，所歷有遲早。少時擅藻麗，疵纇苦不少。老去漸劖除，又覺才豔槁。安得美幷存，病處又俱掃，晚作蔗根肥，少作筍尖小。

少日所得意，老去覺弇陋，奮筆擬删之，謂今學始就。焉知今得意，不又他日疚？詩文無盡境，新者輒成舊，漫勒鐵函藏，行復醬瓿覆。笑同古煉師，燒丹窮昏晝，一火又一火，層層去粗垢，及夫燒將成，所存僅如豆。未知此豆許，果否得長壽？

嘉慶壽考堂本《甌北集》卷二十四

論　　詩（選錄）

〔清〕趙　翼

滿眼生機轉化鈞，天工人巧日爭新。預支五百年新意，到了千年又覺陳。

李、杜詩篇萬口傳，至今已覺不新鮮。江山代有才人出，各領風騷數百年。

嘉慶壽考堂本《甌北集》卷二十八

題陳東浦藩伯敦拙堂詩集

〔清〕趙　翼

學詩必學杜，萬口同一噪，連城有眞璧，未可碔砆冒。嗚呼浣花翁，在唐本別調。時當六朝後，舉世炫麗藻，靑蓮雖不羣，餘習猶或蹈。惟公起掃除，天門一龍跳，骨力森開張，神勇鬱雄驁，陽烏掩熠火，轟雷塞蚓竅。天壤此一途，疏鑿曾未到，一開五丁峽，遂坦九軌道。坐令翰墨場，莫不奉旌纛，微之彷精切，退之師排奡，義山鍊格遒，涪翁取徑峭，豪宕放翁吟，悲壯遺山弔，斯皆分杜派，各具一體妙。迨明李、何輩，但摹面目肖，彭亨鼓蛙怒，咆勃奮虎嘯，徒滋虛氣張，終覺輕心掉。曠代有東浦，孤詣戛獨造，淵源泝雅騷，根柢本忠孝，讀書必破卷，陋彼管窺豹，出語必驚人，驚若韝脫鷂，力厚亘鼎扛，思沉重淵釣，每於樸僿處，雋味出揉拗，以追少陵作，磁鐵兩孚召，得皮兼得骨，在神不在貌。緬昔老拾遺，入蜀詩益爆，長揖嚴尹幕，高歌葛相廟，至今舊草堂，萬丈光尚耀。先生甫筮仕，即泛錦江櫂，固知關宿緣，豈特發遐眺。新詩十二卷，精心躪堂奧，子美有替人，當亦意不料。寓齋得披誦，狂喜成絕叫，惟應瓣香燃，敢肆皈顆誚。傳語學杜人，津梁此先導。

嘉慶壽考堂本《甌北集》卷三十八

讀 杜 詩

〔清〕趙　翼

杜詩久循誦，今始識神功，不創前未有，焉傳後無窮。一生爲客恨，萬古出羣雄，吾老方津逮，何由羿彀中。

嘉慶壽考堂本《甌北集》卷三十九

題周松靄杜詩雙聲叠韻譜括略

〔清〕趙　翼

詩以詠我言，本從聲韻出，中有條縷分，古疎後漸密，隱侯辨仄平，孫炎著反切，關鍵一以開，千載莫能易。雙聲與叠韻，六朝始梳櫛，碻磝音響連，腥瘦字母壹。北有魏伯起，南有謝希逸（原注：碻磝叠韻見南史《謝莊傳》，腥瘦雙聲見北史《魏收傳》），此法皆講求，祕矜專門術。杜陵益精嚴，對屬百不失，侵簪月影寒，逼履江光徹（原注：杜詩侵簪叠韻，逼履雙聲，見《雲溪友議》）。老去詩律細，此亦細之一。倘其可不拘，何以名爲律？無如讀杜者，過眼付一瞥，但誇奔絕塵，不屑駕循轍。海昌有周子，遙契得眞訣，手著《括略》編，韻學乃漸泄。從來文字緣，每隨氣運闢，古人抉其大，後人剔其窄，非必後所增，都自鑿空獲。即如近體詩，古人所未識，抑揚抗墜間，妙有自然節，古人縱復生，不能變此格。是知本天籟，豈鑽牛角僻。茲譜雖小道，源出脣齒舌，詎晝混沌眉，乃導崑崙脈。反語田顛童，測字杭兀術，矯揉尙稱奇，矧此諧皦繹，允作杜功臣，藝苑更繩尺，音籤韻府外，另竪一幟赤。

嘉慶壽考堂本《甌北集》卷三十九

說詩八首

〔清〕宋　湘

三百詩人豈有師，都成絕唱沁心脾。今人不講源頭水，只問支流派是誰。
塗脂傅粉畫長眉，按拍循腔疾復遲，學過邯鄲多少步，可憐挨戶賣歌兒。
心源探到古人初，徵實翻空總自如。好把臭皮囊洗淨，神仙樓閣在高虛。
豫章出地勢輪囷，細草孤花亦可人。獨有五通仙杜老，各還命脈各精神。
學韓學杜學髯蘇，自是排場與衆殊；若使自家無曲子，等閒鐃鼓與笙竽。
池塘春草妙難尋，泥落空梁苦用心；若比大江流日夜，哀絲豪竹在知音。
文章妙絕有邱遲，一紙書中百首詩；正在將軍旗鼓處，忽然花雜草長時。
讀書萬卷眞須破，念佛千聲好是空。多少英雄齊下淚，一生纏死筆頭中。

嘉慶刻本《紅杏山房詩鈔・滇蹄集》卷一

述庵文鈔[1]序

〔清〕姚　鼐[2]

余嘗論學問之事，有三端焉，曰：義理也，考證也，文章也[3]。是三者，苟善用之，則皆足以相濟；苟不善用之，則或至於相害。今夫博學強識而善言德行者，固文之貴也，寡聞而淺識者，固文之陋也。然而世有言義理之過者，其辭蕪雜俚近，如語錄而不文[4]，爲考證之過者，至繁碎繳繞，而語不可了[5]。當以爲文之至美而反以爲病者，何哉？其故由於自喜之太過，而智昧於所當擇也。夫天之生才，雖美不能無偏，故以能兼長者爲貴。而兼之中又有害焉，豈非能盡其天之所與之量，而不以才自蔽者之難得與？

青浦王蘭泉先生，其才天與之，三者皆具之才也[6]。先生爲文，有唐、宋大家之高韻逸氣，而議論考覈，甚辨而不煩，極博而不蕪，精到而意不至於竭盡，此善用其天與？以能兼之才，而不以自喜之過而害其美者矣。先生歷官多從戎旅，馳驅梁、益，周覽萬里，助成國家定絕域之奇功[7]。因取異見駭聞之事與境，以發其瓌偉之辭爲古文，人所未有。世以此謂天之助成先生之文章者，若獨異於人；吾謂此不足爲先生異，而先生能自盡其才，以善承天與者之爲異也。

鼐少於京師識先生，時先生亦年才三十，而鼐心獨貴其才。及先生仕至正卿，老歸海上，自定其文曰《述庵文鈔》四十卷見寄於金陵。發而讀之，自謂粗能知先生用意之深。恐天下學者讀先生集，第歎服其美而或不明其所以美，是不可自隱其愚陋之識而不爲天下明告之也。若夫先生之詩集及他著述，其體雖不必盡同於古文，而一以余此言求之，亦皆可得其美之大者云。

嘉慶原刊本《惜抱軒文集》卷四

【註釋】

[1] 述庵文鈔——清王昶(公元一七二五年——一八〇六年)所著。昶，字德甫，號述庵，學者稱蘭泉先生，青浦人。乾隆十九年進士，官至刑部右侍郎。著有《春融堂詩文集》六十八卷，選《青浦詩傳》《湖海詩傳》《湖海文傳》《明詞綜》《國朝詞綜》等書。《清史稿》卷三百五有傳。

[2] 姚鼐(公元一七三二年——一八一五年)——字姬傳，桐城人。乾隆二十八年進士，選庶吉士，改禮部主事，歷充山東、湖南鄉試考官，會試同考官，《四庫全書》纂修官。告歸後，主講江南紫陽、鍾山書院四十餘年。鼐工爲古文，康熙間，方苞以古文名重一時，同邑劉大櫆繼之。鼐所作，辭邁于方，理勝于劉。三人皆籍桐城，世號爲桐城派。有《惜抱軒文集》二十卷、《惜抱軒詩集》二十卷，選《古文辭類纂》四十八卷，又有經子等著作若干卷。《清史稿》卷四百八十五《文苑》二有傳。

[3] 余嘗論學問之事五句——案：義理、考證、文章三者的提出，不始于姚鼐，宋儒早已言之。《近思錄》卷二："伊川曰：古之學者一；今之學者三，異端不與焉。一曰文章之學，二曰訓詁之學，三曰儒者之學。欲趨道，舍儒者之學不可。"程頤所言訓詁屬于考證，儒者之學即指義理。

[4] 然而世有言義理之過者三句——桐城派古文家論文尙雅潔，沈廷芳《書方望溪先生傳後》引述方苞的話，以爲"古文中不可入語錄中語"。姚鼐《復曹雲路書》說："言之無文，行而不遠，出詞氣不能遠鄙，曾子戒之，况于說聖經以教學者，遺後世，而雜以鄙言乎？當唐之世，僧徒不通于文，乃書其師語，以俚俗謂之語錄，宋世儒者弟子，蓋過而效之。然以弟子記先師，懼失其眞，猶有取也爾。明世自著者，乃亦效其辭，此何取哉？願先生凡辭之近俗如語錄者，盡易之使成文，則善矣。"後來呂璜所纂吳德旋《初月樓古文緒論》，也說："古文之體……忌語錄。"其說都本於方氏。

[5] 爲考證之過者三句——桐城派後期古文家吳汝綸《與姚仲實書》，對這一論點有所闡述："說道說經，不易成佳文，道貴正而文者必以奇勝。經則義疏之流暢，訓詁之繁瑣，考證之該博，皆於文體有妨，故善爲文者，尤愼于此。"

[6] 三者皆具之才也——王昶通朱熹之書，兼及薛瑄、王守仁諸家之學；又長于金

石考證，曾輯《金石萃編》；復工詩詞古文。

[7] 先生歷官四句——乾隆中葉，雲貴總督阿桂帥師攻緬甸，王昶曾自請發軍前自效。理藩院尚書溫福代阿桂，以昶佐幕府。溫福移師討金川，昶亦從行。後復隨阿桂定兩金川。梁、益二州，今四川省地。大金川、小金川在四川省阿壩藏族自治州西南部。

【説明】

義理、考證、文章三者合一，是姚鼐治學的基本精神，也是他論文的綱領。文章和學問雖不同科，有學問的人不一定擅長詩文。可是沒有較高的學術修養，却做不好古文，古文家之所以自命甚高，就在這一點上。方苞所提倡的古文義法，和他所篤好的宋儒理學是有密切關聯的。沿着義理的道路去治學，帶着理學的眼光去論文，于是就不免如惲敬所說的"旨近端而有時而歧，辭近醇而有時而窳"（見《上曹儷笙侍郎書》），流于狹隘了。姚鼐生當乾、嘉考據風氣正盛的時候，他在文學上和學術上都有相當高深的造詣，《述庵文鈔序》論述文章和學問息息相通。他之所以能够提高方苞以來的古文理論，擴張了桐城文派的壁壘，正由于他具有這種宏通的識解。

文章一開頭就指出學問之事有三端，就學問本身言，義理、考證、文章各有其相對的獨立性；從人來說，固然才性各有所近，然而博涉旁通，三者兼長，並不是不可能的。三者是否能够互相作用，相輔相成；抑或互相妨害，那就在于如何對待三者之間的關係了。

義理是文章的骨幹，有義理，文章才有所依附而符合于古人立言之旨。《覆汪進士輝祖書》云："夫古人之文，豈第文焉而已！明道義、維風俗以詔世者，君子之志；而辭足以盡其志者，君子之文也。"義理是重要的，但同時又必有賴于考證的徵實精神，文章才不至流于空疎淺陋。所以說，文章的可貴，在于"博學強識而善言德行”。這是就文章的內容而說的；至于如何表現這內容，則文章家自有其能事在。《與陳碩士》尺牘中說：“以考證助文之境，定有佳處。”所謂“佳處”，即此文所說的，“議論考覈，甚辨而不煩，極博而不蕪，精到而意不至于竭盡”。這樣，內容充實，而“高韻逸氣”流溢于楮墨之間；義理、考證、文章就融合無間，成爲一個整體了。所以說，“以能兼長者爲貴”。

當時，漢學和宋學互相對立着；理學家和考據家又多輕視詞章；浮華不實的文章之士也大有人在。三者門戶分立，各不相謀。此文從學術的角度，批判了文章之士的虛浮；從文章的角度，批判了蕪雜俚近、質木無文的語錄體和繁碎繳繞，拖泥帶水的箋證文字，對當時的學風、文風，都有其影響。文中所謂“自喜之太過”，不能相濟而相害，是針對現實，有感而發的。但是，他畢竟是古文家，所以這種理論也只成爲古文之學中比較全面的理論而已。

附　錄

與方希原書

〔清〕戴　震

得鄭君手札，言足下大肆力古文之學。僕嘗以爲此事在今日絕少能者，且其途易歧，一入歧途，漸去古人遠矣。

古今學問之途，其大致有三：或事於義理，或事於制數，或事於文章。事於文章者，等而末者也。然自子長、孟堅、退之、子厚諸君子之爲之，曰，是道也，非藝也。以云道，道固有存焉者矣。如諸君子之文，亦惡覩其非藝歟？夫以藝爲末，以道爲本，諸君子不願據其末，畢力以求據其本；本既得矣，然後曰，是道也，非藝也。循本末之說，有一末，必有一本。譬諸草木，彼其所見之本與其末同一株而根枝殊爾。根固者枝茂，世人事其枝，得朝露而榮，失朝露而瘁，其爲榮不久。諸君子事其根，朝露不足以榮瘁之，彼又有所得而榮，所失而瘁者矣。且不廢浸灌之資，雨露之潤。此固學問功深而不已於其道也，而卒不能有榮無瘁。故文章有至，有未至。至者，得於聖人之道則榮；未至者，不得於聖人之道則瘁。以聖人之道被乎文，猶造化之終始萬物也，非曲盡物情游心物之先不易解此。然則如諸君子之文，惡覩其非藝歟？諸君子之爲道也，譬猶仰觀泰山，知羣山之卑，臨視北海，知衆流之小。今有人履泰山之巔，跨北海之涯，所見不又縣殊乎哉？

足下好道而肆力古文，必將求其本。求其本，更有所謂大本。大本既得矣，然後曰，是道也，非藝也。則彼諸君子之爲道，固待斯道而榮瘁也者。聖人之道在六經，漢儒得其制數，失其義理；宋儒得其義理，失其制數。譬有人焉履泰山之巔，可以言山；有人焉跨北海之涯，可以言水。二人者不相謀，天地間之鉅觀，目不全收，其可哉？抑言山也，言水也，時或不盡山之奧、水之奇。奧奇，山水所有也；不盡之，闕物情也。

今足下同鄭君、汪君相與聚處，勉而薄乎巔涯，究乎奧奇不難。僕奔走避難，嚮之所欣，久棄不治。數千里外，聞足下爲之，意志動盪，不禁有言。足下試察其言，漫散不可收拾，其近況可弗贅陳矣。置身無所如僕者，起古人於今日，必哀而憐之。凡事履而後知，歷而後難，曾不如古人，而思得古人憐我；若強其乞憐於異乎古人者，則亦不爲也。

經韻樓本《戴東原集》卷九

味經窩類稾序

〔清〕錢大昕

太子太保大司寇錫山秦公，以通經砥行，爲東南多士倡。洎登巍科，陟上卿，以夙昔經術發爲經濟，移孝作忠，爲當代名臣。公退之暇，手訂《五禮通考》數千萬言，剞劂告成，既乃取平日所爲文，分類編次爲若干卷，名之曰《味經窩類稾》。

味經窩者，公少時讀書之室名也。錫山自高、顧諸君子講學東林，遺風未墜。尊甫給諫公，潛心性理，學養尤邃。公目擩耳染，聞道最早，顧不欲居講學之名，乃與同志三四人，爲談經之會，每旬有餘日則一會於所謂味經窩者，會則出其所得而商榷之。嘗曰：先聖之藴，具於六經。舍六經安有學哉！及其出而爲文，光明洞達，浩乎沛乎，一如其意之所欲言而止。譬之堂堂之陣，正正之旗，所向無敵，而不爲佻巧詭遇之計。蓋嘗受而讀之，詩賦、章奏、序記、論說，無體不備，而說經之文居其大半。昔人稱昌黎以六經之文爲諸儒倡，今公之文，非六經之法言不陳，非六經之疑義不決，折衷百家，有功後學，所謂吐詞爲經而蘄至於古之立言者，唯公有焉。

嘗慨秦、漢以下，經與道分，文又與經分，史家至區道學、儒林、文苑而三之。夫道之顯者謂之文，六經子史，皆至文也。後世傳文苑，徒取工於詞翰者列之，而或不加察，輒嗤文章爲小技，以爲壯夫不爲，是恥鞶帨之繡，而忘布帛之利天下，執糠秕之細，而訾菽粟之活萬世也。公之學求道於經，以經爲文，當世推之曰通儒，曰實學，不敢僅以文士目公。而其文亦遂卓然必傳於後世。此之謂能立言者。昌黎不云乎，言，浮物也。物之浮者，罕能自立，而古人以立言爲不朽之一，蓋必有植乎根柢而爲言之先者矣。草木之華，朝榮而夕萎，蒲葦之質，春生而秋槁，惡識所謂立哉。予自官京師，以年家子從公游，公以其不爲世俗之學也，而亟稱之。丁丑、戊寅之間，館公邸第，因得稍窺公得力所自。玆承公命，論次其文集，謹取所聞於公者而書之卷末。若其筆力之馳驟，體格之簡嚴，波瀾之浩瀚，覽者當自識之，故不復贅云。

嘉慶刻本《潛研堂文集》卷二十六

戴東原集序(節錄)

〔清〕段玉裁

……始玉裁聞先生之緒論矣，其言曰：有義理之學，有文章之學，有考覈之學。義理者，文章考覈之源也。孰乎義理，而後能考覈，能文章。玉裁竊以謂義理文章未有不由考覈而得者。

自古聖人制作之大，皆精審乎天地民物之理，得其情實，綜其始終，舉其綱以俟其目，與以利而防其弊，故能奠安萬世，雖有姦暴，不敢自外。《中庸》曰："君子之道，本諸身，徵諸庶民，考諸三王而不繆，建諸天地而不悖，質諸鬼神而無疑，百世以俟聖人而不惑。"此非考覈之極致乎？聖人心通義理，而必勞勞如是者，不如是不足以盡天地民物之理也。後之儒者，畫分義理、考覈、文章爲三，區别不相通，其所爲細已甚焉。夫聖人之道在六經，不於六經求之，則無以得聖人所求之義理，以行於家國天下，而文詞之不工，又其末也。先生之治經，凡故訓、音聲、算數、天文、地理、制度、名物、人事之善惡是非以及陰陽氣化、道德性命，莫不究乎其實。蓋由考覈以通乎性與天道。既通乎性與天道矣，而考覈益精，文章益盛，用則施政利民，舍則垂世立教而無弊。淺者乃求先生於一名一物一字一句之間，惑矣。

先生之言曰：六書九數等事，如轎夫然，所以舁轎中人也。以六書九數等事盡我，是猶誤認轎夫爲轎中人也。又嘗與玉裁書曰：僕生平著述之大，以《孟子字義疏證》爲第一，所以正人心也。噫！是可以知先生矣。……

經韻樓本《戴東原集》卷首

潛研堂文集序（節錄）

〔清〕段玉裁

古之以别集自見者多矣，而多不傳，傳矣而不能久，傳且久矣，而或不著；其傳而久，久而著者，數十家而已。其故何哉？蓋學有純駁淺深，而文又有工拙之不等也。古之神聖賢人，作爲六經之文，垂萬世之教，非有意於爲文也，而文之工侔於造化。諸子百家皆竊取一耑以有言，而言之有用者固多，言之偏致爲流弊者亦多矣。自辭章之學盛，士乃有志於文章，顧不知文所以明道，而徒求工於文，工之甚，適所以爲拙也。雖然有見於道矣，有見於經矣，謂不必求工於文，而率意言之，則又孔子所謂"言之無文，行之不遠"者。蓋聖門言語文學必分二科，以是衡量古今，其能兼擅者尠矣。

乃若少詹事曉徵先生，庶幾無媿於古之能兼文學言語者乎！先生始以辭章鳴一時，既乃研精經史，因文見道。……夫自古儒林，能以一蓺成名者罕，合衆蓺而精之，殆未之有也。若先生於儒者應有之蓺，無弗習，無弗精，其學固一軌於正，不參以老佛功利之言。其文尤非好爲古文以自雄壇坫者比也，中有所見，隨意抒寫，而皆經史之精液。其理明，故語無鶻突；其氣和，故貌不矜張；其書味深，故條鬯而無好盡之失，法古而無摹仿之痕，辨論而無詘嚚攘袂之習。淳古澹泊，非必求工，非必不求工，而知言者必以爲工。俾學者可由是以漸通經史，以津逮唐、宋以來諸大家之文，其傳而能久久而愈著者，固可必也。……

七葉衍祥堂本《經韻樓集》卷八

答沈楓墀論學(節錄)

〔清〕章學誠

……足下所問節目雖多，其要則可一言而蔽曰：學以求心得也。韓昌黎之論文也，則曰："文無難易，惟其是耳。"明道先生之論學曰："凡事思所以然，天下第一學問。"二公所言，聖人復生不能易也。夫文求是而學思其所以然，人皆知之，而人罕能之，非其才之罪也，直緣風氣錮其習，而毁譽不能無動於中也。三代以還，官師政教不能合而爲一，學業不得不隨一時盛衰而爲風氣。當其盛也，蓋世豪傑竭才而不能測其有餘；及其衰也，中下之資抵掌而可以議其不足。大約服、鄭訓詁，韓、歐文辭，周、程義理，出奴入主，不勝紛紛。君子觀之，此皆道中之一事耳。未窺道之全量，而各趨一節以相主奴，是大道不可見，而學士所矜爲見者，特其風氣之著於循環者也。

足下欲進於學，必先求端於道。道不遠人，即萬事萬物之所以然也；道無定體，即如文之無難無易，惟其是也。人生難得全才，得於天者必有所近，學者不自知也。博覽以驗其趣之所入，習試以求其性之所安，旁通以究其量之所至，是亦足以求進乎道矣。今之學者則不然，不問天質之所近，不求心性之所安，惟逐風氣所趨而徇當世之所尚，勉強爲之，固已不若人矣。世人譽之，則沾沾以喜；世人毁之，則戚戚以憂；而不知天質之良日已離矣。夫風氣所在，毁譽隨之，得失是非，豈有定哉？辭章之習既盛，輒詆馬、鄭爲章句；性理之談方張，則嗤韓、歐爲文人；循環無端，莫知所底，而好名無識之徒，乃謂託足於是，天下莫能加焉，不亦惑歟！由風尚之所成言之，則曰考訂、詞章、義理；由吾人之所具言之，則才、學、識也；由童蒙之初啓言之，則記性、作性、悟性也。考訂主於學，辭章主於才，義理主於識，人當自辨其所長矣。記性積而成學，作性擴而成才，悟性達而爲識，雖童蒙可與入德，又知斯道之不遠人矣。夫風氣所趨，偏而不備，而天質之良，亦曲而不全，專其一則必緩其二，事相等也。然必欲求天質之良而深戒以趨風氣者，固謂良知良能，其道易入。且亦趨風氣者，未有不相率而入於僞也，其所以入於僞者，毁譽重而名心亟也。故爲學之要，先戒名心，爲學之方，求端於道。苟知求端於道，則專其一緩其二，乃是忖己之長未能兼有，必不入主而出奴也。擴而充之，又可因此以及彼，風氣縱有循環，而君子之所以自樹，則固毁譽不能傾，而盛衰之運不足爲榮瘁矣。豈不卓歟！

前明制義盛行，學問文章，遠不古若，此風氣之衰也。國初崇尚實學，特舉詞科，史館需人，待以不次，通儒碩彦，磊落相望，可謂一時盛矣。其後史事告成，館閣無事。自雍正初年至乾隆十許年，學士又以四書文義相爲矜尚，僕年十五六時，猶聞老生宿儒自尊所業，至目通經服古謂之雜學，詩古文辭謂之雜作，士不工四書文，不得爲通，又成不可藥之蠱矣。今天子右文稽古，三通、四庫諸館，以次而開，詞臣多由編纂超遷，而寒士挾策依人，亦以精於校讐，輒得優館，甚且資以進身，其眞能者，固若力農之逢年矣。而風氣所開，進取之士恥言舉業，熊、劉變調，亦諷《説文》《玉篇》，王、宋別裁，皆考容金篆石。風氣所趨，何所不至哉！夫考訂、辭章、義理，雖曰三門，而大要有二，學與文也。理不虚立，則固行乎二者之中矣。學資博覽，須兼閲歷，文貴發明，亦期用世，斯可與進於道矣。夫博覽而不兼閲歷，是發策決科之學也；有所發明而於世無用，是雕龍談天之文也。然而不求心得而形跡取之，皆僞體矣。

比見今之傑者，多偏於學文，則詩賦駢言亦極其工，至古文辭，則議之者鮮矣。夫文非學不立，學非文不行，二者相須若左右手，而自古難兼，則才固有以自限，而有所重者，意亦有所忽也。陶朱公曰："人棄我取，人取我與。"學業將以經世，當視世所忽者而施挽救焉，亦輕重相權之義也。今之宜急務者，古文辭也，攻文而仍本於學，則既可以持風氣，而他日又不致爲風氣之弊矣。足下於此，豈有意乎？語云：太上立德，其次立功，其次立言。人生不朽之三，固該本末兼內外而言之也。鄙人則謂著述一途，亦有三者之别：主義理者，著述之立德者也；主考訂者，著述之立功者也；主文辭者，著述之立言者也。"言之無文，行而不遠"，宋儒語錄，言不雅馴，又騰空説，其義雖有甚醇，學者罕誦習之。則德不虚立，即在功言之中，亦猶理不虚立，即在學文二者之中也。足下思鄙人之舊話，而欲從事於立言，可謂知所務矣。然而考索之家，亦不易易，大而《禮》辨郊社，細若《雅》注蟲魚，是亦專門之業，不可忽也。阮氏《車考》，足下以謂僅究一車之用，是又不然。治經而不究於名物度數，則義理騰空，而經術因以鹵莽，所係非淺鮮也。子貢曰："文武之道，未墜於地，賢者識大，不賢者識小。"皆夫子之所師也。人生有能有不能，耳目有至有不至，雖聖人有所不能盡也。立言之士，讀書但觀大意，專門考索名數，究於細微，二者之於大道，交相爲功，殆猶女餘布而農餘粟也。而所以不能通乎大方者，各分畛域而交相詆也。

足下有志於文，正當益重精學之士，能重精學之士，則發爲文章，必無偏趨風氣之患矣。昔朱竹君先生善古文辭，其於六書，未嘗精研而心知其意。王君懷祖固以六書之學專門名家者也，朱先生序刻《說文》，中間辨別六書要旨，皆咨於懷祖而承用其言。僕稱先生諸序此爲第一，非不知此言本懷祖也，而世或譏之，此不可語於古人爲文之大體也。近代學問如戴東原，未易易矣，其所考訂與所發揮，文筆清堅，足以達其所見，而記傳文字，非其所長，纂修志乘，固亦非其所解，委而不爲，固無傷也。而強作解事，動成窒戾，此則不善趨避，而昧於交相爲功之業者也。要之文易翻空，學須摭實。今之學者，雖趨風氣，競尚考訂，多非心得，然知求實而不蹈於虛，猶愈於掉虛文而不復知實學也。大醫之療疾，攻寒以熱，治積宜消，然而寒熱相搏，幾於無止，是以良醫當積實，而預爲反虛之防，今日之論文而不敢忽學是也。願足下思之度之，忖其所能而次第求之，如有所疑，則就高明而斟酌之。至於從事之餘，功程疏數，條目鴻纖不妨。……

嘉業堂本《章氏遺書·文史通義》外篇三

與朱少白論文

〔清〕章學誠

兒子言：邵先生近勸足下學古文辭，足下不肯竟學，意謂文不可學而工，學養優餘，文自沛然而至。此說誠然，但足下於今言此，猶未可也。

孟子曰："持其志毋暴其氣。"著述將以明道，文辭非所急耳，非不用功也，知有輕重本末可矣，不當偏有所務，偏有所廢也。易曰："修辭立其誠。"誠立何預於辭，而亦要於修此，明不偏廢也。夫子曰："辭達而已矣。"曾子曰："出辭氣斯遠鄙倍矣。"聖賢教人忠信，何嘗不言修辭之功哉？易曰："其旨遠，其辭文。"詩曰："吉甫作誦，穆如清風。" 此皆後世評論辭致工拙所由倣也。《春秋傳》曰："辭之不可以已也如是夫。"《禮記》曰："毋勦說，毋雷同，必則古昔稱先王。"此則明言文辭之作用也。古人何嘗不治文乎？所惡於學文者謂其但知捶章鍊句，形貌以求古人，識者所不取耳。若志持而氣必求其毋暴，旨遠而辭必要於有文，聖賢猶不外此。足下豈謂六經之文，聖人當日直以道德有餘，譾言常語，矢口而成，不更須修飾之功耶？且足下所謂學者，果何物哉？

學於道也，道混沌而難分，故須義理以析之；道恍惚而難憑，故須名數以質之；道隱晦而難宣，故須文辭以達之；三者不可有偏廢也。義理必須探索，名數必須考訂，文辭必須閑習，皆學也，皆求道之資而非可執一端謂盡道也。君子學以致其道，亦從事於三者，皆無所忽而已矣。今足下之於義理，不能不加探索之功，名數不能不加考訂之功；獨於文辭，乃謂不須閑習，將俟道德至而發爲自然之文。不知閑習文辭，亦學以致道之一事，致之之功不盡，道亦安能遽至乎？是則欲求文之大原，即於其原先受病也。道由粗以致精，足下未涉其粗，豈可躐等而言神化耶？

近日學者多以考訂爲功，考訂誠學問之要務，然於義理不甚求精，文辭置而不講，天質有優有劣，所成不能無偏可也。紛趨風氣，相與貶義理而薄文辭，是知徇一時之名，而不知三者皆分於道，環生迭運，衰盛相傾，未見卓然能自立也。

嘉業堂本《章氏遺書·外集》二

復魯絜非[1]書

〔清〕姚　鼐

桐城姚鼐頓首，絜非先生足下。相知恨少，晚遇先生。接其人，知爲君子矣。讀其文，非君子不能也。往與程魚門、周書昌嘗論古今才士惟爲古文者最少[2]，苟爲之，必傑士也，況爲之專且善如先生乎！辱書引義謙而見推過當，非所敢任。鼐自幼迄衰，獲侍賢人長者爲師友，剽取見聞，加臆度爲說，非眞知文能爲文也，奚辱命之哉？蓋虛懷樂取者，君子之心；而誦所得以正於君子，亦鄙陋之志也。

鼐聞天地之道，陰陽剛柔而已。文者，天地之精英，而陰陽剛柔之發也[3]。惟聖人之言，統二氣[4]之會而弗偏，然而《易》《詩》《書》《論語》所載，亦間有可以剛柔分矣。值其時其人，告語之體[5]各有宜也。自諸子而降，其爲文無弗有偏者。其得於陽與剛之美者，則其文如霆，如電，如長風之出谷，如崇山峻崖，如決大川，如奔騏驥；其光也，如杲日[6]，如火，如金鏐[7]鐵；其於人也，如馮[8]高視遠，如君而朝萬衆，如鼓萬勇士而戰之。其得於陰與柔之美者，則其文如升初日，如清風，如雲，如霞，如煙，如幽林曲澗，如淪[9]，如漾，如珠玉之輝，如鴻鵠之鳴而入寥廓；其於人也，漻乎[10]其如歎，邈乎其如有思，暖[11]乎其如喜，愀[12]乎其如悲。觀其文，諷其音，則爲文者之性情形狀舉以殊焉。且夫陰陽剛柔，其本二端，造物者糅而氣有多寡進絀[13]，則品次億萬，以至於不可窮[14]，萬物生焉。故曰：一陰一陽之爲道[15]。夫文之多變，亦若是已。糅而偏勝可也，偏勝之極，一有一絕無，與夫剛不足爲剛，柔不足爲柔者，皆不可以言文[16]。今夫野人孺子聞樂，以爲聲歌絃管之會爾；苟善樂者聞之，則五音十二律[17]，必有一當，接於耳而分矣。夫論文者，豈異於是乎？宋朝歐陽、曾公[18]之文，其才皆偏於柔之美者也。歐公能取異己者之長而時濟之；曾公能避所短而不犯[19]。觀先生之文，殆近於二公焉。抑人之學文，其功力所能至者，陳理義必明當，布置取舍繁簡廉肉[20]不失法，吐辭雅馴，不蕪而已。古今至此者，蓋不數數得，然尙非文之至；文之至者通乎神明，人力不及施也。先生以爲然乎？

惠寄之文，刻本固當見與，抄本謹封還。然抄本不能勝刻者。諸體中書疏贈序爲上，記事之文次之，論辨又次之。鼐亦竊識數語於其間，未必當也。《梅厓集》[21]果有逾人處，恨不識其人。郎君令甥[22]，皆美才未易量，聽所好恣爲之，勿拘其途可也。於所寄文，輒妄評說，勿罪勿罪。秋暑惟體中安否？千萬自愛。七月朔日。

嘉慶原刊本《惜抱軒文集》卷六

【註釋】

[1] 魯絜非——魯九皋(公元一七三二年——一七九四年)，原名仕驥，字絜非，新城人。乾隆三十六年進士，官山西夏縣知縣。姚瑩《朝議大夫刑部郎中加四品銜從祖惜抱先生行狀》："新城魯絜非以文章名江右，始學於閩中朱梅崖先生。梅崖於當世文少所推許，獨心折先生，以爲不及。魯乃渡江就訪，使諸甥受業。"有《山木集》四卷。《清史稿》卷四百八十五《文苑傳》二有傳，附姚鼐傳後。

[2] 程魚門——見本册程廷祚《復家魚門論古文書》註[1]。周書昌——周永年(公元一七三〇年——一七九一年)，字書昌，歷城人。乾隆進士，官編修。藏書五萬卷，爲學淹博，不存稿，亦不著書。姚鼐《劉海峰先生八十壽序》："曩者鼐在京師，歙程吏部、歷城周編修語曰：'爲文章者，有所法而後能，有所變而後大。維聖清治邁逾前古千百，獨士能爲古文者未廣。昔有方侍郎，今有劉先生，天下文章，其出于桐城乎？'"

[3] 文者天地之精英而陰陽剛柔之發也——姚永樸《文學研究法》:"自《易·賁卦彖傳》言:'柔來而文剛,分剛上而文柔。剛柔交錯,天文也;文明以止,人文也。觀乎天文以察時變,觀乎人文以化成天下。'《說卦傳》又言:'分陰分陽,迭用柔剛,故《易》六位而成章。'文章之體之本於陰陽剛柔,其來遠矣。顧後世文學家未有論及此者。惟《宋書·謝靈運傳論》言'志動於中,歌詠外發',嘗推本於'民稟天地之靈,含五常之德,剛柔迭用,喜愠分情'。劉彥和《文心雕龍·鎔裁篇》云:'剛柔以立本,變通以趨時。立本有體,意或偏長;趨時無方,辭或繁雜。蹊要所司,職在鎔裁。'皆以此爲言,而未暢厥旨。及惜抱先生《答魯絜非書》,言之乃詳。"案:《文心雕龍》以剛柔論文的,不止一處,《定勢》云:"剛柔雖殊,必隨時而適用。""然文之任勢,勢有剛柔,不必壯言慷慨,乃稱勢也。"《體性》云:"風趣剛柔,寧或改其氣。"可以證明文家剛柔之論,實始于劉勰。此後,明人屠隆《文論》、清初魏禧《文瀫敍》與姚鼐所論,都很相近,惟姚氏於此作了更詳盡的闡說。

[4] 二氣——指陰氣和陽氣。我國古代哲學家認爲宇宙間一切運行不息的現象,都是由於陰、陽二氣即兩種相反力量的矛盾與統一。《易·咸彖》:"二氣感應以相與。"

[5] 告語之體——說話的方式,表達的方式。

[6] 杲日——《詩·衞風·伯兮》:"杲杲出日。"杲,音搞,形容太陽的光明。

[7] 鏐——音流,純美的黃金。《爾雅·釋器》郭璞註:"鏐即紫磨金。"

[8] 馮——同憑。

[9] 淪——見本書第二册蘇洵《仲兄字文甫說》註[10]。

[10] 漻——音遼,清貌。《莊子·天地》:"漻乎其清也。"

[11] 煗——同暖。這裏作溫和解。

[12] 愀——淒愴貌。

[13] 進絀——指陰陽二氣的消長。

[14] 品次億萬以至於不可窮——謂分析陽剛、陰柔二大類,有千變萬化的文章風格。姚永樸《文學研究法》曾述張廉卿(裕釗)之言,以二十字分配陰陽,謂"神、氣、勢、骨、機、理、意、識、脈、聲,陽也;味、韻、格、態、情、法、詞、度、界、色,陰也。"可知後期桐城派古文家對姚說的闡述。

[15] 一陰一陽之爲道——《易·繫辭上》:"一陰一陽之謂道。"

[16] 偏勝之極五句——姚永樸《文學研究法》:"篇中言'剛不足爲剛,柔不足爲柔者',恐世之淺者藉口以獷悍爲陽剛,以靡弱不振爲陰柔也。其言'一有一絕

無，不可言文'者，蓋陰陽剛柔之分，亦言其大概而已。必剛柔相錯而後爲文，故陽剛之文亦具有陰柔之美，特不勝其陽剛之致而已。陰柔亦然。止可偏勝，而不可以絕無。《禮記·樂記》云：'剛氣不怒，柔氣不懾。'正以此。"

[17] 五音十二律——見本書第一册《法言·吾子篇》註[15]。

[18] 歐陽曾公——歐陽修、曾鞏。

[19] 歐公能取異己者之長而時濟之二句——姚永樸《文學研究法》："且惜抱先生卽'歐公取異己者之長而時濟之，曾公避所短而不犯'，并舉以告絜非，可知有此兩種辦法。謂取異己者之長以自濟者，管氏'進之以學'一語(案：管同《與友人論文書》云："得天之剛，世亦無幾，其餘必進之以學。進之以學者，孟子所云'以直養而無害'是也。日蓄吾浩然之氣，絕其卑靡，遏其鄙吝，使夫爲體也常宏，而其爲用也常毅，則一旦隨其所發，而至大至剛之概，可以塞乎天地之間矣。如此則學問成，而其文亦隨之以至矣。")已得其旨。……然而人各有能有不能，若必難進於陽剛，惟有用避所短而不犯之法，此亦非進之以學不可。是故惜抱先生評劉子政(向)《戰國策序》云：'此文固不若《過秦論》之雄駿，然冲溶渾厚，無意爲文，而自能盡意，若《莊子》所謂木雞者，此境亦賈生所無也。'又《與陳碩士書》云：'所寄古文大抵正有餘而奇不足，此不必勉爲奇，但益求其醇厚，卽自貴耳。古人不云善用其短乎？'"

[20] 廉肉——《禮記·樂記》："使其曲直繁瘠，廉肉節奏，足以感動人之善心而已矣。"陸德明《釋文》："肉，而救反。"孔穎達《正義》："廉，謂廉稜；肉，謂肥滿。"案：廉肉是古代音樂上的術語。

[21] 梅厓集——朱仕琇(公元一七一五年——一七八〇年)，字斐瞻，建寧人。乾隆九年舉鄉試第一，踰四年成進士，選庶吉士，出知夏津縣，改福寧府教授，歸主鼇峰書院講席。工古文，福建古文之學自仕琇始。有《梅厓居士文集》三十卷、《外集》八卷。《清史稿》卷四百八十五《文苑傳》二有傳。

[22] 令甥——陳用光(公元一七六八年——一八三五年)，字碩士，新城人。嘉慶六年進士，由編修官至禮部侍郎。爲絜非之甥，姚鼐門人。有《太乙舟文集》八卷。《清史稿》卷四百八十五《文苑傳》二有傳，附姚鼐傳後。

【說明】

《復魯絜非書》闡明文學風格上陰陽剛柔之說，是姚鼐論文精義之所在，也可說，是古文家在文學風格理論方面的概括和總結。

文章風格的區分，開始于劉勰的八體（見《文心雕龍·體性》），此後，如皎然的《詩式》、司空圖的《詩品》、嚴羽的《滄浪詩話》，各有論述，愈析愈細，名目繁多，此文把它歸納爲陽剛和陰柔兩大類。凡是雄渾、勁健、豪放、壯麗等風格都可納入陽剛一類；而修潔、淡雅、高遠、飄逸等都可歸入陰柔一類。

姚鼐認爲文章風格，主要是作者才性和氣質的表現。其《答翁學士書》有云："文字者，猶人之言語也。有氣以充之，則觀其文也，雖百世而後，如立其人而與言于此；無氣則積字焉而已。"此文所謂"觀其文，諷其音，則爲文者之性情形狀舉以殊焉"，也是這個意思。這是他立論的出發點。本於這種出發點以論文，於是認爲才性氣質稟之于天；天地之道，陰陽相生，陰柔而陽剛，所以說："文者天地之精英，而陰陽剛柔之發也。"這樣，雖和文學現象聯系起來，似乎是從劉勰《文心雕龍·原道》中引伸出來，但是更偏於唯心方面，所以沒有強調學和習的問題。

文中引《易·繫辭》"一陰一陽之謂道"，道指自然界不停運動的客觀規律；陰和陽則是構成這種規律，包涵于自然界中的兩種因素。陰陽互相擊搏，互相滲透，自然界的變化是無窮的。人的稟賦不能無所偏，偏的程度不能無所差異；而在社會生活實踐中，環境和習染又各有不同，因而表現在文學上也就會呈現出多種多樣的風格。所謂"文之多變，亦若是也"。這多種多樣的風格，就其異者來說，如同音樂上五音十二律之分，完全可以辨析精微，絲絲入扣；就其同者而言，則意境之美，"其本二端"，不外陽剛與陰柔而已。這就是劉勰《文心雕龍·鎔裁》說的"剛柔以立本"的意思。

文中用一系列的形象比喻，說明兩種不同的風格美以及它們在語言藝術上的特色：其屬于陽剛一類的，如掣電流虹，噴薄出之，以雄偉勁直爲尙；其屬于陰柔一類的，如煙雲舒卷，蘊藉出之，以溫深徐婉爲貴。依姚鼐的看法，倘若不能達到這樣的要求，那就是“剛不足爲剛，柔不足爲柔”，不能算是成熟的風格。

以陰陽剛柔論文，姚鼐一方面闡明了兩者之間的區別，同時又指出其互相聯系的一面。陰和陽對舉成文，兩者是對立的統一體，必須調劑以爲用，相反相成。就自然之理來說是如此，就文章之道來說也是這樣。人的氣質有剛柔之分，偏勝是難以避免的；“偏勝之極”，至于“一有一絕無”，和“剛不足爲剛，柔不足爲柔”一樣，“皆不可以言文”。關于這，《海愚詩鈔序》裏作了更具體的說明。此文謂歐陽修“能取異己者之長而時濟之”，也就是說，歐文能以陽剛濟陰柔，所以才能完成其風格上波瀾起伏，意態不窮的陰柔之美，而不至陷于“頹廢而闇幽”。這種看法，比較重在後天的變化氣質的方面，但也是以前封建文人習見的論調。以前封建文人之論書法、繪畫、音樂、舞蹈等一切藝術，也往往有同樣的見解。

有一點值得注意：對兩種不同類型的風格美，姚鼐並不是等量齊觀的。《海愚詩鈔序》明白指出：“文之雄偉而勁直者，必貴於溫深而徐婉。”姚鼐的文章偏于陰柔，而所嚮往的却是陽剛之美。這不能不說是他論文識解宏通之處。

附　　錄

海愚詩鈔序

〔淸〕姚　鼐

吾嘗以謂文章之原，本乎天地。天地之道，陰陽剛柔而已。苟有得乎陰陽剛柔之精，皆可以爲文章之美。陰陽剛柔並行而不容偏廢，有其一端而絕亡其一，剛者至於僨強而拂戾，柔者至於頹廢而闇幽，則必無與於文者矣。然古君子稱爲文章之至，雖兼具二者之用，亦不能無所偏優于其間，其故何哉？天地之道，協合以爲體，而時發奇出以爲用者，理固然也。其在天地之用也，尙陽而下陰，伸剛而絀柔，故人得之亦然。文之雄偉而勁直者，必貴於溫深而徐婉。溫深徐婉之才，不易得也；然其尤難得者，必在乎天下之雄才也。夫古今爲詩人者多矣，爲詩而善者亦多矣，而卓然足稱爲雄才者，千餘年中數人焉耳。甚矣其得之難也。

今世詩人，足稱雄才者，其遼東朱子潁乎？即之而光升焉，誦之而聲閎焉，循之而不可一世之氣勃然動乎紙上而不可禦焉，味之而奇思異趣角立而橫出焉，其惟吾子潁之詩乎？子潁沒而世竟無此才矣！子潁爲吾鄉劉海峯先生弟子，其爲詩能取師法而變化用之。鼐年二十二，接子潁於京師，即知其爲天下絕特之雄才。自是相知數十年，數有離合。子潁仕至淮南運使，延余主揚州書院，三年而余歸，子潁亦稱病解官去，遂不復見。

子潁自少孤貧，至於宦達，其胸臆時見於詩，讀者可以想見其蘊也。蓋所蓄猶有未盡發而身泯焉。其沒後十年，長子今白泉觀察督糧江南，校刻其集。鼐與王禹卿先生同錄訂之，曰《海愚詩鈔》，凡十二卷。乾隆五十九年四月，桐城姚鼐序。

嘉慶原刊本《惜抱軒文集》卷四

文史通義質性(節錄)

〔清〕章學誠

…………

易曰："一陰一陽之謂道。"陽變陰合，循環而不窮者，天地之氣化也。人秉中和之氣以生，則爲聰明睿智，毗陰毗陽，是宜剛克柔克，所以貴學問也。驕陽沴陰中於氣質，學者不能自克，而以似是之非爲學問，則不如其不學也。孔子曰："不得中行而與之，必也狂狷乎？"狂者進取，狷者有所不爲，莊周、屈原其著述之狂狷乎？屈原不能以身之察察，受物之汶汶，不屑不潔之狷也；莊周獨與天地精神相往來，而不傲倪於萬物，進取之狂也。昔人謂莊、屈之書，哀樂過人，蓋言性不可見，而情之奇至，如莊、屈狂狷之所以不朽也。鄉愿者流，託中行而言性天，剽僞易見，不足道也。於學見其人，而以情著於文，庶幾狂狷可與乎？然而命騷者鄙，命莊者妄，狂狷不可見，而鄙且妄者，紛紛自命也。夫情本於性也，才率於氣也，累於陰陽之間者，不能無盈虛消息之機；才情不離乎血氣，無學以持之，不能不受陰陽之移也。陶舞慍戚一身之內，環轉無端，而不自知，苟盡其理，雖夫子憤樂相尋，不過是也。其下焉者，各有所至，亦各有所通，大約樂至沉酣而惜光景，必轉生悲；而憂患既深，知其無可如何，則反爲曠達。屈原憂極，故有輕舉、遠遊、餐霞、飲瀣之賦，莊周樂至，故有後人不見天地之純，古人大體之悲，此亦倚伏之至理也。若夫毗於陰者，妄自期許，感慨横生，賊夫騷者也；毗於陽者，猖狂無主，動稱自然，賊夫莊者也。然而亦且循環未有已矣。

嘉業堂本《章氏遺書·文史通義》內篇三

與友人論文書

〔清〕管　同

垂示古文三篇，比前稍進，然終孱弱無勁氣，未得爲佳。既承虛懷相問，則固當明言其塗，而足下擇焉。

僕聞文之大原，出於天得，其備者渾然如太和之元氣；偏焉而入於陽，與偏焉而入於陰，皆不可以爲文章之至境。然而自周以來，雖善文者亦不能無偏。僕謂與其偏於陰也，則無寧偏於陽，何也？貴陽而賤陰，信剛而絀柔者，天地之道，而人之所以爲德者也。孔子曰："吾未見剛者。"曾子曰："士不可以不宏毅，任重而道遠。"聖賢論人，重剛而不重柔，取宏毅而不取巽順。夫爲文之道，豈異於此乎。古來文人，陳義吐辭，徐婉不失態度，歷代多有；至若駿桀廉悍，稱雄才而足號爲剛者，千百年而後一遇焉耳；甚矣陽之足貴也。然僕以爲是有天焉，有人焉，得天之剛，世亦無幾，其餘必進之以學。進之以學者，孟子所云"以直養而無害"是也。日蓄吾浩然之氣，絕其卑靡，遏其鄙吝，使夫爲體也常宏，而其爲用也常毅，則一旦隨其所發，而至大至剛之概，可以塞乎天地之間矣。如此則學問成，而其文亦隨之以至矣。

取道之原，六經其至極也。而論其從入之塗，則《公羊》《國策》、賈誼、太史公皆深得乎陽剛之美者，誠熟復之，當必更有所進耳。雖然是姑就足下所問誦法者言之，若論其至，則必如前之所陳者。舍剛大而言養氣，不可以爲養氣也；舍養氣而專言爲文，不可以言爲文也。惟所養有淺深，則所就有高下，要之必歸於此而後爲得焉。足下其不謂然乎？敬覆不具。

光緒刻本《因寄軒文初集》卷六

詩法論

〔清〕翁方綱[1]

歐陽子援揚子制器有法以喻書法[2]，則詩文之賴法以定也審矣。忘筌忘蹄[3]，非無筌蹄也。律之還宫，必起於審度[4]，度卽法也。顧其用之也無定方，而其所以用之，實有立乎法之先而運乎法之中者。故法非徒法也，法非板法也。且以詩言之，詩之作作於誰哉，則法之用用於誰哉？詩中有我在也，法中有我以運之也。卽其同一詩也，同一法也，我與若俱用此法，而用之之理、用之之趣各有不同者，不能使子面如吾面也。同一時、同一境、同一事之作，而其用法之所以然，父不能得之於子，師不能傳之於弟；卽同一在我之作，而今歲不能仿昨歲語，今日不能用昨日之語，況其隔時地、分古今，而強我以就古人之法，強執古人以定我之法，此則蔑古之尤者也，而可謂之效古哉？

故曰，文成而法立。法之立也，有立乎其先、立乎其中者，此法之正本探原也；有立乎其節目、立乎其肌理界縫者，此法之窮形盡變也。杜云"法自儒家有"[5]，此法之立本者也；又曰"佳句法如何"[6]，此法之盡變者也。夫惟法之立本者，不自我始之，則先河後海，或原或委[7]，必求諸古人也。夫惟法之盡變者，大而始終條理[8]，細而一字之虛實單雙，一音之低昂尺黍[9]，其前後接筍，乘承轉換、開合正變，必求諸古人也。乃知其悉準諸繩墨規矩，悉校諸六律五聲，而我不得絲毫以己意與焉。故曰，禹之治水[10]，行其所無事也。行乎所不得不行，止乎所不得不止[11]。

應有者盡有之，應無者盡無之，夫然後可以謂之詩，夫然後可以謂之法矣。

光緒刻本《復初齋文集》卷八

【註釋】

［1］翁方綱（公元一七三三年——一八一八年）——字正三，號覃溪，順天大興人。乾隆十七年進士，改庶吉士，授編修，累官至內閣學士。方綱精金石、譜錄、書畫、詞章之學，爲詩主張肌理之説，以救神韻、格調説之弊。喜以考據入詩。袁枚《倣元遺山論詩》所譏"天涯有客號詅癡，誤把抄書當作詩，抄到鍾嶸《詩品》日，該他知道性靈時。"就是指方綱。有《復初齋詩集》七十卷、《文集》三十五卷、《石洲詩話》八卷、《小石帆亭著錄》六卷、《蘇詩補注》八卷及其他學術著作。《清史列傳》有傳。

［2］歐陽子援揚子制器有法以喻書法——歐陽修《試筆·用筆之法》："因知萬事皆有法，揚子云：斷木爲棋，刓革爲鞠，亦皆有法。豈正得此也。"

［3］忘筌忘蹄——《莊子·外物》："筌者所以在魚，得魚而忘筌；蹄者所以在兔，得兔而忘蹄；言者所以在意，得意而忘言。"成玄英疏："筌，魚笱也，以竹爲之，故字從竹。亦有從草者。……蹄，兔罝也，亦兔彄也，以繫係兔脚，故謂之蹄。此二事，譬也。"

［4］律之還宮必起於審度——《舊唐書·祖孝孫傳》："武德七年始命孝孫修定雅樂。孝孫斟酌南北，考以古音，作大唐雅樂，以十二月各順其律，旋相爲宮，制十二樂合十三十二曲、八十四調。旋宮之義，亡絕已久，世莫能知，一朝復古，自孝孫始也。"案：還、旋通用。旋宮爲秦、漢以前諧音之法。十二律、七聲相配而成衆調。《漢書·律歷志》："三曰審度。"

［5］法自儒家有——杜甫《偶題》詩句。

［6］佳句法如何——杜甫《寄高三十五書記》詩句。

［7］先河後海二句——《禮記·學記》："三王之祭川也，皆先河而後海，或源也，或委也，此之謂務本。"

［8］始終條理——《孟子·萬章》："金聲也者，始條理也；玉振之也者，終條理也。"

［9］尺黍——《宋史·律歷志》："自前世以來，累黍爲尺以製律。"

［10］禹之治水——見本册《原詩》註［65］。陸游《六藝示子聿》："沛然要似禹行水。"

[11] 行乎所不得不行二句——《東坡題跋》一:"吾文……常行於所當行,常止於不可不止。"

【説明】

清詩到乾、嘉時代,神韻説的流弊已十分顯著,於是格調説起而補其虚,性靈説又起而救格調説之弊。而在當時漢學家考證學風的刺激下,桐城派古文義法説的影響下,翁方綱則大張學人之詩的旗幟,談肌理,談質實,談詩法,與性靈派抗衡。通過《詩法論》一篇,我們可以鳥瞰翁氏詩論的全貌。

詩而言法,濫觴於宋人。黄庭堅談句法,吕本中談活法,嚴羽《滄浪詩話》專列《詩法》一門。明人李夢陽也談古法。由談詩法而擴展到談文法,於是明人唐順之就説:"所謂法者,神明之變化也。"(《文編序》)"法寓于無法之中。"(《董中峯侍郎文集序》)桐城派劉大櫆説"古人文章可告人者惟法耳,然不得其神而徒守其法,則死法而已"。(《論文偶記》)姚鼐説:"文章之事能運其法者才也,而極其才者法也。古人有一定之法,有無定之法。有定者,所以爲嚴密也;無定者,所以爲縱横變化也。二者相濟,而不相妨,故善用法者,非以窘吾才,乃所以達吾才也。"(《與張林阮尺牘》)又以論文之法通之于詩,認爲"聲色之美因乎意與氣而時變者也,是安得有定法哉!"(《答翁學士書》)所有這些談法而不拘于法的詩論與文論,都可能影響了翁氏的詩法説。而考證學風,又使翁氏把以考證爲詩的創作實踐的體驗滲透到詩法説中。翁氏於詩宗黄庭堅,論詩主學之説,又繼承了在他以前學宋的浙派詩人的主張。朱彝尊説:"天下豈有舍學之詩之理。"(《棟亭詩序》)厲鶚説:"未有能詩而不讀書,……書,詩材也。……詩材富而意以爲匠,神以爲斧,則大篇短章,均擅其勝。"(《緑杉野屋集序》)這些都和翁氏詩論精神相通。即趙翼《論詩》詩所言:"是知興會超，亦貴肌理親”，也與翁氏詩論有相通之處。

《詩法論》中，着重説明了法是筌蹄，用無定方，“法非徒法”，“法非板法”。詩中有我，關鍵在于“詩中有我以運之”。所以法雖同，而用之者因人因時因境因事而異；可以傳者規矩，不可以傳者“用之之理”、“用之之趣”。顯然，這是從呂本中所説“學詩當識活法。所謂活法者，規矩備具而能出于規矩之外，變化不測而亦不背于規矩也。是道也，蓋有定法而無定法，知是者可與言活法矣”（《夏均父集序》）一席話演繹而來。

但翁氏論詩法，有繼承，也有創新。《詩法論》中，提出了“正本探原”之法和“窮形盡變”之法。所謂“正本探原”之法，是“立乎其先，立乎其中者”。是“不自我始之，則先河後海，或原或委，而求諸古人”。具體地説，就是要以學問作底子，也即是他在《徐昌穀詩論一》中所謂“由性情而合之學問”，《志言集序》所謂“士生今日，經籍之光盈溢于世宙，爲學必以考證爲準，爲詩必以肌理爲準”，《蛾術編序》所謂“考訂詁訓之事與詞章之事未可判爲二途”，《神韻論下》所謂“全恃眞才實學以濟之”之説。所謂“窮形盡變”之法，是“立乎其節目，立乎其肌理界縫者”，“大而始終條理，細而一字之虚實單雙，一音之低昂尺黍，其前後接筍、乘承轉換、開合正變，必求諸古人也”。要求盡變，同時反對因襲，這就是他在《格調論中》所謂“凡所以求古者，師其意也，師其意則其迹不必求肖之也”的説法；而詩之音律、結構、章句之末，亦在所講求。所以他在《小石帆亭著錄》中，有《七言古詩平仄舉隅》、評校《王文簡公古詩平仄論》等以示人門徑，而《石洲詩話》也多談詩的藝術技巧。這是屬于“我不得絲毫以己意與焉”的繩墨規矩之事，而神而明之，則存乎其人，如“禹之治水，行其所無事也。行乎所不得不行，止乎所不得不止”。這樣的探原盡變，一個問題的兩面，都説到了，它構成了以學爲本通法于變的翁氏詩法論的完整體系。

翁氏詩論對當時性靈派的末流來說，具有箴砭的作用。受它影響的，從作者同時的錢載開始，到道、咸時期的程恩澤、祁寯藻、鄭珍、莫友芝、何紹基，到清末的沈曾植，形成了一個所謂學人之詩的流派。就不好的一面說，則翁氏本人，就被袁枚譏嘲爲“誤把抄書當作詩”(《仿元遺山論詩》)了。

附　錄

延暉閣集序

〔清〕翁方綱

詩必研諸肌理，而文必求其實際。夫非僅爲空談格韻者言也，持此足以定人品學問矣。乃今於曹子儷笙詩文集發之。聖門善言德行，則文章卽行事也。《樂記》:“聲音之道與政通”，則文章卽政事也。泥於言法者，或爲繩墨所窘；矜言才藻者，或外繩墨而馳；是皆不知文詞與事境合而一之者也。儷笙於詩文，自其家學，已探粹密，比入詞垣，日校勘中祕書，益進而窺古作者之原委，積今蓋四十餘年矣。其力學之誠，敬業之勤，由翰林以至端揆，恂恂如寒素，几案間無代筆之門客，以暇錄其詩文成帙，曰《延暉閣集》，敬識蒙恩賜“綸閣延暉”之額以名之。讀斯集者，第知其紀榮遇，而其實卽文章政事合一之義也。凡臨事視若具文者，用心必不誠，故其毅力不克勤以副之，是卽爲詩文徒襲格調而不得其眞際者也。學者涵養深醇之候，與歲俱進，與日偕長，然後仰見延暉之義，無微弗徹，誠以貫之，勤以永之，備諸體以綜百家，是有準乎繩墨之上，而立乎格韻之先者。將由經訓以衷道，要豈獨詩文已哉!

光緒刻本《復初齋文集》卷四

志言集序

〔清〕翁方綱

昔虞廷之謨曰:“詩言志，歌永言。”孔庭之訓曰:“不學詩，無以言。”言者，心之聲也。文辭之於言，又其精者。詩之於文辭，又其諧之聲律者。然則“在心爲志，發言爲詩”，一衷諸理而已。理者，民之秉也，物之則也，事境之歸也，聲音律度之矩也。是故淵泉時出，察諸文理焉；金玉聲振，集諸條理焉；暢於四支，發於事業，美諸通理焉。義理之理，即文理之理，即肌理之理也。韓子曰：“周詩《三百篇》，雅麗理訓誥。”杜云：“熟精《文選》理。”曩人有以杜詩此句質之漁洋先生，漁洋謂理字不必深求其義，先生殆失言哉！杜牧之序李長吉詩，亦曰“使加之以理，奴僕命騷可也。”今之騁才藻，貌爲長吉者知此乎？不惟長吉也，太白超絕千古，固不以此論之，然後人不善學者，輒徒以馳縱才力爲能事，故雖以楊廉夫之雄姿，而不免詩妖之目。即以李空同、何大復之流，未嘗不具才力，而卒以勦襲格調自欺以欺人，此事豈可強爲，豈可假爲哉！

士生今日，經籍之光，盈溢於世宙，爲學必以考證爲準，爲詩必以肌理爲準。《記》曰：“聲相應，故生變；變成方，謂之音。”又曰：“聲成文，謂之音。聲音之道，與政通矣。”此數言者，千萬世之詩視此矣。學古有獲者，日覽千百家之詩可也。惟是檢之於密理，約之於肌理，則竊欲隅舉焉。於唐得六家，於宋、金、元得五家，鈔爲一編，題曰《志言》，時以自勉，亦時以勉各同志，庶幾有專師而無泛騖也歟！

光緒刻本《復初齋文集》卷四

格調論上

〔清〕翁方綱

詩之壞於格調也，自明李、何輩誤之也。李、何、王、李之徒，泥於格調而僞體出焉。非格調之病也，泥格調者病之也。夫詩豈有不具格調者哉？《記》曰：“變成方，謂之音。”方者，音之應節也，其節即格調也。又曰：“聲成文，謂之音。”文者，音之成章也，其章即格調也。是故噍殺、嘽緩、直廉、和柔之别，由此出焉。是則格調云者，非一家所能概，非一時一代所能專也。古之爲詩者，皆具格調，皆不講格調。格調非可口講而筆授也。唐人之詩，未有執漢、魏、六朝之詩以目爲格調者；宋之詩，未有執唐詩爲格調；即至金、元詩，亦未有執唐、宋爲格調者。獨至明李、何輩，乃泥執《文選》體以爲漢、魏、六朝之格調焉；泥執盛唐諸家以爲唐格調焉。於是不求其端，不訊其末，惟格調之是泥；於是上下古今，只有一格調，而無遞變遞承之格調矣。至於漁洋，變格調曰神韻，其實即格調耳。而不欲復言格調者，漁洋不敢議李、何之失，又惟恐後人以李、何之名歸之，是以變而言神韻，則不比講格調者之滋弊矣。然而又慮後人執神韻爲是，格調爲非，則又不知格調本非誤，而全壞於李、何輩之泥格調者誤之，故不得以不論。

光緒刻本《復初齋文集》卷八

格調論中

〔清〕翁方綱

“熟精《文選》理”，非謂效其體也，漁洋先生乃謂理字不必深求其解。故李滄溟之純用《選》體者，直謂唐無五言古詩矣。所謂唐無五言古詩者，正謂其無《選》體之五言古詩也。先生乃謂譏滄溟者不合其下句觀之，而但執唐無五古一句以歸咎於滄溟，滄溟不受也。豈知滄溟之咎，正專在此唐無五言古詩一句乎？彼謂唐之古詩，皆不仿效《選》體耳，豈知唐古詩正以不仿《選》體爲正，唐人尙以不仿《選》體爲正，而後之爲詩者轉欲《選》體之仿耶？此所謂舛也。且即以《選》體言之，《文選》自漢、魏迄齊、梁，非一體也，而概目曰《選》體可乎？如謂《文選》諸家之詩共合而目爲《選》體，則只一體，非衆體矣，中間何以復有擬古之作乎？即觀《選》詩中有擬古之篇，則知古之上復有古焉，何可泥執而混爲一乎？泥而一之，則是蔑古而已。此則正受古人之憾，正受古人之笑而已矣。然則學之汲古師古何爲也哉？曰：聖言“好古敏求”，而夏、殷之禮不能於杞、宋徵之。凡所以求古者，師其意也，師其意，則其跡不必求肖之也。孔子於《三百篇》皆弦而歌之，以合於韶武之音，豈《三百篇》篇篇皆具韶武節奏乎？抑且勿遠稽《三百篇》，即以唐音最盛之際，若杜，若李，若右丞、高、岑之屬，有一效建安之作，有一效謝、顏之作者乎？宋詩盛於熙、豐之際，蘇、黃集中，有一效盛唐之作者乎？直至明朝，而李、何在前，王、李踵後，乃有文必西漢詩必盛唐之說，因而遂有五言必效《選》體之說，五言不效《選》體，則謂之唐無五言古詩。然則七古亦將必以盛唐爲正矣，則何不云宋無七言古詩？而彼不敢也。是以漁洋代爲下轉語曰:"蘇詩七律不可學。"是則直曰蘇無七律而有其七律,夫然後可以繼李滄溟之論耳。漁洋豈但謂蘇七律不可學,又謂白詩不可學。夫謂七律宜宗盛唐,則杜固居其正無疑也。然又謂五古宜宗《選》體,《選》體之說不能旁通也,故又變格調爲神韻,而以王、孟、韋、柳當其正,則杜之五古又居其變。同一杜詩,而七言居其正,五言居其變,然則仰窺弦歌韶武之音,其將必以《清廟》《思文》之什爲正,而《東山》《鴟鴞》之音爲變乎?其將何以爲後學者之準式?吾故曰:作詩勿泥《選》體。

光緒刻本《復初齋文集》卷八

格調論下

〔清〕翁方綱

化格調之見而後詞必己出也,化格調之見而後教人自爲也,化格調之見而後可以言詩,化格調之見而後可以言格調也。今且勿以意匠之獨運者言之,且勿以苦心孤詣戛戛獨造者言之,今且以效古之作若規仿格調者言之。古之擬樂府者,若《行路難》其初本以行旅閱歷言也,其後漸擴寫情事矣;若《巫山高》,其初以雲雨十二峯言也,其後漸以曠望之懷言矣。如原題所指某事,而後來擬作變而推廣者,不可勝原也。惟其如此,所以賴有《樂府解題》也。若使其後來擬作,悉依原本爲之,則何爲而有《解題》之作乎?又如《鄴中集》之有擬作,江文通之有擬作,丹素甘辛之喻,亦特就其體制而申析之,以爲此某家之格制如此,則其後來學者之引伸類長,不皆如此,又可知也。若使人人篇篇悉依仿此式而爲之,則曷爲拈此以擬出之哉?又若阮、陳以後《詠懷》《感遇》諸篇,皆名曰效古也,後人詩集亦多效之,亦正可見其全集諸作,皆不執此體式,而特假此題樣以見端,此亦正是古調不盡可概施之徵驗而已矣。然吾舉此,如江文通《擬古》之作,如陳伯玉《感遇》之作,特其偶一爲之可耳。蘇子美之四言,非復韋、孟之四言也。四言古制也,尙且如此,況五七言乎?東坡之和陶,非復柴桑之五言,非復左司之五言也。五言近古,尙且如此,況七言乎?

今如鐫類帖於石者,其首卷必《黃庭》《樂毅》《洛神》《東方讚》諸古楷也,或其所據之本,出於某代某家,中間實有訂正舛訛者,則可耳。不則陳陳相因，誰其賞之乎？今編刻一集，其卷端必冠以擬古、感興諸題，而又徒貌其句勢，其中無所自主，其外無以自見者，誰復從而誦之？夫其題內有擬古仿古者，尙且宜自爲格制，自爲機杼也，而況其題本出自爲，其境其事屬我自寫者，非古人之面而假古人之面，非古人之貌而襲古人之貌，此其爲頑鈍不靈，泥滯弗化也。可鄙可恥，莫甚於斯矣。吾自日接親戚賓友，有必應言之言，有必應答述之語，而顧妄作戲場優伶之聲音色笑，以爲中節，雖奴隸之愚賤，村野之牧豎，皆將起而非笑之，而操觚者顧自蹈之，豈理也哉。

光緒刻本《復初齋文集》卷八

杜詩熟精文選理理字說

〔清〕翁方綱

自宋人嚴儀卿以禪喻詩，近日新城王氏宗之，於是有不涉理路之說；而獨無以處夫少陵"熟精《文選》理"之理字，且有以宋詩近於道學者爲宋詩病，因而上下古今之詩，以其凡涉於理路者皆爲詩之病，僅僅不敢以此爲少陵病耳。然則孰是而孰非耶？曰：皆是也。客曰：然則白沙、定山之宗《擊壤》也，詩之正則耶？曰：非也。少陵所謂理者，非夫《擊壤》之流爲白沙、定山者也。客曰：理有二歟？曰：理安得有二哉！顧所見何如耳。杜之言理也，蓋根極於六經矣，曰"斯文憂患餘，聖哲垂象繫"，《易》之理也。曰"舜舉十六相，身尊道何高"，《書》之理也。曰"春官驗討論"，《禮》之理也。曰"天王狩太白"，《春秋》之理也。其他推闡事變，究極物則者，蓋不可以指屈。則夫大輅椎輪之旨，沿波而討原者，非杜莫能證明也。然則何以別夫《擊壤》之開陳莊者歟？曰：理之中通也，而理不外露，故俟讀者而後知之云爾。若白沙、定山之爲《擊壤》派也，則直言理耳，非詩之言理也。故曰："如玉如瑩，爰變丹青。"此善言文理者也。理者，治玉也，字从玉，从里聲。其在於人，則肌理也；其在於樂，則條理也。易曰："君子以言有物。"理之本也。又曰："言有序。"理之經也。天下未有舍理而言文者。且蕭氏之爲《選》也，首原夫孝敬之準式，人倫之師友，所謂事出於沉思者，惟杜詩之眞實，足以當之。而或僅以藻繢目之，不亦誣乎？自王新城究論唐賢三昧之所以然，學者漸由是得詩之正脈，而未免歧視理與詞爲二途者，則不善學者之過也。而矯之者，又或直以理路爲詩，遂蹈白沙、定山一派，致啓詩人之訾謷，則又不足以發明六義之奥，而徒事於紛爭疑惑，皆所謂泥者也。必知此義，然後見少陵之貫徹上下，無所不該，學者稍偏於一隅，則皆不得其正。豈可以矜心躁氣求之哉，但憾不能熟精而已矣。

光緒刻本《復初齋文集》卷十

答翁學士書

〔清〕姚　鼐

鼐再拜，謹上覃谿先生几下：昨相見承教，勉以爲文之法，蚤起又得手書，勸掖益至，非相愛深，欲增進所不逮，曷爲若此。鼐誠感荷不敢忘。雖然，鼐聞今天下之善射者，其法曰：平肩臂，正脰，腰以上直，腰以下反句磬折，支左詘右。其釋矢也，身如槁木，苟非是不可以射。師弟子相授受皆若此而已。及至索倫蒙古人之射，傾首，欹肩，僂背，發則口目皆動，見者莫不笑之。然而索倫蒙古之射，遠貫深而命中，世之射者，常不逮也。然則射非有定法亦明矣。夫道有是非而技有美惡，詩文，皆技也，技之精者必近道。故詩文美者命意必善。文字者，猶人之言語也。有氣以充之，則觀其文也，雖百世而後，如立其人而與言於此，無氣則積字焉而已。意與氣相御而爲辭，然後有聲音節奏高下抗墜之度，反復進退之態，彩色之華，故聲色之美，因乎意與氣而時變者也。是安得有定法哉？

自漢、魏、晉、宋、齊、梁、陳、隋、唐、趙宋、元、明及今日，能爲詩者殆數千人，而最工者數十人。此數十人，其體製固不同，所同者意與氣足主乎辭而已。人情執其學所從入者爲是，而以人之學皆非也。及易人而觀之，則亦然。譬之知擊棹者欲廢車，知操轡者欲廢舟，不知其不可也。鼐誠不工於詩，然爲之數十年矣。至京師見諸才賢之作不同，夫亦各有所善也。就其常相見者五六人，皆鼐所欲取其善以爲師者。雖然，使鼐舍其平生而惟一人之法，則鼐尚未知所適從也。

承先生吐胸臆相教，而鼐深蓄所懷而不以陳，是欺也，竊所不敢。故卒布其愚，伏惟諒察。

嘉慶原刊本《惜抱軒文集》卷六

養一齋詩話(選錄)

〔清〕潘德輿

或言詩貴質實，近於腐木溼鼓之音，不知此乃南宋之質實，而非漢、魏之質實也。南宋以語錄議論爲詩，故質實而多俚詞；漢、魏以性情時事爲詩，故質實而有餘味。分辨不精，概以質實爲病，則淺者尙詞采，高者講風神，皆詩道之外心，有識者之所笑也。

凡悅人者未有不欺人者也。末世詩人，求悅人而不恥，每欺人而不顧。若事事以質實爲的，則人事治矣。若人人之詩以質實爲的，則人心治而人事亦漸可治矣。詩所以厚風俗者此也。隋李諤曰：“連篇累牘，不出月露之形，積案盈箱，盡是風雲之狀。”“文筆日煩，其政日亂。”此皆不質實之過。質則不悅人，實則不欺人，以此二字衡之，而天下詩集之可焚者亦衆矣。

道光刻本《養一齋詩話》卷三

文史通義文德[1]

〔清〕章學誠[2]

凡言義理，有前人疏而後人加密者，不可不致其思也。古人論文，惟論文辭而已矣[3]。劉勰氏出，本陸機氏説而倡論文心[4]，蘇轍氏出，本韓愈氏説而昌論文氣[5]，可謂愈推而愈精矣。未見有論文德者，學者所宜深省也。

夫子嘗言"有德必有言"[6]，又言"修辭立其誠"[7]，孟子嘗論知言養氣本乎集義[8]，韓子亦言"仁義之途"，"詩書之流"[9]，皆言德也。今云未見論文德者，以古人所言，皆兼本末，包內外，猶合道德文章而一之[10]；未嘗就文辭之中，言其有才、有學、有識[11]，又有文之德也。凡爲古文辭者，必敬以恕。臨文[12]必敬，非修德之謂也[13]。論古必恕，非寬容之謂也[14]。敬非修德之謂者，氣攝而不縱，縱必不能中節也[15]。恕非寬容之謂者，能爲古人設身而處地也[16]。嗟乎！知德者鮮[17]，知臨文之不可無敬恕，則知文德矣。

昔者，陳壽《三國志》紀魏而傳吳、蜀[18]，習鑿齒爲《漢晉春秋》，正其統矣[19]。司馬《通鑑》仍陳氏之説，朱子《綱目》又起而正之[20]。是非之心，人皆有之[21]，不應陳氏誤於先，而司馬再誤於其後，而習氏與朱子之識力，偏居於優也。而古今之譏《三國志》與《通鑑》者，殆於肆口而罵詈，則不知起古人於九原[22]，肯吾心服否耶？陳氏生於西晉，司馬生於北宋，苟黜曹魏之禪讓，將置君父於何地？而習與朱子則固江東南渡之人也，惟恐中原之爭天統也[23]（原注：此説前人已言）。諸賢易地則皆然[24]，未必識遜今之學究也[25]。是則不知古人之世，不可妄論古人文辭也。知其世矣，不知古人之身處，亦不可以遽論其文也[26]。身之所處，固有榮辱、隱顯、屈伸、憂樂之不齊，而言之有所爲而言者，雖有子不知夫子之所謂[27]，況生千古以後乎？聖門之論恕也，“己所不欲，勿施於人”[28]。其道大矣。今則弟爲文人論古，必先設身，以是爲文德之恕而已爾。

韓氏論文，迎而拒之，平心察之[29]。喻氣於水，言爲浮物[30]。柳氏之論文也，不敢輕心掉之，怠心易之，矜氣作之，昏氣出之[31]。夫諸賢論心論氣，未即孔、孟之旨，及乎天人性命之微也[32]。然文繁而不可殺[33]，語變而各有當。要其大旨，則臨文主敬，一言以蔽之矣。主敬則心平而氣有所攝，自能變化從容以合度也。夫史有三長，才、學、識也。古文辭而不由史出，是飲食不本於稼穡也[34]。夫識生於心也，才出於氣也。學也者，凝心以養氣，鍊識而成其才者也。心虛難恃，氣浮易弛，主敬者，隨時檢攝於心氣之間，而謹防其一往不收之流弊也。夫緝熙敬止[35]，聖人所以成始而成終也，其爲義也廣矣。今爲臨文檢其心氣，以是爲文德之敬而已爾。

嘉業堂本《章氏遺書·文史通義》內篇二

【註釋】

[1] 文史通義文德——《文史通義》八卷，凡內篇五卷、外篇三卷，清人章學誠著。《章氏遺書·和州志志隅自序》謂“鄭樵有史識而未有史學，曾鞏具史學而不具史法，劉知幾得史法而不得史意，此予《文史通義》所爲作也”。其書條別古今學術，明眞僞，識條理，提要挈綱，能見其大，在淸中葉考證之學風靡一世的時候，卓然獨樹一幟，不爲所囿。近人葉長青有《文史通義注》。《文德》爲《內篇》二的第十二篇。自註：“丙辰山中草。”葉長青註：“案：嘉慶元年丙辰，章氏五十九歲。”

[2] 章學誠(公元一七三八年——一八〇一年)——字實齋，浙江會稽人。乾隆四

十三年進士，官國子監典籍。所著除《文史通義》外，又有《校讐通義》內篇三卷、外篇一卷，《方志略例》二卷，《文集》八卷，《湖北通志檢存稿》四卷，《外集》二卷，《湖北通志未成稿》一卷，吳興劉氏嘉業堂合刊爲《章氏遺書》。又有《章氏遺書外編》十八卷。《清史稿》卷四百八十五《文苑》二有傳。姚名達及日本人鈴木虎雄撰有《章實齋年譜》。

［3］古人論文二句——《左傳》襄公二十五年引孔子語"非文辭不爲功"，又二十七年引孔子語"以爲多文辭"，《史記·孔子世家》稱《春秋》"約其文辭而指博"，這是古人最早論文辭的話。

［4］劉勰本陸機說而倡論文心——陸機《文賦·序》："余每觀才士之所作，竊有以得其用心。"《文心雕龍·序志》："夫文心者，言爲文之用心也。昔涓子《琴心》，王孫《巧心》，心哉美矣，故用之焉。"

［5］蘇轍本韓愈氏說而昌論文氣——韓愈論文氣語，見本書第二册選篇《答李翊書》，蘇轍論文氣語，詳見本書第二册選篇《上樞密韓太尉書》。葉長青註："案：蘇氏文氣之說，明本孟子，而魏文《典論》亦有'文以氣爲主'之語，則不本于韓氏也。"

［6］有德必有言——《論語·憲問》："子曰：有德者必有言，有言者不必有德。"張伯行《近思錄集解》："伊川曰：文者，道之華也，道乃文之實也。有其實而華自見，故美而可傳，如六經是也。人但見六經皆聖人所定，便以爲聖人亦作文。不知聖人全體皆道，其見之文者，亦描寫發揮其胸中所蘊蓄之理，而性情流露，自然有條理次第而成文章耳。孔子有云，有德者必有言。蓋和順積中，英華發外，理固然也。"

［7］修辭立其誠——見《易·乾文言》。《文言》舊以爲孔子所作，所以本文說是"夫子嘗言"。《近思錄》："明道曰：修辭立其誠，不可不仔細理會。言能修省言辭，便是要立誠。若只是修飾言辭爲心，只是爲僞也。若修其言辭，正爲立己之誠意，乃是體當自家敬以直內、義以方外之實事。"

［8］孟子嘗論知言養氣句——見本書第一册《孟子》選篇。

［9］韓子亦言仁義之途二句——見本書第二册韓愈《答李翊書》。

［10］合道德文章而一之——曾鞏《寄歐陽舍人書》有"畜道德，能文章"二語，以道德文章合言，似爲章氏語所本。

［11］有才有學有識——《新唐書·劉知幾傳》："禮部尚書鄭惟忠嘗問：'自古文士多，史才少，何邪？'對曰：'史有三長，才、學、識，世罕兼之，故史才少。夫有學無才，猶愚賈操金，不能殖貨；有才無學，猶巧匠無楩柟，弗能成室。善惡必書，

使驕君賊臣知懼，此爲無可加者。'時以爲篤論。"案：史亦文的一體，章氏通論文史，所以取劉氏三長之説立論。此義又於《史德》篇有闡發，其言曰："非識無以斷其義，非才無以善其文，非學無以練其事。"

［12］臨文——猶云行文。

［13］非修德之謂也——《文論要詮》："《論語・憲問篇》：'修己以敬。'《孟子・離婁篇》：'陳善閉邪謂之敬。'是敬之古義在修德也。"

［14］論古必恕二句——《文論要詮》："《論語・里仁篇》：'夫子之道，忠恕而已矣。'邢疏：'恕謂忖己度物也。'又《衛靈公篇》：'子貢問曰：有一言而可以終身行之者乎？子曰：其恕乎！己所不欲，勿施於人。'《字典》於此文下引朱註云：'恕非寬假之謂。'疑實齋所本也。然覆檢朱註無此説，存之以俟更考。"

［15］氣攝而不縱二句——《文論要詮》："《禮記・中庸》：'喜怒哀樂之未發謂之中，發而皆中節謂之和。'《樂記》：'大樂與天地同和，大禮與天地同節。'所謂和與節者，隨其時，如其分也。爲文者，檢束心氣，審慎情理，庶幾隨物賦形，當機樹義，而無過不及之病。"

［16］恕非寬容之謂者二句——《文論要詮》："寬容者，必以人有誤失，從而寬容之。若推己及人，則其是非有不可卒定者，亦無所用其寬容也。論古之士，惟不能設身處地，故成見孔多，爭議日出。"

［17］知德者鮮——《論語・衛靈公》："子曰：由，知德者鮮矣！"

［18］陳壽三國志紀魏而傳吳蜀——陳壽以蜀人而降於晉，晉承魏統，所以壽修《三國志》不得不以正統與魏。據《三國志》目錄，于曹氏稱帝，劉氏稱主，吳惟孫權稱主，餘皆稱名，可見壽用心。惟《三國志》既無本紀之稱，并無列傳之目，章氏所説微誤。

［19］習鑿齒爲漢晉春秋二句——《隋書・經籍志》："《漢晉陽秋》四十七卷，習鑿齒撰。"《晉書・習鑿齒傳》："鑿齒著《漢晉春秋》，起漢光武，終于晉愍帝，於三國之時，蜀以宗室爲正統，魏武雖受漢禪晉，尚爲篡逆，至文帝平蜀，乃爲漢亡，而晉始興焉。"案：《漢晉春秋》或作《漢晉陽秋》，因晉簡文太后名阿春，時人避諱而改。

［20］司馬通鑑仍陳氏之説二句——王應麟《困學紀聞》："三國鼎峙，司馬公(光)《通鑑》以魏爲正統，本陳壽。朱子《綱目》以蜀漢爲正統，本習鑿齒。"案：宋太祖篡後周帝位，其事有類于曹魏之代漢，司馬之代魏，司馬光生于北宋，所以《資治通鑑》于漢獻帝紀後即續以魏文帝紀，仍陳壽舊説，以正統歸魏，在《通鑑》黄初二年附論中曾闡説其立場。朱熹生于南宋，有類于習鑿齒的處于東晉，偏安局

面，都和蜀漢相近，所以《通鑑綱目》以蜀漢爲正統，有取于習鑿齒之說。

[21] 是非之心二句——見《孟子·告子上》。

[22] 起古人於九原——《禮記·檀弓》："趙文子與叔譽觀乎九原，文子曰：死者如可作(起)也，吾誰與歸？"

[23] 陳氏生於西晉六句——原註："此說前人已言。"《文論要詮》："按朱彝尊《陳壽論》云：'《綱目》紀年，以章武接建安，而後得統之正，然百世之下可爾，其在當時，蜀入於魏，魏禪於晉，壽既仕晉，安能顯尊蜀以干大戮乎？'……原註云'前人已言'，疑指朱氏說。"

[24] 易地則皆然——見《孟子·離婁下》。

[25] 學究——葉長青註："案：唐時取士科目，有學究一經科者，即謂之學究，後用爲陋儒之通稱。"

[26] 是則不知古人之世五句——《文論要詮》："《孟子·萬章篇》：'以友天下之善士爲未足，又尙論古之人。誦其詩，讀其書，不知其人，可乎？是以論其世也，是尙友也。'設身處地之說，蓋卽本《孟子》此義而推之也。"

[27] 雖有子不知夫子之所謂——《禮記·檀弓》："有子問于曾子曰：問喪于夫子乎？曰：聞之矣，喪欲速貧，死欲速朽。有子曰：是非君子之言也。曾子曰：參也聞諸夫子也。有子又曰：是非君子之言也。曾子曰：參也與子游聞之。有子曰：然。然則夫子有爲言之也。曾子以斯言告于子游。子游曰：甚哉，有子之言似夫子也。昔者，夫子居于宋，見桓司馬自爲石椁，三年而不成。夫子曰，若是其靡也，死不如速朽之愈也！死之欲速朽，爲桓司馬言之也。南宮敬叔反，必載寶而朝。夫子曰，若是其貨也，喪不如速貧之愈也！喪之欲速貧，爲敬叔言之也。曾子以子游之言告于有子，有子曰：然，吾固曰非夫子之言也。曾子曰：子何以知之？有子曰：夫子制于中都，四寸之棺，五寸之椁，以斯知不欲速朽也。昔者夫子失魯司寇，將之荆，蓋先之以子夏，又申之以冉有，以斯知不欲速貧也。"

[28] 己所不欲勿施於人——見《論語·顔淵》。

[29] 迎而拒之二句——見本書第二册韓愈《答李翊書》。

[30] 喻氣於水二句——見《答李翊書》。

[31] 不敢輕心掉之四句——見本書第二册選篇柳宗元《答韋中立論師道書》。

[32] 天人性命之微——《文論要詮》："《易·說卦》：'昔者聖人之作《易》也，將以順性命之理。是以立天之道，曰陰與陽；立地之道，曰柔與剛；立人之道，曰仁與義。'《漢書·董仲舒傳》：'《春秋》之中，視前世已行之事，以觀天人相與之際，

甚可畏也。'儒者之旨，在乎以人法天，故自來皆以天人性命爲道之所存。«中庸»云:'天命之謂性,率性之謂道',可爲證也。"

［33］文繁而不可殺——«公羊傳»僖公二十二年:"«春秋»詞繁而不殺者，正也。"殺,省。

［34］古文辭而不由史出二句——«文論要詮»:"前人論文，皆言本經。而«文史通義·易教篇»云:'六經皆史也。古人不著書,古人未嘗離事而言理，六經皆先王之政典也。'是此云文辭出史,史已包經,與古亦不悖也。"

［35］緝熙敬止——«詩·大雅·文王»:"穆穆文王,於緝熙敬止。"«毛傳»:"穆穆,美也。緝熙,光明也。"

【説明】

«文心雕龍»論文,«史通»論史。繼這兩部專書之後,綜合探討文史問題的理論名著,就要數到章學誠的«文史通義»。

章學誠生當考證盛行的清中葉,在文學領域,則標舉義法的桐城派和揭櫫性靈説的隨園派正佔着上風。章氏獨不隨當時風氣爲轉移,平章古今學術,明其正變,善於推論，密於綜合，自謂"神解精識，能窺及前人所未到處"(«章氏遺書»九«家書»三)。在文論方面，確也能獨樹一幟。«文史通義»中專論文的佔相當多的部分,«文德»就是其中之一。

文學理論上的文德説，最早發於王充。«論衡·佚文篇»説"文德之操爲文",其要旨在於闡明文章的内容與形式應該統一,認爲言過其實的"繁文麗辭,無文德之操"(«佚文篇»語),這是針對當時文勝於質而提出的補弊救偏之論。劉勰«文心雕龍·原道»也論文德，説"文之爲德也大矣"，則是專指文章的性質與功能而言。北齊"楊遵彦作«文德論»,以爲古今辭人,皆負才遺行,澆薄險忌,惟邢子才、王元景、温子昇彬彬有德素"(見«魏書·文苑傳»，楊論久佚)。顔之推«顔氏家訓·文章篇»中，跟他有相同的持論(見上册選篇«顔氏家訓·文章篇»首段)，則是強調作者的道德文章應該並重的問題。諸家論旨，各有偏重。至章氏此文所談文德，其意義又不同於上述諸家。

本篇所論文德，是臨文的態度問題。即是作者在《史德》所說："德者何？謂著書者之心術也。"怎樣才是端正的臨文態度，作者指出："凡爲古文辭，必敬以恕。"敬是創作者應有的態度，恕是批評家應有的態度。在本文的第二、第三節裏，就這一問題的兩面，分別作了闡述。作者認爲恕不是無原則的"寬容"，而是要設身處地的"知古人之世"，"知古人之身處"，深切體會古人"身之所處，固有榮辱、隱顯、屈伸、憂樂之不齊"，然後能對作家作品作出中肯的論斷。這是孟子知人論世說的進一步闡說，也是孔子論"己所不欲，勿施於人"的恕道在文學批評領域的貫徹。本篇第二節，着重談的是這一問題。敬不單純限於修德，而是包括養氣工夫在內，其要歸則是"修辭立其誠"。《禮記·中庸》說："誠者不勉而中，不思而得，從容中道。""誠者物之終始，不誠無物。"作者以儒家的哲學思想通之於藝事，所以說"主敬則心平而氣有所攝，自能變化從容以合度"，這就是"從容中道"之說，文質彬彬，不要過與不及。說"史有三長，才、學、識也"。"識生於心"，"才出於氣"，"學也者凝心以養氣，鍊識而成其才者也"，這就是誠而有物之說。說"緝熙敬止，聖人所以成始而成終"，這是"誠者物之終始"之說。作者在《言公篇》裏又從修辭的角度，闡述立誠之意，認爲"誠不必於聖人之極致，始足當於修辭之立也。學者有事於文辭，毋論辭之如何，其持之必有其故，而初非徒爲文具者，皆誠也。有其故而修辭以副焉，是其求工於是者，所以求達其誠也"。這種立誠的修辭態度，正是本篇所說"臨文檢其心氣，以是爲文德之敬"的註脚。本篇第三節，着重談的是這一問題。

在作者當時，桐城派高談言之有物，而末流之失，正是在於無物;隨園派高談性靈,而末流之失,空虛無實,甚至以詩歌爲游戲;都不免於"徒爲文具",都不能合於立誠主敬的要求。作者《文德》篇的寫出,對當時文風,有一定的箴砭作用。

附　錄

文史通義史德(節錄)

〔清〕章學誠

……能具史識者,必知史德。德者何?謂著書者之心術也。夫穢史者所以自穢,謗書者所以自謗,素行爲人所羞,文辭何足取重。魏收之矯誣,沈約之陰惡,讀其書者,先不信其人,其患未至於甚也。所患夫心術者,謂其有君子之心,而所養未底於粹也。夫有君子之心而所養未粹,大賢以下所不能免也。此而猶患於心術,自非夫子之《春秋》不足當也。以此責人,不亦難乎!是亦不然也。蓋欲爲良史者,當愼辨於天人之際,盡其天而不益以人也。盡其天而不益以人,雖未能至,苟允知之,亦足以稱著書者之心術矣。而文史之儒,競言才學識,而不知辨心術以議史德,烏乎可哉!

夫是堯、舜而非桀、紂,人皆能言矣;崇王道而斥霸功,又儒者之習故矣。至於善善而惡惡,褒正而嫉邪,凡欲託文辭以不朽者,莫不有是心也。然而心術不可不慮者,則以天與人參,其端甚微,非是區區之明所可恃也。夫史所載者,事也。事必藉文而傳,故良史莫不工文;而不知文又患於爲事役也。蓋事不能無得失是非,一有得失是非,則出入予奪,相奮摩矣,奮摩不已,而氣積焉;事不能無盛衰消息,一有盛衰消息,則往復憑弔,生流連矣,流連不已,而情深焉。凡文不足以動人,所以動人者,氣也;凡文不足以入人,所以入人者,情也。氣積而文昌,情深而文摯,氣昌而情摯,天下之至文也。然而其中有天有人,不可不辨也。氣得陽剛,而情合陰柔,人麗陰陽之間,不能離焉者也。氣合於理,天也,氣能違理以自用,人也;情本於性,天也,情能汩性以自恣,人也。史之義出於天,而史之文不能不藉人力以成之。人有陰陽之患,而史文即忤於大道之公,其所感召者微也。夫文非氣不立,而氣貴於平,人之氣,燕居莫不平也,因事生感,而氣失則宕,氣失則激,氣失則驕,毗於陽矣。文非情不得,而情貴於正,人之情,虛置無不正也,因事生感，而情失則流，情失則溺，情失則偏，毘於陰矣。陰陽伏沴之患，乘於血氣而入於心，知其中默運潛移，似公而實逞於私，似天而實蔽於人。發爲文辭，至於害義而違道，其人猶不自知也。故曰心術不可不慎也。夫氣勝而情偏，猶曰動於天而參於人也，才藝之士，則又溺於文辭，以爲觀美之具焉，而不知其不可也。史之賴於文也，猶衣之需乎采，食之需乎味也。采之不能無華樸，味之不能無濃淡，勢也。華樸爭而不能無邪色，濃淡爭而不能無奇味，邪色害目，奇味爽口，起於華樸濃淡之爭也。文辭有工拙，而族史方且以是爲競焉，是舍本而逐末矣。以此爲文，未有見其至者，以此爲史，豈可與聞古人大體乎？韓氏愈曰："仁義之人，其言藹如。"仁者情之普，義者氣之遂也。程子嘗謂有《關雎》《麟趾》之意，而後可以行周官之法度，吾則以謂通六義比興之旨，而後可以講"春王正月"之書，蓋言心術貴於養也。

史遷百三十篇，《報任安書》所謂"究天地之際，通古今之變，成一家之言"，《自序》以謂"紹名世，正《易傳》，本《詩》《書》《禮》《樂》之際"，其本旨也。所云發憤著書，不過敍述窮愁，而假以爲辭耳。後人泥於發憤之說，遂謂百三十篇皆爲怨誹所激發，王允亦斥其言爲謗書。於是後世論文，以史遷爲譏謗之能事，以微文爲史職之大權，或從羨慕而倣效爲之，是直以亂臣賊子之居心，而妄附《春秋》之筆削，不亦悖乎！今觀遷所著書，如《封禪》之惑於鬼神，《平準》之算及商販，孝武之秕政也，後世觀於相如之文，桓寬之論，何嘗待史遷而後著哉？《游俠》《貨殖》諸篇，不能無所感慨，賢者好奇，亦洵有之。餘皆經緯古今，折衷六藝，何嘗敢於訕上哉？朱子嘗言《離騷》不甚怨君，後人附會有過，吾則以謂史遷未敢謗主，讀者之心自不平耳。夫以一身坎軻，怨誹及於君父，且欲以是邀千古之名，此乃愚不安分，名教中之罪人，天理所誅，又何著述之可傳乎？夫《騷》與《史》，千古之至文也。其文之所以至者，皆抗懷於三代之英，而經緯乎天人之際者也。所遇皆窮，固不能無感慨，而不學無識者流，且謂誹君謗主，不妨尊爲文辭之宗焉，大義何由得明，心術何由得正乎？夫子曰："詩可以興。"說者以謂興起好善惡惡之心也。好善惡惡之心，懼其似之而非，故貴平日有所養也。《騷》與《史》皆深於《詩》者也，言婉多風，皆不背於名教，而梏於文者不辨也。故曰：必通六義比興之旨，而後可以講"春王正月"之書。

嘉業堂本《章氏遺書·文史通義》内篇五

文史通義文理[1]

〔清〕章學誠

偶於良宇案間[2]，見《史記》錄本，取觀之，乃用五色圈點，各爲段落。反覆審之，不解所謂，詢之良宇，啞然失笑，以謂己亦厭觀之矣。其書云出前明歸震川氏，五色標識，各爲義例[3]，不相混亂；若者爲全篇結構，若者爲逐段精彩，若者爲意度波瀾[4]，若者爲精神氣魄[5]，以例分類，便於拳服揣摩[6]，號爲古文秘傳。前輩言古文者所爲珍重授受，而不輕以示人者也。又云：此如五祖傳燈[7]，靈素受籙[8]，由此出者，乃是正宗；不由此出，縱有非常著作，釋子所譏爲野狐禪也[9]。余幼學於是，及遊京師，聞見稍廣，乃知文章一道，初不由此。然意其中或有一二之得，故不遽棄，非珍之也。

余曰：文章一道，自元以前，衰而且病，尙未亡也。明人初承宋、元之遺，粗存規矩，至嘉靖、隆慶之間[10]，晦蒙否塞[11]，而文幾絕矣。歸震川氏生於是時，力不能抗王、李之徒，而心知其非，故斥鳳洲以爲庸妄[12]，謂其創爲僞體秦、漢，至併官名、地名而改用古稱，使人不辨作何許語，故直斥之曰文理不通。非妄言也。然歸氏之文氣體淸矣，而按其中之所得，則亦不可强索。故余嘗書識其後，以爲先生所以砥柱中流[13]者，特以文從字順[14]，不汩沒於流俗，而於古人所謂閎中肆外[15]，言以聲其心之所得，則未之聞爾。然亦不得不稱爲彼時之豪傑矣。但歸氏之於制藝[16]，則猶漢之子長、唐之退之，百世不祧之大宗也[17]。故近代時文家之言古文者，多宗歸氏，唐宋八家之選，人幾等於五經、四子[18]，所由來矣。惟歸、唐[19]之集，其論說文字，皆以《史記》爲宗，而其所以得力於《史記》者，乃頗怪其不類。蓋《史記》體本蒼質，而司馬才大，故運之以輕靈。今歸、唐之所謂疎宕頓挫[20]，其中無物，遂不免於浮滑，而開後人以描摩淺陋之習。故疑歸、唐諸子得力於《史記》者，特其皮毛，而於古人深際，未之有見。今觀諸君所傳五色訂本，然後知歸氏之所以不能至古人者，正坐此也。

夫立言之要，在於有物[21]。古人著爲文章，皆本於中之所見，初非好爲炳炳烺烺，如錦工繡女之矜誇采色已也[22]。富貴公子，雖醉夢中不能作寒酸求乞語[23]，疾痛患難之人，雖置之絲竹華宴之場，不能易其呻吟而作歡笑，此聲之所以肖其心而文之所以不能彼此相易、各自成家者也。今舍己之所求，而摩古人之形似，是杞梁之妻善哭其夫[24]，而西家偕老之婦亦學其悲號[25]；屈子自沉汨羅[26]，而同心一德[27]之朝，其臣亦宜作楚怨也。不亦傎[28]乎！至於文字，古人未嘗不欲其工。孟子曰："持其志無暴其氣[29]。"學問爲立言之主，猶之志也；文章爲明道之具，猶之氣也；求自得於學問，固爲文之根本；求無病於文章，亦爲學之發揮。故宋儒尊道德而薄文辭，伊川先生謂"工文則害道"[30]，明道先生謂"記誦爲玩物喪志"[31]，雖爲忘本而逐末者言之，然推二先生之立意，則持其志者不必無暴其氣，而出辭氣之遠於鄙倍[32]，辭之欲求其達[33]，孔、曾皆爲不聞道矣。但文字之佳勝，正貴讀者之自得，如飲食甘旨，衣服輕暖，衣且食者之領受，各自知之，而難以告人。如欲告人衣食之道，當指膾炙而令其自嘗，可得旨甘；指狐貉而令其自被，可得輕暖；則有是道矣。必吐己之所嘗而哺人以授之甘，摟人之身而置懷以授之暖，則無是理也。韓退之曰："記事者必提其要，纂言者必鉤其元[34]。"其所謂鉤元提要之書，不特後世不可得而聞，雖當世籍、湜[35]之徒，亦未聞其有所見，果何物哉？蓋亦不過尋章摘句[36]以爲撰文之資助耳。此等識記，古人當必有之。如左思十稔而賦三都，門庭藩溷，皆著紙筆，得卽書之[37]。今觀其賦，並無奇思妙想，動心駭魄，當藉十年苦思力索而成，其所謂得卽書者，亦必標書誌義，先掇古人菁英，而後足以供驅遣爾。然觀書有得，存乎其人，各不相涉也。

故古人論文，多言讀書養氣之功，博古通經之要，親師近友之益，取材求助之方，則其道矣。至於論及文辭工拙，則舉隅反三[38]，稱情比類，如陸機《文賦》，劉勰《文心雕龍》，鍾嶸《詩品》，或偶舉精字善句，或品評全篇得失，令觀之者得意文中，會心言外，其於文辭，思過半矣[39]。至於不得已而摘記爲書，標識爲類，是乃一時心之所會，未必出於其書之本。然比如懷人見月而思，月豈必主遠懷，久客聽雨而悲，雨豈必有愁況。然而月下之懷，雨中之感，豈非天地至文。而欲以此感此懷藏爲秘密，或欲嘉惠後學，以謂凡對明月與聽霖雨，必須用此悲感，方可領略，則適當良友乍逢及新婚宴爾[40]之人，必不信矣。是以學文之事，可授受者規矩方圓，其不可授受者心營意造[41]。至於纂類摘比之書，標識評點之册，本爲文之末務，不可揭以告人，祇可用以自誌；父不得而與子，師不能以傳弟，蓋恐以古人無窮之書，而拘於一時有限之心手也。律詩當知平仄，古詩宜知音節，顧平仄顯而易知，音節隱而難察，能熟於古詩，當自得之；執古詩而定人之音節，則音節變化，殊非一成之詩所能限也。趙伸符氏取古人詩爲《聲調譜》，通人譏之[42]，余不能爲趙氏解矣。然爲不知音節之人言，未嘗不可生其啓悟，特不當舉爲天下之式法爾[43]。時文當知法度，古文亦當知有法度，時文法度顯而易言，古文法度隱而難喻，能熟於古文，當自得之；執古文而示人以法度，則文章變化，非一成之文所能限也。

歸震川氏取《史記》之文，五色標識以示義法，今之通人如聞其事，必竊笑之，余不能爲歸氏解也。然爲不知法度之人言，未嘗不可資其領悟，特不足據爲傳受之秘爾。據爲傳受之秘，則是郢人寶燕石矣[44]。夫書之難以一端盡也，仁者見仁，智者見智[45]。詩之音節，文之法度，君子以謂可不學而能。如啼笑之有收縱，歌哭之有抑揚，必欲揭以示人，人反拘而不得歌哭啼笑之至情矣。然使一己之見，不事穿鑿過求，而偶然瀏覽，有會於心，筆而誌之，以自省識，未嘗不可資修辭之助也。乃因一己所見，而謂天下之人皆當範我之心手焉，後人或我從矣；起古人而問之，乃曰：余之所命，不在是矣。毋乃冤歟！

嘉業堂本《章氏遺書·文史通義》內篇二

【註釋】

[1] 文理——爲《文史通義》內篇二的第十三篇。

[2] 偶於良宇案間——葉長青註："《章實齋先生年譜》：'乾隆五十四年己酉，先生五十二歲。三月之杪，遊太平，館于安徽學使署中。學使徐立綱方輯宗譜，請先生經紀其事。張小兮、左良宇皆一時名俊，比屋而處，暇則聚談，談亦不必皆文字，而引機觸發，則時有感會。'"《文理篇》因見良宇案上的《史記》錄本而作，自是這年在太平的作品。

[3] 其書云出前明歸震川氏五色標識各爲義例——歸有光（公元一五〇七年——一五七一年），字熙甫，崑山人。講學安亭江上，學者稱震川先生。嘉靖四十四年進士，官至南京太僕丞。有《震川先生集》三十卷、《別集》十卷。《明史》卷二百八十七《文苑》四有傳。韓夢周《歸震川史記圈點凡例跋》："《史記例意》，歸震川先生點次《史記》時筆之以授其子子寧者也。"葉注："歸有光《評點史記例意》：'《史記》起頭處來得勇猛者圈，緩些者點，然須見得不得不圈，不得不點處乃得。黃圈點者人難曉，硃圈點者人易曉。硃圈點處總是意句與敘事好處，黃圈點處總是氣脈。亦有轉折處用黃圈而事乃聯下去者。墨擲是背理處，青擲是不好要緊處，硃擲是好要緊處，黃擲是一篇要緊處。事跡錯綜處，太史公敘得來如大塘上打緯，千船萬船不相妨礙。曉得文章掇頭千緒萬端，文字就可做了。作文如畫，全要界畫。起頭交接處謂之起伏掇頭，本紀多，列傳少。'"案評

點之學，宋人已有之。如呂祖謙《古文關鍵》、謝枋得《文章軌範》，以及劉辰翁評點王右丞、王荆公、陸放翁諸家的詩，方回《瀛奎律髓》等書都有圈點與評識，其書現存，可證明並非由於明代八股的影響，但明代書肆所刻四書文，常用此法以教導初學。或以爲起於明代中葉者，非。姚鼐《答徐季雅書》："震川閱本《史記》，於學文最爲有益，圈點啓發人意，有愈於解說者矣。"此則古文家重視評點的論調。

[4] 意度波瀾——歸有光《史記圈識凡例》："《項羽本紀》'當此時，趙歇爲王'、'當是時，楚兵冠諸侯'二處，是旁支，又是總幾段，如水之盤旋而去。""'項羽因留連戰未能下'一句是頓挫，又承上起下，盤旋如水之潆洄。"

[5] 精神氣魄——歸有光《史記圈識凡例》："《項羽本紀》'當此時，趙歇爲王'，(《封禪書》)三神山一段，氣開一開，如本說此處飲酒，乃說何處閒遊景致，雖煩而不煩，大率是精神妙處。""太史公但若熱鬧處，就露出精神來了。""亦有跌蕩處不在氣脈上，故不用黄圈點。"

[6] 拳服——《禮記·中庸》："得一善則拳拳服膺而弗失之矣。" 揣摩——《戰國策·秦策》："簡練以爲揣摩。"

[7] 五祖傳燈——五祖，佛教禪宗東土第五祖弘忍禪師，唐時人。法海《六祖大師法寶壇經略序》："年二十有四，聞經悟道，往黄梅求印可。五祖器之，付衣法，令嗣祖位。"弘忍門下，神秀與慧能俱爲得法弟子，神秀重漸修，慧能重頓悟，兩家弟子，各立門戶，神秀爲北宗，慧能爲南宗，各被尊爲第六祖。南宗則以爲慧能獨傳五祖衣法。《達摩多羅禪經》："諸持法者，以此慧燈，次第傳授。"《大般若經》："具壽善現，便告具壽舍利子言：諸佛弟子所說法要，當知皆承佛威神力。何以故？舍利子，諸佛爲他宣說法要，彼承佛教，精勤修學，便能證得諸法實性。由是爲他有所宣說，皆與法性能不相違。故佛所言，如燈傳照。"案：宋眞宗景德元年吳僧道原纂《景德傳燈錄》三十卷，爲禪宗要籍，傳燈之意本此。

[8] 靈素受籙——《宋史·方技傳》："林靈素，溫州人。……政和末，……賜號通眞達靈先生。賞賚無算，建上清寶籙宮。……假帝誥天書雲篆，務以欺世惑衆。……令吏民詣宮受神霄秘籙，朝士之嗜進者，亦靡然趨之。"

[9] 野狐禪——《景德傳燈錄》："洪州百丈山大智禪師，每上堂，常有一老人，聽法罷皆隨衆散去。一日留身不去，師問：立者何人？老人曰：某甲于過去迦葉佛時，曾住此山，有學人問，大修行底人，還落因果也無，對云，不落因果，墮在野狐身，今請和尚代一轉語。師云：不昧因果。老人于言下大悟，告辭師云：某甲已免野狐身，住在山後，乞依亡僧燒送。師令維那白槌告衆，齋後普請送亡僧。

衆皆愕然。齋後衆去山後巖中，果見一死野狐，積薪燒訖。”《四家玄錄》：“墮在野狐禪。”

[10] 嘉靖隆慶——嘉靖，明世宗年號，自公元一五二二年至一五六六年；隆慶，明穆宗年號，自公元一五六七年至一五七二年。

[11] 否塞——《易·否》釋文：“否，塞也。”

[12] 斥鳳洲以爲庸妄——歸有光《項思堯文集序》：“今世之所謂文者難言矣，未始爲古人之學，而苟得一二妄庸人爲之巨子，爭附和之以詆排前人。韓文公云：‘李、杜文章在，光燄萬丈長。不知羣兒愚，那用故謗傷？蚍蜉撼大樹，可笑不自量。’文章至于宋、元諸名家，其力足以追數千載之上而與之頡頏，而世直以蚍蜉撼之可悲也。無乃一二妄庸人爲之巨子以倡道之歟？”《列朝詩集》震川先生小傳：“熙甫爲文，原本六經，而好《太史公書》，能得其風神義理，其於八大家，自謂可肩隨歐、曾，臨川（王安石）則不難抗行。當是時，王弇州踵二李之後，主盟文壇，聲華烜赫，奔走四海。熙甫一老舉子，獨抱遺經于荒江虛市之間，樹牙頰相搘拄不少下，嘗爲人文序，詆排俗學，以爲苟得一二妄庸人爲之巨子。弇州聞之曰：妄則有之，庸則未敢聞命。熙甫曰：惟妄故庸，未有妄而不庸者也。”

[13] 砥柱中流——酈道元《水經注》：“砥柱，山名也。河水分流，包山而過，山見水中若柱然。”

[14] 文從字順——韓愈《南陽樊紹述墓誌銘》：“文從字順各識職。”

[15] 閎中肆外——韓愈《進學解》：“先生之於文，可謂閎其中而肆其外矣。”

[16] 歸氏之於制藝——《明史·選舉志》：“科目者，沿唐、宋之舊，而稍變其試士之法，專取四子書及《易》《書》《詩》《春秋》《禮記》五經命題試士，蓋太祖與劉基所定。其文略仿宋經義，然代古人語氣爲之。體用排偶，謂之八股，通謂之制義。”《明史·文苑·歸有光傳》：“有光制舉義，湛深經術，卓然成大家。”

[17] 百世不祧之大宗也——《禮記·祭法》：“遠廟爲祧。”孫希旦《集解》：“遠廟爲祧，蓋謂高祖之父高祖之祖之廟也。謂之遠廟者，言其世數遠而將遷也。”不祧即不遷，永遠奉祀的祖先稱百世不祧之宗。

[18] 四子——葉長青注：“朱子《書臨漳所刊四子書後》：‘河南程夫子之教人，必先使之用力乎《大學》《論語》《中庸》《孟子》之言，然後及乎六經。’案：四子書之名始此。”

[19] 唐——唐順之，見本册唐順之《董中峰侍郎文集序》註[1]。

[20] 今歸唐之所謂疏宕頓挫——歸有光《史記圈識凡例》：“‘趙歇爲王’一段，乃是

'渡河擊趙大破之'句內開出來的頓挫,如水之瀠而遶縱。""《項羽本紀》'外黄未下'句是頓挫,如人透氣一般。"

[21] 立言之要在於有物——《易·家人》:"言有物。"

[22] 古人著爲文章四句——柳宗元《答韋中立論師道書》:"始吾幼且少,爲文章以辭爲工。及長,乃知文者以明道,是固不苟爲炳炳烺烺,務采色、誇聲音而以爲能也。"

[23] 富貴公子二句——葉長青注:"案:此即前人所謂王、謝子弟,雖不端正者,亦奕奕有一種風致也。"

[24] 杞梁之妻善哭其夫——《孟子·告子下》:"華周杞梁之妻善哭其夫而變國俗。"

[25] 西家偕老之婦亦學其悲號——葉長青注:"案:此東施效顰之意。"

[26] 屈子自沉汨羅——《史記·屈原賈生列傳》:"於是懷石,遂自投汨羅以死。"

[27] 同心一德——僞古文《書·泰誓中》:"予有亂臣十人,同心同德。"

[28] 傎——同顛,倒也。

[29] 持其志無暴其氣——見《孟子·公孫丑上》。

[30] 伊川先生謂工文則害道——《近思錄》:"問:作文害道否?伊川曰:害也。凡爲文不專意則不工,若專意,則志局於此,又安能於天地同其大也。《書》曰:'玩物喪志。'爲文亦玩物也。"

[31] 明道先生謂記誦爲玩物喪志——《近思錄》:"明道先生以記誦博識爲玩物喪志。"案:"玩物喪志",僞古文《書·旅獒》中語。

[32] 出辭氣之遠於鄙倍——見劉大櫆《論文偶記》註[4]。

[33] 辭之欲求其達——參見本書第一册《論語》選篇。

[34] 記事者必提其要二句——見韓愈《進學解》。"元",韓文原作"玄",章氏清人,避康熙帝玄燁諱,故改作"元"。

[35] 籍湜——張籍、皇甫湜。

[36] 尋章摘句——《吳志·吳主孫權傳》裴松之注引《吳書》載趙咨稱吳王"不效諸生尋章摘句"。

[37] 左思十稔而賦三都四句——左思《三都賦序》李善注:"臧榮緒《晉書》曰:'左思,字太沖,齊國人也。少博覽史記,欲作《三都賦》,乃詣著作郎,訪岷、邛之事。遂構思十稔,門庭藩溷,皆著紙筆,遇得一句,即疏之。徵爲秘書。賦成,張華見而咨嗟,都邑豪貴,競相傳寫。'三都者,劉備都益州號蜀,孫權都建業號吳,曹操都鄴號魏。"

[38] 舉隅反三——《論語·述而》:"舉一隅,不以三隅反,則不復也。"

[39] 思過半矣——見《易·繫辭下》。

[40] 新婚宴爾——《詩·邶風·谷風》:"宴爾新婚,如兄如弟。"

[41] 可授受者二句——《孟子·盡心下》:"梓匠輪輿能與人規矩,不能使人巧。"

[42] 趙伸符氏取古人詩爲聲調譜二句——趙執信(公元一六六二年——一七四四年),字伸符,號秋谷,晚號飴山老人,益都人。康熙十八年進士,官至右贊善。娶王士禛甥女,初相引重,後成論敵。嘗問詩的聲調問題于士禛,士禛靳不肯言,乃歸取唐人諸集,排比鈎稽,竟得其法,爲《聲調譜》一卷,收入翁方綱《小石帆亭著錄二》,近人丁福保收入《清詩話》中。執信自作有《飴山堂詩集》二十卷、《文集》十二卷。《清史稿》卷四百八十四《文苑》一有傳。翁方綱《王文簡古詩平仄論序》:"古詩平仄之有論也,自漁洋先生始也。"執信之爲《聲調譜》,蓋出于漁洋之後。翁方綱于《小石帆亭著錄二》中,時致異議,殆卽章氏所指通人譏之之類。但翁氏之書較後出于章書,章氏未必能見翁書。

[43] 然爲不知音節之人言三句——翁方綱《王文簡古詩平仄論序》:"夫詩有家數焉,有體格焉,有音節焉。是三者常相因也,而不可泥也;相通也,而不可紊也。先生之論古詩,蓋爲失諧者言之也。紊亦失也,泥亦失也;紊斯理之,泥斯通之,夫言豈一端而已,言各有當也。"此論可與章氏之言相發。

[44] 郢人寶燕石矣——郢,當作宋。見本書第一册《文心雕龍·知音》註[21]。

[45] 仁者見仁智者見智——《易·繫辭上》:"仁者見之謂之仁,智者見之謂之智。"

【説明】

古文家談文法,揭以示人的途徑,是評點標識。從明代茅坤的《唐宋八大家文鈔》到清初的課蒙選本如《古文觀止》之類都是。而初期的桐城派古文家方苞的《古文約選》和《評點史記》,也同樣未能免俗。章學誠生當桐城派極盛之時,針對文法論的淺陋,提出了文理論作箴砭。

本文首先在根本上指出"學問爲立身之主","文章爲明道之具","古人論文多言讀書養氣之功,博古通經之要,親師近友之益,取才求助之方"。這是前提。至於"立言之要,在於有物,古人著爲文章,皆本於中之所見"。"閎中肆外,言以聲其心之所得"。根本旣立,文理自合,就不會拘囿於評點家的所謂"法"了。但作者這樣說，並不等於像宋儒那樣薄文辭而不屑道。就文論文，他以爲“古人未嘗不欲其工”。“求自得於學問，固爲文之根本；求無病於文章，亦爲學之發揮”，學與文，兩者的關係是辯證的。因此，他認爲《文賦》《文心雕龍》等文學理論撰述，“或偶舉精字善句，或品評全篇得失”，旨在使讀者“得意文中，會心言外”，乃是必要的。然而“學文之事，可授受者規矩方圓，其不可授受者心營意造”。所謂規矩方圓，是一種合於文理的創作方法，神而明之，存乎其人。如果“舍己之所求，而摩古人之形似”，是無有是處的。篇中指出見月懷人，聽雨傷別，“啼笑之有收縱，歌哭之有抑揚”，原是合於文理的“天地至文”，“而欲以此感此懷藏爲秘密”，“揭以示人”，以“嘉惠後學”，強使無此感受的人，同樣效此“啼笑”“歌哭”，就不合於文理，“不得歌哭啼笑之至情矣”。

基於這種文理論的觀點，去衡量古文家的評點標識派，作者認爲評點家所談的那些“全篇結構”，“逐段精彩”，“意度波瀾”，“精神氣魄”，“疏宕頓挫”等等，所得之於古人的，“特其皮毛，而於古人深際，未之有見”，“文章一道，初不由此”。“其中無物”，容易“開後人描摩淺陋之習”。雖然從另一角度看，這種方法，在“不知文章法度之人”，“未嘗不可資其領悟”，但畢竟只是“爲文之末務”，“不足據爲傳受之秘”。因爲“文字之佳勝，正貴讀者之自得”，“文章變化，非一成之法所能限”，如果“因一己所見，而謂天下之人皆當範我之心手”，流弊就不可勝言了。

其實，就以桐城派來說，初期的方苞，評點《史記》，誠有如作者所譏的歸有光那樣。但姚鼐選《古文辭類篹》，已不全用此方法，雖有評識，義取簡當。其門人康紹鏞初刻姚選，還保存圈點，吳氏重刻，圈點都已刪去。儘管桐城派古文家方東樹等仍然爲評點之學辯護，而桐城派最後一位古文名家馬其昶在《古文辭類篹標注序》中就指出：“文字之見，隨所觸感，各肖其性識才學以出，其淺深高下不同之致，奚啻九級之臺”，“何容取常人意中之語以平議古人至精深奧賾之文乎？此姚氏之所慎也。”這和章氏持論，實際上已是精神相通，沆瀣一氣了。

附　錄

合刻歸震川圈識史記例意劉海峯論文偶記跋

〔清〕方東樹

右歸震川《圈識史記例意》，劉海峯《論文偶記》各一篇，學者所受微言奧論文章眞傳在是也。或曰：自昔作者第以其文傳而已，未有舉其所以治文之方而著之爲言者，若此則幾於陋與？余曰：然。凡後人之所言，皆前人所不言，非不能言之也，以爲吾不言，而使人以意逆之，則其思之深，得之固，而其味長；言之愈悉，使人習口耳而不察，道聽塗說，不得其所以言之意，反以褻吾至教。古之達者，蓋深有見於其得失如是，故不惟不暇亦不敢，非第爲其名跡近陋，避而不爲也。然則二先生之慮不及此與？是其言當從棄置而不足採與？是又不然。凡後人之所言，多前人所未嘗言，孔子之繫《易》，由伏羲觀之則陋矣；漢、唐以來儒者說經所發明，由先聖賢觀之皆可曰陋；然而至於今而傳注不廢，以爲不如是不足以有明也，爲其冥冥聾卽於昧也，孰若以吾所覺覺之也，是得聖人成物之智者也。傳言者當論其言之當否，不當屑屑泥名跡怙一曲，若鄭綏之爲儒也。百家衆說愚誣謬種之傳盈天下，而顧欲屏其妙要者而揮之，亦過矣。是二說也，學者兩擇之而取衷焉可也。二篇舊皆刻本，今張君某合録之，以廣留（疑作流）傳。余故著所聞大意，並附韓理堂跋語，爲治古學貴文章者，得有考焉。

同治刻本《儀衞軒文集》卷六

古文辭類篹標注序

馬其昶

黨縣徐君又錚旣去官，則大肆力於文。取《古文辭類篹》讀之，苦無以發其意也，因集錄歸、方以逮近世梅、曾、張、吳諸家之說，覃思而熟復之。又將刊以餉同志，屬予序焉。

古者左史記言，右史記事，文字之用萬端，要不外事言二者而已。由是二者推衍而析其類，則名目繁多，至不可勝紀。總集昭明《文選》最著，顧其分類多未當理。李漢親業韓門，其編《昌黎集》，出入亦不無可議者。自吾鄉姚先生書出，義例至精審矣。姚選分十三類，曾文正公更約爲三門十一類，曰論著，曰告語，曰記載，與姚說小別大同。學者誠準此二家以辨文體，晰如也。蓋審同異，别部居，可以形跡求也。若夫古人之精神意趣，寓於文字中者，固未可猝遇，讀之久而吾之心與古人之心冥契焉，則往往有神解獨到，非世所云云也。故姚選平注至簡。昌黎論文，務去陳言，凡一詞一義爲人人意中所有，皆陳言也；陳言爲文家所忌，即何容取常人意中之語，以平議古人至精深奥賾之文乎？此姚氏之所慎也。懸九級之臺於衆閒，躡其一級，則所見視平地有加焉，累而上之，級愈崇則其見愈廣。塊坐一室之中而冥度其上，無當也。天高氣肅，目際無垠，據其巔，述其所嘗覩，則思攬其勝者踵至矣。夫文字之見，隨所觸感，各肖其性識才學以出，其淺深高下不同之致，奚啻九級之臺乎？

姚氏之書所以足重者，以其鑒别精、析類嚴而品藻當也。今又錚又集錄諸家之説，以輔益之，自來論文精語，未有過此諸家者，其爲說雖多，與姚氏之旨曾無少異。何則？其淵源同也。述所目覩以導先於人，又錚之爲此，誠善矣哉！抑又錚以幹濟才，時方多難，不盡瘁國事，乃區區勤儒生之業，吾又且爲世惜也。

癸亥家刻本《抱潤軒文集》四

上曹儷笙[1]侍郎書

〔清〕惲　敬[2]

儷笙先生閣下，前者敬在寧都上謁，先生過聽彭臨川之言，諄然以昔人之所以爲古文者下問，侍坐之頃，未能達其心之所欲言。回縣後，竊願一陳其不敏。而下官之事上者，如古之奏記，如牋，如啓，皆束於體制，塗飾巧僞，殊無足觀。至前明之稟，幾於胥隸之辭矣。古者自上宰相至於儕等相往復，皆曰書，其言疏通曲折，極其所至而後已，謹以達之左右，惟先生教正之。

古文，文中之一體耳，而其體至正，不可餘，餘則支；不可盡，盡則敝；不可爲容，爲容則體下。方望溪先生曰："古文雖小道，失其傳者七百年。"望溪之言若是，是明之遵巖[3]、震川[4]，本朝之雪苑[5]、勺庭[6]、堯峯[7]諸君子，世俗推爲作者，一不得與乎望溪之所許矣。望溪謹厚，秉學有源本，豈妄爲此論耶？蓋遵巖、震川常有意爲古文者也，有意爲古文，而平生之才與學，不能沛然於所爲之文之外，則將依附其體而爲之；依附其體而爲之，則爲支、爲敝、爲體下，不招而至矣。是故遵巖之文瞻，瞻則用力必過，其失也，少支而多敝；震川之文謹，謹則置辭必近，其失也，少敝而多支；而爲容之失，二家緩急不同，同出於體下，集中之得者十有六七，失者十而三四焉。此望溪之所以不滿也。

李安溪[8]先生曰："古文，韓公之後，惟介甫得其法。"是說也，視望溪之言，有加甚焉。敬嘗卽安溪之意推之，蓋雪苑、勺庭之失，毗於遵巖，而銳過之，其疾徵於三蘇氏；堯峯之失，毗於震川，而弱過之，其疾徵於歐陽文忠公。歐與蘇二家所畜有餘，故其疾難形；雪苑、勺庭、堯峯所畜不足，故其疾易見。噫，可謂難矣！然望溪之於古文，則又有未至者，是故旨近端而有時而歧，辭近醇而有時而窳。近日朱梅厓[9]等於望溪有不足之辭，而梅厓所得，視望溪益庳隘。文人之見，日勝一日，其力則日遜焉，是亦可虞者也。

敬生於下里，以祿養趨走下吏，不獲與世之大人君子相處，而得其源流之所以然。同州諸前達，多習校錄，嚴考證，成專家[10]，爲賦詠者[11]，或率意自恣。而大江南北，以文名天下者，幾於昌狂無理，排溺一世之人，其勢力至今未已。敬爲之動者數矣。所幸少樂疎曠，未嘗捉筆，求若輩所謂文之工者而浸漬之，其道不親，其事不習，故心不爲所陷，而漸有以知其非。後與同州張皋文[12]、吳仲倫[13]、桐城王悔生[14]游，始知姚姬傳之學出於劉海峯，海峯之學出於方望溪；及求三人之文觀之，未足以饜其心之所欲云者。由是由本朝推之於明，推之於宋、唐，推之於漢於秦，斷斷焉析其正變，區其長短，然後知望溪之所以不滿者，蓋自厚趨薄，自堅趨瑕，自大趨小；而其體之正，不特遵巖、震川以下未之有變，即海峯、姬傳亦非破壞典型、沈酣淫詖者，不可謂傳之盡失也。若是，則所謂爲支、爲敝、爲體下，皆其薄、其瑕、其小爲之；如能盡其才與學以從事焉，則支者如山之立，敝者如水之去腐，體下者如負青天之高，於是積之而爲厚焉，斂之而爲堅焉，充之而爲大焉，且不患其傳之盡失也。然所謂才與學者何哉？曾子固曰："明必足以周萬事之理，道必足以適天下之用，智必足以通難知之意，文必足以發難顯之情[15]。"如是而已。皋文最淵雅，中道而逝，仲倫才弱，悔生氣敗。敬蹉跎歲時，年及五十，無所成就必矣。天下之大，當必有具絕人之能，荒江老屋，求有以自信者，先生能留意焉，則斯事之幸也。附呈近作數首，聊以塞盛意，愧悚愧悚。十月二十日惲敬謹上。

光緒刻本《大雲山房文稿》卷三

【註釋】

[1] 曹儷笙——曹振鏞(公元一七五五年——一八三五年),字儷笙,一字懌嘉,歙縣人。乾隆四十六年進士,選庶吉士,授編修。嘉慶時歷官工部、吏部侍郎,擢工部、吏部尚書,官至體仁閣大學士,道光初,爲武英殿大學士。《清史稿》卷三百六十三有傳。

[2] 惲敬(公元一七五七年——一八一七年)——字子居,陽湖人。乾隆四十八年舉人,官至南昌同知,署吳城同知。工古文,爲陽湖派古文的開派者。有《大雲山房文稿初集》四卷、《二集》四卷、《言事》二卷、《補編》一卷。《清史稿》卷四百八十五《文苑》二有傳。

[3] 遵巖——王愼中號,見本册唐順之《董中峰侍郎文集序》註[5]。

[4] 震川——歸有光,見本册《文史通義文理》篇註[3]。

[5] 雪苑——侯方域(公元一六一八年——一六五四年),字朝宗,號雪苑,商邱人。舉順治八年鄉試副榜。方域工古文,與魏禧、汪琬齊名,號清初三家。有《壯悔堂文集》十卷。《清史稿》卷四百八十四《文苑》一有傳。

[6] 勺庭——魏禧,見本册《答施愚山侍讀書》註[2]。

[7] 堯峯——汪琬(公元一六二四年——一六九〇年),字苕文,長洲人。順治十二年進士,康熙十八年,舉博學鴻儒,授編修。曾結廬堯峰山,學者稱爲堯峰先生。有《堯峰文鈔》五十卷、《鈍翁類稿》一百十八卷。《清史稿》卷四百八十四《文苑》一有傳。

[8] 李安溪——李光地(公元一六四二年——一七一八年),字晉卿,號厚庵,安溪人。順治九年進士,選庶吉士,授編修,官至文淵閣大學士。光地爲清初程朱派的理學家。《清史稿》卷二百六十二有傳。

[9] 朱梅崖——見本册姚鼐《復魯絜非書》註[21]。

[10] 同州諸前達四句——如臧琳、莊述祖、孫星衍諸家,都長於考據。《清史稿》卷四百八十一《儒林》二有傳。

[11] 爲賦詠者——如趙翼、黃景仁諸人擅長詩。《清史稿》卷四百八十五《文苑》二有傳。

[12] 張皋文——張惠言(公元一七六一年——一八〇二年),字皋聞,武進人。嘉慶四年進士,官翰林院編修。少工爲賦,後學唐、宋古文,與惲敬都是陽湖派的中堅。又工詞,爲常州詞派開山祖。治經學,深于《易》《禮》。除經學著述外,有

《茗柯文四編》四卷、《茗柯文補編》二卷、《外編》二卷、《詞》一卷。《清史稿》卷四百八十二《儒林》三有傳。

［13］吳仲倫——吳德旋（公元一七六七年——一八四〇年），字仲倫，宜興人。諸生，以古文鳴，與惲敬、呂璜諸人相切磋。有《初月樓集》十八卷、《詩鈔》四卷。《清史稿》卷四百八十五《文苑》二有傳，附姚鼐傳後。

［14］王悔生——王灼（公元一七五二年——一八一九年），字濱麓，號悔生，桐城人。乾隆五十一年舉人，官東流教諭。有《悔生文集》八卷。《清史稿》卷四百八十五《文苑》二有傳，附劉大櫆傳後。

［15］曾子固曰五句——曾鞏《南齊書目錄序》："古之所謂良史者，其明必足以周萬事之理，其道必足以適天下之用，其智必足以通難知之意，其文必足以發難顯之情。"

【説明】

陽湖一派是桐城的支流，在有關陽湖派師友淵源的文獻紀錄裏，都可看出陽湖出於桐城，和兩派之間的關係。陽湖派以惲敬爲代表，他論文和桐城派大同而小異，正可看作桐城派文論的修正和補充。這篇《上曹儷笙侍郎書》，比較全面地闡明了陽湖與桐城立論異同之所在。

方苞《古文約選·序例》謂："辨古文氣體，必至嚴乃不雜也。"桐城派所標舉的古文義法，把古文和一般散文區別開來，首先在於辨體至嚴。此文亦謂古文"其體至正，不可餘，餘則支；不可盡，盡則敝；不可爲容，爲容則體下"。並引方苞"古文雖小道，失其傳者七百年"的話，來闡明古文的傳統，可見對於古文的認識，陽湖派和桐城派基本上是一致的。

辨體至嚴，有了個衡量的標準，然後才能在古文和非古文以及似是而非的之間劃出一條界線。可是要達到這樣的標準，那就不可求之於標準之內，而必須是具有深閎的才與學，"沛然於所爲文之外"。所謂"明必足以周萬事之理，道必足以適天下之用，智必足以通難知之意，文必足以達難顯之情"，這樣，本深末茂,自然能寫出不支、不㪇、不爲容的古文。反之,就標準以求標準,局限於成法"依附其體而爲之,則爲支,爲㪇,爲體下,不招而至矣"。於是,問題的歸根結底,在於文人的修養。

照惲敬看來,方苞的學問是有淵源的,然而範圍不免狹隘,才力不免薄弱,因此"旨近端而有時而歧,辭近醇而有時而窳";至於劉大櫆、姚鼐之論文,雖亦不失其正,"非破壞典型,沈酣淫詖者",但是他們的造詣是不高的。這是陽湖不滿桐城之處,和袁枚所說的"一代正宗才力薄,望溪文集阮亭詩"(《倣元遺山論詩》)的用意大致相同。其實,桐城派的古文家也已看出了自己的弱點,姚鼐義理、考據、詞章三者合一之說,卽所以救桐城空疏之失。不過姚鼐的彙綜漢、宋,是要形成一種醇粹博雅的文風;惲敬則縱橫諸子,出入百家,取徑更要寬廣一些。《大雲山房文稿二集自序》云:"文集之衰,當起之以百家。"可以看出他的祈嚮之所在。文中所謂,"積之而爲厚焉,斂之而爲堅焉,充之而爲大焉",這就是陽湖派所理想的醇而能肆的最高的古文的境界;而這决不是"有意爲古文"所能達到的。從這個意義來說,他超越了桐城,最低是不局限於桐城義法之說了。惲敬是否能够做到這一點,和他的理論完全相符呢?則未必然。"文人之見,日勝一日,其力則日遜焉"。他自己也知道理論和實踐是有一段距離的。然而從桐城派到陽湖派,在古文理論上確實是個發展。

附　　錄

與舒白香(節錄)

〔清〕惲　敬

……文章之事,工部所謂天成,著力雕鎸,便覿面千里。儷體尙然,何況散行。然此事如禪宗,籀桶脫落,布袋打失之後,信口接機,頭頭是道,無一滴水外散，乃爲天成。若未到此境界，一鬆口便屬亂統矣。是以敬觀古今之文，越天成越有法度，如《史記》，千古以爲疎闊，而柳子厚獨以潔許之。今讀伯夷、屈原等列傳，重疊拉雜，及刪其一字一句，則其意不全，可見古人所得矣。至所謂疎古，乃通身枝葉扶疎，氣象渾雅，非不檢之謂也。敬於此事，如禪宗看話頭、參知識，葢三十年。惜鈍根所得，不過如此。然於近世文人病痛，多能言之。其最粗者，如袁中郎等乃卑薄派，聰明交遊客能之；徐文長等乃瑣異派，風狂才子能之；艾千子等乃描摹派，佔畢小儒能之；侯朝宗、魏叔子進乎此矣，然槍棓氣重；歸熙甫、汪苕文、方靈皐進乎此矣，然袍袖氣重。能擺脫此數家，則掉臂遊行，另有蹊徑，亦不妨仍落此數家，不染習氣者，入習氣亦不染，即禪宗入魔法也。……

光緒刻本《大雲山房文稿·言事》卷一

大雲山房文稿二集自序

〔清〕惲　敬

右《大雲山房文稿二集》四卷目錄，凡雜文九十六篇，嘉慶二十年八月，長洲宋揚光吉甫刻於廣州西湖街，爲日若干而竣。二十一年自贛往歙，武進董士錫晉卿復爲排次，增定十篇。敍錄曰：昔者，班孟堅因劉子政父子《七略》爲《藝文志》，序六藝爲九種，聖人之經，永世尊尙焉。其諸子則別爲十家，論可觀者九家，以爲雖有蔽短，合其要歸，亦六經之支與流裔。至哉此言，論古之圭臬也。

敬嘗通會其說，儒家體備於《禮》及《論語》《孝經》，墨家變而離其宗，道家、陰陽家支駢於《易》，法家、名家疏源於《春秋》，縱橫家、雜家、小說家適用於《詩》《書》，孟堅所謂《詩》以正言，《書》以廣聽也。惟《詩》之流復別爲詩賦家，而樂寓焉，農家、兵家、術數家、方技家，聖人未嘗專語之，然其體亦六藝之所孕也。是故六藝要其中，百家明其際會；六藝舉其大，百家盡其條流。其失者，孟堅已次第言之；而其得者，窮高極深，析事剖理，各有所屬。故曰修六藝之文，觀九家之言，可以通萬方之略。後世百家微而文集行，文集敝而經義起，經義散而文集益漓。學者少壯至老，貧賤至貴，漸漬於聖賢之精微，闡明於儒先之疏證，而文集反日替者何哉？葢附會六藝，屏絕百家，耳目之用不發，事物之賾不統，故性情之德不能用也。

敬觀之前世，賈生自名家、縱横家入，故其言浩汗而斷制；鼂錯自法家、兵家入，故其言峭實；董仲舒、劉子政自儒家、道家、陰陽家入，故其言和而多端；韓退之自儒家、法家、名家入，故其言峻而能達；曾子固、蘇子由自儒家、雜家入，故其言温而定；柳子厚、歐陽永叔自儒家、雜家、詞賦家入，故其言詳雅有度；杜牧之、蘇明允自兵家、縱横家入，故其言縱厲；蘇子瞻自縱横家、道家、小説家入，故其言逍遥而震動。至若黄初、甘露之間，子桓、子建，氣體高朗，叔夜、嗣宗，情識精微，始以輕雋爲適意，時俗爲自然，風格相仍，漸成軌範，於是文集與百家判爲二途。熙寧、寶慶之會，時師破壞經説，其失也鑿；陋儒襞積經文，其失也膚；後進之士，竊聖人遺説，規而畫之，睇而斷之，於是經義與文集并爲一物。太白、樂天、夢得諸人，自曹魏發情；静修、幼清、正學諸人，自趙宋得理。遞趨遞下，卑冗日積。是故百家之敝，當折之以六藝；文集之衰，當起之以百家。其高下遠近華質，是又在乎人之所性焉，不可强也已。敬一人之見，恐違大雅，惟天下好學深思之君子教正之。

光緒刻本《大雲山房文稿》二集

詞 選 序

〔清〕張惠言[1]

敍曰：詞者，蓋出於唐之詩人，採樂府之音，以制新律，因繫其詞，故曰“詞”。傳曰：“意內而言外，謂之詞[2]。”其緣情造端，興於微言，以相感動，極命[3]風謡。里巷男女，哀樂以道[4]。賢人君子幽約怨悱不能自言之情，低徊要眇[5]，以喻其致。蓋詩之比興，變風之義，騷人之歌，則近之矣。然以其文小，其聲哀[6]，放者[7]爲之，或跌蕩靡麗，雜以昌狂俳優。然要其至者，莫不惻隱盱愉[8]，感物而發，觸類條鬯，各有所歸[9]，非苟爲雕琢曼辭而已。自唐之詞人，李白爲首[10]，其後韋應物、王建、韓翃、白居易、劉禹錫、皇甫松、司空圖、韓偓[11]，並有述造，而溫庭筠[12]最高，其言深美閎約。五代之際，孟氏、李氏[13]，君臣爲謔，競作新調，詞之雜流，由此起矣。至其工者，往往絶倫，亦如齊、梁五言，依託魏、晉，近古然也。宋之詞家，號爲極盛，然張先、蘇軾、秦觀、周邦彥、辛棄疾、姜夔、王沂孫、張炎[14]，淵淵乎文有其質焉[15]。其盪而不反，傲而不理，枝而不物，柳永、黃庭堅、劉過、吳文英之倫[16]，亦各引一端以取重於當世。而前數子者，又不免有一時放浪通脱之言出於其間。後進彌以馳逐，不務原其指意，破析乖剌，壞亂而不可紀[17]。故自宋之亡而正聲絶，元之末而規矩隳，以至於今四百餘年，作者十數，諒其所是[18]，互有繁變，皆可謂安蔽乖方[19]，迷不知門戶者也。今弟[20]錄此篇，都爲二卷，義有幽隱，並爲指發。幾以塞其下流，導其淵源，無使風雅之士，懲於鄙俗之音，不敢與詩賦之流同類而風誦之也。

嘉慶[21]二年八月武進張惠言。

道光重刻本《張氏詞選》

【註釋】

［1］張惠言——見本册惲敬《上曹儷笙侍郎書》註[12]。

［2］傳曰意內而言外謂之詞——見《說文解字》卷九：“詞，意內而言外也，从司从言。”段玉裁注曰：“有是意于內，因有是言于外，謂之詞。意即意內，詞即言外，言意而詞見，言詞而意見。意者，文字之義也；言者，文字之聲也；詞者，文字形聲之合也。”案《說文》所解之“詞”，猶今“詞彙”“語詞”之“詞”，與詩詞之“詞”無涉。若引申其義，認爲塡詞應重在意，差與張氏所謂“非苟爲雕琢曼辭”之意相近。

［3］極命——見本册顧炎武《與人書三》註[2]。

［4］道——通導。

［5］低徊要眇——低徊，意思是指詞中一唱三嘆，反覆曲折的情調。要眇——同窈眇，美好、深微之意。

［6］其聲哀——指詞的聲調悽婉動人。

［7］放者——放蕩不拘者。

［8］惻隱盱愉——《漢書·藝文志》：“咸有惻隱古詩之義。”盱愉，喜悅貌。

［9］觸類條鬯各有所歸——條鬯，明白通暢。哀樂之情，感物而發，然其意義必有所歸宿。

［10］自唐之詞人李白爲首——李白詞不多，見《尊前集》。《全唐詩》卷八百九十“詞二”錄存十四首。宋黃昇《唐宋諸賢絕妙詞選》卷一謂其“《菩薩蠻》《憶秦娥》二詞，爲百代詞曲之祖”。惟前人頗有疑心它不是李白作的。近人楊憲益著《零墨新箋》，對這詞有考證，認爲它是李白作。尙無定論。

［11］韋應物——《韋蘇州集》卷一〇附錄其詞《調嘯詞》二首、《三臺詞》二首。王建——《全唐詩》卷八百九十“詞二”錄其詞《三臺》六首、《調笑令》四首。韓翃——《全唐詩》卷八百九十“詞二”錄其詞《章臺柳》一首。白居易——《全唐詩》卷八百九十“詞二”錄其詞九首。劉禹錫——《全唐詩》卷八百九十“詞二”錄其詞八首。皇甫松——《花間集》錄其詞十二首。司空圖——《全唐詩》卷八百九十一“詞三”錄其詞《酒泉子》一首。韓偓——《全唐詩》卷八百九十一“詞三”錄其詞三首。

[12] 溫庭筠(公元八一二年——約八七〇年)——原名岐,字飛卿,太原人。唐大中初試進士不第,官至隋縣尉。劉毓盤輯其詞七十六首爲《金荃詞》一卷。

[13] 孟氏李氏——孟氏,卽五代時蜀主孟昶;李氏,卽南唐中主李璟、後主李煜。

[14] 宋之詞家三句——張先,見本書第二册李清照《論詞》註[11]。秦觀,見本書第二册《與王觀復書三首之一》註[11]。周邦彥、辛棄疾、姜夔、張炎,見本書第二册張炎《詞源》註。王沂孫,見汪森《詞綜序》註。蘇軾有《東坡樂府》三卷。

[15] 淵淵乎文有其質焉——淵淵,深貌。形容張先、蘇軾等人的詞,旣有文采,又有內容。

[16] 蕩而不反四句——盪,通蕩,放也。枝——枝葉之辭。不物——指言之無物。上三句是針對柳永、黃庭堅等人的詞風而言。柳永,見本書第二册李清照《論詞》註[10]。劉過、吳文英,見本書第二册張炎《詞源》註[31]、[15]。黃庭堅有《山谷詞》《山谷琴趣外篇》。柳、黃之辭以濃豔稱,因而流蕩不返;劉過詞豪放,不免狂傲違理;吳文英詞,張炎說它"如七寶樓臺,眩人眼目,碎拆下來,不成片段"。

[17] 後進彌以馳逐四句——乖剌,違背的意思。這四句說後學不能深求前人詞作的宗旨本意,一味追求他們的放浪通脫,而且變本加厲,於是詞風敗壞到不可說的地步。

[18] 諒其所是——諒,相信。自以爲是。

[19] 安蔽乖方——安于固陋,迷失方向。

[20] 弟——但。

[21] 嘉慶——清仁宗年號,自公元一七九六年至一八二〇年。

【說明】

張惠言《詞選》作於嘉慶二年(一七九七),在張氏中進士的前二年,逝世的前五年,是他在歙縣課徒時之作。自從淸初以來,朱彝尊提倡作姜夔、張炎一派詞,後進承風,名爲"浙派",詞的內容逐漸趨向空虛、狹窄。到了嘉慶初年,流弊益著。張氏欲挽此頹風,要求詞能"與詩賦之流同類而風誦",他從作品內容尋繹"緣情造端""低徊要眇"之致,所選辛棄疾、張孝祥、王沂孫諸家之作,多屬有現實意義的作品,使讀者知道詞在文學並非"小道"，這對當時和後來的詞風是有相當大的影響的。大抵張氏論詞，在文學思想上突過浙派的有兩點：一、強調詞的比興（內容），勝於浙派之強調醇雅清空的格調（形式）；二、對唐、宋詞的發展有較深的認識，舉出歷代代表作家也比較全面，對柳永、黃庭堅、劉過、吳文英概括的批評，頗爲精當。但他爲了要提高詞的地位，却說了許多過分誇張的議論；如引《說文》"意內而言外"一語，來解釋"曲子詞"的"詞"；說溫庭筠《菩薩蠻》的內容似《感士不遇賦》，其篇法同《長門賦》，說"照花前後鏡"四句卽《離騷》初服之意，此等皆開後來常州派詞人附會說詞的風氣。又他意在立說，而往往疏於考史；把溫庭筠上比屈原，已屬儗人不倫；說韋莊《菩薩蠻》都是晚年留蜀思唐之作，而不知韋詞大都作于五十歲及第之前流浪江湖之時；說馮延已《蝶戀花》是爲排間異已者而作，歐陽修《蝶戀花》"殆爲韓（琦）范（仲淹）而作"，也都是無根的臆說。張惠言是經學家，治漢人虞翻的《易》說，著有《周易虞氏義》《虞氏消息》。虞翻說《易經》，好以陰陽消息"依物取類，貫穿比附"（見惠言《周易虞氏義自序》），《詞選》作于張氏晚年，無疑是受他自己學術思想的影響。

張氏選唐、宋兩代詞，只錄四十四家，一百十六首，當時人多嫌他太嚴；潘德輿《與葉生書》及陳廷焯《白雨齋詞話》對他皆多不滿之論。張氏卒後，董毅選《續詞選》，續選一百二十二首；其中姜夔七首，張炎多至二十三首（是作品被選最多的一家），這又近于朱彝尊《詞綜》的選詞宗旨，而違背張惠言爲"浙派"救弊的原意了。這由于惠言原選矯朱氏之枉而不免過正，董毅矯張氏之枉，結果却又墮入朱氏的舊窠臼裏去了。

附　錄

白雨齋詞話(選錄)

〔清〕陳廷焯

風騷有比、興之義,本無比、興之名,後人指實其名,已落次乘,作詩詞者,不可不知。

風詩三百,用意各有所在,仁者見之謂之仁,智者見之謂之智,故能感發人之性情。後人強事臆測,繫以比、興、賦之名,而詩義轉晦。子朱子於《楚詞》,亦分章而係以比、興、賦,尤屬無謂。

光緒刻本《白雨齋詞話》卷六

論詞隨筆(選錄)

〔清〕沈祥龍

詩有賦、比、興,詞則比、興多於賦。或借景以引其情,興也;或借物以寓其意,比也。蓋心中幽約怨悱,不能直言,必低徊要眇以出之,而後可感動人。

《詞話叢編·論詞隨筆》

蕙風詞話(選錄)

〔清〕況周頤

意內言外,詞家之恆言也,《韻會舉要》引《說文》作音內言外,當是所見宋本如是,以訓詩詞之詞,於誼殊優。凡物在內者恆先,在外者恆後,詞必先有調而後以詞填之,調即音也。亦有自度腔者,先隨意爲長短句,後緦以律,然律不外正宮、側商等名,則亦先有而在內者也。凡人聞歌詞接於耳,即知其言,至其調或宮或商,則必審辨而始知,是其在內之徵也。唯其在內而難知,故古云知音者希也。

《惜陰堂叢書·蕙風詞話》卷四

海綃說詞(選錄)

陳洵

本詩(謂《三百篇》也)

《詩三百篇》,皆入樂者也。漢、魏以來,有徒詩,有樂府,而詩與樂分矣。唐之詩人變五七言爲長短句,制新律而繫之詞,蓋將合徒詩樂府而爲之,以上窺國子絃歌之教。謂之爲詞,則與廿五代興者也。

《詞話叢編·海綃說詞》

人間詞話(選錄)

王國維

固哉,皋文之爲詞也!飛卿《菩薩蠻》、永叔《蝶戀花》、子瞻《卜算子》,皆興到之作,有何命意?皆被皋文深文羅織。阮亭《花草蒙拾》謂:"坡公命宮磨蝎,生前爲王珪、舒亶輩所苦,身後又硬受此差排。"由今觀之,受差排者,獨一坡公已耶?

人民文學出版社本《人間詞話删稿》

與王欽萊論文書

〔清〕焦　循[1]

循白。吾子論文，於古取韓昌黎，於今取朱梅崖[2]，不樂字句瑣細及文氣佶聱者，足見天分之高。雖然，此猶據昌黎、梅崖以言文，而未嘗即文以言文也；是猶即文之當然者以言文，而未嘗即文之所以然者以言文也。

天下之物，各適於用。文何用？有用之一身者，有用之天下者，有用之當時者，有用之百世者。科舉應試之文，用之一身者也；應酬交際之文，用之當時者也；二者之於文，皆無足重輕。若夫朝廷之誥，軍旅之檄，銘功紀德之作，興利除弊之議，關於軍國之重，民物之生，是文之用於天下也。然必仕而在上有才藝足以達者任之。

布衣之士，窮經好古，嗣續先儒，闡彰聖道，竭一生之精力，以所獨得者聚而成書，使詩書六藝有其傳，後學之思有所啓發，則百世之文也。乃總其大要，惟有二端：曰意曰事。意之所不能明，賴文以明之，或直斷，或婉述，或詳引證，或設譬喻，或假藻繢，明其意而止。事之所在，或天象算數，或山川郡縣，或人之功業道德，國之興衰隆替，以及一物之情狀，一事之本末，亦明其事而止。明其事患於不實，明其意患於不精。學者知明事之難於明意矣，以事不可虛，意可以縱也。然說經之文主於意，而意必依於經，猶敍事之不可假也。孔子之十翼[3]，即訓故之文，反復以明象變，辭氣與《論語》迥别。後世注疏之學，實起於此，依經文而用己之意以體會其細微，則精而兼實，故文莫重於注經。敍事則就事以運其事，必令千載而下，覽其文而事之豪末畢著，《禹貢》《儀禮》《左氏春秋傳》是也。

吾嘗窮而推之，意與事不可以言明，莫若琴音與算法。然言算者，先以甲乙子丑[4]等施諸圖，然後指而論之；言音者，先講明勾挑吟揉[5]之例，然後按而誌之。閱二者之書，布算以推其數，撫絃以理其音，不差豪末，此文之至奇至巧至瑣細而佶聱者也。使避瑣細佶聱之名，則琴音不可說，算數不可明，周公之《儀禮》不必作，孔子之《說卦》《雜卦》不必撰，豈理也哉？如謂此非文，則惟如韓之記毛穎[6]，蘇之論范增、留侯[7]，而始謂之文乎？願足下窮文之所以然，主於明意明事，且主於意與事之所宜明，不必昌黎、梅菴，不必不昌黎、梅菴，不必瑣細佶聱，不必不瑣細佶聱也。天寒遠客，幸珍重之。不宣。

文學山房本《雕菰樓集》卷十四

【註釋】

[1] 焦循（公元一七六三年——一八二〇年）——字里堂，甘泉人。嘉慶六年舉人。清中葉著名樸學大師，又是戲曲理論家。除經學著述外，有《雕菰樓文集》二十四卷、《詞》三卷、《詩話》一卷。又有《曲考》（已佚）《劇說》《花部農譚》等。《清史稿》卷四百八十二《儒林》三有傳。

[2] 朱梅菴——疑卽是朱梅崖。見姚鼐《復魯絜非書》註[21]。

[3] 十翼——見本書第二册石介《怪說中》註[6]。

[4] 甲乙子丑——中國古代算術書中用以布算之字。

[5] 勾挑吟揉——吳澄《琴言十則》"勹，勾也，中指向內。"（指向身發絃曰內。）"乚，挑也，食指向外。"（指向徽發絃曰外。）"亍，吟也，按指得聲細動徽間。" "彳，揉也，按指乘聲引出徽外。"

[6] 韓之記毛穎——韓愈有《毛穎傳》。毛穎謂毛筆。

[7] 蘇之論范增留侯——《范增論》是蘇軾《志林》中的一篇。《留侯論》見蘇軾《應詔集》。

【説明】

以考據爲主要內容的經學，在清朝中葉盛極一時。考據家講求的是典章、制度、名物、訓詁，語必徵實，不尙詞華，所以稱爲樸學。他們對于詞章之學，是輕視的。焦循這篇《與王欽萊論文書》，正代表當時經學家的文學觀。

他把文章分爲四類，以爲科舉應制之文和應酬交際之文，不過用之于一身，施之于一時，是無足重輕的；至于關係"軍國之重，民物之生"的經世之文，必然是"仕而在上，有才藝足以達者任之"，因而他所論述的只是布衣之士"嗣續先儒，闡彰聖道"之文。

他說文章的內容，不外"事"和"意"，卽記敍與論說之分。至于作文之法，則"明其事患于不實，明其意患于不精"。這是經學家論文的綱領，通篇的用意，都是從這兩句話裏生發出來的。

所謂"實"，指的是"就事以運其事，必令千載而下，覽其文而事之毫末畢著"。這樣，《禹貢》《儀禮》和《左傳》同樣是記敍文的典範。所謂"精"，是說"依經文而用己之意以體會其細微，則精而兼實"。這也就是說，離開了實，就無所謂精。于是，連經書的注疏，也被劃入文章範疇之內了。他說："學者知明事之難于明意矣，以事不可虛，意可以縱也。然說經之文主于意，而意必依于經，猶敍事之不可假也。"歸根結蒂，還是個徵實的問題。在他看來，考據以外無經學，經學以外無文章；"故文莫重于注經"，經學也就是文學。

以考證爲文，"至繁碎繳繞，而語不可了"，這是姚鼐對經學家文風的指摘（見前選《述庵文鈔序》）。袁枚甚至認爲考據與文章猶水火之不能相容（見前選《與程蕺園書》）。然而這在經學家看來，都是不成問題的。文中以算書、琴譜爲喩，認爲"閱二者之書，布算以推其數，撫絃以理其音，不差毫末，此文之至奇至巧至瑣細而佶聱者也”。只須明理明事，有文字紀錄的就算是文，無所謂藝術的加工，文章的能事；那末，詞章家所強調的繁冗與雅潔之辨，神明變化之方，行文的翰藻與沈思，這一切，對經學家來說，都是多餘的了。所以說：“不必昌黎、梅菴，不必不昌黎、梅菴；不必瑣細佶聱，不必不瑣細佶聱也。”這就是經學家“卽文之所以然者以言文”。

附 錄

與曾侍郎論文書

〔清〕羅汝懷

前以拙稾各種就正，値旌麾迻駐衡州，卽日首塗，僅譜例一編得邀劉覽。承書指示，謂蹈本朝各家箋疏習氣，又謂文莫難於治氣而自傷其氣之爲傎。眞詞家要妙之言，堪爲膺服。然汝懷雖粗治小學，爲文亦不專尙箋疏，而竊意文事固有不得盡廢箋疏，箋疏又非始於本朝文家者，請得申其說而再求是正。

譜而有例，則其剏爲之而不免流俗之疑惑，不得不爲證援，子姓不悉喩文辭，不得不爲疏解，非他文之悉出於是也。然箋疏之體其傳最古，非肇於漢世之經師。易曰：“爻也者效此者也，象也者像此者也。易者象也，象也者像也。彖者材也，爻也者效天下之動者也。”“隼者禽也，弓矢者器也，射之者人也。”記曰：“絰也者實也，葬也者藏也。”“射之爲言繹也，或曰舍也，繹者各繹己之志也。”“東方者春，春之爲言蠢也。”左氏曰：“所謂道忠於民而信於神也。上思利民，忠也；祝史正辭，信也。”“萬，盈數也；魏，大名也。”公羊氏曰：“曷爲或言而、或言乃？乃難于而也。”孟子曰：“畜君者好君也。”“老而無妻曰鰥，老而無夫曰寡。”“徹者徹也，助者藉也。”“庠者養也，校者教也，序者射也。”“泄泄猶沓沓也。”“惻隱之心，仁也。”“狂者進取，狷者有所不爲也。”凡箋疏之在經傳者幾難更僕數矣。而漢儒之《通德》《釋名》《解字》諸作，乃祖厥體而爲專書，匪惟專書，其崇論宏議，一篇之中，時或錯焉。

王子陽諫疏曰:“《詩》云:‘匪風發兮,匪車揭兮。’說曰:是非古之風也,發發者!是非古之車也,揭揭者!蓋傷之也。”劉子政封事曰:“《周頌》曰:‘降福穰穰’,又曰:‘飴我釐麰’,麰,麥也。始自天降。”若此者又可僂指計。且以儁氣而論,孰過排比重疊,而漢文乃有雜引書傳至五六十句者,其詞意比疊又不待言。以後來文家校之,將毋巧拙利鈍之殊致,然不得以後人之巧利勝前人之拙鈍也。說者謂古人之文爲渾樸,非惟渾樸也,原其徵引之繁,蓋守禮經身質言語之戒,故必則古而稱先。其奏御也,必曰臣聞,或曰聞之於師。其所諷諭,輒引經傳釋之以明其義,而不必言之出於己。然而經傳具焉,師法具焉,恭敬退讓具焉。後之人反是,德不足則求勝於言,理不足則求工於律;而淳漓厚薄,復有氣運之樞筦於其閒,不盡涉文家之趣向,乃或謂判分於八家,則又非也。

夫文之得以氣言者,莫過於唐之韓與宋之蘇。而韓之狀《復讐》兩引《周官》一引《公羊》,而疏解之辭句不下十,其《上宰相書》則尤繁。蘇之《合祭六議》雜引《詩》《書》《周禮》《春秋》《左氏》并及鄭注、賈疏、《水經注》之屬,句不下數十,而詮釋之繁且數倍焉。然則唐、宋文家未嘗不崇古法,而無掩於其氣之浩然。學者或專取矜奇弔詭之章,喜其虛靈幻眇以爲勝古人之平拙,遂於此界劃鴻溝。不知虛靈幻眇之途徑,莊、列已權輿於秦、漢之前,其辭意皆超軼絕倫,然非文之正軌矣。且夫物必先有體而後氣附之,則文家論氣當兼論體。文有論議,有紀敘,有解說,而篇幅有大小修短詳簡之不同,體有殊而氣亦有殊矣。且如《春秋》《周官》細碎如紀帳目,而與《詩》《書》同列爲經,《尚書》《禹貢》《顧命》體如《周禮》《春秋》,而與殷盤、周誥之情辭敷暢同居《尚書》二十九篇之列。尤異者孔子以一手繫《易》,篇各不同,惟《說卦》與《繫辭》差近,其中復多奇變,而後人統以十翼名之。然猶曰此古書非可以後世文體律之。至左氏之傳《春秋》,已與今之文格伊邇,而長彙千言,簡惟一語。孔子曰:“辭達而已矣。”故體不同,而同歸於達。然達則可簡,未達弗可簡也,而文家乃有尚簡惡繁之弊。夫蕪雜者文之病,脫略獨非病乎?自雅潔之宗標,而文格高,而文品尊,而文律綦嚴,然因是而適成蹇弱者多矣。今有事物之紛紜蕃變,生人之材行志義,繁不勝書,則將捐其繁重,就其簡便,以成吾文之雅潔乎?是自爲文計,而文之不繫乎事與人也。其貽誤實自“參(原文誤作漢)之太史以著潔”之言,柳州取潔於馬還，展索不得其説，而文家於字稍粗俗相戒蠲除，豈知胥腸見《書》，狐鬼見《易》，孟説糞而莊説屎溺乎？甚至郡縣歲月率多不詳，揆厥由來，無非尙潔。夫古人之於辭也曰修，何嘗不言洒刷，然以潔故而至使人不得其端委，則亦何事於文矣。今人每病考據之繁，竊謂今日之繁，實由昔人之簡，故滋論辨。使其言之詳且周焉，不少假之，疑竇聚訟，何自而生。故夫文之事，吾寧稍貶其格而微失於繁，損己以繁即授人以簡，通校之得失，未嘗不相償也。且今人之讀古書，有不惜其簡而惜其詳者乎？（原注：簡略之病，明人爲甚。張文毅治有贈人敍云："往余道湘中，與羅氏兄弟游焉，何地何人，渺不能識。先世故與張有連，因致疑焉，展轉鉤考，乃得其實。湘中湘潭羅氏者，先十一世祖也。"今如欲廢考據，而爲文又尙簡略，則與"宵寐匪禎"何殊，總不欲令人明曉而已。）抑文之類不一，爲文之人之類亦不一，有碩人，有才人，有文人，有學人，豐功偉烈耆儒長德皆得謂之碩，彼其偶爾發攄，皆關民彝物則，不屑屑於文，而文莫與競者也。負異人之稟，志氣僨興，而或見抑於時，則宣諸文以伸其抑塞，爲嘻爲悲爲幻爲怪，無所不至，皆才人之所爲也。而文人者，無分窮達，有志藝林，謹守繩趨，不失尺寸，以求合於人之矩度，而淺深厚薄之各視其力焉。若乃究終始於遺經，慨空疏之鮮用，實事求是，以期積纍通貫而即於眞知，則劉勰氏所云"辭徵實而難巧"者，而亦不必以文論。若是者人殊而文殊，文殊而氣亦殊，又非僅體之別矣。

今閣下肩任艱鉅，蒼生之所繫命，碩人也，則文亦從而碩焉。不必箋疏，亦不必不箋疏。蓋柏翳者，典據之宗；姬公者，詁訓之祖也。惟克勤小物者惟能𢦏建大勳，於閣下有厚期焉。若下走者，褏椎魯之資，鮮鄉曲之譽，進不足干時，退無以自見，積歲纍月，初則制舉耗之，繼則生計耗之，其得鑽研故紙者皆出間隙，亦聊假以銷憂耳。於爲文之人之類，無一可竊以自居者，曾何足語於文事。重辱君子之教，乃復貢其臆説，還質於左右焉。如欲誘掖以進於文之途乎？伏候裁答！

光緒刻本《綠漪草堂文集》卷二十

花部農譚[1]序

〔清〕焦循

梨園共尚吳音[2]。"花部"者，其曲文俚質，共稱爲"亂彈"[3]者也，乃余獨好之。蓋吳音繁縟[4]，其曲雖極諧於律，而聽者使未覩本文，無不茫然不知所謂。其《琵琶》[5]《殺狗》[6]《邯鄲夢》[7]《一捧雪》[8]十數本外，多男女猥褻，如《西樓》[9]《紅梨》[10]之類，殊無足觀。花部原本於元劇，其事多忠孝節義，足以動人[11]；其詞直質，雖婦孺亦能解[12]；其音慷慨，血氣爲之動盪[13]。郭外各村，於二、八月間，遞相演唱，農叟漁父，聚以爲歡，由來久矣。自西蜀魏三兒[14]倡爲淫哇鄙謔之詞，市井中如樊八、郝天秀[15]之輩，轉相效法，染及鄉隅。近年漸反於舊。余特喜之，每攜老婦幼孫，乘駕小舟，沿湖觀閱。天既炎暑，田事餘閒，羣坐柳陰豆棚之下，侈譚故事，多不出花部所演，余因略爲解說，莫不鼓掌解頤。有村夫子者筆之於册，用以示余。余曰：此農譚耳，不足以辱大雅之目。爲芟之，存數則云爾。嘉慶己卯[16]六月十八日立秋，雕菰樓主人記。

中國戲劇出版社本《中國古典戲曲論著集成·花部農譚》

【註釋】

［1］花部農譚——是一部戲曲論著，焦循作。內容是就清代中葉揚州流行的若干地方戲曲劇目作了考證和分析。對當時被士大夫所輕視的花部甚爲推重。所謂花部係指當時崑曲以外的地方戲曲。

［2］梨園——見本册李漁《閒情偶寄》註［50］。吳音——即崑腔。明嘉靖年間音樂家魏良輔根據崑山本地流行的戲曲腔調，吸收弋陽腔、海鹽腔的優點，進行

整理創製而成。因最早流行於江蘇南部吳中地區，故又稱吳音。明人沈寵綏《度曲須知》上卷"曲運隆衰"："嘉靖間有豫章魏良輔者，流寓婁東鹿城之間，生而審音，憤南曲之訛陋也，盡洗乖聲，別開堂奥，……腔曰'崑腔'……。"同書"絃索題評"："我吳自魏良輔爲'崑腔'之祖，而南詞之布調收音，既經創闢，所謂'水磨腔'、'冷板曲'，數十年來，遐邇遜爲獨步。"

[3] 亂彈——清李斗《揚州畫舫錄》卷五："兩淮鹽務，例蓄花、雅兩部，以備大戲。雅部即崑山腔；花部爲京腔、秦腔、弋陽腔、梆子腔、羅羅腔、二簧調，統謂之亂彈。"這一戲曲名詞，過去在使用上含義很多，有人把崑腔以外或崑腔、京腔以外的所有劇種統稱亂彈，也有人單把京劇稱爲亂彈。

[4] 吳音繁縟——言崑腔之細膩。《度曲須知》"曲運隆衰"說魏良輔所創之崑曲"調用水磨，拍捱冷板，聲則平上去入之婉協，字則頭腹尾音之畢勻，功深鎔琢，氣無煙火，啓口輕圓，收音純細。……蓋自有良輔，而南詞音理，已極抽秘逞妍矣"。

[5] 琵琶——《琵琶記》。見本册《曲律》註[41]。

[6] 殺狗——《殺狗記》。南戲劇本。《永樂大典》卷一萬三千九百七十一有《楊德賢婦殺狗勸夫》。《南詞敍錄》"宋元舊篇"列有《殺狗勸夫》一本。現在流傳有明毛氏汲古閣刻本《殺狗記》。作者一般認爲是明初徐畛，如《九宮十三攝譜·楊德賢婦殺狗勸夫記》下註云："古本，淳安徐畛仲由著。今本已由吳中情奴、沈興白、龍猶子三改矣。"可見今本《殺狗記》已失原來南戲面目。元雜劇中，同題材的作品有蕭德祥《王翛然斷殺狗勸夫》一本，見《錄鬼簿》。

[7] 邯鄲夢——即《邯鄲記》。傳奇劇本，明湯顯祖作。呂天成《曲品》著錄，列入"上上品"。臧晉叔有改訂本《邯鄲記》。

[8] 一捧雪——傳奇劇本，明末李玉作。見高奕《新傳奇品》。

[9] 西樓——《西樓記》，傳奇劇本，明末袁于令作。見高奕《新傳奇品》。

[10] 紅梨——《紅梨記》，傳奇劇本，明代徐復祚作。見《祁氏讀書樓目錄·鳴野山房書目》。

[11] 花部原本於元劇其事多忠孝節義足以動人——傳統批評家認爲元雜劇多譜忠孝節義事。最有代表性的是明朱權，他曾在《太和正音譜》中，將雜劇分爲十二科："一曰'神仙道化'；二曰'隱居樂道'（一作"林泉丘壑"）；三曰'披袍秉笏'；四曰'忠臣烈士'；五曰'孝義廉節'；六曰'叱奸罵讒'；七曰'逐臣孤子'；八曰'鏺刀趕棒'；九曰'風花雪月'；十曰'悲歡離合'；十一曰'煙花粉黛'；十二曰'神頭鬼面'。"

[12] 其詞直質雖婦孺亦能解——元劇語求本色。臧晉叔《元曲選序》:"曲本詞而不盡取材焉,如六經語、子史語、二藏語、稗官野乘語,無所不供其采掇……雅俗兼收……。"李調元《雨村曲話》卷下:"曲始于元,大略貴當行不貴藻麗。蓋作曲自有一番才料,其修飾詞章,填塞故實,了無干涉也。"

[13] 其音慷慨血氣爲之動盪——王驥德《曲律》卷一引康海曰:"北曲主慷慨。"徐渭《南詞敘錄》曰:"聽北曲使人神氣鷹揚,毛髮灑淅,足以作人勇往之志。"

[14] 魏三兒——號長生,清乾隆時著名的秦腔演員。清李斗《揚州畫舫錄》卷五:"京腔本以宜慶、萃慶、集慶爲上,自四川魏長生以秦腔入京師,色藝蓋於宜慶、萃慶、集慶之上,於是京腔效之,京、秦不分。"

[15] 樊八郝天秀——樊八疑係樊大之誤。樊大、郝天秀均係乾隆時演旦角的演員。清李斗《揚州畫舫錄》卷五:"樊大睅其目,而善飛眼,演《思凡》一劇,始則崑腔,繼則梆子、羅羅、弋陽、二簧,無腔不備,議者謂之戲妖。""郝天秀,字曉嵐。柔媚動人,得魏三兒之神,人以'坑死人'呼之。"

[16] 嘉慶己卯——嘉慶二十四年。

【説明】

清代乾隆年間,戲曲界發生了新的變化,崑曲逐步衰落,地方戲曲得到蓬勃的發展。面對這新興的戲曲,封建統治階級認爲傷風敗俗,嚴加禁止;文人學士則病其野俗不雅,而予以輕視。焦循在這方面獨持己見,不同流俗,他的《花部農譚》,就是一部專論地方戲曲的著作,在序文裏表達了他對地方戲曲的進步見解。

"梨園共尙吳音",而焦循獨好花部。他首先從聲腔上作了比較,認爲"吳音繁縟",而花部音調更富於慷慨動人的特點。其次他指出崑曲雖諧於音律,但曲文艱深,"聽者茫然不知所謂"。而花部語言通俗,婦孺能解,得到農叟、漁父廣大人民的喜愛。另外,他認爲崑曲內容狹窄,除少數作品外,"多男女猥褻"之作。花部內容複雜,"其事多忠孝節義,足以動人"。在這裏不免存在封建正統觀點。

明代以來，文人論戲，都是以雜劇、傳奇爲主；焦循獨于地方戲曲，大力提倡，重視它們的價值和地位，這表明了他對待民間藝術的進步觀點，同時在地方戲曲的發展上，也起了一定的促進作用。

附　錄

花部農譚(選錄)

〔清〕焦　循

唐張仁龜，本張尙書之庶子，其嫡不容，尙書乃使遠爲張處士之子，有手書爲據。仁龜稍長，漸知其爲尙書子，乃竊據而逃之京師；旣登第，仕爲官，遂忘處士養育之義。處士以無據，鬱恨而死。已而仁龜出使，自縊於驛亭，相傳爲張處士冥訴陰譴之。事載《北夢瑣言》。花部中演爲《清風亭》劇，張處士仍姓張，仁龜則謬爲薛氏子，其本末略同：處士夫婦以織屝磨豆爲生，拾得此子，有血書乞人收養，處士力貧撫育，得存活。至十數歲，適其生母過此，乃竊血書逃去，登第，出使矣。張自此子出逃，其婦日詬，以思兒得疾，不復能磨豆。張日扶其病婦至清風亭望此兒歸。蓋年皆七十許矣。久之，愈衰老，困苦行乞，而食暇則仍延頸於清風亭。一日，傳有貴官至，將憩於亭。坊甲洒掃見二老人，因曰：“吾昨見此官，殊與翁媪之逃子面相似。明日官憩此，翁媪其潛於近處，吾驗視誠然，來爲翁媪告也。”二老人喜甚。明日，坊甲驗視不錯，乃欣然招二老人，二老人欣然至，入亭視之，良是。往呼兒，其子怒曰：“是何乞兒，妄謬至此。”翁媪乃歷述十餘年養育事，仍不動。惟曰：持據來！據則已竊去，固無有也。於是二老人乃蒲伏叩頭曰：“公貴人，我小民豈敢以撫育微勞冒認父子；但十數年相依，姑作一家僕乳婢，攜我兩人，生食之，死棺之，免餓斃於路，他無敢望矣。”其侍從奴僕感動，跪代爲乞。此子曰：“此兩乞丐，得二百錢足矣。”乃以錢二百給之，撝於亭外。媪讓翁曰：“兒恨爾，爾素督責其讀書過切，我則保持之，雖長，未嘗一日離諸懷也。爾姑退，我獨求之，伊當憐念我。”媪復入，此子怒詈益甚，媪大哭，以錢擊其面，觸亭而死。翁見媪久不返，往視，見媪死，亦大慟，以首觸地死。此子轉訶斥坊甲勾引，坊甲亦強項不服，此子竟攜驕從去。乃作天雷雨狀，而此坊甲者冒雨至亭下，見有披髮跪者，乃雷殛死人也。視之，則前之貴官，右手持錢二百，左手持血書。坊甲乃大聲數其罪而責之。此即張處士鬱恨而死，仁龜得陰譴之所演也。鬱恨而死，淋漓演出，改自縊爲雷殛，以悚懼觀者，眞巨手也。據崑腔戲中，雷殛二事：一爲《雙珠》之李克成、張有得，克成以營長謀姦營卒之婦，羅致卒死罪，致其婦以死明節，——此事見《輟耕錄》——卒雖因婦死得釋，所賣子亦歸，惟營長未有報，故思得天雷殛之爲快耳。然作《雙珠》劇者，營卒妻賣子、投淵之後，旣得神救不死，父子夫妻後俱完聚，則李克成固亦天所不必誅也，故《雙珠》之李克成、張有得雖遭雷殛，倘不足以警動觀者。至《西樓》之趙不將，祗以口筆之嫌構其父，父禁于叔夜不許私妓，在趙固洩私忿，而其言非不讜正，以是而遭雷殛，眞爲枉矣。蓋袁于令與趙鳴陽素隙，心恨之，思得雷殛乃快，《西樓》之趙不將，即指鳴陽也。鳴陽人品學問，豈袁所及，故馮猶龍删改《西樓》，毅然删去此折，是也。余憶幼時隨先子觀村劇，前一日演《雙珠》《天打》，觀者視之漠然。明日演《清風亭》，其始無不切齒，旣而無不大快。鐃鼓旣歇，相視肅然，罔有戲色；歸而稱說，浹旬未已。彼謂花部不及崑腔者，鄙夫之見也。

花部中有劇名《賽琵琶》，余最喜之。爲陳世美棄妻事。陳有父母兒女，入京赴試，登第，贅爲郡馬，遂棄其故妻，並不顧其父母。於是父母死，妻生事死葬，一如《琵琶記》之趙氏；已而挈其兒女入都，陳不以爲妻，並不以爲兒女，皆一時豔羨郡馬之貴所致。蓋旣爲郡馬，則斷不容有妻、有兒女也。妻在都，彈琵琶乞食，即唱其爲夫棄之事，爲王丞相所知。適陳生日，王往祝，曰："有女子善彈琵琶，當呼來爲君壽。"至，則故妻也。陳彷徨，彊斥去之，乃與王相詬。王盡退其禮物，令從人送旅店與夫人公子，陰謂其故妻曰："爾夫不便於廣衆中認爾，余當於昏夜送爾去，當納也。"果以王相命，其閽人不敢拒。陳亦念故，乃終以郡主故，仍強不納。妻跪曰："妾當他去，死生唯命；兒女則君所生，乞收養之耳。"陳意亦愴然動，再三思之，竟大詈，使門者撝之出。念妻在非便，即夜遣客往旅店刺殺妻及兒女。幸先知之，店主人縱之去，匿於三官堂神廟中。妻乃解衣裙覆其兒女，自縊求死。三官神救之，且授兵法焉。時西夏用兵，以軍功，妻及兒女皆得顯秩。王丞相廉知陳遣客殺妻事，甚不平，竟以陳有前妻欺君事劾之，下諸獄。適妻帥兒女以功歸，上以獄事若干件令決之，陳世美在焉。妻乃據臯比高坐堂上，陳囚服縲絏至，匍匐堂下，見是其故妻，慚怍無所容。妻乃數其罪，責讓之，洋洋千餘言。説者謂：《西廂·拷紅》一齣，紅責老夫人爲大快，然未有快於《賽琵琶·女審》一齣者也。蓋《西廂》男女猥褻，爲大雅所不欲觀；此劇自三官堂以上，不啻坐淒風苦雨中，咀荼齧蘗，鬱抑而氣不得申，忽聆此快，眞久病頓甦，奇癢得搔，心融意暢，莫可名言，《琵琶記》無此也。然觀此劇者，須於其極可惡處，看他原有悔心。名優演此，不難摹其薄情，全在摹其追悔。當面詬王相，昏夜謀殺子女，未嘗不自恨失足。計無可出，一時之錯，遂爲終身之咎，眞是古寺晨鐘，發人深省。高氏《琵琶》，未能及也。

中國戲劇出版社本《中國古典戲曲論著集成·花部農譚》

論戲劇彈詞之有關於地方自治

〔清〕佚　名

吾不知地方自治之性質何若也？以爲六洲一戲場耳。吾不知地方自治之規模何若也？以爲萬事一説部耳。世界通人，競談地方自治矣：劃區也；分局也；練警察也；修戶籍也；擔賦税也；定裁判也；平道路也；興學術也；振工商也；廣樹藝也；開水利也；防火險也；改良婚姻也；講究衞生也；施濟醫藥也；收養貧苦也；發于名家著述者，汗牛充棟，騰于大館報章者，盈街塞道。燕、許大手筆，抒詞潤金石；盧（盧梭）、孟（孟德斯鳩）大政家，陳義薄雲天。僕支那帝國小説社中之一説小説人也，好説小説，則請以小説説。

地方自治，非政治家所談耶？談政治如賦大言，談小説如賦小言；談政治如奏雅樂，談小説如奏俗樂；談政治如誦正書，談小説如誦閒書；談政治如述朝議，談小説如述巷議；談政治如扮生旦，談小説如扮丑淨；談政治如唱京（京調）、崑（崑腔），談小説如唱徽（徽調）、廣（廣調）；談政治如肅衣冠而上明堂，談小説如傅粉墨而登戲台；談政治如歐洲大總統，揖讓而升議政院，談小説如蘇州小熱昏，跳躍而入玄妙觀。然則以小説而談地方自治，不猶以丑淨而扮生旦乎？不猶以徽、廣而唱京、崑乎？不猶以粉墨而披衣冠乎？不猶以小熱昏而作大總統乎？而求其有當于事理也，難矣。

雖然，福祿特爾，法之小説家也，珠喉一囀，喚轉法國國魂；索士比亞，英之小說家也，鐵板一敲，打起英民民志。《五月花》出，而黑奴生；《兩年假》(《十五小豪傑》之原名)作，而殖民熾。小說之轉移世界也如許，何況地方。昔者東郭子問道于莊子，莊子曰：在螻蟻。曰：何其下耶？曰：在稊稗。曰：何其愈下耶？曰：在瓦甓。曰：何其愈甚耶？曰：在屎溺。設有問地方自治于余者，余必曰：在戲劇；余必曰：在彈詞；余必曰：在書場，在茶園，而不在于國會議院；余必曰：在說書，在唱戲，而不在于學士大夫。

竹籬茅舍，帶水抱山六七家，胡琴咿呀，村姑抱子而走集，稻赤麥黃，萬頃一望，鑼鼓其鏜，鄉人釋耒。問有一村一町一區一集而無說書者乎？曰無有。問有一村一町一區一集而無演戲者乎？曰無有。事之有害于地方也，莫如戲曲；事之有益于地方也，亦莫如戲曲。聽《寄簡》《追舟》諸戲，則歸而踰牆，而婚姻太自由矣；觀《劫法場》《打擂台》諸劇，則歸而厲刃，而民權太平等矣。戲曲良，則風俗與之俱良；戲曲窳，則風俗與之俱窳；戲曲退步，則風俗與之俱退；戲曲進步，則風俗與之俱進。講治地方，必自風俗始；講治風俗，必自戲劇、彈詞始。主嚴義則曰禁，主寬義則曰改；而吾謂禁之不若改之之善。

戲劇哉！彈詞哉！具一切心，具一切法，一切衆生以爲眼耳口鼻色聲香味觸發，一切衆生以爲腦者也。吾若讕言，則入拔舌地獄。魏武非英主耶？《三國志》演而萬口齊罵奸臣。潘美非名將耶？《楊家將》演而千眼攢覷佞帥。有《封神榜》而後有青獅、白象諸大菩薩，有《目連傳》而後有劍樹、刀山、十殿閻羅、龍父耳蛭、水母目蝦。以今之民，具今之智，雖曰禁之，禁可盡乎？此村撤鑼，而彼村開台矣；此巷投板，而彼巷點鼓矣。民生之好樂也，而必議捐議罰以苦惱衆生；休論禁之不能盡也，縱使能盡，抑何樂于爲此耶？況小弦急則大弦絕，必有鄉曲父老，推倒柴堆，拋卻煙筒，起而與君爲難，而爲地方自治生一大阻力也。噫！

大道冥冥，衆生沈沈，誨盜誨淫，繫鈴解鈴，民之迷信于戲曲也；則開民之智，仍此戲曲。吾因喧嘩喤呷曰：革命！革命！革命何物？曰革命戲劇；曰革命彈詞。以李龜年擫笛，以安金藏點板，以李天下作生旦，以淳于髡作丑末。演唱偵探小說，而民知警察之不可不練；演唱政治小說，而民知賦稅之不可不擔；演唱科學小說，而民知工藝之不可不振；演唱醫學小說，而民知衞生之不可不講；演唱言情小說，而民知婚姻之不可不文明；演唱社會小說，而民知貧苦之不可不收恤。諺云“蘇空頭”，言無腦也。豈獨蘇人然哉？支那之人，盡無腦也。甲說入，則以甲說爲腦；乙說入，則以乙說爲腦。如今則換佳腦矣，而地方自治於是而可辦。

職是之故，興一政，而恐四鄉父老之不吾從也，則勸其觀新戲；創一法，而恐三村學究之訾敫吾也，則勸其聽新書。鼓無當於五聲，五聲得之而和；水無當於五色，五色得之而彰；戲劇彈詞，無當於地方自治，地方自治得之而緝。五百獅子吼，眇此神通；八千龍女舞，遜茲化力。論牖民智，吾不崇拜孔、墨、耶、佛，而崇拜施耐庵、孔雲亭；論育民德，吾不崇拜培（培根）、笛（笛卡兒）、邊（邊沁）、黑（黑智兒），而崇拜帕拉姆、比得芬。良以移人之心，換人之腦，速萬倍也。至于地方自治之形式，之精神，之規則，之性度，則吾三揖三讓，以請政治大名家，著作大報館之大椽筆。

人民文學出版社本《中國近代文論選》上

介存齋論詞雜著〔選錄〕

〔清〕周　濟[1]

北宋有無謂之詞以應歌[2]，南宋有無謂之詞以應社[3]。然美成《蘭陵王》、東坡《賀新涼》[4]，當筵命筆，冠絶一時。碧山《齊天樂》之詠蟬，玉潛《水龍吟》之詠白蓮[5]，又豈非社中作乎？故知雷雨鬱蒸，是生芝菌[6]；荆榛蔽芾[7]，亦產蕙蘭。

近人頗知北宋之妙，然終不免有姜、張[8]二字橫亙胸中。豈知姜、張在南宋亦非巨擘乎？論詞之人，叔夏[9]晚出，既與碧山同時，又與夢窗[10]別派，是以過尊白石[11]，但主清空。後人不能細研詞中曲折深淺之故，羣聚而和之，并爲一談，亦固其所也。

感慨所寄，不過盛衰；或綢繆未雨[12]，或太息厝薪[13]，或己溺己飢[14]，或獨清獨醒[15]，隨其人之性情學問境地，莫不有由衷之言。見事多，識理透，可爲後人論世之資。詩有史，詞亦有史，庶乎自樹一幟矣。若乃離别懷思，感士不遇，陳陳相因，唾瀋互拾[16]，便思高揖溫、韋[17]，不亦恥乎！

初學詞求空，空則靈氣往來。既成格調，求實，實則精力彌滿。初學詞求有寄託，有寄託則表裏相宣，斐然成章。既成格調，求無寄託，無寄託則指事類情，仁者見仁，知者見知[18]。北宋詞下者在南宋下，以其不能空，且不知寄託也；高者在南宋上，以其能實，且能無寄託也。南宋則下不犯北宋拙率之病，高不到北宋渾涵之詣。

光緒刻本«周氏詞辨»

【註釋】

[1] 周濟(公元一七八一年——一八三九年)——字保緒,一字介存,號止庵,江蘇荊溪人。嘉慶十年進士,官淮安府學教授。著有«晉略»六十卷、«介存齋論詞雜著»一卷、«味雋齋詞»一卷,選有«宋四家詞選»一卷。«清史稿»卷四百八十六«文苑»三有傳。

[2] 北宋有無謂之詞以應歌——最突出的是宋徽宗時大晟樂府的作品。大晟府招集了許多文士,月進一曲,配合音樂,傳播四方,都是粉飾"承平"、阿諛帝王之作。万俟詠的«大聲集»是它的代表。王灼«碧雞漫志»卷二,記«大聲集»"分五體:曰應制,曰風月脂粉,曰雪月風花,曰脂粉才情,曰雜類",這可見它的內容。

[3] 南宋有無謂之詞以應社——南宋文士結社的風氣很盛;像史達祖«梅溪詞»、吳文英«夢窗四稿»、周密«蘋洲漁笛譜»、張炎«山中白雲詞»裏都有社集唱和的詞,大半是無聊應酬的東西。

[4] 美成蘭陵王東坡賀新涼——周邦彥«蘭陵王»詞本事見張端義«貴耳集»,此詞爲李師師作;蘇軾«賀新涼»詞本事見胡仔«苕溪漁隱叢話»後集引«古今詞話»,此詞爲錢塘官妓秀蘭作。二詞也是所謂無謂之詞。

[5] 碧山詠蟬玉潛詠白蓮——都是«樂府補題»中作品,是宋亡後會集在紹興的詞人,爲悼宋六陵被元人盜發而作。碧山,王沂孫。玉潛,唐珏。

[6] 雷雨鬱蒸是生芝菌——見本册黃宗羲«縮齋文集序»註[18]。

[7] 蔽芾——植物弱小或樹葉初生狀。«詩·小雅·我行其野»:"蔽芾其樗。"

[8] 姜張——姜夔、張炎。

[9] 叔夏——張炎。

[10] 夢窗——吳文英。

[11] 白石——姜夔。

[12] 綢繆未雨——«詩·豳風·鴟鴞»:"迨天之未陰雨,徹彼桑土,綢繆牖戶。"

[13] 厝薪——賈誼«新書·數寧»:"夫抱火厝之積薪之下,而寢其上,火未及燃,因謂之安,偷安者也。"

[14] 己溺己飢——«孟子·離婁下»:"禹思天下有溺者,猶己溺之也;稷思天下有飢者,猶己飢之也。"

［15］獨清獨醒——《楚辭·漁父》:"衆人皆醉我獨醒,衆人皆濁我獨清。"

［16］唾瀋互拾——互相偷襲他人的議論。

［17］溫——溫庭筠見本册張惠言《詞選序》註［12］。韋——韋莊(公元八三六年——九一〇年),字端己,長安杜陵人。乾寧元年進士,後仕蜀,官至吏部侍郎,兼平章事。劉毓盤輯其詞五十五首爲《浣花詞》一卷。

［18］仁者見仁二句——見本册《文史通義·文理》註［45］。

【説明】

周濟二十多歲,從張惠言的外甥董晉卿學詞,後來和晉卿"造詣日以異,論説亦互相短長"。嘉慶十七年(公元一八一二年),作者三十多歲,著《詞辨》十卷,《自序》説:"次弟古人之作,辨其是非,與二張(張惠言、張琦兄弟)董氏各存岸略。"他選詞宗旨:以"莊雅""歸諸中正"的爲最上,"駿快馳鶩,豪宕感激"而能"委曲以致其情"的爲其次,"亢厲剽悍"的爲最下。原書十卷,"一卷起飛卿,爲正;二卷起南唐後主,爲變;名篇之稍有疵累者爲三、四卷;平妥清通,纔及格調者爲五、六卷;大體紕繆,精彩間出者爲七、八卷;本事詞話爲九卷;庸選惡札,遺誤後生,大聲疾呼,以昭炯戒,爲十卷"。後來原稿失落,"稍稍追憶,僅有正變兩卷,尚有遺落"(見《介存齋論詞雜著》跋)。現在我們看他"正、變"兩卷所選各詞,還有許多不可了解之處:如把李煜九首、蘇軾一首、辛棄疾十首、姜夔三首、陸游一首都列在"變"體裏(蘇軾只選《卜算子》"缺月挂疏桐"一首,陸游只選"怕歌愁舞懶逢迎"一首,姜夔三首裏不選他的《揚州慢》),而周邦彥九首、史達祖一首、吳文英五首,大都是遣興、詠物、應歌之作,却錄入卷一"正"體中。在周濟看來,這些作品是比辛棄疾的《水龍吟》"楚天千里清秋"、《永遇樂》"千古江山"諸篇(都在"變"體中)還是高一等的;范仲淹《漁家傲》"塞下秋來風景異"一首則連選入"變"體的資格都沒有!他是專問作品的聲容是否"莊雅""中正",而不問它的思想內容和社會意義的。常州派詞論家高語寄託，而選詞却不重視內容如此！這是這本書的最大缺點。他的《論詞雜著》原附《詞辨》而行，却頗多警策的話；如說："詩有史，詞亦有史"，是在張惠言《詞選》之後提出抬高詞體的要求；說"不免有姜、張二字橫亙胸中"，指出浙派以來說詞的局限；說"初求空，後求實"，"初求有寄託，後求無寄託"教導學者創作入手過程，也很精到。其餘太偏宕不易理解的，這裏不選錄了。

附　錄

論詞隨筆(選錄)

〔清〕沈祥龍

詞得屈子之纏綿悱惻，又須得莊子之超曠空靈。蓋莊子之文，純是寄言。詞能寄言，則如鏡中花，如水中月，有神無迹，色相俱空，此惟在妙悟而已。嚴滄浪云："惟悟乃爲當行，乃爲本色。"

詞不顯言，直言而隱，然能感動人心，乃有關係，所謂言者無罪，聞者足戒也。南唐李後主遊宴，潘佑進詞云："樓上春寒山四面，桃李不須誇爛熳，已失了春風一半。"蓋謂外多敵國，地日侵削也。後主爲之罷宴。詞能如此，何減諫章。

詞宜淸空，然須才華富藻采縟，而能淸空一氣者爲貴。淸者不染塵埃之謂，空者不著色相之謂，淸則麗，空則靈，如月之曙，如氣之秋，表聖品詩，可移之詞。

感時之作，必借景以形之，如稼軒云："算只有殷勤，畫簷蛛網，盡日惹飛絮。"同甫云："恨芳菲世界，游人未賞，都付與，鶯和燕。"不言正意，而言外有無窮感慨。

詠物之作，在借物以寓性情，凡身世之感，君國之憂，隱然蘊於其內，斯寄託遙深，非沾沾焉詠一物矣。如王碧山詠新月之《眉嫵》，詠梅之《高陽臺》，詠榴之《慶淸朝》，皆別有所指，故其詞鬱伊善感。

《詞話叢編·論詞隨筆》

蕙風詞話(選錄)

〔清〕況周頤

詞貴有寄託。所貴者流露於不自知，觸發於弗克自已。身世之感，通於性靈。即性靈，即寄託，非二物相比附也。橫亙一寄託於搦管之先，此物此志，千首一律，則是門面語耳，略無變化之陳言耳。於無變化中求變化，而其所謂寄託，乃益非眞。昔賢論靈均書辭，或流於跌宕怪神，怨懟激發，而不可以爲訓，必非求變化者之變化矣。夫詞如唐之《金荃》，宋之《珠玉》，何嘗有寄託，何嘗不卓絕千古；何庸爲是非眞之寄託耶？

惜陰堂叢書本《蕙風詞話》卷五

宋四家詞選[1]目錄序論

〔清〕周　濟

序曰：清眞[2]，集大成者也。稼軒[3]斂雄心，抗高調，變溫婉，成悲涼。碧山[4]饜心切理，言近指遠，聲容調度，一一可循。夢窗[5]奇思壯采，騰天潛淵，返南宋之清泚，爲北宋之穠摯。是爲四家，領袖一代；餘子犖犖，以方附庸。夫詞，非寄託不入，專寄託不出[6]。一物一事，引而伸之，觸類多通，驅心若游絲之罥飛英，含毫如郢斤之斲蠅翼。以無厚入有間，既習已，意感偶生，假類畢達，閱載千百，謦欬勿違，斯入矣[7]。賦情獨深，逐境必寤，醞釀日久，冥發妄中；雖鋪敍平淡，摹繢淺近，而萬感橫集，五中無主[8]；讀其篇者，臨淵窺魚，意爲魴鯉，中宵驚電，罔識東西，赤子隨母笑啼，鄉人緣劇喜怒，抑可謂能出矣[9]。問塗碧山，歷夢窗、稼軒以還清眞之渾化。余所望於世之爲詞人者，蓋如此。

光緒刻本《宋四家詞選》

【註釋】

［1］宋四家詞選——周濟選。一卷。共選周邦彥、辛棄疾、王沂孫、吳文英四家。議論很高，失之太偏。有《詞選七種》本、《叢書集成》本、中華書局本。

［2］清眞——周邦彥。見本書第二册《詞源》註［8］。

［3］稼軒——辛棄疾。見本書第二册《詞源》註［31］。

［4］碧山——王沂孫（公元一二三〇年左右——約一二八九年至一二九一年左右），字聖與，號碧山，又號中仙，會稽人。周密、張炎的詞友。有《花外集》。

［5］夢窗——吳文英。見本書第二册《詞源》註［15］。

［6］非寄託不入二句——意謂詞的創作，既要有寄託，又不能單憑寄託。所謂"非

寄託不入"，指的是作者必須帶着強烈的感情去觀察、體驗豐富的社會生活，直至熟悉各種事物的形象，然後才能進入創作過程。所謂"專寄託不出"，指的是作者"萬感橫集，五中無主"的思想感情必須通過"敍述平淡、摹繢淺近"的藝術形象來表現。這種飽含思想的形象由於它的情與景偕、思與境共，妙合無垠，看起來不是爲了寄託，而寄託已包含其中，這是一個方面。另一方面，讀者通過這樣的作品，與作者一起笑啼喜怒，受到強烈的感染，產生深切的共鳴。寄託，也就是比興方法的運用。

[7] 一物一事十二句——構思之時，對事事物物，不斷地聯想、聯繫，好像游絲悠揚天空，鈎取落花。"含毫"句是說由構思到文字表達，要能做到像郢人斲鼻、庖丁解牛（郢人斲鼻見劉大櫆《論文偶記》註[6]。《莊子·養生主》庖丁解牛："彼節者〔牛的骨節〕有間〔隙縫〕，而刀刃者無厚〔極薄〕，以無厚入有間，恢恢乎其於遊刃，必有餘地矣。"）手法熟練之極，達到"運斤成風""遊刃有餘"的境地。

[8] 賦情獨深八句——情感深厚的作者，對境對事，都有觸發，醞釀日久之後，表達感情無施不可，（"冥發妄中"是用射箭作比；善射的人能在黑暗裏好像隨意發箭而仍能中的。）雖然寫來好像是平淡淺近的文字，而作者的內心却是"萬感橫集，五中無主"的。這就是常語所謂"深入淺出。"五中，五臟，亦指內心。

[9] 讀其篇者八句——這段是說讀者的感情被作品所吸引。"臨淵窺魚，意爲魴鯉"，用劉向《說苑》語。陽書對宓子賤說："吾少也賤，不知理民之術；有釣道二焉：夫投綸餌，迎而吸之者陽橋也，其爲魚也薄而不美；若存若亡，若食若不食者魴也，其爲魚也薄而厚味。"（楊衒之《洛陽伽藍記》"伊洛鯉魴，貴於牛羊"。二魚都極美味。）這裏用這比喻，是說"無寄託出"的作品，寓意是"若存若亡"，不明顯地專指某事某物的。陳廷焯《白雨齋詞話》卷六、論比興的"興"，也說要做到"若近若遠，可喻可不喻"。這類作品引起讀者思索，更容易吸引讀者。中宵驚電四句，形容讀者被作品所吸引。

【說明】

周濟《宋四家詞選自序》題道光十二年（公元一八三二年），成書在他的《詞辨》之後的二十年，是他晚年之作。自從張惠言著《詞選》，以嚴揀精取，獨立旗幟，別異于朱彝尊的《詞綜》，周濟這書則更進一步，立派別家數作綱領以去取兩宋的作家作品。其實，他以周邦彥、辛棄疾、王沂孫、吳文英四家分領一代，而以蘇軾、姜夔附屬于辛棄疾之下，已嫌時代倒置，風格不同；並且周、吳本是同派作家，名爲四家，實只三派；王沂孫是姜夔的支裔，和周、吳本不相近，和辛更剛柔別異，“問塗碧山，歷夢窗稼軒，以還淸眞之渾化”之說，也頗難體會。

張惠言《詞選序》認爲詞“緣情造端，興於微言，以相感動”，“感物而發，觸類條鬯，各有所歸，非苟爲雕琢曼辭而已”。這篇《自序》發展張氏的意思，提出“詞非寄託不入，專寄託不出”之說，却可說是淸人詞論裏的獨到之見，後來譚獻稱讚這兩句話說：“千古辭章之能事盡，豈徒塡詞爲然！”周氏這文用形象的比喩來說明作家創作時進行形象思維的過程和讀者的種種感受，深至的意思，運以精麗的辭藻，它本身也是一篇美文。

附　録

蕙 風 詞 話(選錄)

〔清〕况周頤

近人學夢窗，輒從密處入手。夢窗密處，能令無數麗字，一一生動飛舞，如萬花爭春；非若琱璚蹙繡，毫無生氣也。如何能運動無數麗字？恃聰明，尤恃魄力。如何能有魄力？唯厚乃有魄力。夢窗密處易學，厚處難學。

重者，沈著之謂。在氣格，不在字句。於夢窗詞庶幾見之。即其芬芳鏗麗之作，中間雋句豔字，莫不有沈摯之思，灝瀚之氣，挾之以流轉。令人翫索而不能盡，則其中之所存者厚。沈著者，厚之發見乎外者也。欲學夢窗之緻密，先學夢窗之沈著。即緻密，即沈著。非出乎緻密之外，超乎緻密之上，別有沈著之一境也。夢窗與蘇、辛二公，實殊流而同源。其見爲不同，則夢窗緻密其外耳。其至高至精處，雖擬議形容之，未易得其神似。穎慧之士，束髮操觚，勿輕言學夢窗也。

周保緒(濟)《止庵集·宋四家詞筏序》以近世爲詞者，推南宋爲正宗，姜、張爲山斗，域於其至近者爲不然。其持論介余同異之間。張誠不足爲山斗，得謂南宋非正宗耶？《宋四家詞筏》未見，疑即止庵手錄之《宋四家詞選》，以周邦彥、辛棄疾、王沂孫、吳文英四家爲之冠，以類相從者各若干家。止庵又有《論調》一書，以婉、澀、高、平四品分之，其選調視紅友所載，祇四之一。此書亦未見。

《惜陰堂叢書·蕙風詞話》卷二

海綃說詞（選錄）

陳洵

師周吳

周止庵立周、辛、吳、王四家，善矣。惟師說雖具，而統系未明，疑於傳授家法，或未洽也。吾意則以周、吳爲師，餘子爲友，使周、吳有定尊，然後餘子可取益。於師有未達，則博求之友；於友有未安，則還質之師；如此則系統明，而源流分合之故，亦從可識矣。周氏之言曰："清眞，集大成者也。稼軒斂雄心，抗高調，變溫婉成悲涼。碧山切理饜心，言近指遠，聲容調度，一一可循。夢窗奇思壯采，騰天潛淵，返南宋之清泚，爲北宋之穠摯。是爲四家，領袖一代。"所謂師說具者也。又曰："問塗碧山，歷夢窗、稼軒以還清眞之渾化。"所謂統系未明者也。

由大幾化

清眞格調天成，離合順逆，自然中度；夢窗神力獨運，飛沉起伏，實處皆空。夢窗可謂大，清眞則幾於化矣。由大而幾化，故當由吳以希周。

《詞話叢編·海綃說詞》

文言[1]說

〔清〕阮元[2]

古人無筆硯紙墨之便，往往鑄金刻石，始傳久遠；其著之簡策者，亦有漆書刀削之勞；非如今人下筆千言，言事甚易也。許氏《說文》："直言曰言，論難曰語[3]。"《左傳》曰："言之無文，行之不遠[4]。"此何也？古人以簡策傳事者少，以口舌傳事者多；以目治事者少，以口耳治事者多。故同爲一言，轉相告語，必有愆誤。（原注：《說文》："言，從口從辛；辛，愆也。"）是必寡其詞，協其音，以文其言，使人易於記誦，無能增改，且無方言俗語雜於其間，始能達意，始能行遠。此孔子於《易》所以著《文言》之篇也。古人歌、詩、箴、銘、諺語，凡有韻之文，皆此道也。《爾雅·釋訓》，主於訓蒙，"子子孫孫"以下，用韻者二十條[5]，亦此道也。

孔子於《乾》《坤》之言，自名曰"文"，此千古文章之祖也。爲文章者，不務協音以成韻，修詞以達遠，使人易誦易記，而惟以單行之語，縱横恣肆，動輒千言萬字，不知此乃古人所謂直言之言，論難之語，非言之有文者也，非孔子之所謂文也。《文言》數百字，幾於句句用韻。孔子於此發明乾坤之藴，銓釋四德之名[6]，幾費修詞之意，冀達意外之言。（原注：《說文》曰："詞，意内言外也。"蓋詞亦言也，非文也。《文言》曰："修辭立其誠。"《說文》曰："修，飾也。"詞之飾者，乃得爲文，不得以詞即文也。）要使遠近易誦，古今易傳，公卿學士皆能記誦，以通天地萬物，以警國家身心。

不但多用韻，抑且多用偶。即如"樂行憂違"[7]，偶也；"長人合禮”[8]，偶也；“和義幹事”[9]，偶也；“庸言庸行”[10]，偶也；“閑邪善世”[11]，偶也；“進德修業”[12]，偶也；“知至知終”[13]，偶也；“上位下位”[14]，偶也；“同聲同氣”[15]，偶也；“水溼火燥”[16]，偶也；“雲龍風虎”[17]，偶也；“本天本地”[18]，偶也；“無位無民”[19]，偶也；“勿用在田”[20]，偶也；“潛藏文明”[21]，偶也；“道革位德”[22]，偶也；“偕極天則”[23]，偶也；“隱見行成”[24]，偶也；“學聚問辯”[25]；偶也；“寬居仁行”[26]，偶也；“合德合明，合序合吉凶”[27]，偶也；“先天後天”[28]，偶也；“存亡得喪”[29]，偶也；“餘慶餘殃”[30]，偶也；“直內方外”[31]，偶也；“通理居體”[32]，偶也；凡偶，皆文也。於物兩色相偶而交錯之，乃得名曰文，文即象其形也。（原注：《考工記》曰：“青與白謂之文，赤與黃謂之章。”《說文》曰：“文，遺〔錯〕畫也，象交文。”）

然則千古之文，莫大於孔子之言《易》。孔子以用韻比偶之法，錯綜其言而自名曰“文”。何後人之必欲反孔子之道，而自命曰“文”，且尊之曰古也？

道光文選樓本《揅經室三集》卷二

【註釋】

[1] 文言——孔穎達《周易正義》：“《文言》者，是夫子第七翼也。以《乾》《坤》其《易》之門戶邪？其餘諸卦及爻，皆從《乾》《坤》而出。義理深奧，故作《文言》以開釋之。莊氏云：文謂文飾，以乾坤德大，故特文飾以爲《文言》。”

[2] 阮元（公元一七六四年——一八四九年）——字伯元，號芸臺，江蘇儀徵人。乾隆五十四年進士，選庶吉士，授編修，累官至體仁閣大學士。元博學淹通，曾挀編《國史》儒林、文苑傳。官浙江巡撫時，立詁經精舍，官兩廣總督時，立學海堂。撰有《十三經校勘》《經籍纂詁》《疇人傳》《積古齋鐘鼎款識》等書。所著詩文，有《揅經室一集》十四卷、《二集》八卷、《三集》五卷、《四集》二卷、《詩集》十二卷、《續集》十一卷、《外集》五卷。平生精研《文選》之學，謂必如《文選序》所謂“事出于沈思，義歸乎翰藻”者，始得稱之爲文。《清史稿》卷三百六十四有傳。

[3] 直言曰言二句——《說文》:“言,直言曰言,論難曰語。”

[4] 言之無文二句——《左傳》襄公二十五年:“言之無文,行之不遠。”

[5] 爾雅釋訓四句——《釋訓》,《爾雅》第三篇。“子子孫孫”以下,連續用韻者凡十七條。

[6] 銓釋四德之名——《乾·文言》:“元者善之長也,亨者嘉之會也,利者義之和也,貞者事之幹也。……君子行此四德者,故曰乾元亨利貞。”

[7] 樂行憂違——《乾·文言》:“樂則行之,憂則違之。”

[8] 長人合禮——《乾·文言》:“君子體仁足以長人,嘉會足以合禮。”

[9] 和義幹事——《乾·文言》:“利物足以和義,貞固足以幹事。”

[10] 庸言庸行——《乾·文言》:“庸言之信,庸行之謹。”

[11] 閑邪善世——《乾·文言》:“閑邪存其誠,善世而不伐。”

[12] 進德修業——《乾·文言》:“君子進德修業。”

[13] 知至知終——《乾·文言》:“知至至之,可與幾也;知終終之,可與存義也。”

[14] 上位下位——《乾·文言》:“是故居上位而不驕,在下位而不憂。”

[15] 同聲同氣——《乾·文言》:“同聲相應,同氣相求。”

[16] 水溼火燥——《乾·文言》:“水流溼,火就燥。”

[17] 雲龍風虎——《乾·文言》:“雲從龍,風從虎。”

[18] 本天本地——《乾·文言》:“本乎天者親上,本乎地者親下。”

[19] 無位無民——《乾·文言》:“貴而無位,高而無民。”

[20] 勿用在田——《乾·文言》:“潛龍勿用,下也;見龍在田,時舍也。”

[21] 潛藏文明——《乾·文言》:“潛龍勿用,陽氣潛藏;見龍在田,天下文明。”

[22] 道革位德——《乾·文言》:“或躍在淵,乾道乃革;飛龍在天,乃位乎天德。”

[23] 偕極天則——《乾·文言》:“亢龍有悔,與時偕極。乾元用九,乃見天則。”

[24] 隱見行成——《乾·文言》:“隱而未見,行而未成。”

[25] 學聚問辯——《乾·文言》:“君子學以聚之,問以辯之。”

[26] 寬居仁行——《乾·文言》:“寬以居之,仁以行之。”

[27] 合德合明二句——《乾·文言》:“夫大人者,與天地合其德,與日月合其明,與四時合其序,與鬼神合其吉凶。”

[28] 先天後天——《乾·文言》:“先天而天弗違,後天而奉天時。”

[29] 存亡得喪——《乾·文言》:“知存而不知退,知得而不知喪。”

[30] 餘慶餘殃——《坤·文言》:“積善之家,必有餘慶;積不善之家,必有餘殃。”

[31] 直內方外——《坤·文言》:“君子敬以直內,義以方外。”

[32] 通理居體——《坤·文言》:"君子黄中通理,正位居體。"

【説明】

自韓、柳發動古文運動以後，古文在宋、元、明、清的文章領域内,取得了正統的地位。而駢文演變到宋四六的階段,已是强弩之末了。物窮則變，清代桐城派古文，没有能在唐、宋八家的基礎上進一步創新，比較保守地囿於舊的畛域,特别是作品内容往往空洞無物。而在當時,隨着樸學的興起，一般文人，大都學有本原,修辭用事都有根據，這就有利於駢文的發展，所以漢學家中多駢文能手，而古文家則傾向於宋學。如汪中、孫星衍、孔廣森、洪亮吉等都是著名學者兼擅駢文,形成了清中葉所謂駢文中興的局面。而桐城派古文這一面文章正統的旗幟，在駢文家看來,是有奪取的必要的。於是,在文論戰線上,就有李兆洛、阮元等人大張旗鼓地與古文家爭天下。

李兆洛選《駢體文鈔》,目的顯然在於取桐城派的《古文辭類纂》而代之。李氏在序文中説:"天地之道，陰陽而已。奇偶也，方圓也，皆是也。陰陽相並俱生，故奇偶不能相離，方圓必相爲用。道奇而物偶,氣奇而形偶,神奇而識偶。孔子曰:'道有變動，故曰爻;爻有等,故曰物;物相雜，故曰文。'又曰:'分陰分陽，迭用柔剛。'故《易》六位而成章,相雜而迭用。文章之用,其盡於此乎!"推本《周易》,調和奇偶，而於二者之中，却是隱然爲駢體佔地步的。阮元則進一步撇開單行,專爲駢體張目。在他的《揅經室集》裏,有《文言説》《書梁昭明太子文選序後》《與友人論古文書》《四六叢話序》《學海堂文筆策對》諸文,都是重要的駢文理論作品。《文言説》是各篇的核心。

在《文言説》裏,阮氏以"言之無文，行之不遠"爲前提，爲駢文理論,樹立了兩個根據。

第一是文必有韻說。這是從六朝人“有韻爲文，無韻爲筆”說推演而來的。篇中指出文章之初，先有韻語。理由是遠古“以口舌傳事者多”，“以口耳治事者多”，“故必寡其詞，協其音以文其言”，使“易於記誦”，便於行遠。這一論點，基本上是符合文學發生的規律的。然而時代在向前發展，文學自無一成不變之理。阮氏却把“單行之語，縱橫恣肆，動輒千言萬字”的作品，歸之於“古人直言之言，論難之語”，而“非言之有文”者，這樣立說，較李兆洛奇偶互用論偏隘得多。阮氏之所謂有韻，在《文韻說》裏有這樣的闡述：“梁時恆言所謂韻者，固指押脚韻，亦兼謂章句中之音韻，即古人所言之宮羽，今人所言之平仄也。……八代不押韻之文，其中奇偶相生，頓挫抑揚，詠歎聲情，皆有合乎音韻宮羽者。《詩》《騷》而後，莫不皆然。……是以聲韻流變而成四六，亦祇論章句中之平仄，不復有押脚韻也。四六乃有韻文之極致，不得謂之無韻之文也。……韻者，即聲音也。聲音，即文也。然則今人所使單行之文，極其奥折奔放者，乃古之筆，非古之文也。”這是引申沈約詩歌理論的“一簡之內，音韻盡殊”說以闡說駢文的平仄音律，跟古昔便於記誦的自然協音，已有較大的距離。沈約在六朝時代提出的理論，對律詩形式的形成，起過促進的作用。而在阮元時代，中國文學已向小說戲曲方面開拓疆宇，還用它來爲駢文製造理論根據，就沒有多大意義了。

第二是文必尙偶說。“凡偶，皆文也。於物兩色相偶而交錯之，乃得名曰文。文即象其形也”。“千古之文，莫大於孔子之言《易》，孔子以用韻比偶之法，錯綜其言而自名曰文”。這樣立說，實本於《文心雕龍·麗辭》所謂“造化賦形，支體必雙，神理爲用，事不孤立。夫心生文辭，運裁百慮，高下相須，自然成對”之論。文章有偶語，便於記誦，出於聯想；加以古漢語一字一音，一字一義，句能成對；所以偶儷爲文，有它一定的條件。阮氏論點，原有正確的一面。但或駢或散，各有體要，不應有所偏畸。如果必以偶儷爲文而散體非文，必然會導致"四書排偶之文（指八股），眞乃上接唐、宋四六爲一脈，爲文之正統"（《書梁昭明太子文選序後》）的錯誤結論來。

阮氏寫《文言說》以揚駢文之燄，爲了託體自尊，所以挾孔子《文言》作證以爲重。但因意有偏主，立說就難於圓融。章氏炳麟已於《文學總略》（見下選篇）裏反覆推勘，予以駁正了。

附　錄

與友人論古文書

〔清〕阮　元

讀足下之文，精微峻潔，具有淵源，甚善甚善！顧蒙來問，謹陳陋識焉。

元謂古人於籀史奇字，始稱古文，至於屬辭成篇，則曰文章。故班孟堅曰："武、宣之世，崇禮官，考文章。"又曰："雍容揄揚，著於後嗣，大漢之文章，炳焉與三代同風。"是故兩漢文章，著於班、范，體制和正，氣息淵雅，不爲激音，不爲客氣。若云後代之文，有能盛於兩漢者，雖愚者亦知其不能矣。

近代古文名家，徒爲科名時藝之累，於古人之文有益時藝者，始競趨之。元嘗取以置之兩《漢書》中誦之擬之，淄澠不能同其味，宮徵不能壹其聲，體氣各殊，弗可強已。若謂前人拙樸，不及後人，反覆思之，亦未敢以爲然也。

夫勢窮者必變，情弊者務新。文家矯厲，每求相勝。其間轉變，實在昌黎。昌黎之文，矯《文選》之流弊而已。昭明《選序》，體例甚明，後人讀之，苦不加意。《選序》之法，於經、子、史三家，不加甄錄，爲其以立意紀事爲本，非沈思翰藻之比也。今之爲古文者，以彼所棄，爲我所取，立意之外，惟有紀事，是乃子、史正流，終與文章有別。

千年墜緒，無人敢言，偶一論之，聞者掩耳。非聰穎特達深思好問如足下者，元未嘗少爲指畫也。嗚呼！修塗具在，源委遠分，古人可作，誰與歸歟！惟足下審之。

道光文選樓本《揅經室三集》卷二

文韻說

〔清〕阮元

福問曰："《文心雕龍》云：'今之常言，有文有筆。以爲無韻者筆也，有韻者文也。'據此，則梁時恆言有韻者乃可謂之文，而昭明《文選》所選之文，不押韻脚甚多，何也？"

曰："梁時恆言所謂韻者，固指押脚韻，亦兼謂章句中之音韻，即古人所言之宮羽，今人所言之平仄也。"

福曰："唐人四六之平仄，似非所論於梁以前。"

曰："此不然。八代不押韻之文，其中奇偶相生，頓挫抑揚，詠歎聲情，皆有合乎音韻宮羽者；《詩》《騷》而後，莫不皆然。而沈約矜爲剏獲，故于《謝靈運傳論》曰：'夫五色相宣，八音協暢，由乎玄黄律吕，各適物宜。欲使宮羽相變，低昂舛節；若前有浮聲，則後須切響；一簡之內，音韻盡殊；兩句之中，輕重悉異。妙達此旨，始可言文。'又曰：'自靈均以來，此祕未覩，至於高言妙句，音韻天成，皆暗於理合，匪由思至。'又沈約《答陸厥書》云：'韻與不韻，復有精粗，輪扁不能言之，老夫亦不盡辨。'休文此說，乃指各文章句之內，有音韻宮羽而言，非謂句末之押脚韻也。（原注：即如"雌霓連蜷"霓字必讀仄聲是也。）是以聲韻流變，而成四六，亦祇論章句中之平仄，不復有押脚韻也。四六乃有韻文之極致，不得謂之爲無韻之文也。昭明所選不押韻脚之文，本皆奇偶相生有聲音者，所謂韻也。休文所矜爲剏獲者，謂漢、魏之音韻，乃暗合於無心；休文之音韻，乃多出於意匠也。豈知漢、魏以來之音韻，溯其本原，亦久出於經哉？

孔子自名其言《易》者曰'文'，此千古文章之祖。《文言》固有韻矣，而亦有平仄聲音焉。即如'濕燥龍虎覩'上下八句，何等聲音，無論'龍虎'二句不可顚倒，若改爲'龍虎燥濕覩'，即無聲音矣。無論'其德'、'其明'、'其序'、'其吉凶'四句不可錯亂，若倒'不知退'於'不知亡、不知喪'之後，即無聲音矣。此豈聖人天成暗合，全不由於思至哉？由此推之，知自古聖賢屬文時，亦皆有意匠矣。然則此法肇開於孔子，而文人沿之，休文謂‘靈均以來，此祕未覩’，正所謂文人相輕者矣。

不特《文言》也；《文言》之後，以時代相次，則及於卜子夏之《詩大序》。序曰：‘情發於聲，聲成文謂之音。’又曰：‘主文而譎諫。’又曰：‘長言之不足，則嗟歎之。’鄭康成曰：‘聲謂宮、商、角、徵、羽也。聲成文者，宮商上下相應；主文，主與樂之宮商相應也。’此子夏直指《詩》之聲音而謂之文也，不指翰藻也。然則孔子《文言》之義益明矣。蓋孔子《文言》《繫辭》，亦皆奇偶相生，有聲音嗟歎以成文者也。聲音即韻也。《詩·關雎》，鳩、洲、逑押脚有韻，而女字不韻，得、服、側押脚有韻，而哉字不韻，此正子夏所謂‘聲成文’之宮羽也。此豈詩人暗於韻合，匪由思至哉？（原注：王懷祖先生云：“三百篇用韻，有字字相對極密，非後人所有者，如有瀰、有鷕、濟盈、雉鳴，不、求，濡、其、軌、牡；鳳凰、梧桐，鳴矣，生矣，于彼、于彼，高岡、朝陽；菶菶、雍雍，萋萋、喈喈，無一字不相韻。”此豈詩人天成暗合，全無意匠於其間哉？此即子夏所謂“聲成文”之顯然可見者。）子夏此序，《文選》選之，亦因其中有抑揚詠歎之聲音，且多偶句也。（原注：鄉人、邦國，偶一；風、教，偶二；爲志、爲詩，偶三；手之、足之，偶四；治世、亂世、亡國，偶五；天地、鬼神，偶六；聲教、人倫、教化、風俗，偶七、八；化下、刺上，偶九；言之、聞之，偶十；禮義、政教，偶十一；國異、家殊，偶十二；傷人倫、哀刑政，偶十三；發乎情，止乎禮義，偶十四；謂之風、謂之雅，偶十五；繫之周、繫之召，偶十六；正始、王化，偶十七；哀窈窕、思賢才，偶十八。其偶之長者，如周公、召公即比也。後世四書文之比基於此。）

綜而論之，凡文者，在聲爲宮商，在色爲翰藻。即如孔子《文言》雲龍風虎一節，乃千古宮商、翰藻、奇偶之祖；非一朝一夕之故一節，乃千古嗟歎成文之祖。子夏《詩序》情文聲音一節，乃千古聲韻、性情、排偶之祖。吾固曰：韻者即聲音也，聲音即文也。（原注：韻字不見於《說文》，而王復齋《楚公鐘》篆文內實有韻字，从音从匀，許氏所未收之古文也。）然則今人所使單行之文，極其奧折奔放者，乃古之筆，非古之文也。沈約之說，或可橫指爲八代之衰體，孔子、子夏之文體，豈亦衰乎？

是故唐人四六之音韻，雖愚者能效之；上溯齊、梁，中材已有所限；若漢、魏以上，至于孔、卜，此非上哲不能擬也。”

乙酉三月，閱兵香山，阻風，舟中筆以訓福。

道光文選樓本《揅經室續集》卷三

與阮芸臺宫保論文書

〔清〕劉　開

芸臺先生執事：不奉教命，忽踰四年，感戀之私，未間時日。先生政高兩粤，威播八蠻，勳業之彪炳，聲聞之熏爍，海内之人，莫不誦之，何俟小子之言。所欲言者，文章而已。

本朝論文，多宗望溪，數十年來，未有異議。先生獨不取其宗派，非故爲立異也，亦非有意薄望溪也，必有以信其未然而奮其獨見也。夫天下有無不可達之區，即有必不能造之境；有不可一世之人，即有獨成一家之文。此一家者，非出於一人之心思才力爲之，乃合千古之心思才力變而出之者也。非盡百家之美，不能成一人之奇；非取法至高之境，不能開獨造之域。此惟韓退之能知之，宋以下皆不講也。五都之市，九達之衢，人所共由者也；崑崙之高，渤海之深，人必不能至者也，而天地之大有之。錦繡之飾，文采之輝，人所能致者也；雲霞之章，日星之色，人必不能爲者也，而天地之大有之。夫文亦若是而已矣。無決隄破藩之識者，未足窮高邃之旨；無摧鋒陷陣之力者，未足收久遠之功。縱之非忘，操之非勤。夫宇宙間自有古人不能盡爲之文，患人求之不至耳。衆人之效法者，同然之嗜好也。同然之嗜好，倘非有志者之所安也。夫先生之意，豈獨無取於望溪已哉，即八家亦未必盡有當也。雖然，學八家者卑矣，王遵巖、唐荆川等皆各有小成，未見其爲盡非也。學秦、漢者優矣，而李北地、李滄溟等竟未有一獲，未見其爲盡是也。其中得失之故，亦存乎其人，請得以畢陳之。

蓋文章之變，至八家齊出而極盛；文章之道，至八家齊出而始衰。謂之盛者，由其體之備於八家也，爲之者各有心得而後乃成爲八家也；謂之衰者，由其美之盡於八家也，學之者不克遠溯而亦即限於八家也。夫專爲八家者，必不能如八家，其道有三：韓退之約六經之旨，兼衆家之長，尚矣。柳子厚則深於《國語》，王介甫則原於經術，永叔則傳神於史遷，蘇氏則取裁於

《國策》，子固則衍派於匡、劉，皆得力於漢以上者也。今不求其用力之所自，而但規仿其辭，遂可以爲八家乎？此其一失也。漢人莫不能文，雖素不習者，亦皆工妙。彼非有意爲文也，忠愛之誼，悱惻之思，宏偉之識，奇肆之辨，恢諧之辭，出之於自然，任其所至而無不咸宜，故氣體高渾，難以迹窺。八家則未免有意矣。夫寸寸而度之，至丈必差，效之過甚，拘於繩尺而不得其天然。此其失二也。自屈原、宋玉工於言辭，莊辛之説楚王，李斯之諫逐客，皆祖其瑰麗。乃相如、子雲爲之，則玉色而金聲；枚乘、鄒陽爲之，則情深而文明。由漢以來，莫之或廢。韓退之取相如之奇麗，法子雲之閎肆，故能推陳出新，徵引波瀾，鏗鏘鍠石，以窮極聲色。柳子厚亦知此意，善於造練，增益辭采，而但不能割愛。宋賢則洗滌盡矣。夫退之起八代之衰，非盡掃八代而去之也，但取其精而汰其粗，化其腐而出其奇，其實八代之美，退之未嘗不備有也。宋諸家疊出，乃舉而空之，子瞻又掃之太過，於是文體薄弱，無復沉浸醲郁之致，瑰奇壯偉之觀。所以不能追古者，未始不由乎此。夫體不備不可以爲成人，辭不足不可以爲成文，宋賢於此不察，而祖述之者，並西漢瑰麗之文而皆不敢學。此其失三也。且彼嘉謨讜議，著於朝廷，立身大節，炳乎天壤，故發爲文辭，沛乎若江河之流。今學之者，無其抱負志節，而徒津津焉索之於字句，亦末矣。此專爲八家者，所以必不能及之也。然而志於爲文者，其功必自八家始。何以言之？文莫盛於西漢，而漢人所謂文者，但有奏對封事，皆告君之體耳。書序雖亦有之，不克多見。至昌黎始工爲贈送碑誌之文，柳州始創爲山水雜記之體，廬陵始專精於序事，眉山始窮力於策論，序經以臨川爲優，記學以南豐稱首。故文之義法，至《史》《漢》而已備；文之體製，至八家而乃全；彼固予人以有定之程式也。學者必先從事於此，而後有成法之可循；否則雖鋭意欲學秦、漢，亦茫無津涯。然既得門徑，而猶囿於八家，則所見不高，所挾不宏，斯爲明代之作者而已。故善學文者，其始必用力於八家，而後得所從入；其中又(原作人，誤)進之以《史》《漢》，而後克以有成；此在會心者自擇之耳。然苟有非常絶特之才，欲爭美於古人，則《史》《漢》猶未足以盡之也。夫《詩》《書》，退之既取法之矣。退之以六經爲文，亦徒出入於《詩》《書》，他經則未能也。夫孔子作《繫辭》，孟子作七篇，曾子闡其傳以述《大學》，子思困於宋而述《中庸》，七十子之徒各推明先王之道以爲《禮記》，豈獨義理之明備云爾哉，其言固古今之至文也。世之眞好學者，必實有得於此，而後能明道以修辭。於是乎從容於《孝經》以發其端，諷誦於典謨訓誥以莊其體，涵泳於國風以深其情，反覆於變雅《離騷》以致其怨。如是而以爲未足也，則有《左氏》之宏富，《國語》之修整，益之以《公羊》《穀梁》之情深。如是而以爲未足也，則有《大戴記》之條暢，《考工記》之精巧，兼之以荀卿、揚雄之切實。如是而又以爲未足也，則有老氏之渾古，莊周之駘蕩，列子之奇肆，管夷吾之勁直，韓非之峭刻，孫武之簡明，可以使之開滌智識，感發意趣。如是術藝旣廣，而更欲以括其流也，則有《呂覽》之賅洽，《淮南》之瓌瑋，合萬物百家以汎濫厥辭，吾取其華而不取其實。如是衆美旣具，而更欲以盡其變也，則有《山海經》之怪豔，《洪範傳》之陸離，《素問》《靈樞》之奥衍精微，窮天地事物以錯綜厥旨，吾取其博而不取其侈。凡此者，皆太史公所徧觀以資其業者也，皆漢人所節取以成其能者也。以之學道，則幾於雜矣；以之爲文，則取精多而用愈不窮，所謂聚千古之心思才力而爲之者也。而變而出之，又自有道。食焉而不能化，猶未足爲神明其技者也。有志於文章者，將殫精竭思於此乎？抑上及《史》《漢》而遂已乎？將專求之八家而安於所習乎？夫《史》《漢》之於八家也，其等次雖有高低，而其用有互宜，序有先後，非先生莫能明也。且夫八家之稱何自乎？自歸安茅氏始也。韓退之之才，上追揚子雲，自班固以下皆不及，而乃與蘇子由同列於八家，異矣。韓子之文，冠於八家之前而猶屈；子由之文，即次於八家之末而猶慙。使後人不足於八家者，蘇子由爲之也；使八家不遠於古人者，韓退之爲之也。

吾鄉望溪先生，深知古人作文義法，其氣味高淡醇厚，非獨王遵巖、唐荆川有所不逮，即較之子由，亦似勝之。然望溪豐於理而嗇於辭，謹嚴精實則有餘，雄奇變化則不足，亦能醇不能肆之故也。夫震川熟於《史》《漢》矣，學歐、曾而有得，卓乎可傳，然不能進於古者，時藝太精之過也，且又不能不囿於八家也。望溪之弊與震川同。先生所不取者，其以此與？然其大體雅正，可以楷模後學，要不得不推爲一代之正宗也。學《史》《漢》者由八家而入，學八家者由震川、望溪而入，則不誤於所向，然不可以律非常絕特之才也。夫非常絕特之才，必盡百家之美，以成一人之奇；取法至高之境，以開獨造之域。先生殆有意乎，其不安於同然之嗜好宜也。方將摩崑崙之高，探渤海之深，煥雲霞之章，揚日星之色，恢決隄破藩之識，奮摧鋒陷陣之力，用之於一家之言，由是明道修辭，以漢人之氣體，運八家之成法，本之以六經，參之以周末諸子，則所謂爭美古人者，庶幾其有在焉。然其後先用力之序，彼此互用之宜，亦不可不預熟也。蒭蕘之見，皆先生所已知，不揣固陋，瀆陳左右，且以當面質也。近日斯文寥落甚矣，唯先生可聞斯言，唯開敢爲此言。伏惟恕狂簡之咎，而加之以教。幸甚。

欒山草堂本《劉孟涂文集》卷四

與田叔子論古文第二書

〔清〕蔣湘南

前書未寄，後書旋來，論古今文得失，皆有卓識；間有囿於俗見者，要不足爲好學病。謹再以一得之愚，爲足下誦之。

夫模擬者，古人用功之法，非後世優孟衣冠之說也。頌揚之體，開自長卿《封禪》，而揚子雲《劇秦美新》摹之，班孟堅《典引》摹之，張平子《東巡誥》摹之，邯鄲子禮《魏受命述》摹之，古人何嘗不重模擬乎？《客難》出而《解嘲》《賓戲》《應閒》《達旨》《釋誨》《釋勸》《抵疑》繼起矣，《七發》出而《七激》《七辨》《七依》《七啓》《七命》《七召》《七勵》繼起矣，《連珠》出而《擬連珠》《演連珠》《暢連珠》《範連珠》繼起矣，古人何嘗不重模擬乎？大概古人用功，最嚴文筆之分，叶聲韻者謂之文，頌贊箴銘序論奏對誄諡書檄以及金石諸篇皆是也；不叶聲韻者謂之筆，即史家敍事之作，因人褒貶，以立意法，無可用其模擬者。其模擬必自文始：音節取其鏗鏘，辭句貴乎華麗，事出沉思，義歸翰藻，雄才博學，神明於聲音成文之故，始能創新題而闢奇格；豪傑之士，從而和之，似範其貌，實取其神；用心既久，由鈍入銳，然後浩乎沛然，成其文而有餘，成其筆而亦無不足：則模擬非古人用功之法乎？

東漢之世，文盛於筆，兼茂者班、蔡兩人。魏、晉以後，文弊而成駢體；徐、庾雖工，豈足當班、蔡之輿儓？況乎有文無筆，筆失而文猶能得乎哉？唐興，沿六朝餘習，惟元次山、梁敬之、獨孤至之、蕭穎士、李遐叔諸人，欲變筆以矯文；而心知其意，未能大暢厥旨。至韓文公約旨六經，古道然後盡復；而當時但稱爲韓筆，以其力矯者在文，則其偏重者不能不在筆也。雖偏重於筆，而其造端必從事於文；故往往有六朝字句，流露行間。淺儒但震其起八代之衰，而不知其吸六朝之髓也。自是厥後，筆長文短。宋代諸公，變峭厲而爲平暢。永叔情致紆徐，故虚字多；子瞻才氣廉悍，故間架闊。後世功令文之法，大半出於兩家，即作古文者，亦以兩家爲初祧。由宋逮元，有筆無文，弊與六朝反而適相等。蓋其去古益遠，不知古人文筆之分，且不知古人用功先文而後筆也。夫由文入筆，其勢順；由筆反文，其勢逆。自古有工於文而不工於筆者，豈有不工文而能工於筆者哉？明七子不喻此旨，欲皮膚秦、漢，以矯宋、元之弊，土偶木神，毫無靈響。惟弇州才力雄健，通史法，熟掌故，史料中本色文字，遠追歐、蘇之上，而其他篇之模擬《史》《漢》者，撏字撦句，以爲崔錯，贋鼎之光，空嚇腐鼠，是又不知古人模擬之法，在移神不在範貌耳。然惟其模擬於文者深，故其抑揚於筆者當，他人則不能矣。

論者謂弇州贊熙甫有"余豈異趨，久而自傷"之語，遂以熙甫上弇州，此則目睫之論也。熙甫之弊，在於有筆無文；就歐、曾支派而論，其規行矩步，亦自成一邱一壑之山水。弇州老而懷虚，龍門已矗，又何妨自貶以揚之。後人盱衡往哲，當據兩家之根柢以定其規模，不當因一已之愛憎以分其優劣。若優孟衣冠之說，更不足以服弇州。僞八家詎非優孟乎？里魁市卒之衣冠，安見其能儌楚相之衣冠耶？

夫才有大小，天之所爲；學有純駁，人之所爲；氣有厚薄，時代之所爲。而由文入筆之功，爲古人文質相宜之故，唐以後無有能明之者。足下上觀千古，博觀而約取之，當不河漢吾言。

道光刻本《七經樓文鈔》卷四

廣阮氏文言說

劉師培

阮氏《揅經室集》列《文言說》，以儷詞韻語爲文言，又徵引六朝文筆之分以成其說。今考《說文》云："文，錯畫也，象交文。"又云："彣，㦽也。"《廣雅·釋詁》二云："文，飾也。"《釋名·釋言語》云："文者，會集衆采以成錦繡，會集衆字以成詞誼，如文繡也。"是文以藻繢成章爲本訓。《說文》㦽字下云："有彣彰也。"蓋彣彰即文章別體，猶而與耏同，丹與彤同也。厥後始區二字，彣訓爲㦽，與文訓錯畫，其義互明。觀"青與赤謂之文"，"經緯天地"

亦曰文，則訓飾訓錯，義實相兼。故三代之時，凡可觀可象，秩然有章者，咸謂之文。就事物言，則典籍爲文，禮法爲文，文字亦爲文。就物象言，則光融者爲文，華麗者亦爲文。就應對言，則直言爲言，論難爲語，修辭者始爲文。文也者，别乎鄙詞俚語者也。《左傳》曰："言之無文，行之不遠。"又曰："非文辭不爲功。"言語既然，則筆之於書，亦必象取錯交，功施藻飾，始克被以文稱。故魏、晉、六朝悉以有韻偶行者爲文，而昭明《文選》亦以沈思翰藻爲文也。兩漢之世，雖或以筆爲文，然均指典册及文字言，非言文體，如《史記·太史公自序》"《春秋》文成數萬"，"論次其文"，《論衡·超奇篇》"文以萬計"是也。不得據是以非阮説。惟阮於許、張、劉諸故訓，推闡弗詳，故略伸其説，以證文章之必以彣彰爲主焉。

寧武南氏校印本《劉申叔先生遺書·左盦集》卷八

圖書在版編目（CIP）數據

中國歷代文論選．第3册／郭紹虞主編．—上海：上海古籍出版社，2001.10（2021.8重印）
高等學校文科教材
ISBN 978-7-5325-3045-8

Ⅰ.中… Ⅱ.郭… Ⅲ.文學理論-中國-古代-高等學校-教材 Ⅳ.I206.2

中國版本圖書館CIP數據核字（2001）第067685號

高等學校文科教材
中國歷代文論選
第三册
主　編　郭紹虞
副主編　王文生
上海世紀出版股份有限公司
上　海　古　籍　出　版　社　出版、發行
（上海瑞金二路272號　郵政編碼200020）
（1）網址：www.guji.com.cn
（2）E-mail：gujil@guji.com.cn
（3）易文網網址：www.ewen.co
新華書店上海發行所發行經銷　商務印書館上海印刷有限公司印刷
開本 850×1168　1/32　印張 19.375　字數 568,000
2001年10月新1版　2021年8月第11次印刷
印數：27,951-29,000
ISBN 978-7-5325-3045-8
K·363　定價：60.00元
如有質量問題，請與承印廠聯繫